W0021304

BRIGITTE RIEBE | Die Hexe und der Herzog

BRIGITTE RIEBE

Die Hexe und der Herzog

Roman

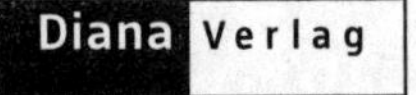

Verlagsgruppe Random House FSC-DEU-0100
Das für dieses Buch verwendete
FSC-zertifizierte Papier *EOS*
liefert Salzer, St. Pölten.

Redaktion | Herbert Neumaier
Herstellung | Helga Schörnig
Satz | Leingärtner, Nabburg
Druck und Bindung | GGP Media GmbH, Pößneck

978-3-453-26521-9

Wenn die Nächte hell und klar sind, dann kommen die Elfen auf die Erden und schauen sich die Kinder der Menschen an. In das schönste dieser Nacht verlieben sie sich so sehr, dass sie es mitnehmen in ihre Welt. In die leere Wiege legen sie dann ein Kind von sich, ein Elfenkind ...

ALPENSAGE

Der Mensch ist das einzige nicht vorherbestimmte Wesen,
nicht himmlisch, nicht irdisch, nicht sterblich, nicht unsterblich,
nicht Tier und nicht Engel.

Pico de Mirandola (1463–1494)

Für meine liebe Angelika,
die den Stein ins Rollen brachte

Erstes Buch
Mummenschanz

Eins

Sie kommen, Lena, sie kommen!«
Das steife Wolltuch rutschte ihr vom Kopf, so aufgeregt reckte Lena den Hals. Sie löste es mit klammen Fingern, um es neu zu binden, und spürte dabei Hellas heftigen Atemstoß im Nacken. Deren Ruhe war nur gespielt, das wurde ihr plötzlich klar, die Freundin war ebenso angespannt wie sie selbst.

»Mach schon!« Hellas Stimme klang vor Anspannung schrill. »Auf den Boden mit dir und zwar flugs! Den Kopf wird er dir schon nicht abreißen, wo doch alle Welt weiß, wie groß seine Schwäche für junges Fleisch ist ...«

Wie im Fiebertraum hörte Lena Schellengeläut, dann glitten die Prunkschlitten auf sie zu, von Apfelschimmeln gezogen, deren Fell bläulich gegen das blendende Weiß des frisch gefallenen Schnees schimmerte. Die beiden hinteren Schlitten waren silbrig gestrichen und mit einem Adler und einem Schwan geschmückt. Am Bug des ersten und prächtigsten der Schlitten aber bäumte sich ein furchterregendes Wesen mit einem schwarzen Schlangenleib auf, dem man dicke goldene Schuppen aufgemalt hatte; der Kopf war der eines riesigen

Hahnes. Sein Schnabel war blutrot, die Augen leuchteten in giftigem Grün. Der Basilisk, dessen Blick man meiden musste, wollte man nicht für alle Zeiten sein Augenlicht verlieren.

Es war nicht nur die beißende Kälte des Februarmorgens, die Lena in die Glieder fuhr, sondern auch eine nie zuvor gekannte Bangigkeit. Els wird mich für alle Zeiten hassen, dachte sie. Und Bibianas Koboldgesicht wieder jenen wehmütigen Ausdruck annehmen wie immer, wenn wir beide in ihrer Gegenwart streiten. Aber ich muss es doch tun! So lange schon kann ich an nichts anderes mehr denken.

Sie machte einen Schritt nach vorn, zögerte aber plötzlich, als habe sie erneut der Mut verlassen. Die Straße war weiß und bis auf die Schlitten leer; ringsum erhoben sich die Berge in ihrem eisigen Winterkleid. Hella und sie schienen die Einzigen, die sich zu dieser frühen Stunde aus den Bürgerhäusern gewagt hatten. Inzwischen waren die Schlitten so nah, dass sie Einzelheiten erkennen konnte: im ersten das rote Barett des Herzogs mit dem hellen Federschmuck, das seinen Kopf noch kantiger wirken ließ, neben ihm eine winzige Person, die eine bunte Narrenkappe trug und unter der üppigen Fuchsdecke beinahe verschwand.

»Spring!«, zischte Hella und versetzte der Freundin, als Lena sich noch immer nicht rühren wollte, einen kräftigen Stoß in den Rücken.

Lena kippte nach vorn. Dabei rutschte sie auf dem glatten Grund aus und verfing sich beim Versuch, mit den Armen rudernd das Gleichgewicht zurückzugewinnen, mit dem Absatz im Kleidersaum. Hella wollte ihr zu Hilfe kommen, doch es war zu spät.

Im Fallen bemerkte Lena die längliche Brandwunde auf Hellas Handrücken, der doch gestern noch gänzlich unversehrt gewesen war. Dann schoss bereits der Schnabel des Ungetüms auf sie zu. Sie spürte einen harten Schlag und kniff in wilder Angst die Lider zu. Der Schrei blieb ihr in der Kehle stecken.

Bewusstlos sank Lena in den Schnee.

❦

Als sie wieder zu sich kam, fand sie ein winziges Faltengesicht über sich gebeugt. Einer von Bibianas Elfenmännern oder Baumgeistern, von denen zu erzählen sie niemals müde wurde?

Lena fühlte sich zu schwach, um klar denken zu können. Nah an ihrem Ohr bimmelte es zart, dann lauter. Waren die Rösser des Herzogs zurückgekommen?

»Sie lebt! Sie war lediglich ohnmächtig. Ich hab es Euch ja gleich gesagt, solch dreckiges Bauernpack ist nun mal robuster als unsereins. Und das bisschen Blut über der Braue heißt anscheinend gar nichts.«

»Wo ... bin ich?« Lenas Schädel dröhnte, die Zunge lag dick und pelzig im Mund. Nach jedem einzelnen Wort musste sie kramen, als hätten sich alle mutwillig in einer Lade versteckt, die sich nur mit Mühe aufziehen ließ. »Was ist ... geschehen?«

»Wie eine Schlafwandlerin hat du dich unter die Rösser des Herzogs fallen lassen, das ist geschehen.« Das kleine Faltengesicht war jetzt so nah, dass ihr der säuerliche Atem in die Nase stieg. Und noch etwas roch Lena: alten Schweiß, über dem ein schwerer, fremdartiger Duft schwebte. Angewidert wandte sie den Kopf zur Seite, was den Schmerz freilich nur noch heftiger pochen ließ. »Oder warst du bereits in aller Herrgottsfrüh stockbetrunken? Wie auch immer, eines der Pferde hat dich offenbar mit dem Huf am Kopf gestreift. Aber du hast bei allem noch einmal verdammtes Glück gehabt, weißt du das eigentlich? Denn es hätte auch ganz anders ausgehen können. Hofmeister, wenn Ihr nun freundlicherweise einen Blick …«

Eine große Hand schob das Faltengesicht zur Seite.

»Gaffer kann ich bei meiner Arbeit nun mal nicht gebrauchen. Begebt Euch doch bitte schön mit dem verehrten Herrn Hofmeister nach nebenan, damit ich in aller Ruhe nach der Patientin sehen kann.«

Mühsam schielte Lena nach oben. Da war eine große Gestalt in einem blauen Mantel, daneben wuselte um einiges tiefer buntes Lumpengewirr, offenbar auch für das unaufhörliche Gebimmel verantwortlich, das ihren Kopfschmerz nur noch ärger machte. Sie vernahm empörtes Palavern, schließlich schwere und sehr leichte Schritte.

Dann war es still.

»Beweg dich nicht!«, hörte sie jemanden sagen. »Nicht, bevor ich dich gründlich untersucht habe. Uns solch einen Schrecken einzujagen!«

»Wo bin ich?«, flüsterte Lena. »Und wer seid Ihr?«

»In der Hofburg«, lautete die Antwort. »Und vor dir steht Cornelius van Halen, Medicus Seiner erzherzoglichen Hoheit, der herauszufinden hat, ob und inwieweit du verletzt bist. Hast du Schmerzen, Mädchen?«

»Mein Schädel brummt«, flüsterte sie. »Und ziemlich übel ist mir auch, wenn Ihr mich schon so fragt.« Ihre Hand fuhr zum Kopf. »Da ist ja lauter Blut!«, rief sie erschrocken. »Muss ich jetzt sterben?«

»Davon stirbt man nicht, ganz im Gegenteil, denn Blut reinigt die Wunde und verhindert, dass übel riechender Eiter sich einnisten kann. Leider wissen wir Heilkundigen noch nicht allzu viel über den menschlichen Körper, doch zumindest das wissen wir genau.«

Der erste Medicus ihres Lebens!

Wenn bisher jemandem in ihrer kleinen Familie etwas gefehlt hatte, war es stets Bibiana gewesen, die das passende Kraut aus ihrem winzigen Küchengarten hinter dem Gasthof zur Hand gehabt hatte, nie aber irgend so ein gelehrter Kerl. Sie hörte ihn ächzen und stöhnen, als sei jede Bewegung eine Anstrengung, und als es Lena schließlich gelang, halbwegs klar nach oben zu spähen, erkannte sie auch, weshalb.

Niemals zuvor war sie einem derart fetten Mann begegnet. Sein Körper war eine unförmige Masse, die den dunkelbraunen, samtbesetzten Talar schier zu sprengen drohte. Ein riesiger Bauch wölbte sich Lena entgegen; kein Hals war zu entdecken, dafür ein mächtiges Dreifachkinn, das in sich erzitterte, sobald er sprach.

»Das da über der Braue ist lediglich ein Kratzer. Um den kümmern wir uns später. Was mich viel mehr interessiert: Wie übel ist dir?« Er betastete ihre Schläfe mit seinen großen Händen, die zu Lenas Erstaunen zart wie Eiderdaunen waren. »Zum Kotzen übel gar?« Der Medicus klang äußerst interessiert. »Und antworte bitte so präzis wie irgend möglich!«

»Nicht ganz«, murmelte sie und versuchte, sich tapfer aufzurichten. Dabei schoss ihr ein ätzender Strahl vom Magen direkt in die Kehle. Lena erbrach sich auf ihr Kleid, und auch das Ruhebett, auf das man sie gelegt hatte, bekam einige Spritzer ab. »Verzeiht! Ich wollte nicht …«

Die großen weichen Hände drückten sie sanft wieder nach unten.

»Scheint mir, als habe dein Schädel doch ordentlich was abbekommen. Damit ist nicht zu spaßen, wenn du keine Schäden für dein junges Leben zurückbehalten willst. Vorsichtshalber hab ich dich hierher bringen lassen, in die Zirbelstube, damit dir zumindest das Atmen leichter fällt, aber ich fürchte, das allein wird nicht genügen.«

Er drückte ein Tuch fest auf ihre Braue und löste es erst nach einer Weile wieder.

»Das wächst schnell zusammen. Dein hübsches Gesicht wird nicht einmal eine Narbe abbekommen. Und jetzt wollen wir sehen, was wir sonst noch für dich tun können.«

Er schien in einer Art Behältnis zu kramen, denn sie hörte das leise Klirren aneinanderstoßender Flaschen. Dann spürte Lena etwas Kühles an ihrer Stirn. Ein frischer Geruch entfaltete sich, der ihr bekannt vorkam.

»Eine Tinktur aus Essig und gestoßener Zitronenmelisse – nach meiner Erfahrung das Beste gegen üble Kopfschmerzen. Zusätzlich werde ich dir meine Spezialmedizin aus Baldrian, Lavendel- und Johannisöl verabreichen. Außerdem musst du ein Weilchen ruhen. Danach sehen wir weiter.«

Sie hörte ihn erneut hantieren, dann half er ihr behutsam, sich ein Stückchen aufzurichten. Sein Blick war fürsorglich.

»Wie heißt du eigentlich?«

»Lena. Lena Schätzlin. Und ich muss den Herzog sprechen. Unbedingt!«

»Den Herzog, Mädchen?« Er gab einen schmatzenden Ton von sich, der belustigt klang. »Ja, das wollen sie alle. Aber so einfach geht das nun mal nicht. Schließlich gibt es jede Menge Vorschriften, Regeln, Etikette ...« Er stieß einen Seufzer aus. »Tagtäglich schlagen wir uns damit herum. Wenn überhaupt, dann kann dir einzig und allein unser verehrter Ritter von Spiess den Weg ebnen, Hofmeister Seiner Hoheit. So ist das nun mal bei Hof, wo alles seine Ordnung braucht.«

»Aber ich muss! Es ist immens wichtig. Ich möchte doch nur ...«

»... wieder ganz gesund werden? Dann tust du jetzt am besten genau das, was ich dir sage.«

Gehorsam trank sie den Becher aus, den er ihr reichte, obwohl das Gemisch ranzig roch und unangenehm süßlich schmeckte. Als sie sich wieder zurückgelegt hatte, säuberte er mit feuchten Lappen ihr verschmutztes Kleid, ebenso wie das Ruhebett, so umsichtig und geschickt, als sei es eine Selbstverständlichkeit. Danach breitete van Halen eine Felldecke über sie.

»Warm brauchst du es jetzt«, sagte er. »Wärme und Ruhe. Für den Moment gibt es keine besseren Heilmittel.«

»Wozu dieser Aufwand? Ich meine, wieso tut Ihr das alles?«, fragte sie. »Für solch dreckiges Bauernpack wie mich?«

Sie hörte ihn lachen.

»Zumindest deine Ohren scheinen mir ganz in Ordnung geblieben zu sein, das ist schon mal sehr beruhigend. Musst wissen, unser kleiner Herr Thomele, seines Zeichens Hofzwerg, ist allerorts bekannt für sein loses Mundwerk. Aber glaubst du denn, Herzog Sigmund könnte an Scherereien gelegen sein, ausgerechnet jetzt, wo die Stadt schon bald von hohen ausländischen Gästen nur so wimmeln wird? Sogar der Kaiser hat sich für die anstehende Hochzeit angesagt, dazu jede Menge Herzöge, Grafen, Bischöfe und Ritter – und dann so etwas? Ein junges Leben, das durch seine Schuld zu Schaden käme? Das wäre wohl so ziemlich das Letzte, was er gebrauchen könnte.«

Van Halen stammte nicht von hier, das hatte sie schon nach wenigen Worten erkannt, obwohl er sich so fließend und gewandt ausdrücken konnte wie kaum ein anderer. Doch seiner Sprache fehlten jene hart-kehligen Konsonanten, die für das »Land zwischen den Bergen«, wie Tirol allerorts genannt wurde, bezeichnend waren. Der Tonfall des Medicus dagegen war leicht und fröhlich, machte ständig Sprünge und klang in Lenas Ohren wie eine Art Singsang, der sie unwillkürlich zum Lachen reizte. Irgendwann hatte sie schon einmal jemanden genauso reden hören, doch das lag eine ganze Weile zurück. Außerdem waren es viele, die auf ihrer Fahrt nach Süden im Gasthof der schwarzen Els, der seit einiger Zeit auch Poststation war, die Pferde wechselten …

»Wo ist Hella?«, murmelte Lena. Wohlige Müdigkeit hatte sie überkommen, die ihre Zunge immer schwerer machte. »Meine Freundin. Ist sie noch hier?«

»Die kleine Blonde mit dem hungrigen Blick?« Der Medicus schien bereits weit, weit entfernt. »Um die brauchst du dir keine Sorgen zu machen, Lena! Solche wie sie kommen immer zurecht.«

Lena hörte, wie er den Raum verließ.

Irgendwo knackten Zweige, die wohl im Kamin brannten, und die Wärme des großen, weichen Fells, das Lena wie etwas Lebendiges umschmiegte, war tröstlich. Immer noch dröhnte und brummte es in ihrem Kopf, als habe sich ein Stock wilder Bienen darin verirrt, doch die heftige Übelkeit begann sich zu legen.

Sie war in der Hofburg!

Jetzt musste sie nur noch bis zum Herzog gelangen und ihm sagen, dass sie …

Ihre Lider waren bleischwer geworden. Die Augäpfel begannen sich unruhig zu bewegen.

Sein Kopf ist um vieles größer, als sie bislang geglaubt hat, und er trägt nun kein Barett mehr, sondern einen spitz zulaufenden Hut, wie sie ihn einmal auf dem Jahrmarkt bei einem Jongleur gesehen hat. Anstelle der Lumpenbälle, die jener damals in der Luft zum Tanzen gebracht hatte, sind es nun goldene Kugeln, die um den Herzog fliegen. Fünf, sieben, neun, elf – es scheinen mehr und immer noch mehr zu werden, bis Lena das Zählen entmutigt einstellt. Während sie wie von Zauberhand kreisen und purzeln, bekommen sie kleine Beulen, die sich nach und nach zu scharfen Spitzen formen.

Dann scheinen sie sich anders zu besinnen und rasen plötzlich auf sie zu. Erschrocken beginnt Lena loszurennen, doch sie steckt in einem neuen, schweren Kleid mit langer Schleppe, das ihr viel zu groß ist und das Laufen erschwert. Immer wieder stolpert sie über den Saum, hört das Ächzen und Reißen der Nähte und bekommt Angst, schon im nächsten Augenblick nackt und bloß dazustehen. Voll Panik schaut sie im Laufen über die Schulter, aber die feindlichen Kugeln sind verschwunden. Stattdessen hört sie lautes Poltern, das sich zu ohrenbetäubendem Donnern steigert.

Geht hinter ihr die Welt unter?

Zweige fliegen um ihren Kopf und streifen unsanft ihre Wangen, denn sie ist mit einem Mal in einem undurchdringlichen Wald, der immer dichter und dunkler wird, je weiter sie hineingelangt. Sie spürt Moos unter ihren nackten Sohlen, knotiges Wurzelwerk, Tannennadeln. Es riecht nach Harz, da ist sie sich ganz sicher. Nach verbranntem Harz.

Sie strengt sich an, die Lider zu öffnen, um erkennen zu können, woher diese neuerliche Gefahr kommt, doch sie sind wie zugenäht. Endlich spürt sie, wie eine fremde Macht unsanft ihr rechtes Auge aufreißt. Der Harzgeruch wird stärker. Sie nimmt einen grellen Lichtstrahl wahr, der blendet und schmerzt, als ob jemand ihr …

»Meinst du nicht, es ist allmählich genug mit deinem Herumgefläze?«

Lenas Blick fiel auf den Hofzwerg, der mit einem glimmenden Zapfen vor ihrer Nase hin und her wedelte. Hinter den blanken Fensterscheiben war es inzwischen dunkel geworden, doch auf einem länglichen Tischchen neben ihr brannten in einem Kandelaber Kerzen.

»Wart Ihr es, der sich an meinen Augen zu schaffen gemacht hat? Ihr habt mich zu Tode erschreckt.« Es fiel ihr schwer, in die Wirklichkeit zurückzukehren, so stark wirkten die Traumbilder in ihr nach.

»Es wird bald Nacht, und du liegst noch immer hier herum

wie ein Schock fauler Eier. Hast du denn keine Arbeit, an die du dich wieder machen musst?«

»Der Medicus hat gesagt ...«

»Medicus van Halen plaudert viel, wenn der Tag lang ist.« Jedes Wort verriet tiefe Abneigung. »Zum Glück ist es bei Licht betrachtet nicht sehr viel, was er hier bei Hof zu sagen hat, wenn du verstehst, was ich damit andeuten will. Da gibt es ganz andere Persönlichkeiten, deren Meinung dem Herzog ungleich mehr bedeutet.« Der Hofzwerg reckte seinen faltigen Hals.

Es gelang Lena, sich aufzusetzen. Vorsichtig bewegte sie den Kopf nach rechts, dann nach links. Das Dröhnen hatte sich in ein schwaches Pochen verwandelt, das von sehr weit her zu kommen schien. Ihre Hand fuhr zur Braue. Die Wunde hatte sich geschlossen. Der fette Medicus hatte recht behalten.

»Wenn Ihr tatsächlich einen so bedeutenden Rang innehabt«, sagte sie, »dann könnt Ihr mich ja sicherlich zum Herzog bringen.«

In die blanken Eidechsenaugen kam ein seltsamer Ausdruck. Sie hatte ihn offenbar überrascht. Würde er tun, worum sie ihn gebeten hatte?

»Wo glaubst du eigentlich, dass du bist? Auf dem Jahrmarkt? Oder in einer billigen Kaschemme mit deinesgleichen?«

»In der Hofburg, soweit ich weiß.« Es gelang ihr, mit fester Stimme zu antworten. »Genau da, wo ich hinwollte.«

»Soll das etwa heißen, du hast es *absichtlich* getan? Dann musst du entweder von Sinnen sein oder ein ganz und gar durchtriebenes Weibsstück!« Mittlerweile schien sein kleiner Körper von Kopf bis Fuß vor Empörung zu vibrieren. »Und ich wüsste kaum zu entscheiden, was von beidem schlimmer wäre.«

So jedenfalls kam sie nicht weiter.

Vorsichtig setzte Lena einen Fuß auf den Boden, dann den zweiten. Die Beine trugen sie, und ohne fremde Hilfe einigermaßen gerade stehen konnte sie inzwischen auch wieder. Els würde sich längst fragen, wo sie abgeblieben war, und Bibiana wieder ihre »Sorgensuppe« aufsetzen wie immer, wenn sie sich ablenken wollte.

Sie durfte keine weitere Zeit verlieren.

»Ihr wollt mich also nicht zum Herzog bringen?« Sie hatte sich erneut auf das Ruhelager gesetzt, aber nur, um in ihre abgelaufenen Stiefel zu schlüpfen, die irgendjemand offenbar sorgfältig unter das Bett gestellt hatte. Auch Schulter- und Kopftuch lagen bereit, beide akkurat zusammengefaltet. »Das ist Euer letztes Wort?«

»Mach lieber, dass du endlich verschwindest!«, keifte er. »Oder soll ich erst die Wachen rufen lassen, damit sie dir dabei behilflich sind?«

Er meinte es ernst, das verriet ihr seine säuerliche Miene. Humor war offensichtlich nicht die Stärke des Hofzwergs, obwohl er ein buntes Narrengewand trug, an dem Schellen klimperten.

»Wo ist eigentlich meine Freundin?«, fragte Lena. Das Bücken hatte sie erneut schwindelig gemacht, doch gelang es ihr, die Schwäche vor ihm zu verbergen. »Die junge blonde Frau, die mit mir gekommen ist. Ist sie noch hier?«

Jetzt zuckte ein verschlagenes Grinsen um seinen Mund, das rasch wieder erlosch.

»Das musst du besser andere fragen«, sagte er. »Andere, die keine Scheu vor Bauernpack haben.«

Er drehte sich um, als sei die Angelegenheit damit für ihn erledigt, und verschwand so schnell aus der Zirbelstube, als sei er nichts anderes als eines ihrer merkwürdigen Traumbilder gewesen. Ein paar Augenblicke blieb Lena noch sitzen, dann nahm sie ihre Tücher und erhob sich mit einem kleinen Lächeln. Am Hof lebten und arbeiteten so viele Menschen. Da musste doch jemand zu finden sein, der ihr sagen konnte, wie sie zum Herzog kam!

Der Flur, den sie betrat, war lang und schmal, einige Wandlichter erhellten ihn nur mäßig. Im Halbdunkel erkannte sie bunte, ein wenig grob gemalte Jagdszenen, die schon leicht verblichen wirkten, als sei die Farbe nicht mehr ganz frisch. Beherzt ging sie zunächst nach links, um alsbald auf gekreuzte rohe Bretter zu stoßen, die ihr den Weg versperrten. Angestrengt starrte sie in die Dunkelheit. Dahinter musste sich eine der zahllosen Baustellen verbergen, über die halb Innsbruck tuschelte. Badezimmer sollte es geben, echte Lavoirs. Einen mechanischen Aufzug, um das Essen kochend heiß aus der Küche im Erdgeschoß in die oben gelegenen Speisezimmer zu transportieren. Einen riesigen, getäfelten Tanzsaal. Man munkelte, Herzog Sigmund wolle seiner jungen Braut nicht nur mit seiner allseits gerühmten Männlichkeit imponieren, sondern auch mit einem prächtig ausgestatteten Schloss, für das weder Aufwand noch Kosten zu hoch sein konnten.

Lena wandte sich in die andere Richtung. Eine Reihe geschlossener Türen, die sie abweisend anstarrten. Nicht ein Dienstbote war zu sehen, den sie hätte fragen können, geschweige denn der fette Medicus, der so freundlich zu ihr gewesen war.

Plötzlich glaubte sie Stimmen zu hören, dann ein Lachen. Lena zögerte einen Augenblick, dann klopfte sie an die Tür vor ihr und öffnete sie einen Spaltbreit.

Neben dem Kamin, in dem ein Feuer flackerte, stand ein Mann in einem blauen Mantel, der ihm halb über die Schultern gerutscht war. Vor ihm eine junge Frau in einem schlichten braunen Kleid. Haube und Umschlagtuch lagen auf dem Boden. Er hatte seine Hände in ihrem Haar vergraben, das wie ein Wasserfall aus Gold und Silber über ihren schmalen Rücken floss.

Lena musste das Gesicht nicht sehen, um zu wissen, wer es war. Nur eine Einzige in Innsbruck besaß solches Haar. Seit sie sich kannten, beneidete Lena die Freundin darum.

Die beiden fuhren zu Lena herum. Wie verbrannt zog der Mann seine Hände zurück, und sein blasses Gesicht färbte sich schamrot. Hella dagegen wirkte gelassen, als sei die Situation das Selbstverständlichste von der Welt.

»Lena«, rief sie, »da bist du ja endlich! Und zum Glück munter und fidel wie ein Fisch im Wasser. Ich hab mir schon Sorgen gemacht, doch der edle Ritter von Spiess war so freundlich, mir zu versichern, dass für dein Wohl bestens gesorgt wird.«

Ihr selbst war es in der Zwischenzeit offenbar auch nicht gerade schlecht ergangen. Auf dem Tisch eine leere Weinkaraffe, Becher sowie Reste eines üppigen Mahls: abgenagte Entenknochen, Karpfengräten, die in gestockter Kräuterbutter schwammen, grobe Wildpastete, halb geleerte Schüsseln mit Schwarzwurzeln, Weinpanzen und süßem Mandelmus. Deftige, aber nicht sonderlich einfallsreiche Kost, wie Lena mit kritischem Blick feststellte.

Schweigend trat sie einen Schritt näher.

Hella hörte offensichtlich nicht auf, sich in Schwierigkeiten zu bringen, und was Lena hier vorfand, machte ganz den Eindruck, als sei die Freundin drauf und dran, alles nur noch brenzliger werden zu lassen. Sie hatte einiges getrunken, das erkannte Lena am Glitzern von Hellas Augen und der sanften Röte, die sich über ihren milchweißen Hals ergoss. Das Mieder stand halb offen und stellte ihre prachtvollen Brüste zur

Schau, von deren Üppigkeit Lena nur allzu gern eine Handvoll abgehabt hätte. Aber sie war und blieb nun einmal klein, dünn und beinahe so dunkel wie Els, ihre Tante, und wie es auch Johanna gewesen sein musste, ihre verstorbene Mutter, an die die Erinnerung allerdings von Jahr zu Jahr schwächer wurde.

Doch der Zauber rührte nicht allein von Hellas makellosem Aussehen. Da gab es etwas an ihrem Gang, an der Art, wie sie lächelte, den Kopf bewegte, die Augen niederschlug, etwas Kindliches, beinahe Unschuldiges, das erst recht bezwingend war. Ihre Wirkung auf Männer jedenfalls brachte Lena immer wieder zum Staunen. Kaum betrat Hella einen Raum, hatten alle Anwesenden des anderen Geschlechts nur noch Augen für sie, wenngleich die Reaktionen durchaus unterschiedlich ausfallen konnten. Den einen schoss der Geifer in den Mund, die anderen musterten sie eher verstohlen, dafür jedoch umso hartnäckiger, und selbst, wenn es während der heiligen Messe war. Alle jedoch träumten sie davon, sie zu berühren, zu liebkosen, zu besitzen.

Hella registrierte sehr wohl, was sie auslöste, machte jedoch kein großes Aufheben davon. Für sie schien es ganz natürlich, ähnlich wie Atmen, Essen oder Schlafen. Schließlich war es schon immer so gewesen, seit ihr Körper sich verändert hatte und aus einer mageren Kleinen, die nur aus Haut und Knochen bestanden hatte, eine strahlende Schönheit mit sinnlichen Rundungen geworden war. Mittlerweile hatte sie sogar gelernt, es zu genießen, einer Katze gleich, die sich wohlig in der Sonne räkelt und die Wärme mit jeder Faser in sich aufsaugt. Einer Katze freilich, die eigentlich schon längst nicht mehr frei herumstrolchen und die Werbung brünstiger Kater entgegennehmen durfte.

Denn obwohl sie ihr Haar offen trug wie ein lediges Mädchen, so war sie in Wahrheit doch längst vergeben. Dutzende hatten sich vergeblich um sie bemüht; warum sie unter den vielen Bewerbern allerdings ausgerechnet den Witwer Andres Scheuber erwählt hatte, von dem alle Welt wusste, wie heftig die Eifersucht ihn reiten konnte, war nicht nur Lena ein Rätsel. Dass er achtzehn Winter mehr als seine junge Frau auf dem Buckel hatte, machte die Sache nicht besser. Dazu kam, dass der Herzog ihn im letzten Herbst als Münzschreiber nach Hall berufen hatte, wo er seitdem nahezu unabkömmlich war.

Hella hatte sich mit Händen und Füßen gewehrt, Andres dorthin zu folgen, hatte bald die kranke Tante vorgeschoben, um die sie sich kümmern müsse, dann wieder ihre eigene labile Gesundheit, was ihr freilich niemand so recht abnahm. Zähneknirschend musste er sich fügen und allein zu seinem neuen Amt aufbrechen. Aber er hatte Vorsorge getroffen und schon bald damit begonnen, zu unangesagten Blitzbesuchen in Innsbruck einzufallen. So war es lediglich eine Frage der Zeit, wann Andres Scheuber seine junge Frau bei irgendeinem Leichtsinn ertappen würde.

Lena wurde ganz bang zumute bei der Vorstellung, was dann geschehen würde. Ihr hartnäckiges Schweigen jedenfalls schien die beabsichtigte Wirkung nicht zu verfehlen. Hellas rosiges Gesicht verriet Anzeichen erster Unsicherheit. Dann jedoch entschloss sie sich offenbar zum Angriff, ihrer bevorzugten Taktik, mit der sie schon manchen Sieg errungen hatte.

»Hast du den Herzog bereits sprechen können, Lena?«, fragte sie. »Denn darum ging es dir doch vor allem.«

Vorsichtig schüttelte Lena den Kopf. »Ein Vorhaben, das sich leider als schwierig erweist, viel schwieriger jedenfalls, als wir beide es uns ausgemalt haben.«

»Ritter von Spiess kann dir gewiss dabei behilflich sein. Das könnt Ihr doch, verehrter Herr Hofmeister?« Das Lächeln, das Hella dem Angesprochenen schenkte, war schmelzend.

»Das wäre in der Tat äußerst freundlich.« Lena nahm den Ball geschickt auf. »Ich würde auch nicht lange stören. Mein Anliegen ist einfacher Natur und in wenigen Sätzen vorgebracht.«

»Ich weiß nicht ...« Er nestelte an seinem Mantel. Nicht zu übersehen, wie unangenehm ihm die Situation war.

»Bitte, lieber, lieber Leopold!« Wie ein übermütiges Kind flog Hella ihm an den Hals. »Wo Lena doch meine allerbeste Freundin ist. Helft mir dabei, ich flehe Euch an!«

Unbeholfen schob er sie zurück, verschlang sie dabei allerdings weiterhin mit Blicken. Lena hätte die Freundin am liebsten gepackt und ohne langes Federlesen aus dem Zimmer gezerrt, doch so kurz vor dem ersehnten Ziel konnte und wollte sie nicht aufgeben.

»Was willst du denn von Seiner Hoheit?« Zum ersten Mal sah er Lena direkt an. »Und sei ehrlich, das rat ich dir! Ich kann dich nur zu ihm lassen, wenn ich zuvor detailliert Bescheid weiß.«

»Gebt Euch keine Mühe! Mein Anliegen kann und werde ich nur dem Herzog selbst verraten.«

»Er kennt dich bereits?«

»Das könnte man so sagen.« Die Lüge ging Lena leicht und glatt über die Lippen. Manchmal konnte man nicht ganz bei der Wahrheit bleiben, das hatte Bibiana ihr beigebracht. Vorsichtshalber kreuzte Lena die Finger hinter dem Rücken und hoffte, dass der uralte Abwehrzauber die kleine Sünde noch lässlicher machte.

Der Hofmeister starrte sie an und runzelte die Stirn, dann schien er plötzlich zu verstehen.

»Ein ganz besonderes Anliegen also?«, fragte er. »Eines, bei dem Zeugen unerwünscht sind?«

Lena nickte, obwohl sie zunächst keineswegs begriff, worauf er hinauswollte.

Seine Augen glitten über ihre Gestalt und verharrten ein paar Lidschläge länger als unbedingt notwendig auf ihrer Taille. Plötzlich wusste Lena, was er denken musste: dass sie einen der zahlreichen herzoglichen Bankerte im Leib trug.

Über deren Anzahl wurde in der Stadt viel gemunkelt, mehrere Dutzend Kegel sollten es angeblich sein, die Sigmund außerhalb der Ehe gezeugt hatte, lediglich die männlichen Abkömmlinge gerechnet. Gut, dass sie wegen der klirrenden Kälte ein paar Unterröcke übereinander angezogen hatte, die ihre Hüften ausladender machten! Sonst hätte der Hofmeister gleich erkennen können, wie flach ihr Bauch war.

»Wann ist es denn so weit?« Sein Tonfall war gleich bleibend sachlich, allerdings schwang jetzt ein winziges Quäntchen Wärme mit. Man merkte, dass ihm die Situation alles andere als unvertraut war.

Anstatt zu antworten, legte Lena beide Hände schützend auf ihren Leib, eine Geste, die sie bei Els beobachtet hatte, als diese mit Sebi schwanger gewesen war.

Der Blick des Hofmeisters veränderte sich. Sie hatte ihn überzeugt. Ausgerechnet mit einer der ältesten Lügen der Welt!

»Warte hier!«, sagte er knurrend und zog seinen Mantel zurecht. »Und du auch.« Das klang ungleich freundlicher und war an Hella adressiert. »Greif ungeniert zu, falls du noch hungrig bist! Ich will sehen, was sich machen lässt.«

»Hast du jetzt völlig den Verstand verloren?«, sagte Lena, kaum dass er draußen war und sie beide allein blieben. »Dich mit dem Hofmeister einzulassen, diesem alten Lüstling, der garantiert verheiratet ist? Dein Andres wird dich mit bloßen Hände erwürgen, wenn er es erfährt!«

»Leopold von Spiess ist unglücklich und nicht ganz gesund. Hast du nicht bemerkt, wie schwer er atmet? Und mein Andres muss sich ja nicht sinnlos aufregen, bei der großen Verantwortung, die er ohnehin zu tragen hat.« Hella lächelte. »Außerdem tut er jetzt doch, was du dir so sehr gewünscht hast. Ist das etwa nichts?«

Lena packte Hellas Hand. »Und was ist das hier?«, fragte sie. »Das hast du gestern Nachmittag noch nicht gehabt.«

Die Hand wurde ihr rasch entzogen. Hella zuckte die Achseln und schwieg.

Waren sie nun Freundinnen, die sich alles erzählten, oder nicht? Nicht zum ersten Mal fühlte Lena sich ausgeschlossen, was sie hilflos und gleichzeitig wütend machte.

»Du musst dich keinen fremden Männern an den Hals werfen, um mir zu helfen«, sagte sie scharf. »Und hör damit auf, mich als Ausrede zu benutzen! Du weißt ganz genau, wie wenig ich das mag.«

»Ach, Lena, sei doch nicht gleich wieder so streng! Wem schadet es denn, wenn ich ein bisschen freundlich zu ihm bin …«

Die Tür sprang auf.

»Dann los!«, sagte der Hofmeister. »Seine Hoheit empfängt dich. Aber mach es kurz! Seine Zeit ist äußerst knapp bemessen.«

Jetzt war die ganze Aufregung des Morgens wieder da. Sie war am Ziel – sie würde tatsächlich mit dem Herzog sprechen! Lena schaute zu Hella, die ihr aufmunternd zunickte und sich gelassen ein gebratenes Entenbein von der Zinnplatte nahm, an dem sie zu nagen begann.

Jetzt kommt es einzig und allein auf mich an, dachte Lena.

Mit staksigem Gang folgte sie dem Hofmeister, ohne die Umgebung richtig wahrzunehmen. Es wurde heller, das zumindest fiel ihr auf, die Anzahl der Wandleuchter nahm zu, die der Kerzen ebenfalls. Mit jedem Schritt erschien ihr alles höher und größer, vielleicht, weil sie das Gefühl hatte, gleichzeitig selbst immer mehr zu schrumpfen.

»Eines noch«, sagte Ritter von Spiess, als sie vor einer Tür angelangt waren, die sich von außen in nichts von den vielen anderen unterscheid, an denen sie schon vorbeigegangen waren. »Für dich mag es ein Schrecken gewesen sein, so wie die Dinge nun mal liegen. Für Seine Hoheit, den Herzog, dagegen ist es …« Er räusperte sich mehrfach. »… nun sagen wir, nichts Neues. Du musst dich nicht fürchten. Er zeigt sich in der Regel mehr als großzügig und wird auch dich gewiss mit allem ausstatten, dessen du in deiner besonderen Lage bedarfst. Aber hüte dich davor, in seiner Anwesenheit zu jammern und zu greinen! Das nämlich, mein Kind, kann er bei Gott nicht vertragen.«

Er klopfte, drückte auf die Klinke, schob sie hinein.

Lena war überrascht, wie klein der Raum war. Zusätzlich zum Kachelofen hatte man noch ein glimmendes Kohlebecken aufgestellt. Weiterhin gab es einen breiten Stuhl mit geschnitzter Lehne und einen großen Tisch, über und über mit Papieren bedeckt. Zwischen ihnen ein hoher Pokal und Essensreste auf einer länglichen Zinnplatte. Mindestens fünf Kandelaber mit brennenden Kerzen waren in der gemütlich warmen Stube verteilt, falls sie in der Aufregung richtig gezählt hatte.

Herzog Sigmund sah nicht auf, sondern setzte seine Lektüre unbeirrt fort. Nur seine Hand erhob sich kurz und bedeutete ihr, näher zu treten.

Jetzt, da sie ihn in Ruhe mustern konnte, kam er ihr älter vor, als sie sich ihn vorgestellt hatte. Sein einstmals blondes, inzwischen jedoch stark ergrautes Haar, das er um einiges länger trug, als die herrschende Mode es vorschrieb, wich an den Schläfen stark zurück und entblößte eine hohe, kantige Stirn, die von Falten zerfurcht war. Die Augen lagen tief in den

Höhlen; die Nase war fein und gerade, sie hätte auch zu einem hübschen Weib gepasst. Der Mund erschien ihr wie zweigeteilt: die Oberlippe mürrisch und skeptisch, die Unterlippe ausladend sinnlich.

»Da ist sie also, die närrische Kleine von heute Morgen«, sagte er. Noch immer hatte er ihr keinen Blick gegönnt. »Bist du wieder einigermaßen bei Sinnen?«

»Das bin ich, Euer Hoheit.« Sie hatte tatsächlich geantwortet!

Der eigene Mut machte Lena für einen Augenblick stolz. »Mein Kopf brummt zwar immer noch leicht, doch Euer freundlicher Medicus hat gesagt, das vergeht bald wieder.«

»Es lohnt sich nicht, meinetwegen zu sterben, das musst du dir merken. Nicht für einen alten Sünder, wie ich es bin.« Seine Finger fuhren weiterhin über die endlosen Zahlenreihen. In der oberen Ecke des Blattes erkannte sie das Wappen von Tirol, den stolzen roten Adler. Daneben aber waren zwei gekreuzte Haspeln, die sie zum ersten Mal sah. »Schon gar nicht, wenn man wie du ein Kind ...«

»Ich bin nicht schwanger, Euer Hoheit«, sagte Lena. »Weder von Euch noch von sonst irgendeinem. Ich habe lediglich dem Hofmeister nicht widersprochen, als er diese Vermutung äußerte, damit er mich auch ja zu Euch bringt.«

Er schob die Papiere zurück, schaute sie an. Jetzt besaß sie seine ungeteilte Aufmerksamkeit.

»Wir sind uns noch nie begegnet«, sagte er nach einer Weile. »Und dennoch habe ich das sichere Gefühl, dich zu kennen. Wie kann das angehen? Wie heißt du, Mädchen?«

»Lena. Und so wie ich sehen viele hier aus«, sagte sie. »Vielleicht liegt es daran.«

Sein Blick wurde schärfer. »Deine Mutter«, sagte er. »Wie lautet ihr Name?«

»Johanna. Aber sie ist tot, seit vielen Jahren schon. Ebenso wie mein Vater Georg Schätzlin, der als Hauer in Eurer Silbermine sein Leben gelassen hat.«

»Dann bist du also eine Waise, und die seltsame Begebenheit heute Morgen war nichts als ein dummer Unfall.« So wie er das sagte, klang es wie eine Frage.

Als Waise hatte sie sich eigentlich nie so richtig gefühlt, denn schließlich gab es ja Els und Bibiana und dazu Sebi, der für sie wie ein kleiner Bruder war. Aber vielleicht lag genau da das Geheimnis begraben, nach dem sie schon so lange suchte ...

»Das Erstere ja, das Zweite nein«, sagte Lena. »Ich hab es absichtlich getan. Weil ich nicht wusste, wie ich sonst zu Euch vordringen sollte.« Nachdem die ersten Hemmungen überwunden waren, erschien es ihr gar nicht mehr schwer, mit dem Herzog zu reden, zumal das Gefühl, sich zu kennen, das er geäußert hatte, auch in ihr wuchs.

Und außerdem – hatte Sebi nicht eine kantige Stirn wie er? Und ebenso helle, fast durchsichtige Augen, obwohl die Augen seiner Mutter Els fast schwarz waren und sein toter Vater Laurin ebenfalls dunkeläugig gewesen war? Je länger sie den Herzog ansah, desto neugieriger wurde sie. Vielleicht erhielt sie ja schon bald Gelegenheit, die Wahrheit wie bei einer Zwiebel Schicht um Schicht bloßzulegen.

»Was willst du, Mädchen?« Der Herzog klang müde, so gar nicht wie ein feuriger Bräutigam, der die Ankunft seiner jungen Verlobten kaum noch erwarten konnte. »Meine Laune ist denkbar schlecht, das musst du wissen. Podagra zwickt mich immer häufiger, und ich weiß kaum, wie ich die anstehenden Feierlichkeiten überstehen soll. Dazu drücken mich Sorgen wegen der Mine ...«

»Lasst mich für Euch kochen, ich bitte Euch!«, stieß Lena hervor.

»Du willst – was?«

»Für Euch kochen, Hoheit. Dann würdet Ihr Euch schnell besser fühlen, das weiß ich.«

Verdutzt schüttelte er den Kopf. »Und dafür hast du dein junges Leben aufs Spiel gesetzt? Das kann ich einfach nicht glauben!«

»Meint Ihr nicht, das sei die Mühe wert?«, konterte sie. »Trinken und Essen hält schließlich Leib und Seele zusammen, kann heilen und fröhlich machen, und genau das braucht Ihr doch!«

»Ich fürchte, das stellst du dir alles ein wenig zu einfach vor«, sagte er. »Es gibt schließlich einen Küchenmeister und dazu verschiedenste Köche, Küchenjungen sowie ein wahres Heer von weiteren Gehilfen: Metzger, Zerwirker, Talgbrutzler und viele andere. Jedenfalls fressen sie mir die Haare vom Kopf mit ihren ständig steigenden Ausgaben. Da kann ich doch nicht einfach jemanden von der Straße bestellen ...«

»Und all diese vielen Leute, die angeblich so gut für Euch sorgen, setzen Euch *das hier* vor?« Lena deutete auf die Zinnplatte und packte beherzt das Erste, das ihr in die Quere kam. »Ihr erlaubt doch?« Ohne eine Antwort abzuwarten, schob sie sich den Bissen einfach in den Mund und begann zu kauen.

Der Herzog starrte sie an wie eine Erscheinung.

»Bries in Eierteig gewendet«, sagte sie. »Eigentlich etwas Feines, wenn man es richtig zubereitet. Dieses jedoch ist eindeutig zu schwach gewürzt, dafür jedoch zu scharf und viel zu fettig gebraten. Das macht Eure Gicht nur noch ärger. Ihr solltet besser in Weißwein sautierten Fisch zu Euch nehmen, gedünstetes Gemüse oder gesottenes Geflügel mit Kräutern wie Giersch oder Gundelreben. Vielleicht sogar Löwenzahnblüten oder Sauerampfer – aus beidem lassen sich köstliche Saucen und Suppen herstellen. Habt Ihr davon schon einmal probiert?«

»Willst du mich vergiften?«

Lena lachte herzlich. »Ganz im Gegenteil, Euer Hoheit! Genießen sollt Ihr und dabei gesund sein. Genau das vermag nämlich die richtige Kochkunst.«

»Wer hat dich das alles gelehrt?«, wollte er wissen. »Bist du etwa die Tochter einer Hexe?«

Das jedenfalls ging entschieden in die falsche Richtung!

»Natürlich nicht! Aber Großmutter Bibiana«, sagte Lena entschieden, was der Wahrheit ziemlich nah kam, »kennt so gut wie jedes Kraut, das jemals irgendwo seinen Kopf aus der Erde gestreckt hat. Und was sie erst alles daraus zaubern kann! Ihr müsst wissen, weder nördlich noch südlich des Alpenkamms gibt es jemanden, der besser kochen könnte als sie. Und ich bin bei ihr in die Lehre gegangen, seit ich ganz klein war.«

Den Mund hatte sie damit ziemlich voll genommen. Und vermutlich war sie in der Aufregung auch laut geworden, denn nun steckte Ritter von Spiess, der offenbar draußen gelauscht hatte, seinen Kopf durch die Tür.

»Sie inkommodiert Euch doch nicht, Euer Hoheit?«, fragte er. »Sonst lasse ich sie auf der Stelle entfernen.«

»Nein, das tut sie nicht.« Herzog Sigmund erhob sich. Im Stehen sah man erst, wie zartgliedrig er war mit seinen schmalen Schultern und dünnen Armen und Beinen, auch wenn sich ein kleiner Spitzbauch unter seinem schenkellangen Rock aus hellgrünem Brokat zu wölben begann. »Im Gegenteil, sie beginnt mich zu amüsieren. Dabei ist die Kleine hier keineswegs schwanger, wie Ihr vorhin behauptet habt.«

»Aber du hast doch …« Lena empfing einen giftigen Blick. »Sie hat es mich mit allen Mitteln glauben gemacht, Euer Hoheit. Sonst hätte ich doch niemals …«

Eine wegwerfende Geste brachte ihn zum Schweigen. »Schneid besitzt sie und sie weiß, was sie will, das gefällt mir.

Außerdem scheint sie einiges vom Kochen zu verstehen.« Der Herzog versetzte der Zinnplatte einen Stoß. »Soll ich etwa bis zum Lebensende mit diesem Fraß abgefertigt werden? Dann freilich könnte es schneller da sein, als euch allen vielleicht lieb ist.«

»Euren braven Küchenmeister würde auf der Stelle der Schlagfluss treffen, könnte er Euch so reden hören«, rief der Hofmeister entrüstet. »Wo doch Meister Matthias Rainer Tag und Nacht über noch immer ausgefalleneren Rezepten für Euren herzoglichen Gaumen grübelt!«

»Vieles von dem, was auf meine Tafel kommt, schmeckt ausgesprochen widerlich. Kein Wunder, dass ich in letzter Zeit die Lust am Essen nahezu verloren habe. Außerdem kehren neue Besen besser, so sagt man doch, nicht wahr? Rainer soll sie zunächst eine Weile in der Gesindeküche unterbringen. Dort kann sie ihre Geschicklichkeit unter Beweis stellen. Taugt sie etwas, sehen wir weiter. Falls nicht, ist kein großer Schaden entstanden.« Der Herzog seufzte. »Ohnehin kann uns gegenwärtig jede zusätzliche Hand nur von Nutzen sein, wo doch bald schon Hundertschaften zu bewirten sein werden. Gleich morgen früh soll sie sich dort einfinden. Das ist für den Moment alles.«

Er zog sich hinter seine Papiere zurück. Die endlosen Zahlenkolonnen hatten ihn zurück.

Lena versank in eine tiefe, dankbare Verneigung. Dem Hofmeister gönnte sie nicht einen Blick. Das mit Hella würde sie ihm niemals verzeihen. Doch was scherte er sie noch?

Sie war am Ziel – endlich durfte sie bei Hof arbeiten!

»Ihr werdet es nicht bereuen, Euer Hoheit«, sagte sie inbrünstig. »Niemals! Das verspreche ich Euch bei meinem Leben.«

»Reicht mir Eure Hand!«

Die Gestalt auf der anderen Seite zögerte, dann streckte sie ihren Arm aus und schob die Rechte über den Tisch. Wilbeth entging nicht, wie sie dabei abermals misstrauisch all die Schüsseln, Näpfe und Töpfchen beäugte, die sich auf den notdürftig angebrachten Brettern stapelten. Besonders unheimlich schienen der Besucherin die getrockneten Kräuterbüschel zu sein, die an einer quer durch die Stube gespannten Schnur hingen.

Hexenkräuter. Teufelszeug. Wilbeth meinte die Gedanken der anderen förmlich zu hören.

»Ich muss zunächst die Linke sehen«, sagte sie. »Denn sie verkörpert Euer Erbe. Das, womit Ihr auf die Welt gekommen seid.«

»Was tut das hier schon zur Sache!« Selbst unter der schwarzen Mumme, die den unteren Teil des Gesichts verhüllte und nur die blassgrünen Augen freigab, war die Empörung spürbar. »Was mich einzig und allein interessiert ist die Zukunft. Dann muss es wohl die Rechte sein? Hier! Und beeil dich gefälligst! Ich hab meine Zeit nicht gestohlen.«

»Ganz, wie Ihr wünscht.« Das bräunliche Gesicht unter dem silbernen Haarkranz blieb unbewegt.

Wilbeth musste nicht lange überlegen, wer ihr zu dieser späten Stunde die Aufwartung machte, denn die aufwendige Kleidung aus Samt, Brokat und Taft verwies mit jedem Rascheln die Besucherin in den Dunstkreis des Hofes. Und dort gab es nur eine Einzige, die so zaundürr und unanständig groß war, dass sie nahezu an alle Männer heranreichte und einige von ihnen sogar überragte: Alma von Spiess, die Gemahlin des Hofmeisters.

»Nun, was siehst du?« Voller Ungeduld begann die Spiessin mit den Füßen auf dem festgestampften Lehmboden zu scharren. »Ich will ihn zurück!« Es war wie ein Schrei.

Die Hand war groß und innen stark gerötet, ein seltsamer Gegensatz zu dem blassen, dünnen Gelenk, an dem sie wie ein Fremdkörper wirkte. Finger, die nach oben breiter wurden. Eine Feuerhand, wie Wilbeth sofort erkannte hatte. Ihre Besitzer waren meist ehrgeizig und wollten ihre Ziele um jeden Preis erreichen. Dazu ein praller, fast schon aufgedunsener Venusberg, der von unstillbarer Gier und der Lust nach Ausschweifungen jeglicher Art kündete. Die Herzlinie dagegen war zum Verschwinden fein; tiefe, echte Gefühle waren ganz offensichtlich nicht die Stärke der Besucherin.

»Es handelt sich nicht um Euren Ehemann?«, fragte Wilbeth, obwohl sie die Antwort schon kannte.

»Wäre ich sonst hier?«, zischte Alma von Spiess. »Und spann mich nicht länger auf die Folter – sonst könntest du es bereuen!«

Wilbeth blieb ruhig. Natürlich hätte sie der anderen prophezeien können, was diese so dringlich hören wollte: dass die Vereinigung mit dem verlorenen Liebsten unmittelbar bevorstehe. Doch davon war nichts zu sehen, gar nichts, so eingehend sie die dargebotene Hand auch betrachtete.

»Schwierigkeiten werden nicht ausbleiben«, sagte sie schließlich. »Da will ich Euch nichts vormachen. Es gibt da eine Konkurrentin, die Euch schwer ins Zeug pfuschen könnte. Sie kommt ganz plötzlich ins Spiel, vielleicht sogar von weiter her. Ihr Schicksal jedenfalls ist mit dem seinen verbunden.«

Die Spiessin starrte sie wortlos an.

»Eine Frau, um einiges jünger, als Ihr es seid«, fuhr Wilbeth fort. »Und ausnehmend schön dazu.«

Sie hatte genau ins Schwarze getroffen! Alma von Spiess sackte in sich zusammen.

»Ich werde im kommenden Mai erst vierunddreißig«, murmelte sie. »Ich kann ihm noch immer den Sohn gebären, nach dem er sich so sehr sehnt. Dann wird er mich zur Frau nehmen! Und dieses unreife Gemüse auf der Stelle nach Hause zurückschicken, zurück in das verdammte Sachsen ...«

»Ihr habt Euch böse entzweit«, fuhr Wilbeth fort. »Das kann ich ebenfalls sehen. Schon vor geraumer Zeit.«

»Das ist richtig. Woher weißt du das?«

»Dieser Ast hier zur Schicksalslinie, die er durchkreuzt, bedeutet in der Regel Unglück und Streit. Und leider ist er auch noch ungewöhnlich gut ausgeprägt.«

»Soll ich dir sagen, weshalb? Andere Menschen, *hundsgemeine* Menschen, haben einen Keil zwischen uns getrieben und dadurch seine Liebe zum Erlöschen gebracht. Doch sie werden nicht siegen, denn unsere Leidenschaft wird neu erglühen ...«

»Darauf allein würde ich an Eurer Stelle nicht setzen. Die andere ist stark, von edler Abstammung und besitzt Mut. Und sie verfügt über Talente, von denen Ihr bislang nichts ahnt. Ihr müsst schlau sein, wenn Ihr siegen wollt.«

»Das alles siehst du in meiner Hand?« Die Spiessin starrte auf die Linien, als könne sie es selbst entdecken.

»Das und noch vieles mehr«, bekräftigte Wilbeth, die plötzlich blass geworden war und sich angelehnt hatte, als bedürfe sie eines Halts.

»Dann musst du mir eben behilflich sein!« Alma zog ihre Hand zurück. »Wozu sonst hast du schließlich das alles hier gesammelt, gepresst und zusammengebraut?«

»So einfach ist das nicht mit der Liebe ...«

In ihrer wachsenden Erregung schien Alma von Spiess es nicht mehr hinter ihrer Mumme auszuhalten und riss das schwarze, engmaschige Gebilde herunter. Dahinter war ihr flächiges Gesicht schweißnass und fleckig.

»Aus diesem Haus in der Silbergasse hat schon so mancher Liebeszauber seinen Weg in die Stadt und den Neuhof gefunden«, zischte sie. »Das weiß ich aus sicherer Quelle. Du wirst also nicht die Stirn besitzen, ausgerechnet meinen Wunsch abzuschlagen!« Sie nestelte an ihrer Tasche und zog ein paar Münzen heraus, die sie auf den Tisch warf. »Selbst wenn du noch mehr dafür verlangst, am Geld soll es gewiss nicht scheitern.«

»Als Anzahlung mag es angehen«, sagte Wilbeth. »Bringt morgen das Doppelte mit, wenn Ihr den Trank abholt.«

»Wann wird er fertig sein?«

»Sobald die Dämmerung anbricht. Ich kann ihn noch heute ansetzen, um die Kräfte des dunklen Mondes zu nutzen. Aber ich muss Euch warnen: Solch ein Liebeszauber bindet stets beide Parteien, nicht nur denjenigen, der ihn verabreicht bekommt.«

Die Spiessin nickte ungeduldig. »Ich werde also jemanden zu Euch schicken ...«

»Ihr kommt allein. Und kein Wort zu niemandem! Jedes Gerede schwächt die Kraft des Mittels.«

»Er *muss* mir wieder gehören!« Alma von Spiess schien wie im Rausch. »Du kannst dich auf mich verlassen. Meine Lippen sind versiegelt.«

Die Spiessin rauschte hinaus, und für ein paar Augenblicke war es ganz still in der kleinen Stube. Dann bewegte sich der schwere Vorhang, hinter dem die Bettstatt verborgen war, und zwei Frauen stürzten hervor.

»Ich wäre beinahe erstickt«, sagte Barbara, »so schwer fiel es mir, den Mund zu halten. Du verstehst dein Handwerk in der Tat, Wilbeth!«

»Ja, das tust du«, bestätigte auch Rosin. »Sie hing ja förmlich an deinen Lippen wie eine Verdurstende.«

»Man muss seine Arbeit gründlich tun«, entgegnete Wilbeth. »Nicht anders als du, Barbara, wenn du die Neugeborenen auf die Welt holst. Oder du, Rosin, wenn du die Toten wäschst, bevor sie zur ewigen Ruhe ins Grab gelegt werden. Auf meine Weise mache ich nichts anderes.«

»Aber dieses Weib ist gefährlich«, wandte Rosin ein. »Das sagen alle, die einmal mit ihr zu tun gehabt haben. Und sie vergisst nichts, was man ihr einmal angetan hat, keine Schmach, nicht die allerkleinste Niederlage. Wenn die Frau des Hofmeisters nicht bekommt, was sie will, kann sie zur Bestie werden.«

»Diesen Schlag Frau kenne ich nur allzu gut: Sie sind gierig und unzufrieden, egal, wie viel sie auch bekommen, allerbeste Voraussetzungen, um sie lange als Kundinnen zu behalten«, sagte Wilbeth. »Alma von Spiess wird nicht nur *einen* Zauber brauchen. Und das wiederum füllt meine Truhe mit gutem Silber.«

»Die Hochzeit des Herzogs wird sie aber trotzdem nicht verhindern können!«, rief Barbara. »Nicht einmal mithilfe all deiner Zaubertränke.«

»Wenn das Schicksal es so bestimmt hat, gewiss nicht.«

»Dann verkaufst du ihr also irgendein nutzloses Gebräu?«, fragte Rosin. »Ohne die geringste Wirkung?«

»Nichts von dem, was die Natur uns schenkt, ist nutz- oder wirkungslos. Es kommt nur darauf an, wie viel man davon nimmt, in welchem Verhältnis man es mischt, und wem man es zu welchem Zeitpunkt verabreicht. Darin liegt das eigentliche Geheimnis.« Wilbeth gähnte. »Seid ihr eigentlich auch so müde wie ich? Nach solch einer langen Nacht wie gestern spüre ich jedes Mal, dass ich fast zwanzig Jahre älter bin als ihr.«

»Was soll da erst Bibiana sagen?«, rief Rosin lachend. »Sie ist die Älteste von uns allen und doch immer die Erste und die Letzte in der Sillschlucht!«

»Wir müssen künftig noch vorsichtiger sein.« Barbaras sommersprossiges Fuchsgesicht wirkte plötzlich angespannt. »Ich hab da immer wieder etwas knacken hören. Wetten hätte ich können, dass uns jemand heimlich belauscht, vor allem, als Hella sich so böse verbrannt hat…«

»Du siehst Gespenster«, sagte Rosin. »Hella war bloß unvorsichtig, und das nicht zum ersten Mal. Da war keine Menschenseele. Ich hab schließlich die ganze Umgebung zuvor gründlich mit meiner Fackel abgesucht. Niemand außer uns sechs.«

»Eigentlich sollten wir längst wieder zu siebt sein«, sagte Wilbeth, und die anderen beiden nickten. »Wann wohl Els ihre Nichte endlich einweihen wird?«

»Hoffentlich bald«, erwiderte Barbara. »Lena ist inzwischen erwachsen genug, um auch meine Dienste demnächst einmal in Anspruch zu nehmen.« Sie packte ihren Umhang, und auch Rosin machte sich zum Gehen bereit. »Jetzt muss ich aber nach Hause. Sonst macht Jockel sich noch auf den Weg, um mich zu suchen. Die Leute aus dem Obergeschoss sind schon wieder aufsässig. Wenn das so weitergeht, werden sie sich eine neue Bleibe suchen müssen, ob die Frau nun ständig krank ist oder nicht.«

Wilbeth war es recht, dass die beiden sie verließen. Sie legte Holz im Ofen nach und wartete, bis das Wasser im großen Topf zu blubbern begann. Dann goss sie davon in den Becher, in den sie zuvor getrocknete Kamillenblüten gegeben hatte, ließ den Tee ziehen und trank ihn später in kleinen Schlucken.

Etwas war ihr schwer auf den Magen geschlagen, und bis jetzt hatte sie sich nicht so recht wieder davon erholt.

In der Hand der Spiessin hatte sie den Tod gesehen.

❧

»*Bella mora*!« Er trat von hinten an Els heran und griff ihr mit zwei Fingern in den Nacken. »Wie sehr hab ich mich nach dir gesehnt!«

Sie fuhr herum. Keine Spur von einem Lächeln in ihrem schmalen Gesicht. Die ungebärdigen Locken, die er so liebte, waren zu einem Zopf geflochten, aus dem sich bereits wieder Strähnen gelöst hatten. Aus einiger Entfernung hätte man Els noch immer für ein Mädchen halten können, so klein und schlank war sie geblieben. Doch die schwarze Els, wie man sie in ganz Innsbruck nannte, war Mutter und seit Jahren verwitwet. Aus der Nähe sah man zudem die winzigen Fältchen, die sich um ihre dunklen Augen gebildet hatten.

»Wie oft hab ich dir schon gesagt, du sollst mich nicht so erschrecken! Wie ein Dieb durch den Hintereingang zu schleichen – willst du, dass ich dir demnächst aus Versehen einen Krug überziehe?«

»Vorn war schon ... abgesperrt.« Er hatte so lange in Italien gelebt, dass er inzwischen manchmal nach dem passenden deutschen Wort suchen musste. »*La vecchia* Bibiana hat es offenbar wieder einmal zu gut gemeint. Da bin ich eben so gekommen.«

Antonio de Caballis zog sie an sich.

»Drei endlose Nächte ohne dich. Das ist mehr, als ein armer Fremdling ertragen kann. Schon gestern war es kaum mehr auszuhalten, aber du wolltest mich ja unter keinen Umständen zu dir lassen, obwohl ich drauf und dran war, eifersüchtig zu werden.«

Es ging ihn nichts an, wo sie die vergangene Nacht verbracht hatte. Und in welcher Gesellschaft. Bis jetzt war es Els gelungen, diesen Teil ihres Lebens ganz von ihm fernzuhalten, und so sollte es auch weiterhin bleiben.

Er streckte die Arme aus, lächelte.

Obwohl sie jetzt lieber allein geblieben wäre, konnte sie ihm nicht böse sein. Nicht, wenn er sie mit diesem sehnsuchtsvollen Blick ansah. Els schmiegte sich an ihn, dabei waren ihren Gedanken noch ganz bei Lena. Hella hatte sie nach Hause gebracht, viel zu spät, mit besudeltem Kleid und einer Wunde auf der Stirn. Dazu hatte sie eine seltsam verworrene Geschichte über den Prunkschlitten des Herzogs aufgetischt, der Lena versehentlich überfahren habe. Von Lena selbst war so gut wie nichts herauszubekommen gewesen, sie hatte etwas von Kopfschmerzen und dringender Ruhe gemurmelt und sich schnell nach oben in ihr Bett verzogen.

Und dann war Hella endlich mit dem Wesentlichen herausgerückt: Lena war zum Herzog vorgelassen worden und sollte ab morgen in seiner Gesindeküche arbeiten.

Antonio schien Els' geistige Abwesenheit zu bemerken. Er schob sie ein Stück von sich weg und musterte sie aufmerksam.

»Wohin sind deine Gedanken geflogen, Elisabetta? Bei mir sind sie jedenfalls nicht.«

»Da hast du recht.« Sie ging zum längsten Tisch, den Bibiana bereits mit der Bürste abgeschrubbt hatte wie auch alle anderen in der Gaststube, obwohl das eigentlich Lenas Aufgabe gewesen wäre, nahm einen Krug und füllte einen Becher mit Wein. »Aber heute sind so seltsame Dinge geschehen. Willst du auch?«

Er nickte, ließ sich von ihr einschenken. Beide tranken.

»Ich sorge mich um Lena«, sagte sie. »Nach dem frühen Tod Johannas hab ich immer nur eines gewollt: sie beschützen. Aber nun will sie am Hof arbeiten. Das Mädchen macht es mir wirklich alles andere als leicht.«

»Mädchen? Lena ist doch keine *ragazza* mehr, sondern eine junge Frau! Und heißt Erwachsenwerden nicht auch immer Abschied nehmen?«, entgegnete Antonio. »In Venezia hätte deine Nichte bereits einen Mann und würde längst ihr eigenes Leben führen.«

»Das ja – natürlich. Sie soll mit dem Richtigen glücklich werden, das wünsche ich mir so sehr für sie. Aber am Hof arbeiten? Ausgerechnet an diesem Ort, wo sich so schreckliche Dinge abspielen?«

»Herzog Sigmund ist nun mal ein Fürst, der …«

»… seine Finger von keinem Weiberrock lassen kann, ob er nun einer noblen Gräfin oder einem schmutzigen Gänsemädchen gehört. Das weiß ganz Tirol. Und dafür ist meine Lena mir viel zu schade.«

»Meinst du nicht, sie ist alt genug, um selbst auf sich aufzupassen?«

»Nicht bei solch einem Ungeheuer wie ihm. Hat er nicht schon mehr als genug Unglück über unsere Familie gebracht? Erst Lenas Vater Georg, der im Berg verschüttet wurde, und dann auch noch mein Laurin, weil Seine Hoheit sich so lange nicht entscheiden wollte, wer nun die neue Poststation bekommt, bis der Konkurrent Laurin im Rausch einfach abgestochen hat.« Ihre Augen funkelten zornig. »Wir haben doch hier alles, was sie braucht. Eines Tages wird Lena das Ganze sogar gehören: das Haus, die Gastwirtschaft, die Lizenz für die Poststation. Aber nein, sie muss zum Herzog rennen und sich dort als Küchenmagd andienen!«

Er berührte ihren Arm, um sie zu beruhigen. Els aber machte sich los.

»Ich *will* diese Wut spüren«, rief sie. »Denn sie macht mich stark, verstehst du? Lieber wütend sein, als hilflos in Tränen versinken. Das Mädchen wird *nicht* gehen. Dafür werde ich sorgen!«

Ihr grimmiger Tonfall hatte Sebi aufgeweckt, der sich neben dem Feuer auf einer alten Decke zusammengerollt hatte. Er fuhr hoch, schaute sie mit weit aufgerissenen Augen an. Seiner Brust entrang sich ein Krächzen. Pippo, der schwarze Kater, dessen Nähe er seltsamerweise ertrug, streckte sich, machte einen hohen Buckel und sprang dann geschmeidig auf den nächsten Stuhl.

Els war sofort bei ihrem Sohn.

»Du musst keine Angst haben«, sagte sie. »Das ist kein Streit. Ich hab mich nur aufgeregt. Das ist alles.«

Der Junge gab ein Grunzen von sich. Sie widerstand der Versuchung, ihn an sich zu reißen, zu streicheln und mit Küssen zu bedecken. Els wusste zu genau, was dann einträte. Sebi würde wegrennen, in irgendeines seiner Verstecke, sogar jetzt, mitten im Winter, und stundenlang in einer Erdhöhle oder einem Verschlag ausharren, bis er sich wieder beruhigt hatte. Niemand konnte sich vorstellen, was sie alles erleiden musste, bis sie endlich begriffen hatte, wie anders er war und dass sie nichts daran ändern konnte. Nicht einmal als er laufen lernte, hatte sie ihn berühren dürfen. Eine der schmerzhaftesten Lektionen, die das Leben ihr zugeteilt hatte. Manchmal hatte Els Angst, daran zu zerbrechen.

»Ich wünschte nur, ich könnte ihn besser verstehen«, sagte Antonio, der den Jungen anstarrte.

»Das wünsche ich mir auch. Aber er kann nun mal nicht heraus aus seiner Welt.«

Sebi schien die beiden längst vergessen zu haben. Er hockte auf dem Boden und öffnete und schloss die kleine Holzkiste, die er immer mit sich herumschleppte. All seine Schätze waren darin, die er ständig weiter vervollständigte. Alles, was glänzte und glitzerte. »Kleine Elster«, neckte Lena ihn deswegen manchmal liebevoll.

»Vielleicht, wenn er eine richtige Familie hätte«, sagte Antonio zögernd. »Einen Vater …«

»Die hat er doch. Und sein Vater ist tot. Den kann nichts und niemand wieder lebendig machen«, sagte Els in scharfem Ton. »Ich glaube, es ist besser, wenn du heute in der Hofburg nächtigst. Mein schönstes Gastzimmer bekommt morgen für ein paar Tage einen neuen Bewohner.«

»Und dein Bett, Elisabetta?«

Sie spürte seinen Atem an ihrem Ohr, warme, weiche Lippen auf ihrer Haut. Sein Duft stieg ihr in die Nase. Beinahe hätte er sie umgestimmt, doch sie entschloss sich, hart zu bleiben.

»Es ist spät, Antonio. Ich brauche meinen Schlaf.«

Als er wortlos gegangen war, fühlte Els sich elend. Sie wusste, dass er es gut mit ihr und dem Jungen meinte, doch seine Art der Fürsorglichkeit brachte sie manchmal schier zum Ersticken. Jetzt war die Müdigkeit von vorhin mit einem Schlag verflogen. Stattdessen spürte sie, wie die altbekannte Angst sich lähmend und kalt in ihr ausbreitete.

Lena am Hof!

Das Schlimmste, das sie seit Jahren immer wieder befürchtet hatte, war eingetroffen. Doch was konnte sie tun, um das Mädchen davon abzuhalten? Els wusste genau, wie halsstarrig Lena sein konnte, wenn sie sich einmal etwas in den Kopf gesetzt hatte.

Sie hörte, wie Bibiana von oben nach Sebi rief: »*Piccolo folletto* – ins Bett, komm endlich! Die Elfen warten schon auf dich!«

Die Einzige, auf die der Kleine manchmal hörte, und auch darauf war kein Verlass. Er schloss seine Holzkiste, stand auf und stapfte mit ihr unter dem Arm die Treppe hinauf.

Mit geballten Fäusten schaute Els ihm nach, obwohl sie wusste, dass er sich nicht nach ihr umdrehen würde.

Kaum war er verschwunden, presste sie die Stirn mit dem

ganzen Gewicht ihres Körpers gegen die Wand, bis der Druck unerträglich wurde. Dann, ganz plötzlich, hob sie die Fäuste und schlug gegen das Mauerwerk, wieder und immer wieder, als versuche sie, auf diese Weise das Rad der Zeit mit aller Macht zurückdrehen.

❧

Als sie noch seine Buhlschaft gewesen war, hatte Alma von Spiess sich all die Gewohnheiten des Herzogs fest eingeprägt, ein Umstand, der ihr noch immer zugute kam. So wusste sie, dass Sigmund an der abendlichen Tafel im Kreis seiner Räte, Ritter und Vertrauten oftmals nur wie ein Spatz von den aufgetragenen Speisen pickte, ihn später aber auf einmal Hunger überfiel und er sich dann aus der Küche ein Tablett mit ausgesuchten Köstlichkeiten bringen ließ, die er in Windeseile vertilgte.

Nur wann es jeweils so weit war, musste sie dem Zufall überlassen, und der schien es heute gar nicht gut mir ihr zu meinen. Es schien eine halbe Ewigkeit vergangen zu sein, sie drückte sich noch immer im zugigen Flur herum, und nichts war bisher geschehen. Unzählige Male hatte sie ihr Kleid zurechtgerückt, dessen kräftiges Grün ihr mausbraunes Haar glänzender machen sollte und die Wangen rosiger. Vorn stand es ein ganzes Stück ab, was sie bekümmerte, denn ihre Brüste waren ohnehin winzig. Aber wie sollte sie sich auch mit Freuden mästen können, solange der Herzog sie übersah?

Sie tastete nach dem Fläschchen, das sie in der eigens eingenähten Rocktasche versteckt hielt. Wenn die weißhaarige Hexe aus der Silbergasse nicht gelogen hatte, musste seine Wirkung beeindruckend sein. Natürlich wollte die Frau zunächst nicht mit der Wahrheit herausrücken, als Alma sie nach dem Inhalt gefragt hatte. Schließlich aber hatte sie doch zugegeben, dass die Tinktur aus Efeu, Baldrian, Malve, Zypresse und einer winzigen Schierlingsdosis bestand.

»Den Rest sollt Ihr lieber nicht wissen!« Das Lachen der Alten hatte in Almas Ohren teuflisch geklungen. »Sieben Tropfen davon in seinen Abendwein. Und er wird vor Verlangen brennen.«

Alma von Spiess hörte Schritte, drückte sich noch enger an die Wand, bis der Küchenmeister kurz vor ihr angelangt war.

»Ihr erlaubt doch, Meister Matthias?« Sie trat ihm in den Weg. »Ausnahmsweise werde ich heute Seiner Hoheit das nächtliche Mahl persönlich servieren.«

Matthias Rainer sah sie unsicher an. Sie war die Buhlschaft seiner Hoheit gewesen, das war ihm bekannt. Aber war sie es noch immer? Oder vielleicht schon wieder?

»Davon weiß ich nichts«, sagte er und presste das Tablett an seine breite Brust.

»Natürlich nicht.« Sie lächelte. »Wo es doch eine süße Überraschung sein soll! Und jetzt gebt es mir endlich! Oder soll der Herzog vielleicht Hunger leiden?«

Matthias Rainer gehorchte, noch immer zögernd.

»Es hat alles seine Ordnung«, rief Alma halb über die Schulter. »Vertraut mir! Seine Hoheit wird hocherfreut sein.«

Sie wartete, bis die Schritte des Küchenmeisters verklungen waren. Dann stellte sie das Tablett auf den Boden. Dünne Scheiben von kross gebratenem Gämsenfleisch. Schlegel vom Kapaun. Kandierte Früchte. Dazu ein weißer, leicht öliger Wein, wahrscheinlich aus Venetien. Sigmund hatte seine Vorlieben nicht geändert, was das Essen betraf. Jetzt würde sie dafür sorgen, dass auch ihre gemeinsame Vergangenheit neu auflebte. Sie zog das Fläschchen heraus und träufelte sieben Tropfen in die Karaffe. Sie würde ihm zuprosten und ebenfalls von dem Wein trinken. Dann wären sie eins – für immer!

Beim Aufnehmen erschien ihr die Last wie ein Federgewicht. Ihr Plan würde gelingen. Sie war sich auf einmal ganz sicher.

Endlich langte sie vor der richtigen Tür an. Bevor Sigmund sich zur Nachtruhe zurückzog, verbrachte er gern noch einige Zeit in dem kleinen, gemütlichen Raum, an den sein Schlafgemach direkt anschloss. Auf unerwünschte Dienerschaft würde sie nicht stoßen, dessen war sie sich gewiss. Die blaue Stunde, wie er sie zu nennen pflegte, auch wenn zur Winterzeit längst tiefe Nacht herrschte, gehörte dem Herzog allein.

Sie befeuchtete die Lippen, zwang sich zu einem Lächeln, obwohl ihr Herz wie ein gefangener Vogel gegen die Rippen schlug. Was hing nicht alles von diesem Moment ab! Doch wenn er erst einmal den Wein intus hatte, konnte ja nichts Schlimmes mehr geschehen.

Da sie keine Hand frei hatte, schlug sie mit der Schuhspitze gegen die Tür. »Ich bin es«, rief sie, »Alma! Der Küchenmeister war so freundlich …«

Die Tür sprang auf.

Er war beileibe nicht allein, ihr geliebter Herzog! Sie blickte in die dunklen Augen eines jungen Mannes, den sie noch nie zuvor gesehen hatte. Da er keinerlei Anstalten machte, sich zu bewegen oder irgendetwas zu sagen, drückte sie ihm kurzerhand das Tablett in die Hände.

»Stellt das Essen auf die Ofenbank, Signor Moreno!«, rief der Herzog. »Und dann kommt schnell wieder zu mir. Unsere Arbeit ist noch nicht beendet. Und bringt Wein mit – Ihr wart doch eben noch durstig. Trinkt, so viel Ihr wollt, ich bitte Euch!«

Zu Almas Entsetzen musste sie mit ansehen, wie der Italiener den Inhalt der Karaffe in seinen Pokal goss und ihn im Stehen in einem Zug leerte.

»Was steht Ihr noch herum?«, rief Sigmund. »Ich will mich weiter mit Euch an den Schätzen laben, die Ihr uns aus Venedig mitgebracht habt.«

Irgendwie gelang es Alma, bis zum Tisch zu gelangen. Sie starrte auf die kleinen blauen Steine, die auf einem dunklen Samttuch lagen.

»So glatt wie ihre zarten, jungen Brüste«, flüsterte der Herzog. »Und ebenso leuchtend wie ihre Augen sein sollen: ein tiefes Blau, das fast ins Violette spielt. Mein getreuer Hofmeister, der für mich in Sachsen den Brautwerber gegeben hat, wurde nicht müde, mir davon vorzuschwärmen. Sie ist gerade mal sechzehn, könnt Ihr Euch das vorstellen? Erst sechzehn Lenze!«

Er kniff die Augen zusammen, klang plötzlich streng. »Ihr habt die Steine doch nicht etwa heimlich geölt, um etwaige Risse und Mängel zu verdecken? Seid aufrichtig!«

»*Ma certo che no, eccellenza illustrissima*«, rief der Italiener. »*Sono pietre autentiche e pure, lo giuro sulla mia persona*!«

»Ich werde ihr eine prachtvolle Halskette daraus machen lassen. Die soll meine süße Katharina nach dem Beilager als zusätzliche Morgengabe erhalten. Und noch mehr Geschmeide, wenn sie mir erst einmal meinen Erben geschenkt hat. Gleich morgen früh soll der Goldschmied aus Hall …«

Jetzt erst schien er Alma wahrzunehmen.

»Was steht Ihr da so steif herum und glotzt mich an wie eine Erscheinung?«, fuhr Sigmund sie an. »Ihr habt Euch geirrt. Ich bin heute nicht hungrig. Die Pracht der Steine hat mich gesättigt. Nehmt das Essen und bringt es in die Küche zurück! Und richtet dem Kellermeister aus, dass wir mehr Wein brauchen. Signor Moreno und ich haben noch vieles zu bereden.«

Almas und des Herzogs Blicke trafen sich, und einen Lidschlag lang blitzte beinahe so etwas wie Bedauern in den Augen Sigmunds auf. Ich kann nicht anders, schien er ihr sagen zu wollen. Und du weißt es. Dann aber wandte er seinen Kopf ab.

Sie war entlassen. Für heute. Für immer.

Almas Tränen kamen erst, als sie den Schutz ihrer Bettstatt erreicht hatte. Dann aber flossen sie unaufhaltsam wie ein Sturzbach, der alle Dämme sprengt.

Sie war so erschöpft, dass sie erst aufwachte, als sich im Dunkeln ein nackter Leib an sie drängte.

»Sigmund«, murmelte sie schlaftrunken. »Sigmund, du ...«

Das schwere, betrunkene Lachen machte sie sofort hellwach.

»Ich bin es nur, dein Ehemann höchstpersönlich! Nicht ganz so hochrangig, dafür aber sehr schön geil!«

Leopold von Spiess riss an ihrem Hemd, in dem sie sich schlafen legte, seit sie hoffen konnte, nachts unbehelligt von ihm zu bleiben. Alma spürte kurz seine unbeholfenen Hände auf ihren Brüsten, dann schob er ihr ohne weitere Umstände sein steifes Glied zwischen die Schenkel.

»Ah – flach wie ein Brett und wieder einmal so knochentrocken wie eine ausgelaugte alte Mähre!«, hörte sie ihn schimpfen. »Womit auf dieser gottverdammten Welt hab ich nur ein so saftloses Weib verdient?«

Er pumpte angestrengt, ohne sich weiter um sie kümmern, hielt plötzlich inne. Sein rechter Arm angelte nach unten. Er setzte sein Theriakfläschchen an, nahm einen kräftigen Zug, dann fuhr er in seinem Tun unverdrossen fort. Irgendwann gab er ein kurzes Quieken von sich und sackte auf seiner Frau zusammen.

Binnen weniger Augenblicke ertönte rasselndes Schnarchen. Nichts und niemand konnte ihn jetzt wach bekommen.

Alma erhob sich, wickelte sich in eine Decke und schlich ins Nebenzimmer. Auf dem harten Zofenbett streckte sie sich aus, dann stand sie noch einmal auf, holte das Fläschchen aus der Silbergasse und presste es an ihre Brüste. Die hatte der Herzog früher liebevoll seine Kitzchen genannt und das dichte pelzige Dreieck zwischen ihren Beinen, das eine Laune der Natur kupfern gemacht hatte, seinen geliebten Maulwurfshügel. Jetzt jedoch führte er sich auf, als sei sie nichts anderes als eine ausgediente Kutsche, die für immer in die Remise gehörte.

Und Leopold? Allein der Gedanke an ihn verursachte ihr Übelkeit.

»Das werdet ihr mir büßen!«, flüsterte sie in die Stille der nächtlichen Kammer. »Alle beide. Und jeder auf seine ganz spezielle Weise.«

❧

In der Pilzsuppe, die der Auftakt zur Abendmahlzeit gewesen war, hatte der Besucher aus dem fernen Rom nur herumgestochert, obwohl er zuvor versichert hatte, dass er auch mit einem Stück Brot und einem Krug Wasser bestens bedient sei. Bischof Georg Golser hatte sich nicht davon täuschen lassen und seine Haushälterin Jakobe angewiesen, gehaltvollere Kost aufzutragen. Und da saß der Gast nun und schlang so gierig, dass die große Platte mit Wildschweinschinken, Räucherkäse und gefüllten Eier im Nu leer war.

Ein großer, stattlicher Mann, breitschultrig, dessen penibel rasierter Schädel die delikate Kopfform unterstrich. Muskulös, ohne ein Gramm überflüssiges Fett. Er hatte ein scharf geschnittenes, markantes Gesicht. Graue Augen, in denen kein Lächeln zu Hause war.

»Das tut gut!« Mit einem Seufzer lehnte Heinrich Kramer sich zurück. »Seit Rom hab ich nicht mehr so genüsslich gespeist.«

»Kein einfaches Unterfangen, eine so lange Reise, und das mitten im Winter«, sagte der Bischof. »Wieso habt Ihr nicht gewartet, Pater Heinrich, bis das Wetter wieder milder wird? Die Stadt des Heiligen Vaters bietet doch genügend an Sehenswürdigkeiten! Da kann unser kleines, verschlafenes Brixen bei Weitem nicht mithalten.«

»Weil meine Fracht zu kostbar ist. Und keine Zeit verloren gehen darf, um sie zu veröffentlichen. Ihr werdet mich doch unterstützen?«

Er spielte auf die Bulle an, die er Golser zuvor überreicht hatte. Bei der Lektüre waren diesem Schauer über den Rücken gelaufen. Papst Innozenz VIII. wich in erheblichen Punkten von der bisher gültigen Meinung und Auslegung ab. Der Text sprach von Teufelspakt und Zauberei und erkannte die Existenz von Hexen an. Und er autorisierte den Überbringer ausdrücklich zur Inquisition in Deutschland.

»Ihr habt Glück, dass Ihr mich überhaupt noch angetroffen habt«, erwiderte der Bischof ausweichend. »Meine Reisetruhen sind bereits gepackt, denn es geht auf nach Innsbruck. Erzherzog Sigmund von Tirol heiratet Ende des Monats. Und ich werde den heiligen Ehebund segnen.«

»Heißt das, Ihr werdet die Anordnungen des Papstes zuvor nicht veröffentlichen?« Kramers Miene hatte sich verdunkelt.

»Dafür ist nach meiner Wiederkehr noch Zeit genug, meint Ihr nicht auch? Ich bin Euch zwar an Jahren nur wenig voraus, doch leider hat es der Schöpfer mit meiner Konstitution nicht so gut gemeint wie mit Eurer.« Er streckte ihm seine Hände entgegen, die voller Gichtbeulen waren. »Podagra. Manchmal hat sie mich so fest im Griff, dass ich nachts keine zwei

Stunden schlafe. Eine gute Gelegenheit, sich den Schriften der heiligen Kirchenväter zu widmen! Deren Anschauungen über Hexerei weichen allerdings in vielen Punkten von dem ab, was Ihr mir mitgebracht habt.«

Der Dominikaner sprang auf. Der Saum seiner weißen Kutte war schlammbespritzt, er hatte sich nicht einmal der Mühe einer Reinigung unterzogen.

»Die Heiligen Väter kannten die Worte der Bibel«, rief er. »Aber sie konnten noch nicht wissen, was sich dieser Tage hier alles an Scheußlichkeiten vollziehen würde. Überall im Land rotten sich diese verderbten Weiber zusammen, bringen Schaden über Mensch und Vieh, verderben die Früchte des Feldes, ja, sie schrecken nicht einmal vor dem Töten jungen Lebens zurück. Das sind Fakten, Eure Exzellenz, keine Hirngespinste! Doch ich habe ihnen den Kampf angesagt, mit allem, was mir zu Gebote steht. Und ich werde diesen Kampf gewinnen!«

»Eure diversen Aktivitäten sind mir durchaus bekannt. Am Bodensee habt Ihr viele Frauen ins Feuer geschickt …«

»Achtundvierzig, um genau zu sein.« Es klang, als sei er stolz auf diese Leistung. »Und jede einzelne von ihnen hatte den Tod vielfach verdient. Aber sie sind überall, jene Unholden, versteht Ihr? Allzeit bereit, uns allen mit ihren schändlichen Verbrechen zu schaden.«

Bischof Golser griff zu dem Becher mit Brennnesseltee, den er nur trank, wenn die Gicht ihn besonders plagte. Ein vorsichtiger Schluck. Am liebsten hätte er sich wie ein nasser Hund geschüttelt, und das nicht nur, weil das Gebräu so widerlich schmeckte.

»Zu meinem Bedauern weiß ich nicht viel über die Menschen, die dort leben«, sagte er. »Meine Tiroler aber kenne ich. Ein ganz besonderer Menschenschlag, fromm und ehrlich, aber auch eigen und sturköpfig. Falls Ihr vorhabt, länger hier zu bleiben, solltet Ihr Euch mit ihren Sitten und Gewohnheiten ein wenig vertraut machen, damit Ihr sie besser verstehen lernt.«

»Tiroler? Hier geht es um Seelen, Exzellenz! Ich bin ein eiserner Krieger des Herrn und reite gegen all diese Teufelinnen ins Feld, ganz egal, ob in meiner Heimat, dem Elsass, ob am Bodensee oder mitten in den Alpen. Ich jage sie, verhöre sie, verurteile sie. Das und nichts anderes ist meine Mission.«

Der Bischof sah ihn lange schweigend an.

»Der Herr sei mit Euch, Pater Heinrich«, sagte er dann. »In Ewigkeit. Amen.«

❧

Der Tag schien kein Ende nehmen zu wollen, und Lenas Finger waren vom ununterbrochenen Spülen so rot und geschwollen, dass es ihr schwerfiel, einigermaßen geschickt mit den Töpfen zu hantieren, die viel größer waren als die daheim in Bibianas Küche. Doch sie biss die Zähne zusammen. Diesem Kassian, der sich hier als großer Koch aufspielte, obwohl er Zwiebeln kaum von Äpfeln unterscheiden konnte, würde sie es schon zeigen!

Feixend hatte er sie sozusagen ins eiskalte Wasser geschmissen.

»Der Hofmeister hat gesagt, du weißt über alles Bescheid. Dann kannst du ja heute das Nachtmahl für uns zubereiten. Sauerkraut und gesottene Bratwürste.« Er war schon halb im Gehen. »Für circa achtzig Köpfe.«

Zum Glück gab es Vily, den Küchenjungen, der nicht wie die anderen ein dummes Gesicht machte und hinter ihrem

Rücken Unflätiges murmelte, sondern einfach mit anpackte und Lenas unzählige Fragen beantwortete, so gut er konnte.

Mit ihm zusammen hatte sie eimerweise Kraut aus dem Keller nach oben geschleppt, über dessen Qualität sie freilich die Nase rümpfen musste.

»Bei uns im ›Goldenen Engel‹ duftet es fein säuerlich, und so muss es auch sein. Dieses hier aber riecht richtig modrig. Da werden wir eine ganze Menge tun müssen, um es genießbar zu machen. Also, worauf wartest du noch?«

Vily musste Weinessig und Zucker herbeischaffen, dann verlangte sie nach gekochtem und geräuchertem Speck.

»Das hat Kassian nie dazugetan«, kommentierte er, nachdem er das Gewünschte herangeschleppt hatte.

»Wie soll das Kraut sonst saftig werden, kannst du mir das mal verraten? Weißwein brauchen wir auch noch. Ein ordentlicher Schuss wird es frischer und duftiger machen.«

Andächtig sah er ihr dabei zu, wie sie den Sud für die Bratwürste zubereitete, die vom Vortag stammten, an dem frisch geschlachtet worden war.

»Ein Ave Maria lang muss er nun aufkochen«, sagte Lena. »Das ist ganz leicht zu merken.«

»Das waren Wasser und Essig, ein Schuss Öl, Salz, Pfeffer, Lorbeerblätter, Nelken und Wacholder. So viele Gewürze auf einmal! Willst du uns vielleicht vergiften?«

Lena lachte. »Du wirst dir den Wanst nicht voll genug damit schlagen können«, sagte sie. »Warte nur! Die Würste müssen jetzt drei Ave Maria lang ziehen, sagt meine liebe Bibiana – dann ist alles fertig.«

Die ersten Esser hatten bereits an den langen Tischen in der Gesindeküche Platz genommen. Andächtiges Schweigen, das sich über die Runde senkte, verriet, wie gut Lenas Rezept ankam. Immer wieder fuhren die Hände in die großen Schüsseln, aus denen jeweils zehn Leute gleichzeitig aßen, stocherten mit Holzlöffeln nach dem Kraut, packten die würzigen Würste und zuzelten sie geräuschvoll aus. Langsam röteten sich die Gesichter, wozu sicherlich auch die randvollen Metkrüge ihren Teil beitrugen, die von Vily immer wieder neu gefüllt werden mussten.

Lautes Geschrei störte die Stille.

»Ein Holzfäller«, schrie ein Mann, »er ist mit dem Schlitten verunglückt!«

Einige sprangen auf und rannten nach draußen, während andere die Gunst der Stunde nutzten und weiteraßen. Nach einer Weile wurde ein Mann hereingetragen. Blut lief aus einer großen Kopfwunde. Seine Augen waren glasig. Sie legten ihn auf eine Bank und beratschlagten, was zu tun sei.

»Van Halen muss her«, sagte Lena. »Der Medicus soll sich ihn ansehen.«

Rohes Gelächter.

»Man merkt, dass du neu hier bist«, sagte einer der Küchenjungen. »Der ist doch nur für die hohen Herrschaften zuständig, nicht für unsereins.«

»Aber dieser Mann braucht doch Hilfe! Da ist ja kein Tropfen Blut mehr in seinem Gesicht!« Sie suchte nach einem sauberen Tuch und wollte sich dem Verletzten nähern, als Kassian sie grob zur Seite stieß.

»Der braucht keine Hilfe mehr«, sagte er und schlug das Kreuzzeichen. »Außer für seine unsterbliche Seele.«

Als hätte ihn der Verletzte gehört, schlug er die Augen auf. Ein tiefes, heiseres Röcheln. Dann fiel sein Kopf zur Seite.

Er atmete nicht mehr.

»Den hat ganz allein der Herzog auf dem Gewissen«, flüsterte Vily Lena zu, als man den Toten weggebracht hatte. »Sieben Stämme pro Schlitten verlangt er jetzt, sieben! Und das zu dieser Jahreszeit, wo alles eisig gefroren ist. Mein Vater hat auch Holz gefahren, aber mehr als fünf Stämme durften es niemals sein, das weiß ich noch ganz genau.«

Obwohl der Junge ihr beim Abwasch zur Hand ging, fühlte Lena sich plötzlich todmüde. Bald würde das ganze Geschirr sauber sein – was aber wartete dann zu Hause auf sie?

Das versteinerte Gesicht von Els. Keine zehn Worte hatte sie mit ihr gewechselt, seit sie hier arbeitete, und Bibiana, die wieder mit ihrer Ringelblumensalbe ankäme, würde klagen, was des Herzogs schmutzige Gesindeteller aus Lenas schönen Händen machten. Dazu Sebi, von dem natürlich keine Silbe kam, der aber den unausgesprochenen Ärger mit jeder Faser seines kleinen Körpers aufnahm und im Gasthof umherschlich wie ein geprügelter Welpe.

Der Kloß in Lenas Kehle wuchs. Nichts als Zank und Unfrieden. War das die ganze Sache wirklich wert?

Sie griff nach ihrer Schürze, um sich das »Augenwasser«, wie Sebi die Tränen zu nennen pflegte, abzuwischen, als Flötenklänge sie plötzlich innehalten ließen. Es war nur eine kleine, einfache Melodie, fast wie Vogelzwitschern, aber so leicht und hell, dass man einfach zuhören musste. Die Töne trieben dem Höhepunkt zu, einem fröhlichen Tirilieren, um danach leiser und ruhiger zu enden.

»Das ist Niklas«, sagte Vily, der Lenas verändertes Gesicht genau beobachtet hatte. »Lautenspieler, Flötist, Trompeter. Freche Verse schmieden kann er auch. Nicht mal der Herzog wird darin verschont. Seltsamerweise scheint der es sogar zu mögen. Dieser Niklas darf bei ihm einfach alles!«

Lena reckte den Hals, als der Musikant am offenen Fenster vorbeikam. Wirre Locken, rötlichbraun wie reife Kastanien, eine kühne Nase, ein lachender, voller Mund. Und strahlende blaue Augen, die sie voller Neugierde ansahen.

Zwei

Dass Kassian stahl, bemerkte Lena erst, als Sebis heller Schopf nach ein paar Tagen ganz überraschend in der Gesindeküche auftauchte. Wie der Kleine sie im Labyrinth der Hofburg überhaupt so zielsicher hatte ausfindig machen können, war ihr zunächst rätselhaft, aber sobald sie genauer darüber nachdachte, doch keine echte Überraschung. Schon oftmals hatte Sebi bewiesen, über welch feine Sinne er verfügte, auch wenn kaum ein verständliches Wort über seine Lippen kam. Jetzt stand er vor ihr, mager und zerzauster denn je, und sah mit seinen wasserhellen Augen zu ihr auf.

»Ist das etwa dein Balg?«, spottete einer der aufmüpfigsten Küchenjungen, anstatt weiter seine Zwiebeln zu schneiden, wie sie es ihm aufgetragen hatte. »Eine feine Vogelscheuche hast du da in die Welt gesetzt!«

Lena schluckte den Ärger über diese Bemerkung hinunter, denn der Frechdachs hatte leider nicht ganz unrecht. Sebis heiß geliebte Beinlinge, die Bibiana ihm im letzten Winter aus Hirschlederresten zusammengeflickt hatte, waren speckig und starrten vor Schmutz. Die lammfellgefütterte, viel zu weite

Schecke ließ ihn nur noch armseliger wirken. Sein blondes Federhaar stand verfilzt und widerspenstig nach allen Seiten ab. Offensichtlich hatte er sich wieder tagelang nicht kämmen lassen. Das schmale Gesicht war braun von Lehm.

Der Junge hätte in der Tat keinen ungünstigeren Zeitpunkt wählen können, denn seit den ersten Morgenstunden wollte der Zug von Bauern und Knechten nicht mehr abreißen, die durch die Tore strömten und immer noch weitere Lieferungen an Schlachttieren, Eiern, Getreide und Wein in die Hofburg brachten. Jeder, der in der Küche zu tun hatte, schuftete unter Hochdruck, allen voran Kassian, musste er doch Stück für Stück mit den endlosen Listen des gestrengen Kämmerers abgleichen. Offenkundig jedoch waren seine Fähigkeiten im Lesen und Schreiben eher bescheiden. Deshalb beschränkte er sich auf ein kaum durchschaubares System von Kreuzen, Kringeln und Strichen, das ihn zwischendrin allerdings immer wieder zu lautstarken Tobsuchtsanfällen trieb.

»Nach links gefälligst, direkt hinein in die Stallungen!«, schrie er, als neue Schweine hereingetrieben wurden. »Bist du blind, du lahmarschiger Tölpel?« Schon im nächsten Augenblick riss er einem jungen, rotwangigen Burschen die Kiste voller Ungeduld aus den Händen. »Nicht hierher, Tropf, schrundsdummer! Alle Eier zum Hintereingang. Wie oft soll ich das noch sagen?«

Mittlerweile wurde freier Platz immer rarer. Obgleich sowohl der Neuhof als auch die Hofburg mit stattlichen Eiskellern ausgerüstet waren, in denen man zahllose gefrorene Blöcke gestapelt hatte, schien selbst hier die Aufnahmekapazität allmählich erschöpft. Kassian führte sich auf, als ruhe die gesamte Verantwortung allein auf seinen Schultern.

»Ihr treibt mich noch zur Verzweiflung!« Vily, der nicht schnell genug Reißaus genommen hatte, bekam im Vorübergehen eine saftige Kopfnuss verpasst. »Wollt ihr, dass ich vor dem Fest mausetot umfalle? Dann macht ruhig so weiter, alle miteinander! Und was zum Teufel hat dieses verlauste Lumpenbündel hier in meiner Küche zu suchen?«

Seine Rechte holte weit aus. Bevor Lena ihm in den Arm fallen konnte, hatte Sebi sich geschmeidig geduckt, seine unvermeidliche kleine Holzkiste als kostbarsten Schatz wie immer fest an sich gepresst. Kassians Schlag ging ins Leere, was ihn nur noch wütender machte.

»Ich krieg dich, kleine Ratte, darauf kannst du wetten!«, stieß er hervor und versuchte den Jungen zu packen. Sebi rannte los, kroch unter den Tisch, kam wieselflink wieder hervor und schlug zwischen halb aufgerissenen Säcken, Schemeln, Mörsern, Raspeln, Krügen und Platten Haken wie ein flüchtiger Feldhase. Kassian blieb ihm zwar auf den Fersen, doch der wendigen Schnelligkeit des Kleinen war er mit seiner stattlichen Wampe nicht gewachsen. Ein paar schweißtreibende Runden hatten sie schon in der Küche gedreht, als Sebi plötzlich wieder die Richtung änderte und hinausrannte, in den kleinen Vorraum, direkt auf jene Tür zu, die bislang stets verschlossen gewesen war.

Er riss sie auf und war mit einem Satz hinter dem Hirschbalg verschwunden, der von der Decke baumelte.

Keuchend blieb Lena, die ihm gefolgt war, an der Schwelle stehen.

Ihr gingen schier die Augen über, denn sie begriff sofort, wo sie sich hier befand: vor Kassians persönlichem Vorratslager. Eine abgehangene Schweinehälfte, Hühner, die in geflochtenen Käfigen aufgescheucht um ihr Leben gackerten, Körbe voller Eier, mehrere Säcke Mehl. Fässer mit Wein und Öl. Getrocknete Früchte. Ein stattlicher Hügel aus Orangen und Zitronen – und das alles mitten im Winter! Lauter Kostbarkeiten, die Kassian von den herzoglichen Lieferungen heimlich abgezweigt haben musste. Wenn er erst einmal begriff, was Lena gerade entdeckt hatte, würde sie keinen Augenblick mehr sicher vor ihm sein.

Aus einer plötzlichen Eingebung heraus bückte sich Lena und begann umständlich an ihrem Stiefel zu nesteln, um Kassian ausreichend Zeit zu geben. Als sie sich nach einer ganzen Weile wieder aufrichtete, war die Tür verschlossen. Davor hatte sich Kassian mit drohender Miene aufgebaut, den kreidebleichen Sebi fest im Klammergriff.

»Tu ihm nichts!«, sagte Lena schnell. »Bitte! Sebi weiß nicht immer so ganz genau, was er gerade anstellt.«

So hart gepackt zu werden, und das auch noch von einem fremden Rohling – der Kleine musste innerlich wahre Höllenqualen ausstehen!

»Deiner?« Kassians Ton war barsch, doch nicht barsch genug, um seine Unsicherheit zu überspielen. Was zum Teufel hatte sie gesehen? Lena konnte fast körperlich spüren, wie sehr diese Frage ihn drückte. »Und was um Himmels willen will er hier?«

»Mein kleiner Vetter Sebastian, ja.« Sie suchte nach einer Halbwahrheit, um Kassian zu beruhigen. »Es gab da gewisse Schwierigkeiten bei seiner Geburt. Deshalb ist er wohl auch nicht ganz so geraten wie andere Kinder seines Alters. Bitte lass ihn los, Kassian! Er wollte mich sicher nur kurz besuchen. Aber jetzt wird er auf der Stelle wieder brav nach Hause gehen, dafür sorge ich.«

Ein tief verletzter Blick aus kindlichen Augen, der ihr schmerzhaft ins Herz schnitt. Ich hab dich nicht verraten, dachte Lena. Aber ich muss dich doch schützen! Besonders vor solch grobschlächtigen Kerlen wie ihm. Wie sollte einer wie er denn begreifen, wie besonders du bist? Mit aller Anstrengung rang sie sich ein Lächeln ab.

»Ich muss zurück zum Herd«, sagte sie. »Mein Wintereintopf mit Schweinebauch köchelt vor sich hin. Du ahnst ja nicht, wie viel Kraft man davon bekommt, wenn ich ihn erst einmal großzügig mit Rahm verfeinert habe! Oder willst du, dass deine Leute murren, weil der Tisch heute leer bleibt?«

»Also gut.« Kassian lockerte seinen Griff, und Sebi schoss wie angesengt davon. »Meinetwegen. Aber für Landstreicher und Idioten ist meine Küche nicht der richtige Ort. Merk dir das gefälligst ein für alle Mal! Sonst hilft dir auf Dauer auch die beste Fürsprache von oben nicht weiter.«

Lena kehrte zu ihren Töpfen zurück, doch die Arbeit am Herd, die ihr sonst so leicht von der Hand ging, konnte sie heute nur noch mechanisch verrichten, und auch bei Tisch mochte sie nicht mehr selbst zugreifen.

Kassian bestahl den Herzog – ungeniert und ohne jedes Schamgefühl. Jetzt war er natürlich gewarnt und würde sich vorsehen, doch sie war überzeugt, dass seine Gier letztlich die Oberhand behalten würde. Schon die nächsten Tage bestätigten ihren Verdacht. Es war offenbar zu verführerisch für Kassian, weiterzumachen wie bisher, nachdem die Quellen in seiner Nähe augenblicklich doch so überreichlich sprudelten. Wann immer sie die Ohren spitzen konnte, tat sie es, hielt die Augen auf, blieb in seiner Nähe, um möglichst viel aufzuschnappen, vergaß aber dabei nie die notwendige Vorsicht. Erst nach und nach wurde ihr klar, welch perfides System des Unterschleifs der Koch entwickelt hatte. Kassian bediente sich nie übertrieben, sondern nahm von allem nur jeweils eine gewisse Menge, gerade so viel, dass es sich für ihn lohnte, aber nicht auffiel. Wenn man jedoch rechnen konnte – und das hatte Els Lena schon als kleinem Mädchen beigebracht –, kam man auf eine durchaus beeindruckende Summe.

Sollte sie Els davon erzählen? Das wäre doch nur neues

Wasser auf deren endlosen Mühlen vom verderbten Hofleben. Und Bibiana? Die war viel zu ehrlich, um irgendeinem anderen etwas Derartiges zuzutrauen.

Nach ein paar Tagen hielt Lena es nicht länger aus und vertraute Niklas, als sie ihm im Burghof begegnete, ihre neue Erkenntnis an. Ausnahmsweise war gerade sonst niemand zu sehen, was Lena gut ins Zeug passte, sie jedoch gleichzeitig verlegen machte. Ihr Herz jedenfalls schlug beim Anblick des schmucken Spielmanns, der seit ein paar Tagen die Gesindeküche regelrecht zu meiden schien, deutlich schneller. Ob ihn die vielen Menschen vertrieben hatten? Oder war sein Interesse an ihr nur gering gewesen und bereits wieder erloschen?

Niklas zog sie in den nächsten Torbogen und legte seinen Finger auf ihre Lippen. »Du solltest vorsichtiger sein, Mädchen! Oder willst du dir hier gleich von Anfang an Feinde machen?«

»Aber er betrügt doch und stiehlt ganz ungeniert ...«

Niklas' muskulöse Arme, die in der engen roten Schecke bestens zur Geltung kamen, breiteten sich wie Schwingen aus. Er war kein Hänfling, wie so viele der halb verhungerten Spielleute und Gaukler, denen Lena schon begegnet war, sondern ein kräftiger, hoch gewachsener Mann.

»Es gibt doch von allem mehr als genug«, sagte er. »Und nicht nur *einen* Dieb, darauf kannst du wetten. Oder glaubst du, dein feister Koch ist der Einzige am Hof, der dreist in die eigene Tasche wirtschaftet? Das tun sie alle, jeder auf seine Art, angefangen vom schmutzigsten Talgkocher bis hinauf zum noblen Herrn Hofmeister.«

Lenas Haut glühte in Niklas' Gegenwart, und das nicht nur, weil es zuvor in der Küche höllisch heiß gewesen war. Sein Finger auf ihrem Mund hatte sich aufregend angefühlt, aber mindestens ebenso aufregend war sein spezielles Lächeln: breit, warm und stets ein wenig schief.

»Und was macht der Herzog höchstpersönlich denn anderes?«, fuhr Niklas fort. »Sein Hof rüstet sich zur Hochzeit, doch das Land Tirol und die Stadt Innsbruck ächzen unter all den Sonderlasten, die er ihnen damit aufgebürdet hat. Glaubst du, er schert sich auch nur einen Deut darum? Der Herzog nimmt. Und schluckt. Und scheißt alles ungerührt wieder aus. Genau so und nicht anders verhält es sich. Nicht die Bohne kümmert es ihn, wie Land und Stadt alles aufbringen können.«

»Aber er braucht doch eine neue Frau«, rief Lena. »Und einen Sohn dazu!«

»Damit sind seine Stände ja einverstanden gewesen und auch mit dem stattlichen Heiratsgut, das die kleine Sächsin mitbringt. Wenn der Herzog allerdings weiterhin so hemmungslos wirtschaftet, wird es ebenso schnell verprasst sein wie alles andere zuvor.« Niklas' Lächeln vertiefte sich. Das Kribbeln in Lenas Bauch nahm an Heftigkeit zu. »Und was einen Sohn betrifft, so laufen ja schon Dutzende davon in Innsbruck herum. Meinst du nicht, das reicht allmählich?«

»Von denen rede ich doch nicht! Der Herzog braucht einen richtigen Nachfolger, jemanden, der ...«

»Und dazu sind mehr als dreitausend Kapaune, sechshundert Hennen, fünfzig Kälber, dreißig Mastochsen, tausend Schweine und an die vierzigtausend Eier vonnöten? Außerdem noch Unmengen von Wildbret, ganz zu schweigen von den zentnerschweren Säcken voll Getreide und Reis sowie den ungezählten Fudern Wein, die überall einkassiert werden?«

»Woher willst du das alles so genau wissen?« Lena gab sich noch nicht geschlagen. »Führst du heimlich Buch? Oder hast du Einblick in die Geheimnisse der herzoglichen Kammer?«

»Ich bin lediglich ein Spielmann, der ganz unten an der herzoglichen Tafel hockt, bevor er vor oftmals reichlich gelangweiltem Publikum seine Possen zu reißen hat. Dafür kann man in seiner Gegenwart so ungeniert reden, als sei er gar nicht vorhanden.« Nie hätte sie geglaubt, wie bitter Niklas sein konnte. »Diese Hochzeit ist eine einzige Verschwendung! Nein, schlimmer: Sie ist nichts als eine aufgeblasene Zurschaustellung einer langsam verrottenden Männlichkeit, mit der ein unschuldiges Kind beeindruckt werden soll.«

Erschrocken trat Lena einen Schritt zurück. Was sie in seinen Augen gesehen hatte, war nicht nur Enttäuschung gewesen, sondern blanker Hass.

»Jetzt hab ich dir Angst gemacht«, sagte er plötzlich um vieles weicher und trat auf sie zu. »Das wollte ich nicht, bitte glaub mir! Aber wenn du erst einmal länger hier bist, wirst du begreifen, wovon ich rede. Komm, lächle wieder, Lena, tu mir den Gefallen! Ich will deine Augen wie Sterne strahlen sehen.«

Er begann zu summen, dann sang er eine kleine, zarte Melodie:

Wie wonniglich hat sie mein Herz umsponnen,
In Liebe an ihr hängen will ich ewig neu,
Umschlossen zart und eng von ihrem weichen Arm …

»Warum singst du nicht weiter?«, flüsterte Lena, die kaum zu atmen wagte. »Dein Lied ist wunderschön!«

»Aber leider noch lange nicht fertig.« Jetzt stand er so nah vor ihr, dass sie sich fast berührten. »Denn die Jungfrau, der es gewidmet ist, ist äußerst scheu. Eine einzige falsche Bewegung …«, er schnalzte mit dem Finger, »… und sie ist fort, weggesprungen wie ein Reh, das sich ängstlich zurück in den dunklen Wald flüchtet.«

War sein Lächeln nicht plötzlich spöttisch geworden? Schlagartig war Lena dieser Mann wieder ganz fremd. Müde fühlte sie sich mit einem Mal, müde und gleichzeitig sehr ernüchtert.

»Ich muss zurück«, sagte sie. »Neuen Ärger kann ich mir nicht leisten.«

»Warte!«, rief er ihr hinterher, als sie sich schon einige Schritte entfernt hatte.

Zögernd blieb sie stehen, schaute halb über die Schulter zurück. Welchem Zauber unterlag sie plötzlich? Sie wusste doch kaum etwas von diesem Musikanten, und dennoch zog es sie seit dem ersten Augenblick zu ihm hin.

»Halt dein Herz fest!« So hatte Els sie oftmals gewarnt. »Daran solltest du immer denken, besonders wenn du spürst, dass es zu großen Sprüngen ansetzt, denn das geht leider oft daneben. Die Frauen unserer Familie haben kein Glück, was Männer betrifft. Das scheint so etwas wie unser Schicksal zu sein. Du musst aufpassen, Lena, dass du nicht eines Tages auch diese bittere Erfahrung machst.«

Warum kam ihr das alles ausgerechnet jetzt wieder in den Sinn, auf diesem zugigen, eiskalten Burghof?

»Wenn du deine schlauen Beobachtungen schon unbedingt jemandem mitteilen willst«, sagte Niklas in ihre Überlegungen hinein, »warum wendest du dich dann nicht an diesen Juristen, der sich seit Neuestem überall wichtig macht? Ein Schwabe aus Wendlingen, habe ich läuten hören. Merwais oder so ähnlich lautet sein Name. Ja, genau: Johannes Merwais. Und ganz schnell nach oben will er offenbar auch. Warum sonst hockt er schon beim ersten Hahnenschrei in seinem Kontor?«

❧

Heute brachte ihr der Besuch an Johannas Grab nicht den gewohnten Trost, obwohl sie die einzige Besucherin auf dem Friedhof vor der Klosterkirche war, deren Turm hoch in den bleiern verhangenen Himmel ragte. Vor ihr die Gräber mit den stattlichen Steinmetzarbeiten, die sich nur die Reichen leisten konnten; rechts und links die einfachen Holzkreuze der Ärmeren, die hier zur ewigen Ruhe gebettet worden waren.

Der Tod macht uns alle gleich, dachte Els. Und all das, woran wir einst so gehangen haben, wird in seiner Gegenwart zu flüchtigem Staub.

Im Heimatdorf Wilten, aus dem die Familie ursprünglich stammte, ruhte Johanna neben ihrem geliebten Georg, der ihr nur wenige Jahre vorausgegangen war. Die beiden Namen auf dem Holz waren bereits von Regen und Schnee verwittert und kaum noch lesbar, und dennoch kam es Els vor, als sei alles erst gestern geschehen.

»Warum hast du uns so bald verlassen?«, murmelte sie und brachte es nicht über sich, die klammen Hände zum Gebet zu falten. »Wo wir dich doch gerade jetzt so sehr gebraucht hätten, Lena und ich! Nicht einmal mein Elfenkind hast du ein einziges Mal im Arm halten können.«

Ihre Tränen flossen zum ersten Mal seit langer Zeit. Damals, als alles zu Ende schien, hatte Els ihren ganzen Vorrat leer geweint, zumindest war es ihr in jenen dunklen Tagen so erschienen. Doch sie hatte sich offenbar getäuscht.

Wie in so vielem anderen auch.

»Ich weiß einfach nicht mehr weiter, Johanna. Lena hat es geschafft, mich zu überlisten, damit sie am Hof arbeiten kann, ausgerechnet am Hof, das musst du dir einmal vorstellen! Jetzt ist sie dort in der Küche und damit all den ungesunden Schwaden dieses Sündenpfuhls ausgesetzt. Ich hab sie nicht einmal zur Rede gestellt, was in aller Welt sie dort zu suchen hat, denn das hätte sie nur noch bockiger gemacht. Jetzt reden wir gerade das Allernötigste miteinander, beinahe, als ob wir Fremde wären. Das Herz zerreißt es mir schier, wenn ich sie Morgen für Morgen in der ersten Dämmerung zur Hofburg aufbrechen sehe.«

Es war so kalt, dass Els zu zittern begann, obwohl sie sich in Laurins alten Lodenumhang gewickelt hatte, der auch die zornigsten Windstöße abhalten konnte. Seit damals hat sie sich nicht mehr so mutlos und verlassen gefühlt, ein dumpfes, hässlich ziehendes Gefühl, das sie zu überfluten drohte. Verzweifelt versuchte sie, sich dagegen zu wehren.

Ich muss weiter, dachte sie. Einfach losgehen. Egal, wohin. Wenn ich länger bewegungslos hier herumstehe, werde ich noch krank.

Auf dem Nachbargrab, auf dem ein bescheidenes Talglicht flackerte, hatten sich trotz der unwirtlichen Witterung zwei Spatzen niedergelassen, die im Schnee nach Futter pickten, und gerade als sie sich abwenden wollte, um den Heimweg anzutreten, kam ein dritter hinzugeflogen.

Plötzlich glaubte sie zu begreifen.

Els drückte ihre Lippen auf das splittrige Holz. »Ich hab verstanden, Johanna«, sagte sie leise. »Ich danke dir.«

Sie ließ das Dorf hinter sich, so schnell sie konnte, um der Kälte zu trotzen, die seit Wochen alles im Bann hielt, obwohl der Winter seinen Zenit bereits überschritten hatte. Die Sill, die sie damals in ihrem tiefsten Kummer verschmäht hatte, war nicht zugefroren, dafür floss sie zu schnell, aber die kahlen Bäume entlang des Flusslaufes trugen ein dickes Schneekleid, und auch der Pfad unter Els' Füßen war eisig. Kein Laut war zu hören, keine Menschenstimme, kein Vogelruf. Mutterseelenallein war sie in dieser stillen Welt aus Eis und Schnee.

Ganz anders als beim letzten Mal, da sie zu sechst in der Dämmerung hierhergekommen waren! Els vermisste die Wärme der anderen Frauen, ihre Gespräche, ihr Lachen. Ihre Gegenwart. Dennoch zog es sie jetzt mit aller Macht zu den Drei Ewigen, und sie wusste, nur dieser schmale, gefährliche Steig führte zu ihnen.

Da kam sie endlich in Sicht, jene unscheinbare Kapelle, die ihnen seit Jahren zur tröstlichen Zuflucht geworden war. Von außen hätte man sie mit einem halb verwitterten Stall verwechseln können, so karg stand sie da in ihrem Schieferkleid inmitten des winterlichen Weiß. Kaum aber hatte sich die schwere Holztür hinter ihr geschlossen, war es Els, als sei sie in einer anderen Welt angelangt.

Durch zwei schmale Fenster fiel nur spärliches Licht. Doch dank all der Besucherinnen, die ihre Wünsche, Ängste und Nöte hier niederlegten, war dafür gesorgt, dass die dicken Kerzen vor dem Altar niemals erloschen. Gleich beim Eingang, neben dem steinernen Weihwasserbecken, leuchtete in warmen Farben das große Fresko des heiligen Christopheros von der Wand, der das Jesuskind auf seinen starken Schultern durch einen Fluss trug. Els fiel auf, dass die große Zehe des Riesen seit ihrem letzten Besuch noch stärker in Mitleidenschaft gezogen worden war. Schwangere Frauen pflegten den Mörtel abzukratzen, um den Staub unter ihr Essen zu mischen, damit ihr Kind stark und kräftig wurde.

Wie von einer unsichtbaren Kraft angezogen, ging Els weiter, bis sie schließlich vor dem Altar in die Knie sank. Allgemein wurde behauptet, bei den Holzfiguren, die links neben der Statue der Gottesmutter standen, handle es sich um die christlichen Märtyrerinnen Katharina, Margarete und Barbara. Die Frauen des Landes aber wussten es besser, auch wenn es sicherlich klug war, das Geheimnis zu bewahren.

»Wilbeth. Ambeth. Borbeth«, flüsterte Els andächtig, und jetzt schlossen sich ihre Hände wie von selbst zum Gebet. »Ihr Ewigen, die ihr seit jeher wart. Ihr, die ihr immer sein werdet, zu euch trage ich mein ganzes Herz.«

Ihr wurde leicht schwindelig, und der Weihrauchduft, der diese Kapelle stets erfüllte, erschien ihr plötzlich intensiver. Sie musste die Augen nicht offen halten. Am besten konnte sie sie mit dem Herzen sehen, jene drei goldenen Kronen, die die Bethen auf dem Kopf trugen und die sie zu wahren Königinnen machten. Wieder einmal spürte Els, auf welch wunderbare Weise die drei sich in all ihrer Verschiedenheit gegenseitig ergänzten: Wilbeth mit dem Sonnenrad, Ambeth, an der sich die Lebensschlange emporwand, und schließlich Borbeth, die den Bergfried bei sich trug und all diejenigen beschützte, die ihr Brot im Bauch der Erde verdienen mussten.

Jetzt war die Erinnerung an Johanna wieder leuchtend und stark, nicht jene an die schrecklichen Krankheitstage, die von Kummer und nahendem Abschied gezeichnet gewesen waren, sondern die an ihre freudigen Jahre schwesterlichen Zusammenseins. Wie ein glatter, warmer Stein war Els die Ältere stets erschienen, poliert und von Sonnenlicht erfüllt, während sie sich selbst als rauen, zackigen Felsbrocken empfunden hatte, der die Nacht bevorzugte und sich stets und ständig an anderen reiben musste.

Und Lena?

Sie hat etwas von uns beiden, dachte Els. Johannas Wärme und meinen sperrigen Widerspruchsgeist. Lena darf nicht untergehen! Nicht einmal in Herzog Sigmunds Vorhölle!

Um einiges getrösteter machte sie sich auf den Heimweg in die Stadt, mit schnellen, energischen Schritten, weil sie sich plötzlich nach menschlicher Nähe sehnte. Obwohl der Tag sich langsam neigte, waren noch immer auffallend viele Menschen mit Ochsenkarren, Pferdegespannen und Leiterwagen unterwegs, die alle in Richtung Hofburg zogen.

Für einen Augenblick stieg die altbekannte Bitterkeit in Els auf. Herzog Sigmund presst uns alle erbarmungslos aus, dachte sie. Niemand ist vor ihm sicher. Für ihn sind Untertanen keine Menschen mit einer unsterblichen Seele, sondern lediglich dazu da, um seine Lüste zu befriedigen.

Sie war froh, als endlich Barbaras Haus in Sicht kam. Hungrig und durchgefrorenen nach dem beschwerlichen Weg, beschloss sie, eine kleine Rast bei der Hebamme einzulegen, bevor die abendliche Arbeit im »Goldenen Engel« sie bis in die Nacht hinein in Anspruch nehmen würde. Für gewöhnlich war ihre Freundin die Gastfreundschaft in Person, deren heißen Hollerwein sie während der Winterszeit besonders schätzte, heute aber fand Els sie mit finsterem Gesicht im Torbogen stehen.

»Ja, schert euch doch zum Teufel!«, schrie Barbara dem Paar hinterher, das sich gerade mit einem hoch bepackten Karren davonmachte. »Und wagt euch nie wieder in meine Nähe, das rat ich euch, sonst könnt ihr was erleben!«

Keuchend wandte sie sich Els zu.

»Solch unverschämtes Pack! Erst monatelang den Mietzins schuldig bleiben, meine schönen Zimmer in einen Schweinestall verwandeln, dann noch unverschämt werden, wenn ich auf meine verbrieften Rechte poche – und jetzt das!« Sie deutete in die Richtung, in die die beiden abgezogen waren.

Els wusste sofort, was Barbara meinte.

Die Frau war stehen geblieben und hatte sich zu ihnen umgedreht. Um ihren Gesichtsausdruck erkennen zu können, war es schon zu dunkel. Gut sichtbar war jedoch, was ihre hoch erhobene Linke gerade ausführte: Mittelfinger und kleiner Finger waren ausgestreckt und zeigten das Signum des Bösen.

»Hexe!«, schrie die Frau dazu mit schriller Stimme, als wäre das noch nicht genug. »Freu dich bloß nicht zu früh! Du wirst deine verdiente Strafe schon noch kriegen. Satan, dein Bräutigam, erwartet dich bereits in der Hölle!«

Els lugte nach oben, wo aus den Fenstern plötzlich neugierige Köpfe herausgestreckt wurden.

»Wir sollten kein Aufsehen erregen«, sagte sie. »Du weißt doch, wie schnell die Leute sich das Maul zerreißen.«

»Die reden, ganz egal, was du machst.« Barbara zog die Freundin nach drinnen. »Und bescheißen lass ich mich von niemandem! Schon gar nicht jetzt, wo man mit leeren Wohnungen so gutes Geld verdienen kann. Lass uns drinnen etwas Heißes trinken! Mein heutiges Wochenbett hat mir ordentlich zugesetzt.«

»Der Wöchnerin ist doch nichts zugestoßen?« Els genoss die Wärme des dampfenden dunklen Saftes, den Barbara großzügig in die Becher gegossen hatte. In der Stube war so gut eingeheizt, dass sie ihren Umhang ablegen konnte.

»Margarete, die Frau des Baders, ist wohlauf, obwohl Margarete wahrlich nicht mehr die Jüngste ist. Mit fast vierzig noch einmal gebären – das ist keine einfache Angelegenheit. Aber ich hatte ihren Damm so behutsam mit Rosenöl massiert, dass das Kindlein beinahe wie von selbst herausgeflutscht ist.« Sie legte den Kopf zur Seite. »Nein, es ist eine andere, die mir Bauchschmerzen bereitet: ihre Stiefschwester, um viele Jahre jünger. Gundis hat mich zur Seite gezogen, fahl wie Wachs, und aufgeregt auf mich eingeredet. Am Hof arbeite sie seit einiger Zeit, hat sie gesagt. Da kannst du dir gewiss denken, was sie von mir wollte.«

»Sie ist doch nicht etwa schwanger?«

Barbara nickte grimmig.

»Richtig geraten! Kein Bräutigam weit und breit in Sicht,

dem sie das Kleine unterschieben könnte, und gewartet hat sie auch schon viel zu lang. Schlangenkrautblättertee oder besser noch Sadesud hat sie von mir verlangt, beides Mittel, die sie jetzt nur noch in Lebensgefahr bringen würden. Ich hab natürlich abgelehnt, was sonst sollte ich tun, aber damit wird sie sich nicht zufrieden geben, das ist so gewiss wie das Amen in der Kirche. Ihre Not ist riesengroß, denn natürlich soll niemand etwas von ihrem unseligen Zustand erfahren, am allerwenigsten Margarete ...«

Els stand so abrupt auf, dass der Stuhl hinter ihr umfiel.

»Ich muss nach Hause«, sagte sie. »Bibiana kommt in letzter Zeit allein nicht mehr gut zurecht.«

»Und Lena?« Barbaras Stimme klang vorsichtig. »Steckt sie noch immer in der Gesindeküche und kann euch nicht helfen?«

»Lena? Die macht ohnehin nur, was sie will.« Els trug schon wieder ihren Umhang und war beinahe an der Tür. »Du wirst deine leeren Zimmer doch nicht ausgerechnet an den Hof vermieten?«, fragte sie streng.

»Weshalb denn nicht?«, erwiderte Barbara lächelnd. »Der Herr Quartiermeister war heute bereits da und hat alles gründlich in Augenschein genommen. Deshalb hab ich die leidige Angelegenheit von vorhin auch beschleunigt.«

»Und darauf lässt du dich ein?« Els' dunkle Augen sprühten Blitze.

»Sie verlangen lediglich, dass alles besenrein ist. Und dass du gefüllte Wassereimer auf dem Dachboden aufstellst, falls Feuer ausbricht. Bezahlen jedenfalls wollen sie das Dreifache.« Barbara begann zu kichern wie ein junges Mädchen. »Wasser auf dem Dachboden – als ob das bei dieser Kälte nicht im Nu einfrieren würde! Aber warum nicht, wenn sie darauf bestehen? Eine saubere Stube können sie bekommen, und mein Jockel wird ihnen selbstverständlich eimerweise Wasser nach oben tragen.«

»Aber du weißt doch, was der Herzog …«

»Ach, sei doch nicht immer so penibel, Els! Dem Silber ist es doch ganz einerlei, aus welcher Truhe es stammt. Hauptsache, es springt direkt in meinen Beutel.«

❧

»Was soll das heißen, es hat nicht gewirkt?« Missmutig starrte Wilbeth Alma von Spiess entgegen. »Habt Ihr denn auch wirklich alles getan, was ich Euch aufgetragen habe?«

»Ja.« Die Spiessin klang plötzlich kleinlaut. »Zumindest hab ich es versucht. Aber es gab da im letzten Augenblick – gewisse Komplikationen.«

Was ging es diese Hexe in der Silbergasse an, dass ein Italiener den für Sigmund präparierten Pokal in einem Zug geleert hatte? Die Angst, sich in vergeblicher Liebesglut nach diesem Fremden zu verzehren, der bereits am nächsten Tag die Hofburg wieder verließ, hatte wie ein hungriges Frettchen an ihrer Seele genagt. Doch zum Glück war ihr bis auf ein paar schlaflose Nächte und die lästigen Winde, die ebenso gut auch vom sauren Kraut stammen konnten, nichts Übles zugestoßen. Schon genug, dass der Herzog mit dieser lächerlichen Saphirkette herumspazierte wie ein Auerhahn, der sich zum Balzen anschickt. Den Hals hätte sie dieser kleinen Sächsin umdrehen können, die so dreist in Besitz nehmen würde, was doch einzig und allein ihr gebührte.

Nein, das konnte und wollte Alma von Spiess nicht zulassen. Deshalb war sie hier, um etwas Besseres zu bekommen.

»Ein Liebeszauber ist kein süßer Saft, an dem man nach Belieben schlecken kann …«

»Spar dir deine Belehrungen! Ich weiß sehr gut, was ich tue.« Die Spiessin zog den kleinen Beutel hervor, den sie bislang unter ihrem Umhang verborgen hatte. »Und was es mir wert ist, wirst du gleich erkennen. Macht dich das hier vielleicht geneigter, mir behilflich zu sein?«

Sie zählte drei Münzen auf den Tisch, keine abgescheuerten dünnen Vierer wie beim letzten Mal, sondern größere, die so silbern wie das Mondlicht schimmerten.

Wilbeth griff nach einer von ihnen. Dann schob sie die Münze in den Mund und biss darauf.

»Sie sind echt«, sagte Alma. »Natürlich sind sie echt, auch wenn du sie noch nie in Händen gehalten hast. Mit dem neuen Konterfei des Herzogs werden sie erst anlässlich dieser verfluchten Hochzeit im ganzen Land eingeführt. Ein einziger von diesen Pfundnern ist zwölf Kreuzer wert.« Wie inbrünstig sie diese Alte hasste, die sie die ganze Zeit über so hochnäsig musterte, als sei sie eine lästige Bettlerin! Auf der Stelle teeren und federn müsste man dieses Weib! Doch Alma schluckte ihren Grimm hinunter, da sie nun einmal keine andere Wahl hatte. »Also?«

Wilbeth zog die dichten Brauen hoch.

»Ich könnte Euch noch einmal helfen«, sagte sie schließlich. »Vorausgesetzt, Ihr haltet Euch diesmal genauer an meine Vorgaben ...«

Wie einen höhnischen Wind hatte Alma diese Stimme noch jetzt im Ohr. Was hatte das Weib denn gesagt?

Stellt zwei Kerzen nebeneinander! Steckt in das Wachs der rechten den abgeschnittenen Nagel Eures rechten Ringfingers! Diese Kerze stellt Euch dar ...

Alma war kalt und glühend heiß zugleich. Seit Tagen schon liefen diese merkwürdigen Schauer über ihren Körper. Sie verspürte den Drang, sich alle Kleider vom Leib zu reißen, wie es angeblich Frauen taten, deren Gebärzeit bereits vorbei war. Sie aber war doch noch so blühend und jung – es musste folglich andere Gründe haben, weshalb ihr so sonderbar zumute war.

Ob die Alte sie heimlich verhext hatte?

Alma wandte sich erneut den Kerzen zu, rang um Sammlung.

Nehmt ein Haar von Euch und bindet es um beide Kerzen! Dies wird Euren Liebsten unwiderstehlich an Euch fesseln. Er sieht in Euer Herz und erkennt Euren geheimsten Wunsch. Ritzt nun den Anfangsbuchstaben Eures Namens in die rechte, den seines Namens in die linke Kerze! Dann entzündet beide Kerzen!

Ihre Zähne schlugen aufeinander. Die Hände zitterten so sehr, dass die Dochte erst beim dritten Versuch brannten. Als Alma zu sprechen begann, erschien ihr die eigene Stimme fremd, doch sie murmelte den Spruch, den die Alte ihr aufgetragen hatte, von Anfang bis Ende fehlerfrei.

Du siehst mich nicht, doch ich kann dich sehn.
Dass sich das ändert, dafür wird was geschehn.
So wie diese Kerzen werden bis Vollmond
Auch unsere Herzen füreinander brennen.

Ermattet sank Alma auf ihr Bett zurück. Jetzt galt es abzuwarten, bis das Wachs gänzlich heruntergebrannt war.

Drei ganze Tage blieben noch. Dann endlich war Vollmond – und das große Mummenfest würde beginnen.

Wie Sigmund sich aufführte – wie ein übermütiges Kind, dem man neues Spielzeug geschenkt hatte! Die Münzschläger hatten ihre Hämmer sinken lassen und staunten. Sogar Andres Scheuber legte schließlich seine Feder aus der Hand und sah zu, wie der Erzherzog mit beiden Händen in die Kiste griff und Münzen wie Blütenblätter unter die Männer schleuderte.

»Bedient euch!«, rief er. »Nur nicht schüchtern sein! Schließlich ist heute einer der glücklichsten Tage meines Lebens.«

»Dann trifft der Erstschlag also Eure Vorstellungen, Euer Hoheit?« Münzintendant Antonio de Caballis verneigte sich formvollendet.

»Das tut er, werter Freund. Wenngleich es an meinem Porträt noch einiges zu verbessern gilt. Der Kopf ist zu groß geraten im Vergleich zum Oberkörper und zu weit nach vorn geneigt. Von der Knollennase, die man mir verpasst hat, erst gar nicht zu reden.« Erregung hatte sein sonst so blasses Gesicht rötlich gefärbt. »Aber was keinesfalls durchgeht, ist der Rücken. Seht doch selbst! Man könnte ja fast auf die Idee kommen, ich hätte einen Buckel.«

Scheuber senkte seinen Blick rasch auf das aufgeschlagene Buch vor sich. De Caballis hüstelte verlegen.

»Das werden wir natürlich verbessern«, sagte er beflissen. »Meister Peck, der den neuen Prägestock schneidet, soll sich gleich daranmachen.«

»Dafür ist das Reiterbild auf dem Revers ganz nach meinem Gusto ausgefallen.« Der Herzog lächelte zufrieden. »Kühn und mutig, auf einem rasch dahingaloppierenden Pferd, die Lanze in der Hand – ja, so will ich es mir gefallen lassen!«

Wiederum griffen seine Hände tief in die Kisten. Wieder prasselten Geldstücke auf den harten Boden, und die Männer bückten sich eifrig nach ihnen.

»Ich wünschte, ich könnte schon mit meinen neuen Guldinern um mich werfen«, rief er. »Regelrecht darin zu baden wünsche ich mir, so sehr liegen sie mir am Herzen! Aber auch ihr sollt nicht leer ausgehen, keiner von euch. Jeder Mann, der mir treu dient, wird eigens dafür belohnt werden, das gelobe ich. Und sollte jemand heute einen besonderen Wunsch haben – dann nur frank und frei heraus damit!«

Andres Scheuber blickte auf.

»Wenn ich Euch vielleicht einen Augenblick allein sprechen dürfte, Euer Hoheit?« Unter seinen Augen lagen dunkle Schatten. »Es gäbe da durchaus etwas ...«

»Immer das Gleiche«, fiel de Caballis ihm ins Wort. »Ich weiß genau, was jetzt wieder kommt. Nach Hause will er, nach Innsbruck, zu seinem schönen jungen Weib. Aber wir müssen schließlich alle Opfer bringen, ein jeder von uns. Da gibt es keine Ausnahmen.«

Sein Lächeln war gewinnend. Die Stimme jedoch nahm einen gereizten Unterton an, als er weiterredete.

»Ein ganzes Stockwerk steht ihm in Hall zur Verfügung, und das in einem der schönsten Häuser der Oberstadt. Ein Wort von ihm, und es gäbe den restlichen Teil des Anwesens auf der Stelle dazu. Doch was hilft das lockendste Angebot, solange sein Herzblatt sich taub stellt? Sie will Innsbruck partout nicht verlassen, ein Münzschreiber jedoch gehört nun mal in die Münze. Das ist alles, was ich dazu zu sagen habe.«

Der Herzog schien gar nicht mehr zuzuhören, sondern wirkte auf einmal tief in Gedanken.

»Jetzt fehlt uns nur noch der halbe Guldiner«, sagte er. »Dann verfügen wir endlich über Nominale von sechs, zwölf, dreißig und sechzig Kreuzern – das sollte erst einmal ausreichen, meint Ihr nicht auch? Aber er muss ebenso fein und säuberlich gearbeitet sein wie sein großer Bruder.«

»Die Vorarbeiten sind nahezu abgeschlossen. Nicht mehr lange, und wir werden Euch auch diesen Erstschlag vorlegen können.« De Caballis zögerte. Sollte er von den Schwierigkeiten berichten, die die ungewöhnliche Dicke der kleineren Münze beim Prägeschlag bereitete? Bislang war der Ausschuss erschreckend hoch, was gegen eine Massenherstellung sprach. Zum Glück trug niemand Schaden, denn das verwendete Silber konnte ja wieder eingeschmolzen und neuerlich aufbereitet werden. Deshalb entschloss er sich zu schweigen. Wozu dem Herzog an diesem besonderen Tag die blendende Laune verderben? Sie mussten ja ohnehin nach einer machbaren Lösung streben, die alle befriedigte.

»Das ist gut! Denn wenn die Herzogin an meiner Seite zum ersten Mal die Münze besucht, möchte ich sie damit überraschen. Katharina soll sehen, wie wohlhabend ihr schönes Land Tirol ist. Dann wird sie ihre alte Heimat gewiss nicht vermissen.« Ungeduldig zog er de Caballis am Ärmel. »Sind die neuen Silberlieferungen aus Schwaz eingetroffen?«, wollte er wissen. »Denn ohne sie kommen wir ja nicht weiter.«

De Caballis nickte.

»Frisch geschmolzen liegen sie in den Laden, bereit zur Weiterverarbeitung. Wenngleich Ihr dringend neu und dieses Mal anders mit den Fuggern verhandeln solltet, Euer Hoheit! Die Bedingungen, die diese dreisten Pfeffersäcke Euch damals aufgezwungen haben, widersprechen jedem Geschäftsgebaren unter Christenmenschen.«

Die Miene des Herzogs war grimmig geworden.

»Wie recht Ihr habt! Am liebsten würde ich sie auf der Stelle wie Läuse in meiner Faust zerquetschen. Doch leider reichen die Verträge, die wir geschlossen haben, bis weit in das nächste Jahr hinein. Allerdings ist für Abhilfe bereits gesorgt.

Merwais, mein neuer Jurist, brütet seit einiger Zeit über dem Fall – und wehe, er findet keinen Ausweg!«

Antonio de Caballis führte den Herzog in den obersten Raum, wo man einen Imbiss vorbereitet hatte, bevor der Herrscher wieder nach Innsbruck aufbrechen würde. Sigmund ließ sich Wildschweinschinken und Rebhuhnpastete munden und trank dazu einige Becher von dem würzigen Kretzer. Das triefende Schmalzgebäck jedoch, das später aufgetragen wurde, ließ er unberührt.

»Junge Weiber und alte Fresssäcke passen nun einmal schlecht zusammen«, sagte er. »Schließlich gibt es noch andere Genüsse als die Freuden der Tafel.« Gedankenverloren spielte er mit den Münzen in seiner Hand. »Denn was zählt letztlich mehr als tüchtige Manneskraft, wenn die Braut im Schlafgemach wartet?«

Er leerte seinen Becher und erhob sich, sichtlich zum Aufbruch drängend.

»Lasst den Münzschreiber ruhig für zwei Tage nach Hause reiten!«, sagte er. »In der Zwischenzeit kann sein Stellvertreter für ihn einspringen. Nach seiner Rückkehr wird Scheuber wieder umso eifriger bei der Sache sein.«

❧

Der Bischof erkannte den Besucher sofort, machte aber keinerlei Anstalten, seinen Weg im Kreuzgang zu unterbrechen. Auf seinen jungen Notarius gestützt, schritt er langsam und konzentriert weiter, als gäbe es nichts Wichtigeres auf der Welt.

»Nicht eine meiner Nachrichten habt Ihr beantwortet!« Grußlos war Heinrich Kramer auf ihn zugestürzt. »Und Euch tagelang geweigert, mich zu empfangen. Der Heilige Vater in Rom wird sicherlich ...«

»... Mitgefühl zeigen gegenüber einem leidgeplagten Bruder im Herrn, dem die Gicht schwer zugesetzt hat.« Georg Golser zwang sich zu einem Lächeln und deutete auf den linken Fuß, der mit Fell umwickelt war. »Der schmerzhafteste Anfall seit Jahren. So bitterlich muss ich jetzt für Jakobes berühmtes Nierenragout büßen. Nun will nicht einmal der weiteste Schuh mehr passen. Und hätte mir dieses freundliche Murmeltier sein weiches Fell nicht zur Verfügung gestellt, ich käme wohl gar nicht mehr aus der Stube.«

Sein Gesicht war schmal und blass. Die Strapazen der letzten Tage waren deutlich in ihm zu lesen.

»Aber was soll all das Lamentieren? Unser Erlöser und seine heiligen Märtyrer haben schließlich ganz andere Qualen auf sich genommen«, fuhr er mit einem kleinen Lächeln fort.

»Das heißt, die päpstliche Bulle kann nun endlich veröffentlicht werden?«

Nicht *ein* Wort des Mitgefühls! Stattdessen harte, zwingende Augen, in die man kaum schauen mochte. So einem Mann wie diesem Dominikaner war der Bischof bislang noch nie begegnet.

»Hatten wir nicht fest vereinbart, dass dies erst nach der Hochzeit des Herzogs geschehen würde, Pater?«, erwiderte er. »Und heizt Ihr nicht dennoch bereits jetzt in Euren Predigten den Menschen ein, damit sie ihre Schwestern und Brüder der Hexerei und anderer Gräueltaten bezichtigen?«

Die beiden Männer starrten sich wortlos an.

»Am Bodensee sind meine Predigten stets wohlwollend aufgenommen worden und, wie das Resultat zeigt, auf durchaus fruchtbaren Boden gefallen«, sagte Kramer schließlich, der immer wieder zu dem Notarius schaute, als ob dessen unerwartete Anwesenheit ihn irritierte. Rasso Kugler dagegen schien gänzlich unbeeindruckt und blickte gelassen zurück.

»Dort konnten wir glücklicherweise einen großen Teil von dem Unheil ausrotten.«

»Aber hier sind wir in Tirol, in der Bischofsstadt Brixen«, konterte Golser scharf. »Das hab ich Euch schon einmal in aller Deutlichkeit zu verstehen gegeben, wenn Ihr Euch freundlicherweise erinnern wollt. Ich bin der Hirte dieser Stadt und dieses Landes. Und weder in Sankt Michael noch in Unserer lieben Frau am Sand will ich künftig noch einmal solche Hetzereien von der Kanzel hören!«

»Der hiesige Dom fasst von allen Kirchen bei Weitem die meisten Menschen. Wenn Ihr also zustimmen würdet ...«

»Niemals!« Der Bischof schien plötzlich zu schwanken und stützte sich noch schwerer auf seinen jungen Begleiter. »Der Dom – vergesst ihn!«

»Worauf wartet Ihr denn?«, fuhr Rasso Kugler den Dominikaner an. »Schnell! Den Klappstuhl, der dort drüben steht – oder wollt Ihr, dass Seine Exzellenz Euch vor die Füße fällt?«

Kramer blieb nichts anderes übrig, als zu gehorchen und das Gewünschte herbeizuschaffen. Ächzend ließ der Bischof sich auf den Stuhl sinken, das kranke Bein weit von sich gestreckt.

»Die Zeit läuft uns davon«, drängte der Inquisitor. »Ich wünschte, Ihr würdet das endlich begreifen. Während wir hier noch untätig reden, vollziehen sich im Geheimen die allerwiderlichsten Dinge ...«

»Ihr zweifelt wohl niemals«, unterbrach ihn der Bischof. »Oder gibt es Nächte, in denen Eure Sicherheit rissig wird?«

»Wie könnte ich zweifeln, da ich doch bereits weiß, wogegen mein feuriger Kampf sich richtet«, rief Kramer. »Mein ganzes Leben hab ich ihm geweiht – bis zur Stunde meines Todes!«

Bischof Golser hatte den Kopf in den Nacken gelegt. Über

sich, in der Wölbung des Kreuzgangs, fand er das, was ihm auch in schweren Stunden stets Trost und Hoffnung schenkte.

»Von ihnen haben viele gezweifelt«, sagte er, mit dem Finger auf das prachtvoll bemalte Gewölbe deutend, das Gestalten aus dem Alten und dem Neuen Testament zeigte: Propheten, Evangelisten und sogar die Apostel des Herrn. »Denn der Zweifel ist nun mal eine der menschlichsten Eigenschaften. Und dennoch waren sie alle einig in der Liebe zu unserem Erlöser, haben seinethalben gelitten, manche von ihnen sogar ihr Leben für ihn hingegeben. Ist folglich nicht Liebe die größte Kraft? Sie allein kann alles lindern, alles verstehen, alles verzeihen. Liebe ist der Quell allen Seins. *Denn die Liebe ist aus Gott, und jeder, der liebt, stammt von Gott und erkennt Gott.* Das sind Johannes' Worte. Ihr dagegen predigt Hass, Misstrauen, Angst, sprecht nur vom Bösen. Aber sagt Johannes nicht weiter: *Wer nicht liebt, hat Gott nicht erkannt, denn Gott ist die Liebe.* Weshalb also, mein Sohn? Was ist die dunkle Kraft, die Euch antreibt?«

Kramer sah auf einmal ganz grünlich aus.

»Es ist überall«, sagte er dumpf. »Spürt Ihr es nicht? Könnt Ihr es nicht fühlen? Jenen gefährliche Sog der Hölle, der alles zu verderben sucht. Nur wenn wir ihn bannen mit Feuer und Schwert, werden die verirrten Seelen wieder Ruhe finden. Doch dieser Tag kann erst anbrechen, sobald wir auch die letzte Hexe mit Stumpf und Stiehl vernichtet haben. *Zauberer sollst du nicht leben lassen.* So und nicht anders steht es im Buch Mose geschrieben. Das ist der Befehl, dem ich mich beuge. Das ist mein Gesetz.«

Bischof Golser schwieg eine ganze Weile.

»Ihr werdet nicht damit aufhören«, sagte er dann. »Egal, was immer ich Euch auch entgegenhalte. Ihr fahrt fort in Eurem Treiben, bis Euer Ziel erreicht ist. So ist es doch, oder?«

Kramer nickte schweigend. Der Blick des Bischofs verlor an Strenge.

»Dabei seht Ihr elend aus. Dunkle Schatten um die Augen, bleiche Haut, schorfige Lippen. Wenn Ihr anderen gegenüber schon so wenig Barmherzigkeit aufzubringen vermögt, solltet Ihr wenigstens ein Stückchen barmherziger mit Euch selbst umgehen. Eine Kerze, die an zwei Enden gleichzeitig brennt, nützt in der Regel niemandem. Was also ist es, das Euch plagt – ein dauerhaftes Leiden?«

»Ach, nicht der Rede wert! Kopfgewitter, das mich dann und wann überfällt. Auf dem Höhepunkt schlimm und schmerzhaft bis zur Raserei, das ja. Aber es geht vorbei. Und von meiner Mission wird es mich niemals abhalten.« Seine Zähne knirschten, so fest presste er die Kiefer zusammen. »Wann genau reist Ihr nach Innsbruck, Euer Exzellenz?«

»Sobald die Gicht es mir erlaubt. Weshalb fragt Ihr, Pater Heinrich?«

»Weil ich Euch zu begleiten gedenke.«

»Dort wird eine Fürstenhochzeit gefeiert, kein Totenfest. Bringt mir da in Eurem Übereifer bloß nichts durcheinander! Der Herzog bedarf dringend eines Nachfolgers und zwar bald, denn er ist nicht mehr jung. Darum geht es und um sonst nichts.«

»Das Fleisch ist schwach, egal, ob Herzog oder Bauer. Doch ihm erliegen muss keiner. Wer Gott uneingeschränkt dient, kann stark und wehrhaft sein.« Der Inquisitor spie seine Worte aus wie einen Schwall fauliger Fische.

Voller Unbehagen nahm Bischof Golser dieses Bild in sich auf. Er wird Feuer legen, wohin er auch geht, dachte er. Worte gehören nun mal zu den gefährlichsten Waffen. Lasse ich ihn hier unbeaufsichtigt zurück, erkenne ich hinterher womöglich mein schönes Brixen nicht mehr wieder. Und ist Herzog Sigmund nicht ein vernünftiger, aufgeschlossener Mann, mit dem sich reden lässt? Zu zweit können wir gemeinsam gegen diesen Eiferer vorgehen. Klüger also, den Inquisitor aus nächster Nähe zu beobachten und die Löschkübel griffbereit zu halten, damit kein Flächenbrand entsteht, wenn die Flammen hochschlagen.

»So lasst uns denn gemeinsam ziehen«, sagte er. »Und zwar im Namen Jesu Christi, unseres Herrn. *Ego sum via, et veritas, et vita.* Ich bin der Weg, die Wahrheit und das Leben. Welch besseren Begleiter könnte es geben, sowohl im Himmel als auch auf Erden?«

❧

Er konnte es kaum abwarten, die Stute in den Stall zu bringen und dann endlich bei ihr zu sein – bei ihr! Der Gedanke, Hella in wenigen Augenblicken zu umarmen, beflügelte ihn, wäre da nicht dieses ständig bohrende Misstrauen gewesen, das Andres Scheuber niemals ablegen konnte.

Mit Martha, seinem ersten Weib, hatte er so etwas wie Eifersucht gar nicht gekannt. Bei ihr zu liegen, hatte ihm satte, warme Freude bereitet, sie war eine gute Köchin und Hausmutter gewesen und hatte ihm drei Kinder geschenkt, von denen freilich keines älter als fünf Jahre geworden war. Betrauert allerdings hatte er Martha nicht allzu lang. Wenn er nun an ihrem Grab hinter Sankt Jakob stand, was viel zu selten geschah, stieg beinahe so etwas wie Scham in ihm auf, die er freilich jedes Mal rasch unterdrückte. Sie und die Kinder waren seine Familie gewesen, und er hatte sie geliebt, so wie es üblich war, nicht weniger, aber auch nicht viel mehr.

Alles kein Vergleich mit Hella!

Schon ihr Heranwachsen hatte er aus einiger Entfernung

mit wachsender Spannung beobachtet und kaum den Tag abwarten können, bis sie endlich alt genug gewesen war, um sie zu freien. Hella unterschied sich von allen Frauen, die er jemals kennengelernt hatte. Es war nicht nur ihr Aussehen, das ihn immer wieder erneut in Entzücken versetzte, ihre Art zu gehen, zu lachen, den Kopf zu wenden. Es waren auch ihre Wärme und Anteilnahme, ihre fröhliche Lebendigkeit und ihre Offenheit gegenüber allen nur denkbaren Spielarten fleischlicher Lust. Wenn er da an seine kreuzbrave Martha dachte – die Hände über dem Kopf zusammengeschlagen hätte sie und ängstlich ein Ave Maria nach dem anderen gebetet! Hella dagegen kannte keine Scham oder Verlegenheit. Im Liebesakt schenkte sie sich ohne Vorbehalt – und dennoch spürte Andres dahinter ein Geheimnis, das sich ihm bislang umso hartnäckiger entzogen hatte, je gieriger er darauf aus war, es zu ergründen.

Seine Gedanken und Wünsche jedenfalls besetzte sie ohnedies bis in den allerletzten Winkel. Dieses Drängen und Sehnen, das ihn plagte, kaum dass er von ihr getrennt war! Wie eine Krankheit empfand Andres diese Gefühle, als etwas Fremdes, Unbegreifliches, das ihn ohne Vorwarnung überfiel, oftmals schwach und einsam machte. In anderen Momenten jedoch verliehen ausgerechnet diese Gefühle ihm Stärke, Zielstrebigkeit und einen unbeugsamen Willen, alles Eigenschaften, die er früher so nie an sich gekannt hatte.

Für das Pferd hatte sie vorgesorgt, das stellte er mit einem Blick fest. Heu und Stroh waren ausreichend vorhanden, und der Stall war sauber ausgefegt. Wie aber würde Hella den überraschenden Besuch ihres Ehemannes aufnehmen?

Andres nahm die Stufen nach oben wie ein Jüngling in der ersten Liebesglut, er riss die Tür auf und stürmte in die Schlafstube. Sie saß in einem dünnen weißen Unterkleid auf dem

Schemel, den er ihr letzten Herbst geschnitzt hatte, eine Bürste in der Hand, mit der sie gedankenverloren durch ihr hüftlanges Haar strich. Bei seinem Anblick weiteten sich ihre Augen, und dem rosigen Mund entfuhr ein überraschter Laut.

Natürlich hätte er sie am liebsten sofort in die Arme geschlossen und an sich gedrückt, aber es war wie immer: Das Misstrauen forderte als Erstes seinen Tribut.

Argwöhnisch glitten seine Augen durch die Stube. Gab es da nichts, was auf die Anwesenheit eines Fremden schließen ließ? Kein vergessener Gegenstand, nicht ein verräterisches Zeichen?

Erst als Andres sich vergewissert hatte, kam Hella selbst, die er nicht minder eingehend musterte, an die Reihe. Waren ihre Wangen nicht auffallend gerötet? Ging der süße Atem, von dem er bald schon trinken würde, nicht schneller als gewöhnlich? Und wieso war der Raum von Kerzen erleuchtet wie zu einem Fest?

Sie ertrug die Inspektion mit einem Lächeln, erhob sich plötzlich und schmiegte sich an ihn.

»Willkommen zu Hause!«, flüsterte sie. »Ich hatte schon Angst, du würdest niemals mehr zu mir kommen.«

Jetzt brachen alle Dämme in Andres. Er schaffte es nicht länger, seine Leidenschaft im Zaum zu halten. Am liebsten hätte er Hella ganz in sich aufgesogen, um für immer eins mit ihr zu sein, doch er musste sich damit begnügen, sie so fest an sich zu pressen, dass sie leise aufschrie. Er küsste sie, bis sie nach Atem rang, bog sie nach hinten, als sei sie eine Gerte, und hatte doch lange noch nicht genug. Als sie zu stöhnen begann, hob er sie hoch, trug sie zum Bett und riss ihr dünnes Hemd in Fetzen.

Da waren sie, ihre Brüste, von denen er Nacht für Nacht träumte! So prall und fest, so süß und rund, dass ihm fast schwindelte. Mochten die Leute doch weiterrätseln, warum sein junges Weib nicht schwanger wurde. Diese Brüste gehörten ihm, ihm ganz allein – kein gieriger Kindermund sollte sie schlaff und welk machen.

Hella schien ein wenig fülliger geworden zu sein seit seinem letzten Besuch, was ihn nur noch mehr anstachelte: ein Wunder aus rosigem, jungem Fleisch, nicht dazu erschaffen, neues Leben auszutragen, sondern einzig und allein, seine Lust zu stillen.

Dass sie zwar bereitwillig die Beine öffnete, ihn sanft in sich aufnahm und liebevoll festhielt, während er ächzte und stöhnte, sich aber kaum unter ihm bewegte und still dabei blieb, störte Andres nicht weiter. War er doch am Ziel seiner Wünsche angelangt und eher über sich selbst erzürnt, weil die Erlösung für seinen Geschmack viel zu schnell kam und er in Hella erschlaffte.

»Teufelsweib«, murmelte er und streichelte ihre Wangen, »was hast du nur aus mir gemacht!«

»Einen guten Ehemann, hoffe ich doch.« In Hellas Augen tanzten kleine Lichter. »Aber ist er denn auch ein hungriger Ehemann?«

»Wie gut du mich doch kennst! Eine kleine Stärkung wäre jetzt genau das Richtige.«

Sie schlüpfte aus dem Bett, wickelte sich in ein Tuch und tapste hinunter in die Küche. Wenig später kam sie mit Rauchfleisch, Käse und einem dampfenden Krug von dem gewürzten Wein zurück, den er am liebsten trank. Andres bediente sich ausgiebig, trank reichlich und ließ sich danach mit einem zufriedenen Rülpser zurück in die Kissen sinken.

»Ich bin der glücklichste Mann der Welt!« Hella musste sich tief über ihn beugen, um ihn noch zu verstehen. »Zwei ganze Tage gehöre ich jetzt dir allein ...«

Sein Atem wurde schwerer. Schon bald setzte sein stoßweises Schnauben und Röcheln ein, das ihr bereits so manche Nachruhe geraubt hatte.

Behutsam kroch sie neben ihm unter die Decken. An Schlaf war für sie jetzt ohnehin nicht zu denken. Sie streckte sich aus, berührte flüchtig ihre Brüste, dann ihre Lenden. Welch treu sorgender Schutzengel ihr doch diese Nacht beigestanden hatte!

Leopold war kaum ein paar Augenblicke aus dem Haus gewesen, als Andres sie mit seinem Besuch überfallen hatte. Sie wollte den Hofmeister eigentlich zum Bleiben überreden, doch er hatte sich plötzlich nicht wohlgefühlt und war lieber heimgegangen, weil er seine Medizin in der Hofburg vergessen hatte.

Der seltsamste unter all ihren bisherigen Liebhabern, und dennoch ein Mann, der etwas in ihr anrührte, was Hella neu war. Ihre Lippen verzogen sich zu einem Lächeln. Wie zart er sein konnte, beinahe schüchtern! Als sei sie ein wertvolles Kleinod, eine Preziose, mit der man nur ganz vorsichtig umgehen durfte.

Hella drehte Andres den Rücken zu, dessen Schnauben jetzt anstieg und binnen Kurzem immer mehr an Lautstärke zunehmen würde. Unangenehm, aber durchaus erträglich. Nur noch eine weitere Nacht – und das schöne, große Haus gehörte ihr wieder ganz allein.

❧

Einmal schon war Lena am frühen Morgen die steile Treppe hinauf in den zweiten Stock gestiegen, wo der neue Jurist am Ende eines langen Ganges in seinem Kontor arbeitete, und hatte schließlich doch wieder unverrichteter Dinge den Rückzug angetreten. Ihr Herz hatte so stark geklopft, dass sie Angst hatte, nicht ein vernünftiges Wort herauszubringen. Els hatte ihr von Kindesbeinen an eingeschärft, dass man niemanden verraten durfte, nichts anderes jedoch hatte sie vor. Dabei verstieß Kassian sichtlich ungerührt gegen das siebte Gebot und machte sich damit nicht nur vor dem Herzog, sondern auch vor Gott schuldig.

Aber stand es ausgerechnet ihr zu, darüber zu richten?

Der zweite Versuch verlief kaum weniger kläglich. Mühsam war sie nach oben gestapft, im Unreinen mit sich selbst, als die Tür plötzlich aufging, ohne dass sie sie auch nur berührt hätte. Lena stand einem schlanken Mann gegenüber, der nicht viel größer als sie selbst war und sie fragend musterte. Blonde, halblange Haare, an Stirn und Schläfen schon gelichtet, das Gesicht länglich und schmal. Die grauen Augen hatte er leicht zusammengekniffen, was ihm einen skeptischen Ausdruck verlieh.

»Du willst zu mir?« Es klang, als rechne er mit einem Nein. »Oder hast du dich bloß verirrt?«

Verstohlen schaute Lena an sich hinunter. Nach den ersten Tagen in der Gesindeküche hatte sie jegliche Mühe aufgegeben, sich auch nur halbwegs ansehnlich anzuziehen. Denn sehr schnell landete unweigerlich ja doch wieder ein Schwall Suppe auf dem Rock, ihr Mieder bekam Fettflecke ab, oder sie musste die Schürze als Schutz benutzen, um sich nicht die Finger an fettigen, glutheißen Henkeln zu verbrennen. Heute war das schmutzige Potpourri auf ihrem Gewand besonders heftig ausgefallen. Mehl und Schmalz hatten überall ihre verräterischen Spuren hinterlassen. Sie musste aussehen wie die niedrigste Küchenmagd – und genauso fühlte sie sich in diesem Augenblick.

»Bist du stumm?«, fragte der Jurist weiter. »Oder einfach nur schüchtern?«

»Es tut mir leid«, stieß sie hervor. »Ich wollte …« Sie verstummte.

»Reden kann sie schon mal, das ist gut«, sagte er. »Jetzt muss ich nur noch wissen, was die junge Frau von mir will.«

»Nichts. Gar nichts! Ich dachte nur …« Lena verstummte erneut, senkte den Kopf und wäre am liebsten auf der Stelle im Erdboden versunken. Doch leider tat sich weit und breit kein gnädiger Spalt auf, und so blieb ihr nichts anderes übrig, als den Mann irgendwann wieder anzusehen.

Sein Gesicht hatte sich verändert, wirkte weicher, fast belustigt. Er war um einiges jünger, als sie zunächst gedacht hatte, konnte ihrer Schätzung nach die dreißig kaum überschritten haben.

»Ich bin Johannes Merwais«, sagte er. »Doktor der Juristerei. In Diensten Seiner Hoheit. Und du …«

»Lena. Aus der Gesindeküche. Dort wissen wir seit Tagen nicht mehr, wo uns der Kopf steht. Alle rennen durcheinander, es gibt diese endlosen Listen, aber stets fehlt irgendetwas, denn Kassian, der Koch …« Beschämt hielt sie inne. »Ich hab heute Krapfen gebacken«, setzte sie hinzu. »In heißem Schmalz. Ganz frisch schmecken sie am allerbesten.«

Was redete sie da? Der Doktor der Juristerei musste sie für eine Idiotin halten, die nichts als Unsinn brabbelte.

Johannes Merwais begann zu lächeln.

»Krapfen? Ja, das sieht man«, sagte er, langte an das Tuch, das Lena um ihre widerspenstigen Haare geschlungen hatte, und hielt plötzlich etwas in der Hand. »Ein Teigrestchen«, sagte er, nachdem er daran geschnuppert hatte. »Und wenn es so gut schmeckt, wie es riecht, sollte ich euch da unten wohl bald einen Besuch abstatten.«

Irgendwie hatte sie schließlich zu ihrem eigenen Erstaunen das Kunststück fertiggebracht, einen Gruß zu murmeln, sich auf dem Absatz umzudrehen und die Treppe hinunterzulaufen. Ob er ihr nachgeschaut hatte, daran wollte sie lieber gar nicht denken. Und erst recht nicht daran, welchen seltsamen Eindruck sie wohl bei ihm hinterlassen haben musste.

Bis zum Mittag arbeitete Lena mit Feuereifer, als ob sie damit ihren wenig geschickten Auftritt ungeschehen machen könnte. Sie hatte große Töpfe aufgesetzt, in denen Blamensir sott, ein Gericht aus Hühnerfleisch, Mandelmilch, Rosenwasser, Salz, Pfeffer und einer Prise Zucker, das gut eindicken musste, damit es richtig schmeckte. Der feine Geruch erfüllte die ganze Küche, und sie hatte mehr als eine vorwitzige Hand wegzuschlagen, die schon mal vorab eine kräftige Portion davon naschen wollte. Nach einer Weile schaute ihr sogar Kassian über die Schulter, zog seine Sattelnase hoch und sog genießerisch das Aroma ein.

»Riecht gar nicht so übel«, murmelte er.

»Die Gockel waren ganz schön mager«, sagte Lena. »Fette Kapaune geben da sicherlich um einiges mehr her. Aber ich hab zumindest die Haut fein säuberlich abgezogen. Und zum Glück hatte ich Bibianas Rosenwasser zur Hand, ohne das das Gericht gar nicht zuzubereiten wäre.«

»Bibiana?«, wiederholte Kassian. »Wer soll das sein?«

»Meine Großmutter«, sagte Lena rasch, weil alles andere nur umständliche Erklärungen nach sich gezogen hätte. »Die beste Köchin der ganzen Welt!«

»Gehörst du etwa auch zu diesen Giftpantscherinnen, die in Innsbruck ihr Unwesen treiben? Irgendein Zeug von zu Hause mitbringen und es heimlich unter unser Essen rühren – das verbiete ich dir, hörst du!«

»Rosenwasser ist nicht ›irgendein Zeug‹, sondern eine Kostbarkeit, die Bibiana sogar bis jenseits der Berge verkauft – und schon gar kein Gift! Eigentlich gehörte ja jenes weiche

Konfekt in das Gericht, das die Venezianer aus Mandeln und Rosenwasser herzustellen wissen, aber ich hoffe, es wird auch so gehen. Willst du probieren?«

»Vom Kochen verstehst du was«, räumte er ein, nachdem er seinen Löffel in die sämige Sauce getaucht hatte. »Das muss der Neid dir lassen. Wenngleich es an vielen anderen Stellen leider noch deutlich hapert.«

Lena verkniff sich eine Antwort, rührte und probierte weiter, gab noch ein wenig Butter hinzu, zermörserte einige Bittermandeln, die erst ganz zum Schluss hinzugegeben und für ein noch kräftigeres Aroma sorgen würden. Schließlich war sie halbwegs zufrieden. Es schmeckte nicht ganz so, wie von Bibiana zubereitet, aber doch beinahe so.

Das musste für den Augenblick genügen.

Vily hatte bereits zwei der Töpfe auf den Tisch gehievt, um die sich die ersten Hungrigen versammelten, als plötzlich Merwais in der Küche stand. Lena spürte, wie ihr das Blut in den Kopf schoss, und war heilfroh, dass sie weiterrühren und ihm wenigstens den Rücken zudrehen konnte.

»Lasst Euch nicht stören!«, rief er freundlich. »Ich brauche nur ganz kurz Eure Hilfe.«

»Was habt Ihr hier zu suchen?«, knurrte Kassian. »Ich bin lediglich den beiden Herren Kämmerer und Hofmeister unterstellt. Falls also Meister Rainer glaubt, er könne ...«

»Genau der hat mich hergeschickt.« Merwais' Blicke glitten durch den Raum. »In diesen Zeiten müssen wir alle mit anfassen, wenn es nottut. Seine Hoheit wünscht für die morgige Mummerei warme Weincreme, um die Damen und Herren während des anstrengenden Tanzens zu stärken. Allerdings befürchtet der Hofkoch, dafür nicht genug Eier zur Hand zu haben. Ihr könnt ihm doch sicherlich aushelfen?«

»Und Ihr seid jetzt hier, um diese Eier höchstpersönlich zum Küchenmeister zu bringen?« Ein lautes, fröhliches Lachen.

»Es genügt, wenn ich mich vergewissere, dass genug zur Verfügung stehen. Den Rest können dann freundlicherweise Eure Küchenjungen erledigen.«

Kassian führte den Juristen zum Hintereingang.

»Nichts als Eier«, sagte er. »Körbeweise. Genügend jedenfalls, um hungrige Hundertschaften zu beköstigen.«

»Diese gute Nachricht will ich gern gleich weitergeben.« Merwais war einfach weitergegangen, hinaus in den kleinen Flur, geradewegs auf die Tür zu, die Kassian nach dem Vorfall mit Sebi besonders sorgfältig verschlossen hielt. »Und was befindet sich hier drin?«, fragte er. »Noch mehr Eier?«

Lena spürte, wie ihre Nackenhärchen sich aufrichteten.

»Unter anderem.« Kassian brachte das Kunststück fertig, mit fester Stimme zu antworten. »Leuten wie Euch, die sich Tag für Tag unter Aktenstaub begraben, fehlt vermutlich jegliche Vorstellung davon, wie viel Menschen bei einer Hochzeit vertilgen können. Wir dagegen in der Küche wissen es.«

Merwais drückte auf die Klinke.

»Abgeschlossen«, sagte er. »Weshalb? Fürchtet Ihr Diebe, Kassian? Oder wird hier etwas besonders Wertvolles gelagert?«

»Schlechte Menschen gibt es überall.« Jetzt war die Stimme kurzatmig geworden. »Da ist es manchmal besser, gewisse Vorkehrungen zu treffen.«

»Da habt Ihr recht. Könnt Ihr mir bitte aufschließen?«

»Wozu die Umstände? Sind die Zeiten nicht ohnehin schon aufreibend genug – für jeden von uns? Wir stecken mitten in den Hochzeitvorbereitungen und wissen vor lauter Arbeit nicht mehr ein noch aus. Und außerdem sind wir gerade am Essen.« Kassian rang hörbar nach Luft. »Lena, der geschätzte Herr Doktor möchte doch sicherlich von deinem Mandelhuhn probieren. Bring sofort einen weiteren Topf zum Tisch! Warum haben wir überhaupt so lange damit gewartet? Der Ärmste ist ja schon ganz blass um die Nase herum.«

Jetzt gab es keinen mehr in der Gesindeküche, der auch nur einen Mucks von sich gegeben hätte.

Sie wissen es alle, dachte Lena, während sie tat, was er ihr aufgetragen hatte. Es gelang ihr, den Topf auf den Tisch zu platzieren, ohne etwas zu verschütten, obwohl sie so zittrig war wie selten zuvor. Und ich dumme Gans hab die ganze Zeit gedacht, ich wäre die Einzige. Wie töricht ich mich doch aufgeführt habe!

»Da seid Ihr wohl im Recht«, sagte Johannes Merwais nach einer langen, langen Weile. »Die Zeiten verlangen uns einiges ab, und dennoch leisten wir es mit freudigem Herzen, um Seiner Hoheit zu dienen, dem Erzherzog von Tirol, der uns so großzügig tränkt und speist. So ist es doch?«

Er ließ von der Tür ab, ging in aller Ruhe zum Tisch, nahm einen Holzlöffel, tunkte unbefangen ein, als sei er einer der Küchenleute, und begann zu essen. Nach den ersten Bissen schloss er die Augen. Ein Ausdruck reinster Verzückung erschien auf seinem Gesicht.

»Eines nur kenne ich auf der Welt, was mich noch glücklicher machen könnte«, sagte er und leckte sich über die Lippen. »Frische Krapfen zur Nachspeise.«

❧

»Ich verbrenne! Seid Ihr wahnsinnig geworden?«

»Ein kleines Weilchen noch, Euer Hoheit!«

»Wollt Ihr mich bei lebendigem Leib rösten?«, schrie der Herzog.

»Wenn Ihr ruhig liegen bleibt und schweigt, schont Ihr Eure Kräfte. Dann könnt Ihr es in der Schwitzkammer sogar noch länger aushalten. Denn wenn jetzt all die Festlichkeiten auf Euch zukommen, solltet Ihr doch ...«

»Ihr seid dazu da, um mich zu kurieren, nicht, um mich zu erziehen! An Letzterem hat sich schon mein Onkel die Zähne ausgebissen, als ich noch ein unreifer Knabe war. Ein Sigmund von Tirol tut, was immer er will, so hat er schon immer gelebt – und genauso wird er eines Tages auch sterben.« Seine Stimme wurde schrill. »Jetzt holt mich hier gefälligst raus, sonst könnt Ihr was erleben!«

Cornelius van Halen öffnete die Tür. Ein Schwall heißer Luft kam ihm entgegen, der ihm sofort Schweißperlen auf die Stirn trieb.

»Ich hätte gar nicht gedacht, dass Euer Tiroler Zirbelholz die Wärme so gut hält«, sagte er. »Muss sagen, ich bin mehr als zufrieden.«

»Zufrieden – womit? Mit dieser hässlichen Kammer, in der man verrückt wird, weil sie so eng und heiß ist? Oder vielleicht damit, dass ich schwitze und stinke wie ein brünstiger Bock?«, rief der Herzog aufgebracht. »Wenn das die Gicht vertreiben soll ...«

»Es gibt nichts Besseres! Die schlechten Stoffe werden ausgeschwemmt, Eure Gelenke dadurch gespült und somit erleichtert. Wenn Ihr anschließend ausreichend trinkt, kann Euer Körper neue Kräfte tanken.« Der Medicus rief die Diener herbei, die Sigmund nun mit kaltem Wasser aus irdenen Krügen begossen, abtrockneten und anschließend in weiche Tücher hüllten. »Jetzt noch das lauwarme Fußbad!«, befahl er. »Ja, genauso ist es richtig.«

»Ihr macht einen rechten Tropf aus mir«, klagte der Herzog und starrte auf seine mageren, blaugeäderten Beine. »Wenn meine junge Braut mich so sehen könnte – Reißaus würde sie auf der Stelle nehmen, das ist gewiss. Wieso gebt Ihr mir nicht einfach jenes Mittel, das neulich so schnell gegen die Gicht geholfen hat?«

»Weil die Teufelswurz äußerst giftig ist und nur selten und dann in winzigen Dosen verabreicht werden darf. Außerdem wirkt sie nur bei einem akuten Anfall. Aber genau dem wollt Ihr doch jetzt mit aller Kraft vorbeugen.« Van Halen streckte sich, und der Sessel, auf dem er Platz genommen hatte, schien zu eng für seine gewaltige Leibesfülle. »Im Norden schwören die Leute auf dieses Mittel. Dort haben sie alle kleine Hütten aus Holz, in die sie sich regelmäßig zum Schwitzen zurückziehen. Damit lassen sich die meisten Krankheiten erfolgreich austreiben.«

»Diesen Bären könnt Ihr getrost anderen aufbinden!«

»Das hab ich mit eigenen Augen gesehen. Viele Male. Als ich jung war und zur See gefahren bin«, erwiderte van Halen gelassen. »Ich kenne den Norden, müsst Ihr wissen.«

»Zur See? Ausgerechnet Ihr?«, spottete der Herzog.

Van Halens Lächeln verschwand.

»Ich bin nicht als Fass auf zwei Beinen zur Welt gekommen, falls Ihr das meint, Euer Hoheit. Es gab durchaus Zeiten, da selbst ich rank wie eine Tanne war. Und dazu so wendig und behände, dass ich so manchen das Fürchten gelehrt habe.« Ein Wink von ihm, und die Diener schafften das Fußbad wieder fort. »Jetzt trinkt, und zwar so viel Ihr nur könnt!«

Der Herzog setzte den Becher an, ließ ihn jedoch nach wenigen Schlucken wieder sinken.

»Ich bin nun mal kein Freund des Gänseweins«, murrte er. »Wenn Ihr mir allerdings stattdessen einen schweren Tokaier offeriert, sage ich nicht Nein.«

»Trinken«, beharrte van Halen, »nicht reden!«

Missmutig gehorchte Sigmund.

»Und jetzt streckt Euch aus und ruht eine Weile! Ihr werdet Euch vielleicht ein wenig müde fühlen und anschließend wunderbar schlafen. Morgen dann, das verspreche ich Euch, verspürt Ihr eine lange nicht mehr erlebte Erfrischung.« Er wuchtete sich aus dem Sessel. »Ich lasse Euch jetzt allein, Euer Hoheit.«

»Halt! Wartet! Da gibt es noch etwas, das ich mit Euch bereden muss.«

Van Halen war stehen geblieben.

Sigmund räusperte sich. »Nun ja, es fällt mir nicht leicht, davon anzufangen, aber es muss sein. Ich brauche diesen Erben, versteht Ihr? Ich kann es mir nicht leisten, bei meinem jungen Weib zu versagen. Helft mir dabei!«

Der Medicus begann erneut zu lächeln.

»Und das ausgerechnet aus Eurem Mund, Hoheit? Landauf, landab wüsste ich keinen Einzigen, der seine Manneskraft deutlicher unter Beweis gestellt hätte«, sagte er. »Zeugen nicht Dutzende kräftiger Knaben und Mädchen davon? Warum also solltet Ihr an der Kraft Eurer Lenden zweifeln?«

»Genau das tue ich aber«, rief der Herzog. »Natürlich gibt es all diese Bankerte, aber die meisten von ihnen stammen aus früheren Zeiten, und heute bin ich nicht mehr jung. Meiner geliebten Leonora konnte ich kein Kind machen, so sehr wir uns auch bemüht haben. Kein einziges Mal war sie schwanger, in all den langen Jahren, obwohl wir immer wieder neue Hoffnung schöpften. Wie traurig uns das beide gemacht hat!«

»Es kann an der Frau liegen, wenn sie kein Kind empfängt.« Die Stimme des Medicus war ruhig. »Eine Erkrankung der inneren Organe möglicherweise, eine Schwächung der Säfte ...«

»Nein, das war es nicht!«, fiel der Herzog ihm ins Wort.

»Meine Leonora trug keinerlei Schuld. Es lag allein an mir, das weiß ich heute. Es ist der Teufel, der meinen Samen vergiftet hat.«

»Wie kommt Ihr ausgerechnet darauf?«

In seiner wachsenden Erregung hatte der Herzog alle ärztlichen Ermahnungen vergessen und sich aufgesetzt.

»Weil ich Schuld auf mich geladen habe«, sagte er. »Und dafür lässt Gott mich büßen. Es sind die Jungfrauen, wenn Ihr versteht, was ich meine. Die Jungfrauen, die mich um den Verstand bringen. So war es, seit ich zum Mann geworden bin. Und so ist es noch heute.« Sein Gesicht zeigte rötliche Flecken, der Blick flackerte.

»Wenn Ihr Euch weiter so ereifert, werden die schlechten Säften gleich wieder zu fließen beginnen, und all die mühsame Entlastung war umsonst«, rief van Halen besorgt. »Mit welch seltsamen Gedanken Ihr Euch doch quält, Euer Hoheit! Lasst die Jungfrauen doch Jungfrauen sein!«

»Genau das aber kann ich nicht«, flüsterte Sigmund. »Versteht Ihr? Es gibt da etwas, das stärker ist als ich. Ich muss der Erste sein, der diese zarte Pforte bezwingt. Sogar mit Gewalt. Auch, wenn sie sich mit aller Macht dagegen wehren, wie es …« Er fuhr sich mit der Hand über das Gesicht, als wolle er etwas wegwischen.

»Und jetzt habt Ihr Bedenken, obwohl bald eine Jungfrau im Brautbett auf Euch wartet?«

»Warum begreift Ihr denn nicht, was ich Euch beibringen will? Bei Katharina verhält es sich anders. Bei ihr *muss* es gelingen, sie zu schwängern, auch wenn diese Teufelsstrafe auf mir lastet.« Sein Blick wurde flehend. »Ein Mittel, irgendein probates Mittel, van Halen! Eine kleine Stärkung. Mehr ist es ja gar nicht, was ich von Euch verlange.«

Van Halens Gesicht war unbewegt.

»Lasst mich nachdenken, Euer Hoheit!«, sagte er. »Meine Bücher bergen viele Geheimnisse. Ich bin sicher, sie werden mir das Richtige offenbaren.«

❧

Wie munter er beim Saltarello hüpfte und sprang, wie ein Junger, der noch allen Übermut in den Beinen hatte! Etwas musste mit Sigmund geschehen sein, das Alma nicht ganz verstand. Ob er auf einen Jungbrunnen gestoßen war, der ihn die Last der Jahre über Nacht vergessen gemacht hat?

Sie war froh, dass die Mumme ihr Gesicht verbarg, denn so war es leichter, den Herzog ungestört zu beobachten. Er war allerbester Laune, hatte sich zuvor an der Tafel mit Essen und Trinken allerdings auffallend zurückgehalten, schien aber umso entschlossener, allen anwesenden Damen den Hof zu machen. Mit der kleinen Gräfin hatte er schon dreimal getanzt, ihre pummeligen Hände dabei an sein Herz gedrückt, als habe er es an sie verloren. Doch von diesen Gesten ließ Alma sich nicht beeindrucken.

Sie wartete auf ihren Augenblick und sie wusste, er würde bald kommen. Ihr schönstes Kleid hatte sie für dieses Fest bereitlegen lassen, ein Gewand aus rotem Samt mit üppigem Faltenwurf, das tief ausgeschnitten war und so eng geschnürt, dass ihre schmale Taille perfekt zur Geltung kam. Breite Brokatbänder in Weinrot und Gold zierten es, die sich auch auf den bauschigen Ärmeln fanden, deren zierliche Brokatmanschetten fast bis zu den Fingerspitzen reichten. Ein kleines Vermögen hatte Alma dafür investiert, Leopolds Vorhaltungen zähneknirschend auf sich genommen, denn sie wusste, es würde sich lohnen. Wie eine Königin sah sie in ihrer Robe aus, war die mit Abstand am prächtigsten gekleidete Dame des Abends.

Beinahe hätte sie aufgelacht, als sie mit ansehen musste, wie der Herzog nun die Farandole ausgerechnet mit der Frau seines Kämmerers anführte, einer fetten Kuh, die schon wieder schwanger zu sein schien. Sollte sie nur zirpen und locken, so viel sie wollte – Weiber wie sie waren garantiert nicht nach Sigmunds Geschmack.

Alma hatte mehr getrunken als gewöhnlich, um ihre Aufregung hinunterzuspülen, und merkte plötzlich, dass sie nicht mehr ganz sicher auf den Beinen war. Dafür dröhnte die Musik der Flötisten, Trommler und Trompeter umso lauter in ihren Ohren. Zum Glück hielt mittlerweile wenigstens dieser Spielmann sein freches Maul, der zuvor an der Tafel derart unverschämte Verse auf den Herzog und seinen Hof geschmiedet hatte, dass sie geglaubt hatte, nicht richtig zu hören. Seinen Dreistigkeiten würde sie als Erstes das Handwerk legen, sobald sie nur wieder den Rang einnahm, der ihr als Einziger gebührte.

Sie musste für einen Moment etwas abwesend gewesen sein, denn plötzlich stand der Herzog vor ihr, ohne dass sie sein Kommen wahrgenommen hätte. Durch die schmalen Schlitze der Maske sah sie seine Augen funkeln. Er verneigte sich förmlich, nahm ihre Hand und führte sie zum Tanz.

Almas Herz schlug so heftig, dass sie schon fürchtete, es könne das enge Mieder sprengen. Zum Glück hatten die Musiker soeben mit der Pavane begonnen, einem langsamen Schreittanz, der ihr halbwegs Luft zum Atmen ließ. Zuerst blieben sie beide eine Weile stumm, schließlich aber neigte Sigmund den Kopf zu ihr und begann zu reden.

»Ich muss mich entschuldigen«, sagte er. »Ich war in letzter Zeit nicht immer freundlich zu Euch.«

Es wirkte! Der Zauber dieser alten Hexe hatte sich über ihn gelegt. All ihre Mühe trug Früchte.

Alma rang nach den passenden Worten.

»Es macht mich unendlich glücklich, dass Ihr zu dieser Einsicht gelangt seid«, sagte sie. »Ihr könnt Euch gar nicht vorstellen, wie glücklich.«

»Ich bin in mich gegangen und habe mich gefragt, womit ich Euch versöhnen könnte. Ich wünsche mir so sehr, wieder Euer fröhliches Lachen zu hören. Mein Herz schmerzt, wenn ich Euch so niedergeschlagen und verbittert sehe, Alma.«

»Das bin ich doch gar nicht«, widersprach sie heftig und musste an der Schleppe zerren, die sich zwischen ihren Beinen verheddert und sie beinahe zu Fall gebracht hatte. »Und wenn Ihr mich wieder lachen hören wollt, so gibt es nichts Einfacheres als das. Ihr allein kennt meine Gefühle, allerliebster Sigmund. Ihr wisst, dass ich Euch stets und immer gehören ...«

Er war so plötzlich stehen geblieben, dass die ganze Reihe der Tanzenden ins Stocken kam. Eine halblaute Entschuldigung murmelnd, setzte er sich erneut in Bewegung. Die anderen taten es ihm nach.

»Ich möchte Euch eine Freude bereiten«, begann er. »Ich habe nachgedacht, mit mir gerungen, und dabei ist mir schließlich das Richtige in den Sinn gekommen. Ja, ich denke, es könnte sogar Euer heimlichster Wunsch sein, den laut zu äußern Ihr bislang aus den verschiedensten Gründen noch nicht gewagt habt.«

Almas Hände waren plötzlich schweißnass. Diese ausgekochte Alte aus der Silbergasse! Recht gehabt hatte sie – mit jedem einzelnen Wort, das sie ihr prophezeit hatte.

»Wenn Ihr nur wüsstet, wie sehr ich diesen Augenblick herbeigesehnt habe!«, murmelte sie. »Ich fürchtete schon, er würde niemals mehr kommen.«

»Dann soll Euer qualvolles Warten nun ein umso rascheres Ende finden.«

Sigmund ließ sie los, klatschte munter in die Hände und riss sich danach die Mumme vom Gesicht. Sein Mund war zu einem breiten Lächeln verzogen. Die Augen strahlten.

»Und so lautet mein Geschenk: Ihr, Alma, sollt die künftige Hofmeisterin meiner Gattin sein.«

❧

Lena biss die Zähne zusammen, als sie die schwere Kupferschüssel die Stufen hinauf zum Tanzsaal schleppte, und die Küchenjungen, die ihr folgten, machten es sicherlich nicht viel anders. Erleichtert stellte sie ihre Last auf den Tisch neben dem Eingang und sah sich verstohlen um.

All diese Kerzen, die den langen Raum fast taghell erleuchteten! Und die Gewänder der Damen, schimmernd und bunt wie eine Sommerwiese – kaum daran sattsehen konnte sie sich. Auf einmal erschien ihr das blaue Kleid mit der kleinen Borte, in das man sie gesteckt hatte, weil ihre Küchenkluft schmutzig und unansehnlich gewesen war, sehr viel weniger anziehend. Sie war und blieb eben eine Magd, auch wenn sie heute ganz überraschend in der Herrschaftsküche gelandet war.

Wer dabei seine Finger im Spiel gehabt haben musste, konnte Lena sich denken, und sie verrenkte sich den Hals, ob sie nicht zufällig unter den Tanzenden den blonden Juristen entdeckte. Doch Johannes Merwais war nirgendwo zu sehen, es sei denn, er steckte hinter einer diesen seltsamen Mummen, mit denen manche im Saal ihre Gesichter verborgen hatten. Dafür winkte ihr Niklas zu, der seitlich stand, seine Laute in der Hand. Er war unmaskiert und schien kein bisschen überrascht, sie hier vorzufinden.

»Was willst du denn hier?«

Sie musste nicht nach unten schauen, um zu wissen, wer es war, der an ihrem Rock zupfte. Der unangenehme Geruch nach schwerem Öl und altem Schweiß, den sie niemals vergessen würde, verriet den Hofzwerg.

»Ich hab die Weincreme geschlagen, falls Ihr nichts dagegen habt«, sagte Lena. »Weil die des Küchenmeisters nämlich beim ersten Versuch hässlich geronnen war. Die Arme tun mir weh, so hab ich zugelangt. Aber wenn sie jetzt nicht bald genossen wird, fällt sie zusammen und schmeckt auch nicht mehr.«

»Meine närrische Kleine – ich hätte dich beinahe vergessen!« Auf der Stirn des Herzogs standen feine Schweißperlen. »Und jetzt überrascht du uns ausgerechnet an diesem Abend mit solch einer Köstlichkeit!« Er hatte seinen Löffel in die Schüssel getunkt und verdrehte in übertriebenem Entzücken die Augen. »Von dir? Hast du die Creme gemacht?«

Lena nickte.

»Das Rezept stammt von Bibiana«, sagte sie.

Er redete ganz unbefangen mit ihr.

»Das müsst Ihr probieren, meine Freunde!«, rief er. »Ein Genuss! Worauf wartet Ihr noch?«

»Ich dagegen hab sehr viel an Euch denken müssen, Euer Hoheit«, sagte Lena und trat bescheiden zur Seite, zumal sich jetzt ganze Scharen von Gästen zu den Weincremeschüsseln drängten.

»Wie hübsch du aussiehst! Das zarte Blau macht deine Augen noch strahlender ...«

Lena schrie erschrocken auf, weil ein Schwall warmer Creme sich über sie ergossen hatte.

»Du hast mich angerempelt!«, sagte die Dame spitz, die den Schaden verursacht hatte. An ihrem dürren Hals traten die Sehnen wie Stricke hervor, aber sie steckte in dem prachtvollsten Kleid aus rotem Samt, das Lena jemals gesehen hatte. »Gib mir auf der Stelle eine neue Portion!«

»Bedient Euch selbst, werte Spiessin!«, versetzte ihr der Herzog. »Und lasst mich in aller Ruhe ein paar Worte mit meiner närrischen Kleinen wechseln.«

Als Lena später wieder hinunter in die Küche ging, kam ihr alles vor wie ein Traum. Im Ohr noch die fröhliche Musik, die wieder einsetzte, nachdem die Festgesellschaft sich ausgiebig gelabt hatte, wusste sie plötzlich nicht mehr genau, was der Herzog alles gesagt hatte. Aber es war jedenfalls wieder da gewesen, jenes unerklärliche Gefühl von Vertrautheit, das sie schon bei der ersten Begegnung gespürt hatte, und vielleicht war es Sigmund sogar ähnlich ergangen, denn er hatte keinerlei Anstalten gemacht, sie rasch wieder zu verabschieden. Lieber wäre es ihr freilich gewesen, er hätte sich mit den Komplimenten zurückgehalten, die sie doch nur verlegen machten, aber vielleicht war dies seine Art, mit Frauen umzugehen.

Wie alle im Saal geglotzt und getuschelt hatten! Der Herzog und die Küchenmagd – als ob sie es kaum hätten fassen können.

Lenas musste lächeln. Sie hatte jeden einzelnen Augenblick genossen. Und eines stand fest: Aus der Herrschaftsküche würde sie nun keiner so schnell mehr vertreiben können.

Sie begann leise vor sich hinzusummen, als sie die Schüsseln zusammenstellte, die nun andere als sie spülen mussten.

»Ich will bald mehr von dir zu kosten bekommen«, hatte der Herzog zum Abschied gesagt. »Und auch mein junges Weib soll von dir verwöhnt werden, sobald sie die Hofburg bezogen hat. Bei meiner Hochzeit zähle ich auf dich!«

Im Nacken spürte Lena die neidischen Blicke der anderen, die mit ihr in der Küche arbeiteten, und fühlte sich trotzdem so leicht wie schon lange nicht mehr. Sogar Meister Rainer, der seit dem überschwänglichen Lob des Herzogs tat, als existiere sie nicht mehr, würde sich schon noch an sie gewöhnen.

»Das war wunderbar, Mädchen!« Allein am kurzatmigen Schnauben hätte sie Cornelius van Halen auch mit geschlossenen Augen erkannt. »Ich hab mich hier runtergequält, weil ich gern noch einen kleinen Nachschlag hätte.«

»Man hat Euch schmählich übergangen?« Sie mochte diesen dicken Mann mit dem großen Herzen, der sie so fürsorglich untersucht hatte.

»Sozusagen.« Er lachte leise. »Nicht zum ersten Mal übrigens. Vielleicht, weil niemand sich so recht vorzustellen vermag, dass man immer hungrig sein kann.«

»Ich fürchte, die Creme ist restlos aufgegessen.« Lena inspizierte die Schüsseln. »Nein, wartet! Hier ist noch etwas. Aber inzwischen natürlich schon kalt geworden. Das wird bei Weitem nicht mehr so gut schmecken.«

»Hauptsache, es ist süß und weich. Gib mir ruhig den ganzen Rest!« Van Halen begann zu strahlen. »Und jetzt glotz bloß nicht so anzüglich auf meinen fetten Ranzen! Heißt es nicht, der Bauch sei der Meister aller Künste?«

»Ihr *sollt* ja genießen!«, sagte Lena, die für ihn den Rest herauskratzte und in eine kleine Schüssel gab.

Schon hatte er seinen Löffel herausgezogen und alles im Nu verschlungen.

»Ich mag Menschen, die gern essen«, fuhr Lena fort. »Wozu sonst sollte man sich die Mühe machen, mit Liebe zu kochen? Aber muss es denn immer gleich in Mengen sein?«

»Dicke Männer sind klüger. So steht es schon bei Thomas von Aquin geschrieben. Und der hat in vielen Sachen recht.« Der Medicus kniff die Augen zusammen und musterte Lena. »Was macht eigentlich dein Kopf?«, fragte er. »Irgendwelche Nachwirkungen?«

»Mein Kopf? Den hab ich ganz vergessen. Ich hatte gar keine Zeit, überhaupt noch an ihn zu denken«, rief Lena. »Seit ich hier am Hof arbeite, ist alles in meinem Leben ganz anders geworden.«

»So haben sich deine Wünsche tatsächlich erfüllt?« Seine vollen Lippen lächelten, die Augen aber blieben ernst.

»Ja«, sagte Lena und dachte an all die ungeklärten Fragen, die noch immer auf ihrer Seele brannten. »Beinahe.«

Drei

Pippo sauste durch die Wirtsstube, gefolgt von Sebi, der einen Juchzer nach dem anderen ausstieß und rannte, dass sein löchriger Kittel um die mageren Glieder flatterte, obwohl für ihn kaum Aussicht bestand, den schwarzen Kater zu erhaschen. Ein aufregendes Spektakel, das sich jeden Tag einige Male in stets gleicher Manier vollziehen konnte, wenn der Junge sein schier endloses Hin-und-her-Wiegen in der Hocke abgebrochen hatte. Meist gipfelte es darin, dass Pippo mit einem Satz auf den Kachelofen sprang und danach nicht minder elegant die oberste Balkenverstrebung erklomm, um von dort aus sicherer Höhe mit peitschendem Schweif auf seinen kleinen Verfolger herunterzufunkeln.

Die Stammgäste des »Goldenen Engel« wandten nicht einmal mehr den Kopf, wenn Sebis schrille Freudenschreie erklangen und er sich schütteln musste, als sei irgendein fremder Geist in ihn gefahren. Heute jedoch rief das längst gewohnte Spiel von Kind und Tier bei einigen Besuchern tiefe Missbilligung hervor. Ambros Säcklin, als Witwer am Kopfende einer Trauergesellschaft, die den großen Ecktisch belegte, hatte vor Ärger bereits einen blutroten Schädel.

»Kannst du euren kleinen Trottel nicht endlich zum Schweigen bringen?«, zischte er, als Lena gerade zwei schwere Töpfe mit Rindfleisch in Rosmarinbrühe und gesottenem Schweinefleisch in Korinthensauce auf den Tisch hievte. »Das ist ja nicht zum Aushalten!«

Von seiner Mutter, einer spitzgesichtigen Alten in kostbar verbrämter Witwenhaube, erhielt er Unterstützung: »Diese Faxen sind in der Tat unerträglich.« Ihre Haut war gelblich wie altes Pergament, die Lippen glichen einem Strich. »Sperrt ihn am besten weg wie ein wild gewordenes Tier, damit er endlich Ruhe gibt. Schließlich haben wir einen Leichenschmaus und kein Fastnachtstreiben!«

Vor Empörung verschlug es Lena zunächst die Sprache, dafür aber konterte Rosin, die mit am Ecktisch saß, an ihrer Stelle umso schlagfertiger: »Das mit dem ›Trottel‹ würde ich mir noch einmal gut überlegen, Bader! Oder kannst du mit Sicherheit vorhersagen, was einmal aus deinem armen Würmchen wird, das soeben seine Mutter verloren hat? Dann wärst du ja noch gescheiter als der gnädige Herrgott und all seine Heiligen zusammen.«

Lenas Augen blitzten. Endlich kam auch ihr die richtige Antwort über die Lippen: »Der ›Goldene Engel‹ ist Sebis Zuhause, ob es dir nun passt oder nicht. Und wenn es dir bei uns nicht gefällt, kannst du deinen Leichenschmaus gern auf der Gasse fortsetzen!«

Verblüfft starrten die Trauergäste ihr nach, als sie mit schwingenden Hüften zurück in die Küche schritt, wo Bibiana über einem großen Kessel schwitzte. Eigentlich war ja heute Lenas freier Tag, den Küchenmeister Matthias Rainer einigen besonders Fleißigen großzügig eingeräumt hatte, weil sie von nun an wegen der bevorstehenden Fürstenhochzeit kaum noch zum Schlafen kommen würden. Doch ein Blick auf die rotgeränderten Augen der schwarzen Els, die schniefte, bellend hustete und die letzten Nächte kaum mehr als ein paar Mützen Schlaf abbekommen hatte, hatte sie dazu gebracht, eine saubere Schürze umzubinden und wortlos mit anzupacken.

»Einfach widerwärtig find ich ihn, diesen aufgeblasenen Gockel mit seinem Wanst und den Spindelbeinchen!«, sagte Lena, während sie aufmerksam dabei zusah, wie Bibiana behutsam den Reis umrührte, der in heißer Mandelmilch garte. »Und die Alte neben ihm könnte gut und gern als des Teufels Großmutter durchgehen. Seine tote Frau hat er auch schon ersetzt mit einer, die kaum halb so alt ist wie er!«

»Gundis, seine kleine Schwägerin«, kommentierte Rosin, die plötzlich in der Küche aufgetaucht war und von Els und Bibiana freudig begrüßt wurde, »die Stiefschwester der Toten.«

Nicht zum ersten Mal spürte Lena, dass diese Frauen etwas verband, was sie ausschloss, und die heftige Neugierde, die sie schon öfter geplagt hatte, meldete sich erneut.

»Ein Wunder, dass sie mich überhaupt eingeladen haben, aber der Brauch verlangt ja, dass die Totenwäscherin mit am Tisch sitzt. Die beiden scheinen es so eilig zu haben, dass sicherlich schon bald die Hochzeitsglocken läuten.«

Els warf einen Blick durch die halb angelehnte Tür in den Gastraum, der heute spärlicher als sonst besucht war.

»Die nächste Kindstaufe wird wohl auch nicht mehr allzu lange auf sich warten lassen«, sagte sie. »Diese Kleine mit dem Flammenhaar und den prallen Hüften hat erst neulich Barbara auf Knien angefleht, ihr aus der Patsche zu helfen. Scheint aber, als hätte sich ihr Problem in der Zwischenzeit auf andere Weise erledigt.«

»Wenn das Margarete sehen könnte!« Rosin senkte die Stimme. »Dabei war sie noch vor wenigen Tagen putzmunter, voller Vorfreude auf das künftige Leben mit ihrem unerwarteten Nachzügler. Dann aber hat Ambros wohl endgültig die Lust am Warten verloren.«

»Du meinst, er hat sie noch im Kindsbett ...« Els' Augen schienen auf einmal noch dunkler.

»Darauf könnte ich wetten. Und die Nachfolgerin auch schon griffbereit. Was könnte praktischer sein?«

Rosin strich sich eine widerspenstige Strähne aus der Stirn. Ihr feines Gesicht mit der hohen Stirn verzog sich unmutig.

»Barbara hat mir erzählt«, fuhr sie fort, »wie wutentbrannt er auf sie losging, als sie ihm auf den Kopf zusagte, dass wohl einzig und allein seine unvernünftige Geilheit Margaretes Wochenfieber hervorgerufen habe. Hinausgeworfen hat er sie, unter Flüchen, ihr Beelzebub und vieles andere mehr an den Hals gewünscht. Bin gespannt, wie weit er noch gehen wird. Wäre ja nicht das erste Mal, dass einer versucht, der Wehmutter etwas anzuhängen, wenn es eine Tote zu beklagen gilt.«

»Er soll noch einmal wagen, ein Wort gegen Sebi zu sagen!« Lena klang zornig. »Dann wird er mich kennenlernen!«

»Lena hat deinen Kleinen verteidigt wie eine Löwin.« Rosin lächelte. »Und dem eitlen Bader tüchtig eins aufs Maul gegeben. Besser hättest du es auch nicht machen können, Els!« Sie strich der Freundin über den Arm. »Du wirst jetzt ganz schnell wieder gesund, und ich geh zurück zum Leichenschmaus. Säcklin ist ein einflussreicher Mann – bis hinauf in die Hofgesellschaft. Kann mir leider nicht leisten, dass er seine schwarze Galle auch noch über mich ausgießt.«

Bibiana tauchte den Löffel in den Reis und kostete.

»Zucker und Mohn fehlen noch. Aber das Abschmecken machst jetzt du!«, befahl sie Lena. »In der Herzogsküche musst du ja schließlich auch zeigen, was du kannst, wenn du dich behaupten willst.«

Lena gehorchte, gab reichlich Zucker in die Mandelmilch und eine großzügige Handvoll gemahlenen Mohn. Dann probierte sie.

»Das Aroma könnte tröstlicher nicht sein.« Sie lächelte. »Ich lerne so gern von dir, Bibiana. Du weißt einfach alles übers Kochen. Zu schade, dass ich dich morgen früh nicht einfach mitnehmen kann, damit mir die Hechtsuppe auch wirklich gelingt!«

»Von mir aus brauchtest du nicht mehr zurück«, sagte Els. »Merkst du nicht, wie sehr du hier vonnöten wärst? Schließlich sind wir deine Familie – und nicht diese Hofschranzen, die ihren Wanst auf Kosten anderer mästen.«

»Fängst du schon wieder damit an?« Lena reckte ihren Rücken, der ganz steif vom vielen Bücken und Schleppen war. »Heute hab ich dir gern ausgeholfen. Ab morgen aber koche ich für die Hochzeit des Herzogs.« Sie zögerte, aber irgendwann musste es ja schließlich doch heraus, warum dann nicht gleich? »Und warte die nächsten Nächte besser nicht auf mich! Es könnte so spät werden, dass wir alle in der Hofburg schlafen müssen.«

Sie lud ein paar Schüsseln auf ein Holztablett und war damit schon fast wieder draußen, Els aber versperrte ihr den Weg. Blass wie Birkenrinde war ihre Haut, und die schwarzen, vom Dampf gekräuselten Locken ließen sie noch wütender aussehen.

»Hast du jetzt völlig den Verstand verloren? Ich verbiete dir, dort zu schlafen – hörst du, Lena! Das wirst du keinesfalls tun.«

»Du hast mir gar nichts zu verbieten! Oder bist du vielleicht meine Mutter? Na, also!«

Els schnappte nach Luft, Lena zog ein finsteres Gesicht, wütend über sich selbst, weil sie nicht endlich die Fragen zu stellen wagte, die sie schon so lange drückten. Nicht, dass sie es nicht immer wieder hätte angehen wollen. Doch es war, als ahnte Els jedes Mal im Voraus, wenn sie sich dazu rüstete, und machte ihren Panzer daraufhin nur noch undurchdringlicher.

Sie schwiegen beide angespannt. Schließlich war es Bibiana, die es nicht länger aushielt.

»Kommt schon, *ragazze!*«, sagte sie. »Wieso denn immer nur streiten, streiten und noch mal streiten? Denk doch nur einmal nach, Lena: Els war die beste *mamma*, die du dir hast wünschen können. Und du, Els, solltest langsam einsehen, dass unsere Kleine inzwischen ein großes Mädchen ist, das eigene Wege geht, ganz ähnlich, wie auch du es einst getan hast. Vertragt euch gefälligst wieder.«

Plötzlich stand Sebi in der Küche, der sich die Augen rieb, als sei er gerade erst wach geworden.

»Weißer Mann«, sagte er, riss den Mund auf und zerrte an seinen Haaren. »Aua! Leer.« Damit war er wie ein Kobold wieder verschwunden.

Als Lena in die Gaststube trat, fand sie dort einen hoch gewachsenen Mönch im Habit der Dominikaner vor, der sein umfangreiches Reisegepäck, das aus Bündeln, Körben und zwei größeren Kisten bestand, um sich herum gruppiert hatte. Sein kantiger Schädel war kahl, genauso wie Sebi es auf seine ureigene Weise eben in der Küche kundgetan hatte.

Ein kalter Blick aus grauen Augen lag ausdruckslos auf ihr. Eisig wurde es Lena plötzlich ums Herz, und sie verspürte den Wunsch, auf der Stelle wegzulaufen.

»Ihr seid hier die Wirtin?« Die Stimme klang herrisch. »Ein wenig jung, wie mir scheint, um solch ein großes Haus anständig zu führen. Mein Pferd müsst Ihr nicht versorgen, denn ich bin als Gast mit der bischöflichen Kutsche angereist. Aber was ich brauche, ist ein Zimmer. Ab sofort und ohne Ungeziefer, versteht sich.«

»Bei uns werdet Ihr weder Wanzen noch Flöhe finden«, sagte Lena irritiert. »Da könnt Ihr ruhig in der ganzen Stadt herumfragen!«

»Und einigermaßen warm, denn ich habe vor zu schreiben.« Er hatte sie kaum zu Wort kommen lassen. »Zudem anständiges Essen, nicht diesen Fraß, den man in habgierigen Herbergen seinen Gästen so gern vorsetzt. Ist das alles bei Euch für einen halbwegs vernünftigen Preis zu bekommen?« Ein Blick, der alles, was er traf, zu zerschneiden schien.

»Der Gasthof gehört meiner Tante«, sagte Lena, die froh war, dass sie nicht länger mit diesem Menschen reden musste, dessen Gegenwart so unbehaglich für sie war. »Ich gehe sie holen.«

Während sie die Trauergesellschaft weiter bediente, konnte Lena einige Fetzen des Gesprächs zwischen Els und dem Mönch aufschnappen. Er schien aus Brixen zu kommen und plante offenbar, für unbestimmte Zeit in Innsbruck zu bleiben. Nach kurzem Hin und Her wurden die beiden handelseinig. Die Frage, ob man ihm denn mit dem Gepäck behilflich sein könne, verneinte der Mönch knapp. Er schulterte seine Bündel und verschwand hinter Els auf der schmalen Treppe, die in die oberen Stockwerke führte. Auch die Kisten und Körbe trug er anschließend selbst hinauf, als sei ihr Inhalt zu kostbar, um ihn jemand anderem anzuvertrauen.

Nach einer ganzen Weile kam Els mit zufriedenem Gesicht zurück in die Küche, wo Lena inzwischen die Weinkrüge nachfüllte.

»Für vier Wochen im Voraus bezahlt«, sagte sie an Bibiana gewandt, als sei die Nichte plötzlich Luft für sie. »Ohne erst lange herumzufackeln wie so manch anderer. Da geb ich mein bestes Zimmer doch lieber an solche Gäste, anstatt es an schmierige Hofleute abzutreten.«

Lena schwieg. Hoffentlich würden der Bader und seine lautstarke Sippschaft bald genug haben und endlich verschwinden.

»Kannst gleich einen Stapel Eierkuchen für ihn backen«, sagte Els. »Die beschwerliche Reise hat Pater Institoris wohl sehr hungrig gemacht. Soll ich dir die Zutaten aus der Speisekammer holen?«

»Wieso will er denn nichts von meinem guten Rindfleisch haben?«, fragte Bibiana. »Scheint doch allen bestens zu schmecken.«

»Vielleicht hat er ja ein Gelübde abgelegt ...«

»*Sciocchezze*! Der Klosterbruder, der mein Geschmortes verschmäht, muss erst noch geboren werden!«

»Hast du seine Augen gesehen?« Jetzt war es Lena doch entfahren! »Regelrecht Angst kann man kriegen, wenn man in sie sieht.«

»Wir leben von unseren Gästen«, versetzte ihr Els, ohne den Kopf zu heben. »Wer anständig bezahlt, ist uns auch willkommen.« Ihre Stimme wurde schrill. »Das wirst du noch lernen müssen, Prinzessin! Aber bei deinen Hofschranzen ...«

Lena presste die Hände auf die Ohren.

»Ich kann es nicht mehr hören!«, rief sie und rannte aus der Küche, so schnell sie nur konnte.

❧

Ein Hemd hatte er ihr mitgebracht, mit winzigen Stichen genäht und aus so geschmeidigem Material gefertigt, dass der Stoff Hellas Hände zu liebkosen schien, als sie vorsichtig über ihn strich.

»Seide.« Leopold von Spiess lächelte zufrieden über seine gelungene Überraschung. »Das tragen die Frauen jetzt unter ihren Kleidern.«

»So etwas Feines ist doch viel zu schade dafür, dass man es gar nicht sieht!« Hellas Wangen hatten sich vor freudiger Aufregung gerötet. Sie hielt das Hemd an sich, machte ein paar übermütige Tanzschritte durch die Stube. »Aber wieso sind die Ärmel denn so lang? Die werden doch überall hervorschauen!«

»Das mit den überlangen Ärmeln muss so sein. Man schlitzt neuerdings die Kleiderärmel – und darunter lugt dann die gebauschte Seide heraus wie eine Verheißung. In Sachsen habe ich es jedenfalls an einigen Damen so gesehen und auch am Hof zu Brandenburg, wo ich mich ebenfalls einige Wochen aufgehalten habe.«

Geschlitzte Ärmel – machte er sich etwa über sie lustig, weil er der engste Vertraute des Herzogs war, dem dieser sogar seine Brautschau anvertraut hatte, sie aber nur die Frau eines einfachen Münzschreibers, der ein so gebildeter Mann scheinbar alles weismachen konnte?

Nein, aus dem Blick des Hofmeisters sprach nichts als Verehrung und Bewunderung. Hella vertraute ihm, fühlte sich wohl und geborgen in seiner Gegenwart. Die lästigen Gedanken an Andres verscheuchte sie lieber schnell wieder. Sein nächster Besuch war erst für die kommende Woche angesagt, weil wegen der Fürstenhochzeit alle Arbeiten in der Münze zu Hall mit noch größerem Druck vorangetrieben werden sollten. Sie konnte nur hoffen, dass es wirklich dabei bleiben würde und die quälende Eifersucht ihren Mann nicht zu neuerlichen Kapriolen trieb.

»Willst du es nicht mal für mich anziehen, meine Schöne?«, fragte Leopold leise. »All die Tage und Nächte träume ich schon von nichts anderem mehr.«

»Jetzt?«

»Jetzt.« Seine Stimme klang plötzlich belegt.

Ein seltsames Gefühl überkam Hella, als sie ihr Mieder aufschnürte. Nicht, dass sie sich ihres Körpers jemals geschämt hätte. Sie wusste, wie stark die Männer auf ihn reagierten, wie viele Blicke sich während der Sommermonate in ihren Ausschnitt verirrten oder wohlwollend auf der schlanken Taille ruhten, die sie mit bunten Bändern betonte. Eigentlich war sie gern nackt, sie fühlte sich frei dabei und unbeschwert, auch wenn es immer wieder Priester gab, die sonntags wortreich dagegen von der Kanzel wetterten und alles Fleischliche als Wollust und teuflische Versuchung geißelten. Aber es war doch etwas anderes, sich die Kleider abstreifen zu lassen und dann schnell unter die Decke zu schlüpfen, als sich selbst vor den Augen eines nahezu Fremden auszuziehen.

»Nicht so hastig!«, bat Leopold. »Lass dir ruhig Zeit dabei! Ich möchte jeden Augenblick in vollen Zügen genießen.«

Hella schauderte, als ihre Unterröcke nacheinander fielen, bis sie schließlich wie verwelkte Blüten zu ihren Füßen lagen. Einfaches Leinen, nicht geflickt, aber doch oftmals gewaschen und daher schon reichlich verblichen. Früher hatte sie keinen allzu großen Wert auf Kleidung gelegt, zumal Andres sie mit allem bewusst ziemlich knapp hielt, als versuche er, wenigstens mit der bescheidenen Aufmachung ihre Anziehung auf andere Männer etwas einzuschränken. Seit sie aber den Hofmeister näher kannte, war ihr Appetit auf feine Stoffe und bunte Farben durchaus geweckt.

Unwillkürlich hatte Hella ihm während des Ausziehens den Rücken zugewandt. Ein Rest von Schamgefühl, das sie unversehens überkommen hatte, obwohl er sie ja nicht zum ersten Mal nackt sehen würde.

»Lass dein Haar herunter!«, sagte Leopold.

Das hatte er bislang jedes Mal von ihr verlangt, hatte er doch eine Frau zu Hause, die mit ihren Haaren nicht gerade prunken konnte.

Hella löste die Nadeln und schüttelte den Kopf. Die weichen Wellen kitzelten ihre Haut.

»Und nun dreh dich langsam zu mir um.«

Sie gehorchte mit gesenktem Kopf, hörte, wie er die Luft geräuschvoll in seine Lunge sog.

»Du bist das aufregendste Weib, dem ich jemals begegnet bin. Streichle deine Brüste!«

»Das kann ich nicht«, widersprach sie. »Nicht, wenn du mich dabei ansiehst.«

»Doch, du kannst!«

Ihre Brustspitzen richteten sich auf, als sie sich zögernd berührte.

»Siehst du, es ist ganz einfach.« Sein Lächeln vertiefte sich. »Und jetzt möchte ich, dass du deinen Schoß berührst. Dann kann ich mir vorstellen, es sei meine Hand, die dich dort kosen darf.«

Was verlangte er da von ihr?

Das gehörte, wenn überhaupt, in die Abgeschiedenheit der nächtlichen Bettstatt, wo niemand zusah, aber doch nicht hierher! Hella wollte sich dagegen wehren, doch ihre Hand gehorchte nicht mehr ihr, sondern ihm, scheinbar begierig, dem befohlenen Weg zu folgen.

Es war so aufregend, dies alles vor seinen Augen zu tun! Sanfte Schauder durchrieselten sie. Sie spürte, wie ihre Säfte zu fließen begannen. Auch ihre Brüste hoben und senkten sich rascher.

Leopolds Blicke verrieten, wie sehr ihr Tun ihn erregte. Als er sich schließlich erhob, um ihr das seidene Hemd überzustreifen, tat es ihr beinahe leid. Plötzlich musste sie an die junge Braut des Herzogs denken. Ob der in der Hochzeitsnacht auch solche Spiele mit ihr treiben würde?

»Ist sie eigentlich schön?«, wollte Hella wissen, während Leopold sich Wein einschenkte.

»Wer?« Er trank, ohne auch nur einen Moment die Augen von ihr zu wenden, und füllte dann seinen Becher erneut.

»Katharina. Die Braut des Herzogs. Schöner als ich?«

»Was redest du da! Rotblond ist sie, rundlich, sehr jung, und ja, sie hat ein liebes Gesichtchen. Gesunde Söhne soll sie ihm in dieser späten Ehe schenken. Von noblem Geblüt. Die hoffentlich die Kinderjahre überleben. Der Herzog braucht endlich einen Erben. Allein darauf kommt es an.«

Plötzlich krümmte sich Leopold von Spiess und beugte sich vornüber. Ein Zucken durchlief sein Gesicht. Seine Rechte fuhr zum Herzen und blieb dort eine Weile liegen, dann erst entspannten sich seine Züge langsam wieder.

»Was hast du?«, rief Hella. »Ist dir übel? Kann ich irgendwie helfen?«

Er schüttelte den Kopf, und sie sah, wie er nicht ohne Mühe ein Fläschchen aus der Rocktasche zog, es aufschraubte und schließlich einige Tropfen einer farblosen Flüssigkeit in seinen Becher träufelte. Der Hofmeister trank langsam und verzog dabei angeekelt den Mund.

»Es ist nichts«, sagte er. »Bloß eine lästige Malaise, die mich dann und wann zwickt. Ein bisschen von diesem Gift – und ich fühle mich gleich wieder wohl.«

»Du nimmst Gift?« Erschrocken starrte Hella ihn an. »Ist das nicht gefährlich?«

»Ich hab bloß gescherzt«, sagte er. »Denn das süßeste Gift von allen hast ja längst du mir eingeträufelt. Jetzt bin ich verloren, denn es kreist in meinen Adern, und daran bist allein du schuld.« Sein Lächeln misslang. »Zu den jungen Gecken kann ich mich wahrlich nicht mehr zählen, Hella. Mein armes Herz – ich wünschte nur, ich hätte es dir schon früher schenken dürfen. Dann müsstest du in der Blüte deiner Jahre nicht mit einem alten Kerl wie mir vorliebnehmen.«

»Du bist nicht alt!«, rief sie, lief zu ihm und nahm sein Gesicht in beide Hände. »Ich will dich gar nicht anders haben, Leopold!«

»Kleine Schmeichlerin!« Er küsste ihre vollen Lippen, und sie erwiderte seinen Kuss inbrünstig. Sie hielten sich fest umschlungen, genossen die Wärme des anderen.

»Wie sehr ich dich in der nächsten Zeit vermissen werde«, murmelte Leopold an ihrem Hals. »Mir wird ganz elend bei dem Gedanken, ohne dich sein zu müssen.«

»Das hast du aber einzig und allein dir zuzuschreiben.« Sie schob ihn ein Stückchen von sich und blinzelte ihn schelmisch an. Die Medizin hatte offenbar ihre Wirkung getan. Er schien ihr wieder ganz der Alte. »Es könnte nämlich auch ganz anders sein – wenn du nur wolltest.«

»Das, meine Schöne, liegt nun wahrlich nicht in meiner Hand. Du weißt doch, was ich dir ausführlich erklärt habe! Dass wir jetzt viele Tage hintereinander Hochzeit feiern werden. Fürsten und Herzöge sind von weit her mit ihrem Tross eingetroffen. Keiner wird unser schönes Innsbruck so schnell wieder verlassen wollen. Das bedeutet, dass ich Tag und Nacht in der Hofburg zu tun haben werde. Und wenn mein Weib erst einmal die Hofmeisterin der Herzogin ...«

»Das meine ich doch gar nicht.« Hella zog eine Schnute. »Ist dir eigentlich noch nie aufgefallen, wie stark meine Arme sind?« Sie streifte die Ärmel nach oben, hielt ihm die Arme entgegen. »So fest wie die Äste eines jungen Baumes, siehst du? Und braucht ihr für die Hochzeitstafel nicht noch halbwegs ansehnliche Mädchen, die zudem ordentlich und schnell auftragen können?«

»Du willst bei Hof servieren?« Entgeistert starrte er sie an. »Ausgerechnet du? Aber meine Frau, die Hofmeisterin – was wird sie dazu sagen?«

»Gar nichts, denn sie wird ja nichts anderes sehen als eine neue Magd, die nach den Feierlichkeiten gleich wieder verschwunden sein wird. Bitte, Leopold, das musst du für mich einfädeln! Ich hab es gründlich satt, die ganze Zeit wie eine Gefangene herumzusitzen, während anderswo ausgelassen gefeiert wird. Und aufeinander verzichten müssen wir dann auch nicht. Es gibt in dieser riesigen Hofburg doch bestimmt ein paar lauschige Plätze, wo einen niemand stört, oder nicht?«

»Du bist wahnsinnig!«, flüsterte Leopold und drückte sie fester an sich. Seine Hände glitten über ihren Körper. Hella hörte, wie sein Atem sich beschleunigte. »Aber wie sehr ich genau diesen Wahnsinn an dir liebe!«

»Nicht das schöne Hemd zerreißen!«, wehrte sie ihn lachend ab. »Wo ich es doch extra für dich angezogen habe!«

»Du kannst auf der Stelle ein neues haben«, keuchte er. »Dutzende, wenn du nur willst!«

»Eines genügt vorerst.« Schon schwierig genug, dieses eine Prachtstück vor Andres' misstrauischen Blicken dauerhaft zu verbergen.

Auch Hella spürte, wie ihre Erregung wuchs, während sie sich Leopolds immer kühneren Liebkosungen überließ. Ihr Körper reagierte wie gewohnt auf seine Küsse und Liebesbisse, ihr Kopf jedoch blieb dabei überraschend klar. Von den sorgsam gefalteten Kleidern in ihrer Aussteuertruhe kam für das anstehende Abenteuer nur ein einziges infrage: das grüne mit der breiten Borte, das ihr so gut stand.

Sie nickte anerkennend, als der Hofmeister schließlich voller Ungeduld seinen Hosenlatz aufriss.

Seine Schilderungen hatten sie erst auf die richtige Idee gebracht. Feine Damen in Sachsen und Brandenburg mussten die Nase nicht unbedingt vorn haben. Eine einfache Münzschreibersfrau aus Innsbruck würde ihnen bald schon Konkurrenz machen. Ein paar mutige Schnitte – viel mehr war dazu gar nicht nötig.

Der Herzog hatte es sich nicht nehmen lassen, seiner Braut am Tag vor der Hochzeit ein Stück entgegenzureiten. Überaus prächtig hatte er sich dafür ausstaffiert, trug einen grünen, goldbestickten Mantel, mit Hermelin verbrämt, sein blutrotes Barett, neue Stiefel aus Gämsenleder. Für morgen war die Trauung in Sankt Jakob angesetzt, wo die Hochzeitsgesellschaft sich mit allen Geladenen einfinden sollte. Heute begleiteten ihn zum westlichen Innufer lediglich Hofmeister Ritter von Spiess und dessen Frau Alma, der Marschall sowie zahlreiche Musikanten, die sich unter Niklas' Führung angeschlossen hatten.

Sigmund grüßte artig, als die sächsische Gesandtschaft in Sicht kam. Noch immer war es schneidend kalt, obwohl die Februarsonne von einem wolkenlosen Himmel schien. In der Nacht waren dünne Flocken gefallen, die das Weiß der Bergriesen ringsumher aufgefrischt hatten. Die ganze Welt schien wie blank geputzt, als rüste auch sie sich zum fürstlichen Fest.

Alma von Spiess, dicht hinter dem Herzog auf einem falben Wallach, hielt den Atem an. Die nächsten Augenblicke würden über ihr künftiges Schicksal entscheiden. Würden sie sie mit einer Braut konfrontieren, die sie für immer in ihre Schranken verweisen konnte?

Beim Anblick Katharinas hätte sie dann vor Erleichterung beinahe aufgelacht. Das sollte sie sein, Sigmunds Erwählte, die künftige Herrscherin über das reiche Land Tirol?

Was Alma da an der Seite des Herzogs von Sachsen erblickte, war kaum mehr als ein pummeliges Kind, wesentlich kleiner als sie, was sie mit Genugtuung feststellte, und nicht gerade vorteilhaft gehüllt in Rauchwerk, das sie recht ungeschlacht wirken ließ. Der hohe Pelzkragen entblößte einen plumpen Hals. Die Wangen waren von der Kälte gerötet und so prall, dass man Angst haben musste, sie würden im nächsten Augenblick platzen. Weit auseinanderstehende, ängstliche Augen. Eine hohe Stirn, das Einzige, was neben den dunkelblonden Brauen als halbwegs anmutig durchgehen konnte. Die vollen Lippen hatte Katharina verzogen, als sei sie nah am Flennen.

Und was erst hatte diese seltsame Ausbuchtung an ihrer Hüfte zu bedeuten, die sich unter dem Pelzumhang abzeichnete? Ein Geburtsmakel, den man bislang wohlweislich verschwiegen hatte? Ein hartnäckiges Leiden, das sich nur mühsam kaschieren ließ? Was auch immer es sein mochte, besser hätte es für Alma gar nicht ausgehen können. Alma atmete erleichtert auf. Mit diesem unvorteilhaft aussehenden Geschöpf den Kampf aufzunehmen, konnte nicht sonderlich schwierig sein.

»Ich grüße Euch, Herzog Albrecht, den man mit Fug und Recht im ganzen Reich den Beherzten nennt.« Sigmunds Stimme verriet nichts von seiner innerlichen Befindlichkeit. Sie klang wie immer kräftig und voll. »Und auch Euch, Katharina, seine Tochter, die ich nach reiflicher Überlegung zu meinem geliebten Weib erkoren habe. Der Bischof von Brixen wartet darauf, Euch zu segnen. Lasst uns gemeinsam zur Kirche des heiligen Jakob reiten!«

Katharinas Blick fiel auf die Spiessin, die ihr skeptisch entgegenstarrte. Sie furchte ebenfalls die Stirn und rührte sich nicht.

»Die wohl wichtigste Frau in Eurem neuen Leben, Katharina«, erklärte Sigmund, dem der stumme Blickwechsel nicht entgangen war. »Eure Hofmeisterin Alma von Spiess, die Euch in allem begleiten wird. Ihren Gatten Leopold Ritter von Spiess kennt Ihr ja bereits von seinem letzten Besuch in Meißen, wo er in meinem Namen um Euch angehalten hat. Seit Jahren ist er mir im gleichen Amt treu ergeben. Lasst ab jetzt seine liebe Frau Eure engste Vertraute und Freundin sein!«

Er hob seinen Arm als Zeichen für Niklas, der den Musikanten den Einsatz erteilte. Trompeten, Pfeifen und Trommeln hoben an, und es dauerte nicht lang, bis die Flöten einfielen.

Albrecht und Sigmund nahmen Katharinas Stute in die Mitte. Flankiert von gleich zwei Fürsten, konnte die Braut nun den Weg zur Kirche zurücklegen, gefolgt von ihrem Hofstaat, der sich mit seinen Pferden und Wagen brav hinter den Tirolern hielt. Den ganzen Weg über verlor Katharina kein einziges Wort. Alma, die mit ihrem Wallach eng aufgeschlossen hatte, um ja nichts zu verpassen, sah, wie sie zweimal Hilfe suchend die behandschuhte Linke nach ihrem Vater ausstreckte, der sie besänftigend tätschelte.

Ein paar Innsbrucker hatten sich am Straßenrand aufgestellt und glotzten dem Zug nach. Doch es waren nur wenige Neugierige gekommen, weil die ganze Stadt wusste, dass die Hochzeit erst am nächsten Tag stattfinden würde. In ihren verwaschenen Lodenumhängen und geflickten Wolltüchern wirkten die Gaffer gegenüber den prächtig gekleideten Adeligen, die schnell an ihnen vorbeiritten, wie eine Schar Vogelscheuchen.

Die Pferde schnaubten im schnellen Trab, ihr Atem bildete kleine Wölkchen in der glasklaren Luft, die vom lauten Getöse der Spielleute erfüllt war. Die Weisen sollten fröhlich und festlich klingen, doch nicht wenige der Musikanten spielten falsch, als sei die Musik zu schwierig oder die Zeit zum Üben zu kurz für sie gewesen.

Vor der Kirche wandte der Herzog sein Pferd und ritt zu Niklas. »Wenn du noch einmal solche Katzenmusik abzuliefern wagst, werf ich dich eigenhändig hinaus«, zischte er. »Ich werde nicht dulden, dass du uns vor den Sachsen lächerlich machst. Du hast gefälligst Hochwertiges abzuliefern. Das gilt erst recht für morgen, verstanden?«

Niklas senkte den Kopf. »Ganz zu Diensten, Euer Hoheit. Nie mehr Katzenmusik! Ich gelobe es feierlich bei meinem bescheidenen Leben.«

Sigmund warf ihm einen schneidenden Blick zu. »Spar dir dein freches Gerede! Keinerlei Sonderbehandlung«, belferte er zurück, »darauf kannst du dich verlassen.«

Er preschte zurück zur Braut, der ihr Vater bereits aus dem Sattel geholfen hatte, und saß nun auch selbst ab. Dann reichte er Katharina die Hand, um sie in die Kirche zu geleiten. Da ließ wütendes Kläffen ihn zurückschrecken.

»Was zum Teufel soll das sein?«, entfuhr es Sigmund.

Aus der Mantelöffnung der Braut schoss ein aufgerissenes Hundemaul mit spitzen, weißen Zähnen.

»Fee, mein kleines Hündchen.« Katharinas Stimme klang weinerlich. »Ohne es hätte ich die beschwerliche Reise sicherlich nicht lebend überstanden.«

»Ihr wollt dieses ... *animale* mit in die Kirche nehmen?« Sigmund schien fassungslos. »Das ist nicht Euer Ernst!«

»Sie begleitet mich seit ihrem ersten Atemzug. Ohne Fee werde ich nicht einen Schritt machen, damit Ihr es nur wisst!« Jetzt klang Katharina trotzig.

»Ihr müsst mein armes Kind verstehen«, schaltete sich nun Herzog Albrecht ein. »Das schöne Zuhause, das sie für Euch aufgegeben hat. Euer beträchtliches Alter. Und nun dieses raue, kalte Land, in dem sie ab jetzt leben wird – sie braucht doch wenigstens etwas, das sie an ihr geliebtes Meißen erinnert!«

Bischof Golser, der ihnen im festlichen Ornat entgegengeschritten war, enthob Sigmund einer Antwort.

»Himmel und Erde jubeln«, sagte er, »weil Herzog Sigmund seine Braut nach Hause führt. Morgen werde ich Euren Bund vor dem Allmächtigen segnen, doch schon heute begrüße ich Euch im heiligen Haus Gottes.«

Die Ministranten hinter ihm schwenkten die Weihrauchfässer. Katharina kniff die Augen zusammen und schien auf einmal zu taumeln, während ihr Vater noch angespannter als bisher wirkte.

»›Schön bist du meine Freundin, ja du bist schön‹«, fuhr der Bischof fort. »›Hinter dem Schleier deine Augen wie Tauben. Dein Haar gleicht einer Herde von Ziegen, die herabzieht von Gileads Bergen …‹«

Jetzt erst schien er das Hündchen wahrzunehmen, das nun ganz still mit seiner frechen Schnauze aus dem Mantel lugte, doch er ließ sich davon nicht beeindrucken.

»›Stört die Liebe nicht auf‹, so steht es im Hohen Lied geschrieben. ›Weckt sie nicht, bis es ihr selbst gefällt.‹ Jetzt aber, da sie wach ist, will ich die junge Braut segnen und den Mann, der sie morgen zu seiner Frau machen wird. Folgt mir zum Altar!«

Vor den Stufen ließ er die beiden innehalten, hob seine Rechte und schlug das Zeichen des Kreuzes.

»*In nomine patris et filii et spiritus sancti*. Der Herr sei mit Euch, der Herr segne und schütze Euch! Seid herzlich willkommen in Eurer neuen Heimat Tirol, edle Katharina von Sachsen!«

❧

Lena hatte die Hechte sorgfältig ausgenommen und anschließend gesäubert. Mit dem scharfen Messer, das Matthias Rainer ihr am Morgen wortlos hingelegt hatte, war es ganz einfach, den Fisch von den Gräten zu lösen, von der Haut zu befreien und zu zerteilen. Sie wusste genau, dass sie keinen Fehler machen durfte, wollte sie nicht den Rest ihrer Tage mit Schälen und Putzen verbringen. Der Küchenmeister, der zwischen den verschiedenen Kochstellen geschäftig hin und her sprang, um ja nichts aus dem Auge zu lassen, hatte ihr das mit Miene und Gesten unmissverständlich klargemacht.

Auf dem Herd siedeten Gräten, Fischköpfe und Flossen in zwei großen Kesseln mit in Scheiben geschnittenen Zwiebeln, Lorbeerblättern, Suppengemüse, Salz und den kostbaren Pfefferkörnern, mit denen Lena zum ersten Mal in ihrem Leben verschwenderisch umgehen durfte. Schließlich wurde die Brühe durch ein feines Sieb geseiht. Jetzt war die helle Schwitze an der Reihe, die sie aus Butter und Mehl bereitete und in die der Fischsud untergerührt wurde. Vier Ave Maria lang musste die Hechtsuppe nun ziehen. Lena wischte sich die Hände an der Schürze ab. Sie hätte gern Vily aus der Gesindeküche um sich gehabt, dessen Frechheiten und Lachen ihr fehlten. Vielleicht ergab sich ja nach den Feierlichkeiten eine Möglichkeit, dass er wieder in ihrer Nähe arbeiten durfte.

Neben der Hechtsuppe brutzelte Huhn mit getrockneten Früchten, ein Stück weiter wurden gedämpfter Kapaun in Speck und Schweinebäckchen mit Safranfäden langsam gar. Zum Glück war Lena vorerst nur für die Suppe verantwortlich, während die Mehrzahl der anderen Köche sich an den größeren Herd verzogen hatte, an dem weitere Köstlichkeiten gebraten und gesotten wurden. Im Burghof hatte man zwei große Zelte errichtet, wo eine ganze Reihe zusätzlicher, provisorischer Kochstellen eingerichtet worden war, um die vielen Menschen standesgemäß zu bewirten. An eisernen Spießen drehten sich hier Lämmer und Spanferkel, die man üppig gefüllt und mit Kräutern mariniert hatte.

Der fehlende Schlaf machte Lena dünnhäutiger als sonst, und der Rücken tat ihr noch weh von der harten Pritsche, auf der sie sich lange nach Mitternacht wie eine schläfrige Katze zusammengerollt hatte. Trotzdem fühlte sie sich wach und äußerst lebendig. Ihre Haut prickelte, und allmählich bekam sie richtigen Hunger.

Schon im ersten Morgengrauen hatte Lena eine gewaltige Portion Nonnenpfürze aus Eiern, Mehl, Honig und Mandeln in schwimmendem Schmalz herausgebacken, die inzwischen auf eigens dafür vorgesehenen Holzgestellen abgetropft waren. Die erste aller noch folgenden Köstlichkeiten, die Bibiana damals im »Goldenen Engel« für Lena zubereitet hatte, nachdem sie in einer stürmischen Frühlingsnacht tropfnass mit ihrem Bündel bei ihnen aufgekreuzt war. Für die Hochzeitstafel des Herzogs würden die Nonnenpfürze später mit warmer Weincreme serviert werden. Ihr selbst genügte es für den Moment, in einen zu beißen und die sanfte Süße, die sich langsam entfaltete, genussvoll im Mund zu spüren.

Fröhliche Kinderstimmen holten sie in die Gegenwart zurück.

Zu ihrer Überraschung kam Niklas näher, der ein Grüppchen Buben vor sich her trieb. Alle waren frisch gekämmt, steckten in grünen Kitteln mit weißen Krägen und roten Beinlingen mit goldenen Glöckchen. Ihre Schnabelschuhe waren so blank gewienert, dass man sich darin spiegeln konnte. Seltsamerweise kamen die Gesichter Lena irgendwie bekannt vor, obwohl sie nicht hätte sagen können, warum.

»Wen bringst du mir denn da?«, fragte sie lachend. »Lauter kleine Naschmäuler?«

»Arme Buben, denen der Herzog gütigerweise ein neues Zuhause schenkt«, sagte Niklas. »Sie wollen dir unbedingt ein Ständchen bringen, damit du auch etwas von der Hochzeitsfeier hast, während du für uns hier unten schuften musst.«

Noch bevor sie einen Einwand erheben konnte, hatten die Kinder zu singen begonnen:

Zart Mägdelein, stets um dich sein –
Wüsst ich auf Erd nicht größre Freud.
Auch wünschen wollt: Oh sei mir hold
Wie dir je, du Augenweid, die du es weißt.
Der dich umkreist, sieh seine Pein,
Juhu schwarz Mädlein, sei doch endlich mein …

Die Buben verstanden ihre Kunst, das musste Lena zugeben, denn die hellen Stimmen waren klar und rein. Aber was sie sangen! Hatte Niklas das alles nur zusammengereimt, um sie noch mehr in Verlegenheit zu bringen?

Jetzt kamen auch die anderen aus der Küche herbei und umkreisten sie neugierig. Einzelne Köche und Küchenjungen begannen zu tuscheln, andere kicherten. Welch peinliches Spießrutenlaufen würde sie wohl später erwarten? Viele der Heranwachsenden lauerten ja nur darauf, derbe Witze zu machen. Die Kinder, offenbar angeregt durch so zahlreiches Publikum, hoben bereits zur zweiten Strophe an.

»*Wenn dies geschah, wie spräch ich da …*«

»Hier unten wird gefälligst gekocht und nicht gesungen!« Meister Matthias' Stimme unterbrach das sehnsuchtsvolle Lied. »Erst die Arbeit, dann das Vergnügen. Oder ist deine Hechtsuppe schon fertig, Lena?«

»Beinahe.« Sie presste die Lippen fest aufeinander und begann eifrig zu rühren. Die mit reichlich Eigelb verquirlte Sahne band die Flüssigkeit. Der Duft, der aus den beiden Töpfen aufstieg, war vielversprechend. Es roch genauso wie bei Bibiana: ein gutes Zeichen.

Die Singbuben schauten Lena neugierig zu. Niklas stand so entspannt dabei, als sei die Küche sein Zuhause.

»Lediglich Petersilie fehlt noch«, sagte Lena, an Matthias Rainer gewandt. »Habt Ihr vielleicht irgendwo einen Vorrat davon?«

»Im Keller. Aber beeil dich gefälligst! Ich brauche dich gleich für das Anrichten. Das Turnier scheint wohl vorbei zu sein. Jetzt wollen sie sicherlich gleich essen.«

»Im Keller?«, wiederholte Lena ungläubig. »Und wo da genau?«

»Ich kann es dir zeigen«, sagte Niklas und scheuchte die Kinder hinaus. »Es gibt keinen einzigen Winkel in dieser Hofburg, den ich nicht kenne.«

Lena schlüpfte aus der Küche. Natürlich hatte sie insgeheim gehofft, dass er sie begleiten würde, um ihr von den Feierlichkeiten zu berichten. Doch war sie froh, ihm vorerst den Rücken zuwenden zu können.

»Also, was willst du wissen?« Sie waren kaum draußen, schon blieb Niklas stehen und hielt ihre Handgelenke fest, damit sie ihn ansehen musste. Wenn Els das wüsste! Ein Spielmann gehörte sicherlich nicht zu den Anwärtern, die sie sich für Lenas Zukunft wünschte.

»Alles!«, sagte Lena ernsthaft. »Aber du musst ganz schnell erzählen!«

»Dass die Braut bleich wie Kreide war und den Herzog keines Blickes gewürdigt hat? Dass sie während der ganzen Messe weinen musste? Den Ring hat er kaum über ihren Finger bekommen, so aufgeregt hat ihn das wohl. Nach der Kirche hat sie sich als Erstes ihren weißen Spitz wiedergeben lassen, das schien ihr das Allerwichtigste gewesen zu sein. Wichtiger offenbar als ihr windschiefer Gatte, mit dem sie nun leben muss.« Er lachte. »Nicht einmal in den Prunkschlitten wollte sie sich anschließend setzen, wahrscheinlich, weil ihr das allzu liebliche Antlitz unseres kleinen Herrn Thomele, der die Zügel führen sollte, Angst eingejagt hat. Der fette Medicus musste ihr ein starkes Beruhigungsmittel verabreichen, sonst wäre sie wohl gar nicht eingestiegen. Ein netteres Willkommen hätte der Herzog sich ja wohl auch kaum für sie ausdenken können!«

»Waren viele Menschen auf den Straßen?«, fragte Lena.

»Genügend. Aber nicht alle haben ein freundliches Gesicht gemacht, musst du wissen. Auch nicht, als er seine kleinen Singbuben losplärren ließ.«

»Die singen gut!«

»Das tun sie«, versicherte Niklas. »Doch nicht alle Leute in unserer schönen Stadt verzeihen ihnen ihre Abstammung.«

Lena sah ihn fragend an.

»Komm schon, das musst du doch wissen!«, sagte er. »Jedes Kind in Innsbruck weiß, dass diese Buben des Herzogs Kegel sind, die er wie die Orgelpfeifen mit verschiedenen Müttern gezeugt hat.«

Das war es, war sie vorhin so irritiert hatte! Die Hälfte der Buben war strohblond und hatte die hohe Stirn des Herzogs. Und der kleinste von ihnen hätte glatt als Sebis jüngerer Bruder durchgehen können. Ein mulmiges Gefühl überkam Lena. Da musste sie ansetzen, wenn sie endlich mehr herausbekommen wollte! Denn dass Els endlich doch mit der ganzen Wahrheit herausrücken würde, konnte sie nach all der langen Zeit wohl nicht mehr hoffen.

Lena ging wortlos weiter, weil sie sich in ihrem aufgewühlten Inneren erst wieder fassen musste. Wo war nur dieser Keller, von dem der Küchenmeister geredet hatte?

»Hier«, sagte Niklas, der vorangegangen war, und riss eine Tür auf. »Wir sind am Ziel.«

Ein feuchtes, nicht gerade sauberes Gewölbe. Lena sah einige Truhen, dazu Körbe, aus denen vertrocknetes Grün ragte. Sie öffnete die erste Truhe. Ein scharfer, modriger Geruch kam ihr entgegen, der sie zurückschrecken ließ. So lagerte man doch keine Kräuter! Man musste sie nach dem Sammeln, das am besten auch noch an besonderen Tagen vonstatten gehen sollte, sorgsam ausbreiten und trocknen lassen, sie locker auf Bretter legen oder an Schnüren aufhängen, so wie es Wilbeth tat oder auch Bibiana, der jedes Pflänzlein aus ihrem kleinen Garten kostbar war.

»Du wolltest Petersilie? Da!« Niklas hielt ihr ein mageres Bündel entgegen. »Ist es das, wonach du gesucht hast?«

Lena schüttelte den Kopf. »Das darf nicht so abgestanden wie ein vertrocknetes Seil riechen, sondern nach Frühling und Saft.«

»So wie du«, erwiderte Niklas und drängte sie gegen die Wand. »Ich werde schon halb verrückt, wenn ich nur in deine Nähe komme.«

Seine Augen waren leuchtend blau, zwei tiefe Seen, in denen sie gern versunken wäre. Lena spürte seinen warmen Atem auf ihrer Haut, dann seine Lippen auf ihrem Mund. Doch sein Kuss war nicht sanft, wie sie es sich gewünscht hatte, sondern drängend, fast schon grob. Was tat er da? So etwas kannte sie nur allzu gut von übermütigen Zechern, die im »Goldenen Engel« zu tief ins Glas geschaut hatten und anschließend fälschlicherweise glaubten, Els und sie seien Freiwild, nur weil sie ihnen mit freundlichem Gesicht Wein und Speisen an den Tisch brachten.

Sie stemmte ihre Hände gegen seine Brust, schob ihn kraftvoll weg.

»Du willst nicht?«, sagte Niklas erstaunt. »Ich dachte, ich gefalle dir auch.«

»Jedenfalls nicht so. Ich bin keine, die sich in einem muffigen Keller auf die Schnelle nehmen lässt, das kannst du dir gleich einmal merken!«

»Aber ich träume doch jede Nacht von dir!«, sagte er. »Und bei jedem Vers, den ich dichte, denke ich an dich.«

»Dann mach es gefälligst anders!«, verlangte sie. »So, dass es mir auch gefällt.«

Sie ließ die Arme sinken und schloss erwartungsvoll die Augen. Jetzt waren seine Lippen zart und vorsichtig. Niklas küsste sie behutsam, beinahe scheu.

»Besser so?«

Lena nickte. Wieso machte er nicht einfach weiter? Es war so aufregend schön gewesen, dass sie kaum noch zu atmen wagte.

»Da bin aber froh! Gestern haben sich meine Musikanten nämlich schon herbe Kritik vom Herzog geholt, weil ich ganz und gar nicht bei der Sache war. Und sollte ich heute Abend wieder jedes zweite Lied verpatzen, kannst du dir abermals an die Nase fassen. Soll das wirklich auf Dauer so bleiben, Lena?«

Sie verspürte angesichts dieses ungelenken Geständnisses Lust zu lachen, so glücklich fühlte sie sich, und tatsächlich stieg es bereits in ihr auf, ein gelöstes, helles Glucksen, das sich nicht länger unterdrücken ließ.

»Du lachst mich doch nicht aus, weil du dir in Wirklichkeit nichts aus mir machst?« Er klang verletzt mit einem Mal, löste sich von ihr.

»Natürlich nicht …«

»Was habt ihr beide hier zu schaffen?« Weder Lena noch Niklas hatten Johannes Merwais kommen sehen, der plötzlich vor ihnen stand.

»Ich wollte nur Petersilie holen …« Sie verstummte, errötete. Wie die dümmste aller Ausreden musste das in den Ohren des Juristen klingen!

»Und ich hab die Jungfer begleitet«, sagte Niklas schnell. »Damit keiner der feinen Herren in der Hitze des Hochzeitsfestes womöglich zu übermütig wird und seine Grenzen vergisst. Aber jetzt seid ja Ihr zu ihrem Schutz erschienen, und ich werde mich besser wieder nach oben verziehen. Das Turnier geht zu Ende. Und bei Mahl und Tanz sind dann wieder wir Spielleute mit unseren launigen Versen gefragt.« Er deutete eine schlampige Verneigung an und entfernte sich rasch.

»Zählt Ihr jetzt schon die Kräuter des Herzogs?«, sagte Lena herausfordernd, der ganz und gar nicht gefiel, dass ausgerechnet der Jurist sie mit Niklas überrascht hatte. »Ich wusste gar nicht, dass das auch zu Euren Aufgaben gehört.«

Merwais verzog die Mundwinkel.

»Ich dachte, es würde dich freuen zu hören, dass Kassian aufgeflogen ist, mitsamt seinem Diebesgut, das man ihm abgenommen hat. Bereits vorgestern hab ich dafür gesorgt, dass man ihn hinausgeworfen hat. Er darf die Hofburg niemals wieder betreten.«

»Kassian?«, fragte Lena. »Weshalb habt Ihr das getan? Jetzt wird er mich für alle Zeiten hassen.«

»Wie sollte er darauf kommen, dass du mich auf seine Spur gebracht hast?«

»Das ist doch nicht weiter schwierig. Er weiß, dass wir seine heimlichen Vorräte gesehen haben, Sebi und ich. Wenn er nun dem Kleinen etwas antut …« Ihr Blick wurde streng. »Das würde ich Euch niemals verzeihen.«

»Der Herzog hat mich gerufen, damit ich Ordnung in all die Wirrnis bringe, die hier herrscht«, sagte Merwais. »Das betrifft nicht nur Erze und Münzen, sondern jede Kleinigkeit, schlichtweg alles, was sich in diesem Schloss abspielt. Daher werde ich keinen Diebstahl durchgehen lassen, denn ich hasse Falschheit, Betrug und Gier – von ganzem Herzen.«

»So seid Ihr ein echter Kämpfer für die Wahrheit«, sagte Lena. Es hatte spöttisch klingen sollen, doch der Doktor der Juristerei nahm ihre Antwort offenbar ernst und schien sich sogar über sie zu freuen.

»Ja, so könnte man es sagen.« Das kleine Lächeln machte ihn jünger. »Wenngleich ich meine Worte leider nicht in geschmiedeten Reimen zu verpacken verstehe wie manch anderer, der damit die Frauen betören kann.«

Warum ließ er Niklas nicht einfach in Ruhe? Und wie lange hatte er sie überhaupt belauscht?

Lena zog die Stirn kraus.

»Denn leider gehöre ich nicht zu des Herzogs Kegeln«, fuhr Merwais fort und sah sie aufmerksam dabei an. »So wie all diese Singbuben und auch ihr fescher Chorleiter, der Herr Spielmann, der sich deshalb wohl auch am Hof so vieles herausnehmen darf. Ich dagegen bin nur ein braver Jurist, der sein Brot mit klarem Kopf verdienen muss.«

Halt dein Herz fest!, dachte Lena, während seine Worte langsam in ihr Bewusstsein sickerten. So hatte Els sie immer gewarnt: »Die Frauen in unserer Familie haben kein großes Glück, was Männer betrifft.« Der Bastard des Herzogs und eine Küchenmagd. Wie sollte das jemals gehen?

Halt dein Herz fest! Jetzt dröhnte die Stimme der Tante geradezu in Lenas Ohren.

Aber war es dazu nicht längst zu spät?

Lena senkte den Kopf und lief zur Tür. Dabei rempelte sie aus Versehen den Juristen an, der einen erstaunten Laut von sich gab. Die Treppe hinauf nahm sie im Sauseschritt.

»Es muss heute auch ohne Petersilie gehen«, rief sie, als sie keuchend die Küche betrat und der Küchenmeister sie fragend ansah, als sie keuchend die Küche betrat. »Das verdorbene Zeug von dort unten kommt mir jedenfalls nicht in meine Suppe!«

»Will mal sehen, ob du auch so vorlaut bist, wenn du schwere Platten aufträgst. Da vorn steht die erste Ladung. Kannst gleich damit anfangen! Und ihr anderen sofort hinterher! Worauf wartet ihr noch? Ich will in der nächsten Stunde nichts als flinke Beine sehen, verstanden?«

»Ich soll *so* bei der fürstlichen Hochzeit bedienen?« Lena schielte auf ihr schmutziges Kleid.

»Hinten hängt saubere Kleidung. Such dir etwas aus, aber beeil dich gefälligst!«

Mit fliegenden Händen zog Lena sich um. In der Eile musste sie nehmen, was sie vorfand, was dazu führte, dass das Leinenkleid, für das sie sich entschied, viel zu weit war. Sie schlang ihren eigenen Gürtel um die Taille und zog ihn fest. Dann schlüpfte sie in ihre Stiefel und lief los.

Es war so hell im großen Saal, dass sie zunächst fast geblendet war. Hunderte von Kerzen musste man aufgesteckt haben, die nun die Hochzeitstafel erleuchteten. Und wie festlich man gedeckt hatte! Schüsseln und Teller aus Silber, goldene Salieren, unzählige Pokale und Krüge, die mit Edelsteinen verziert waren. Unter einem goldbestickten Thronhimmel aus nachtblauem Samt saß das Hochzeitspaar: ein mürrischer Herzog Sigmund und neben ihm eine pausbäckige junge Frau, die eine Schnute zog und ebenfalls alles andere als fröhlich dreinschaute.

Lena kniff die Augen zusammen. Träumte oder wachte sie? Die Blonde dort drüben, die gerade lächelnd eine Platte mit krossen Spanferkelstücken auftrug, war doch niemand anderer als ihre Freundin Hella!

Sie stellte ihre schwere Last auf einem Tisch ab und lief zu ihr.

»Ja, da staunst du!« Hellas Grinsen wirkte siegesgewiss. »Du bist schließlich nicht die Einzige, die Zugang zur feinen Gesellschaft gefunden hat.«

»Weiß Andres davon?«

»Lass den mal ruhig aus dem Spiel! Der füllt seine endlosen Listen in Hall. Soll ich derweilen bei lebendigem Leib begraben sein? Na, also!«

»Aber wie siehst du denn nur aus? Und was in aller Welt hast du mit deinem Kleid angestellt?«, fragte Lena, die den Blick nicht von Hellas ungewöhnlichen Ärmeln wenden konnte. »Man kann ja dein Hemd darunter sehen!«

»Schön, nicht wahr? Genauso tragen es jetzt die noblen Damen im ganzen Reich. Mein Liebling hat es mir beigebracht. Und die feine Seide, die darunter hervorspitzt, stammt natürlich auch von ihm.«

Lena wusste sofort, von wem die Rede war, denn der Hofmeister starrte schon die ganze Zeit zu ihnen herüber. Er war allerdings nicht der Einzige, dessen Aufmerksamkeit Hella erregt hatte. Einige Damen an der Tafel taten es ihm gleich, und ihre Blicke waren weit weniger glühend, sondern eher giftig. Als schließlich auch noch der Herzog den Kopf zu den beiden wandte, wurde es Lena zu viel. Heute sollte er nicht wieder mit seinem »närrischen Mädchen« anfangen – nicht vor all diesen hochgeborenen Gästen!

»Wir fallen auf«, zischte sie Hella zu. »Alle beide. Und das sollten wir im Augenblick aus mancherlei Gründen lieber bleiben lassen. Ich muss zurück in die Küche, und auch du solltest dich endlich besinnen, wohin du gehörst.«

»Hierher natürlich. Um beim Auftragen zu helfen«, sagte Hella, »und um allen gründlich den Kopf zu verdrehen. Dann wird mein schwer verliebter Hofmeister künftig noch begieriger sein, seine Zeit mit mir zu verbringen. Vielleicht kann ich ihn später sogar irgendwo unbemerkt treffen …«

Lena ließ die Freundin einfach stehen. In solchen Momenten war Hella ihr ganz fremd, so gut und so lange sie sich auch schon kannten. Was wusste sie wirklich von Hella? Wie weit gingen diese Heimlichkeiten mit dem Hofmeister? Jetzt fiel ihr auch die ungeklärte Brandwunde wieder ein. Die Narbe am Handrücken war immer noch deutlich zu sehen – und dennoch war Hella niemals mit der Wahrheit herausgerückt.

In der Küche wandte Lena sich wieder dem Herd zu. Das Essigfleisch brodelte derart, dass ein scharfer, fast beißender Geruch aufstieg. Sie schob den Topf ein Stück beiseite, damit er abkühlen konnte, tunkte den Löffel hinein und kostete.

»Was zum Teufel tust du da?«, fuhr sie einer der Köche an, der sie von Anfang an ganz besonders misstrauisch beäugt hatte.

»Ich rette gerade deinen Hintern«, sagte Lena. »Gib einen ordentlichen Schuss Rotwein dazu und ein paar Löffel Honig – und niemand wird herausschmecken, dass du um ein Haar alles verdorben hättest.«

Er starrte sie ungläubig an.

»Kannst mir ruhig glauben!«, sagte sie. »Und wenn ihr mich hier unten in aller Ruhe arbeiten lassen würdet, anstatt mich wieder nach oben an die Tafel zu hetzen, wo ich nur fehl am Platz bin, könnte ich womöglich noch dieses oder jenes weitere Unglück abwenden.«

Das kleine Gemach im Frauenzimmer kannte Alma noch aus den guten Zeiten, in denen es dem Herzog wie einem übermütigen Kind gefallen hatte, mit ihr Verstecken zu spielen. Was war es für ein Spaß gewesen, durch die langen Gänge der Hofburg zu laufen und sich in einem der zahlreichen Räume zu verbergen, in der köstlichen Gewissheit, dass er ihr schon bald folgen und seinen ausgiebigen Liebestribut fordern würde!

Auf diesem Ruhebett mit dem einfachen Überwurf hatte er sie mehr als einmal in der Hitze des Spiels genommen, in jenem jungenhaften Übereifer, den Sigmund an den Tag legen konnte, wenn ihm etwas besonders zusagte. Dann war keine Rede mehr von Podagra oder Gliederreißen, dann verschwanden die Sorgen des Landes, die sonst auf ihm lasteten, und es gab nur noch Lust und Erfüllung. Genüsse, die Alma bitterlich vermisste, denn seit sie vom Herzog verstoßen worden war, hatte sie keinen zufriedenstellenden Liebhaber mehr gehabt.

Leopold, ihr Gatte, war ein rechter Stümper, was diesen Bereich anging, ein Mann, der plump, ja fast schon hilflos vorging, einfallslos war und es in all den Ehejahren nicht geschafft hatte, wenigstens etwas an Raffinesse zuzulegen. Wie sie sein kraftloses Keuchen hasste, jenes hohe Wimmern, zu dem sein schwaches Herz ihn zwang, wenn er sich zu sehr aufregte. Allerdings hatte sie den Verdacht, er mime lediglich zu Hause den Kranken, während er sich anderenorts offenbar sehr viel munterer gab. Man hätte schon blind sein müssen, um nicht mitzubekommen, wie er dieses Servierweib mit dem goldenen Zopf und den aufreizend geschlitzten Ärmeln geradezu mit Blicken verschlang.

Alma fächelte sich Kühlung zu.

Wie konnte die Frau es wagen, derart angezogen bei der

fürstlichen Hochzeit zu erscheinen und damit alle Damen des Hofes in den Schatten zu stellen! Herauszubekommen, wer diese impertinente Dirne war, dürfte nicht weiter schwierig sein. Für den Augenblick allerdings war ihre Anwesenheit gar nicht ungünstig, denn damit hatte Alma Leopold gegenüber wenigstens freie Hand. Und die brauchte sie, denn all ihre Energien durften vorerst einzig und allein nur dem einen dienen: die junge Herzogin so schnell wie möglich außer Gefecht zu setzen.

Jetzt wurde Almas innere Unruhe so drängend, dass sie nicht länger sitzen bleiben konnte, sondern unruhig auf und ab ging. Als Erstes musste die Kleine von ihren giggelnden Gefährtinnen aus Sachsen isoliert werden, allein das würde sie bereits um einiges gefügiger machen. Und wenn erst einmal ihr gestrenger Vater wieder abgereist war, würde quälendes Heimweh Katharina sicherlich endgültig zu Wachs in den Händen ihrer Hofmeisterin werden lassen.

Dass ausgerechnet dieser Pummel Sigmunds Geschmack traf, war wohl nicht zu befürchten, obwohl Alma durchaus bekannt war, dass er eine Schwäche für Jungfrauen besaß. Dazu zählten aber vor allem einfache, blutjunge Mädchen, seine Landestöchter, die fast noch Kinder waren und deren blanke Unschuld ihn bisweilen bis zur Raserei treiben konnte. Eine Fürstentochter jedoch, verzogen und anspruchsvoll, wie sich Katharina bereits erwiesen hatte, gehörte sicherlich nicht dazu. Er würde sie einfach nur schwängern, und spätestens dann …

Alma stockte in ihren Überlegungen.

Aber genau das durfte ja auf keinen Fall passieren! Dieses sächsische Gör sollte niemals ein Kind vom Herzog erwarten. Vor dem inneren Auge der Spiessin tauchte wie von Zauberhand ein breites bräunliches Gesicht mit weißem Haarkranz auf. Offenbar waren sie beide noch lange nicht miteinander fertig, wenngleich Alma das bevorzugt hätte. Doch wenn es denn sein musste, würde sie eben nochmals diese verdammte alte Hexe in der Silbergasse aufsuchen – selbst wenn sie ihren gesamten heimlichen Geldvorrat an sie verschwenden musste.

Almas Kehle war wie ausgetrocknet. Das Gemach erschien ihr überheizt. Das morsche Fenster zu öffnen, wagte sie nicht, es ließ sich vielleicht nicht mehr schließen. Möglicherweise half es ja, wenn sie eine Klappe des Kachelofens aufmachte, damit die Wärme sich nicht länger staute.

Alma erstarrte.

Männerstimmen drangen zu ihr, deren Besitzer sie auf Anhieb erkannte. Direkt im Stockwerk darunter mussten sie sich lautstark und äußerst unbekümmert unterhalten. Die Konstruktion des Ofens trug die Stimmen so klar zu ihr herauf, als befänden die beiden Sprechenden sich mitten im Zimmer.

»Ich kann nicht verstehen, dass Ihr diesen Mann mit nach Innsbruck geschleppt habt.« Wenn der Herzog aufgebracht war, klangen seine Konsonanten noch kehliger als sonst.

»Was heißt da ›geschleppt‹? Er hat sich mir förmlich aufgedrängt. Was hätte ich dagegen unternehmen sollen? Allein die päpstliche Bulle berechtigt ihn zu seinem Vorgehen und zwingt mich zur Mithilfe. Und ihn während meiner Abwesenheit allein in Brixen zurückzulassen, erschien mir zu gefährlich.« Bischof Golser redete besonnen. »Ich habe auf Eure Vernunft gehofft, Sigmund. Ebenso wie auf unsere Freundschaft. Wir sind nahezu gleich alt und teilen jede Menge Erfahrung, was das Leben und die Menschen angeht. Genau darauf hab ich gezählt.«

»Als hätte es mit den Bischöfen von Brixen nicht schon mehr als genug Ärger gegeben, seit ich über mein Tirol herrsche!«, stieß der Herzog hervor. »Ich hab allmählich genug davon.«

»Ich bin kein Nikolaus Cusanus, das wisst Ihr ganz genau. Für den Starrsinn und die Geltungssucht meines Vorgängers könnt Ihr mich nicht verantwortlich machen, das war vor meiner Zeit. Nicht einmal die Folgen lasse ich Euch spüren. Oder habe ich Euch gegenüber jemals ins Feld geführt, welche Ausgaben und Mühen es mich gekostet hat, diese verrottete Diözese wieder einigermaßen in Ordnung zu bringen? Die Menschen hier brauchen einen verlässlichen Hirten – und keinen Genius!«

Eine Weile blieb es unten still. Alma presste die Lippen zusammen und wagte kaum noch zu atmen. Ihr Rücken begann in der unbequemen Position zu schmerzen, doch für nichts in der Welt hätte sie ihren heimlichen Lauscherposten jetzt aufgegeben.

»Ich werde neue Steuern erheben müssen«, sagte Sigmund schließlich. »Und das schon sehr bald. Denn diese Hochzeit verschlingt weit mehr, als wir vorab kalkuliert haben. Was wiederum die Landstände gegen mich aufbringen wird, denen ich schon meine neuen Pfundner und Guldiner schmackhaft machen muss, damit das Silber weiterhin aus den Minen von Schwaz sprudeln kann. Silber, das freilich nur noch dem Namen nach mir gehört. Mein neuer Jurist Merwais wird zwar versuchen, es vor den gierigen Taschen der Fugger zu bewahren, doch ob das rasch gelingt, weiß bis jetzt der Allmächtige allein. Wenn jetzt auch noch ein fanatischer Inquisitor auftaucht wie dieser Kremer und landauf, landab aufrührerische Reden schwingt …«

»Kramer«, verbesserte der Bischof. »Pater Heinrich Kramer aus dem Elsass. Wenngleich ich gehört habe, dass er sein Eiferertum manchmal auch latinisiert und sich dann Institoris nennt.«

»Das eine ist mir so einerlei wie das andere. Meine Tiroler

sollen fromm bleiben und tüchtig arbeiten. Dann bleibt gar keine Zeit mehr, nach Hexentänzen oder Teufelsritten zu schielen und seine Nachbarn zu bespitzeln oder gar hinzuhängen.«

»Eure Meinung teile ich uneingeschränkt.« Bischof Golser klang zufrieden. »Wir wollen keinen Unfrieden unter dem Volk und schon gar keinen Aufruhr. Aus diesem Grund schlage ich Euch auch folgendes Vorgehen vor: Sobald die hohen Gäste Innsbruck verlassen haben, zitiert Ihr diesen Kramer zu Euch in die Hofburg. Er ist übrigens im ›Goldenen Engel‹ abgestiegen, wo er sich offenbar häuslich niedergelassen hat und leicht auszumachen ist. Wenn Ihr wollt, Sigmund, werde ich bei dieser Audienz dabei sein. Gemeinsam werden wir ihm schon deutlich machen können, dass er gefälligst weiterziehen soll. Seine Hexen kann er dann anderswo brennen lassen – nicht in unserem schönen, frommen Tirol.« Er lachte. »Und jetzt lasst uns zur Tafel zurückkehren und weiterfeiern, damit Eure junge Braut sich nicht noch vor brennender Sehnsucht verzehrt!«

Alma schloss leise die Klappe und streckte sich. Sie hatte genug gehört. Alles durchaus spannende Dinge, die sich womöglich einmal bestens weiterverwenden ließen. Für den Moment wusste sie nur noch nicht genau, wozu.

❧

Der Gastraum im »Goldenen Engel« war gut besucht, als habe die Fürstenhochzeit auch viele der einfachen Menschen in Innsbruck aus den Häusern getrieben. Natürlich war Tagesgespräch, was sich heute in und um die Hofburg herum vollzogen hatte, und die Geschichten und Gerüchte, die die Runde machten, wurden im Lauf des Abends immer noch bunter.

Sebi hockte an seinem Platz auf der Ofenbank, hielt den Holzlöffel umklammert, den Barbaras Mann ihm geschnitzt hatte, und schaukelte vor und zurück. Niemand unterbrach ihn dabei, weil jeder, der ihn kannte, genau wusste, dass der Junge sonst nur von Neuem mit seinem endlosen Ritual beginnen würde. Ab und zu, nach einem Rhythmus, der nur ihm gehörte, fand ein Bissen den Weg in seinen Mund, dann aber setzte die gleichförmige Bewegung abermals ein.

Heinrich Kramer, der seine Mahlzeit unter all den Gästen einnahm, konnte den Blick kaum von Sebi lösen. Mit gerunzelter Stirn verfolgte er, wie der Junge jetzt mit seinem Becher fünfmal auf den Tisch tippte, bis er endlich einen Schluck aus ihm nahm. Irgendwann sank der Kopf des Kleinen auf den Tisch.

»Er ist wohl schon sehr müde«, sagte der Dominikaner, als Els seinen Tisch abräumte und als Abschluss Käse auf einem Holzbrett servierte. Es schien dem Mönch gemundet zu haben, auch wenn sein Gesicht so blass war, dass es von innen zu leuchten schien. Der Teller wie blank geleckt; nicht ein Bissen zurückgeblieben. »Und ganz gesund ist er wohl auch nicht, der Junge?«

»Sebi könnte gesünder nicht sein«, erwiderte Els mit fester Stimme. »Er ist nur anders. Das ist alles.«

Ein wunder Punkt, wie Kramer sofort erkannte. Und er wusste sehr gut, wie man wunde Punkte nutzen konnte.

»So bereitet er Euch und Eurem Mann gewiss große Sorgen?«

»Ich bin Witwe«, sagte Els. »Habe ich Euch das noch nicht gesagt? Ich hab schon das Kind meiner toten Schwester großgezogen und jetzt ist mein eigener Sohn an der Reihe.«

»Warum bringt Ihr ihn nicht endlich ins Bett?«, fragte Kramer.

Sie schwitzte, während sie ihm Rede und Antwort zu leisten hatte, was ihn erregte und im gleichen Maß abstieß wie all dieses Fleischliche, das stets und immer seine teuflischen Krakenarme nach der reinen, ewigen Seele ausstrecken wollte.

»Das schafft einzig und allein Bibiana«, sagte Els mit einem traurigen Lächeln. »Und die hat gerade in der Küche alle Hände voll zu tun.«

»Und das Mädchen, Eure Nichte?«, wollte er weiter wissen. »Ich hab sie heute noch gar nicht gesehen.«

»Kocht bei der Fürstenhochzeit.« Die Antwort kam fast barsch.

Els hatte sich auf dem Absatz umgedreht und war schon am nächsten Tisch, wo vor einiger Zeit ein stattlicher Mann mit grau melierten Locken Platz genommen hatte. Die Begrüßung zwischen den beiden fiel so herzlich aus, dass Kramer sofort stutzig wurde. Blicke und Gesten, die die Wirtin und der Unbekannte tauschten, verrieten uneingeschränkte Vertrautheit. Witwe sei sie, hatte sie gerade gesagt. Dieser gut gekleidete Mann aber, der mit sichtlichem Genuss dem Wein zusprach, war eindeutig mehr als ein Bekannter.

»Kein besonders guter Tag für einen Besuch«, sagte Els zu Antonio de Caballis. Irgendwie war ihr unbehaglich, weil der Pater ständig zu ihnen herüberschaute. »Du siehst doch, was hier heute los ist!«

»Irgendwann werden sie alle gehen.« De Caballis lächelte. »Ich aber bleibe. Und in der Zwischenzeit genieße ich deinen Anblick. Du bist ganz besonders anziehend, *bella mora*, wenn du große Humpen schwungvoll auf den Tisch knallst.«

Die schwarze Els zupfte ihn lachend am Ärmel. Er griff nach ihrer Hand, packte sie und drückte einen übertriebenen Kuss darauf. Sie entwand sich ihm, hob den Finger, drohte spielerisch. Man brauchte nicht viel an Vorstellungskraft, um sich auszumalen, wie dieser scheinbare Streit unter Liebenden später ausgehen würde.

Ein pochender Schmerz schoss in Kramers linke Schläfe, und er spürte, wie seine Zunge plötzlich ganz schwer wurde. Leider wusste er nur allzu gut, welch weitere Symptome sich alsbald einstellen würden: gerötete Augen, Lichtempfindlichkeit, Schwindel, Übelkeit.

Er erhob sich ruckartig; der Stuhl ging hinter ihm krachend zu Boden. Jetzt gab es keinen in der Gaststube, der ihn nicht angestarrt hätte. Mit steifen Beinen versuchte er zur rettenden Treppe zu gelangen, die ihn hinauftragen und von der unerträglichen Gesellschaft der anderen befreien würde.

»Pater Institoris!« Els war ihm gefolgt. »Ihr habt Euren Käse vergessen. Wartet – ich bringe ihn Euch gleich hinauf!«

Er war bereits zu schwach, um sie abzuschütteln, musste erdulden, dass sie ihm mit dem Käsebrett bis zur Zimmertür folgte.

»Geht!« Seine Stimme war auf einmal heiser. »Ich muss jetzt allein sein.«

»Es ist der Kopf, nicht wahr?« Sie klang besorgt. »Meine Schwester Johanna hatte auch dieses Leiden. Die gleiche Blässe und auch die dunklen Augenschatten, beinahe jeden Monat hat es sie aufs Neue gequält. Nur Ruhe und Dunkelheit helfen dagegen, aber vielleicht könnte Euch auch ein spezielles Mittel aus Bibianas Kräutergarten Linderung …«

»Geht!«

»Ihr könnt getrost klopfen, wenn Ihr etwas braucht«, sagte Els. »Durch die Bodenluke kann ich Euch in der Küche hören. Macht ruhigen Herzens Gebrauch davon! Ein Eimer ist bereit. Und frisches Wasser stelle ich Euch noch vor die Tür. Der Herr behüte Euch – gute Besserung!«

Es gelang Kramer gerade noch, auf das Bett sinken. Der Tisch, auf dem seine Aufzeichnungen lagen, schien so unerreichbar wie ein fernes Land. Er presste die Fäuste gegen die Schläfen, als wollte er seinen eigenen Kopf zerquetschen. Es gab keinen Schutz, keinerlei Ausweg, das hatten lange Jahre des Schmerzes ihn inzwischen gelehrt. Je stärker der Widerstand, desto unbarmherziger der Kampf.

Entkräftet schloss er die Augen und hieß seine Dämonen der Nacht willkommen.

❧

Sie mochte diese dünne Frau mit den großen, roten Händen nicht, die Sigmund ihr als Hofmeisterin ausgesucht hatte. Das wollte sie ihm schon gestern sagen. Zu alt war sie ihr und viel zu verbissen, mit diesem angestrengten Gesichtsausdruck und dem hässlichen kleinen Wulst unter dem Kinn, den sie bekam, wenn sie ausnahmsweise freudlos lächelte. Außerdem verstand Katharina sie kaum, so wie es ihr überhaupt schwer fiel, einigermaßen mitzubekommen, was die Leute hier redeten. Aber dann hatte Fee losgekläfft, die Hochzeitsgaben waren überreicht worden, sie hatte sich zur Trauung ankleiden müssen – es war einfach zu vieles auf einmal passiert!

Jetzt nestelte diese Alma von Spiess schon die ganze Zeit an ihr herum, als sei sie eine Puppe, mit der man nach Belieben verfahren konnte. Katharina überkam Lust, sie einfach wegzustoßen.

»Ich brauche Euch nicht mehr«, sagte sie. »Ihr könnt Euch jetzt zurückziehen.«

Die Spiessin rührte sich nicht vom Fleck. Fee zog die Lefzen zurück und hörte auf zu wedeln.

Plötzlich kam Katharina sich fast nackt vor in dem weißen

Seidenhemd mit den goldenen Stickereien, das sie für ihre Hochzeitsnacht angezogen hatte. Die Haare waren gelöst und mit kräftigen Strichen gebürstet, wie es ihr die Mutter schon als kleinem Mädchen beigebracht hatte. Weiche, rotblonde Wellen, die Katharina von ihr geerbt hatte, wie alle behaupteten. Die Sehnsucht nach der so weit Entfernten wurde auf einmal so stark, dass die Augen der Braut feucht wurden. Gerade mal fünfzehn war die Mutter gewesen, als man sie vermählt hatte, sie musste doch wissen, wie ihrem kleinen Mädchen jetzt zumute war. Warum nur hatte sie sich auf dieser schrecklichen Burg bei lebendigem Leib eingesperrt und war jetzt nicht bei ihr?

»Nur keine Angst!«, sagte die Hofmeisterin. Im Kerzenlicht erinnerte sie Katharina an ein Reptil, das auf der Lauer liegt. »Ein scharfer, stechender Schmerz, der wieder vergeht, sehr viel mehr ist es gar nicht. Und Blut, jede Menge sogar, wenn Ihr Pech habt, doch darum solltet Ihr Euch ebenfalls nicht scheren. Der Herzog kennt die Frauen, das dürfte Euch inzwischen bekannt sein, und weiß, wie man mit ihnen umgeht. Hütet Euch also, ihn zu enttäuschen! Ja, gebt acht, denn er kann sehr ungehalten und grob werden, wenn er enttäuscht ist.«

Wie unverschämt von dieser Frau, solche Anspielungen zu wagen! Sofort stand Katharina wieder die lange Reihe der Singbuben vor Augen, die ihr zunächst mit ihren hellen Stimmen und ihren frechen Versen solche Freude bereitet hatten – bis Alma ihr ins Ohr zischte, dass ausnahmslos alle Kegel des Herzogs seien.

»Ihr könnt Euch jetzt zurückziehen«, wiederholte sie, diesmal schärfer, und Fee begann wie auf Befehl loszuknurren. »Ich brauche Euch nicht mehr.« Den Gedanken an das Blut schob sie weit von sich. Ihr wurde ja schon übel, wenn sie sich versehentlich in den Finger schnitt und der rote Lebenssaft zu quellen begann.

»Ganz, wie Ihr wünscht, Euer Hoheit.« Der magere Rücken klappte leicht nach vorn. Wie hässlich die spitzen kleinen Knochen am Nacken hervorstanden! »Wenn der Herzog Euch aufsuchen wird, solltet Ihr …«

»Geht jetzt!« Es tat gut, die Stimme zu erheben, und tatsächlich gehorchte die Hofmeisterin und verschwand.

Katharina tupfte sich die feuchten Handflächen mit einem Tuch ab. Wenn wenigstens ihre vertrauten Jungfern in der Nähe gewesen wären! Doch die Spiessin hatte dafür gesorgt, dass sie weitab vom Frauenzimmer untergebracht wurden, angeblich aus Platzgründen – wenn sie das schon hörte! Gleich morgen musste alles ganz anders werden. Dann würde sie Sigmund sagen, ihrem Gatten …

Die kurze Euphorie verschwand so schnell, wie sie gekommen war. Dass dieser seltsame Fremde nun ihr Mann sein sollte, war am schwersten von allem zu verkraften. Zwar schien sein Profil nicht ohne Adel zu sein, und Manieren hatte er auch, aber er war dennoch ein alter Mann, gebückter sogar als ihr Vater. Sie hatte die braunen Flecken auf seinen Händen gesehen und auch die Adern, die bläulich durch die dünne Haut schimmerten. Außerdem hatte er einen Bauch und viel zu dünne Beine anstatt der strammen Reiterschenkel, von denen sie stets geträumt hatte. Mit der gemalten Miniatur jedenfalls, die Ritter von Spiess ihnen in Meißen anlässlich seiner Brautwerbung präsentiert hatte, besaß er kaum Ähnlichkeit. Das musste ein Jugendbildnis gewesen sein, das noch aus der Zeit seiner ersten Ehe mit Leonora von Schottland datierte.

Wenigstens war das Gemach behaglich eingerichtet. Ein prächtiges Feuer flackerte im Kamin, es gab bemalte Truhen, einen Tisch, auf dem ein Pokal und zwei Becher standen, zierlich gedrechselte Stühle, dazu zahlreiche kostbare Silberkandelaber, in denen Kerzen brannten. Das breite Bett mit dem Baldachin und den Vorhängen beiderseits wirkte einladend, die Wäsche duftete. Und mussten nicht alle Frauen, die nicht ledig bleiben wollten, durch diese Hochzeitsnacht, in der gewisse Dinge eben geschahen?

Sie schüttelte den Kopf, dass die weichen Wellen ihrer Haare tanzten, und schlüpfte zwischen die reich bestickten Laken, über die eine Felldecke gebreitet war. Fee verstand sie wie immer wortlos, sprang zu ihr hoch und war nach kurzem Tätscheln wie gewohnt am Fußende unter der Decke verschwunden. Jedenfalls war sie nicht allein. Und gab es nicht auch Leute, die behaupteten, dass die Freuden der Ehe etwas sehr Schönes sein konnten?

Lautes Klopfen. Dann stand er schon im Zimmer.

Sigmund hatte seine Hochzeitskleider abgelegt. Er trug jetzt einen blauen Samtmantel, der ihm bis über die Waden reichte. In der Hand hielt er ein Kästchen, das er auf einem der Stühle abstellte, und noch etwas sehr viel Kleineres, das sie vom Bett aus nicht richtig erkennen konnte.

»Ihr seid schon schläfrig?«, fragte er. »Dabei ist unsere Arbeit doch noch gar nicht getan.«

Was hatte dieser merkwürdige Satz zu bedeuten? Katharina machte sich steif.

»Soll ich noch eine kleine Stärkung kommen lassen?«, fuhr er fort, vielleicht, damit sie sich wieder entspannte. »Ich könnte Wachteln in Speck bringen lassen, Rehschinken oder nach was immer es Euch gelüstet.«

»Ist heute nicht schon mehr als genug getafelt worden?«, erwiderte sie. »Ich jedenfalls verspüre keinerlei Hunger.«

»Auch nicht darauf?« Viel schneller, als sie es ihm jemals

zugetraut hätte, lag er plötzlich neben ihr, hob die Hand und berührte ihre Wange. »Wie der junge Frühling«, sagte er. »Und ich, ich bin der reife, reife Herbst. Komm, mach dich nicht so steif! Der Einzige, dem das hier zusteht, bin ich.«

Sie hörte, wie er betrunken kicherte.

Er roch nach Wein und etwas Bitterem, das ihr fremd war. Aus der Nähe konnte sie jede einzelne seiner Falten erkennen; wie ein feines, scharfes Netz hatten sie sich tief in seine Haut gegraben. Ob er bald sterben würde? Dann könnte sie umgehend nach Hause zurück. Katharina erschrak über ihre Gedanken.

»Es war ein langer Tag«, sagte sie, weil ihr nichts Besseres einfiel. »Wollt Ihr Euch nicht auskleiden?«

»Du willst mich nackt sehen?«, rief er. »Diesen Wunsch werde ich dir gern erfüllen.«

Sigmund rollte sich zur Seite, ging zum Tisch und begann dort zu hantieren. Offenbar schüttete er etwas in die Becher, goss dann Wein dazu und kam zum Bett zurück.

»Trink!«, sagte er. »Das wird dir guttun.«

»Was ist das?« Katharina zog die Nase hoch. »Das riecht ja wie Medizin.«

»Medizin!« Sigmund begann zu lachen. »Das ist gut! Ja, mein kluges Täubchen, du hast ganz recht – Medizin der Liebe. Medicus van Halen war so freundlich …«

Er leerte seinen Becher in einem Zug. Dann kehrte er ihr erneut den Rücken zu.

Was in aller Welt tat er da? Seine mageren Schultern senkten und hoben sich, er schien etwas zu reiben und gab dabei merkwürdige Töne von sich. Als er sich schließlich wieder zu ihr umwandte, weiteten sich ihre Augen vor Entsetzen.

Aus dem aufgeschlagenen Mantel ragte ihr ein dunkelroter Speer entgegen, der direkt auf sie zielte.

»Ja, da staunst du! Der kleine Giftkäfer hat mich nicht enttäuscht«, rief Sigmund. »Komm schon, lass uns gemeinsam die Gunst der Stunde nutzen!«

Katharina klammerte sich an die Decke, die sie sich schützend bis zum Kinn gezogen hatte.

»Bedeckt Euch wieder!«, rief sie. »Ich will das nicht sehen – Ihr seid ja widerlich!«

»Stell dich nicht so an! So ist das nun mal zwischen Mann und Weib.«

Mit einem kräftigen Ruck riss er ihr die Decke weg.

Das Hemd war nach oben gerutscht und gab ihre Waden und fülligen Schenkel preis, was ihn in noch helleres Entzücken zu versetzen schien.

»Ah, ich sehe bereits mein ersehntes Arkadien!« Er packte ihre Beine, drückte sie auseinander. »Und mittendrin die liebliche Grotte, wo Milch und Honig sprudeln. Wollen wir hier gleich den emsigen kleinen Käfer arbeiten lassen? Dann wirst du schon bald juchzen vor Lust.«

Er beugte sich über sie. Sein steifes Glied streifte dabei ihren Schenkel. Katharina schrie angstvoll auf.

Mit einem Satz schoss Fee auf den Herzog los und biss zu.

Jetzt war es Sigmund, der schmerzerfüllt aufschrie. Er packte die Hündin am Genick und schleuderte sie wutentbrannt aus dem Bett. Fee zog den Schwanz ein und flüchtete fiepend in die Ecke.

»Abstechen lass ich ihn, deinen verdammten Mistkläffer«, schrie Sigmund, »wenn er mir nur noch ein einziges Mal unter die Augen kommt!«

»Dann könnt Ihr auch gleich mich umbringen! Ist es das, was Ihr wollt?«

Als er nach ihr greifen wollte, trat Katharina so heftig zu, dass er das Gleichgewicht verlor und auf dem glatten Laken rücklings aus dem Bett rutschte. Ein mehr als unglücklicher Sturz, denn Sigmunds Kopf schlug dabei hart gegen einen der Pfosten. Er verdrehte die Augen und rührte sich nicht mehr.

Einen Augenblick war Katharina starr vor Angst. Dann sprang sie aus dem Bett, packte Fee und stürzte aus dem Zimmer, als sei ein ganzes Heer von Teufeln hinter ihr her.

❧

Lena verspürte ein Zupfen, dann hörte sie leises Wispern.

»Hilf mir! Ich glaub, ich hab ihn umgebracht.«

Schlaftrunken richtete sie sich auf. In der Dunkelheit erkannte sie lediglich Umrisse, doch es musste, der Stimme nach zu urteilen, eine junge Frau sein, die vor ihr stand.

»Wen umgebracht?«, fragte Lena. »Wer bist du überhaupt?«

»Katharina.« Ein Schniefen, dann kurzes Kläffen. »Die Herzogin. Du musst mir helfen – bitte!«

Der Schreck fuhr Lena in alle Glieder. Da stand mitten in der Nacht die Herzogin mit ihrem Hündchen vor ihr in der leeren Küche und flehte um Hilfe.

»Wartet!«, sagte sie. »Ich mache erst einmal Licht.«

Das Feuer im Ofen war noch nicht ganz erloschen; mit einem Kienspan entzündete Lena eine Kerze. Der Schein zeigte ihr ein junges, verweintes Mädchen mit aufgelöstem rötlichem Haar, das einen weißen Spitz an sich drückte.

»Ich hab ihn umgebracht«, wiederholte Katharina. »Als er sich auf mich stürzen wollte – mit diesem großen roten …« Sie presste sich die Hand auf den Mund, unfähig weiterzureden.

»Den Herzog?«, fragte Lena. »In Eurer Hochzeitsnacht?«

»Von wegen Hochzeitsnacht!« Jetzt musste sie das Tier so fest gepackt haben, dass es ihm zu viel wurde. Fee schnappte,

Katharina quiekte erschrocken und ließ die Hündin fallen. »So hat sie es auch bei ihm gemacht. Weil sie mich doch schützen wollte, als er mir dieses grässliche Pulver …« Die Erinnerung daran ließ sie erneut erschaudern.

»Ihr werdet Euch noch den Tod holen in dieser Kälte. Wartet!« Lena lief nach nebenan und kam mit einem Umhang zurück, in den sie Katharina hüllte. »Und trinken solltet Ihr auch etwas, damit Ihr wieder zur Ruhe kommt.« Sie nahm den Krug, goss einen Becher voll.

Katharina trank, dann gab sie Lena den Becher zurück. »Danke«, sagte sie. »Wer bist du überhaupt?«

»Lena. Lena Schätzlin. Ich arbeite hier in der Herrschaftsküche. Und weil es so spät geworden ist und die Arbeit in aller Früh wieder beginnt, schlafe ich ausnahmsweise hier. Jetzt aber noch einmal ganz der Reihe nach, Euer Hoheit: Was genau ist geschehen?«

»Jedenfalls gehe ich nie mehr zurück zu diesem brünstigen alten Bock! Soll er ruhig tot sein – nichts anderes hat er verdient.« Katharinas Busen hob und senkte sich.

»Der Herzog ist in Eurem Gemach?«, fragte Lena. »Und es gab eine Art Unfall, wenn ich Euch richtig verstanden habe?«

»Er hat Fee gepackt und wie ein Stück Dreck in die Ecke geworfen – meine süße kleine Fee!« Die Hündin erkannte ihren Namen und kam angewedelt. »Das Einzige, was mir noch von zu Hause geblieben ist.«

»Zugestoßen scheint ihr aber nichts zu sein«, sagte Lena, die sich daran erinnerte, was Niklas über die übertriebene Tierliebe der jungen Braut berichtet hatte. »So munter, wie sie aussieht. Ihr könnt ganz beruhigt sein. Aber was den Herzog betrifft …«

»Wird man mich jetzt köpfen?« Katharina riss die Augen auf. »Wo hier in Tirol die Sitten doch so hart sein sollen!«

»Ihr solltet Euch an Euren Herrn Vater wenden«, schlug Lena vor. »Den Herzog von Sachsen. Das erscheint mir das Allerbeste. Er wiederum begleitet Euch dann zu Eurem Gemahl. Gemeinsam werdet Ihr gewiss eine Lösung finden.«

»Meinen Vater, ja, du hast recht. Aber wo nur finde ich ihn in diesem Labyrinth?« Sie zog die Schultern hoch wie ein verängstigtes Kind.

Niklas, dachte Lena, Niklas, der jeden Winkel hier genau kennt. Aber war es ratsam, den Bastard des Herzogs womöglich zu dessen Leiche zu bestellen?

Ein Poltern, dann wurde die Küchentür aufgerissen.

»Wer zum Teufel wagt es, nachts in meine Küche einzudringen?«

Niemals zuvor war Lena so froh gewesen, ihn zu Gesicht zu bekommen. »Gut, dass Ihr kommt, Meister Matthias«, sagte sie geistesgegenwärtig. »Die Herzogin hat sich aus Versehen zu uns herunter verirrt.«

❧

Kramer schoss aus tiefem, traumlosem Schlaf hoch und schaffte es gerade noch, den Eimer zu packen, bevor er sich würgend erbrach. Kaum kam er wieder nach oben, durchlitt er einen schweren Niesanfall.

Er ließ sich auf das Bett zurücksinken. Die Zwinge, die seine Schläfen über Stunden unbarmherzig zusammengepresst hatte, lockerte sich. Für diesmal schienen die Dämonen der Nacht verschwunden.

Seltsamerweise fühlte er sich erleichtert, beinahe frisch. Noch ein paar Augenblicke und er konnte die Kerze entzünden und sich an den Tisch setzen, um mit seinen Aufzeichnungen weiterzufahren. Der Anfang der gelehrten Niederlegung, um die es ging, stand bereits fest. Er hatte ihn so viele Male durchgelesen, dass er ihn auswendig wusste.

Zur Bulle Innozenz' VIII. gegen die Ketzerei der Hexen, die jüngst erlassen wurde, sollen verschiedenste Fragen erörtert werden. Drei von ihnen müssen hauptsächlich drei Punkte klären: erstens den Ursprung der Hexerei, zweitens den Fortgang, drittens das letztendliche Mittel ...

Der Dominikaner erhob sich sehr langsam, um keinen Rückfall zu riskieren, ging zum Fenster und öffnete es. Die kalte Luft stach wie mit Nadeln, und dennoch hätte er jubeln können. Noch war es draußen schwarz wie in der tiefsten Hölle, aber er spürte, dass die Nacht nicht mehr lange währen würde. Jetzt wäre er am liebsten ganz oben gestanden, auf einem der Bergrücken, um auf die schlafende Stadt herunterzuschauen. Aber es musste auch so gehen. Wenn er sich reckte, konnte er genügend Häuserzeilen sehen, hinter deren dunklen Fenstern die Menschen schliefen.

Menschen, die von Dämonen heimgesucht wurden. Und diesen Dämonen würde er schon bald den Garaus bereiten.

Hufschlag auf gepflastertem Boden erregte seine Aufmerksamkeit. Ein Mann führte sein Pferd aus dem Stall, saß auf. Von der Gestalt her musste es derjenige sein, mit dem die Wirtin so ungeniert geturtelt hatte.

Auf frischer Tat ertappt – denn dass dieser Mann sich nach erfolgter Buhlnacht mit der schwarzen Els wie ein Dieb davonschlich, stand für Kramer außer Frage. Sein Mund verzog sich zu einem grausamen Lächeln.

Ein Zeichen, *das* Zeichen, um das er Gott auf Knien angefleht hatte.

Kein anderer als der Herr hatte ihn direkt in diesen Sündenpfuhl geführt. Von hier aus würde er aufs Neue seinen Kreuzzug gegen das Böse beginnen. Er spürte, wie die Kraft in seine Glieder zurückkehrte. Das Restchen Käse hatte er mit ein paar gierigen Bissen verschlungen. Jetzt hätte er einen ganzen Laib auf einmal vertilgen können, so ausgehungert war er mit einem Mal.

Die Hufschläge wurden langsam leiser, schließlich verhallten sie ganz.

Kramer schloss das Fenster und kehrte zum Tisch zurück. Die Blätter zu berühren, die seine Handschrift trugen, machte ihn stolz und froh zugleich. Die Feder. Das Tintenfass. Und seine Gedanken, die schon bald der ganzen Welt bekannt sein würden.

Alles genau so, wie es sein musste.

Was scherte ihn diese Memme von Bischof, der argumentierte und winselte wie ein angsterfüllter Wurm?

Die Stadt hatte auf ihn, Kramer, gewartet. Innsbruck brauchte ihn. Und all die Hexen, die bislang noch im Geheimen ihr widerwärtiges Unwesen trieben, würden alsbald im Feuer sterben.

Vier

Wie eine warme Tatze lag die große Hand des Medicus auf Lenas Kopf, dann zog er sie plötzlich wieder zurück, als habe er mit dieser persönlichen Geste zu viel von sich preisgegeben.

»Der Herzog ist also wieder wohlauf?« Lena rührte noch emsiger im Teig, um ihrer beider Befangenheit zu überspielen. »Ich wusste, dass er nicht tot sein kann.«

»So ist es«, erwiderte van Halen. »Und das muss auch so sein, denn die noblen Gäste von nah und fern dürfen nichts von jenem kleinen Missgeschick erfahren.« Er schnaubte. »Ein toter Herzog – weißt du denn überhaupt, was du da sagst, Mädchen? Der Allmächtige bewahre uns noch lange Zeit vor diesem Schicksalsschlag!«

Was ging es Lena an, an welch pikanter Stelle Katharinas Mistkläffer zugebissen hatte? Die Wunde würde gänzlich verheilen, das hatte er Sigmund versichert, als dieser aus seiner Ohnmacht erwacht war und die Verletzung argwöhnisch beäugt hatte. Allerdings hatte er ihm nach dem Säubern und Verbinden für die kommenden Tage strengste Enthaltsamkeit verordnet. Wie das fürstliche Paar die heikle Angelegenheit letztlich unter sich regeln würde, war nicht seine Sache. Er hatte unternommen, was in seiner Macht stand.

»Aber ich hab alles falsch gemacht.« Lenas Stimme klang bedrückt. »Dabei wollte ich doch nur helfen – mitten in der Nacht.«

»Du hast die Herzogin beruhigt, gewärmt und ihren Durst gestillt, alles ganz richtig. Einzig und allein deine Idee, ausgerechnet Herzog Albrecht von Sachsen zu wecken ...« Er verstummte.

Nicht auszudenken, wäre der ohnehin schon besorgte Brautvater in dieser unglücklichen Situation hereingeplatzt! Eine nicht vollzogene Ehe hätte bedeutet, dass Katharina nach wie vor unter seiner Vormundschaft stand, was wiederum die Verweigerung der Morgengabe nach sich gezogen hätte, die Rückgabe des Heiratsgutes, das längst verplant worden war, und damit die Annullierung aller mühsam aufgesetzten Verträge. Welch finanzielle Verluste und folgenschwere diplomatische Verwicklungen hätten daraus erwachsen können! Ganz schwindelig konnte einem werden angesichts dieser Vorstellung. Zum Glück schien es gelungen, die peinliche Angelegenheit halbwegs unter dem Deckel zu halten. Nach draußen dürften die Mauern der Hofburg stark genug sein, um alle lästigen Gerüchte zu unterdrücken.

Und intern?

Die kleine Herzogin hatte sich an die Küchenmagd geklammert, als hinge ihr Leben von Lena ab. Nur mit großer Überredungskunst konnte sie schließlich dazu gebracht werden, das Mädchen wieder schlafen gehen lassen. Ihn hatte es dann einen Vormittag ausgefeiltester Argumentation gekostet, bis Katharina schließlich bereit gewesen war, sich anzukleiden, ihre Gemächer zu verlassen und sich wieder den Gästen zu zeigen. Ärgerlich genug, dass Küchenmeister Matthias Rainer die missliche Situation mitbekommen hatte, doch auf dessen Verschwiegenheit konnte man wenigstens zählen. Lediglich dieser aufmüpfige Spielmann, im unpassendsten Moment scheinbar aus dem Nichts aufgetaucht, bereitete ihm noch Sorgen, der Einzige der herzoglichen Bastarde, der sich nicht mit der ihm zugedachten Rolle abfinden wollte. Dass dieser Niklas seine neugierige Nase aber auch überall hineinstecken musste!

»Warum bin ich dann wieder hier gelandet, in der Gesindeküche, ganz wie zu Anfang? Als ob ich dennoch Strafe verdient hätte!«

»Weshalb kehrst du nicht lieber nach Hause zurück, mein Mädchen?« Van Halen klang ernster, als sie ihn jemals zuvor vernommen hatte. »Du gehörst doch gar nicht hierher! Erst neulich hast du von eurem schönen Gasthof erzählt. Im ›Goldenen Engel‹ wärst du sehr viel besser aufgehoben, glaube mir!«

»Weil ich nicht kann.« Lena vermied, ihn anzusehen, als sei die Teigschüssel zwischen ihren Knien auf einmal das Wichtigste auf der ganzen Welt.

»Du willst mir den Grund nicht verraten?«, fragte van Halen.

Stumm schüttelte sie den Kopf.

»Also gut, wenn du schon unbedingt bleiben willst, dann halte dich wenigstens im Hintergrund – und das geht hier in der Gesindeküche bedeutend einfacher. Zumindest so lange, bis alles sich wieder ganz beruhigt hat. Danach sehen wir weiter.«

»Und die kleine Herzogin?« Lena presste die Hand vor den Mund. »Ich meine natürlich, Ihre Hoheit – wie geht es ihr?«

»Hervorragend. Könnte besser gar nicht sein.« Das Thema schien für van Halen beendigt, er schnüffelte bereits wieder in

Richtung Herd. »Duften tut es doch auch hier ganz vorzüglich. Du scheinst mir eine echte Zauberin zu sein, was das Kochen betrifft. Was brutzelst du denn da gerade Feines?«

»Eierreis«, sagte Lena. »Eine Menge, damit ja auch alle satt werden. Und gleich daneben gart ein Ragout aus karamellisierten Zwiebeln.«

Neugierig war er zu einem der Tische gegangen, hatte das Tuch von einer Schüssel gelupft und hineingespäht.

»Lena!«, schrie Vily aufgebracht, der Einzige, der seine Freude über ihre Rückkehr unverhohlen zeigte, während die anderen meist schadenfrohe Gesichter aufsetzten und mit dummen Sprüchen nicht geizten. »Schau doch nur, was er anstellt!«

Sofort war Lena neben dem Medicus.

»Wollt Ihr meine Germknödel verderben? Finger weg!«

Van Halen lachte. »Du scheinst mir schon wieder ganz die Alte! Das gefällt mir.«

»Wer sonst sollte ich sein? Ich bin Lena, und das werde ich stets bleiben.«

Er sah sie aufmerksam an. Offenbar hatte er noch etwas auf dem Herzen.

»Weißt du, Lena«, sagte er, »hier bei Hof, das ist eine ganz andere Welt als die da draußen bei euch, mit Regeln und Vorschriften, die du nicht kennst – und auch gar nicht kennenlernen musst. Gib trotzdem acht, damit du nicht zum Spielball fremder Interessen wirst! So etwas kann sich als sehr gefährlich erweisen.«

»Wie meint Ihr das?«

»Lass es mich dir so erklären: In einer alten Schrift hab ich von einem Jungen namens Ikaros gelesen, der wollte es den Vögeln gleichtun und unbedingt fliegen. Um seinen Wunsch zu verwirklichen, bastelte er sich Flügel aus Wachs, schnallte sie an und stieg damit hoch auf – bis er aus Versehen oder Übermut zu nah an die Sonne kam.«

»Was ist mit ihm geschehen?« Lenas Kehle war plötzlich ganz trocken geworden.

»Seine Flügel schmolzen. Er stürzte ins Meer und ertrank.«

»Warum erzählt Ihr mir das? Weil Ihr damit sagen wollt, dass auch ich enden könnte wie jener Ikaros? Aber bei uns gibt es doch weit und breit kein Meer. Und fliegen will ich auch nicht. Ich muss nur hierbleiben, bis ich weiß …« Sie biss sich auf die Lippen.

Der Medicus fuhr sich über das Gesicht. »Was rede ich da für Unsinn! Ein alter Narr, der wieder einmal kein Ende finden kann. Ich wollte dir keine Angst machen, das musst du mir glauben. Aber sei bitte trotzdem vorsichtig!«

Lena schaute ihm nach, wie er breitbeinig hinauswatschelte mit diesem unförmigen Körper, der so wenig zu seinem hellen, wendigen Kopf passte. Van Halen mochte sie offenbar, das machte sie froh, weil auch sie ihn von der ersten Begegnung an ins Herz geschlossen hatte. Und Freunde konnte sie brauchen, denn hier in der Hofburg besaß sie solche nicht gerade im Übermaß.

Als hätte Vily ihre Gedanken gelesen, kam er auch schon angelaufen. »Scheußlich war es ohne dich. Besonders in den letzten Tagen, als es Kassian an den Kragen ging. Er hat uns alle schikaniert wie eine Ratte, die spürt, dass die Falle schon aufgestellt ist und deshalb umso giftiger um sich beißt. Jeder hier ist froh, dass er endlich weg ist.«

»Und der Neue?«, fragte Lena. Noch konnte sie sich keinen rechten Reim auf ihn machen. Chunrat war ein schlaksiger Mann mit langen Gliedern und einem fliehenden Kinn, der auf Lena nicht gerade so wirkte, als habe er übermäßigen Spaß am Essen. Bislang schien er sie weitgehend zu ignorieren, abgesehen von den knappen Befehlen, die er ihr bisweilen zubellte.

»Es geht.« Vily grinste. »Man kann ihn leicht ärgern, indem man alles, was er einem anschafft, besonders langsam macht, das hab ich schon herausgefunden. Ein Dieb ist er sicherlich nicht. Dafür aber ein echter Pfennigfuchser und ganz schön misstrauisch dazu, das wirst du schon noch zu spüren bekommen. Am liebsten würde er jedem befehlen, sich abends splitternackt auszuziehen, bevor man nach Hause geht, damit ja nicht ein einziges Zwiebelchen aus seinen geheiligten Vorräten verschwindet.« Verschwörerisch senkte er die Stimme. »Angeblich hat dieser Jurist ihn angeschleppt. Du weißt schon, der, der neulich so gierig über dein Mandelhuhn hergefallen ist. Scheint mir, als seien die beiden aus ein und demselben Teig gebacken.«

Johannes Merwais – sofort überkam Lena wieder das beschämende Gefühl von neulich. Was musste er wohl von ihr denken? Dass sie sich wie die erstbeste Dirne aufgeführt und aus Berechnung einem der herzoglichen Bastarde an den Hals geworfen hatte?

»Wir sollten besser an die Arbeit zurück«, sagte Lena, um die lästigen Gedanken loszuwerden, obwohl sie nur zu genau wusste, dass ihr Niklas unweigerlich doch wieder in den Sinn kommen würde, und wenn er hundertmal zu Sigmunds Kegeln gehörte. »Sonst hat Chunrat tatsächlich Grund, grimmig zu sein. Was ist eigentlich mit den Steckrüben? Die sehen ja immer noch aus, als hätte man sie eben erst aus der Erde gezogen! Willst du denn gar nicht erfahren, wie köstlich Bibianas Kraut-und-Rüben-Suppe munden kann?«

»Deine Rüben können mir gestohlen bleiben.« Nur widerwillig trabte Vily in Richtung des Eimers mit dem Schweinefutter. »Besonders, wenn ich sie ganz allein schälen muss.«

»Und du drehst jetzt erst einmal eine Runde im Hühnerstall, Lena!« Chunrat musste ihr Gespräch mitgehört haben, ohne dass sie es bemerkt hatten. »Und kommst sehr zügig mit zwei Körben frischer Eier zurück.«

»Für die Herrschaftsküche?« Sofort war ihre Neugierde geweckt. Wenn sie die Eier dort hinbringen musste, würde sie vielleicht Niklas begegnen. Und der hatte sicherlich wie immer den allerneuesten Tratsch parat. Es gefiel ihr gar nicht, hier unten von allem abgeschnitten zu sein. Sie wollte in der Nähe des Herzogs bleiben, um endlich mehr zu erfahren. Einzig und allein deshalb war sie schließlich hier.

»Was dich nicht zu interessieren hat.« Der Tonfall war gewohnt barsch. »Gehst du nun – oder soll ich dir Beine machen?«

Lena legte ihr Wolltuch um, nahm die Körbe und tat, was er sie geheißen hatte. Es war nicht mehr ganz so kalt, doch der Wind, der ihr ins Gesicht blies, verriet noch wenig vom ersten Frühlingshauch. Dennoch ließ die Zeit sich nicht aufhalten. Lena sah es an den Schneeglöckchen, die neben den Ställen bereits tapfer aus dem harten Boden lugten, untrügliches Zeichen, dass der Lenz kommen würde.

Im Stroh tastete sie nach versteckten Eiern, was alles andere als einfach war, da manche Hühner, eingesperrt wegen der kalten Witterung, regelrecht kampflustig waren. Die dickste Henne, sichere Kandidatin für den nächsten Suppentopf, hackte sogar nach Lena, als sie sie verscheuchen wollte, und hinterließ auf deren Handrücken eine tiefe, blutige Schramme. Heilfroh, dem Gestank und den Attacken entkommen zu sein, füllte Lena vor der Stalltür ihre Lungen tief mit Luft, als lautes Bimmeln ihre Aufmerksamkeit erregte.

Noch bevor sie beim Tor angelangt war, wusste sie schon, was sie zu sehen bekommen würde: Die Prunkschlitten wurden zur Ausfahrt gerüstet, allen voran der schönste mit dem Basilisk, vor den sie gestürzt war und in dem nun Herzog und Herzogin Seite an Seite unter einem roten Fuchsfell saßen. Viele weitere folgten, jeder mit einer anderen aufwendig bemalten Tiergestalt verziert, besetzt mit den höchsten Würdenträgern: Herzöge, Grafen, Ritter, Städtevertreter und Geistliche aus dem ganzen Reich waren angereist, um festliche Tage in Innsbruck zu erleben. Wie prächtig sie gekleidet waren, wie fröhlich und unbeschwert sie wirkten!

Während Lena ihnen nachschaute, begann die malträtierte Hand übel zu pochen. Lena kannte sich gut genug, um zu wissen, dass der Schmerz nicht nur körperlich war. Von den feinen Herrschaften scherte keiner sich um sie, auch die kleine Herzogin hatte sie sicherlich längst vergessen. Vielleicht lief sie ja ohnehin einer fixen Idee hinterher, und die Fragen, über die sie schon so lange rätselte, würden sich niemals aufklären lassen.

Die Zweifel wurden immer größer. Hatte van Halen recht? Wollte sie doch zu hoch hinaus in diesem kalten Schloss, wo man offenbar keine bessere Verwendung für sie fand, als sie den Attacken hinterlistiger Hennen auszusetzen?

❧

»Da ist sie, die Übeltäterin! Jetzt muss sie uns Rede und Antwort stehen!«

Purgl Geyer, die Wirtin vom »Schwarzen Adler«, hatte sich mitten auf der Gasse aufgebaut. Die Beziehungen zwischen den Betreiberinnen der beiden schräg gegenüber an der Kramergasse gelegenen Gasthöfe waren schon seit Längerem unterkühlt. Purgl wie auch ihr Bruder Dietz kamen nicht damit zurecht, dass Bibianas Kochkunst immer mehr Stammgäste anzog. Außerdem hatten die beiden vergeblich auf das Privileg der Poststation gehofft, das schließlich jedoch Laurin verliehen worden war. Was freilich noch lange nicht bedeutete, dass man sich öffentlich angiftete. Bislang waren sich die Konkurrenten nach knappem Gruß möglichst aus dem Weg gegangen.

»Willst du nicht erst einmal hereinkommen?«, schlug Els vor. »In der Stube redet es sich besser.«

»Keinen Fuß setze ich jemals wieder über diese Schwelle. Und ihr anderen hoffentlich auch nicht mehr – nachdem sie uns *das* angetan hat!« Purgl war nicht allein gekommen. Hinter ihr stand ein Häuflein von Frauen und Männern, die ebenfalls grimmig dreinschauten. »Aber jetzt ist damit Schluss. Du wirst uns keinen Schaden mehr anhängen!«

»Ich weiß immer noch nicht, wovon du redest.« Es gelang Els, gelassen zu bleiben, obwohl ihr Herz stärker klopfte. Zum Glück kam als Verstärkung Bibiana aus der Küche, gefolgt von Ennli, dem jungen Mädchen, das beim Bedienen aushelfen sollte, um Lena zu ersetzen. »Und wenn du die Gäste meinst, die lieber zu uns kommen, so hat das ganz andere Gründe – und das weißt du sehr genau.«

»Jetzt tut sie wieder einmal, als könne sie kein Wässerchen trüben!« Purgl spuckte beim Reden, so aufgebracht war sie. »Dabei schleicht sie nachts heimlich durch die Gassen und legt Schadenszauber aus, der ehrlichen Leuten nichts als Leid und Unheil bringt.«

»Nachts schlafe ich«, sagte Els. »Sobald der letzte Gast gegangen ist …«

»Halts Maul, Hexenweib!« Purgl drehte sich halb um. »Zeig ihr, was wir beim Ausmisten im Stall gefunden haben, Dietz! Und dann soll sie uns frech ins Gesicht sagen, dass sie nichts damit zu tun hat!«

Auf einem Blechteller lag ein zerknittertes Stück Stoff, in das Verschiedenes gewickelt war. Die Leute wichen zurück, als Purgl darauf deutete und unter Schaudern die einzelnen Gegenstände benannte.

»Haare. Kinderknöchelchen.« Die Stimme schien ihr zu versagen. »Sauborsten. Kalk. Wachs. Krank und elend soll uns das machen. Und musste nicht unser bester Gaul erst letzte Woche vom Abdecker geholt werden? Quält nicht schon seit dem Barbaratag ein bockiger Husten meinen armen Bruder? Erkennst du diese grüne Borte wieder, Els, genau dieselbe, die deinen Ausschnitt ziert? Und jetzt behaupte noch, all dies Teufelszeug sei nicht in deine Haube eingeschlagen gewesen!«

»Es scheint tatsächlich die meine zu sein«, sagte Els überrascht. Laurin hatte ihr die auffallende Borte geschenkt, die von einem Händler aus Venedig stammte, und sie hatte den Zierrat eigenhändig aufgenäht. »Aber getragen hab ich sie schon lange nicht mehr. Ich muss sie wohl auf dem Weg vom oder zum Waschhaus verloren haben.«

»Verloren! Auf dem Weg zum Waschhaus – dass ich nicht lache! So gibst du es also zu?«

»Die Haube ist mir irgendwann abhanden gekommen, das ja. Doch diese Sachen darin sind mir gänzlich fremd.«

»Lass sie gefälligst in Ruhe!«, rief Bibiana. »Mein Mädchen weiß nichts davon. Hast du nicht verstanden? Wir arbeiten hart. Unsere Gaststube ist voll, Abend für Abend. Wir brauchen keine Hauben in fremde Ställe zu legen.«

»Die Walsche soll still sein!« Purgl begann noch lauter zu krakeelen. »Wer nicht von hier ist, der hat bei uns auch nichts zu melden!«

»Ganz richtig!«, rief ein Mann. »Eines Tages werde sie uns noch überrennen, diese verfluchten Ladiner – wie Ungeziefer verbreiten sie sich in unserer Stadt.«

Die lauten Stimmen hatten Sebi aus seinem Winkel gelockt. In der Regel versteckte er sich, sobald Zwist und Streit ausbrachen, dieses Mal aber lief er zu seiner Mutter und drückte sein Gesicht schutzsuchend in ihren Schoß.

Sein Anblick schien die Geyerin noch mehr in Rage zu versetzen. »Reicht es noch nicht, dass Gott dich mit einem kleinen Tölpel gestraft und schon in jungen Jahren zur Witwe gemacht hat? Andere an deiner Stelle würden Umkehr und Reue zeigen, du aber fährst fort in deinem gottlosen Tun: Versammelst übel beleumdete Weiber um dich, betörst die Männer mit deinem schwarzen Schlangenhaar, hurst ungeniert herum, als wärst du eine der Hübschlerinnen aus der Schlossergass, legst heimlich Hexenzauber aus ...«

Els schob den Kleinen weiter zu Bibiana, die sich schützend vor ihn stellte, holte aus und versetzte Purgl eine schallende Ohrfeige.

»Noch ein Wort über meinen Sebi«, rief sie, »und du wirst keinen einzigen guten Tag mehr auf Erden haben, das schwöre ich bei allem, was mir heilig ist!« Ihre Augen funkelten. »Und jetzt wirf den Unrat weg und geh heim! Ich hab mit diesem Unsinn nichts zu schaffen, hast du das endlich kapiert?«

Sie packte das Kind, zog Bibiana am Ärmel mit und verschwand in der Gaststube. Ennli folgte mit gesenktem Haupt. Ihren ersten Arbeitstag hatte sie sich wohl anders vorgestellt.

»Geschlagen hat sie mich – und öffentlich verwünscht! Ihr seid meine Zeugen. Ihr alle habt es gehört ...« Dietz und ein paar anderen gelang es schließlich, Purgl in den »Schwarzen Adler« zu ziehen.

Das Fenster im zweiten Stock des »Goldenen Engel« schloss sich erst, nachdem die Menge vor dem Gasthof sich zerstreut hatte. Nachdenklich kehrte Kramer zu seinen Aufzeichnungen zurück, griff erneut zum Rötelstift und kritzelte ein paar Worte in das kleine Büchlein, in das er alle seine Notizen eintrug, bevor sie später ins Reine übertragen wurden.

Zauber, um andere krank zu machen. Mensch und Vieh. Eingenäht in eine Haube, die die Beschuldigte wiedererkannt hat. Knöchelchen von Kindern. Haare. Er musste überlegen. Was war es gleich noch einmal alles gewesen? Jetzt fiel es ihm wieder ein. *Wachs. Kalk. Ein totes Pferd. Husten bei einem Mann, der nicht heilen will seit dem Tag der heiligen Barbara* … Der Rötel flog über das Papier.

Das waren sie, die untrüglichen Anzeichen des Bösen!

Sie aufs Penibelste zusammenzutragen, bis sie schließlich im Prozess verwendet werden konnten, hatte sich als wichtig erwiesen, denn die Angeklagten waren ausnahmslos verstockt, leugneten und logen, was das Zeug hielt. Nur ein beschämendes Übermaß an Beweisen konnte sie schließlich überführen, gemeinsam mit den segensreichen Werkzeugen der Fragstatt, die meist ein Übriges vollbrachten.

Bischof Golser und seine halbherzigen Ausführungen kamen Kramer wieder in den Sinn, und das Gesicht des Inquisitors verdüsterte sich. Dass von jenem keinerlei aktive Mithilfe erfolgen würde, stand für ihn fest. Andererseits verpflichtete die päpstliche Bulle den Bischof von Brixen zur Unterstützung – auf Dauer würde ihm Golser also nicht auskommen. Das betraf auch Erzherzog Sigmund, dessen ausufernde Hochzeitsfeierlichkeiten offenbar noch immer andauerten. Jedenfalls war Kramers schriftliches Gesuch nach einer Audienz bislang unbeantwortet geblieben, es war wohl wichtiger, ein junges Weib zu begatten, als den Forderungen eines päpstlichen Legaten nachzukommen. Diese Niederungen des Fleisches – selbst bei Adeligen und Gekrönten waren sie ihm widerwärtig.

Plötzlich hielt es den Dominikaner nicht länger in der engen Kammer. Er musste hinaus, in die frische Luft, seine Glieder regen, die vom langen Sitzen ganz steif geworden waren.

Am Fuß der Treppe traf er auf Els.

»Ihr seid ungewöhnlich blass.« Er fasste sie scharf ins Auge. »Ist Euch nicht wohl, Wirtin?«

»Habt Ihr das hässliche Getöse draußen mitbekommen?«, fragte sie.

Er nickte schweigend.

»Ich entschuldige mich, sollte es Euch bei Euren Studien gestört haben. Hoffentlich zum ersten und letzten Mal.«

»Jene Frau ... sie schien sich sehr sicher zu sein in ihren Anwürfen, was Euch betrifft.«

»Ist es nicht schrecklich, was im Kopf eines Menschen entstehen kann? Dabei war Purgl früher ein liebes, freundliches Mädchen. Doch seitdem ihr Verlobter sich aus dem Staub gemacht hat, ist nichts mehr davon übrig geblieben.« Els versuchte zu lächeln, aber es misslang. »Seitdem ist der Neid ihr Bräutigam geworden und der Hass ihr Pate. Ich fürchte, nicht einmal meine Ohrfeige hat sie davon kuriert. Wir müssen uns wohl oder übel damit abfinden.«

»Was wollt Ihr nun tun? Die Beichte ablegen? Ihr wisst, dass Ihr Euch immer an mich wenden könnt.«

Sie wich einen Schritt zurück. »Ihr glaubt doch nicht etwa, was sie da an krudem Zeug zusammenfantasiert, Pater Institoris? Für den Wahn einer Verschmähten kann ich nichts.«

»Keiner von uns ist ohne Fehl«, entgegnete er streng. »Wir sind als Sünder geboren, und Einkehr, Reue und Buße sind die einzigen Mittel, um Gottes Zorn von uns abzuhalten.«

Ihr Gesicht veränderte sich. »Gottes Zorn?«, wiederholte

sie. »Seltsam, dass Ihr gerade das sagt. Ich hab mich stets in der Liebe Gottes gefühlt, sogar in den dunkelsten Zeiten.« Irgendetwas in ihr zwang sie, weiterzusprechen, vielleicht die kalte, abschätzige Art, mit der Kramer sie musterte. »Und wusste ich einmal nicht mehr ein oder aus, dann hab ich mich eben an sie gewandt.«

Seine Brauen schnellten fragend nach oben.

Els spürte, wie ihr heiß wurde. Sein Blick war noch schneidender geworden. Jetzt kam es auf die richtige Antwort an.

»An Maria«, sagte sie, »die Mutter des Herrn«, und hoffte, dass er ihr glauben würde. Gemeint hatte sie freilich die drei Bethen. Jene, die immer waren. Die stets sein würden, auch wenn wir alle längst zu Staub zerfallen sind. Sie ging an ihm vorbei, so nah, dass sie ihn beinahe berührte, und stieg leichtfüßig weiter treppauf.

Weder ihren Gesichtsausdruck noch ihren Geruch konnte Kramer vergessen, als er in Richtung St. Jakob ging. Schweiß hatte er gerochen, Furcht und Weib – er hätte nicht einmal sagen können, was ihm davon ekliger gewesen war. Die Mutter des Herrn – wie er es verabscheute, wenn Weiber wie diese Els das Allerheiligste in den Mund nahmen!

Kramer betrat die Kirche, ging zum Weihwasserbecken, beugte sein Knie und bekreuzigte sich. Danach betete er lange vor einem der Seitenaltäre, den eine große Jakobusstatue schmückte. Keinem Märtyrer fühlte er sich näher, war dieser Jünger Jesu doch furchtlos zur Mission ins Feindesland aufgebrochen, hatte mutig den Heiden widerstanden und später sein Leben für den Heiland hingegeben. Seit Jahrhunderten pilgerten Gläubige zu seinem Grab im fernen Spanien, und auch wenn Kramer jenen Ort der Gnade gewiss niemals mit eigenen Augen sehen würde, so war er ihm dennoch inniglich vertraut.

Als sein Herz sich wieder frei und leicht anfühlte, wanderten seine Augen durch die Kirche. Am Ende der schlanken Säulenreihe erhob sich in elegantem Schwung die hölzerne Kanzel. Bald würde er hier stehen und mit brennenden Worten die Seelen der Menschen entzünden. Er vermeinte jene einmalige Energie bereits zu spüren, die jedes Mal frei wurde, sobald die Sünder seinem Befehl folgten und endlich all jenes Dunkle ans Licht gezerrt wurde, das jetzt noch im Geheimen auf teuflische Weise wirkte.

Viele Male war ihm dies bereits gelungen, doch in dieser Stadt, die hohe Berge umstanden, als wäre sie eine Festung Gottes, beschloss er, ein nie zuvor gekanntes Fanal zu setzen. Dann würde auch dem Bischof, der ihn mit seinem feigen Zögern gekränkt hatte, nichts anderes übrig bleiben, als zu seinem Gefolgsmann zu werden.

Kramer trat ins Freie, wandte sich nun in südliche Richtung. Für die Menschen mit ihren Karren und Ochsenwagen, die ihm unterwegs begegneten, hatte er nur einen kurzen Blick. Einfach sahen sie aus, ärmlich gekleidet, scheinbar mit ihrem Tagwerk beschäftigt. Er aber ließ sich nicht täuschen von dieser friedlichen Oberfläche. Niemand wusste besser als er, was alles in der Tiefe lauern konnte, bis das heilige Feuer es schließlich reinigen und für immer verzehren würde.

Das schnelle Ausschreiten tat gut; er spürte, wie seine Lunge sich weitete, und selbst die Augen, die ihm beim nächtelangen Lesen und Schreiben in letzter Zeit manchmal geschwächt erschienen, gewannen ihre frühere Stärke zurück. Der Schnee unter seinen genagelten Sohlen war matschig, denn seit dem Vormittag wehte ein warmer Wind aus Süden, der zwar seine Schläfen gefährlich pochen ließ, dafür aber das lang ersehnte Tauwetter in Gang gesetzt hatte. Jetzt musste man aufpassen, dass man den Häusern nicht zu nah kam, von deren Traufen riesige Eiszapfen krachend zu Boden stürzten.

Er behielt sein Tempo bis zum Stadttor bei, dann wurde er etwas langsamer. Die Türme des Stifts Wilten kamen in Sicht. Sein Ziel, der Prämonstratenserkonvent, war beinahe erreicht.

Erleichterung breitete sich in Kramer aus. Warum nur hatte er so lange mit diesem Schritt gewartet? Allein die Außenansicht des mächtigen Stiftsgebäudes tat seiner Seele wohl. Merkwürdig allerdings, dass in einer stolzen Stadt wie Innsbruck nicht mindestens ein halbes Dutzend Klöster verschiedener Orden zu finden war.

An der Pforte wurde er nach kräftigem Klopfen von einem älteren, schon leicht gebeugten Bruder begrüßt, der ihn einließ, nachdem er sein Anliegen vorgebracht hatte, und in einem eiskalten Vorraum zu warten aufforderte.

Nach einiger Zeit kam der Bruder zurück und führte ihn, wie gewünscht, zum Abt. Freilich war Kramer enttäuscht, wie jung der Mann war, dem er sich nun gegenübersah, ein weiches, teigiges Gesicht mit kurzer Nase und vollen Lippen, das auf einen Genussmenschen schließen ließ und nichts von der mönchischen Strenge ausstrahlte, nach der er sich gesehnt hatte.

»Ich bin Prokop, Prior dieses Stiftes, und heiße Euch herzlich willkommen, Pater Heinrich.« Ein stattlicher Bauch wölbte sich unter des Priors Kutte, was Kramer ebenfalls missfiel. »Wo kommt Ihr her?«

»Aus Brixen. Ich wollte den Abt sprechen.« Die Enttäuschung war ihm anzuhören.

»Da seid Ihr leider zwei Wochen zu spät. Unser geliebter Abt Melchior ist nach schwerer, tapfer ertragener Krankheit zum Allmächtigen heimgegangen. Bis zur Neuwahl liegt die Leitung des Stifts nun in meinen Händen.« Er führte Kramer zu einem großen Tisch mit vielen Stühlen, bot ihm Platz an und fragte, ob er sich mit Speise oder Trank erfrischen wolle.

Der Besucher setzte sich, alles andere lehnte er ab.

»Ich bin hier, um Eure tatkräftige Unterstützung zu erbitten.« Eifrig berichtete er über die Hexenbulle, mit der Papst Innozenz VIII. ihn ausgestattet hatte. »In Innsbruck, Wilten und später ganz Tirol soll sie nun baldigst Verbreitung finden.«

»Wie können ausgerechnet wir Euch dabei behilflich sein?« Der Prior wirkte unruhig, schien sich plötzlich auf seinem Stuhl nicht mehr wohlzufühlen.

»Nun, ist nicht die Predigt eines der wichtigsten Anliegen Eures Ordens?«, sagte Kramer.

Der Prior nickte.

»Genau da setzen wir an. Wir werden den Menschen verkünden, welche Ungeheuer in ihrer Nähe leben, und sie auffordern, all jene zu benennen, damit wir diese Zauberer und Hexen ihrer gerechten Strafe zuführen können.«

Prokop war aufgestanden, ging zum Fenster und schaute hinaus.

»Ich habe von Euch gehört«, sagte er schließlich, als falle es ihm leichter zu reden, wenn er seinen Besucher nicht ansah. »Und von dem, was Ihr im Elsass und am Bodensee bewirkt habt. Bruder Melchior wusste ebenfalls davon. Mehrmals haben wir ausgiebig darüber gesprochen.« Er räusperte sich. »Ihr seid offenbar äußerst zielstrebig und entschlossen vorgegangen, Pater Heinrich. Doch hier in Tirol liegen die Dinge anders. Die Menschen, die hier leben ...«

»... sündigen, hie wie dort«, unterbrach Kramer ihn ungeduldig. »Sie öffnen sich den Einflüsterungen Luzifers, schließen mit ihm einen Pakt, verderben Mensch und Vieh. Diese Unholde müssen mit Stumpf und Stiel ausgerottet werden! Ich denke doch, das könnt auch Ihr nicht anders sehen.«

»Ich fürchte, Ihr habt mich nicht ganz richtig verstanden«, sagte der Prior, nun wieder zu Kramer gewandt. Auf seinem freundlichen Gesicht glitzerten Schweißtröpfchen. »Eure Vorgehensweise gehört nicht zu den Gepflogenheiten unserer Gemeinschaft. Wir lehren die Liebe Gottes durch das Wort, predigen Nächstenliebe und Barmherzigkeit. Wir bemühen uns, bitterste Armut zu lindern, und schenken im Unterricht begabten Kindern eine bessere Zukunft. Ihr müsst einmal unsere Singknaben hören, Pater Heinrich! Nirgends klingt das Lob des Allmächtigen schöner und reiner.«

Kramer krampfte die Hände um die Armlehnen, bis seine Knöchel weiß hervortraten.

»So heißt einer Eurer berühmtesten Ordensbrüder nicht Konrad von Marburg?«

»Das ist richtig. Doch Bruder Konrad ...«

»... kämpfte vor zweihundert Jahren gegen die Ketzer, als einer der Ersten, denen vom Heiligen Vater der Titel Inquisitor verliehen worden war – eben diese Auszeichnung, derer auch ich mich würdig erweisen darf. Der damalige Papst hat den Namen Innozenz III. gewählt, der Papst, der mich schickt, um das Böse zu bannen, trägt den Namen Innozenz VIII. Bloßer Zufall? Oder nicht vielmehr ein Zeichen des Allmächtigen?«

»Das zu entscheiden, will ich mir nicht anmaßen«, sagte der Prior. »Aber wenn Ihr so wollt, es klingt ... in der Tat erstaunlich. Allerdings war der Tod von Bruder Konrad alles andere als erbärmlich, wenn ich mich recht entsinne. Hatten ihm nicht eines Nachts sechs Berittene aufgelauert und ihn aufgeschlitzt?«

»Ein Märtyrer Gottes! Der sein irdisches Dasein freudig gegen das ewige Leben eingetauscht hat – in meinen Augen kann es keine bessere Wahl geben.« Angesichts des unerwarteten Widerstands, der ihm auch hier entgegenschlug, begann Kramer umso leidenschaftlicher zu argumentieren. »Und die Farben unseres Gewandes? Was ist damit? Das strahlende

Weiß der reinen Seele, die Gott erkannt hat – Prämonstratenser wie auch Dominikaner haben sie gewählt, um nach außen zu zeigen, wem sie ewigen und unbedingten Gehorsam geschworen haben.«

Eine Weile war es still.

»Weshalb seid Ihr gekommen?«, fragte der Prior schließlich. »Was genau wollt Ihr, Pater?«

»Nichts Geringeres als Eure Kirche.« Kramer genoss, wie dem dicklichen Prior bei seinen Worten der Atem stockte. Er würde sie alle das Fürchten lehren, so viel war gewiss. »Und zwar für den ersten Sonntag der Fastenzeit. Dann werde ich dort zu den Menschen predigen.«

❧

Die kleine Herzogin weinte, als nun auch die sächsische Delegation die Reisekisten aufzuladen begann, nachdem all die Bischöfe, Ritter, Grafen sowie die bayerischen Herzöge Albrecht, Sigmund und Christoph bereits nach Hause geritten waren.

»Einmal muss es doch sein, Katharina.«

Herzog Albrecht von Sachsen war anzumerken, wie unbehaglich er sich fühlte. Seiner Tochter ging es nicht gut, das spürte er, obwohl sie all die Tage mit keinem entsprechenden Wort herausgerückt war. Dabei hatte er es an Gelegenheiten für eine Aussprache nicht mangeln lassen, doch es schien, als hätte seine Tochter diese Nähe erst recht nicht ertragen können. Stets war Katharina, kaum waren sie ungestört, aufgesprungen und hinausgelaufen, oder sie hatte mit krampfhaft fröhlicher Stimme andere Leute dazugerufen. Mittlerweile war er entschlossen, nicht mehr daran zu rühren. Schließlich war sie nicht die erste Fürstentochter, die in jungen Jahren an einen fremden Hof heiratete. Nach ersten Schwierigkeiten würde sie sich hier ebenso einleben wie all die anderen vor und nach ihr.

»Du wirst uns schreiben und alles berichten«, fuhr er fort. »Und natürlich erhältst du auch Nachricht von uns.«

»Lass Mama ausrichten, dass ich ganz fest an sie denke.« Katharinas Weinen wurde stärker. »Immer!«

Albrechts Gesicht verdüsterte sich. Seine Tochter war nun selbst eine verheiratete Frau und damit zu alt, um an seine Wunde zu rühren. Dass seine Gattin sich in scheinbar frommer Einkehr auf die Burg Meißen zurückgezogen hatte, anstatt an seiner Seite dem Herzogtum Sachsen vorzustehen, wie Sitte und Brauch es geboten hätten, hatte niemals seine Billigung gefunden, auch wenn er den unhaltbaren Zustand zähneknirschend ertrug. Nach außen hin schob Sidonie von Böhmen den tragischen Tod von vieren der acht Kinder vor, die sie ihm geboren hatte. Dass die Wahrheit anders lautete, wusste keiner besser als er.

Er beugte sich zu seiner Tochter. »Pass bloß auf, dass du nicht so endest wie sie!«, zischte er. »Es ist nicht gut, wenn Frauen den ganzen Tag beten. Zumindest nicht, solange sie einem Mann angetraut sind, der mit Fug und Recht ganz andere Dinge von ihnen verlangt. Wir alle können die Ankündigung deiner Schwangerschaft kaum erwarten, hast du verstanden, Tochter? Lass uns also nicht zu lange darauf hoffen!«

Katharina errötete und öffnete den Mund zur Erwiderung, blieb aber im letzten Augenblick stumm. Dafür presste sie Fee umso ungestümer an sich, was der kleine Spitz mit empörtem Quieken quittierte. Sie ließ die Hündin laufen, ehe diese wieder schnappte. Dabei fiel ihr Blick auf die Gruppe junger Frauen, die von der Spiessin gerade unauffällig zu den Kutschen geleitet wurde.

»Hildegard, Ida, Gisela, Sophie – aber wo wollt ihr denn alle hin?«

»Das muss ich dir noch sagen, Katharina. Dein Gatte und ich sind zu der Auffassung gelangt, dass du dich schneller hier in Tirol einleben wirst, wenn du von hiesigen Edelfrauen umgeben bist.«

Blanke Fassungslosigkeit stand ihr ins Gesicht geschrieben. »Du nimmst sie alle wieder mit? Das kann nicht dein Ernst sein, Vater! Nicht auch noch meine Mädchen ...«

»Die Vorbereitungen sind so gut wie abgeschlossen.« Alma von Spiess, die plötzlich neben ihnen stand, verzog die Lippen zu einem falschen Lächeln. »In wenigen Tagen schon wird es so weit sein. Tirol ist überglücklich, Euch seine lieblichsten Töchter aus den besten Geschlechtern an die Seite zu stellen, Euer Hoheit.«

»So soll es sein.« Herzog Albrecht schien es plötzlich sehr eilig zu haben. Er hauchte einen Kuss auf Katharinas hellen Scheitel, winkte seinen Schwiegersohn heran und saß auf.

»Ihr werdet sie mir glücklich machen!«, sagte er vom Pferd herab, und es war nicht genau auszumachen, ob er es als Wunsch oder Drohung meinte. »Genauso, wie wir es damals in Meißen vereinbart haben.«

Sigmund sah säuerlich drein, blieb eine Antwort allerdings schuldig.

Das Zeichen zum Aufbruch wurde erteilt. Pferde und Wagen setzten sich für die lange Reise in Bewegung.

Tränenblind starrte Katharina ihnen nach. Auf einmal überkam sie das Gefühl, als wären diese entsetzlichen Berge, die sie vom ersten Augenblick an gehasst hatte, noch näher gerückt. Wollten sie ihr die Luft zum Atmen rauben, damit sie erstickte?

»Luftholen nicht vergessen, Euer Hoheit!« Die singende

Stimme van Halens holte sie in die Wirklichkeit zurück. »Und einen warmen Umhang solltet Ihr auch umlegen. Diese Vorfrühlingstage in Innsbruck sind tückisch, wenn wie jetzt die Sonne scheint. Ihr wollt doch nicht ernstlich krank werden?«

Er lächelte.

»Natürlich würde ich in so einem Fall meine wirksamsten Arzneien für Euch mischen. Doch besser, wenn es ohne geht, meint Ihr nicht auch?« Sein Lächeln vertiefte sich. »Jetzt weint Ihr wenigstens nicht mehr. Das macht mir Mut.«

Was bildete er sich überhaupt ein, dieser fette Kerl, der sich in alles einmischte! Katharina suchte noch nach einer passenden Entgegnung, um ihn in die Schranken zu weisen, als sie spürte, wie ihre Wut plötzlich verflog. Der Medicus konnte ja schließlich nichts dafür, dass die Berge so hoch waren, der Schnee so kalt und sie Sigmund so alt und widerlich fand. Sie verstand van Halen besser als all die anderen hier, deren kehlige Laute in ihren Ohren wie Tierknurren klang. Eigentlich mochte sie ihn sogar.

»Wo ist das Mädchen aus der Küche abgeblieben?«, fragte sie. »Lena ist doch nicht etwa krank?«

»Lena?«, wiederholte der Medicus gedehnt. »Ihr habt Euch den Namen gemerkt?«

»Ihr müsst mich nicht für blöd halten, nur weil ich hier noch fremd bin«, sagte sie spitz. »Also?«

»Sie wird ihrer Arbeit nachgehen. Wie wir alle hier in der Hofburg.«

»Ich möchte, dass sie zu mir gebracht wird. Ich habe mich noch nicht einmal richtig bei ihr bedankt. Schließlich war Lena die Einzige, die sich um mich gekümmert hat.«

»Sind Eure Hoheit da nicht etwas ungerecht?«, wandte van Halen ein. »Wo Euer Gemahl sich doch Tag und Nacht um Euch sorgt!«

»Mein Gemahl? Was soll ich mit dem bloß anstellen?«, murmelte sie mehr für sich.

»Herzog Sigmund möchte Euch seine Münze zeigen«, sagte van Halen. »Der Ritt nach Hall wird Euch ablenken, die frische Luft Euch beleben. Und sicherlich habt Ihr anschließend guten Appetit.«

Katharinas Blick wurde noch skeptischer. Spielte er auf die Ereignisse der Hochzeitsnacht an? Eine Aussprache mit Sigmund war bislang noch nicht erfolgt, ihre Jungfernschaft nach wie vor intakt. Sollte etwa sie den ersten Schritt machen? Das konnte niemand von ihr erwarten!

»Ich bringe Euch in Eure Gemächer, Eure Hoheit.« Wie sie die Stimme der Spiessin hasste, die sich schon wieder angeschlichen hatte, diese gequetschte Freundlichkeit, die vor Hinterlist nur so troff! »Ihr solltet Euch umziehen ...«

»Die Zeiten, da ich eine Erzieherin brauchte, liegen hinter mir, werte Alma«, entgegnete Katharina kühl. »Und ich denke, auch am Hof zu Innsbruck ist das An- und Auskleiden der Herzogin wohl eher Sache der Kammerfrauen. Sagt meinem Gemahl, dass er nicht lange warten muss. Ich werde mich beeilen.«

Und wirklich verging erstaunlich wenig Zeit, bis sie wieder zurück war, gehüllt in ihr unvorteilhaftes Rauchwerk, wie Alma von Spiess mit Genugtuung registrierte. Eine ganze Truhe feinster Pelze hatte Sigmund für sie anfertigen lassen. Dieses Gör aber bevorzugte hartnäckig das unförmige Kleidungsstück, das sie wie eine hochschwangere Kuh aussehen ließ.

»Ihr begleitet uns?« Katharinas Stimme strotzte vor Abneigung.

»Die Hofmeisterin sollte stets in Eurer Nähe sein, meine Liebe«, entgegnete an Almas Stelle Sigmund, der für den Ausritt bereit war. »Dann wird es Euch niemals an etwas fehlen.« Er machte jedoch keinerlei Anstalten, auf sein Pferd zu steigen, sondern starrte stattdessen auf Katharinas Stiefel. »Aber Ihr habt ja Eure Sporen vergessen!«

»Wer Pferde liebt, der braucht keine Sporen.« Katharina saß auf. »Das hat Vater mir schon beigebracht, als ich zum ersten Mal im Sattel war.«

Zur Überraschung aller entpuppte sie sich als versierte Reiterin. Die braune Stute unter ihr schien die Könnerschaft zu spüren und gehorchte bei der ersten Berührung, als seien sie schon viele Male zusammen geritten. Es fiel Katharina leicht, im Damensattel das scharfe Tempo zu halten, das Sigmund vorlegte, während die Spiessin immer weiter zurückfiel, bis die Reitergruppe schließlich sogar stehen bleiben und auf sie warten musste. Selbst als ein Eichelhäher in den Weg flog und die Stute scheute, behielt Katharina die Oberhand, beruhigte sie und ritt nicht minder zügig weiter.

Vor der Münze zu Hall angelangt, glühten ihre Wangen, und die Augen leuchteten.

»Wir sollten gemeinsam auf die Beiz reiten!« Auf einmal konnte Sigmund kaum noch die Augen von seiner jungen Frau wenden, als sei ihm jetzt erst wieder bewusst geworden, welch Reize sie zu bieten hatte. »Und das schon sehr bald, denn im ersten Frühjahr ist es für mich stets am allerschönsten.«

»Ihr könntet mir kaum einen größeren Gefallen erweisen«, erwiderte Katharina. »Ich liebe die Jagd mit dem Falken.«

Sie ließ zu, dass er ihr vom Pferd half und anschließend seinen Arm bot. Gemeinsam schritten sie zur Münze, gefolgt von der Spiessin, die den ganzen Weg über ein langes Gesicht zog. Antonio de Caballis eilte ihnen entgegen, verbeugte sich und führte sie in das mehrstöckige Gebäude.

»Hier wird mein ganzer Reichtum erschaffen«, sagte der

Herzog. »Wie sehr hab ich mir gewünscht, Euch das eines Tages zu zeigen!« Er bestand darauf, Katharina durch alle Räume zu führen, angefangen vom Erdgeschoss, wo die Münzen geprägt wurden, bis hin zu den oberen Stockwerken, in denen Verwaltung und Buchhaltung untergebracht waren. Die Herzogin schaute sich interessiert um, sagte aber zunächst kaum etwas, bis sie an einem Tisch vorbeikamen, in dessen Platte ein Liniensystem eingeritzt war.

»Das kenne ich von zu Hause!«, rief sie. »Damit lässt sich viel einfacher rechnen. Soll ich es Euch einmal vorführen?« Ihre Wangen wirkten auf einmal noch rosiger. »Die sechs Linien stehen für die Tausenderstellen. Die oberste ist leer, auf der nächsten liegt nur ein Raitpfennig, das heißt ...« Sie begann halblaut vor sich hinzumurmeln. »Dreizehntausendzweihundertunddrei!«

»Das ist korrekt«, sagte Andres Scheuber verdutzt, der für einen Augenblick seine Bücher vergaß. »Ihre Hoheit scheint die Zahlen zu lieben.«

»Und Silber liebe ich auch«, sagte Katharina. »Mit meinem Vater hab ich einige Male die Minen in Joachimsthal besucht und auch die Prägestätte. Allerdings sah es dort nicht so nobel aus wie hier bei Euch.« Sie wandte sich zu Antonio de Caballis um. »Wo wird das Silber gelagert? Darf ich das auch einmal sehen?«

»Zu Ihrer Verfügung, Euer Hoheit!« De Caballis suchte den Blick des Herzogs. »Dürfte ich allerdings den Münzschreiber bitten, an meiner Stelle Eurer verehrten Gemahlin das Silber zu zeigen? Ich hätte dringend mit Euch zu reden, Euer Hoheit!«

Sie warteten, bis die Herzogin mit ihrer Hofmeisterin und Scheuber nach unten verschwunden war, dann bat de Caballis den Herzog in einen kleinen Nebenraum.

»Ich wollte Eure Hochzeitsfeierlichkeiten nicht stören«, sagte er, »zumal Ihr sehr glücklich scheint, Eure Hoheit. Deshalb habe ich bis jetzt gewartet.«

»Sprecht weiter!«, verlangte der Herzog. »Das Fest ist zu Ende. Was wollt Ihr mir sagen? Dass meine Guldiner endlich fertig sind?«

»Gemach, gemach, Hoheit! Noch arbeiten wir am Prägen der halben Guldiner, ein durchaus schwieriges Unterfangen. Denn bislang sind sie einfach noch zu dick, was bedeutet, dass der Prägestempel sehr oft abrutscht. Wir haben einfach zu viel Ausschuss!«

»So macht sie dünner! Wo liegt die Schwierigkeit?«

»Dann müssten sie auch sehr viel größer werden, wenn die Silbermenge gleich bleiben soll, und wären damit um ein Vielfaches unhandlicher.«

»Sind also die Silberschmiede unfähig, die den Prägestock schneiden? Habt Ihr wirklich nach den Besten des Fachs Ausschau gehalten?« Sigmund wirkte ungehalten.

»Es gibt keinen Besseren als Peck im ganzen Reich, Euer Hoheit. Aber selbst er kann keine Wunder bewirken. Gewährt uns noch ein bisschen Zeit! Wir werden eifrig und gewissenhaft weiter experimentieren. In kurzer Zeit können wir Euch sicherlich das gewünschte Ergebnis liefern.«

»Zeit! Zeit!«, wiederholte der Herzog. »Das Einzige, was ich nicht habe, versteht Ihr, de Caballis? Habt Ihr nicht gesehen, wie jung sie ist, wie blühend? Ich dagegen bin wie ein verwitterter Weinstock, der schon viel zu lange vergebens auf einen Spross hofft. Ich bin nicht hier, um zu hören, was *nicht* geht. Viel lieber möchte ich Euch auf der Stelle zu Euren Erfolgen beglückwünschen.« Sein Blick wurde zwingend. »Ich würde mich auch nicht lumpen lassen. Ihr wisst, dass ich sehr, sehr großzügig sein kann.«

Antonio de Caballis bot dem Herzog Wein an, den dieser zu seiner Überraschung ablehnte.

»Ein klarer Kopf ist jetzt vonnöten«, sagte Sigmund. »Nur so können wir die Zukunft meistern.«

»Es gibt da noch eine weitere Schwierigkeit, Euer Hoheit.« Der Münzintendant nahm allen Mut zusammen. »Uns geht allmählich das Silber aus.«

»Soll das ein Witz sein?« Der Herzog starrte ihn an. »Unsere Minen in Schwaz liefern doch Jahr für Jahr tonnenweise Silber.«

»Das Euch zurzeit leider nicht gehört, Hoheit. Verzeiht, wenn ich Euch so direkt daran erinnern muss. Ihr habt die Minen an die Fugger verpachtet. Jede Unze, die der Bauch des Berges hergibt, geht in ihre Schatulle. Wenn wir weiterhin in diesem Ausmaß prägen wollen, sind wir gezwungen, das Silber von ihnen zurückzukaufen.«

»Mein eigenes Silber – niemals!« Der Herzog funkelte de Caballis zornig an. »Hat denn dieser Jurist noch keinen Ausweg gefunden? Dazu hat man ihn schließlich eingestellt!«

»Meines Wissens, nein.« Der Münzintendant bemühte sich um eine möglichst diplomatische Antwort. »Johannes Merwais hat sich vom Oberkontierer wohl alle bislang vorhandenen Belege kommen lassen, zusammen mit den Verträgen. Seit Wochen hockt er nun auf diesen Schriftstücken, als wolle er sie ausbrüten. Doch jedes Mal, wenn ich ihn darauf anspreche, sieht er mich an, als sei ich der Leibhaftige, der ihm an die Seele will.«

»Das muss ein Ende haben!« Herzog Sigmund schlug mit der Hand auf den Tisch. »Ich nehme doch einen Becher von Eurem Wein. Solche Malaisen machen ja einen Heiligen durstig!«

Er trank gierig, verlangte einen zweiten Becher, den er ebenfalls rasch leerte.

»Ich werde Merwais zu mir bestellen«, sagte er. »Und Euch dazu, mitsamt allen Unterlagen. Dann muss schleunigst ein probater Ausweg gefunden werden. Ich brauche diese Münzen, versteht Ihr? Meine Finanzen sollen endlich in Ordnung kommen. Ich bin diese Schlamperei gründlich leid. Und jetzt, wo ich vielleicht schon sehr bald einen Erben haben werde ...« Er hielt inne. »Wirkt die Herzogin glücklich auf Euch?«, sagte er nach einer Weile. »Bitte seid aufrichtig!«

»Selbstredend, Euer Hoheit. Und dass Ihre Hoheit trotz der jungen Jahre so viel von Zahlen versteht, erscheint mir als ein besonders Glück verheißendes Zeichen.«

»So lasst uns keine Zeit verlieren!« Der Herzog drängte plötzlich zum Aufbruch. »Wo steckt denn nur die Hofmeisterin? Ich möchte mit meiner Gemahlin auf der Stelle nach Hause zurück.«

Katharina ließ sich ihre Verwunderung über den abrupten Aufbruch nicht anmerken und bewältigte den Heimritt ebenso spielend wie den Hinweg. Der Herzog ließ ihr keine Zeit, sich nach der Ankunft in der Hofburg zu erfrischen, sondern wich nicht mehr von ihrer Seite. Bis hinauf ins Frauenzimmer folgte er ihr, als wären sie die vertrautesten Eheleute.

Fee kam sofort kläffend angerannt, als sie die Stimme ihrer Herrin hörte, sprang an Katharina hoch und wurde ausgiebigst gestreichelt. Nur widerwillig rollte sie sich schließlich auf dem Samtkissen zusammen, das man eigens für sie in einer Ecke drapiert hatte. Erst jetzt ließ Katharina sich das Rauchwerk abnehmen und schickte die Kammerfrau hinaus.

»Nun?«, sagte sie und war erleichtert, dass ihre Stimme halbwegs fest klang. »Was habt Ihr mir zu sagen, Herzog?«

»Dass es mir leidtut«, stieß Sigmund hervor. »Ich denke, das wisst Ihr bereits. So hätte es nicht sein dürfen – in jener

Nacht. Ich habe einen Fehler gemacht und kann nur hoffen, dass Ihr mir verzeiht.«

Sie neigte anmutig den Kopf. »Ich bin froh, das aus Eurem Mund zu hören«, sagte sie. »Überaus froh sogar. Denn ich hatte bereits daran gedacht, meinen Vater zu bitten, mich mit zurück nach Sachsen zu nehmen.«

»Ihr habt Herzog Albrecht doch nicht etwa von unserem kleinen Missgeschick erzählt ...« Sigmunds Blick begann zu flackern.

»Wäre ich sonst noch hier?« Allmählich begann Katharina die Situation zu genießen. Ein zerknirschter Sigmund, der fast ängstlich wirkte – wer hätte das jemals gedacht!

»Dann habt Ihr mir also verziehen?« Er kam näher, nahm ihre Hand, presste sie an sein Herz. »Wir sind vor Gott verbunden, Katharina«, sagte er. »Als Mann und Frau. Aber wir sind auch Herzog und Herzogin. Tirol braucht dringend einen Erben. Das sollten wir nicht vergessen.«

Sie entzog ihm die Hand, machte ein paar Schritte zum Tisch.

»Ich könnte Euch verzeihen«, sagte sie. »Allerdings nur unter gewissen Bedingungen.«

»So redet!« Jetzt klang er fast flehentlich.

Ihr wurde schwindelig vor Aufregung. Hoffentlich vergaß sie jetzt nichts von all dem, was sie auf dem Herzen hatte!

»Ihr werdet Euch mir ausschließlich mit Höflichkeit und Respekt nähern«, sagte sie. »Das betrifft auch die Bettstatt. Keine Pulver mehr, keine geheimnisvollen Getränke. Ihr werdet nichts tun, was ich nicht auch möchte. Versprochen?«

Er nickte eifrig.

»Mein Hündchen Fee bleibt in meiner Nähe. Ihr werdet lernen, Euch mit ihm zu arrangieren. Ich könnte Euch allerdings so weit entgegenkommen, dass es nicht mehr im Bett schläft.«

»Ich bin einverstanden.«

»Meine Hofdamen suche ich persönlich aus. Niemand wird mich zwingen, ein Mädchen anzunehmen, das mir nicht gefällt – auch nicht die Hofmeisterin.«

»Niemand!«, echote Sigmund. »Lasst Euch alle Zeit der Welt damit!«

»Ich möchte, dass Lena für das Frauenzimmer kocht.«

»Lena?«, wiederholte der Herzog.

»Das junge Mädchen, das mir in jener Schreckensnacht so liebevoll beigestanden ist«, sagte Katharina. »Wisst Ihr eigentlich, dass ich Angst hatte, Euch umgebracht zu haben?«

Sigmund schaute sie ungläubig an, dann begann er zu lachen. »Wie Ihr seht, bin ich noch recht lebendig.« Er räusperte sich. »Selbst meine Wunde ... ist inzwischen verheilt. Diese Lena soll für Euch kochen, wenn Ihr es wünscht.«

»Und schließlich verlange ich weiterhin, dass die...«

»Meint Ihr nicht, es sei für heute genug mit Forderungen?«, sagte Sigmund. »Zerstört nicht den Augenblick, meine Liebe! Denn ich möchte Euch endlich zukommen lassen, was schon lange auf Euch gewartet hat.«

Er zog ein Kästchen aus seiner Schecke, hielt es ihr entgegen.

»Für meine liebreizende Braut«, sagte er. »Damit sie endlich meine liebe Frau wird.«

Katharina öffnete das Kästchen. Auf dunklem Samt leuchteten ihr die großen Saphire eines Colliers entgegen.

»Wie wunderschön!«, rief sie. »Wie der Sommerhimmel über der Elbe im August.«

»Ich darf es Euch anlegen?«, sagte der Herzog. »Die Steine stammen aus Venedig, der Stadt der Liebe, das solltet Ihr wissen.«

Sie machte sich kleiner, damit er den Verschluss leichter handhaben konnte, und richtete sich schließlich wieder auf.

»Und – wie steht es mir?«

»Eure Augen leuchten klarer«, sagte der Herzog. »Doch welches Schmuckstück auf der Welt könnte schon mit diesem herrlichen Glanz wetteifern, liebste Katharina?«

❧

»Pass auf, Rosin!«, rief Els. »Du schüttest ja die Hälfte daneben!«

»Tut mir leid!«, murmelte diese. »Aber wenn man die halbe Nacht Totenwache gesessen hat, sind die Hände eben nicht mehr ruhig.« Sie sah müde aus, und die feinen Linien um die Augen wirkten tiefer als sonst. »Wenn es ein Kind ist, ist es immer am Schlimmsten. Dann muss ich an meinen Paul denken und aufpassen, dass ich mir nicht vorstelle, er liege hier so bleich und stumm.«

Sie strengte sich an, die kleinen Krüge, ohne etwas zu verschütten, bis zum Rand zu füllen. Dann reichte sie die Gefäße an Bibiana weiter, die die Deckel mit flüssigem Wachs verschloss.

»Mein Lilienöl«, sagte Bibiana nicht ohne Stolz. »Im fernen Venedig reißen sich die Hebammen darum. Zusammen mit den Leinensäckchen voll Hirtentäschel oder Christopheruskraut, die bei keiner Geburt fehlen sollten, gibt es nichts, was Schwangeren besser hilft.«

»Da hast du wohl recht.« Barbara, die auf der anderen Seite der Gasthofküche gerade mit dem Zusammenbinden des Himmelbrandes beschäftigt war, gab die fertigen Bündel an Hella weiter. »Das hab ich nicht nur bei unzähligen Geburten, sondern auch bei meinem kleinen Mädchen ausprobiert. Und jetzt ist Maris schon so groß, dass sie mir bis zur Brust reicht. Wann ist es eigentlich bei dir so weit, Hella? Oder kommt dein Andres seiner Mannespflicht nicht ernsthaft genug nach?«

»Das könnte ich so nicht behaupten«, sagte Hella kichernd. »Allerdings sehen wir uns zurzeit auch nicht gerade oft. Ich glaube, es liegt bei uns in der Familie. Meine Mutter war auch schon gute fünf Jahre verheiratet, bis sie endlich mit mir schwanger wurde.«

»Und wenn Andres gerade nicht da ist?«, fragte Rosin. »Bist du dann auch brav? Neulich hab ich einen Höfling vor eurem Haus gesehen, der wie besessen zu deinem Fenster hinaufgestiert hat. Wenn ich mich nicht täusche, war es der Ritter von Spiess, dessen Weib Kundin bei unserer Wilbeth ist.«

Hella schien es plötzlich sehr eilig zu haben, den Korb mit den Bündeln nach draußen zu tragen.

»Eines Tages wird sie sich noch in Teufels Küche bringen«, sagte Els, als die Tür sich hinter der jungen Frau geschlossen hatte. »Und meine Lena mit dazu, die einen Narren an ihr gefressen hat. Hella macht die Männer brünstiger als Baldriankraut streunende Kater. Sie spielt mit dem Feuer. Das weiß jeder, der Andres Scheuber kennt. Und je heißer es wird, desto wilder führt sie sich auf.«

»Lass sie doch«, sagte Bibiana, die voller Stolz die Reihen der fertigen Krüge auf dem großen Tisch begutachtete. »Wir waren schließlich alle einmal jung! Irgendwann wird sie vernünftig werden. ›Eine junge Frau ohne Saft ist wie ein Tag ohne Sonne‹, so sagt man in meiner Heimat. Die Zeit, sich an den Herbst zu gewöhnen, kommt früh genug.«

»Was ist mit dem Stillmittel?«, fragte Els. »Auch schon fertig?«

»Sieht ganz so aus.« Bibiana lächelte. »Fenchel und Kreuzblume, Bockshornklee und Küchenschelle, behutsam in Wein gesotten. Ja, ich glaube, du kannst mit dem Abfüllen anfangen.«

Sie säuberte ihre Hände mit einem Tuch.

»Wo steckt eigentlich Wilbeth?«, wollte sie wissen. »Die hatte mir doch versprochen, ihre spezielle Wehenmischung vorbeizubringen. Es gibt da gewisse Kundinnen im Süden, die nicht mehr darauf verzichten wollen.«

»Alles schon da«, sagte Rosin. »Ich bin in die Bresche gesprungen und hab es an ihrer Stelle gebracht, denn bei Wilbeth hat sich heute mal wieder hohe Kundschaft angesagt. Ihr wisst schon, die füllt ihr die Schatulle sicherer als all unsere Kräuter zusammen.«

»Sie sollte trotzdem vorsichtig sein.« Els packte die nächsten Körbe. »Ich traue keinem dieser Höflinge.«

»Alles in den Stall, Els?«, fragte Barbara.

»Wie immer. Die Männer zum Aufladen müssen gleich da sein. Morgen in aller Herrgottsfrühe geht die Fuhre los in Richtung Brenner. Sobald sie mit ihren Stoffen und Gewürzen wieder zurück sind, werden wir die schönen Silberstücke untereinander aufteilen.«

»Und wenn uns eines Tages jemand hinhängt?«, fragte Rosin plötzlich.

»Wer sollte das schon sein?« Hella war lachend in die Küche zurückgekommen. »Wo wir doch den Frauen nah und fern nur Gutes tun?«

»Gerade deshalb! Es gibt so viele schlechte, neidische Menschen.«

Els wurde unruhig. Natürlich hatte sie den Freundinnen von Purgls Auftritt erzählt, und gemeinschaftlich hatten sie sich über die Tatkraft gefreut, mit der sie die Missgünstige in ihre Schranken gewiesen hatte. Die seltsame Reaktion Kramers freilich hatte sie für sich behalten genauso wie ihren Beinaheversprecher mit den drei Ewigen.

»Höchste Zeit, dass wir wieder gemeinsam die Bethen feiern«, sagte Barbara plötzlich. »Ich kann es kaum erwarten, bis es endlich Tag- und Nachtgleiche sein wird und unser Freudenfeuer die Dunkelheit erhellt.«

»Ich bin dabei.« Bibianas Augen leuchteten. »Nach diesen Nächten fühle ich mich stets so jung wie vor vielen Jahren.«

»Aber wir sollten vorsichtig sein«, sagte Els. »Noch vorsichtiger als bisher.«

»Heißt das, dass du Lena noch immer nicht eingeweiht hast?«, fragte Barbara. »Willst du damit warten, bis sie einen Stall voller Kinder hat?«

»Bis jetzt hat sie vor allem einen trotzigen Kopf. Und solange sich das nicht geändert hat, erfährt sie von mir kein Wort.«

»Lena ist noch immer in der Hofburg?« Rosins Stimme war voller Mitgefühl.

»Zum Arbeiten – ja. Übernachten tut sie glücklicherweise jetzt wieder hier. Glaub aber nicht, dass ich sie viel sehe. Und wenn doch einmal, dann bekommt sie kaum den Mund auf.« Els verzog das Gesicht. »Das muss sie sich schon sehr früh von Johanna abgeschaut haben. Die konnte auch stur sein, wenn etwas nicht nach ihrem Willen ging.«

»Oder von dir«, wandte Bibiana ein, und die anderen Frauen lachten. »Ihr beide seid euch so ähnlich, dass es manchmal zum Weinen ist.«

Während sie weiter debattierten und in der Küche die letzten Krüge der Sendung nach Süden fertig machten, hatte Kramer den Stall betreten. Die fröhlichen Frauenstimmen waren bis in die Gaststube zu ihm gedrungen, wo Ennli das Abendbrot servierte, und hatten seine Neugierde geweckt. Dass sie in der Küche nicht nur Suppe und Braten zubreiteten, hatte er sofort begriffen.

Aber was taten sie dann?

Es war schon zu dunkel, um Genaueres zu erkennen, deshalb verließ er sich vor allem auf seinen Tast- und Geruchssinn. In die zahlreichen Körbe hatten sie getrocknete Kräuter gepackt, die für ihn wie Unkraut aussahen – doch zu welchem Zweck? Auf gut Glück zog er eines der Bündel heraus und verbarg es unter seiner Kutte. Dann war da auch noch eine stattliche Anzahl von Krügen, die sich nicht öffnen ließen, ohne sichtbare Spuren zu hinterlassen. Kramer packte kurzerhand einen von ihnen, sah sich nach allen Seiten um und verschwand mit seiner unverhofften Beute.

Erst in der Sicherheit seines Zimmers hielt er sich das Bündel an die Nase und befingerte es ausgiebig. Bibernell und Liebstöckel erkannte er, die anderen Pflanzen jedoch waren ihm fremd.

Was fing man damit an? Tränke brauen? Salben kochen? Speisen vergiften?

Danach wagte er, das Siegel des Kruges zu brechen. Ein eigenartiger Geruch entfaltete sich, als er etwas von der Flüssigkeit in einen Becher goss. Er schnüffelte, rümpfte die Nase, begann abermals zu rätseln.

Etwas zum Trinken? Nein, dafür war es eindeutig zu ölig. Eine medizinische Anwendung – und wenn ja, wozu?

Flugsalbe! War er tatsächlich mitten in ein geheimes Hexennest gestoßen?

Plötzlich wurde ihm eiskalt. Seine linke Schläfe begann zu pochen, und er spürte, wie sein Gesichtsfeld sich verengte. Für einen Augenblick wurde ihm bang zumute. Wie sollte er abermals einen erfolgreichen Kreuzzug gegen Luzifer und seine Töchter führen, wenn sein Körper ihn dabei immer wieder schmählich im Stich ließ?

Er ballte die Fäuste und beschwor seinen eisernen Willen, der noch immer stärker als die Höllenmacht gewesen war. Sein

Gehör jedoch konnte er nicht gänzlich verschließen. Da war doch ein irritierendes Geräusch, so leicht und schwirrend, als versuche es, ihn zu umgirren.

Hockten die Dämonen der Nacht bereits wieder auf dem Fensterbrett, bereit, seine Schwäche zu bestrafen?

Bäuchlings legte er sich auf den harten Boden, breitete die Arme aus wie einst der Gekreuzigte und überantwortete im inbrünstigen Gebet Körper und Seele der Gnade des Allmächtigen.

Wie ungern Alma von Spiess abermals den Weg zur Silbergasse antrat! Doch die Ereignisse der letzten Zeit ließen ihr keine andere Wahl. Das genüssliche Grinsen der kleinen Herzogin, die sich Sigmunds Saphire wie eine Trophäe um den dicklichen Hals gelegt hatte – ins Gesicht hätte Alma ihr schlagen können und musste doch danebenstehen und nach außen hin freundlich tun.

Wie das Gör es genau angestellt hatte, wusste sie noch nicht, doch der Herzog führte sich auf einmal auf, als sei er Wachs in Katharinas Händen. Ob sie ihm besondere Freuden in der Bettstatt bereitete? Hatte sie ihn mit ihrer verdammten Jungfernschaft kirre gemacht? In der Hofburg hatten zunächst erfreuliche Gerüchte über eine verpatzte Hochzeitsnacht die Runde gemacht, denen sie anfangs nur zu gern Glauben schenkte. Doch man sah ja, was von solch billigem Klatsch zu halten war – gar nichts.

Nein, sie musste handeln und das zügig, um diese unheilvolle Minne zwischen Sigmund und Katharina so schnell wie möglich zu beenden, bevor die kleine Sächsin auch noch schwanger wurde.

Im Vorübergehen fiel ihr Blick auf ein stattliches Eckhaus, und trotzt ihrer Besorgnis, jemand könne sie erkennen, hielt die Spiessin kurz inne. Natürlich hatte sie längst herausgefunden, dass es sich bei Leopolds frecher Dirne um niemand anderen als die Scheuberin handelte. Das hatte ihr Gatte fein eingefädelt – mit der Frau des Münzschreibers zu poussieren, während der in Hall festsaß!

Jetzt waren alle Fenster dunkel, das Haus war offenbar leer. Sie lächelte dünn.

Andres Scheuber würde seiner Hella eine hübsche Überraschung bereiten, dafür hatte sie gesorgt. Eigentlich war es ihr egal, wenn Leopold es mit anderen Weibern trieb. Sich jedoch offen damit vor ihr zu brüsten, ging eindeutig zu weit.

In der Silbergasse angekommen, klopfte Alma und wartete, bis ihr geöffnet wurde. Als sie die langsamen Schritte der Wahrsagerin hörte, die sich von innen näherten, wurde sie immer ungeduldiger.

»Mach endlich auf!«, rief sie und schlug mit der Faust an die Tür. »Ich hab keine Lust, hier draußen länger herumzustehen!«

»Was wollt Ihr?« Wilbeth schien nicht gerade erfreut über den Besuch. »Es ist spät.«

»Deine Hilfe.« Die Spiessin trat einfach ein und ließ sich in der schlichten Stube auf den Stuhl fallen, auf dem sie nun schon zum dritten Mal saß.

»Eure Wünsche haben sich nicht erfüllt?« Das braune Gesicht mit dem weißen Haarkranz war undurchdringlich.

»Oder deine Mittel taugen nichts«, zischte Alma, die sich unter dem Blick der klaren Augen unbehaglich fühlte. »Bezahlt hab ich jedenfalls schon mehr als genug. Ich könnte dir ebenso gut die Behörden auf den Hals hetzen. Was hältst du davon?«

»Zu mir kann kommen, wer immer möchte.« Wilbeth verzog keine Miene. »Also, was wollt Ihr?«

»Da gibt es jemanden, der mir im Weg steht«, sagte die Spiessin. »Das muss sich ändern.«

»Menschen lassen sich nicht einfach wegzaubern.« Die Spur eines Lächelns. »Ich denke, das wisst Ihr bereits.«

»Komm schon, streng dich an! Ich verlange ja nichts Verbotenes wie Teufelskräuter oder gar Gift.«

Sie hatte das Verkehrte gesagt. Wilbeth sah sie auf einmal so streng an, dass ihr fast Angst wurde. Jetzt begann sie so schnell zu sprechen, dass sich ihre Worte fast überschlugen.

»Ihr soll ja nichts zustoßen, damit du mich recht verstehst. Nur verschwinden soll sie, weggehen, anderswohin. Sie besetzt den Platz, der mir zusteht. Das muss sich ändern.«

»Was Ihr da von mir verlangt, ist sehr viel schwieriger als ein Liebeszauber. Ich hoffe, das ist Euch bewusst.«

Alma nickte hastig.

»Es gibt keinerlei Gewähr für ein Gelingen. Solche ... Prozesse lassen sich anregen, aber nicht dirigieren. Es *kann* sich vollziehen, aber ebenso ist es auch möglich, dass nichts von alldem geschieht.«

Vielleicht hatte die Hexe recht mit ihrem Gelaber. Alma begann fiebrig zu überlegen. Auch wenn sie alles nur Denkbare in Betracht zog, so schien es nicht gerade wahrscheinlich, dass Katharina Tirol freiwillig wieder verlassen würde. Es sei denn, Sigmund und sie entzweiten sich bis aufs Blut – und die Ehe würde aus triftigen Gründen annulliert.

»Und wie sieht es aus, wenn ein Paar so richtig in Streit geraten soll? Wäre das leichter zu bewerkstelligen?«, wagte sie einen neuerlichen Vorstoß.

Wilbeth wiegte nachdenklich den Kopf. »Kommt darauf an«, sagte sie. »Ja, unter gewissen Umständen – vielleicht.«

»Und was soll das kosten?«

»Ihr kennt meinen Preis.«

»So lass es uns versuchen!« Seufzend zählte Alma ihre Münzen auf den Tisch. »Du machst mich noch bettelarm«, sagte sie. »Ich kann nur hoffen, dieses Mal lohnt es sich.«

»Nehmt eine Schnur und markiert mit Kreide die Mitte. Legt sie vor Euch auf den Boden, stellt Euch vor, die beiden Personen seien anwesend und ein hitziger Streit entbrenne gerade zwischen ihnen. Sobald die Wogen am höchsten schlagen, sagt laut folgenden Spruch auf: ›Ich werde diesen Knoten binden; eure Liebe wird verschwinden. Nur noch Zwietracht sollt ihr sehen und wütend auseinandergehen.‹ Nach dem letzten Wort knüpft an der markierten Stelle den Knoten, so fest Ihr könnt.«

»Das soll alles sein?« Misstrauisch starrte Alma sie an. »Es hört sich so einfach an. Gibt es nicht noch etwas, was ich zusätzlich tun könnte?«

Wilbeth schien zu überlegen. »Drei Sonntage hintereinander zu fasten, kann die Wirkung verstärken.«

Dieses Mal trat Alma den Heimweg voll tiefer Skepsis an. Natürlich würde sie exakt durchführen, was die Hexe aus der Silbergasse ihr geraten hatte, aber reichte das auch aus? Hexenzauber hin oder her – es musste doch zu bewerkstelligen sein, zusätzlich einen Keil zwischen die Eheleute zu treiben. Am günstigsten, wenn sie erst gar nicht damit in Verbindung gebracht werden konnte, dann blieb im Fall eines Scheiterns auch nichts an ihr haften. Es musste so aussehen, als habe der Leibhaftige seine Hand im Spiel – es gab nichts und niemanden, vor dem der Herzog mehr Angst hatte.

In einem Hausgang hatte ein Bettler mit seinen Söhnen Unterschlupf gefunden. Die drei kleinen Buben sangen mit glockenhellen Stimmen, während der Vater, um ein paar Kupfermünzen bittend, jedem Vorbeigehenden seine leere Schale entgegenstreckte. Beim Anblick der vier stieg ein Plan in der Spiessin auf, den sie allerdings zunächst als zu abwegig wieder verwarf.

Sigmund *war* abergläubisch, das wusste niemand besser als sie, aber würde er tatsächlich in die Falle gehen? Es fiel ihr nichts anderes ein, als darauf zu setzen, wenn sie nicht wollte, dass die Zeit gegen sie entschied. Mit entschlossenen Schritten ging sie weiter, während ihre Gedanken sich geradezu überschlugen. Der Plan nahm Farbe und Gestalt an, wurde immer konkreter.

Sie hielt inne – das war es doch, wonach sie gesucht hatte!

Jetzt drehte sie sich um, kehrte zurück zu der Bettlerfamilie und redete eine ganze Weile eindringlich auf den Mann ein. Zuerst schien er unschlüssig, nach einiger Zeit jedoch begriff er offenbar, was sie wollte und was es zu verdienen gab, und dann begann er zögernd zu nicken.

Konnte sie einem wie ihm überhaupt trauen? Was sonst sollte sie tun? Zumindest konnte er ebenso profitieren wie sie.

Alma von Spiess setzte ihren Heimweg fort, nachdem einige Münzen als Anzahlung in die Schale des Bettlers gewandert waren. Und je näher sie der Hofburg kam, desto genialer erschien ihr der Plan.

»Wo kommst du her?«

Niemals zuvor hatte Hella Andres so wütend gesehen, das Gesicht kalkweiß, die Lippen ein zorniger Strich.

»Ich war im ›Goldenen Engel‹. Zusammen mit Els, Rosin, Barbara ...«

Er packte sie so fest am Arm, dass sie aufschrie.

»Lüg mich nicht an!«, flüsterte er. »Sonst wirst du es bereuen.«

»Aber ich war da. Frag doch die anderen! Die werden es bestätigen. Lass mich sofort los, du tust mir weh!« Sie wand sich und versuchte, nach ihm zu treten. »Was ist nur auf einmal in dich gefahren?«

»Sag die Wahrheit, Hella!«

»Das ist die Wahrheit.« In ihren hellen Augen schimmerten Tränen. »Es gibt nur diese.«

Andres ließ sie so abrupt los, dass sie taumelte.

»Und das?« Er schleuderte ihr das seidene Hemd entgegen. »Welche Wahrheit ist das? Und die Schlitze, die du dir heimlich ins Kleid schneidest, als wärst du eine Hur und nicht die ehrbare Frau des Münzschreibers? Wie viele Wahrheiten hast du zu bieten, Weib?«

Hella rang nach Luft. Wie hatte er nur die Sachen finden können, die sie so gründlich unter altem Zeug in der Truhe vergraben hatte? Sie musste ihm irgendetwas bieten, um seinen Zorn zu mildern, aber was konnte sie zugeben?

»Lena ist schuld.« Die Lüge kam so einfach und leicht über ihre Lippen, dass es sich beinahe wahr anfühlte. »Du weißt doch, dass sie seit einiger Zeit in der Hofküche arbeitet. Bei der herzoglichen Hochzeit hatten sie dort zu wenige Leute zum Auftragen. Da hat sie mich gefragt, ob ich nicht aushelfen könnte. Und die Idee mit den Schlitzen stammt von ihr.« Mit etwas Mühe brachte sie ein halbes Lächeln zustande. »Das ist auch schon alles.«

»Und der Hofmeister?« Andres' Blick hielt sie wie in einer Zwinge fest.

Wie kam er auf Leopold? Hatte jemand sie verraten? Sie waren doch so vorsichtig gewesen!

Hella wog jedes einzelne Wort sorgfältig ab: »Den Hofmeister hab ich doch nur von Weitem gesehen. Glaubst du vielleicht, wir hätten während der Arbeit Zeit gehabt, Maulaffen feilzuhalten? Gesprungen sind wir wie die Rehe, so viel war zu tun. Aber immerhin gab es gutes Silber als Entlohnung. Und das hab ich damit gekauft.« Sie deutete auf das Hemd zu ihren Füßen.

Andres schien sich etwas zu entspannen. Sie erkannte es daran, dass die Falte zwischen seinen Brauen nicht mehr ganz so tief war.

»So kann es jedenfalls nicht bleiben«, sagte er, während er sich schwer auf einen Stuhl fallen ließ. »Ein Weib gehört zu seinem Mann, so war es schon immer, und nicht anders gehört es sich auch. Du wirst deine Sachen hier zusammenpacken und mich nach Hall begleiten. Dann kann ich endlich wieder Ruhe finden.«

Bevor er sich versah, saß Hella wie ein kleines Mädchen auf seinem Schoß. Sie liebkoste seine Wangen und streichelte zärtlich sein Gesicht, in das langsam wieder etwas Farbe zurückkehrte. Ein warmer, sinnlicher Duft ging von ihr aus, in den sich etwas leicht Bitteres mischte, was ihn nur noch mehr erregte. Ihre Brüste streiften ihn, und es war wie jedes Mal: Ein heißer Strom floss durch seinen Körper und ließ ihn halb wahnsinnig werden, kaum dass er sie berührt hatte. Andres packte ihre Hand und führte sie an seinen prallen Hosenlatz. Als Hella genüsslich auflachte und fester zugriff, stöhnte er vor Verlangen.

»Wir beide können es so schön haben«, flüsterte sie, während seine Lippen an ihrem Schlüsselbein abwärts glitten, bis sein Mund die Wölbung des Brustansatzes erreicht hatte. »Wie im Paradies. Aber du darfst mich nicht einsperren. Ich bin wie einer dieser bunten Vögel, die sich das Gefieder ausrupfen, sobald sie einsam in einem Käfig sitzen müssen. Möchtest du solch ein trauriges, kahles Vögelchen an deiner Seite, das neben seiner Anmut auch noch sein fröhliches Trällern verloren hat? Lass mich leben, Andres, und so bleiben, wie ich nun einmal bin. Lass mich hier sein, bei meinen Freundinnen, und dich jedes Mal voller Vorfreude erwarten – und du hast die beste und willigste Ehefrau von ganz Tirol!«

Wider Willen musste Andres lachen. Was war sie bloß für ein schamloses Weibsbild, seine Hella, das genau wusste, wie er herumzubekommen war! Für einen Augenblick stand das Bild der griesgrämigen Hofmeisterin wieder vor ihm, die ihm mit ihren seltsamen Andeutungen derart zugesetzt hatte, dass er vor Eifersucht schier den Verstand verlor. Seltsamerweise wusste er plötzlich nicht mehr, was die Spiessin genau gesagt hatte. War das überhaupt noch wichtig?

Hellas Hände waren so zärtlich, so wissend. Heiße Küsse folgten ihren Berührungen, die ihn bald alles vergessen machten im Taumel einer Liebesnacht, die niemals geendet hätte, wenn es nach ihm gegangen wäre.

❧

Dass ausgerechnet Niklas als Bote ausgesucht worden war!

Abwechselnd blass und rot war Lena geworden, als der Spielmann plötzlich in der Küche vor ihr stand, um ihr zu sagen, dass er sie zur Herzogin bringen sollte.

»Aber woher hast du gewusst, dass ich hier bin?« Sie schielte an sich hinunter. Heute war beim besten Willen kein Staat zu machen, das Kleid schmutzig, die Schürze zerrissen, nicht einmal die guten, aber unbequemen Stiefel hatte sie angezogen, weil sich in ihnen der Tag in der Gesindeküche noch länger anfühlte, als er ohnehin schon war.

»Dich finde ich überall, Lena. Weil ich so oft an dich denken muss. Und jetzt beeil dich! Die hohen Herrschaften warten schon auf dich.«

»Ist dein Vater auch dabei?« Jetzt war es heraus, bevor sie noch richtig nachgedacht hatte.

»Der Herzog?« Niklas lachte. »Ich glaube kaum, dass er einen wie mich als Sohn betrachtet. Wir sind seine Abkömmlinge – nicht mehr und nicht weniger. Ich hab ein paar von uns zusammengetrieben, damit sie dem jungen Paar ein Ständchen bringen. Schön, dass die beiden Hochzeiter sich jetzt so gut verstehen!«

Wie immer wusste er über alles bestens Bescheid. Und schmuck sah er aus in seiner blauen Schecke, die so knapp geschnitten war, dass sein festes Hinterteil besonders gut zur Geltung kam. Es machte sie verlegen, hinter Niklas die Stufen zum Frauenzimmer hinaufzusteigen. Plötzlich fühlte ihr Kopf sich ganz leer an, als seien alle klugen Gedanken daraus wie von Zauberhand verschwunden.

Vor einer breiten Tür blieb Niklas stehen.

»Die kleine Herzogin mag dich«, sagte er. »Was ich nur allzu gut verstehen kann. Und wenn du jetzt für sie kochst, können wir uns öfter sehen. Willst du das auch, Lena?«

Sie nahm ihren Mut zusammen und nickte.

Niklas hob die Hand, berührte zart ihre Wange. »Du kennst ja noch gar nicht mein neues Lied«, sagte er. »Dabei hab ich es nur für dich gedichtet. *Ich bin vernarrt in deine Augen licht und warm* …« Er lächelte. »Den Rest der Strophe muss ich dir ganz bald einmal ins Ohr flüstern.«

Er klopfte kurz an und schob Lena hinein.

Im ersten Moment blendete sie das Sonnenlicht, das durch die Fenster fiel, so stark, dass sie die einzelnen Personen kaum erkennen konnte. Sie machte ein paar unsichere Schritte, da war der kleine weiße Hund schon bei ihr, sprang an ihr hoch und wedelte.

»Tritt näher, Lena!«, sagte die Herzogin. »Fee erkennt dich wieder, sie mag dich. Und auch ich freue mich, dich zu sehen.«

»Wie geht es Ihrer Hoheit?«, sagte Lena, weil ihr nichts Besseres einfiel. Nachts in der Küche hatte sie damals einfach drauf losgeredet, wie ihr der Schnabel gewachsen war. Aber jetzt, wo alle sie erwartungsvoll anstarrten? Himmel – sie hatte nicht die geringste Ahnung, was man zu einer Herzogin sagen durfte.

Glucksendes, fröhliches Lachen war die Antwort. Katharina, die auf einem Ruhebett saß, strich ihren Rock glatt. Hinter ihr stand mager und groß eine andere Frau.

»Ich möchte dich in Zukunft gern in meiner Nähe haben.« Katharina lächelte. »Dass du gut kochen kannst, weiß ich inzwischen. Das sollst du ab jetzt für mich und das gesamte Frauenzimmer tun, das bald schon wesentlich größer sein wird, wenn ich erst einmal meine Hofdamen ausgewählt habe.« Sie drehte sich halb nach hinten um. Alma von Spiess traf ein scharfer Blick. »Bist du damit einverstanden, Lena?«

Mit einem Mal war Lena derart aufgeregt, dass sie nicht antworten konnte.

»Sie schweigt!«, rief Thomele, der unversehens unter dem Ruhebett auftauchte. Seine Narrenglöckchen bimmelten, als er einen ungelenken Purzelbaum schlug. »Dabei ist sie sonst ganz und gar nicht auf den Mund gefalle, wenn ich mich richtig entsinne.«

Er kam näher, stellte sich auf die Zehenspitzen und begann wie zuvor das weiße Hündchen übertrieben an Lena zu schnuppern. Am liebsten hätte sie ihn mit einem Klaps verscheucht, aber das wagte sie jetzt nicht.

»Aber stinken tut sie«, rief der Hofzwerg, »noch immer ein wenig nach Stall, unser kleiner Bauerntrampel.«

Niemand lachte. Thomele verzog sich schmollend nach hinten.

»Es ist mir eine große Ehre, Euer Hoheit.« Lena versank in einen tiefen Knicks. »Ich werde alles tun, um Euch …«

»Keine Umstände, meine Liebe!« Die vollen Wangen Katharinas hatten sich sanft gerötet. Wohlig und zufrieden sah sie aus in ihrem Kleid, das die gleiche Farbe hatte wie die blauen Edelsteine um ihren Hals.

»Darf ich Vily mitbringen?«, fragte Lena. »Das ist der Küchenjunge, mit dem ich am liebsten zusammenarbeite.«

»Vily?«, wiederholte der kleine Herzogin amüsiert. »Was für lustige Namen ihr hier in Tirol doch habt! Also gut, meinetwegen, wenn dir so viel daran liegt.«

»Ihr seid zu gütig!«, sagte Lena. »Wir werden Euch die feinsten Gerichte …«

»Hört Ihr denn nichts?« Die Hofmeisterin fiel Lena ins Wort. »Dieses hohle Jammern und Jaulen? Schauer jagt es mir über den Rücken!«

Alle lauschten, doch nun war es still.

»Eure Einbildung ist offenbar äußerst lebhaft«, sagte die Herzogin spitz. »Vielleicht habt Ihr ja den Wind gehört, der im Kamin singt.«

Das Heulen kehrte wieder, länger, lauter.

Katharina zuckte zusammen. Jetzt gab es niemanden mehr im Raum, der es nicht vernommen hätte.

»Was mag das sein?« Die kleine Herzogin sah plötzlich furchtsam drein. »Ein Tier, das keinen Ausweg findet?«

»Das ist kein Tier«, sagte die Spiessin dumpf. »Das ist etwas ganz anderes.«

Auch Lena zog die Schultern hoch, weil ihr ängstlich zumute wurde.

Als hätten sie nur auf den Einwand der Hofmeisterin gewartet, erschollen aufs Neue jene hässlichen, furchterregenden Töne.

Katharina klammerte sich an die Lehne. »Es soll aufhören«, rief sie. »Ich will, dass es sofort aufhört!«

Hohl und tönern setzte das Geheul wieder ein.

Jetzt begann die kleine Herzogin vor Angst laut zu schreien: »Meinen Gemahl! Jemand muss sofort den Herzog holen – lauf, Lena, lauf!«

Lena schoss zur Tür, bevor ihr einfiel, dass sie ja gar nicht wusste, wo der Herzog zu finden war. Auf der Schwelle stieß sie mit Niklas zusammen, dem ein paar Singbuben folgten.

»Der Herzog!«, rief sie. »Schnell – es spukt!«

Niklas machte auf dem Absatz kehrt und wollte wieder die Treppe hinunter, als ihm schon Herzog Sigmund entgegenkam, gefolgt vom Hofmeister.

»Beeilt Euch ... Eure Gemahlin ... Da drin geht etwas Furchtbares vor sich!«, schrie Niklas.

Kreidebleich betrat Sigmund das Gemach, und jetzt steigerten sich die hohlen Töne zu einem gruseligen, langen Stöhnen, das durch Mark und Bein drang und nicht mehr enden wollte.

»Was ist das?«

»Es hat vorhin begonnen und will nicht mehr aufhören ...« Katharina liefen Tränen über die Wangen.

Das Heulen hielt an.

Sigmund schien zu schwanken. »Gespenster«, flüsterte er. »Der Geist des Bösen in meiner Hofburg! Eine Strafe für meine Sünden? Wie sollen wir diese Unholde nur wieder loswerden?«

Ratlos schauten sich alle an. Nur die Hofmeisterin schien sich schließlich ein Herz zu fassen.

»Die Lösung liegt näher, als Ihr vielleicht denkt«, sagte sie.

»Zurzeit weilt ein gewisser Pater Institoris in Innsbruck, wie ich ganz zufällig erfahren habe. Wenn überhaupt einer diese schwierige Aufgabe bewerkstelligen kann, dann er.«

»Der Hexenjäger!« Der Herzog schien auf einmal grünlich zu werden. »Bischof Golser hatte mich bereits auf ihn aufmerksam gemacht. Eigentlich wollten wir ja gemeinsam ...« Er schüttelte den Kopf. »Aber jetzt ist der Bischof bereits wieder nach Brixen abgereist.«

Er horchte, doch es war totenstill, was beinahe noch unheimlicher war als all das Jaulen und Klagen von vorher.

»Schickt nach dem Pater, Sigmund! Bitte tut, was sie gesagt hat!«, flehte die kleine Herzogin. »Holt diesen Mann – um meinetwillen!«

»Das werden wir! Auch ohne Vermittlung des Bischofs werden wir uns an ihn wenden. Er soll im ›Goldenen Engel‹ logieren.« Er straffte sich, ließ einen der Kammerdiener holen. »Zum ›Goldenen Engel‹!«, sagte er. »Schnell! Pater Institoris soll uns in der Hofburg aufsuchen. Rühr dich nicht von dort weg, ehe du ihn persönlich gesprochen hast!«

❧

Der Schädel frisch rasiert, Kutte, Skapulier und Zingulum in blendendem Weiß. Kramer schritt so machtvoll und entschlossen aus, dass die Menschen stehen blieben und ihm nachstarrten. Später würde es heißen, er sei ihnen an jenem Tag, der alles ändern sollte, wie ein Ritter in silberner Rüstung erschienen, der dem Bösen den Kampf angesagt hat.

Seine Hände waren ruhig. Genauso musste es sein. Nun gab es keine Schranken und Hemmnisse mehr, die ihn vom Aufspüren der Wahrheit abhielten.

»Der Herzog erwartet mich.« Auch die Stimme war fest.

Kramer genoss, wie ängstlich der Diener zu ihm aufschaute, der ihn in die Gemächer des Herrschenden brachte.

Ein Saal, mit bunten Malereien geschmückt, für die er nur einen verächtlichen Blick hatte. Nichts als weltlicher Tand, der zu Staub zerfallen würde, sobald das Reich Gottes anbrach.

»Pater Institoris?«, hörte er jemanden seinen Namen sagen.

Er neigte kurz den Kopf. »Der bin ich.«

Die Lage war schnell gesichtet. Ein gealterter, weichlicher Mann, nicht mehr ganz gesund, wie Kramer sofort erkannte. Daneben ein blutjunges Weib mit ängstlichem Blick. »Ihr habt mich rufen lassen, Euer Hoheit?«

»Das haben wir. Und sind Euch dankbar, dass Ihr uns nicht lange habt warten lassen. Es gehen überaus seltsame Dinge hier im Schloss vor: Laute, Stimmen, unheilvolle Wesen ...« Erschöpft hielt er inne. »Wir brauchen Eure Hilfe, Pater.«

»Ich bin der Banner des Bösen. Keine Hexe ist vor mir sicher.«

»Nun, ob es sich tatsächlich um Hexerei handelt ...« Der Herzog wiegte den Kopf.

»Das überlasst am besten mir!«

Kramer spürte, dass er angestarrt wurde. Eine Frau, beinahe so groß wie er, die seitlich des Herzogspaars stand. Selten genug, dass jemand ihm auf Augenhöhe begegnete. Ihr Ausdruck war weder furchtsam noch ehrfürchtig. Er suchte nach der richtigen Bezeichnung. Neugierig, genau das war es! Neugierig musterte sie ihn, auf eine dreiste, geradezu unverfrorene Weise. Auf einmal musste er um Sammlung ringen und er zwang sich, nicht weiterhin in ihre Richtung zu schauen, als er weitersprach.

»Auch sonst verbitte ich mir jegliche Einmischung. Die bösen Geister bekämpfe ich mit meinen Mitteln. Seid Ihr damit einverstanden, Euer Hoheit?«

»Befreit uns von ihnen, Pater!«, rief der Herzog. »Wir wollen fromm und in Frieden leben.«

Es fiel Kramer schwer, ein Lächeln zu unterdrücken. »Dann erkläre ich die Mummerei ab sofort für beendigt, Euer Hoheit«, sagte er. »Für die Stadt Innsbruck und das Herzogtum Tirol Innsbruck hat die Zeit des Fastens und der Buße begonnen.«

Zweites Buch
Hexentanz

Fünf

Els und Bibiana blieb nicht viel Gelegenheit, Lena zu vermissen, die nun endgültig in die Hofburg übersiedelt war, denn die beiden bangten um Sebi. Der Junge ließ den Kopf hängen, fieberte und lag über Tage völlig matt und teilnahmslos in den Kissen. Sie atmeten erst wieder auf, als überall an seinem kleinen Körper rote Pusteln sichtbar wurden, die sich mit Flüssigkeit füllten, bevor sie verkrusteten und schließlich abzuheilen begannen.

»Wasserpocken«, stellte Bibiana nach eingehender Inspektion fest, und es klang beinahe nach grimmiger Genugtuung. »Das trifft die meisten Kinder irgendwann einmal. Jetzt wissen wir wenigstens, wie der Feind heißt, gegen den wir zu kämpfen haben.«

Die halbe Nacht kochte sie nun die Speisen für das Wirthaus vor, um tagsüber ausreichend Zeit zu haben, an Sebis Krankenbett zu wachen. Und was sie nicht alles an Heilmitteln heranschleppte! Abwechselnd mit Zinktinktur oder dem Absud von Klettenlabkraut, den Wilbeth aus ihren Vorräten beigesteuert hatte, rieb sie den Jungen von Kopf bis Fuß ein, um den unerträglichen Juckreiz zu bekämpfen, flößte ihm heißen Holundersaft ein, Bergamottetee und ihre in ganz Innsbruck berühmte Hühnersuppe, mit der man, wie sie zu sagen pflegte, sogar Tote zum Leben erwecken könne.

Als Sebis trübe Augen wieder klarer wurden, verschwand auch die Benommenheit der schwarzen Els, die die ganze Zeit über wie eine Schlafwandlerin herumgelaufen war. Plötzlich fiel ihr auf, wie vernachlässigt der »Goldene Engel« aussah. Energisch griff sie nun nach Besen, Eimer, Pottasche und Lumpen und forderte Ennli auf, ihr zu helfen. Das Mädchen sollte den Eingang und die Gaststube blitzblank putzen, während sie sich die oberen Stockwerke vornahm.

Im Augenblick waren nur wenige der Gastzimmer besetzt, die beste Gelegenheit, um überall gründlich sauber zu machen. Die Frühlingssonne, die durch die Scheiben lachte, hob Els' Laune, und zum ersten Mal seit langer Zeit begann sie wie früher vor sich hin zu summen. An der Tür des Paters angelangt, zögerte sie kurz, dann betrat sie das Zimmer.

Drinnen roch es so abgestanden und säuerlich, dass sie sofort das Fenster öffnete und frische Luft hereinströmen ließ. Er war fort, seit einiger Zeit schon, und sie hatte nicht die geringste Ahnung, wo er abgeblieben war. Ganz anders als bei seinem Aufbruch nach Stift Wilten, den er ihr sehr wohl mitgeteilt hatte.

»Und Euer Zimmer, Pater Institoris?«

»Noch für Wochen im Voraus bezahlt. Oder irre ich mich da?«, hatte er ihr so barsch entgegnet, dass sich Els nicht gerade zu weiteren Fragen ermuntert fühlte. Anschließend war er weg gewesen und in der Zwischenzeit nur ein einziges Mal zurückgekehrt, um ein paar Kleinigkeiten aus seinem Zimmer zu holen. Dabei war es dann zu jenem bedauerlichen Zwischenfall gekommen: Sebi, scheinbar noch gesund und munter, war bei seiner wilden Verfolgungsjagd mit dem Kater geradewegs in ihn hineingerannt. Der Kleine hatte wie am Spieß geschrien, als der Pater ihn wie in einer Zwinge festgehalten, gerüttelt und ausgeschimpft hatte. Danach war er stundenlang nicht mehr zu beruhigen gewesen, hatte gewimmert und geschluchzt, bis er schließlich vor Erschöpfung in den Schlaf gesunken war.

Seitdem hatte Els den Dominikaner nicht mehr zu Gesicht bekommen. Ihretwegen hätte er sich gar nicht mehr zu zeigen brauchen. Ihre anfängliche Sympathie für den zuverlässig zahlenden Gast war mittlerweile in Abneigung umgeschlagen. Lena hatte schon recht – etwas Kaltes, Verächtliches ging von dem Pater aus, und es gefiel ihr ganz und gar nicht, dass man sich unter seinem zwingenden Blick wie ein armer Sünder fühlte.

Woran er wohl so besessen arbeitete? Was immer es auch sein mochte, Pater Institoris hatte dafür gesorgt, dass kein anderer es zu sehen bekam. Auf dem Tisch lagen nur ein paar leere Blätter, daneben Tintenfass und Feder. Die Reisekisten, die er mitgebracht hatte, waren fest verschlossen, wovon sie sich neugierig überzeugte.

Als Els sich bückte, um auch unter dem Bett zu wischen, nahm der Lappen ein paar Kräuterreste auf. Sie wollte ihn schon achtlos auswringen, als sie noch einmal gründlicher hinsah. Zerbröckelte Blätter, von denen meist die Ränder fehlten, viel mehr war es nicht, was sie da entdeckt hatte. Man hätte beinahe an Liebstöckel denken können, der unter Abergläubischen besonders gern als Liebesmittel eingesetzt wurde, um den heimlich Verehrten für sich zu gewinnen. Aber was hatte damit ausgerechnet ein frommer Dominikanermönch zu schaffen?

Diese Frage ging Els nicht mehr aus dem Kopf, auch als sie

wieder bei Sebi war, nach dem sie sicher bereits zum zehnten Mal schaute, weil die Angst, ihn zu verlieren, noch immer tief in ihr saß. Er lag auf dem Rücken wie ein Säugling, die Hände zu lockeren Fäusten geschlossen. Im Schlaf hatte sein schmales Gesicht die Anspannung verloren. Jetzt traten die feinen Züge umso deutlicher hervor. Wie sehr er doch seinem Vater glich!

Die Erinnerungen an das, was sie für immer verloren hatte, überschwemmte Els für einen Augenblick mit abgrundtiefer Traurigkeit. Als der Kleine sich regte und die hellen Augen aufschlug, gelang es ihr gerade noch, ein Lächeln aufzusetzen.

»Du bist bald gesund«, sagte sie und streichelte, anstatt ihren Sohn zu kosen, der sich doch nur wieder dagegen gewehrt hätte, Pippos seidiges Fell, denn der Kater hatte sich wie eine tiefschwarze Brezel am Fußende des Bettes eingekringelt. »Dann kannst du wieder herumspringen, so viel du nur willst.«

Sebis Blick wurde ängstlich. Er begann zu hecheln. Zum Glück verstand sie sofort, was ihm fehlte.

»Dein Kästchen – natürlich!« Els bückte sich und zog es unter dem Bett hervor.

Sebi presste seinen Schatz fest an sich. Seit Monaten war dieses unscheinbare Holzkistchen nun schon sein liebster Begleiter, den er kaum aus der Hand legte. Was er wohl darin verwahrt hatte? Für ihn sicher Kostbarkeiten von unschätzbarem Wert, auch wenn andere Kinder ihn deshalb auslachten. Manchmal war es ein messerscharfer Schmerz für Els, mitanzusehen, wie sehr seine Besonderheit ihren Sohn von anderen Menschen trennte. Dann wieder tröstete sie sich mit dem Gedanken, dass er ja nicht unglücklich schien, sondern ganz zufrieden in seiner abgeschlossenen Welt.

»Bist du hungrig? Oder hast du Durst? Soll ich dir etwas bringen?«

Sebi mied ihren Blick, starrte zur Wand und begann mit seinem monotonen Schaukeln, das, wie Els inzwischen wusste, über Stunden anhalten konnte. Jetzt hätte sie sagen können, was immer sie wollte – sie hätte ihn doch nicht mehr erreicht.

Sie stand auf, strich ihr Kleid glatt und ging langsam hinunter, weil bald die ersten Gäste eintreffen würden. Sie dachte an Lena, was sie freilich nicht glücklicher machte. Das Mädchen entglitt ihr mehr und mehr, das konnte sie fast körperlich spüren. Lena ging in ihrer neuen Aufgabe völlig auf und hatte ihr voller Stolz und Aufregung versichert, welch liebevolle Fürsprecherin sie in der kleinen Herzogin gefunden hatte.

Doch wie sollte solch ein blutjunges Ding sich auf Dauer gegen einen sittenlosen Gatten durchsetzen? Stand nicht weitaus eher zu befürchten, dass Lenas Anwesenheit die Lüsternheit des Herzogs zu neuen, noch hässlicheren Auswüchsen treiben würde? Die Luft blieb Els schier weg, wenn sie nur daran dachte. Das durfte niemals geschehen!

Ihre Laune verdüsterte sich noch mehr, weil sie die Schuld inzwischen vor allem bei sich selbst suchte. Vielleicht wäre ja alles ganz anders gekommen, wäre es ihr nach Johannas frühem Tod gelungen, an deren Stelle für Lena die Mutter zu sein, die das Mädchen verdiente. Davon jedoch war sie leider weit entfernt, weiter vielleicht als jemals zuvor.

❧

Zuerst war es für Lena nur ein Schatten gewesen, der so schnell wieder im Dunkel des Laubengangs verschwunden war, dass sie zunächst an eine Sinnestäuschung geglaubt hatte. Dennoch blieb sie auf ihrem Weg zum Markt am Innrain immer wieder stehen und schaute sich um, unauffällig, wie sie dachte. Chunrat freilich, der Vily und zwei andere Küchenjungen vor sich her scheuchte, dass ihnen die Schweißperlen auf der Stirn standen, fiel es trotzdem auf.

»Suchst du etwas?«, fragte er. »Oder warum sonst führst du dich auf wie eine bockige Eselin, die frisches Gras gerochen hat?«

Sie schüttelte den Kopf. »Ich dachte, ich hätte jemanden gesehen«, entgegnete sie. »Aber ich muss mich wohl geirrt haben.«

Er gab ein vieldeutiges Knurren von sich, einer seiner Lieblingslaute, wie Lena inzwischen gelernt hatte. Zur allgemeinen Überraschung war Chunrat Wagner zum Küchenmeister für das Frauenzimmer ernannt worden, während an seiner Stelle der griesgrämige Jörg Perwart die Leitung der Gesindeküche übernommen hatte. In der Regel kamen Lena und er ganz gut miteinander aus, vorausgesetzt, Chunrat überfiel nicht gerade der Neid, wenn die kleine Herzogin wieder einmal die von dem Mädchen zubereiteten Speisen über den grünen Klee lobte, während sie seine Gerichte nahezu unberührt zurückgehen ließ.

»Hab deinen Kopf lieber bei der angebotenen Ware!«, sagte Chunrat. »Denn das solltest du dir merken: Ein Koch kann immer nur so gut sein wie seine Zutaten es sind.«

Das hatte Bibiana ihr bereits beigebracht, als sie ihr kaum bis zum Nabel reichte – und zudem auf anschauliche, weitaus sinnlichere Weise. Die Ladinerin schnupperte an allem, bevor sie es kaufte, nahm einen Bissen oder zerrieb eine winzige Probe, bis das Aroma sich ganz entfaltete. Nur mit Mühe gelang es Lena, eine schnippische Erwiderung noch rechtzeitig hinunterzuschlucken. Was half es, sich mit ihm anzulegen? In der Enge der hastig neu eingerichteten Küche, in der für das Frauenzimmer gekocht und gebacken wurde, mussten sie ja doch wieder Hand in Hand arbeiten.

Chunrat war inzwischen vorausgegangen und stolzierte mit mürrischem Gesicht von Stand zu Stand. Lena folgte ihm, und wieder überkam sie das unangenehme Gefühl, als würde sie heimlich beobachtet. Blitzschnell drehte sie sich um. Doch da war nur ein Bettler zu sehen, der in seinem zerlumpten Umhang hastig davonhumpelte.

»Wird Zeit, dass die Fastenzeit endlich vorbei ist«, sagte Chunrat, nachdem er sich umständlich alles hatte zeigen lassen, bevor er sich endlich zum Kauf entschließen konnte. »Ich bereite viel lieber einen ordentlichen Braten zu, anstatt Tag für Tag grüne Knödel zu stechen oder Griesschnitten in Schmalz zu wenden. Das sieht Ihre Hoheit gewiss auch nicht anders. Und erst recht Seine Hoheit, der Herzog, der seiner Gemahlin beim Essen neuerdings so gern Gesellschaft leistet.«

»Wieso bereiten wir dem hohen Paar dann zum Gründonnerstag nicht eine Überraschung?«, schlug Lena vor. »Neunstärke – im Frühling gibt es keine feinere Suppe, und den strengen Fastengeboten entspricht sie zudem auch noch. Giersch und Löwenzahn machen munter, Brennnessel reinigt die Haut und das Blut, Schafgarbe und Sauerampfer können …«

»Mit solchem Hexenkraut kannst du deine Ziegen füttern – die fürstlichen Herrschaften brauchen etwas anderes!«

Chunrat wandte sich ab und gönnte Lena kein einziges Wort, bis sie die Hofburg wieder erreicht hatten. Auch danach blieb es bei ein paar knappen Befehlen, denen sie rasch nachkam. Sogar Vily hatte mittlerweile gelernt, dass es in solchen Augenblicken klüger war zu parieren, wollte man keinen Zornausbruch riskieren. Manchmal allerdings verzog er dabei das Gesicht und rollte derart übertrieben mit seinen großen, kugelrunden Augen, dass Lena sich das Lachen kaum verkneifen konnte.

Ging es allerdings darum, Essen zu Pater Institoris zu bringen, so gab es niemanden, der sich schneller unsichtbar machen konnte als Vily. Nur ein einziges Mal hatte er sich dazu verdonnern lassen, das Krankenzimmer zu betreten, in dem der Pater seit Tagen leidend und schwer fiebernd lag. Danach musste Chunrat notgedrungen stets andere Küchenjungen beauftragen, dem Dominikaner die von van Halen verordnete Krankendiät zu bringen.

Lena freilich wollte mehr erfahren. Es machte sie unruhig, den Mann mit dem eisigen Blick so dicht in ihrer Nähe zu wissen. Gleichzeitig jedoch war sie erleichtert, dass er nun nicht mehr mit Els, Sebi und Bibiana unter dem Dach des »Goldenen Engel« wohnte.

»Weißt du denn nicht, was man sich über ihn erzählt?« Vily blies die Backen auf wie immer, wenn er sich wichtig machte. »Den Leibhaftigen soll er in einer lodernden Feuerwolke aus dem Kamin getrieben haben. Seitdem spukt es nicht mehr bei uns.«

»Dann sind die bösen Geister doch besiegt! Wofür fürchtest du dich noch?«

»Weil ich zufällig ganz genau weiß, dass der Teufel heimlich zurückgekommen ist, um in ihn zu fahren. Pech und Schwefel hab ich gerochen, als ich in seinem Zimmer war – das schwöre ich bei der allerheiligsten Jungfrau Maria!«

Vilys Worte verfolgten Lena bis in ihre Träume, in denen sie blindlings durch einen dornenbewehrten Wald hetzte auf der Suche nach einer Zuflucht, die sich immer weiter zu entfernen drohte, je schneller sie rannte. Schweißgebadet erwachte sie, mit wild klopfendem Herzen, und brauchte eine ganze Weile, um sich in der engen Dachkammer zurechtzufinden, die sie jetzt bewohnte.

Sie blieb wachsam, als sie die nächsten Male die Hofburg verließ, um Einkäufe zu machen, und obwohl ihr Verdacht nicht konkreter wurde, hielt sich hartnäckig ein Gefühl von Bedrohung. Es wäre eine Erleichterung gewesen, sich jemandem anzuvertrauen – doch an wen sollte sie sich wenden?

Els und Bibiana hatten ihre eigenen Sorgen, die kleine Herzogin schwelgte im Eheglück, das Lena weder stören konnte noch wollte, und Niklas, den sie vielleicht noch am ehesten hätte einweihen können, machte sich wieder einmal rar.

Lena strengte sich an, die lauernden Schatten einfach zu vergessen. Doch so große Mühe sie sich damit auch gab, es wollte und wollte ihr einfach nicht gelingen.

❧

»Du willst – was?« Barbara starrte die junge Frau mit dem lockigen Flammenhaar an, dann brach sie in Gelächter aus. »Das hat vor dir noch keine von mir verlangt!«

»Willst du die Kleine nicht lieber rausschicken?« Die Braut des Baders warf Maris, die in einer Ecke mit ihren Flickenpuppen spielte, einen verschämten Blick zu. »Dann könnten wir freier reden.«

»Sie wird einmal in die Fußstapfen ihrer Mutter treten.« Barbaras grünliche Augen glitzerten vergnügt. »Da kann es nicht schaden, wenn sie von klein auf mitbekommt, was zu unserer alten Kunst gehört. Aber wenn du unbedingt willst – von mir aus!« Sie erhob nur leicht die Stimme. »Maris, geh doch mal raus zum Spielen!«

»Du musst mir helfen, bitte!«, wiederholte Gundis, kaum war die Kleine verschwunden. Auf ihren runden Wangen brannten rote Flecken. »Mach, dass es länger dauert!«

»Besser könnte es doch eigentlich gar nicht für dich aussehen«, sagte die Hebamme. »Beim letzten Mal hast du noch um Sadesud und Haselwurz gebettelt, weil du deine Leibesfrucht dringend loswerden wolltest.« Sie trat einen Schritt zurück, musterte Gundis neues Kleid aus blauem Tuch, das so bahnenreich fiel, dass von der Schwangerschaft kaum etwas zu sehen war, sowie das silberne Kreuz, das den stattlichen Busen schmückte. An Gundis Zeigefinger funkelte ein blutroter Karfunkelring, der die ehrenhafte Verlobung anzeigte. »Jetzt kriegst du den Mann deiner toten Stiefschwester und einen Vater für dein Kind auf einen Schlag.«

»Aber es darf doch nicht so früh geboren werden! Und dafür musst du sorgen!«

Barbara schenkte sich einen Becher Met ein und trank. Die Besucherin, der sie ebenfalls eingegossen hatte, nippte lediglich.

»Das Kind bestimmt, wann es kommt.« Barbaras Stimme war ruhig. »Das weiß sogar schon meine Kleine. Nicht einmal Zunähen würde da etwas helfen. Wann hast du zum letzten Mal geblutet?«

Die andere starrte sie voller Verzweiflung an.

»An Allerheiligen. Das weißt du doch! Und selbst da war es bereits kümmerlich. Aber er muss doch denken, es sei seins!«, stieß sie hervor. »Sonst nimmt er mich vielleicht im letzten Augenblick nicht – seine Mutter kann mich ohnehin nicht leiden.«

Bevor Gundis sich dagegen wehren konnte, betastete Barbaras Hand ihren Bauch.

»Genommen hat er dich ja offenbar längst.« Jetzt klang die Hebamme sarkastisch. »Und so, wie es aussieht, bereits zu Margaretes Lebzeiten. Du bist um einiges weiter, als ich dachte.«

»Sie war ihm zu unförmig geworden kurz vor der Geburt, da wollte er lieber …« Gundis wurde plötzlich misstrauisch. »Woher hast du das alles überhaupt? Etwa von dieser unverschämten Totenwäscherin, die mich überall in der Stadt schlecht machen will?«

»Wozu hab ich schließlich Augen im Kopf? Im Wochenbett hat Margarete dann aber offenbar seine Gunst zurückgewonnen, sonst hätte er sie wohl in Ruhe gelassen – und sie könnte heute noch leben.«

Gundis starrte zu Boden. »Ich hab ihn nicht ermutigt ...«

»Wo du ihm doch so auf ungemein bequeme Art und Weise das Kind eines anderen unterschieben konntest? Aber täusch dich nicht, Gundis! Wenn ein Ambros Säcklin außer seinem Baderberuf etwas beherrscht, dann ist es Rechnen.«

Gundis begann zu weinen. Jetzt tat sie der Hebamme fast leid, obwohl Barbara Margaretes trauriges Ende keinen Augenblick vergessen konnte.

»Vielleicht hast du ja Glück – und es bleibt ein wenig länger drin«, fuhr sie etwas freundlicher fort. »Das kann manchmal bei Erstgebärenden vorkommen.«

»Wie lange?«

»Ganz unterschiedlich. Eine Woche, zwei. Einmal hab ich es sogar erlebt, dass es mehr als drei Wochen waren.«

»Das nützt mir gar nichts. Es müsste viel, viel länger sein, sonst schöpft Ambros am Ende doch noch Verdacht.«

»Das, fürchte ich, wirst du kaum verhindern können.« Barbara klang abschließend.

»Und wenn ich gar nichts mehr esse? Keinen einzigen Bissen mehr? Vielleicht wächst es dann langsamer und wird erst später geboren.« Gundis schien sich krampfhaft an jede noch so fragwürdige Hoffnung klammern zu wollen.

»Dann hast du hinterher ein paar Zähne weniger, und deine Knochen sind die eines alten Weibes. Ein Kind holt sich immer, was es braucht. Eher bleibt die Mutter in der Schwangerschaft auf der Strecke.«

»Und wenn du einfach behauptest, es sei viel zu früh gekommen?«

»Wie wäre es stattdessen mit der Wahrheit, Gundis? Oder glaubst du etwa, dein ehrenwerter Bader könne ein ausgetragenes Kind nicht von einer Frühgeburt unterscheiden?«

Ein Unmutslaut kam aus Gundis Mund. Ihre anfängliche Weinerlichkeit schlug mehr und mehr in Ärger um.

»Was sollen überhaupt diese strafenden Blicke?« Sie erhob sich abrupt, eine steile Falte auf der Stirn. »Schließlich bist du nicht Gottes Finger.« Sie deutete auf Tisch und Truhen. »Und das alles hier hast du dir auch nicht nur dank Schleim und Blut geschaffen. *Du* hast einen Mann abbekommen. Warum sollte ich dann leer ausgehen?«

»Spar dir deinen Zorn! Wenn du schon unbedingt auf jemanden wütend sein willst, dann am besten auf dich selbst. Ich *kann* dir nicht helfen. Niemand kann das.«

»Das werden wir ja sehen! Zum Glück bist du nicht die Einzige in der Stadt, die etwas vom Gebären versteht.«

»Du willst zur Bleidlerin?«, sagte Barbara erschrocken. »Dann sei bloß vorsichtig! Landauf, landab kennt man keine geldgierigere Engelmacherin.«

Gundis' Gesicht war plötzlich hassverzerrt. »Bild dir bloß nicht zu viel ein!«, zischte sie. »Vielleicht musst du ja schon bald herunter von deinem hohen Ross. Überall in Innsbruck wird gemunkelt, was du insgeheim treibst – und mit wem. Rosin, Wilbeth, die Walsche und die schwarze Els, ihr steckt doch alle miteinander unter einer Decke! Schleicht euch im Dunkeln in diese alte Kapelle ...«

»Das tun viele. Außerdem ist Beten nicht verboten«, erwiderte Barbara äußerlich gelassen, obwohl sie nicht verhindern konnte, dass ihr die Knie bei Gundis' Worten weich wurden. Ihre Gedanken überschlugen sich. Wer konnte sie beobachtet haben – und seit wann? Ihr letztes Feuer in der Sillschlucht war weitaus bescheidener ausgefallen als jemals zuvor. Hätten sie trotzdem noch vorsichtiger sein müssen?

»Das nicht.« Angriffslustig reckte Gundis ihr rundliches Kinn. Die nunmehr vertauschten Rollen schienen ihr zu gefallen. »Dann aber gefälligst zu Tagzeiten, wenn die heilige Messe gelesen wird. Seite an Seite mit anständigen, gottesfürchtigen Leuten.«

Sie legte ihr Schultertuch um und strebte zur Tür. Dort wandte sie sich noch einmal um.

»Wenn alles so harmlos ist, wie du tust, dann muss ich mein Wissen ja nicht unbedingt für mich behalten«, drohte sie. »Es sei denn, dir fiele vielleicht doch noch ein, wie ich länger …«

»Raus!«, verlangte Barbara. »Und komm besser nicht wieder! Du kannst froh sein, wenn ich vergesse, dass du jemals hier warst.« Sie senkte ihre Stimme, was sie noch eindringlicher klingen ließ. »Oder soll ich dich lieber auf der Stelle zu deinem besorgten Verlobten und seiner Mutter begleiten, damit sie beide so schnell wie möglich von unserer kleinen Unterhaltung erfahren?«

❧

Wie Feuer war das Licht, so stark, dass es die Augen blendete, auch wenn er die Lider fest geschlossen hielt. Es loderte in ihm, als wolle es seine Eingeweide auffressen, es wucherte unter seiner Haut, warf sie auf zu gespenstischen Beulen, die juckten und schmerzten, sodass er sich blutig kratzen musste, was den Schmerz nur noch greller werden ließ.

Um vieles schlimmer als diese körperlichen Qualen aber waren die seelischen. Es gab keinen Unterschied mehr zwischen Tag und Traum, zwischen Wachen und Schlafen. Stimmen hörte er – und wusste doch, dass er mutterseelenallein in seinem Schweiß lag. Gesänge marterten ihn, so hässlich und schrill, dass ihm das Trommelfell zerplatzen wollte. Wozu hatte er sich zwei endlose Wochen in einer eisigen Zelle des Prämonstratenserstifts mit harten Exerzitien und strengem Fasten gequält? Doch nur, um rein zu werden für seine große, seine heilige Aufgabe.

Da waren sie plötzlich wieder vor ihm, jene stumpfen Gesichter der Gläubigen in der Pfarrkirche zu Wilten, die auf seine leidenschaftliche Predigt reagiert hatten wie eine verängstigte Schafherde mitten im Sommergewitter. Verwirrung hatte er in ihnen lesen können und blanken Abscheu. Manche hatten sich unter seinen Worten geduckt wie unter der strafenden Rute, andere wieder nur blöd vor sich hingestiert, doch begriffen hatte niemand den Sinn seiner Worte. Außer einem einzigen verirrten Bäuerlein, das schließlich angeschlichen kam und etwas über verhexte Milchziegen gejammert hatte – als ob der Herrscher der Finsternis nicht fähig wäre, weitaus größeres Unheil anzurichten!

Dabei hatte er ihn doch höchstpersönlich aus der Hofburg ausgetrieben, ohne jegliche Furcht vor Satan, der einen beobachten, berühren oder sogar anspringen konnte. Kurz hatte Kramer während der heiligen Zeremonie sogar etwas Eisiges an seiner Schulter gespürt, den Impuls aufzuschreien jedoch mannhaft unterdrückt und von da an nur noch inständiger betend Weihwasser, geweihtes Salz und Öl auf Türschwellen und Fensterbänke verteilt.

»Ich gebiete dir, unreiner Geist, als Diener der Kirche in der Kraft des gekreuzigten und auferstandenen Herrn Jesus Christus, weiche!«

Der heiligste Bannspruch, stärker als alles Böse.

»Visita, quaesumus, Domine, habitationem istam, et omnes insidias

inimici ab ea longe repelle …« Unablässig murmelten seine rissigen Lippen auch jetzt diese überlieferten Worte des Exorzismus, zumeist in der Sprache der Kirche, die er beinahe so liebte wie den Herrn selbst, bisweilen aber auch in der des Volkes. »Herr, kehre ein in dieses Haus, und halte Nachstellungen des Feindes von ihm fern! Deine heiligen Engel mögen darin wohnen und uns in Frieden bewahren. Und Dein Segen sei über uns allezeit. Amen.«

Kramer jaulte auf. Was war nur mit ihm geschehen?

Nicht einmal die Namen der vierzehn Nothelfer, die er schon als kleiner Junge fehlerfrei hatte aufsagen können, waren ihm noch geläufig. So sehr er sein Hirn auch malträtierte, einzig Barbara kam ihm noch in den Sinn, die dunkle Patronin aller Sterbenden. Stand denn sein Tod nicht unmittelbar bevor? War er nicht gerade dabei, bei lebendigem Leib zu verfaulen? Er stank, von Kopf bis Fuß mit Aussatz und Krätze bedeckt wie einst der elende, von Gott verlassene Hiob. Wollte der Teufel ihm unbedingt beweisen, dass er trotz allem obsiegen würde?

Als die Tür sich öffnete, stieß er einen schwachen Schrei aus.

»Seid unbesorgt, Pater«, hörte er jemanden sagen. »Ich bin es, Cornelius van Halen, begleitet von zwei Dienern. Ich komme, um Euch zu waschen und einzureiben. Danach werdet Ihr Euch besser fühlen.«

Bevor Kramer noch Einspruch erheben konnte, hatten sie ihn bereits hochgehoben und auf eine mitgebrachte Bahre gebettet. Halb im Dämmer vernahm er, wie sie sein Lager neu bezogen. Der Duft frischen Leinens stieg ihm in die Nase. So hatte es immer gerochen, wenn die Mutter in seiner Kindheit große Wäsche gemacht hatte – jahrzehntelang hatte er nicht mehr daran gedacht.

Tränen stiegen ihm in die Augen, was der fette Medicus allerdings ganz falsch verstand.

»Ihr müsst Euch nicht schämen«, sagte van Halen in seinem seltsamen Singsang, während fremde Hände Kramer das verschwitzte Hemd abstreiften. »Gott hat Euch schließlich so erschaffen, und außerdem sehen Euch die Diener ja gar nicht dabei an. War nicht ganz einfach, überhaupt jemanden zu finden, der dazu bereit war. Die beiden aber hatten diese Krankheit schon, als sie noch klein waren. Daher sind sie jetzt gegen sie geschützt.«

Was redete dieser Mann? Kramer verstand kein Wort. Doch die Kühle des weichen Tuchs, mit dem er nun gewaschen wurde, war erfrischend, und das weißliche Zeug, das van Halen ihm anschließend behutsam auf die Beulen tupfte, stillte zumindest im Moment den entsetzlichen Juckreiz.

»Muss ich sterben?«, murmelte er, als er in seinem sauberen Bett lag. »Dann verlange ich auf der Stelle die Segnungen der letzten Ölung.«

»Damit lasst Euch ruhig noch ein wenig Zeit!«, erhielt er als Antwort. »Das Schlimmste liegt vermutlich hinter Euch. Aber etwas mehr Fleisch auf den Rippen könntet Ihr ruhig vertragen. Was Euch plagt, sind die Wasserpocken, im Volksmund auch Wilde Blattern genannt. Kinder überstehen sie meist schnell, in Eurem Alter jedoch verläuft die Krankheit härter. Und haltet wenn irgend möglich die Hände im Zaum! Wenn Ihr nicht allzu viel kratzt, müsst Ihr nicht einmal hässliche Narben zurückbehalten.«

»So war es also ein verderbtes Kind, das mich so krank und elend gemacht hat?«

»Niemand weiß, wie es geschieht«, sagte van Halen. »Doch wenn ein Geschwisterchen die Krankheit hat, bekommen die anderen sie in der Regel auch.«

Er bestand darauf, dass Kramer sich halb aufrichtete, damit einer der Diener ihm ein paar Löffel einer mit Eigelb verquirlten Kräutersuppe einflößen konnte, die der Pater zu seinem Erstaunen bei sich behalten konnte. Danach zwang er ihn eigenhändig, einen Becher bis zur Neige zu leeren, dessen Inhalt allerdings so bitter war, dass der Kranke ihn kaum hinunterbekam.

»Wollt Ihr mich vergiften?« Erschöpft sank der Dominikaner in die Kissen zurück. Sein Schlund brannte, als hätte er flüssiges Feuer schlucken müssen. »Ich erleide Höllenqualen!«

»Das sind heilende Kräuter, aufgelöst in Hochprozentigem.« Der Singsang schien sich immer weiter zu entfernen. »Da werdet Ihr gut schlafen.« Die Stimme verhallte.

Und schon bald tauchte in Kramers unruhigen Träumen ein schmales Kindergesicht mit verfilztem Blondhaar auf, das ihn nicht mehr losließ.

Natürlich hatte Johannes Merwais den gestrigen Leidenstag Christi wie alle anderen am Hof mit der Andacht begonnen, die Hofkaplan Taurstein abgehalten hatte. Der Jurist war erleichtert, dass dieser dünne, leicht gebeugte Mann am Altar stand und vom Leiden und Sterben Jesu predigte und nicht jener fremde Dominikaner, dessen Anblick ihn vom ersten Augenblick an frösteln gemacht hatte. Über den Großen Exorzismus, den der Pater Institoris in diesen Mauern abgehalten hatte, wurde in der Hofburg nur hinter vorgehaltener Hand getuschelt, als fürchtete jeder, sonst die Aufmerksamkeit des Teufels auf sich zu lenken.

Was aber Merwais am meisten gegen den Pater Institoris aufgebracht hatte, war dessen lautstarke Ansprache, die er im

Burghof an alle gerichtet hatte, die lilafarbene Stola der Teufelsaustreibung noch um den Hals und ein riesiges Holzkruzifix in der Hand, das er beim Reden wie ein Schwert schwang.

»Ein Ort oder ein Schloss allein kann nicht verflucht sein.« Eine Stimme wie Donnergrollen. »Gibt es Anzeichen dafür, so liegt dieser bedauernswerte Zustand ausschließlich an seinen Bewohnern. Nur die absolute Reue kann euch davor bewahren, einzig und allein eine schonungslose Beichte jeden von euch vor den Krallen Satans erretten. Wer möchte den Anfang machen? Ich erwarte die reuigen Sünder morgen in der Hofkapelle ...«

Zum Glück war der Pater Institoris schwer erkrankt, bevor es dazu gekommen war. Johannes Merwais schüttelte sich allein bei dem Gedanken an diese Aufforderung. Das Gewissen in Beichtstuhl zu erleichtern, war für ihn ein persönlicher Akt, ein intimes Bekenntnis vor Gott, bei dem der Priester Mittler war – nicht Richter.

Heute allerdings, am Karsamstag, war Merwais heilfroh, zu seinen Papieren und Zahlenkolumnen zurückkehren zu können, die anstelle von Pech- und Schwefelodem erholsame Nüchternheit verströmten. Was er jedoch hier auf seinem Tisch vorfand, gefiel ihm ganz und gar nicht, woran auch die schlaflosen Nächte nichts ändern konnten, in denen er sich schon mit diesen Sachen ohne nennenswertes Ergebnis herumgeschlagen hatte. Zum ersten Mal im Leben hatte er das Gefühl, seinen innersten Prinzipien untreu geworden zu sein, was ihn gleichermaßen verstörte wie wütend machte. Wäre es nicht besser gewesen, dem Herzog die Stirn zu bieten, selbst auf die Gefahr hin, dass dieser ihn dann als unfähig entlassen hätte?

Als würde er Merwais' heimlichste Gedanken lesen können, stand auf einmal Herzog Sigmund im Kontor.

»Ich dachte mir, dass ich Euch hier finden würde.« Er zog sich einen Stuhl heran. »Und das sogar am Tag der Leiden unseres Herrn!«

»Karfreitag war gestern, Euer Hoheit. Außerdem brennt uns die Zeit auf den Nägeln. Ich denke, das wisst Ihr ebenso gut wie ich.«

Der Herzog gab ein Schnauben von sich. Im hellen Sonnenlicht traten die Rötungen auf seinen Wangen stärker als sonst hervor, winzige, geplatzte Äderchen, die seine blasse Haut durchzogen wie ein Spinnennetz. Hatte er zu viel getrunken? Oder setzte ihm die vermehrte Ausübung seiner ehelichen Pflichten besonders heftig zu?

»Aber wird es auch gelingen?«, fragte Sigmund schließlich. »Ihr wisst, was alles davon für Tirol abhängt.«

»Im Moment sieht es ganz danach aus«, erwiderte Johannes Merwais. »Wenngleich wir uns auf dünnes Eis begeben haben, denn alles, was wir tun, verstößt gegen ...«

»... diesen hundsgemeinen Knebelvertrag, mit dem sie sich an meiner Notlage bereichert haben? Nicht einmal das Papier, auf dem er geschrieben steht, ist er wert!« Der Herzog war erregt aufgesprungen. »Verletzt der etwa nicht alle heiligen Regalien des Landesherrn? *Ut sementem feceris, ita metetes.* Was du gesät hast, wirst du ernten – nichts anderes haben diese Pfennigfuchser verdient.« Ächzend sank er auf den Stuhl zurück.

»Wir haben eine Lücke entdeckt und wir nutzen sie«, sagte Merwais sehr ruhig. »Allerdings gibt es kaum ein Handelshaus im ganzen Reich, in dem Listen und Bilanzen exakter geprüft werden als bei den Fuggern. Außerdem halten sie regelmäßige Inspektionen ab, auch das ist Euch bekannt, Hoheit. Nicht mehr lange, und ihnen wird sehr wohl auffallen, dass aus der geförderten Erzmenge in Schwaz mit einem Mal überraschend wenig Silber geschmolzen wird.«

»Wenigstens kann ich bis dahin meine Münzen prägen, darauf kommt es an«, sagte der Herzog. »Allein der Halbguldiner verschlingt mehr Silber als man sich vorstellen kann. Jede Änderung würde alles nur durcheinanderbringen. Oder sollte ich vielleicht tatenlos dabei zusehen, wie ein gieriges Krämergeschlecht die Schätze meines Herzogtums plündert, auf dass ich später auch einmal mit dem schändlichen Beinamen meines Vaters bestraft werde: Sigmund mit der leeren Tasch«?

»Ganz zu Unrecht haben sie ihn so genannt«, erwiderte Merwais. »Euer geschätzter Vater wusste sehr wohl, wie man wirtschaftet. Das beweisen diese Bücher.«

»Wen schert das schon!« Der Herzog geriet immer heftiger in Rage. »Wichtig ist doch, was in den Köpfen der Menschen haften bleibt – und nicht, was in diesen Büchern steht, die ohnehin kaum einer entziffern kann. Ich will, dass mein Volk mich liebt und verehrt. Und das wird es nur, wenn ich etwas hinterlassen kann, was von Dauer ist, versteht Ihr?«

Mit einem seidenen Tuch tupfte er sich den Schweiß von der Stirn.

»Und auch wenn die Herzogin mich in den nächsten Monaten zum stolzen Vater machen wird, was ist damit schon gewonnen? Nachkommen können auch Mädchen sein, früh versterben oder als Geiseln verschleppt werden, so wie meine feinen Verwandten in Wien es mit mir angestellt haben: ein hilfloser Waise, der sich damals dagegen nicht wehren konnte. Menschliches Fleisch ist so schwach, so anfällig, so ungemein verletzlich! Silber dagegen ist kostbar und hart. Silber kann man im Erdreich vergraben und wieder ausbuddeln, sobald die Gefahr vorüber ist. Silber lässt sich einschmelzen und zu Neuem formen. Meine Münzen werden uns alle überleben!«

»Ihr befehlt, Euer Hoheit.« Merwais deutete eine Verneigung an, um seinen wachsenden Unmut zu überspielen. Wie ein ungezogenes Kind kam er ihm manchmal vor, dieser Mann, der die Lebensmitte bereits deutlich überschritten hatte, und sich noch immer aufführte, als müsste ihm nach einem Fingerschnippen die ganze Welt zu Diensten sein. Aber das waren eben die Unterschiede, die alles ausmachten: Der eine kam mit dem goldenen Löffel im Mund zur Welt, der andere wuchs in einem spitzgiebeligen schwäbischen Handwerkerhaus auf und konnte einzig die Möglichkeiten nützen, die ihm der unentgeltliche Besuch der ortsansässigen Lateinschule bot.

»Ich kann mich doch auf Euch verlassen?« Der Herzog hatte sich auf die Tischplatte gestützt und starrte den Juristen aus seinen großen, hellen Augen an.

»In allem, Euer Hoheit«, sagte Merwais mit enger Kehle.

Nachdem der Herzog endlich gegangen war, hielt er es kaum aus in seinem stickigen Kontor, und lief nach unten, um endlich ins Freie zu kommen. Die letzten Nächte waren noch einmal sehr kalt gewesen, aber man spürte, dass der Frühling nun nicht mehr aufzuhalten war. Vogelzwitschern empfing ihn im Burghof, überall grünte und spross es, und die Knospen der Bäume waren zum Aufplatzen bereit.

Bevor er sich darüber noch Rechenschaft abgelegt hatte, stand Merwais vor der Tür der neuen Küche, aus der Lenas fröhliches Lachen drang. Beinahe wäre er wieder umgekehrt. War er schon wieder zu spät gekommen – und dieser verdammte Herzogsbastard stand ihm abermals im Weg?

Johannes riss die Tür auf, eine grimmige Bemerkung auf der Zunge. Doch von dem dreisten Spielmann war glücklicherweise nichts zu sehen. Lena lachte mit einem der Küchenjungen, der offenbar ein hungriges Katerchen dabei ertappt hatte, wie es Fischabfälle stehlen wollte. Bei Merwais' Anblick errötete sie, was diesem außerordentlich gefiel.

»So ein frecher Räuber!«, rief sie. »Aber kann man ihm böse sein? Doch der Schönste ist natürlich unser Pippo im ›Goldenen Engel‹, so klug und so pechschwarz wie der Teufel ...« Lena hielt inne, schlug sich die Hand vor den Mund. »Verzeiht – was rede ich da für Unsinn! So hab ich es natürlich nicht gemeint.« Sie verstummte. Es wurde ja mit jedem Wort, das sie sagte, nur noch schlimmer!

»Ich mag Katzen«, sagte Merwais. »Ganz egal, ob weiß, schwarz oder rot.« Er schnupperte. Alle Magensäfte schienen ihm auf einmal einzuschießen. Über seinen endlosen Rechnungen und Kalkulationen hatte er offenbar das Essen ganz vergessen – und das Leben dazu. »Wonach duftet es hier denn so köstlich? Stammt das Gericht wieder von der jungen Köchin höchstpersönlich?«

»Eine Überraschung für die kleine Herzogin«, mischte der Küchenjunge sich ungefragt ein. »Für Ihre Hoheit, meine ich natürlich. Der Ausklang eines österlichen Festessens, das Lena sich eigens ausgedacht hat. Was Ihr hier riecht, stammt nur vom Probedurchlauf, damit morgen nichts schiefgeht.«

Während er noch plauderte, hatte Lena bereits ein Tuch gehoben und die Torte darunter angeschnitten. Das Stück, das sie Johannes servierte, war riesig.

Er biss hinein, schloss genießerisch die Augen. »Ein echtes Stück vom Himmel«, sagte er. »Ich wette, dieses Rezept hütest du wie deinen Augapfel!«

Lena wirkte erneut verlegen. »*Torta della nonna* ist das, und natürlich stammt das Rezept wieder einmal von Bibiana. Ein einfacher Teig aus Mehl, Zucker, kalter Butter und einer Prise Salz. Das würde jedes Kind zustande bringen. Wichtig ist die Füllung, für die man Eigelb, Zucker, geschlagene Sahne und Vanillemark braucht.«

»Und was ist das Grüne darauf?« Merwais konnte Lena nicht mehr aus den Augen lassen. »Könnte ich vielleicht noch ein Stück davon bekommen?«

»Gehackte Pistazienkerne. Ihr wollt mehr – warum nicht? Dies war ohnehin nur ein Versuch. Bibiana behauptet immer, nach einer halben Torte könne man Bäume ausreißen.« Sie lugte zu Vily, der plötzlich wie angewachsen dastand. »Wieso kümmerst du dich eigentlich nicht längst um die Taubensuppe?«, rief sie. »Umrühren, los, los – ich will nicht wieder riechen müssen, dass alles angebrannt ist!«

Widerwillig machte der Junge sich an die Arbeit.

»Kann ich Euch für einen Moment allein sprechen?« Lena nahm all ihren Mut zusammen, während Merwais weiter genüsslich kaute. Hoffentlich hatte sie Glück, und Chunrat kam nicht gleich angelaufen. »Jemand lauert mir auf. Und inzwischen weiß ich auch, wer.«

»So rede!« Merwais war plötzlich ganz ernst.

»Kassian. Zuerst dachte ich, ich hätte mich getäuscht, denn er verkleidet sich offenbar als Bettler. Inzwischen aber bin ich mir ganz sicher. Er will mir Angst machen. Kaum setze ich einen Fuß aus der Hofburg, ist er auch schon da.«

»Hat er dich angesprochen? Oder gar angegriffen?«

Sie schüttelte den Kopf.

»Er steht nur stumm da. Aber er hat etwas Böses im Sinn, das spüre ich ganz genau. Wie er mich anglotzt – als ob er mich am liebsten erwürgen würde. Er weiß alles von mir, versteht Ihr, er kennt meine Familie, Sebi, meinen kleinen Vetter ...« Lena umkrampfte ihre Schürze. »Was soll ich nur tun? Meinen Lieben darf doch nichts zustoßen!«

»Und wenn ich einmal mit ihm rede?«

»Das würdet Ihr tun?« Für einen Augenblick war ihr Gesicht ganz weich geworden, dann aber verdüsterte es sich wieder. »Was würde das schon nützen? Euch gegenüber wird er sicherlich nicht zugeben, was er im Schilde führt. Vielleicht macht ihn das ja nur noch wütender.«

»Nicht unbedingt, wenn ich es klug genug anfange.« Johannes Merwais wandte sich zum Gehen.

»Aber wie wollt Ihr ...«

»Willst du das nicht lieber mir überlassen, Lena?« Er lächelte. »Jemand, der so herrlich bäckt und kocht wie du, sollte sich den Kopf besser nicht darüber zerbrechen.«

Sie sah ihm nach, als er aus der Küche ging.

Inzwischen ließ sie sich längst nicht mehr von seinem steifen Gebaren hinters Licht führen. Nach außen konnte dieser Merwais sich ruhig weiterhin als Stockfisch aufführen, sie aber hatte längst erkannt, wie offen und weich sein Herz war.

❧

»Spürst du die drei?«

Els nickte. Wilbeth kniete so nah neben ihr, dass sie das zarte Aroma wahrnahm, das von ihr ausging, eine Mischung aus Herbem und Süßem, an der sie die Freundin auch mit geschlossenen Augen erkannt hätte.

»Ich spüre sie auch. Ihre Kraft war niemals stärker.« Der Kopf mit dem silbernen Haarkranz neigte sich tiefer über die gefalteten Hände.

»Es tut so gut, ihre Liebe zu fühlen.« Barbara stand ein Stück hinter den beiden anderen. »Als ob wir ein Teil von ihnen wären.«

»Das sind wir doch auch!«, sagte Wilbeth. »Schon als die Zeit noch keinen Namen hatte, gab es sie bereits: Wilbeth, die Schicksalsspinnerin, nach der meine liebe Mutter mich benannt hat, Ambeth, die Hüterin der Fruchtbarkeit, und Borbeth, die Beschützerin der Sterbenden. Ohne die drei würde nichts sein.«

Zu Füßen der drei Statuen leuchtete vor dem Altar ein Lichtermeer.

»Seht doch nur, so viele neue Kerzen wurden angesteckt!«, sagte Els. »Warum also sollten wir Angst haben? Wir sind beileibe nicht die Einzigen, die die Bethen ehren. Viele andere müssen da gewesen sein, Frauen wie wir, die es ebenfalls zu diesem heiligen Ort treibt. Vielleicht hätten wir doch gemeinsam gehen können, wie wir es bislang immer getan haben.«

»Rosin, Hella und Bibiana kommen später«, entgegnete Barbara. »Ich denke, es ist klüger, erst einmal auf der Hut zu sein. Offenbar redet man in Innsbruck bereits über uns. Wenn Gundis ihre Drohung tatsächlich wahr macht ...«

»Aber wir tun doch nichts Unrechtes!«, rief Els. »Seit ewigen Zeiten ist diese Kapelle eine Zuflucht gewesen. Wer sollte sie uns verbieten wollen?«

»Ich wüsste da schon jemanden.« Wilbeths Stimme war voller Wut und Trauer. »Dieser Mönch, der am Bodensee gewütet und dort schon viele ins Feuer geschickt hat. Dieser Mönch, der nun unter deinem Dach lebt, Els.«

»Pater Institoris? Ich hab ihn seit Wochen nicht mehr gesehen. Wie kommst du darauf?«

»Weil er in der Pfarrkirche zu Wilten gepredigt hat, dass der Teufel immer als Erstes die Weiber versucht, weil sie minderwertig sind, weniger zum Glauben geeignet, dass viele von ihnen über verbotene Hexenkünste verfügen, dass diese Hexen Unheil bringen über Mensch und Vieh, dass sie alle vernichtet werden müssen – mit Haut und Haaren.« Wilbeth atmete heftiger. »Ich hab es von meiner alten Base Lioba. Und die ist viel zu einfältig und fromm, um so etwas zu erfinden. Ich wünschte nur, Lioba hätte es mir schon früher erzählt!«

»Der Pater ist wie vom Erdboden verschwunden«, sagte Els. »Die meisten seiner Sachen befinden sich noch immer in seinem Zimmer. Ich hab neulich schon versucht, in seine Kisten zu schauen, aber er hat alles verschlossen.« Sie schüttelte den Kopf. »Diese schrecklichen Dinge hat er wirklich gesagt?«

»Und mehr als das!«

»Ihr Bethen, steht uns bei!« Barbara war blass geworden. »Stellt euch nur mal vor, Gundis würde ausgerechnet zu ihm laufen ...«

»Oder Purgl Geyer, meine Erzfeindin, die mich schon seit Langem für ein verderbtes Hexenweib hält.« Auch Els klang plötzlich furchtsam.

Wilbeth hatte sich aufgerichtet. Obwohl sie ein ganzes Stück kleiner war als die beiden anderen, überkam Els und Barbara das Bedürfnis, sich an ihre Schulter zu lehnen.

»Nichts wird uns zustoßen«, sagte sie mit fester Stimme, »denn wir werden klug wie die Füchse sein und listig wie die Schlangen. Die Heiligkeit dieses Ortes beschützt uns. Seid wachsam, Schwestern! Achtet darauf, was ihr sagt – und zu wem! Tut nichts, was Aufsehen erregen könnte!«

»Dann gibt es wohl vorerst auch keine Kräuterlieferungen mehr nach Italien?«, fragte Els.

»Davon würde ich dringend abraten. Außerdem war doch unser letzter Erlös so reichlich, dass wir noch eine ganze Weile auskommen werden«, erwiderte Wilbeth. »Und falls einer von euch etwas Ungewöhnliches auffällt, soll sie es sofort den anderen mitteilen. Wir haben etwas, das uns vor den anderen auszeichnet – wir haben uns!«

Die Gesichtszüge der beiden anderen Frauen wirkten wieder entspannter.

»Wirst du das auch den anderen drei sagen?«, fragte Barbara.

»Ich fange gleich bei Rosin an. Und noch etwas: Vermeidet in nächster Zeit, öffentlich zusammen aufzutreten! Du warst sehr schlau mit deiner Warnung, Barbara. Genauso wie heute werden wir es auch in Zukunft halten.«

Sie wandte sich erneut zum Altar.

»Lasst uns noch ein gemeinsames Dankgebet an die Bethen sprechen! Mit ihrer Hilfe werden wir weiterhin glücklich und in Frieden leben können.«

»Auf ein Wort, Hofmeister!«

Leopold von Spiess blieb auf der Schwelle stehen und wandte sich um. »Euer Hoheit?«

Die Herzogin erhob sich von dem Ruhebett. Kläffend und sichtlich beleidigt sprang der weiße Spitz von ihrem Schoß und suchte sich unter dem Tisch einen neuen Platz. Van Halen hatte ihr geraten, sich körperlich nicht zu überanstrengen, um eine mögliche Schwangerschaft um keinen Preis zu gefährden, doch das viele Herumsitzen machte sie müde und übellaunig. Wie gut hatte es da Sigmund, der nach dem Osterfest mit ein paar seiner Edlen zur Jagd ausgeritten war, um sich zu zerstreuen!

»Lasst mich mit ihm allein!«, befahl sie ihren Hofdamen. »Ich rufe Euch später wieder.«

Die jungen Frauen gehorchten sofort. Was die lieblichsten Töchter der edelsten Tiroler Geschlechter betraf: Zu ganzen drei Hofdamen hatte Katharina es inzwischen gebracht, und es schien nicht so, als würden es in absehbarer Zeit sehr viel mehr werden.

»Wollt Ihr Euch nicht setzen?«, bot sie dem Hofmeister an.

»Hoheit erlauben?« Der Hofmeister folgte ihrer Aufforderung, spähte aber zuvor vorsichtig nach unten, um jede Berührung mit dem Schoßhund zu vermeiden.

»Ich kann mich doch auf Euch verlassen, Ritter von Spiess?«

Sein Ausdruck war nun wachsamer. »In allem, Euer Hoheit«, erwiderte er. »Wie Euer Gemahl, der Herzog.«

»Nun, dann lasst es mich so sagen: Der Hof hat sich verändert seit dem Tod Leonoras, ist es nicht so?«

»Das ist in gewisser Weise richtig, Euer Hoheit.« Er schien um jedes Wort zu ringen. »Dem Ableben der Herzogin folgte eine dunkle Zeit der Trauer. Doch diese ist ja inzwischen vorbei, worüber wir alle sehr glücklich sind.«

Katharina war langsam näher gekommen.

»Ich hab Euch nicht zurückgehalten, um mir aus Eurem Mund glatte Komplimente anzuhören«, sagte sie. »Mir geht es um die Wahrheit. Als Brautwerber Sigmunds seid Ihr äußerst selbstbewusst aufgetreten und habt bei meinem Vater und mir den Eindruck hinterlassen, der Herzog herrsche über ein reiches Tirol. War es nicht so?«

»Ganz richtig. Das Erzherzogtum verfügt über reiche Silberschätze. Allein die Minen von Schwaz ...«

»Warum wird dann hier an allen Ecken und Enden gespart?« Angriffslustig stemmte sie die Fäuste in die Taille. »Das betrifft wohlgemerkt nicht die Tafel, da ist alles im Überfluss vorhanden. Und auch die Truhen sind gefüllt mit prächtigen Stoffen und Gewändern. Aber wenn wir zur Ausstattung des Frauenzimmers kommen, sieht es schon anders aus. Habt Ihr am Hof meines Vaters nicht von steinernen Lavoirs, schönen Gemälden, ja sogar einem neuartigen Küchenaufzug geplappert? Wo sind denn nun all diese wunderbaren Dinge geblieben? Statt ihrer finde ich hier schludrig neu bepinselte Wände und halb verfallenes Mobiliar vor.«

Sie ging zum Tisch, kam mit einem ledergebundenen Buch zurück, das sie aufschlug und ihm hinhielt.

»Ich hab mich kundig gemacht«, sagte sie, »um nichts Falsches zu behaupten. Und was musste ich bei meiner Lektüre feststellen? Leonora von Schottland hat am Hof zu Innsbruck wie eine Königin gelebt, während Katharina von Sachsen wie eine Küchenmagd abgespeist wird.« Die Saphirkette bebte, so aufgebracht war sie.

Die Buchhaltung des Frauenzimmers! Wie war sie nur an diese Aufzeichnungen gekommen? Sie hatten wohl alle Katharina unterschätzt, er selbst nicht ausgenommen.

»Wenn Ihr hier etwas vermisst, Euer Hoheit«, sagte Leopold von Spiess, »so müsst Ihr es nur der Hofmeisterin ...«

»Hört auf, mir etwas vorzuspielen! Ihr könnt Euer Weib ebenso wenig leiden wie ich, das weiß ich schon seit den allerersten Tagen hier«, unterbrach sie ihn. »Allerdings werden wir Alma kaum loswerden, ich ebenso wenig wie Ihr. Erspart uns also gefälligst diese lügenhaften Floskeln und lasst uns endlich zum Wesentlichen kommen! Gerade drei Hofdamen stehen mir zur Verfügung – wie jämmerlich! Zu Zeiten meiner Vorgängerin waren es zwölf und mehr. Schätzt mein Gatte mich derart gering? Ich dachte, er habe inzwischen gelernt, mich zu achten. Aber er behandelt mich wie ein unreifes Kind.«

Der Hofmeister erhob beschwörend die Hände.

»Er schätzt Euch nicht gering. Da irrt Ihr! Seit Langem hab ich Seine Hoheit nicht mehr so glücklich gesehen. Die Liebe eines schönen, jungen Weibes ...«

Er räusperte sich, während ihr Blick noch schärfer wurde.

»Seine Hoheit steckt in gewissen finanziellen Engpässen«, räumte er schließlich ein. »Vorübergehender Art, versteht sich. Doch Ihr würdet seine Lage erleichtern, könntet Ihr eine Weile auf Vorwürfe und übertriebene Forderungen verzichten.«

»Sigmund in Geldnot? Bei all seinem Silber? Hat er sich verspekuliert?«, rief Katharina. »Oder einfach nur gelogen?«

Leopold von Spiess wischte sich den Schweiß von der Stirn.

»Die Wahrheit, Hofmeister!«, forderte sie. »Was ist mit den zweihunderttausend Guldinern Heiratsgut, die ich in die Ehe eingebracht habe?«

»Bereits verplant«, brachte er hervor.

»Alles?« Ihre blauen Augen wurden noch größer.

»Ich gehe weit, Euer Hoheit, wenn ich Euch dies beantworte«, sagte der Hofmeister, während er ein Fläschchen aus seinem Rock zog. »Sehr weit. Ich hoffe nur, Ihr werdet es einen Tages nicht gegen mich verwenden.«

»Alles?«, wiederholte sie. »Bis zum allerletzten Kreuzer?«

Er nickte, setzte das Fläschchen an und leerte es in einem Zug. Danach schüttelte er sich.

»Ihr seid krank?« Katharinas Stimme klang auf einmal fürsorglich. »Das wusste ich nicht. Woran leidet Ihr?«

»Es ist nichts – nur ein allzu schwaches Herz. Medicus van Halen ist so freundlich, mir immer wieder eine spezielle Essenz vom Roten Fingerhut zu mischen, und glaubt mir, sie kann wahre Wunder bewirken.«

»Ihr fühlt Euch jetzt wieder besser?«

»Es geht, Euer Hoheit. Ein wenig Ruhe täte not. Wenn ich mich dann empfehlen dürfte …«

»So wird er meine jährliche Apanage auch nicht auszahlen können«, sagte Katharina, während ihre Finger unruhig mit den goldgefassten Edelsteinen um ihren Hals spielten. »Achttausend Guldiner waren vereinbart, fällig jeweils zu Martini, gegeben auf Güter, Ämter, Schlösser, Märkte und Gerichte …« Sie schien ganz vergessen zu haben, dass sie nicht allein war. »Ich bin ja arm wie eine Kirchenmaus!«, rief sie. »Katharina von Sachsen hat einen alten Bettler geheiratet!«

Der Hofmeister wusste nicht mehr ein noch aus. »Ihr beurteilt die Lage zu übertrieben. Wartet eine gewisse Zeit ab, dann wird sicherlich Besserung einkehren.«

»Weil Sigmund ein anderes Herzogtum überfällt und somit seine Truhen füllt?«

»Das wohl kaum, aber ...«

»Vom Hoffen und Beten werden sie gewiss nicht wieder voll. Ich möchte jemanden sprechen, der mir lückenlose Auskunft über die finanziellen Verhältnisse des Herzogs erteilen kann«, forderte sie. »Gibt es einen solchen Mann hier am Hof? Und wenn ja, wie lautet sein Name?«

»Merwais«, sagte der Hofmeister mit einer kleinen Verbeugung, zutiefst erleichtert, dass er endlich das Weite suchen konnte. »Johannes Merwais.«

Doch Katharina war noch nicht mit ihm fertig. »Man sagt unter anderem auch, Ihr hättet andere Liebschaften, Ritter von Spiess. Wenn ich mich recht entsinne, war sogar von zahlreichen Amouren die Rede.«

»Euer Hoheit, ich ...«

»Es stört mich nicht, falls Ihr das glaubt. In Eurem Fall kann ich es sogar gut verstehen. Und natürlich behalte ich alles, was ich weiß, für mich. Ich hab es lediglich erwähnt, um Euch zu zeigen, dass man mir vertrauen kann, und ich kann nur hoffen, dass dies auch für Euch zutrifft, werter Hofmeister.« Sie kam zu ihm, so nah, dass er den lieblichen Rosenduft in die Nase bekam, den sie verströmte. »Ich kann neue Freunde gut gebrauchen. Und hoffe, dass ich von nun an auch Euch zu ihnen zählen darf.«

Sie hatte Leopold von Spiess beeindruckt, das spürte Katharina, als er sich unter Verneigungen zurückgezogen hatte. Aber hatte sie ihn tatsächlich für sich gewinnen können?

Jetzt tat es gut, ein paar Momente ganz allein zu sein, in

diesem schäbigen Zimmer, in dem ihre Jungmädchenträume soeben mit einem Knall zerplatzt waren. Man hatte sie getäuscht – vorsätzlich und mit gehöriger Raffinesse. Sogar ihr misstrauischer Vater war diesen heuchlerischen Brautwerbern aus dem fernen Tirol auf die Leimrute gegangen. Natürlich würde sie ihm schriftlich darüber berichten – aber erst, sobald sie sich gänzlich Klarheit verschafft hatte.

»Merwais. Merwais ...« Sie murmelte diesen Namen vor sich hin, und ganz allmählich tauchte das dazu passende Gesicht vor ihr auf: ein blasser, junger Mann mit schütterem Haar und freundlichen Augen. Vielleicht demnächst schon ihr wichtigster Verbündeter.

Fee war aus ihrem Schlummer erwacht und kam wedelnd angelaufen. Die Herzogin bückte sich, um sie zu streicheln, und war erstaunt über sich selbst, als sie sich wieder aufrichtete. Noch vor wenigen Monaten wäre sie bei sehr viel geringeren Anlässen in Tränen ausgebrochen und hätte sich schmollend tagelang im Zimmer eingeschlossen, heute aber verspürte sie vor allem eines: nagenden Hunger.

»Babette«, rief sie, »lass Lena rufen! Und sie soll so viel wie möglich von dem köstlichen Osterkuchen mitbringen.«

Das Mädchen, jüngste Tochter des Kämmerers Michel von Freiberg und von den dreien die angenehmste Hofdame, gehorchte sofort. Nicht lange, und Lena erschien, in den Händen ein Tablett mit verschiedensten Backwaren.

»Von diesem Kuchen hier!« Katharinas rundlicher Finger deutete auf die *torta della nonna*. »Und den bäckst du ab jetzt gefälligst jeden Tag! Ich möchte, dass er immer für mich bereitsteht.«

»Sehr gern, Euer Hoheit«, sagte Lena. »Doch meint Ihr nicht, er könnte Euch bald schon über werden?«

Die Herzogin lachte und machte sich über den Kuchen her.

»So wie den meisten Ehemännern tagaus, tagein dieselbe Frau?«, fragte sie mit vollem Mund. »Glaubst du, Lena, es gibt überhaupt noch Treue auf dieser Welt?«

»Ich denke schon«, sagte Lena. »Wenngleich sie Frauen meist um einiges leichter fällt als Männern.« Dann aber musste sie an Hella denken, die ihren Andres ständig hinterging, und sie zog unschlüssig die Schultern hoch.

Katharina schien ihre Geste misszuverstehen. »Du brauchst keine Angst zu haben«, sagte sie. »Ich will dich gar nicht ausfragen. Jeder braucht doch etwas, das nur ihm gehört. Eine Freundin zum Beispiel, damit man nicht so allein ist. Du hast doch sicher so eine Freundin?«

Das Mädchen nickte. »Ihr kennt sie sogar«, sagte Lena. »Sie hat bei Eurer Hochzeit aufgetragen. Die junge Frau mit den geschlitzten Ärmeln.«

»Diese hübsche Blonde? Warum bringst du sie nicht einmal mit hierher an den Hof? Sie machte den Eindruck, als könne man viel Spaß mit ihr haben.«

»Ich fürchte, das ist keine so gute Idee, Euer Hoheit.«

»Weshalb?«

»Hella ist verheiratet. Mit einem sehr eifersüchtigen Mann.«

»Dann kann er doch froh sein, wenn sie hier bei uns ist!«, rief Katharina. »Das Frauenzimmer der Herzogin ist über jeden Verdacht erhaben. Dieser ...«

»Andres Scheuber«, ergänzte Lena.

»Der Münzschreiber in Hall?«

»Genau der.«

»Dieser Andres Scheuber«, fuhr die Herzogin fort, »kann es als Ehre betrachten, wenn ich sein Weib zu mir einlade. Wirst du deiner Freundin Bescheid geben?«

Lena schluckte. »Das werde ich, Euer Hoheit«, sagte sie dann. »Müssen wir eigentlich noch lange die Speisen für den

Pater zubereiten? Von den Küchenjungen will schon keiner mehr zu ihm hinaufgehen.«

Die Herzogin schob ihren nahezu leeren Teller beiseite.

»Ich kann sie gut verstehen«, sagte sie. »Auch mir ist alles andere als wohl in seiner Gegenwart, obwohl er uns ja allen noch die Beichte abnehmen möchte. Von den Gespenstern hat er uns gottlob befreit, aber ich werde trotzdem erst aufatmen, wenn er die Hofburg verlassen hat.« Jetzt wanderte auch das letzte Stückchen Kuchen vom Teller in ihren rosigen Mund. »Van Halen hat gesagt, der Pater sei bald wieder auf den Beinen. Es kann also nicht mehr allzu lange dauern.« Sie wischte sich die Lippen sauber. »Es hat wieder einmal überaus trefflich gemundet. Davon werde ich niemals genug bekommen. Wann immer du einen Wunsch hast, Lena, heraus damit!«

Ein Lächeln erschien auf Lenas Gesicht. »Es gäbe da schon etwas, Euer Hoheit«, sagte sie. »Etwas, was mich sehr glücklich machen würde.«

»Rede!«

»Ich hab meine Leute schon so lange nicht mehr gesehen. Und mein kleiner Vetter war noch dazu krank. Wenn ich also für eine Nacht nach Hause könnte ...«

»Eine Nacht und einen ganzen Tag. Worauf wartest du noch? Vor morgen Abend will ich dich hier nicht wieder sehen!«

❧

Kaum hatte sich das Tor der Hofburg hinter ihr geschlossenen hörte sie bereits die Schritte, die ihr folgten. Nicht jetzt!, dachte Lena und ging ein wenig rascher. Bitte nicht heute Abend, wo ich endlich wieder zu Sebi, Els und Bibiana kann!

Einen Augenblick blieb sie stehen, zog das Umschlagtuch enger um sich. Alles war ruhig und menschenleer, kein auffälliges Geräusch zu hören. Doch kaum ging sie weiter, klangen erneut die genagelten Tritte in ihren Ohren.

Was sollte sie tun?

Angst stieg in ihr empor. Würde Kassian sie packen und irgendwohin schleifen? Was könnte sie ihm anbieten, um seine Wut zu lindern? In seinen Augen war sie doch die Verräterin, der er seinen Rauswurf und Abstieg zu verdanken hatte – und in gewisser Weise war es ja auch so gewesen.

Lena ging nun langsamer, und auch die Schritte hinter ihr verlangsamten sich entsprechend. Bis zum »Goldenen Engel« war es noch ein ganzes Stück. Falls ihr Verfolger versuchte, sie auf halber Strecke in die Enge zu treiben, war es vielleicht besser, ihm zuvorzukommen.

Lena wurde noch langsamer. Er tat es ihr gleich. Plötzlich hielt sie inne und drehte sich mit einem Ruck um.

»Du?« Sie glaubte ihren Augen nicht zu trauen. »Um ein Haar hättest du mich vor Angst um den Verstand gebracht!«

»Wusste gar nicht, dass du so furchtsam bist«, erwiderte Niklas, der in einen dunklen Umhang gehüllt war und seine Laute bei sich hatte.

»Was fällt dir ein, mir wie ein gemeiner Räuber hinterherzuschleichen?«

»Was sonst sollte ich tun, um zu erfahren, wohin du so spät noch gehst? Wenn man dich fragt, bekommt man ja doch nur eine schnippische Antwort.«

Was ganz allein an dir liegt, dachte Lena, während sie ihn stumm ansah. An einem Tag raunst du mir die schönsten Verse ins Ohr, und am nächsten tust du so, als ob du mich kaum kennst. Ich hab keine Lust, dein Spielzeug zu sein, Niklas.

»Es wird dir doch nicht etwa die Sprache verschlagen haben?«, fragte er lachend. »Komm schon, Lena, es war doch bloß ein Scherz!«

Sie drehte sich um und setzte ihren Weg fort. Niklas wich nicht mehr von ihrer Seite.

»Also, wohin?«, fragte er.

»Nach Hause«, entgegnete sie knapp.

»Du willst zum ›Goldenen Engel‹? Dann kann ich ja endlich einmal deine Leute kennenlernen!«

Sie blieb stehen, funkelte ihn zornig an. »Ein falsches Wort, und du kannst etwas erleben! Els ist sehr streng ...«

»Deine Mutter?«, fiel er ihr ins Wort.

»Meine Tante. Sie hat mich aufgezogen, und es passt ihr nicht, dass ich bei Hof arbeite. Wenn du also etwas Verkehrtes von dir gibst, wirst du es bitter büßen.«

Lena stapfte weiter.

»Meine Lippen sind verschlossen«, sagte Niklas. »Du kennst mich doch! Vielleicht kann ich die Frau Tante ja mit einem Ständchen erfreuen?«

Lena schwieg und ging noch schneller, bis sie reichlich atemlos das Gasthaus erreicht hatten. Wein- und Bierdunst schlug ihnen entgegen, als Lena die Tür öffnete. Viele der Tische waren besetzt, und die Zecher schienen schon tief in ihre Becher geschaut zu haben. Ganz hinten, neben der Küche, in der Bibiana werkelte, schlief Sebi auf einer Bank, erhob sich aber schlaftrunken, als Lena langsam näher kam. Ein winziges Lächeln erhellte sein Gesicht, dann schaute er furchtsam zu Niklas.

»Brauchst keine Angst zu haben, Kleiner!« Der Spielmann lachte. »Magst vielleicht eine meiner Weisen hören?«

Er legte den Umhang ab, nahm die Laute und begann zu spielen und zu singen. Zuerst übertönten ihn die Stimmen der Zecher noch, doch als er unbeirrt weiterfuhr, wurden sie leiser und leiser, bis schließlich alle verstummt waren und andächtig lauschten.

Ich lieb dieser Augen schwarze Nacht,
Die mich um den Verstand gebracht.
Wollt sie, sollt sie, täte sie und käme sie,
Nähm meinem Herzen die sehnsuchtsheißen, harten Schmerzen,
Und ein weißes Brüstlein angeschmiegt,
Gleich wäre das schnöde Trauern mir versiegt …

»Weiter!«, schrie einer der Männer. »Du singst ja richtig gut!«

Niklas sang die nächste Strophe und die übernächste und gleich zwei weitere Lieder hinterher, die noch frecher waren und ebenfalls großen Beifall fanden.

»Den solltest du dir auf alle Fälle warmhalten, Els!«, rief ein anderer Gast. »Da zecht es sich ja noch viel besser bei dir als bisher!«

»Magst du mir deinen Begleiter nicht vorstellen, Lena?« Els' schwarze Augen waren neugierig auf Niklas gerichtet.

»Niklas Pfundler, Trompeter«, sagte er mit einer artigen Verneigung. »Der aber auch einigermaßen die Laute schlagen kann, wie Ihr soeben gehört habt, die Flöte blasen, die Maultrommel zum Klingen bringen so gut wie jedes andere Instrument, das man ihm probeweise unter die Nase hält.«

Ein rascher Seitenblick zu Lena, die dastand wie versteinert.

»Es schien mir klüger, Eure Nichte nicht ganz allein durch die Nacht gehen zu lassen«, fuhr er fort, »sondern ihr stattdessen meine Begleitung anzubieten.« Er betrachtete Els eindringlich, dann begann er plötzlich zu lachen. »Nichte und Tante wollt Ihr beide sein? Für mich seht Ihr eher aus wie Schwestern.«

»Uns trennen auch nur dreizehn Jahre«, sagte Lena. »Das ist viel und wenig, je nach Betrachtung.«

Els schaute plötzlich so seltsam drein, dass Niklas nach einer Ablenkung suchte.

»Und nun, da wir sicher und heil hier angelangt sind«, rief er betont munter, »hätte ich allergrößte Lust auf einen anständigen Roten in Eurem schönen Gasthaus, werte Frau Wirtin.«

»Dann nehmt doch Platz, Trompeter!«, sagte Els. »Ennli wird Euch den Wein gleich bringen. Und du, Lena, kommst am besten erst einmal mit mir in die Küche.«

Niklas musste nicht lange warten, bis der Krug vor ihm stand, aus dem er sich großzügig bediente. Dabei beobachtete er, was um ihn herum geschah. Die Gäste schienen sich wohlzufühlen, und auch auf ihn übertrug sich die friedliche, satte Atmosphäre.

Nach einer Weile spürte er eine weiche Berührung an der Wade.

»Du bist das!« Er bückte sich, hob den schwarzen Kater zu sich auf die Bank und begann ihn zu streicheln. Pippo ließ es schnurrend geschehen.

Wieder eine Berührung, dieses Mal ein Zupfen am Ärmel und zwar von links.

Der kleine Junge mit dem zerzausten Blondhaar, der vorhin aufgewacht war, saß neben ihm, ein Holzkästchen fest an die magere Brust gepresst. Mit der freien Rechten tippte er vorsichtig auf das Holz der Laute.

»Du möchtest auch einmal spielen?«, fragte Niklas. »Dann komm, ich bring es dir bei!« Er wollte nach dem Jungen greifen, um ihn auf seinen Schoß zu ziehen, doch Sebi wich zurück.

Niklas begriff sofort. »Du willst nicht, dass ich dich anfasse? Meinetwegen, wir können es auch so versuchen. Schau mir zu, was ich tue, und mach es mir dann einfach nach! Aber zuerst muss ich dir meine Schöne erst einmal vorstellen, so gehört es sich bei uns: Das ist *la Divina*, die Königin aller Instrumente. Was so aussieht wie eine Birne, ist ihr Korpus, daran sitzt der schlanke Hals, auf dem die Saiten befestigt sind.«

Er schlug ein paar leise Töne an, dann gab er das Instrument an Sebi weiter. Dessen dünne Finger betasteten das Holz, danach die straff gespannten Darmsaiten. Der Junge zupfte, bekam aber nur Klägliches zustande.

»Ja, so einfach ist das nicht«, sagte Niklas. »Ich will dir auch sagen, warum. Noch bist du ihr sehr fremd, da hält meine Schöne sich natürlich vornehm zurück. Sie muss dich erst ein wenig besser kennenlernen, dann werdet ihr beide schon miteinander warm werden. Ich zeige dir, wie das geht.«

Er schlug den einfachsten Akkord. Sebi zögerte, dann versuchte er, es ihm nachzutun.

»Ausgezeichnet! Ich glaube fast, sie mag dich. Und gleich noch einmal.«

Die kleinen Finger griffen mehrmals kräftig daneben, doch beim letzten Versuch klang es fast rein.

»Was tut ihr hier?« Die schwarze Els stand plötzlich neben ihnen.

»Euer Junge lernt Laute spielen«, sagte Niklas. »Ich glaube fast, das könnte eine große Liebe werden.«

Els' Gesicht verdüsterte sich. »Spottet nicht!«, sagte sie heftig. »Seht Ihr denn nicht, dass Sebi ...«

»Ich sehe nur, dass er die Töne liebt und sie ihm guttun«, sagte Niklas sanft. »Nichts vermag so einfach und tief zu heilen wie Musik. Beim größten Kummer macht sie uns wieder fröhlich. Im ärgsten Leid schenkt sie uns neue Zuversicht. Das hat Euer Kleiner bereits verstanden.«

»Aber schlafen gehen muss er jetzt trotzdem«, sagte Els. »Er sollte schon längst in den Federn liegen. Komm, Sebi, es ist allerhöchste Zeit!«

Der Junge rührte sich nicht. Nach einer Weile rutschte er

auf der Bank weiter, bis er ganz am Rand angelangt war. Dort erst öffnete er sein Kästchen, kramte lange darin herum, bis er endlich einen glatten, runden Gegenstand herauszog und ihn auf den Tisch legte.

»Das ist für Euch«, sagte Els erstaunt. »Ein Geschenk.«

Niklas nahm den Kieselstein, wog ihn in der Hand und steckte ihn dann in sein Wams.

»Werd ihn stets und immer in Ehren halten«, sagte er mit breitem Lächeln. »Sei herzlich bedankt, kleiner Mann!«

Er setzte sich wieder und leerte seinen Becher. Erst viel später stand er auf und verließ mit knappem Nicken zu Els den »Goldenen Engel«, während Lena immer noch in der Küche hantierte.

»Kein Wort hast du mir von ihm erzählt«, sagte Els, nachdem die Gäste gegangen waren und sie zusammen die Wirtsstube sauber machten. Das Mädchen hatte das Fegen übernommen, während Els die Tische mit Pottasche reinigte. »Ist schon ein ausgenommen schmucker Kerl, dein Niklas! So einer hätte mir früher auch gefallen können. Und wie er dich ansieht – ich sage dir, Lena, der hat richtig Feuer gefangen.«

»Er ist nicht *mein* Niklas. Und es war auch nicht meine Idee, dass er mir bis hierher gefolgt ist.«

»Weil du lieber wieder einmal alles für dich behalten hättest?« Els unterbrach das Putzen und schaute auf. »Wie schon so oft.«

Die Blicke der beiden trafen sich.

»Muss ich irgendwie von dir haben«, murmelte Lena. »Diese Vorliebe für Geheimnisse.«

Eine Weile war es ganz still.

»Hat er aber auch ehrliche Absichten?«, fragte Els weiter. »Denn du musst wissen, Lena, diese Spielleute sind oftmals Männer, die es damit nicht so genau nehmen …«

»Genau aus diesem Grund hab ich nichts gesagt«, unterbrach Lena sie. »Weil ich mir schon im Voraus ausmalen konnte, was ich zu hören bekommen würde. Ich weiß es nicht. Ich kenne ihn ja kaum. Und geschehen ist auch noch nichts zwischen uns – wenn dich das ruhiger macht.« Jedenfalls fast nichts, setzte sie für sich hinzu.

»Das tut es allerdings. Doch so schnell kommst du mir nicht davon. Einmal ganz ehrlich: Dein Herz schlägt schneller, wenn du ihn siehst, und du fängst an, lauter Dinge zu sagen, die du eigentlich gar nicht sagen wolltest …«

Lena starrte sie an. Woher wusste Els das?

»Ins Schwarze getroffen, habe ich recht? Sieh dich vor, Lena! Männer wie Niklas können einem im Vorbeigehen das Herz brechen. Es dauert sehr, sehr lange, bis es danach wieder heilt – wenn überhaupt. Falls dann noch ein Kind kommt …« Sie seufzte. »Deine Mutter beispielsweise …«

»Meine Mutter hatte zuerst einen Mann und dann ein Kind, wenn ich es richtig sehe, und genauso werde auch ich es halten. Ich hab nur mit ihm geredet – *geredet*, Els!«

»Dann ist es ja gut.« Els setzte die Säuberung fort. »Und ich hoffe, du bleibst auch weiterhin so klug, wenn du denn schon unbedingt deinen Dickschädel durchsetzen und weiterhin in dieser Hofburg kochen willst! Aber spielen und singen kann er, das muss man ihm lassen. Und wie behutsam er mit Sebi umgegangen ist! Der Kleine hatte sofort Vertrauen. Dass er für einen vollkommen Fremden sein Schatzkästchen öffnet, hab ich noch nie erlebt.«

Sie war inzwischen ganz hinten angelangt, und Lena war froh, dass sie am anderen Ende war und beim Kehren zudem zu Boden schauen musste. Könnte dir noch eine ganze Menge über meinen Spielmann erzählen, dachte sie. Zum Beispiel, dass er einer der herzoglichen Bastarde ist. Ob dir das wohl gefallen würde? Und herrlich küssen kann er. Seine Augen sind so blau wie ein Junihimmel und seine Verse bisweilen so frech, dass man aus dem Erröten gar nicht mehr herauskommt …

»Träumst du, Lena?« Els' Stimme holte sie unsanft in die Gegenwart zurück. »Dann wach besser ganz schnell wieder auf!«

Wieder ein langer stummer Blickwechsel.

»Ich kann dir übrigens die Frage beantworten, die du mir vorhin im Vorübergehen gestellt hast«, sagte Lena dann. »Ja, stell dir vor, ich weiß, wo Pater Institoris abgeblieben ist: Er kuriert sein Leiden in der Hofburg aus. Unter der wachsamen Betreuung von Medicus van Halen.«

❧

Er saß auf einem Stuhl neben dem Fenster, als sie nach leisem Klopfen eintrat. Seine Augen waren geschlossen, als ob er schlafe. Für einen Augenblick zögerte Alma von Spiess, dann kam sie dennoch näher, nachdem sie die Tür hinter sich zugezogen hatte. Neben dem Bett standen mehrere große Reisekisten. Löschsalz, Tintenfass und Feder auf dem Tisch verrieten, dass er vor Kurzem noch geschrieben haben musste.

»So ist es also wahr, was die Herzogin behauptet hat?«, rief sie. »Ihr wollt uns verlassen, Pater? Das dürft Ihr nicht tun, ich beschwöre Euch!«

Da war sie wieder, diese große, magere Frau, die ihm in den letzten Tagen manchmal das Essen gebracht hatte. Die Hofmeisterin der Herzogin, wenn er sich recht erinnerte. Jenes Weib, das ihn bei seinem ersten Auftritt am Hof so dreist gemustert hatte.

»Man hat mich nach Ravensburg gerufen«, sagte er knapp. »Johannes Gremper, Kaplan an der Pfarrkirche Liebfrauen, bedarf meiner Hilfe gegen den Herrscher der Finsternis und seine verderbten Hexenweiber, die mit ihm einen Pakt geschlossen haben. Und so werde ich zügig abreisen.«

Langsam kam sie noch näher. Die Seide ihres hellen Kleides raschelte, was ihn irritierte, und der Ausschnitt, in dem sie ihre kleinen Brüste unziemlich zur Schau stellte, hätte für seinen Geschmack durchaus mehr der Schicklichkeit genügen dürfen. Sie schien sich mit etwas beträufelt zu haben, das unangenehm in seine Nase stieg, etwas Schweres, Öliges, das sich im ganzen Raum verteilte.

»Ich war schon bei Euch, Pater«, begann sie zu säuseln, »einige Male sogar. Hab Euch Essen und Trinken gebracht in Eurer Pein ...«

»Ich weiß«, schnitt er ihr barsch das Wort ab.

In Gedanken saß er bereits in der herzoglichen Kutsche, ein Angebot, das er auf Drängen Sigmunds hin schließlich akzeptiert hatte. Vor allem, um sich nicht mehr der Poststation und damit dem unguten Geist des »Goldenen Engel« auszusetzen, wo jenes Hexenweib lebte und ihr geisteskranker Sohn, der ihn mit Satanskräften krank gemacht hatte. Inzwischen hatte er auch seine geliebten Aufzeichnungen von dort holen lassen, ein Umstand, der ihn mit innerem Frieden erfüllte.

»Schon längst wollte ich Euch anflehen, mich von meinen Sünden zu befreien, aber ich brachte es bisher nicht über mich, so elend und schwach, wie Ihr nun einmal wart.« Sie setzte sich auf die Armlehne seines Stuhls, so nah, dass es ihm schier den Atem nahm.

»Wenn Ihr die Beichte ablegen wollt, so wendet Euch an den Hofkaplan«, sagte er. »Oder wartet bis zu meiner Rückkehr, was allerdings eine Weile dauern kann. Ich muss unverzüglich aufbrechen. Die Angelegenheit in Ravensburg duldet keinerlei Aufschub. Doch Innsbruck wird mich zur Ausübung meines heiligen Amtes in einiger Zeit wieder sehen, so viel ist gewiss.«

»Ich kann nicht warten, denn die Sünden martern mich«, flüsterte sie. »Was ich begangen habe, ist so schlimm und verwerflich, dass ich keine Ruhe mehr finde. Ich muss gestehen, Pater, ich hab es nicht allein getan. Jemand anderer hat mit mir zusammen gesündigt, was mein Gewissen noch stärker belastet.«

Sie beugte sich noch näher zu ihm, riss an ihrem Kleid, und zu seinem Erschrecken blickte er nun direkt auf ihre winzigen nackten Brüste.

»Sind sie nicht schön? Kitzchen, so hat er sie genannt«, raunte sie. »Meine herzallerliebsten, süßen Kitzchen. Und meinen Schoß …« Sie hatte seine Hand gepackt, bevor er sich noch wehren konnte, den Rock hochgeschoben und sie zwischen ihre Beine gezogen, »… seinen Maulwurfshügel. Hättet Ihr das vom Herzog gedacht?«

Da war etwas Pelziges, dann spürte Kramer etwas Feuchtes. Der schwere Geruch von vorhin erschien ihm nun fischig. Ekel stieg in ihm auf. War der Teufel nicht seit jeher zwischen den Beinen der Weiber zu finden, wie die Kirchenväter stets gepredigt hatten? Er hätte dieses untrüglichen Beweises gar nicht mehr bedurft.

»Was fällt Euch ein!«, rief er, stieß sie weg und sprang auf. »Bedeckt Euch gefälligst wieder! Ich will Eure widerliche, sündige Nacktheit nicht länger sehen.«

Sie lag am Boden wie tot, die Beine gespreizt. Der Rock war noch weiter nach oben verrutscht, er musste auf ihre rötliche Scham starren, die seinen Blick wie magisch anzog, ganz gegen seinen Willen. Plötzlich spürte er, wie ihm ein Feuerstoß in die Lenden fuhr. Sein Glied wurde hart.

»Ja, ich habe gesündigt«, murmelte die Spiessin, ohne seinem Befehl nachzukommen, »und ich bereue ... ich bereue ... oh, wie sehr ich bereue! Erlöst mich, Pater, ich flehe Euch an, nur Ihr könnt mir Erlösung bringen, denn geile wilde Teufel haben mich gepackt, ich brenne, ich brenne ...«

Überraschend geschmeidig kam sie auf die Knie, aber anstatt aufzustehen, wie er zunächst erwartet hatte, rutschte sie nun zu ihm und presste ihren Kopf gegen seine Leibesmitte.

»Ich will büßen«, murmelte sie. »Erbarm dich meiner, Heinrich, und schenke mir die Gnade der Buße!«

Ein Strom verschiedenster Empfindungen durchfuhr ihn bei dieser Berührung, die er längst vergessen geglaubt hatte. Gelüste, denen er nur zweimal in seinem Leben nachgegeben hatte, einmal noch als halbes Kind in einer warmen Johannisnacht, als ihn in seinem Heimatdorf die Frau des Schmiedes nach dem Sprung über das Feuer zwinkernd zwischen ihre fetten Schenkel gelassen hatte. Und noch einmal als Novize, da jener betörend schöne junge Mönch aus Rouen ihn im Dormitorium zu Schlettstadt geküsst und gestreichelt hatte, bis er vor Glück weinen musste.

Jetzt machten sich ihre Finger entschlossen an seiner Männlichkeit zu schaffen, hatten sich unter die blütenweiße Kutte geschmuggelt wie freche Diebe, kosten und triezten ihn, hielten inne, nur um dann ihr gottloses Spiel erneut fortzusetzen.

Ein Knurren entrang sich seiner Kehle. »Hör auf!«, rief er, ohne sich rühren zu können. »Ich bitte dich, lass ab von mir, Satan! Heiligste Jungfrau Maria, Gottesmutter, erlöse mich von dem Üblen ...«

Beinahe hätte er sich vor Lust und Schreck verschluckt. Denn nun kosten nicht mehr nur ihre Finger sein Glied, sondern auch ihre Zunge. Weiche Lippen umschlossen es leidenschaftlich und zart zugleich. In seinen Schläfen begann es zu pochen, als wetzten die Dämonen der Nacht bereits ihre Zähne, alles drehte sich um ihn, und er hatte Angst, im nächsten Moment wie ein gefällter Baum zu Boden zu gehen. Da hielt die Hofmeisterin plötzlich inne, sprang auf und zog ihn kraftvoll auf das Bett.

Unfähig, noch Worte zu finden, ließ er zu, dass sie die Beine spreizte und sich auf ihm niederließ, bis er in ihr war. Ihre mausbraunen Haare hatten sich gelöst, die Haut war fleckig, Speichel troff aus ihrem Mund. Er fand sie so widerlich, dass er nicht damit aufhören konnte, noch tiefer in sie zu stoßen. Dann begann sie ihn zu reiten, schnell und immer schneller, bis ihn eine riesige Welle der Lust erfasste, die ihn hoch und höher trug und schließlich an einem steilen Felsen zerschellen ließ.

Sechs

Die Laute schmeichelte und lockte, hielt sich ein paar Akkorde lang scheinbar schamhaft zurück, um dann erneut einen weiteren kühnen Vorstoß zu wagen. Nie zuvor hatte Lena Niklas so spielen gehört, hingebungsvoll, fast selbstvergessen. Sein männliches Gesicht mit den starken Wangenknochen schien von innen her zu leuchten, die blauen Augen waren die meiste Zeit über halb geschlossen. Nur manchmal schlug er die Lider ganz auf und sah dann Lena umso durchdringender an.

Nur für dich spiele ich, glaubte sie zu hören. *Jede Note gilt dir ganz allein. Vernimmst du mein Werben, Liebste?*

Seine Anschläge auf den Saiten waren kräftig und gleichzeitig so behutsam, dass alles in Lena zu schwingen begann. Und wie anziehend er ihr erschien! Das lockige Haar hatte er sich vor wenigen Tagen stutzen lassen, was die muskulösen Schultern noch besser zur Geltung brachte. Dazu war er ungewöhnlich prächtig gekleidet, trug über einem weiten Hemd ein neues Samtwams, das zwischen Blau und Grün changierte, passende Beinlinge und blank gewienerte rötliche Schnabelschuhe.

Seine Mutter muss sehr schön gewesen sein, dachte Lena, denn vom fürstlichen Vater hatte er ganz offensichtlich weder Gestalt noch Antlitz geerbt. Im Vergleich mit seinem hoch gewachsenen jugendlichen Bastard wirkte der Herzog in seinem Sessel trotz der Brokatschecke gebeugter als sonst, die Haut welk, die Lippen eingefallen. Nur die Nase hatte er dem Sohn vererbt, so gerade und zierlich geformt, dass sie ohne Weiteres auch in ein hübsches Mädchengesicht gepasst hätte.

Niklas' Nase. Und, wie ihr schien, auch Sebis Nase.

Wie liebevoll der Spielmann im »Goldenen Engel« mit dem Kleinen umgegangen war, als Sebi nach seiner Laute gegriffen hatte! Das Bild der beiden, die möglicherweise sehr viel mehr miteinander verband, als sie ahnen konnten, hatte sich in Lenas Gedächtnis eingebrannt. Damit aber war auch ihre alte Frage, mit deren Beantwortung sie noch keinen Schritt weitergekommen war, in den Vordergrund gerückt. Dass die kleine Herzogin nicht nur von allem hellauf begeistert war, was Lena für sie briet oder backte, sondern auch immer häufiger auf Lenas Anwesenheit in den Wohnräumen bestand, machte die Angelegenheit für diese nicht einfacher.

Denn je häufiger Lena Herzog Sigmund aus der Nähe erleben konnte, desto unschlüssiger wurde sie. Er wiederum schien sich an ihre Gegenwart gewöhnt zu haben, nannte sie nur noch selten »sein närrisches Mädchen«, musterte sie allerdings gelegentlich so seltsam, dass ihr leicht mulmig zumute wurde. Erkannte er in ihr womöglich Els wieder, mit der sie ja, wie die Leute behaupteten, große Ähnlichkeit verband? Oder erwachte bei ihrem Anblick lediglich sein berüchtigter Jagdinstinkt, vor dem die Tante sie so eindringlich gewarnt hatte?

An manchen Tagen war Lena sich nahezu sicher und entschlossen, auf der Stelle zu Els zu gehen und ihr alles auf den

Kopf zuzusagen. Dann wieder erfasste sie erneut Unsicherheit. Der Herzog und ihre Tante? Wieso gab es dann keinen deutlichen Hinweis, dass auch Sebi zu der beachtlichen Schar von Kegeln gehörte, über die in Innsbruck ganz unverhohlen geredet wurde?

Lena jedenfalls war nicht bekannt, dass eine der Frauen, die dem Herzog einen Sohn geboren hatten, jemals hätte Not leiden müssen. Für ihre Tante aber war es nach Laurins Tod sehr schwer gewesen, sich allein durchzuschlagen. Bei all den anderen war von großzügigen Schenkungen die Rede und von einer reichhaltigen Aussteuer, falls sie sich schließlich mit einem anderen vermählten, ganz abgesehen davon, dass jedem der Kinder eine anständige Berufsausbildung zuteil wurde. Els jedoch hatte keine einzige dieser Zuwendungen erhalten, so viel war gewiss.

Oder war das Privileg der Poststation für den »Goldenen Engel«, das viele in Innsbruck der schwarzen Els und ihrer kleinen Familie insgeheim neideten, diesem herzoglichen Gabenkatalog zuzurechnen? Aber hieß es nicht andererseits, es sei einzig und allein das Verdienst Laurins gewesen, mit der Poststation betraut zu werden, ein Privileg freilich, das er schon bald mit seinem Leben bezahlen musste?

Wieder und wieder durchforschte Lena ihre Erinnerung, versuchte, in ihrem Gedächtnis so weit wie nur irgend möglich zurückzugehen. Sie war bei Sebis Geburt zehn Jahre alt gewesen, also eigentlich alt genug, um einiges mitzubekommen. Doch wie sie sich eingestehen musste, konnte sie sich nicht einmal mehr genau an Els' Schwangerschaft erinnern. Es war, als sei über alles, was damals geschehen war, ein schweres, dunkles Tuch gebreitet, das jedes Bild und jeden Laut erstickte.

Lautes Klatschen riss sie aus ihren Gedanken.

Die Herzogin war aufgesprungen, so sehr schienen ihr Niklas' anmutige Weisen gefallen zu haben, während ihr Gatte im Sitzen weiter applaudierte. Lena fiel auf, wie ungewöhnlich blass Katharina war, fast durchscheinend. Nicht einmal für die geliebte Fee, wie immer an ihrer Seite, hatte sie heute Augen.

»Du kannst, wenn du nur willst«, sagte Herzog Sigmund zu Niklas. »Das weiß ich schon lange. Und heute wolltest du offenbar. Auf dass wir alle bald mehr solche glücklichen Tage erleben dürfen!« Er trank ihm zu, während der Spielmann sich sichtlich erfreut vor dem fürstlichen Vater verneigte.

Auch Ritter von Spiess bequemte sich zu einem Lächeln, während die Hofmeisterin als Einzige verdrossen dreinblickte. Thomele hatte sich eine winzige Laute besorgt, auf der er jetzt geräuschlos zupfte und dabei wie ein dressiertes Äffchen Grimassen schnitt. Doch bis auf zwei kichernde Hofdamen schien keiner Lust zu verspüren, auf seine Albernheiten einzugehen.

»Kommt«, rief der Herzog, »folgt mir! Ich werde Euch alle staunen machen.«

Er eilte mit so schnellen Schritten voran in den neuen, erst vor wenigen Tagen fertiggestellten Trakt der Hofburg, dass die anderen Mühe hatten, ihm zu folgen. Die frisch bemalten Wände waren kaum getrocknet, aber Sigmund konnte es offenbar nicht abwarten, die sündteuren Neuheiten vorzuführen. Er hatte für diese Gelegenheit einen beachtlichen Hofstaat um sich geschart. Neben dem gesamten Frauenzimmer war auch der Marschall angetreten, dazu der Medicus, der Kämmerer, einige Grafen und Barone sowie der blutjunge Komponist Paul Hofhaymer, der am Hof wegen seiner geistlichen Orgelmusik als heimliches Genie gehandelt wurde und gerade erst von einer längeren Italienreise zurückgekehrt war.

Van Halen fiel als Erster hinter die anderen zurück, weil das Tempo für seine stattliche Masse zu schnell war. Lena, die Anweisung hatte, sich stets nah bei der Herzogin und ihren Damen zu halten, stellte fest, dass Alma von Spiess ebenfalls langsamer geworden war, bis sie schließlich an van Halens Seite war und mit besorgter Miene auf ihn einredete, während alle anderen lachten, plauderten und vergnügt wirkten. Fee bellte freundlich; sogar sie war offensichtlich allerbester Laune.

Seit der Abreise von Pater Institoris vor einigen Wochen schien ein schwarzer Schleier von der Hofburg genommen. Ein strahlender Mai war über das Land gekommen und inzwischen schon fast wieder vergangen, so warm und sonnig wie kaum je zuvor. Alles blühte und grünte, die Vögel jubilierten, und die Menschen erfreuten sich an der Üppigkeit der Natur. Es gab keine Geister mehr, vor allem auch keinen Geisterjäger, vor dem viele sich insgeheim noch mehr gefürchtet hatten.

Stattdessen waren Lebensfreude, Glanz und Übermut an den Hof des Erzherzogs zurückgekehrt. Ganz offenbar verstand das fürstliche Paar sich nach einem lautstarken Streit, der durch die Mauern ihrer Gemächer zu hören war, besser denn je. Seitdem war allerdings der Jurist Johannes Merwais zum ständigen Besucher im Frauenzimmer geworden, was er nahezu jedes Mal geschickt mit einem kurzen Abstecher bei Lena und ihren Kochtöpfen zu verbinden wusste. Alles schien im Lot, wenngleich die blutjunge Frau an Sigmunds Seite sich mittlerweile geradezu ungebührlich in die Herrschaft über Tirol einmischte.

Vor einer frisch gezimmerten Flügeltür blieb der Herzog stehen. »Es ist doch alles für meine kleine Überraschung bereit?«, fragte er, zu Lena gewandt.

Diese »kleine Überraschung« hatte alle, die in der Küche arbeiteten, um mehr als eine Nachtruhe gebracht. Chunrat war vor lauter Schimpfen fast heiser worden, Lena mehrmals halb verzweifelt zu Bibiana gerannt, um ihren Rat einzuholen; die Schar der Küchenjungen hatte sich auf die Zunge gebissen und wie Ochsen im Joch geschuftet. Jetzt hofften alle, dass die vereinte Mühe sich gelohnt hatte und alles zur Zufriedenheit Sigmunds ausgefallen war.

»Natürlich, Euer Hoheit«, erwiderte Lena mit einem tiefen Knicks. »Genau, wie Ihr befohlen habt.«

Ahs und Ohs ertönten, als er die Tür aufgestoßen hatte.

Auf einer schier endlosen Tafel waren vielfältigste Speisen arrangiert, die, so ausdrücklich die herzogliche Anordnung, allesamt mit dem Thema Frühling zu tun hatten: junge Hopfensprossen, in Milch gekocht, Krebspastete, gesottenes Huhn mit frischen Zwiebelchen, gebackene Barben, breite Bärlauchnudeln, Eierkuchen mit Spargel, Lauchomeletts, Kalbsfleisch mit Senfkruste, zarte Täubchen in Rettichsauce, Küchlein aus Feigen und Mandeln. Auch die jungen mit dem Auftragen betrauten Mägde steckten in duftigen, hellen Kleidern und hatten sich auf allerhöchstes Geheiß hin Blumen ins Haar geflochten. Verlegen ob dieser ungewohnten Aufmachung, drückten sie sich an die Wand, nachdem die Hofgesellschaft eingetreten war.

»Wie himmlisch das alles duftet!«, rief als Erster van Halen, jetzt wieder vorndran, weil es ums Essen ging. »Und seht doch nur, diese reizenden Engel, die uns bereits ungeduldig erwarten! Welch gütigem Geschick haben wir diesen unerwarteten Segen zu verdanken?«

»Gefällt es Euch auch, Katharina?«, vergewisserte sich der Herzog, weil seine Frau ganz stumm und bleich neben ihm stand. »Denn für Euch ist es ja vor allem gedacht: der Frühling unseres Landes für den schönen, jungen Frühling in meinem Leben!«

»Aber ja doch«, stieß sie hervor, sichtlich mehr überwältigt als gerührt. »Ihr seid mir stets für eine Überraschung gut, werter Sigmund! Wenngleich ich einräumen muss, dass ausgerechnet heute mein Appetit nicht sonderlich groß ist.«

»Ihr werdet gleich hungrig werden, wartet nur ab! Aufgetragen wird ohnehin erst nach der nächsten Überraschung.«

Der Herzog hatte den Raum mit ungeduldigen Schritten durchquert und stand schon vor der nächsten Tür.

»Alles bereit, Hofmeister?«, rief er.

»Wie Ihr befohlen habt, Euer Hoheit«, erwiderte Leopold von Spiess.

»Dann schließt endlich auf!«

Ein langer rechteckiger Saal tat sich auf, mit neu verlegtem Zirbelholzboden und schmalen Fenstern, von denen eines offen stand. Die Wände waren mit großen Gemälden geschmückt. Doch nicht sie zogen die Blicke aller auf sich, sondern die hölzernen Käfige, die auf breiten Hockern in Reih und Glied links und rechts die gesamte Saallänge entlang aufgestellt waren. Sie erschienen viel zu groß für die kaum sperlingsgroßen Federwesen, die verschüchtert in ihnen hockten, braungefiedert, mit blanken Augen, in jedem Käfig ein einsames Vögelchen. Todesangst hatte sie offenbar ausgiebig koten lassen; ein strenger Geruch hing im Raum, den selbst die laue Frühlingsluft nicht vertreiben konnte.

»Das sind ja lauter Nachtigallen!«, entfuhr es Lena. »Aber wieso sind sie denn alle eingesperrt?«

»Weil sie uns jetzt ihr wunderschönes Ständchen bringen werden.« Der Herzog wirkte konsterniert, weil keiner der Anwesenden in Jubel ausgebrochen war. Stattdessen standen alle betreten herum, niemand sagte etwas, und jeder achtete darauf, möglichst flach zu atmen. »Niklas – nimmt deine Laute und bring sie zum Singen!«

Der Spielmann tat wie verlangt und schlug ein paar leise, zarte Akkorde an. Doch alles blieb still. Aus keinem der Käfige drang auch nur der geringste Laut.

»Ich würde auch nicht singen, wenn du mich so eingesperrt hättest.« Die helle Stimme der Herzogin durchschnitt die angespannte Stille. »Meinen Schnabel würde ich halten – und für immer schweigen. Was hast du dir dabei nur gedacht, Sigmund? Die Königin der Nacht darf man doch nicht in ein so hässliches Gefängnis sperren!«

Sie lief zum nächstbesten Käfig und entriegelte ihn. Die kleine Nachtigall duckte sich gegen die Stäbe. Erst als Katharinas Hand und der rundliche Arm aus ihrem Blickfeld verschwunden war, wagte sie hinauszufliegen. Ihr Instinkt führte sie auf die richtige Spur, zum einzigen offenen Fenster, durch das sie rasch in den blauen Himmel entschwand.

»Genauso wirst du es jetzt auch mit allen anderen halten, sonst wechsle ich kein einziges Wort mehr mit dir!« In ihrer Erregung war die junge Frau wieder bei der vertrauten Anrede gelandet, allein dem intimen Kontakt der Eheleute vorbehalten.

Sigmund starrte sie an wie eine Erscheinung.

»Ich wollte Euch lediglich ein besonderes Vergnügen bereiten«, brachte er hervor. »Weil Ihr Tiere doch so sehr liebt. Deshalb hab ich meinen Jägern Anordnung gegeben, diese Vögel mit Netzen einzufangen. Über Wochen waren sie damit beschäftigt. Wenn Ihr nur wüsstet, welch unendliche Mühe es ihnen bereitet hat …«

»Die hättet Ihr Euch gänzlich ersparen können!« Kurz entschlossen hatte Katharina auch den zweiten Käfig entriegelt und war bereits beim dritten angelangt. »Komm schon, Lena, hilf mir!«, verlangte sie. »Wenn sich hier schon sonst niemand auf seine Vernunft besinnt, dann doch wenigstens du. Wir wollen all diesen armen Nachtigallen auf der Stelle die Freiheit schenken.«

»Haltet ein, Euer Hoheit, ich bitte Euch herzlich!« Der Hofmeister hatte sich behände vor ihr aufgebaut. »Überlegt doch einmal: Das muss, wenn überhaupt, maßvoll und langsam geschehen, sonst erleben wir hier binnen Kurzem ein Fiasko aus Federn und Schnäbeln.«

Katharina hielt inne, schaute zu ihm empor, dann presste sie plötzlich die Hand vor den Mund und stürzte wortlos hinaus.

Niemand im Saal rührte sich, nur Lena besaß die Geistesgegenwart, ihr sofort nachzulaufen. Sie fand sie, ein paar Zimmer weiter, tief über eine irdene Schüssel gebeugt. Die Herzogin keuchte, war leichenblass.

»Sterbenselend ist mir zumute«, flüsterte sie. »Schon seit Tagen geht das so. Sonst ist es morgens immer am Schlimmsten, aber es vergeht zum Glück meistens wieder, sobald ich ein Stück trockenes Brot im Magen habe. Aber jetzt all diese armen eingesperrten Vögel und vor allem dieser unerträgliche Gestank ... Was hat er sich nur dabei gedacht!«

Der nächste Schwall.

Dann tupfte sie sich den Mund mit einem Tuch sauber. Schwer atmend lehnte sie sich an Lena.

»Wenigstens du stehst mir bei«, flüsterte sie. »Meinst du denn, ich bin schwer krank? So krank womöglich, dass ich gar nicht mehr lange zu leben habe?«

Lena schüttelte den Kopf. Für einen Augenblick war es, als höbe sich das schwere Tuch, das die Vergangenheit vor ihr verbarg. Els hatte sich auch immer morgens übergeben müssen, damals, in jenen lang zurückliegenden Tagen, als sie mit Sebi schwanger gewesen war ...

»Ihr seid alles andere als krank, Euer Hoheit«, sagte sie mit fester Stimme. »Ich glaube viel eher, Ihr erwartet ein Kind. Das ist es, was Euch diese Übelkeit verursacht. Vielen Frauen geht es so. Doch soviel ich weiß, legt sich diese Übelkeit nach einer Weile wieder. Ihr müsst nur ein wenig Geduld haben.«

»Ein Kind?«, fragte die Herzogin staunend, als könne sie es selbst noch gar nicht fassen. »Aber das hieße ja ...«

»Ein Kind?«, wiederholte nun auch Alma von Spiess, die hinter ihnen das Zimmer betreten und alles mitgehört hatte. »Wer soll hier ein Kind erwarten? Etwa ...«

Das Strahlen, das Katharinas blasses Gesicht verschönte, war die einzige Antwort, die sie erhielt.

❧

»Wieso hast du ihn eigentlich mitgebracht?«, fragte Hella. »Ich dachte immer, er bleibt am liebsten zu Hause.«

Lenas Blick flog in die andere Ecke, wo Sebi auf dem Boden saß und in seinem Kästchen kramte.

»Damit er endlich wieder einmal aus dem Gasthof herauskommt.« Die Antwort fiel heftiger aus, als eigentlich beabsichtigt. »Den ganzen Winter war er eingesperrt, wo er doch so gern draußen herumstromert! Stundenlang ist er dann in den Wäldern unterwegs, beobachtet von seinen selbst gebauten Verstecken aus Tiere und sammelt Blätter, Beeren und kleine Steine.«

»Woher weißt du das? Erzählt er es dir?«

»In gewisser Weise – ja. Denn ich sehe es an seinen Augen. Sebi ist so ruhig, so ganz und gar bei sich, wenn er von diesen Streifzügen zurückkommt. Und manchmal erkenne ich es auch an den Sachen, die er mitbringt.«

»Du gehst heimlich an sein Schatzkästchen?« Hella schien erstaunt.

»Ganz selten.« Lena hatte ihre Stimme gedämpft. »Und auch dann nur, um ihn in Schutz zu nehmen. Denn jedes Mal, wenn Els mitbekommt, dass er allein unterwegs ist, stirbt sie halb vor Sorge. Dabei müsste sie doch wissen, wie klug ihr Sohn ist, anstatt sich ständig über sein Anderssein zu grämen. Manchmal denke ich sogar, es ist vor allem sie, die ihn so ängstlich macht.«

»Man kann sich seine Kinder eben nicht aussuchen. Und seine Eltern ebenso wenig.« Hella hatte Wein auf den Tisch gestellt, Brot und den weißen, selbst gemachten Käse, den Lena so gern aß. »Du musst aber nicht gleich wieder in die Hofburg zurück, Lena?«

»Erst morgen früh. Seitdem sich herumgesprochen hat, dass die kleine Herzogin schwanger ist, sind alle außer Rand und Band. Dazu durfte jeder einen Wunsch äußern, und ich, ich wollte endlich einmal wieder zu meinen Leuten.« Lena tauchte ein Stück Brot in die weiche Masse und begann genüsslich zu kauen. »Ich hoffe so sehr für sie, dass alles gut geht!«

»Wieso denn nicht?« Hella nahm ihren Becher und lehnte sich an die Wand. »Sie ist doch jung und gesund. Katharina wird dem Herzog einen ganzen Stall voller Nachkommen schenken.« Sie zog die zierliche Nase kraus. »Dann soll ich künftig wohl besser nicht mehr ins Frauenzimmer kommen?«

»Ganz im Gegenteil«, sagte Lena. »Erst heute Nachmittag hat sie wieder nach dir gefragt. Irgendwie scheint die Herzogin einen Narren an dir gefressen zu haben. Dein schönes Haar, die Art, wie du lachst, dein sonniges Wesen ... Du müsstest nur mal hören, wie freundlich sie über dich redet!«

»Aber du willst es nicht, habe ich recht? Dir wäre lieber, ich wäre dort niemals erschienen. Dir – und diesem mageren, hässlichen Weibsstück, das mich stets so angewidert fixiert, als sei ich eine giftige Natter.«

»Wundert dich das? Auch der Herzog bekommt Stielaugen, sobald du auftauchst. Am meisten aber macht mir zu schaffen, deinem seltsamen Spiel mit dem Hofmeister zuschauen zu müssen. Denkst du vielleicht, seine Frau ist blind und taub? Täusch dich da bloß nicht, Hella, die Spiessin kann gefährlich werden, wenn man ihr zu nah kommt!«

Hella spielte gedankenverloren mit ihrem langen blonden Zopf.

»Soll sie nicht die Geliebte des Herzogs gewesen sein?«, fragte sie schließlich. »Vielleicht kommt es ihr gar nicht so ungelegen, wenn Leopold nach anderen Frauen schaut.«

»Das sind Höflinge, Hella, für die gelten besondere Regeln, das hat der freundliche Medicus mir mehr als einmal klargemacht. Du aber bist und bleibst die Frau des Münzschreibers, auch wenn du dich manchmal aufführst, als hättest du das inzwischen vergessen.«

Hella war zum Fenster gegangen. Ganz kurz hielt Sebi in seinem geschäftigen Treiben inne und sah sie an, dann senkte er wieder den Blick und kramte weiter.

»Wie sieht es eigentlich bei dir aus?«, fragte sie. »Dieser Niklas und du ...«

»Er ist ein Bastard des Herzogs, und ich bin eine Köchin. Genauso sieht es aus. Das mit den Höflingen gilt auch für mich.«

»Scheint mir aber nicht so, als würde ihn das sonderlich stören«, fuhr Hella fort. »Niklas singt für dich, spielt für dich – und im ›Goldenen Engel‹ war er auch.«

»Kann schon sein.«

»Komm schon, Lena, du bist doch sonst nicht so einsilbig! Mir kannst du es doch erzählen!«

Einen köstlichen Augenblick lang war Lena versucht nachzugeben. Sie mochte alles an Niklas, und ihre Gefühle waren in den vergangenen Wochen noch tiefer geworden. Und doch gab es da stets etwas, was sie zur Zurückhaltung mahnte, eine leise, unbequeme Stimme, die sich immer dann meldete, wenn sie nah daran war, in seiner Gegenwart den Kopf zu verlieren.

»Oder gibt es da vielleicht noch einen anderen, der dir schöne Augen macht?« Hella gab sich nicht mit dem Schweigen der Freundin zufrieden. »Doch nicht etwa diesen blassen Juristen, den ich neulich im Frauenzimmer gesehen habe, diesen …«

»Johannes Merwais.« Ganz selbstverständlich war der Name über Lenas Lippen gekommen. »Was zimmerst du dir da zurecht? Johannes ist lediglich ein Freund.«

»Ein Freund? Der es mit einem wütenden Kassian aufnimmt, nur um dich zu schützen? Und schon dunkelrote Ohren bekommt, wenn du ihm nur ein Stück Kuchen reichst?« Hella strich Sebi im Vorbeigehen kurz über den Kopf, und zu Lenas Erstaunen ließ er sie gewähren. Offenbar verfehlte ihre verwirrende Präsenz, die alle Männer in Bann schlug, nicht einmal bei ihm die Wirkung. »Eigentlich gar kein so schlechter Kandidat, finde ich, je länger ich darüber nachdenke. Dein Niklas, der ist jemand zum Schwärmen und Küssen, dieser brave Jurist aber, der ist genau der richtige Mann zum Heiraten.«

»Hast du jetzt vollkommen den Verstand verloren?«

»Wie lange willst du dir damit eigentlich noch Zeit lassen? Bis du alt und schrumplig bist?«

Die Blicke der beiden begegneten sich.

»Jedenfalls werde *ich* nicht heiraten, um dann meinen Mann gleich zu betrügen.« Lena erhob sich.

»Betrügen?«, wiederholte Hella gedehnt, als höre sie das

Wort zum ersten Mal. »Du solltest nicht so reden, Lena! Ich bin nun mal, wie ich bin. Und genauso werde ich auch bleiben, was immer geschehen mag.«

Etwas in ihrem Tonfall hatte Lena stutzig gemacht.

»Hängt das zufällig mit der Narbe an deinem Handrücken zusammen?«, fragte sie. »Ich hab dich niemals danach gefragt, Hella. Vielleicht, weil ich mir immer gewünscht habe, du würdest es mir von dir aus erzählen. Doch bis heute hast es nicht getan. Warum eigentlich?«

Im Stehen überragte Hella die Freundin ein ganzes Stück.

»Ach das«, sagte sie leise. »Das hat noch Zeit. Irgendwann werden wir schon ...« Sie räusperte sich. »Möglich übrigens, dass auch ich schwanger bin«, fuhr sie noch leiser fort. »Aber vielleicht stockt ja auch bloß mein Blut. Ich werde Barbara fragen gehen. Wenn eine von uns Bescheid weiß, dann sie.«

»Schwanger? Von wem? Doch nicht ...«

Hella zog die Schultern hoch. »Heißt es nicht, Gott liebt jedes Kind, das das Licht der Welt erblickt? Dann wird er mein Kleines doch bestimmt auch lieb haben!«

Im Leben war die Reindlerin eine schöne Frau gewesen, und wenn Rosin ihre Arbeit erst einmal vollendet hatte, würde sie das auch im Tod wieder sein. Es war nicht einfach gewesen, den aufgelösten Blasius Reindler dazu zu bewegen, die Kammer zu verlassen, in der die Verstorbene lag. Auch seine beiden halbwüchsigen Töchter hatten sich im engen Hausflur tränenüberströmt an Rosins Rock geklammert, als könne sie ihnen Halt und Hoffnung geben. Für das aber, was sie jetzt zu tun hatte, musste sie allein sein, und das gab sie dem Witwer und seinen Mädchen unmissverständlich zu verstehen.

»Ihr könnt später bei ihr wachen«, sagte sie. »Jetzt ist erst einmal meine Stunde.«

In ihrem Korb war alles, was sie brauchte; für frisches Wasser hatte Blasius auf ihre Bitte hin bereits gesorgt. Sie kannte den stämmigen Fassmacher, der ihrem Vater die Fässer für seine kleine Brauerei lieferte, seit vielen Jahren. Bestimmt hatte er deswegen auch sie zu seiner toten Frau gerufen und nicht die Gevatterin Kohler, die als Seelnonne die Leichen in Wilten und Innsbruck schon zur letzten Reise gebettet hatte, als Rosin noch ein Mädchen gewesen war.

Mit einem scharfen Messer schnitt sie das Hemd auf, in dem die tote Veverl noch steckte. Schweiß und Blut hatten ihre Spuren hinterlassen; es taugte nicht einmal mehr dazu, um in Streifen geschnitten und als Putzlappen verwendet zu werden. Der nackte Körper vor ihr gab all seine Geheimnisse preis: die knöchernen Schlüsselbeine, den schmalen, mädchenhaften Rumpf, die silbrigen Querstreifen auf dem Bauch, die schwere Schwangerschaften verrieten, der schüttere Busch, in den sich lange vor der Zeit erste Silberfäden gemischt hatten. Mit einem Schwamm fuhr sie behutsam über die wächserne Haut und machte auch vor dem hässlichen Geschwür der linken Brust nicht halt, das unaufhaltsam gewachsen war und Veverl schließlich viel zu früh den Tod gebracht hatte.

Als sie bei den Händen angelangt war, blieb der Schwamm an etwas hängen. Rosin zog den Silberring mit dem roten Stein vom linken Mittelfinger ab, um ungestört weiterarbeiten zu können, und legte ihn auf den Schemel neben der Tür.

Auf das Gesicht verwendete sie wie jedes Mal ganz besondere Mühe. Das begann schon beim Kämmen des Haars, das sie so liebevoll ausführte wie bei einer Lebenden. Danach betupfte sie das Antlitz mit einem branntweingetränkten Tuch, um es bei mildem Wetter, wie es jetzt herrschte, vor allzu schneller Verwesung zu schützen. Zum Stützen des Kinns und Schließen des Mundes diente ein kleiner Klotz aus Zirbelholz.

Rosin zögerte kurz, dann beugte sie sich über ihren Korb und nahm das Kästchen mit den getrockneten Rosenblüten heraus. Ein paar davon drapierte sie auf der linken Brust, die unter der roten Pracht auf einmal fast jungfräulich wirkte. Das Kästchen hatte fürs Erste ausgedient und wanderte auf den Schemel, eine Bewegung, die sie so selbstverständlich ausführte, dass ihr gar nicht auffiel, wie sie dabei den Ring versehentlich beiseite stieß. Er fiel auf den Holzboden, rollte ein Stück weiter und verschwand schließlich in einer breiten Dielenspalte.

Jetzt kam das Hochzeitskleid an die Reihe, das sich der Fassmacher anstelle des sonst üblichen Totenhemdes für sein Veverl gewünscht hatte. Rosin hatte keinerlei Scheu, die Gelenke zu biegen, damit die Leichestarre sich löste und die Gliedmaßen bewegt werden konnten. Trotzdem brach ihr der Schweiß aus, bis die tote Genoveva schließlich für die Ewigkeit fertig angezogen war und sie ihr die Hände über der Brust falten konnte, in die sie zuletzt noch den hölzernen Rosenkranz legte.

Sie öffnete das Fenster und sog die warme Abendluft begierig ein. Dann schloss sie es wieder. Nun war es Zeit für Wilbeths Räuchermischung, die aus Wacholder, Salbei, Lavendel und Weihrauchharz bestand, alles zusammen in Wein geschwenkt und anschließend zu kleinen Kugeln auskristallisiert. Rosin entzündete sie in ihrer irdenen Schale und verteilte die würzigen Schwaden vom Kopf bis zu den Füßen der Toten.

»Zu dir kehrt sie nun zurück, Borbeth, barmherzige Mutter allen Dunkels. Nimm die Tochter wieder auf in deinen fruchtbaren Schoß, auf dass sie…«

Sie hielt inne in ihrem Gebet, als die Tür aufgestoßen wurde.

»Bist du fertig?«, fragte die jüngere Tochter schluchzend. »Wir wollen endlich zu Mama.«

»Ja«, sagte Rosin, obwohl sie ihr Gebet gern zu Ende gesprochen hätte. Sie würde es anschließend vollenden, auf dem Heimweg, nachdem sie die übliche Runde als Kirchheißerin gedreht hatte, die alle Nachbarn und Verwandten vom Ableben der Reindlerin in Kenntnis zu setzen hatte.

»Sie sieht schön aus.« Mali, die Größere, war ehrfürchtig näher gekommen. »Als ob sie nur schlafen würde.«

»Ihr dürft jetzt bei ihr sein«, sagte Rosin zu Blasius, der ebenfalls hereingekommen war. »Aber wartet nicht zu lange, bis ihr sie in den Sarg bettet! Diese abendliche Schwüle ... da kann es mit allem noch schneller gehen als sonst.«

Er nickte, noch immer kaum zum Reden fähig.

»Dank dir schön«, brachte er schließlich mühsam hervor. »Und dein Geld hab ich dir draußen auf den Stufen bereitgelegt.«

Rosin packte ihre Utensilien zusammen, von denen nichts im Totenzimmer zurückbleiben durfte, so wollte es der Brauch. Doch es fiel ihr schwer, dies so umsichtig und behände zu tun, wie wenn sie allein gewesen wäre, und tatsächlich übersah sie ein Stück Leinenbinde, das beim Ankleiden versehentlich unter die Tote gerutscht war. Sie war schon an der Tür, als die kleine Ida plötzlich zu schreien begann.

»Der Ring ist weg! Mamas Ring – der, den doch immer ich bekommen sollte. Du hast schon ihre schöne Kette, Mali, aber wo ist mein Ring geblieben?«

»Den hab ich deiner Mutter lediglich während des Waschens abgezogen.« Rosin stellte den schweren Korb wieder ab. »Da drüben auf dem Hocker muss er liegen.«

»Der Hocker ist aber leer«, stellte Mali fest.

»Dann ist er sicherlich auf den Boden gefallen.«

Beide Mädchen quetschten sich unter das Bett.

»Da ist nichts.« Ida kam prustend wieder nach oben.

»Ich hab auch nichts gefunden«, sagte Mali.

»Ich hab ihr den Ring abgezogen und ihn auf dem Hocker abgelegt«, wiederholte Rosin. »Er kann sich doch nicht plötzlich in Luft aufgelöst haben!«

»Und wenn sie ihn eingesteckt hat, Vater?«, sagte Mali, als sei Rosin gar nicht mehr anwesend. »Das tun diese Leichenweiber doch manchmal.«

»Ja, sie hat ihn bestimmt gestohlen, meinen schönen Ring.« Ida begann erneut zu schluchzen. »Sag ihr, sie soll ihn auf der Stelle wieder hergeben!«

»Ihr müsst morgen noch einmal gründlich suchen, sobald die Sonne scheint und es hell genug ist. Dann werdet ihr ihn bestimmt gleich finden.« Der Schweiß rann Rosin inzwischen in dünnen Bächen über den Rücken.

»Damit sie sich in aller Ruhe mit Mamas Ring aus dem Staub machen kann?« Mali kam drohend näher. »Willst du nicht lieber mal ihren Korb gründlich durchsuchen, Vater? Vielleicht hat sie ihn ja auch irgendwo im Gewand versteckt!«

»Bring deine Töchter endlich zur Vernunft, Blasius!«, verlangte Rosin, um einiges schärfer. »Du weißt genau, dass ich keine Diebin bin.«

»Aber wo kann Veverls Ring dann geblieben sein?« Der Blick des Fassmachers hatte sich verändert. Jetzt waren seine Augen misstrauisch und scheel. »Ich hab ihn vorhin doch auch noch an ihrer Hand gesehen.«

»Ich hab alles gesagt, was ich dazu weiß.«

Das Weinen der Mädchen wurde lauter.

»Vielleicht hätten wir doch lieber die Kohlerin holen sollen«, sagte Blasius. »Denn es ist gar nicht schön von dir, was du da meinen Mädchen antust ...«

Es war mehr als genug. Rosin konnte die Situation nicht länger ertragen. Sie nahm den Korb und verließ wortlos das Zimmer. Auf der untersten Stufe entdeckte sie das kleine Häuflein der bereitgelegten Silbermünzen, überlegte kurz, wollte schon weitergehen, steckte sie aber dann doch ein.

Ihre Arbeit war getan. Sie brauchte sich für nichts zu schämen. Trotzdem bedeutete es eine Überwindung für sie, in dieser Verfassung an fremde Türen zu klopfen und den Leuten Veverls Tod kundzutun. Man bot ihr Met und Schmalzbrot an, wie die Sitte es gebot, Rosin aber lehnte Speis und Trank ab und war froh, als sie endlich bei der letzten Tür angelangt war. Auf dem Heimweg hockte ihr ein schwarzer Alb im Nacken, der jeden Schritt zur Anstrengung machte. Sie hielt den Kopf gesenkt, in der Hoffnung, möglichst keinen Bekannten mehr zu begegnen, als sie plötzlich von hinten angesprochen wurde.

»Da schleicht sie herum wie das schlechte Gewissen in Person, dieses ausgeschamte Seelweib, das mich bei den Leuten ausrichten will!« Sich umdrehend erkannte Rosin Margaretes Stiefschwester Gundis, voll erblüht in ihrer fortgeschrittenen Schwangerschaft.

»Mit dem Tod meiner Schwester hab ich nichts zu schaffen – kapiert? Der Bader, mein Gemahl, wird dir noch das Maul stopfen, wenn du nicht endlich mit deinen Unterstellungen aufhörst.«

»Ich weiß gar nicht, wovon du redest ...«

»Ach, sie weiß es nicht! Aber deine Busenfreundin, die Hebamme, nimmt das Maul dafür hübsch voll – und woher hat sie wohl alle ihre Weisheiten, wenn nicht von dir? Seid bloß auf der Hut, ihr Weiber, mit euren verderbten Heimlichkeiten, sonst werdet ihr sehr bald euer blaues Wunder erleben!« Verächtlich spuckte sie vor Rosin aus.

Am liebsten hätte diese sie gepackt und kräftig an den roten Haaren gezerrt, um sie wieder zur Besinnung zu bringen, doch zu ihrer eigenen Überraschung war sie unfähig, auch nur ein Glied zu rühren. Stumm musste sie mitansehen, wie Gundis breitbeinig weiterstolzierte, als habe sie soeben einen entscheidenden Sieg errungen, den Hals stolz gereckt, den Bauch wie eine Kugel vor sich her schiebend.

Erst als sie schon halb aus ihrem Blickfeld entschwunden war, kehrte wieder Leben in Rosins Arme und Beine zurück. Allerdings fand sie den Alb im Nacken jetzt noch unerträglicher und war erleichtert, als sie endlich mit bleiernen Füßen ihr Haus erreicht hatte und die Tür hinter sich schließen konnte.

❦

Er kam nicht an gegen diesen Kassian, das musste Johannes Merwais sich eingestehen, auch wenn ihn das selbst am allermeisten wurmte. Zweimal schon hatte er ihn in den Laubengängen angesprochen, wo der gefeuerte Küchenmeister sich versteckt hatte, weil dieser nicht damit aufhören wollte, Lena nachzustellen. Das erste Mal war der Jurist noch halbwegs freundlich geblieben, das nächste Mal hatte er bereits gedroht – doch nichts von beidem hatte bislang gefruchtet.

»Du kannst mir keine Angst einjagen!« Kassian stank nach Fusel und war von oben bis unten verdreckt. »Was faselst du da so dumm daher von tief fallen? Tiefer, als ich jetzt schon bin, geht es doch gar nicht mehr!«

Er musste sich jüngst geprügelt haben, denn sein linkes Auge zierte ein Veilchen, und die Wunde auf der Stirn war frisch verkrustet. Mit einem dicken geschälten Weidenprügel fuchtelte er angriffslustig herum.

»Glaubst vielleicht, einer hier gäbe mir noch Arbeit? Muss mir mein bisschen Brot jetzt eben auf andere Weise beschaffen, ob es dir nun passt oder nicht. Und was deine geschwätzige kleine Hure betrifft – mit der bin ich noch lange nicht fertig. Richte ihr das gefälligst aus!«

Gut möglich, dass es nur leere Drohungen waren, die Kassian da ausgestoßen hatte, aber sie beunruhigten Johannes doch sehr, mehr vielleicht noch als Lena selbst. Die junge Köchin schien so großes Vertrauen in ihn zu setzen, dass seine Angst wuchs, sie zu enttäuschen. Lena ging ihm ohnehin nicht mehr aus dem Sinn, und manchmal schämte er sich beinahe, weil sie sein ganzes Denken und Fühlen bestimmte. Dass sie ihn zu mögen schien, war einerseits beruhigend, andererseits vielleicht sogar das Schlimmste von allem. Denn so verzückt wie diesen vorlauten Herzogsbastard, der die Laute meisterhaft schlug, hatte Lena ihn noch niemals angesehen. Wahrscheinlich hielt sie ihn für genau das, was er eben auch war: ein schüchterner Langweiler, der über seinen Akten schwitzte.

Plötzlich hatte er Lust, alles vom Tisch zu fegen.

Innsbruck war nicht der erste Hof, den er durch seine Arbeit näher kennengelernt hatte, und eine ganze Weile war es ihm vorgekommen, als habe er genau hier den richtigen Platz gefunden. Aber sollte sein Leben wirklich so verstreichen, als schlecht besoldeter Büttel irgendeines Fürsten, der auch noch Dinge von ihm verlangte, die er mit seinem Gewissen eigentlich gar nicht vereinbaren konnte?

Dieser Frühsommer mit seiner milden Luft und seinen warmen Nächten war ihm tief unter die Haut gekrochen und hatte Sehnsüchte in ihm erweckt, die ihn immer öfter um den Schlaf brachten. Jetzt mit Lena auf einer Wiese zu liegen, ihr dunkles Haar zu berühren, ihre weichen Lippen zu küssen ... Ganz schwindelig wurde ihm, wenn er nur daran dachte.

Stattdessen war er hier im Kontor eingesperrt, unfähig allerdings, sich auf seine Arbeit zu konzentrieren. Johannes atmete tief aus, dann nahm er das Schreiben aus Augsburg erneut zur Hand, das er inzwischen so oft gelesen hatte, dass er jedes Wort auswendig wusste. Er hatte recht gehabt mit seiner Einschätzung, wenngleich das Haus Fugger sich für die Inspektion ein wenig mehr Zeit gelassen hatte, als er zunächst befürchtet hatte. Jetzt aber war der Besuch für die Woche nach Johanni angekündigt, was den Spielraum des Herzogs drastisch verkürzte.

Sie würden fündig werden, so viel war gewiss.

Denn alle Maßnahmen, die Merwais getroffen hatte, konnten eines nicht vertuschen: dass Herzog Sigmund dreist das Erz stehlen ließ, das er eigentlich dem findigen Kaufmannsgeschlecht vertraglich teuer verpachtet hatte. Das Schreiben war sachlich gehalten, der Tenor jedoch ausgesprochen frostig; die Fuggerschen hatten die üblichen Höflichkeitsfloskeln so sparsam verwendet, dass es fast schon wie eine Brüskierung klang.

Wie anders dagegen der Brief, der wohl eher zufällig zwischen seine Aktenstücke geraten war! Von Bischof Golser aus Brixen stammte er, war abgefasst von seinem Notarius Rasso Kugler in einer Schrift, so makellos gestochen, dass bei Johannes sich leiser Neid regte. Güte und Besonnenheit sprachen aus den Zeilen, wenngleich der Bischof nicht mit seiner Verwunderung hinter dem Berg hielt, dass Herzog Sigmund ausgerechnet den berüchtigten Inquisitor als Geisterjäger an seinen Hof gerufen hatte.

... von seiner Gefährlichkeit habe ich ja bereits ausführlich zu Euch gesprochen. Und was ich jüngst aus Ravensburg zu hören bekomme, kann

diese meine Meinung nur weiter bestätigen ... hat dort offenbar eine neue Prozesswelle in Gang gesetzt, die wütet, als wolle er alles, was weiblichen Geschlechts ist, in Grund und Boden stampfen. Eva habe als Erste die Sünde über die Welt gebracht, so Kramers Argumentation, und sei damit zur verderbten Komplizin Satans geworden, deren Nachfahrinnen es mit allen Mitteln zu bekämpfen gelte. Freilich scheint der gelehrte Pater dabei vergessen zu haben, dass es eine Frau war, die uns den Heiland geschenkt hat: die gute, reine Gottesgebärerin Maria ... beschwöre ich Euch, Euch vor diesem gefährlichen Mann zu hüten. Falls er noch einmal nach Innsbruck zurückkehren sollte, wovor der Allmächtige uns schützen möge, so gebt mir augenblicklich Kenntnis davon! Besinnt Euch auf Euer Versprechen, werter Sigmund, denn nur gemeinsam können wir die frommen Kinder unseres schönen Landes Tirol vor den Auswüchsen dieses Mannes beschützen ...«

Johannes konnte nicht weiterlesen, so eindringlich stand plötzlich das Bild des finsteren Dominikaners vor ihm. Einmal war er unfreiwillig Zeuge geworden, wie ein heftiger Schmerzanfall den Pater Institoris beinahe zu Boden gestreckt hatte. Sicherlich kein Zufall, dass er ausgerechnet an diese unangenehme Begebenheit dachte, denn auch in seinem Schädel stach und pochte es heute aufs Unangenehmste – nicht zum ersten Mal übrigens. Vielleicht konnte ihm van Halen mit seinen Arzneien helfen, einer der Wenigen hier am Hof, für den er beinahe so etwas wie Sympathie verspürte.

Schon nachdem Johannes das Kontor mit seinen staubigen Aktenstößen verlassen hatte, fühlte er sich besser, trotzdem setzte er seinen Weg fort, bis er endlich im Quartier des Medicus angelangt war. Van Halen schien es nichts auszumachen, wie einfach er untergebracht war; früher hatten hier einmal die herzoglichen Kutscher gehaust, und die Anmutung einer Remise haftete den Räumen bis heute an.

Johannes fand den Medicus an einem langen Tisch sitzend,

der mit übereinandergestapelten Schriften vollständig bedeckt war.

»Da hätte ich ja gleich oben im Kontor bleiben können«, sagte er scherzend. »Bei Euch hier unten sieht es auch nicht viel anders aus.«

»Hab keine Zeit zum Aufräumen, denn ich bin da gerade einer sehr interessanten Sache auf der Spur.« Van Halen legte die Feder aus der Hand. »Das Studium der einschlägigen Literatur ist dabei nur der Anfang. Erst das Ausprobieren in meinem kleinen Laboratorium dort hinten wird zeigen, ob die Theorie der Praxis auch standhalten kann.«

»Ein neues Heilverfahren? Wogegen, wenn ich so neugierig fragen darf?«

»Unter Umständen – ja. Und fragt nur! Ich habe ohnehin nicht oft Gelegenheit, über meine Versuche zu reden. Macht diese verdammte Podagra nicht so vielen von uns zu schaffen, sobald wir älter werden? Ich hab mich jedenfalls entschieden, ihr in aller Entschiedenheit den Kampf anzusagen. Ob ich ihn freilich jemals gewinnen kann, steht noch in den Sternen, denn die Substanz, mit der ich hantiere, hat es in sich. Man muss ohnehin stets sehr vorsichtig sein, bis man etwas behaupten kann.«

Johannes beugte sich tiefer über den Tisch. »Ihr habt da arabische Schriften?«, fragte er.

»Woher wisst Ihr das?« Die hellen Augen des Medicus blickten erstaunt. »Versteht Ihr Arabisch?«

»Lediglich ein paar wenige Brocken. Hab mich vor Jahren selbst eine ganze Weile mit Anatomie beschäftigt, da kommt man nicht ganz ums Arabische herum. In meinem Fall endete es allerdings darin, dass ich schließlich feststellte: Die trockene Welt der Buchstaben und Zahlen liegt mir offenbar doch mehr.«

Van Halen sah ihn aufmerksam an. »Aber diese trockene

Zahlenwelt hat Euch sicherlich nicht zu mir geführt. Was kann ich für Euch tun?«

»Wenn ich das selbst so genau wüsste!« Merwais stieß einen tiefen Seufzer aus und setzte sich neben van Halen. »Da ist dieser merkwürdige Schwindel, der mich seit einiger Zeit in unregelmäßigen Abständen immer wieder überfällt, und mein Kopf fühlt sich dann jedes Mal ganz dumm und heiß an. Mein Herz beginnt zu rasen, die Glieder sind bleischwer ...« Er hielt inne. »Was zieht Ihr denn auf einmal für ein Gesicht? Ich bin doch nicht ernstlich krank?«

Van Halen schwieg, nahm die Hand des Juristen und fühlte ausgiebig den Puls.

»Euer Zustand erscheint mir in der Tat äußerst bedenklich«, sagte er nach einer Weile. »Umso mehr, weil die Heilungschancen in einem Fall wie dem Eurem gleich null sind, das hat mich jahrelange Erfahrung gelehrt.«

Johannes starrte ihn entsetzt an. »Unheilbar, wollt Ihr das etwa damit sagen?«

Der Medicus nickte bedächtig. »Es sei denn ...« Er ließ genüsslich eine längere Pause folgen. »Es sei denn, Ihr fasst endlich Mut und legt Euer Herz der heimlich Angebeteten frank und frei zu Füßen.«

»Woher wollt Ihr das wissen?« Das blasse Gesicht Merwais' hatte sich gerötet. »Und was, wenn sie sich gar nicht darüber freut?«

»Ich weiß es, weil ich für Lena ähnliche Gefühle hegen würde, besäße ich nur Euer Alter und wenigstens annähernd Eure Statur. Ob sie sich freuen wird? Das müsst Ihr selbst ausprobieren! Worauf wollt Ihr eigentlich noch warten? Darauf, dass Niklas endgültig als Sieger um Lenas Gunst durchs Ziel geht? Dann lebt ruhig weiter so mit Eurem Schwindel!«

Eine Weile blieb es ruhig. Merwais wischte sich mehrmals

mit der Hand über das Gesicht, während der Medicus ihn gelassen dabei betrachtete.

»Johanni«, sagte er schließlich. »Bis dahin ist es ja nicht mehr weit. Ihr habt ja so recht mit allem, was Ihr gesagt habt! Johanni – ist das nicht eine geeignete Gelegenheit?«

»Ausgezeichnete Idee!« Van Halen verzog seinen Mund zu einem breiten Grinsen. »Dann strengt Euch aber auch gefälligst an, um Lena vorzuführen, wie die Liebe einen lahmen Phlegmatiker scheinbar mühelos in einen leidenschaftlichen Sanguiniker verwandeln kann!«

Seitdem sie sein Fleisch entweiht hatte, waren die Dämonen der Nacht noch unbarmherziger gegen ihn geworden. Während die Anfälle bislang zwar in gewisser Regelmäßigkeit aufeinander erfolgt, aber doch meist von größeren Abständen unterbrochen waren, so suchten sie Kramer jetzt geradezu atemlos heim. Es vergingen kaum ein paar Tage, an denen er sich einigermaßen stabil fühlen konnte, und schon verschwammen erneut die Konturen aller Gegenstände vor seinen Augen, und das Pochen an der linken Schläfe zeugte vom Neuaufflammen der altbekannten Schmerzen.

Doch nicht sie waren es, die ihm am meisten zusetzten, sondern die furchtbare innere Wandlung, die seit jenem bedauerlichen Vorfall in der Innsbrucker Hofburg mit ihm vonstattenging. Für Kramer war es, als sei ein Vorhang zerrissen, der bislang seine Keuschheit geschützt und alles widerwärtig Fleischliche wohltuend vor ihm verborgen hatte. Nun aber lauerten sie ständig und überall: Lippen, Brüste, Schöße, die ihn unaufhörlich bedrängten und zu immer neuen Todsünden aufforderten.

Er betete auf den Knien, fastete bis zur Ohnmachtsgrenze, flehte Gott weinend um Gnade an und schrieb sich nächtelang die Finger wund, um diesem Wahnsinn endlich zu entkommen. Doch schon der nächste Morgen konfrontierte ihn erneut mit der abgrundtiefen Verdorbenheit der Weiber, die seine Gedanken besetzten und seine Männlichkeit lüstern und hart werden ließen.

Dieser Speer aus Fleisch marterte ihn regelrecht, und nichts wollte dagegen helfen, nicht einmal die grimmige Strenge, mit der er im Beweisverfahren gegen die angeklagten Hexen Anna Mindelheimer und Agnes Bader vorging. Beide wurden des Wetterzaubers verdächtigt, hatten in und um Ravensburg so böses Hagelwetter gehext, dass es nicht nur zu verheerenden Flurschäden gekommen war, sondern neben mehreren verendeten Kühen und Schafen auch ein Menschenopfer durch Blitzschlag zu beklagen war. Lange hatten die beiden jegliches Geständnis verweigert; weder Daumenschrauben noch die Streckbank hatten sie dazu bringen können, endlich ihr Gewissen zu erleichtern und ihre Seele vor ewiger Verdammnis zu bewahren. Schließlich war Kaplan Gremper, die ganze Zeit über Kramer als tüchtiger Notarius zur Seite, auf die Idee verfallen, Anna Mindelheimer stark Gesalzenes verabreichen zu lassen und ihr anschließend jegliche Flüssigkeit zu verweigern.

Was zerschmetterte Glieder und gebrochene Gelenke nicht vermocht hatten, das gelang dem quälenden Durst. Nach zwei Tagen gestand die Mindelheimerin all ihre Vergehen, räumte ein, dass sie seit geschlagenen achtzehn Jahren fleischlich mit dem Satan verkehre, beschrieb jede ihrer widernatürlichen Lüste bis ins Detail und sagte nach der gnädigen Zuführung eines Liters Wasser, den sie wie ein Schwamm in sich aufsog, ebenso ausführlich aus, wann und auf welche hinterlistige Weise sie den Schadenszauber bewerkstelligt habe.

Voller Abscheu starrte Kramer durch den Schlitz, der ihn alle Vorgänge im Frauenturm, wo die Fragstatt seit Neuestem untergebracht war, als Beobachter verfolgen ließ, ohne dass er selbst von den Hexen gesehen werden konnte. Vor ihm kauerte eine kahle, hässliche Vettel in stinkenden Lumpen, wimmernd, kotbeschmiert, kaum noch als menschliches Wesen auszumachen. Sie würde der reinigenden Kraft des Feuers nicht lange standhalten können, so viel war jetzt schon gewiss, und daher kaum als Abschreckung für all diejenigen dienen können, die insgeheim den frevelhaften Gedanken hegten, sich Satan ebenfalls fleischlich hinzugeben.

Ganz anders dagegen Agnes Bader. Sie war jung und gut gebaut, dazu ledig, was von Anfang an Verdachtsmomente auf sie gelenkt hatte. Aus irgendeinem Grund hatte man versäumt, ihr das lange Haar abzuscheren. Dunkel wie Rauch fiel es über den schmalen Rücken, tanzte bei jeder Bewegung und beschwor etwas in Kramer herauf, was er am liebsten für immer vergessen hätte.

Die Mindelheimerin hatte sie längst als Komplizin denunziert, doch Agnes wollte und wollte nicht gestehen, welchen Qualen auch immer man sie aussetzte. Gremper begann allmählich unruhig zu werden, Bürgermeister Gäldrich, bislang ein wackerer Unterstützer des Prozesses, warf zweifelnde Fragen auf, und selbst der Henker Moritz Hauser schien auf einmal zu zögern, als Kramer ihn zu neuen Handhabungen aufforderte.

»Die Birne!«, verlangte er und erschrak selbst, wie rau seine Stimme klang. Bei den Predigten in Liebfrauen und St. Jodok vor wenigen Wochen war sie noch tief und geschmeidig gewesen, ein wahrhaft göttliches Instrumentarium, mit dem er die Verstockten wachgerüttelt und den Verblendeten die Augen geöffnet hatte. Zu Dutzenden waren sie zu ihm geströmt, hatten freimütig von den Hexentaten ihrer Verwandten und Nachbarn berichtet, mit dem beachtlichen Erfolg, dass innerhalb kürzester Zeit vier weitere Frauen verhaftet und vernommen werden konnten.

»Aber sie ist doch so schwach«, hörte er den Schinder zu seiner Verblüffung antworten. »Den Mund kann sie kaum noch aufmachen. Wenn ich ihr jetzt auch noch die Zunge zerfetze, wird sie womöglich gar nicht mehr antworten können.«

»Dann stopf ihr die Birne ins Loch!«, bellte Kramer. »Denn gestehen wird sie, so wahr mir der Heilige Vater den Auftrag zur Austreibung all dieser Dämonen gegeben hat.«

Sein Körper begann zu kribbeln, als er zusah, wie Hauser und sein Helfer Agnes' weiße Schenkel gewaltsam spreizten und eine eiserne Zange an ihrem Geschlecht ansetzten. Die Gefolterte stieß einen gellenden Schmerzensschrei aus und bäumte sich auf.

Ja, sie sollte, sie musste dafür büßen, dass sie ein sündiges Weib war, das andere zur Sünde verführte! Kramers Erregung steigerte sich ins schier Unermessliche. Er hatte Angst, vor Wollust zu zerbersten, und wusste sich nicht anders zu helfen, als unter seine Kutte zu greifen und sich auf der Stelle Erleichterung zu verschaffen.

Dann sackte Agnes plötzlich zusammen und rührte sich nicht mehr.

»Sie hat aufgehört zu atmen, Pater«, hörte er den Schinder kläglich sagen. »Was sollen wir jetzt tun?«

»Weil du dein Handwerk nicht verstehst und aus Dummheit viel zu weit gegangen bist, du hirnrissiger Idiot! Jetzt müssen wir die anderen hart hernehmen, um endlich alle Hexen in der Stadt aufzuspüren.«

»Wollen wir dann gleich morgen früh mit Elisabeth Frauendienst beginnen?« Hauser klang unterwürfig und schien sich für seine Unbeherrschtheit zu schämen.

Elisabeth.

Der Name traf Kramer wie ein Fausthieb. Es gelang ihm kaum noch, sich auf den Beinen zu halten, denn auf einmal wusste er, warum diese verstockte Hexe soeben vor seinen Augen ohne Geständnis zugrunde gegangen war.

Weil *er* sich schwer versündigt hatte.

Deshalb hatte der Herr ihn auch die ganze Zeit über mit Blindheit gestraft, jetzt aber war er dank Gottes unendlicher Güte mit einem Schlag wieder sehend geworden. Wie rasend drehten sich seine Gedanken im Kreis. Am liebsten hätte er alles lauthals herausgeschrien, so erleichtert fühlte er sich, weil alles auf einmal einen Sinn ergab.

Die schwarzen Haare.

Der Name Els.

Die Teufelssamen.

Der verderbte Balg, der ihm die Krankheit übertragen hatte.

Alles Zeichen des Allmächtigen.

Die Hand Gottes hatte ihn ohne Umwege direkt zu jenem Hexennest in Innsbruck geführt, damit er es für alle Zeiten ausräuchere. Er musste zusehen, dass er die Angelegenheit hier in Ravensburg einem raschen und effizienten Ende zuführte. Denn was längst wirklich auf sein Eingreifen wartete, lang weit entfernt jenseits des Fernpasses am Fuß der hohen Tiroler Berge.

»Pater? Seid Ihr noch da?«, rief der Henker auf der anderen Seite des Schlitzes. »Wir schaffen sie jetzt hinaus.«

»Ich komme«, rief Kramer und stieß die Tür kraftvoll auf. »Und merkt euch eines, ihr widerlichen Geschöpfe der Finsternis: Ihr und der Herrscher der Hölle habt mehr denn je mit mir zu rechnen!«

❦

Den Elementen hatte sie bereits gehuldigt, so wie der Johannitag es verlangte: ein paar Weizenkörner für das Herdfeuer, einige für das Wasser, das sie eigens letzte Nacht aus der Sill geschöpft hatte, ein paar Körner für die fruchtbare Erde. Als Wilbeth gerade vor das Haus getreten war, um als Letztes auch der Luft ihren gebührenden Anteil zukommen zu lassen, sah sie die Spiessin auf sich zukommen. Obwohl sie ordentlich an der Hofmeisterin verdient hatte, krampfte sich bei ihrem Anblick alles in ihr zusammen. Wilbeth schloss die Hand mit den Körnern zur schützenden Faust.

»Was wollt Ihr?«, fragte sie anstatt einer Begrüßung. Ein Tag, auf den sie lange gewartet hatte. Der Inquisitor hatte die Stadt verlassen, die Angst war geschwunden. Heute Nacht würden sie sich unbeschwert gemeinsam um das Feuer versammeln können.

»Deine Hilfe.« Almas Augen waren dunkel umschattet. Sie erschien Wilbeth noch knochiger und ausgezehrter als beim letzten Besuch.

»Heute ist ein hoher Festtag ...«

»Muss ja nicht lange dauern«, fiel die Hofmeisterin ihr ins Wort. »Wenn Ihr mir gebt, was ich brauche, bin ich gleich wieder fort.«

Schweigend führte Wilbeth sie in die Stube und legte dabei die Körner unauffällig in ein Schälchen. Sie hatte neue Schnüre gespannt, an denen dicke Johannisbuschen hingen, zusammengestellt aus Fingerkraut, Wolferlei, Beifuß, Steinklee und anderen Heilpflanzen, deren Wirkung besonders kräftig war, wenn sie an diesem Tag gepflückt wurden.

Der gleiche Tisch. Die gleichen Stühle. Einige Male waren sich die beiden so unterschiedlichen Frauen hier nun schon gegenübergesessen. Da die Besucherin keinerlei Anstalten machte, etwas zu sagen, nickte Wilbeth ihr aufmunternd zu.

»Das Schlimmstmögliche ist eingetroffen«, stieß Alma von Spiess schließlich hervor. »Ich bin schwanger!«

»Dann habt Ihr Euch wohl das verkehrte Haus ausgesucht. Die Hebamme wohnt ein ganzes Stück näher an der Hofburg.«

»Ich kann das Kind nicht bekommen, verstehst du? Es ist vom – falschen Mann!« Ihre Augen füllten sich mit Tränen.

»Ich kann Euch trotzdem nicht helfen.«

Almas erster Besuch stand Wilbeth wieder vor Augen, als wäre es erst gestern gewesen. Und die Handlinien, die ihr schon damals den Tod angezeigt hatten. Frösteln überkam sie. Besser, sie hätte die Hofmeisterin auf der Stelle weggeschickt, ohne sich jemals auf sie und ihre seltsamen Wünsche einzulassen.

»Nicht mit all diesem Unkraut hier?« Alma stieß an einen der Buschen, der zu schaukeln begann. »Mach mir nichts vor – das muss doch möglich sein!«

»Das sind Kräuter zum Gesundwerden, nicht zum Töten.«

»Aber du musst – das bist du mir schuldig! Mein Mann wird mich umbringen, wenn er erfährt, dass ich …« Sie schlug die Hände vor das Gesicht und weinte.

Wilbeth wartete ab, bis sie sich wieder halbwegs gefasst hatte.

»Das haben schon viele vor Euch gedacht«, sagte sie schließlich, »dass das neue Leben in ihrem Leib nichts als Unheil und Leid verursachen würde. Und dann ist es doch ganz anders gekommen, und sie waren schließlich sehr froh darüber. Jedes Kind ist ein Segen. Und gerade in dieser heiligen Nacht …«

Die Augen der Spiessin waren schmal geworden.

»Fahr nur weiter fort mit deinem heidnischen Gerede!«, sagte sie, plötzlich ganz und gar nicht mehr in Tränen aufgelöst. »Denn das passt ja nur allzu gut zu all dem wirkungslosen Teufelszeug, für das du mir mein gutes Silber aus der Tasche gezogen hast. Damit allerdings verstößt du gegen die heiligen Gesetze der Kirche, weißt du das eigentlich? Wenn dir da jemand auf die Schliche käme, könnte es schnell äußerst ungemütlich für dich werden.«

Wilbeths Gesicht zeigte keinerlei Regung.

»Bist du plötzlich taub geworden?«, schrie Alma. »Oder stumm? Antworte mir gefälligst!«

»Es ist besser, wenn Ihr jetzt geht«, sagte Wilbeth. »Und den Weg zur Hebamme Pflüglin könnt Ihr Euch auch sparen, falls Ihr das im Sinn haben solltet. Denn aus Barbaras Mund werdet Ihr nichts anderes zu hören bekommen als aus meinem.«

»Du verweigerst mir also deine Hilfe? Das wagst du, mir frech ins Gesicht zu sagen?«

»Mit Töten will ich nichts zu tun haben.«

Alma von Spiess sprang so schnell auf, dass der Stuhl hinter ihr krachend umfiel.

»Das wirst du noch bereuen!«, rief sie. »Mich einfach im Stich zu lassen, nachdem ich schon viel bezahlt habe! Zum Glück gibt es andere, sehr viel weniger hochmütige Hexenweiber in dieser Stadt, die einer Frau in Not sehr wohl beistehen. Aber du wirst dich an mich erinnern – und an diesen Tag, das schwöre ich im Namen der allerheiligsten Jungfrau!«

Sie stürmte hinaus, ließ die Tür offen stehen.

Wilbeth, die plötzlich einen trockenen Mund hatte, wusste nur zu genau, zu wem die Spiessin als Nächstes rennen würde: schnurstracks zur alten Bleidlerin, unten am Inn, bei der man bekam, was immer man begehrte, wenn man ihr nur genügend Silbermünzen in die Hand drückte.

❧

Lena hatte zunächst die Eier getrennt, das Eigelb mit Zucker und einer Prise Salz verrührt, danach Mehl und Milch daruntergemischt und erst dann den gesondert geschlagenen Eischnee behutsam daruntergezogen. Mit dem Finger fuhr sie in den flüssigen Teig, kostete – und war einigermaßen zufrieden.

Sie griff nach der Schüssel, in der die Holunderblüten lagen, alle offen, genauso wie Bibiana sie angewiesen hatte. Der Duft war köstlich. Sommer roch Lena und Wärme, und sie spürte, wie die kleinen blonden Härchen auf ihren Unterarmen sich aufstellten. Heute war die kürzeste Nacht des Jahres, ganz Innsbruck war gewiss ausgelassen am Feiern, nur sie stand noch immer inmitten ihrer mit blubberndem Schmalz gefüllten Kochtöpfe!

Sie tauchte die ersten Dolden in den Teig, bis sie ganz bedeckt waren, schüttelte sie vorsichtig ab und gab sie in das siedende Schmalz. Schnell nahmen sie Farbe an, und ein verführerischer Geruch erfüllte die Küche.

»Da bist du ja – ich hab schon überall nach dir gesucht.« Auf einmal stand Niklas vor ihr, die Wangen gerötet, die Laute an einem Band über der Schulter baumelnd. »Jetzt ist aber Schluss mit all dem Brutzeln, denn wir zwei haben heute Besseres vor!«

Scheinbar konzentriert fuhr Lena mit ihrer Arbeit fort, obwohl ihre Hände plötzlich nicht mehr ganz sicher waren.

»Bis sämtliche Dolden einen Teigmantel bekommen haben, kann ich hier nicht weg«, murmelte sie. »Und danach müssen sie alle in Honig getaucht werden ...«

»Ach, wirklich?«

Niklas zog Lena an sich und begann ihren Hals mit kleinen Küssen zu bedecken, was sie ganz schwindelig machte. Reichlich unentschlossen stieß sie ihn schließlich zurück.

»Bist du taub, Niklas? Ich habe zu tun. Hast du nicht gehört?«

»Nicht tauber als du, Süße! Lass doch deine Küchenjungen die Arbeit fertig machen und komm mit mir! Niemals war die Luft lauer und der Tag länger. Weißt du eigentlich, dass sie heute auf dem Sonnenburger Hügel das schönste Rotfeuer entzünden? Und du und ich, wir werden gemeinsam dabei sein!«

Vily, der jedes Wort neugierig aufgesogen hatte, kam langsam näher.

»Er hat recht, Lena«, sagte er grinsend. »Martin und ich können das hier auch sehr gut ohne dich fertig machen.«

»Aber der Honig ...«

»... wird langsam erhitzt, ohne zu kochen, und dann werden die Küchlein behutsam eingetaucht. Hast du mir das nicht erst gestern gezeigt?«

»Und Chunrat ...«

»... liegt längst besoffen unter einem Baum und schnarcht sich die Seele aus dem Leib. Hast du nicht die Fahne gerochen, die er schon am Morgen hatte?« Vilys Grinsen war noch übermütiger geworden.

»Soll ich vielleicht so unter die Leute – mit diesem fettbespritzten Rock?«, war das Letzte, was Lena als Gegenargument noch einfiel.

»Keiner, der in deine nachtschönen Augen sieht, wird auch nur einen einzigen Blick für Flecken haben«, versicherte Niklas, nahm ihre Hand und führte sie aus der Küche.

Lenas Herz klopfte so hart gegen die Rippen, dass sie Angst hatte, Niklas könne es hören. Seine Hand war warm und groß; sie genoss es, wie sicher sie ihre Finger umschloss.

Beim Überqueren des Hofes kam ihnen Johannes Merwais entgegen, ungewohnt sommerlich gewandet in Hemd und engem Wams, das seinen drahtigen Körper betonte. Er blinzelte, als er die beiden erkannte, als könne er gar nicht glauben, was er da zu sehen bekam.

»Wohin wollt ihr denn? Doch nicht etwa zum Johannifeuer …«

»Ganz richtig«, sagte Niklas lachend. »Der Sonnenburger Hügel wartet schon auf uns. Komm, Lena, wir müssen uns beeilen, sonst fangen sie noch ohne uns an!«

»Aber das könnt ihr nicht.« Merwais war plötzlich noch blasser als gewöhnlich. »Ich meine, Lena sollte doch auf keinen Fall …«

Niklas ließ Lenas Hand los und trat näher zu dem Juristen.

»Lasst das ruhig meine Sorge sein«, sagte er leise. »Sonst könnte ich sehr, sehr nachtragend werden. Habt Ihr mich verstanden, Merwais?«

Johannes hielt seinem Blick furchtlos stand. »Macht sie mir heute nicht zur Hure«, sagte er. »Lena ist viel zu schade für Eure Spiele. Sonst werde ich *noch* nachtragender sein, glaubt mir das!«

Er hatte sich nicht die Mühe gemacht, seine Stimme besonders zu dämpfen. Lena hatte jedes einzelne Wort gehört.

Niklas wandte sich brüsk um, ergriff die Hand des Mädchens und zog Lena ohne weiteres Federlesen mit sich. Einmal noch drehte sie sich um, weil sie es einfach tun musste. Da sah sie Johannes Merwais, gebeugt wie ein alter Mann, zurück in Richtung Kontor laufen, als hätte jemand ihm gerade einen Hieb versetzt. Etwas krampfte sich in ihr zusammen. Der Zauber des Augenblicks war mit einem Schlag verflogen.

»Diesen Langweiler hätten wir schon mal abgeschüttelt«, sagte Niklas schließlich. »Gefällt mir schon eine ganze Weile nicht, wie eilfertig der um dich herumschwänzelt.«

»Johannes Merwais schwänzelt nicht«, widersprach sie und zog ihre Hand zurück.

Immer mehr Leute kamen aus den Häusern, manche mit alten Besen oder Reisigbündeln in der Hand, die sie dem Rotfeuer opfern wollten. Viele grüßten oder nickten Lena freundlich zu, die sich sehr gerade hielt und den Abstand zu Niklas vorsichtshalber noch vergrößerte, damit die Leute den Klatsch über den schmucken Spielmann und sie nicht auf der Stelle zu Els in den »Goldenen Engel« trugen.

»Und ob dein Johannes das tut! Sein Hunger ist doch bloß ein billiger Vorwand, um in deiner Nähe zu sein.« Lena ging noch schneller, und er musste lange Schritte machen, um sie einzuholen. »Kann ich ja verstehen, dass du einem wie ihm rettungslos den Kopf verdreht hast ...«

Sie blieb stehen, funkelte Niklas aufgebracht an. »Noch ein Wort – und ich kehre um und laufe nach Hause!«

»Schon gut, schon gut! Dein Wille sei mir Befehl, meine Schönste!«

Und wirklich gelang es ihm zu Lenas Überraschung, den Rest des Weges seinen vorwitzigen Mund zu halten. Eine große Zahl meist jüngerer Leute hatte sich auf dem Hügel um den riesigen Holzstoß versammelt, der gerade entzündet wurde. Zu Lenas Erstaunen war auch Dietz dabei, Purgl Geyers jüngerer Bruder, der sie ebenso stumm wie brünstig anstarrte.

»Bis der Stoß niedrig genug heruntergebrannt ist, dass man darüberspringen kann, ohne gleich in Flammen aufzugehen, haben wir sicherlich Maria Himmelfahrt«, spottete ein blonder Mann, der seine Liebste fest im Arm hielt.

»Dann lass uns in der Zwischenzeit tanzen!«

Ein paar der Feiernden hatten einfache Instrumente mitgebracht, Flöten, ein alte Maultrommel, Sackpfeifen, einer sogar eine windschiefe Fiedel, die er reichlich unbeholfen malträtierte. Niklas ließ sich Zeit und hörte erst einmal zu, bis er schließlich seine Laute zur Hand nahm, ab jetzt gab er den

Ton an. Die anderen hielten zunächst erschrocken inne, als sie hörten, wie sicher sein Anschlag war, nach und nach aber fassten sie Mut und fielen wieder mit ein. Aus dem schiefen Katzenkonzert waren fröhliche, durchaus brauchbare Tanzweisen geworden.

»Komm!« Ein junges Mädchen nahm Lenas Hand und zog sie einfach mit. Sie umkreisten das Feuer, das in den Abendhimmel loderte, der tiefblau und golddurchwirkt war, als habe die Madonna eigens ihren schützenden Mantel über die Menschen gespannt. Krüge mit Bier und Met machten die Runde und wurden wieder frisch gefüllt, ehe sie erneut von Mund zu Mund wanderten. Giggelndes Lachen stieg auf, die ersten Paare suchten sich ein geschütztes Plätzchen außerhalb des Feuerscheins für weitere lustvolle Vergnügungen.

Lenas Haut fühlte sich heiß an, die Haare hatten sich gelöst und tanzten auf ihrem Rücken. Sie schwitzte, lachte, fühlte sich ausgelassen wie nie zuvor.

»Ja!«, schrie sie zusammen mit den anderen Frauen, als immer mehr Besen und Reisigbündel von den Flammen gefressen wurden. Und: »Weiter so!«, als Mädchen ihre frisch gepflückten Blumensträuße dem Feuer preisgaben und lauthals darum beteten, dass mit diesen sich all ihr Missgeschick in Rauch auflösen solle.

»Jetzt will ich endlich mit dir tanzen!«, verlangte Lena. Niklas legte seine Laute fort und drehte sich mit ihr, bis ihr schwindelig wurde.

»In deinen schönen Augen ist immer Nacht«, flüsterte er an ihrem Hals. »Wie sehr ich mich danach sehne, in dieser Dunkelheit zu ertrinken!«

»Springst du später mit mir über das Feuer?«, fragte sie, ebenso trunken vom Met wie vom Tanz, von Kopf bis Fuß erfüllt von den berauschenden Empfindungen dieser Nacht.

»Aber du weißt schon, was das bedeutet?« Jetzt war sein Gesicht sehr ernst geworden. »Mit dem man über das Feuer springt, den wird man später auch heiraten.«

»Wäre das denn gar so schlimm? Oder ist dir die Köchin der Herzogin zu gering, wo dein Vater doch …«

Er verschloss ihren Mund mit einem langen Kuss, wirbelte sie weiter und weiter, bis sie ein ganzes Stück von den anderen entfernt zum Stehen kamen. Glühwürmchen leuchteten im Dunkeln, ab und an drang ein leiser Seufzer zu ihnen.

Wie selbstverständlich waren sie schließlich im Gras gelandet. Lena spürte Niklas Lippen auf ihrem Hals, ihren Brüsten. Seine Hände schienen sich in selbstständige Lebewesen verwandelt zu haben, waren überall und nirgendwo zugleich, und sie war so mit Küssen und Spüren beschäftigt, dass ihr gar nicht auffiel, wie er zielstrebig ihren Rock immer weiter nach oben schob.

Jetzt teilten die Hände des Spielsmanns ihre Scham und begannen den verführerischsten Tanz, den sie jemals erlebt hatte. Lena drängte sich diesen kosenden Fingern entgegen, begann zu zirpen und zu stöhnen, während Wellen der Lust in ihr aufstiegen und sie immer höher trieben.

Irgendwann, viel zu früh, hörte Niklas damit auf, nahm ihre Hand und führte sie an seinen Hosenlatz. Er musste sich entblößt haben, nicht einmal das hatte sie in ihrer Seligkeit bemerkt, denn sie spürte sein Geschlecht, fest, heiß und überraschend seidig, ganz anders, als sie es sich nach den geflüsterten Andeutungen der anderen Mädchen und Frauen immer vorgestellt hatte. Aber durfte sie ihn dort überhaupt berühren?

Niklas schien ihr Zögern falsch verstanden zu haben. Anstatt ihr mehr Zeit zu lassen, rollte er sich nun auf sie und drängte ungeduldig zwischen ihre Schenkel. Es war überraschend für Lena, zunächst aber nicht unangenehm, bis er offenbar tiefer gelangte.

Ein scharfer, spitzer Schmerz, der sie jäh ernüchterte.

Macht sie mir heute nicht zur Hur ... Johannes' Stimme, so klar und deutlich, als stünde er direkt neben ihr. Jegliche Lust war mit einem Mal verflogen.

»Ich will nicht mehr!«, rief Lena. »Hör auf, Niklas! Du tust mir weh.«

»Das geht gleich vorbei«, murmelte er in einem fremden, rauen Tonfall, den sie noch nie zuvor von ihm vernommen hatte. »Und dann wird es sehr, sehr schön, Lena, auch für dich, das verspreche ich dir...«

»Lass mich los!« Mit beiden Fäusten trommelte sie auf seinen Rücken, was seine Begierde freilich nur noch weiter zu steigern schien. »Du sollst mich sofort loslassen!«

Als nichts helfen wollte, kniff sie die Beine zusammen und biss ihn gleichzeitig kräftig in die Lippen.

Er schoss hoch, hielt sich schmerzverzerrt den Mund.

»Bist du jetzt vollkommen verrückt geworden?«, schrie er. »Dich erst aufzuführen wie eine läufige Hündin, die einem die Säfte steigen lässt, und dann wie eine Wölfin einfach hinterlistig zuzuschnappen ...«

Lena sprang auf, gab Niklas einen Stoß, der ihn taumeln ließ, weil er nicht damit gerechnet hatte, und rannte einfach los. Vorbei an Dietz, der einen Humpen in der Hand hielt und ihr betrunken nachstarrte, ließ sie das Feuer hinter sich, den Hügel und alles Wunderbare und Schreckliche, das diese Rotnacht ihr bislang gebracht hatte.

Sie hockte am Ufer der Sill, die Knie angezogen, ein kleines, unglückliches Bündel Mensch, als sie plötzlich eine warme Hand auf dem Rücken spürte. Lena fuhr auf und schaute in Wilbeths breites, bräunliches Gesicht.

»Was machst du denn hier, Mädchen?«, fragte sie. »Mutterseelenallein – in dieser Nacht?«

Lenas Tränen begannen zu fließen, bevor sie noch antworten konnte.

»Ich war mit Niklas beim Rotfeuer auf dem Sonnenburger Hügel«, sagte sie schluchzend. »Wir haben getanzt und gelacht, und plötzlich wollte er ...« Jetzt war Reden nicht mehr möglich.

Wilbeth zog sie an sich. »Und ich hab Johanniskraut gesammelt«, sagte sie. »Niemals ist es wirkungsvoller, als wenn man es in dieser Nacht schneidet. Das sind die Freuden des Alters, Lena, wenn die der Jugend längst verflogen sind.«

»Aber er hat mich nicht ... falls du das glaubst«, brachte Lena hervor. »Ich bin zuvor weggelaufen.«

»Weil du ein kluges Mädchen bist«, sagte Wilbeth sanft. »Und jetzt kommst du erst einmal mit mir.«

»Wohin gehst du denn?«, fragte Lena.

»Das wirst du gleich sehen.«

Das Wasser der Sill rauschte, als sie tiefer in die Schlucht gelangten, und endlich kam das Schieferdach der kleinen Kapelle in Sicht.

»Hier war ich schon einmal«, sagte Lena leise, als sie spürte, wie die Erinnerung langsam zurückkehrte. »Aber es liegt lange zurück. Damals war ich noch klein.«

»Die drei Ewigen warten auf uns, egal, wie alt wir sind«, bekam sie als Antwort. »Sie sind die, die immer waren, die, die stets sein werden.«

Gemeinsam betraten sie den Innenraum, und Wilbeth führte sie vor die drei hölzernen Statuen.

»Sie sind unsere Mütter«, sagte sie. »Ambeth, Borbeth und Wilbeth, mit deren Namen ich gesegnet bin. Wir verehren sie als Heilige, und sie helfen uns Frauen – im Leben wie auch an der Schwelle des Todes.«

Eine Weile blieb Lena stumm, dann drehte sie sich zu der Älteren um.

»Das ist es, was ihr einige Male im Jahr tut, nicht wahr?«, fragte sie. »Das sind die Nächte, in denen ihr zusammenkommt, die Nächte, in denen selbst der ›Goldene Engel‹ zugesperrt bleibt. Els ist dabei und Bibiana und du, und wohl auch Barbara ...«

»Nur noch ein wenig Geduld. Du wirst bald alles verstehen.«

Wilbeth zündete drei große weiße Kerzen an, dann kniete sie nieder und sprach ein stummes Gebet. Lena beobachtete sie aufgeregt.

»Lass uns gehen!«, sagte die ältere Frau. »Das Feuer erwartet uns bereits.«

»Du bringst mich zu ihnen?«

Wilbeth nickte. »Das hätte ich längst tun sollen.«

❧

Sie hatten eine geschützte Stelle gewählt, um den Holzstoß aufzurichten, und doch verriet sie das Licht, das durch die Bäume drang. Beim Näherkommen erkannte Lena die Gestalten, die Frauen, die ihr Leben begleitet und bestimmt hatten, seit sie ein kleines Mädchen gewesen war: Barbara, die Hebamme, Rosin, die Totenwäscherin, Bibiana, die ihr zur Großmutter geworden war, Els, die Mutterstelle an ihr vertreten hatte, Wilbeth, ihre Führerin durch die Rotnacht – und Hella.

»Du?« Lenas Augen weiteten sich vor Erstaunen. »Du gehörst auch zu ihnen?«

»Das tut sie, Lena«, erwiderte Rosin. »Schon eine ganze Weile. Und jetzt, da sie ein Kind unter dem Herzen trägt, mehr denn je. Aber auch dich begrüßen wir, Tochter der Ewigen Bethen: Sei willkommen bei ihren Kindern!«

»Aber wo ist Sebi? Doch nicht ganz allein zu Hause?«

»Er hat einen Schlafmohntrunk bekommen«, sagte Els, »und schwelgt jetzt in den süßesten Träumen.«

»Jetzt, da wir endlich die vollkommene Zahl wieder erreicht haben, fasst euch an den Händen und schließt den Kreis!«, befahl Bibiana als Älteste.

Was dann geschah, erschien Lena später wie ein Traum oder ein heiliger Rausch, von dem sie nur noch Bruchstücke erinnerte. Sie *war* über das Feuer gesprungen, mutig, ohne auch nur einen Anflug von Angst, Hand in Hand mit Hella, die ihre Narbe wie ein Siegeszeichen hochgereckt hatte. Sie *hatte* aus dem tiefblauen Krug getrunken, den Bibiana ihr mehrmals an die Lippen gesetzt hatte, und hatte auch die Frauen nacheinander geküsst, auf eine neue, tief verbundene Art und Weise, die sich wie ein Versprechen oder sogar ein heiliges Verlöbnis angefühlt hatte.

Waren irgendwann nicht auch sanfte Lautenklänge wie aus weiter, weiter Ferne ertönt? Lena hätte es nicht sagen können, denn Himmel und Erde verbanden sich in ihrer Erinnerung zu einem strahlenden, bunten Wirbel, der sie immer tiefer nach innen zog und nicht mehr loslassen wollte, bis sie irgendwann ohnmächtig zu Boden sank.

❧

Erst als auch die Letzte der Frauen die sorgfältig gelöschte Feuerstelle verlassen hatte, löste sich der Mann aus dem Schatten der Bäume. Sein Schädel dröhnte, als hätte er zu viel Bier und Met erwischt, seine Füße waren schwer.

Weiber kommen schon mit dem Teufel zwischen den Beinen zur Welt. Wen nur hatte er diese Weisheit letzthin öffentlich sagen hören? So sehr er sich auch den Kopf zermarterte, es wollte ihm nicht mehr in den Sinn kommen.

Er wandte sich ein letztes Mal um, umschweifte den verlassenen Kultplatz mit einem letzten, verächtlichen Blick. Dann stapfte er den weiten Weg zur Stadt zurück. Die Rotnacht war vorbei. Für heute hatte er genug gesehen. Für seinen Geschmack sogar mehr als genug.

Sieben

Wie schön Ihr seid, Euer Hoheit! Wie eine kostbare Perle, aus dem Meer geborgen, die nun im warmen Sonnenlicht schimmert.« Mit einem tiefen Knicks versank Hella vor dem Sessel der Herzogin.

Katharinas rundliches Gesicht erglühte in mädchenhaftem Rot. Das raschelnde Seidenkleid mit den geschlitzten Ärmeln, unter denen weißer Batist hervorblitzte, schmiegte sich an ihren Körper und betonte die schon voller gewordenen Brüste. Unwillkürlich fuhr ihre Hand zum Perlencollier, das sie umgelegt hatte und an dem ein schmales Rubinkreuz baumelte.

»Du schmeichelst mir«, sagte sie und konnte doch nicht verbergen, wie sehr das Kompliment ihr gefiel. »Und das von einer Frau, die uns alle mit ihrer Schönheit beschämt!«

Fee bellte, als wolle sie Katharinas Worte bestätigen.

»Wie könnte ich das, Euer Hoheit?« Hella hatte sich wieder erhoben und zerrte an ihrem Rock. »Wo ich doch nur in Wolle und Flachs stecke, billiges Zeug, das die Farben nicht so annimmt wie Seide und Barchant. Schon das zarte Rot Eures

Gewandes, die mit Blüten bestickte Schleppe und vor allem diese raffinierten Ärmel – einfache Färber und Schneider, die unsereins sich leisten kann, würden so etwas niemals im Leben hinbekommen.«

»Ein Geschenk des Herzogs«, erwiderte Katharina. »Eines von vielen, zu denen auch diese prachtvollen Perlen und das Kreuz gehören. Seit er weiß, dass ich sein Kind trage, überhäuft er mich geradezu mit Liebesgaben.«

Die Hofdamen ließen ihre Stickrahmen sinken und begannen zu kichern. Alma von Spiess, die ein Stück entfernt auf einem Sessel saß, verzog grimmig das Gesicht.

»Da habt Ihr freilich großes Glück«, sagte Hella. »Denn nicht alle Männer reagieren so, wenn sie von der Schwangerschaft ihrer Frau erfahren. Allerdings geht es ja in diesem Fall um einen fürstlichen Stammhalter, der einmal die Regierung des Landes übernehmen soll. Das macht natürlich einen großen Unterschied.«

Der Blick der Herzogin wurde schärfer. »Soll das etwa heißen, dass du auch …«

»Es könnte ein Christkindlein werden«, sagte Hella. »Falls ich mich nicht verrechnet habe.«

»Und dein Mann, der Münzschreiber Scheuber, freut sich nicht darüber? Das kann ich gar nicht glauben!«

»Ich weiß nicht so recht«, sagte Hella. »Manchmal scheint es mir fast, als würde mein Andres mich am liebsten regelrecht auffressen, damit er mich bloß mit keinem anderen teilen muss.«

Die Hofmeisterin begann zu hüsteln, als ob sie sich verschluckt hätte. Eine ganze Weile ging das so, bis sie sich endlich wieder beruhigt hatte.

»Dann sind wir jetzt beide guter Hoffnung, wie schön!« Katharina sprang auf und klatschte vor Freude in die Hände.

»Ein weiterer Grund, dich künftig noch öfter in meiner Nähe zu haben. Weißt du eigentlich, dass es dein grünes Kleid war, das mir die Idee zu diesem Gewand gegeben hat?«

»Ihr scherzt. Das war doch nur ein uraltes Ding mit ein paar Schlitzen.«

»Das an dir wunderbar ausgesehen hat. Und die Art, wie du dein Haar trägst ...« Beinahe scheu berührte sie Hellas dicke, glänzende Flechten. »Die anderen Frauen wirken wie Bäuerinnen dagegen. So raffiniert geflochten wie bei dir hab ich es bislang noch nirgendwo gesehen.«

»Das ist kinderleicht«, rief Hella. »Wollt Ihr es denn auch so haben? Dann sorge ich im Nu dafür.«

»Die Toilette der Herzogin ist ausschließlich Sache ihrer Zofe«, sagte die Spiessin säuerlich. Auf ihrem fahlen Dekolleté, das das taubenblaue Kleid großzügig zur Schau stellte, brannten rote Flecken. »Da kann nicht einfach irgendjemand daherkommen und ...«

»Ach bitte, ja!«, schnitt die Herzogin ihr ungerührt das Wort ab. »Am besten gleich auf der Stelle. Babette, lauf in mein Gemach und hole Bürste, Nadeln und einen Spiegel! Und du, Lise, sag Niklas Bescheid, damit er uns währenddessen mit seinen frechen Liedern ein wenig unterhält.«

»Wo soll ich den Spielmann denn finden?«, maulte die Hofdame. »Muss ich seinetwegen jetzt die ganze Hofburg durchsuchen?«

»Fang am besten bei Lena in der Küche an!«, sagte die Herzogin. »Ich glaube, dort hält er sich am liebsten auf.«

Binnen Kurzem hatte Babette das Gewünschte gebracht, und auch Niklas war erschienen, den Lise allerdings nicht aus der Küche geholt, sondern im Stall entdeckt hatte, wo er im Heu eingeschlafen war. Hella hatte die aufgesteckten Haare der Herzogin gelöst und bürstete sie nun voller Hingabe. Katharina hielt die Augen halb geschlossen und schien die ruhigen, gleichmäßigen Bewegungen in vollen Zügen zu genießen. Sogar Fee spürte offenbar die ungewohnt friedliche Stimmung. Der weiße Spitz lag zu Füßen der Herzogin und schnarchte.

»Mit deiner Goldpracht können meine Haare natürlich nicht mithalten«, murmelte diese selbstvergessen. »Aber wenn du sie einigermaßen hübsch arrangierst …«

»Was redet Ihr da, Hoheit!«, rief Hella. »Euer Haar ist doch ein Farbenmeer aus Blond und Kupfer und Rot. Wie die zarte Morgenröte, nachdem die Nacht sie geküsst hat …«

»Will sie vielleicht ab jetzt meinen Part übernehmen?« Niklas klang spöttisch. »Solch herrliche Poesie bekomme ja nicht einmal ich auf Anhieb hin.«

»Erspar uns deine Weisheiten und spiel lieber!«, befahl die Herzogin. »Am besten etwas Neues, nicht wieder die Lieder, die wir alle schon kennen.«

Niklas warf Hella einen langen, vielsagenden Blick zu, dem sie schließlich auswich, nahm seine Laute und begann zu singen:

Verheiß mir bald, du schöne Els
Du traust dich keinem anderen an!
Des heiaho!
Viel eher stürz ich mich vom Fels
Eh mich beschlief ein anderer Mann …

»Ich störe, verzeiht, Euer Hoheit!« Lena stand plötzlich in der Tür. Ihre Blicke flogen über die Herzogin, die gerade von Hella frisiert wurde, die stickenden Hofdamen und die Hofmeisterin. Ganz kurz streiften sie auch Niklas, der plötzlich nur noch auf den Boden starren konnte. Dann schaute Lena schnell wieder in die andere Richtung. »Das wollte ich nicht. Aber Ihr habt die Speisepläne noch nicht durchgesehen, und da meinte Meister Chunrat, ich sollte sie Euch …«

»Schon gut, Lena!« Die Herzogin winkte sie näher. »Gib her! Das kann ich erledigen, während deine Freundin mich frisiert.«

»Wenn Ihr wollt, werde ich mich darum kümmern.« Die Hofmeisterin hatte sich auf einmal wie ein dünner Schatten dicht neben ihr aufgebaut.

»Damit ich dann wieder tagaus, tagein nichts anderes als Forellen, Karpfen oder Flusskrebse vorgesetzt bekomme? Ich kann dieses widerliche Fischzeug nicht mehr riechen, seit ich schwanger bin – und die scheußlichen Suppen auch nicht mehr!«

»Aber Ihr wisst, was der Medicus gesagt hat«, widersprach Alma von Spiess. »Ihr solltet die nächsten Monate über abwechslungsreich essen, damit das Kind ausreichend …«

»Schon gut, schon gut! Ich will ja alles tun, was van Halen verlangt«, rief die Herzogin. »Meinetwegen auch wieder Suppe, wenn es denn unbedingt sein muss – aber nur, wenn ich dazu auch ein paar fein gebratene Wachtelchen bekomme. Ich lechze nach zartem Wildgeschmack.«

»Mit Zitrone und Honig?«, fragte Lena.

»Mit allem, was du nur willst – vorausgesetzt, sie schmecken wieder so betörend gut wie beim letzten Mal. Und deine *torta della nonna* …«

»Wird in der Küche des herzoglichen Frauenzimmers zu Innsbruck gewiss niemals mehr ausgehen, Euer Hoheit«, sagte Lena. »Versprochen!«

Sie schien zu zögern, als wolle sie noch etwas hinzufügen, schaute kurz zu Niklas, der noch immer hartnäckig den Kopf gesenkt hielt, als ziehe ihn etwas mit aller Kraft hinunter, dann zu Hella, die ihr unverbindlichstes Lächeln aufgesetzt hatte, und verließ schließlich das Zimmer.

»Ihr könnt euch bis zum Nachtmahl zurückziehen«, sagte die Herzogin zu ihren Hofdamen. »Und Ihr ebenfalls, werte Alma. Niklas soll noch ein wenig weiter für uns spielen.«

»Aber Eure Zwischenmahlzeit!«, rief die Spiessin. »Medicus van Halen meinte …«

»Die bringt Ihr mir dann einfach herauf!« Katharinas Tonfall verriet Ungeduld. »Machen wir jetzt endlich weiter, Hella?«

Niklas schien die Lust am Singen fürs Erste vergangen zu sein. Er beschränkte sich auf leichte heitere Weisen, die er auf seiner Laute erklingen ließ und die das Zimmer wie zarte Sonnenstrahlen erfüllten. Die Herzogin hatte sich ganz versunken den geschickten Händen von Hella überlassen, die sich die allergrößte Mühe gab, sie auch zufriedenzustellen. Schließlich trat sie einen Schritt zurück und begutachtete ihr Werk aus einiger Entfernung.

»Ich glaube, so könnte es Euch gefallen, Hoheit«, sagte Hella. »Soll ich Euer Hoheit jetzt den Spiegel reichen, damit Ihr Euch selbst überzeugen könnt?«

»Ist nicht das Auge eines jungen Mannes der allerbeste Garant für solch ein Gelingen?« Katharina schien über ihre eigene Kühnheit überrascht, denn sie errötete erneut, fuhr aber dennoch mutig weiter. »Nun denn, Niklas – sei du ausnahmsweise mein Spiegel: Wie gefalle ich dir?«

»Mein fürstlicher Vater könnte keine bessere Wahl getroffen haben«, erwiderte er, wandte seinen Blick aber sehr schnell wieder Hella zu. »Eine Göttin aus Gold und Marmor!«

»Du unverschämter Schmeichler!«, rief Katharina entzückt.

»Bei meinem Leben.« Er verneigte sich tief. »Jedes einzelne Wort, das ich sage, ist wahr.«

Als er sich aufrichtete, zwinkerte er Hella verstohlen zu.

»Dann will ich dir heute ausnahmsweise einmal Glauben schenken«, sagte die Herzogin. »Und weil ich so ungemein guter Laune bin, möchte ich endlich den Brief an meinen Vater verfassen, den ich ihm schon so lange schuldig bin.«

»Ich darf mich also entfernen?« Niklas war schon halb an der Tür.

»Geh nur! Aber wenn *du* vielleicht noch bleiben magst, Hella?« Es klang fast bittend. »Einfach nur dasitzen und vor dich hinträumen, ganz, wie du willst, während ich schreibe. Würdest du das für mich tun?«

»Sehr gern, Euer Hoheit.«

»Dann komm mit nach nebenan!«

Auf dem kleinen Tisch am Fenster lagen Papier und Schreibgerät schon bereit. Katharina nahm die Feder und tauchte sie in das silberne Tintenfass. Lange zu überlegen brauchte sie nicht mehr, denn in ihrem Kopf waren die Zeilen an Herzog Albrecht bereits fertig formuliert.

... freue ich mich, Dir mitzuteilen, dass unsere Gebete erhört wurden, lieber Vater. Ich bin schwanger und werde im Dezember niederkommen, so der gütige Gott es nicht anders bestimmt hat. Sigmund ist außer sich vor Freude, hofft natürlich auf einen Sohn, wie ich auch, und überhäuft mich mit Geschenken. Ich bin guten Mutes, dass er sich diese kostbaren Gaben auch leisten kann, jetzt, da Du meinen dringlichsten Wunsch erfüllt und mir den klugen Magister und Alchemisten Gaudenz Stein aus Annaberg so rasch in unser schönes Tirol entsandt hast. Dank seiner wissensreichen Unterstützung und Gottes unendlicher Güte werden wir nun wohl auch die anstehende Inspektion der Fugger halbwegs günstig ...

Sie schaute auf. »Ja?«, sagte sie ungehalten.

»Es hat geklopft, Euer Hoheit«, sagte Hella.

»Dann geh zur Tür und lass Lena herein!«

Aber es war nicht Lena, die Einlass begehrte, sondern die Hofmeisterin mit zwei Tellern dampfender Suppe auf einem Tablett.

»Ich stecke noch mitten in meiner Korrespondenz«, sagte die Herzogin. »Hat das nicht Zeit bis später?«

»Ganz, wie Ihr wünscht. Medicus van Halen meinte zwar ...«

»Schon gut, schon gut!« Katharina legte die Feder beiseite und erhob sich. »Willst du nicht mit mir essen?«, fragte sie Hella. »Es sind zwei volle Teller.«

»Verzeiht – aber mir ist gerade nicht besonders wohl«, sagte Hella und sprang auf. »Und dann auch noch dicke Suppe mit Kräutern ... wenn Ihr mich bitte ganz schnell entschuldigt ...«

»Lauf nur!« Mit einem Lächeln schaute die Herzogin ihr nach. »Wie hab ich mich die ersten Wochen selbst plagen müssen, aber jetzt fühle ich mich zum Glück die meiste Zeit sehr wohl.« Sie beugte sich tiefer über den Teller und schnupperte. »Und das hat wirklich Lena gekocht?«, fragte sie mit hörbarer Skepsis.

»Streng nach den Vorgaben des Medicus, der all Eure Gerichte überwacht: Mangold, Kerbel, Brennnessel, Spitzwegerich, Borretsch und vieles mehr«, zählte die Spiessin blitzschnell auf. »Van Halen meinte, speziell diese Mischung sei ...«

»Und was ist das Dickliche da drin?« Katharina fischte mit dem silbernen Löffel nach der Einlage.

»Buchweizen. Der soll Kinder groß und ganz besonders schlau machen.«

»Überredet!« Die Herzogin begann zu löffeln, verzog allerdings sehr schnell angewidert das Gesicht. »Das schmeckt ja bitter wie die Hölle!«

»Medicus van Halen ...«

»Wenn Ihr bis heute Abend diesen Namen noch ein einziges Mal in den Mund nehmt, lasse ich Euch auf der Stelle in den Schandturm werfen. Ich werde es ja essen, aber niemand kann mich zwingen, es auch zu mögen.«

Die Spiessin blieb eisern stehen, bis alles aufgegessen war. Dann nahm sie den leeren Teller der Herzogin und den vollen, den Hella nicht angerührt hatte, und trug beide hinaus.

Vor der Küchentür kippte sie den inzwischen erkalteten Tellerinhalt in einen Eimer, den sie gleich anschließend unauffällig verschwinden lassen würde. Danach betrat sie mit einem kleinen Lächeln Lenas Reich.

❧

Eigentlich hatte Johannes Merwais mit zwei Inspektoren gerechnet, aber die Fugger hatten zu seiner Überraschung nur einen Mann geschickt. Er war ebenso lang wie griesgrämig und stellte sich als Himlin Walter aus Augsburg vor. Der Sand der anstrengenden Reise schien noch in seinen Schuhen zu stecken und auf den knochigen Schultern zu liegen, und der Geruch, den er verströmte, erinnerte Johannes an verfaulende Blüten. Dabei schien er bei aller zur Schau gestellten üblen Laune durchaus eine Ahnung von Erzgewinnung zu haben, wenngleich es dauerte, bis er endlich mit ein paar Brocken herausrückte. In den Salzburger Schieferalpen habe er gelernt, sei dort Jakob Fugger begegnet und seitdem in seinen Diensten.

Das Schicksal hatte Merwais ganz überraschend eine Trumpfkarte für seine Pläne zugespielt – wenngleich diese das düstere Antlitz des Schwarzen Reiters trug. Als sie vor der Zeche zu Schwaz angelangt waren, wurden gerade die schlichten Holzsärge herausgetragen, in denen die Toten lagen.

»Grubenwasser«, sagte Johannes Merwais. »Ein plötzlicher Einbruch. Vier unserer tapferen Wasserträger hatten keine Gelegenheit mehr, sich zu retten. Jeder hier weiß, wie stark die Gefährlichkeit dieser Arbeit zunimmt. Gar nicht mehr einfach, noch halbwegs tüchtige Männer dafür zu bekommen.«

Himlin Walter nickte beiläufig, ließ sich aber keineswegs in seiner Aufmerksamkeit beeinträchtigen. Die Förderanlagen der Zeche schienen ihn ebenso zu interessieren wie die Röst- und Reduktionsarbeiten, zu denen er anschließend geführt wurde. Wieder sprach er lange mit dem Vorarbeiter, ließ sich alle Unterlagen zeigen und machte eifrigst Notizen in ein kleines Buch. Richtig aufzuleben schien er aber erst, als Merwais ihn zur Silberhütte begleitete, wo Antonio de Caballis als Münzintendant und offizieller Vertreter des Herzogs bereits ungeduldig auf die beiden wartete.

»Endlich der Ort des Geschehens!«, murmelte Walter und fletschte dabei seine gelblichen Zähne. »Denn das Resultat ist es doch, worauf es letztlich ankommt.«

Eine kurze, fast frostige Begrüßung.

Der Inspektor aus Augsburg schien überall mit potenziellen Feinden zu rechnen, allerdings war es nahe den riesigen Kesseln so glühend heiß, dass bald allen der Schweiß auf der Stirn stand und sie sich ähnlich wie die Silberarbeiter, die mit nacktem Oberkörper schufteten, ihrer Schecken entledigen mussten, was die Situation leicht entspannte.

Johannes Merwais hatte den zeitlichen Ablauf so exakt wie möglich geplant. Als die überstehende, bleihaltige Glätte im Kessel mittels langer Haken entfernt worden war, worauf plötzlich die letzte dünne Schicht aufriss und den Blick auf die gleißend helle Silberschmelze freigab, stieß de Caballis einen Schrei aus.

»Verzeiht meine Unbeherrschtheit!«, sagte er, an Walter gewandt. »Aber sooft man den Silberblick auch schon gesehen hat, so sehr fasziniert er einen doch immer wieder.«

Offenbar hatte er mit diesem Gefühlsausbruch bei dem trockenen Inspektor Sympathie gewinnen können.

»Die Schätze der Erde sind ein Geschenk des Allmächtigen«, sagte Walter. »Aus diesem Grund sollten wir ihnen auch ein Höchstmaß an Ehrfurcht erweisen.«

Er bat um einen ruhigen Raum, in den er sich für seine weiteren Berechnungen zurückziehen könne, und schien angenehm berührt, als man ihm neben dem Gewünschten im Haus des Verwalters auch noch Brot, Wildschweinschinken und ein Seidel Bier servierte.

Nach längerer Zeit kam er wieder zu den anderen.

»Alles gut und schön«, sagte er und blätterte in seinen Aufzeichnungen. »Aber was Ihr mir bislang vorgeführt habt, erklärt noch immer nicht überzeugend, weshalb die erzeugte Silbermenge in den letzten Monaten derart hinter unseren Erwartungen zurückgeblieben ist.«

»Das liegt vor allem am Wasser«, warf Merwais ein. »Ein wesentlicher Punkt, der uns, wie ich stark befürchte, zukünftig noch mehr zu schaffen machen wird.«

Walter zog die feinen hellblonden Brauen hoch.

»Je tiefer wir gelangen, desto feuchter wird es, was die Ausbeute an geschlagenem Erz erheblich vermindert. Ein Problem übrigens, das nicht nur hier bei uns in Tirol auftritt. In den Silberminen des Erzgebirges haben sie schon um einiges länger damit zu kämpfen. Deshalb möchte ich Euch gern mit einem Fachmann bekannt machen, den Ihr weiter befragen könnt. Darf ich vorstellen? Magister Gaudenz Stein aus Annaberg.«

Der kleine, rundliche Sachse, noch außer Atem, nachdem er die Treppen heraufgestapft war, musste ein ordentliches

Stück zu dem baumlangen Augsburger aufschauen, was seinem Selbstbewusstsein freilich keinen Abbruch tat. Ebenso eloquent wie ausschweifend beschrieb er den unablässigen Kampf gegen das Grubenwasser, was den Einsatz zusätzlicher Arbeitskräfte notwendig mache und die Kosten daher erheblich erhöhe. Er hatte sogar mehrere Zeichnungen mitgebracht, die er auf einem Tisch entrollte und in seiner weichen sächsischen Mundart, in der alle Konsonanten abgeschliffen wurden, detailliert kommentierte.

»Keiner hält diese Arbeit lange durch«, sagte er, während seine Hände die Pergamente zärtlich streichelten. »Nicht einmal den Kräftigsten gelingt das. Über kurz oder lang sterben alle an Schwindsucht oder Auszehrung, was großes Leid über die Familien bringt. Andere kommen auf der Stelle um, wenn Grubenwasser ohne Vorwarnung in den Stollen strömt.«

»Ich weiß«, knurrte Himlin Walter, inzwischen beteiligter, als ihm lieb sein konnte. »Hab die Särge erst vorhin gesehen.«

»Deshalb stecke ich auch mitten in der Konstruktion einer speziellen Mechanik, die die Arbeit dieser Männer eines Tages übernehmen könnte, indem sie das Wasser selbstständig und ohne menschliche Arbeitskraft abpumpt.«

Jetzt war Walters bislang leicht verhangener Blick hellwach geworden. »Könnte man von den Plänen zu diesem Wunderwerk eventuell etwas zu sehen bekommen?«, fragte er.

Gaudenz Stein zog die Schultern hoch. »Bisher ist alles noch streng geheim«, sagte er zurückhaltend, halb zu Merwais und dem Münzintendanten gewandt. »Der Herzog hat beträchtliche Summen investiert ...«

»Jakob Fugger gilt als großer Verehrer der Technik«, versicherte Walter, der mit einem Mal doppelt so schnell wie bislang sprach. »Ich könnte mir durchaus vorstellen, dass er eher über gewisse ... nun sagen wir, Unstimmigkeiten hinwegsehen würde, könnte man ihn mit einem so interessanten Projekt begeistern.«

»Dazu müsst Ihr erst Eure Zustimmung geben, Herr Münzintendant«, sagte Johannes, innerlich jubelnd, weil sein Plan aufzugehen schien. »Ihr könnt hier als Einziger im Namen Seiner Hoheit sprechen.«

De Caballis schien zu überlegen, schließlich erhellte ein Lächeln seine markanten Züge.

»Ich willige ein«, sagte er. »Allein schon, um zu demonstrieren, wie reibungslos die Zusammenarbeit des Erzherzogs von Tirol mit dem Hause Fugger vor sich geht. Berücksichtigt aber bitte ganz genau, welchen Vorschuss an Vertrauen wir Euch in dieser heiklen Angelegenheit entgegenbringen – und handelt dementsprechend!«

Stunden vergingen, während Stein und Walter gemeinsam über den geheimen Zeichnungen brüteten und Antonio de Caballis mit Johannes Merwais in einem separaten Raum auf das Ergebnis wartete.

»Wenn er nicht darauf eingeht ...?« Der Venezianer hatte längst kein Sitzfleisch mehr und durchmaß den kleinen Raum mit ungeduldigen Schritten. »Dann muss der Herzog seine Münzprägung noch heute einstellen – und ich bin frei, um in die geliebte Lagunenstadt zurückzukehren.«

»Er wird, seid ganz beruhigt!« Auf der Stirn des jungen Juristen glitzerten Schweißtröpfchen. »Ich habe vorhin die Gier in seinen Augen gesehen. Er will seinem Dienstherrn um jeden Preis gefallen. Das ist unsere beste Hypothek.« Und meine Garantie, noch länger hier am Hof Arbeit zu finden, dachte er. Denn wenn ich Innsbruck verlassen muss, werde ich Lena vermutlich niemals wiedersehen. Das wäre mehr, als ich ertragen kann.

»Aber auf Dauer wird ein Jakob Fugger sich wohl nicht

mit Zeichnungen abspeisen lassen ...«, gab de Caballis zu bedenken.

»Der Herzog erhält noch einmal eine Gnadenfrist, nicht mehr und nicht weniger. Danach muss es ihm gelingen, seinen Haushalt zu stabilisieren.«

Der Münzintendant stieß ein trockenes Lachen aus. »Glaubt Ihr das wirklich?«, fragte er. »Mir, mein junger Freund, will das schon lange nicht mehr recht gelingen. Er wird auch künftig ständig irgendwo neue Löcher aufreißen, nur um die schon vorhandenen damit zu stopfen. Der Herzog ist zu alt, um sich noch zu ändern. Er wird weiterhin so verfahren, bis er aufhört zu atmen – oder bis man ihn eines Tages absetzt.«

»Den Herzog absetzen?« Merwais schien entsetzt. »Wie sollte das jemals möglich sein?«

»Man merkt, dass Ihr noch sehr wenig über Tirol wisst, Doktor Merwais. Nirgendwo sonst im Reich sind die Landstände so stark – und sie haben schon sehr viel Geduld mit Herzog Sigmund und seinen finanziellen Eskapaden gehabt. Jetzt hoffen alle auf seinen Erben und darauf, dass er die Münze endlich in Ordnung bringt. Sollte beides misslingen ...«

»Wir sind so weit.« Gaudenz Stein und Himlin Walter hatten ihre Klausur verlassen. Das Gesicht des Inspektors war wieder so griesgrämig wie am Morgen, in seinen Augen aber lag ein neuer Glanz.

»Darf ich Euch nach dem Ergebnis fragen?«, sagte Johannes bang.

»Wird dem erzherzoglichen Hof in schriftlicher Form mitgeteilt werden«, erwiderte Walter so barsch, dass das Herz des Juristen noch aufgeregter gegen seine Brust schlug. »Magister Gaudenz hat die Güte, mich zurück nach Augsburg zu begleiten. Ich könnte mir durchaus vorstellen, dass seine kühnen

Konstruktionen dort sehr wohl das Interesse von Jakob Fugger finden werden.«

Geschafft! Für einen Augenblick war Merwais so erleichtert, dass ihm schwindelig wurde.

»Dann darf ich die Herren zum Mahl bitten«, sagte er mit einer angedeuteten Verneigung. »Eine reich gedeckte Tafel wartet schon auf uns!«

❧

Seit der Rotnacht fühlte Lena sich Els tiefer verbunden, und all das Spitze, Trennende, das sich bislang immer wieder zwischen sie geschlichen hatte, war plötzlich wie von Zauberhand verschwunden. Aber auch den anderen Frauen gegenüber empfand sie ein warmes, tiefes Gefühle der Vertrautheit, als hätte ihre kleine Familie sich nun um einige wertvolle Mitglieder vergrößert. Die Einzige, die ihr seitdem ein Stück ferner gerückt schien, war zu ihrem Erstaunen Hella, aber das lag nicht am Erlebnis des Feuers, das sie miteinander geteilt hatten, sondern an Hellas ständiger Präsenz im Frauenzimmer, die Lena mehr denn je Unbehagen bereitete.

Els hatte sich zu ihr an den Bettrand gesetzt, in den Morgenstunden, als sie endlich wieder zu Hause gewesen waren, sie lange angesehen und ihr Haar gestreichelt wie einst, als sie noch ein kleines Mädchen gewesen war.

»Weißt du eigentlich, wie lieb ich dich habe?« Els' Stimme war sehr sanft.

Jetzt wäre genau der richtige Moment gewesen, um sie endlich all das zu fragen, was Lena schon so lange auf der Seele brannte, aber mit einem Mal erschien es ihr gar nicht mehr so wichtig. Wenn Els lieber für sich behalten wollte, wer der Vater ihres Kindes war, dann sollte sie es doch tun!

Es genügte Lena ganz und gar, zu spüren, zu fühlen und dieses kleine, federleichte Glück zu genießen, das gerade in ihr aufstieg.

Das allerdings sehr rasch wieder verschwand, sobald sie an Niklas dachte, was weitaus häufiger geschah, als ihr lieb war. Zunächst hatte sie sich gar nicht vorstellen können, wie es sein würde, ihm in der Hofburg jemals wieder zu begegnen, aber als es doch dazu kam, war sie erstaunt, dass er ihr jedes Mal auswich, während sie sich in seiner Gegenwart relativ unbefangen benehmen konnte. War früher kaum ein Tag vergangen, an dem der Spielmann nicht nach ihr gesehen hatte, so schien Niklas nun die Küche und damit auch sie regelrecht zu meiden, als plage ihn die heimliche Angst, mit Vorwürfen konfrontiert zu werden.

Sie *würden* miteinander reden, das stand für Lena fest, aber erst, wenn der richtige Augenblick dazu gekommen war. In der Zwischenzeit vertiefte sie sich noch mehr als bisher in ihre Arbeit. Dabei entging ihr aber nicht, dass auch Johannes Merwais seit Johanni seine Besuche bei ihr eingestellt hatte. Er sei äußerst beschäftigt, so der Gesindeklatsch, in wichtigen Diensten des Herzogs in Schwaz und Hall unterwegs. Sie hätte es fast glauben können, wäre da nicht diese beharrliche innere Stimme gewesen, die ihr zuflüsterte, dass seine Abwesenheit ganz andere Ursachen hatte.

Seufzend füllte Lena die ausgenommenen Wachteln für die Tafel der Herzogin mit Butter und Zitronenstückchen und band die Beinchen mit einem Zwirnfaden zusammen. Sie rieb die Haut mit Salz ein und sparte auch mit den kostbaren zerstoßenen Pfefferkörnern nicht, die für eine angenehme Schärfe sorgen würden. Die Schwangere hatte nach frischem Wild verlangt – und natürlich war dem Wunsch Ihrer Hoheit sofort entsprochen worden. Lena hatte bereits eine kleine Armee dieser köstlichen Vögel vorbereitet und in die Reine zum Braten gelegt, wo sie nur noch darauf warteten, mit Honig bepinselt zu werden. Da kam plötzlich die junge Hofdame Babette kreidebleich in die Küche gestürzt.

»Heißes Wasser!«, keuchte sie. »Schnell! Die Herzogin blutet stark.«

»Ist van Halen schon bei ihr?«, fragte Lena, während Vily und ein anderer Küchenjunge namens Felix geschäftig die Eimer füllten.

»Der hat mich ja geschickt.« Babette hatte vor Aufregung eine weiße Nase. »Und jetzt, ihr beiden, mir hinterher nach oben zu ihrem Gemach, aber geschwind!«

Am liebsten wäre Lena mitgelaufen. Wie sehr hatte Katharina sich auf ihr Kind gefreut! Lena faltete die Hände und sprach ein stummes Gebet, zuerst zu Mutter Maria, gleich anschließend aber nicht minder inbrünstig zu den drei Bethen, die, wie sie seit dem Rotfeuer wusste, alle Frauen beschützten.

Natürlich war jetzt an geordnete Arbeit kaum noch zu denken, obwohl Chunrat seine Leute in gewohnt mürrischer Weise hin und her scheuchte. Als die Küchenjungen mit den leeren Eimern zurückkehrten, stürzten sich alle auf sie, um mehr zu erfahren. Aber Felix zuckte lediglich die Achseln und sagte, er wisse leider nichts, während Vily betreten zu seinem Zwiebelhaufen ging und kommentarlos zu schälen begann.

»Ich hab sie weinen hören«, sagte er leise, als Lena an ihm vorbeiging, und wischte sich Tränen von der Wange. »Sie klang beinahe wie die Ziegen, wenn man ihnen im Frühling ihre Kleinen wegnimmt.«

Jetzt wurde Lena noch schwerer ums Herz. Sollte sie nicht sofort zu Barbara laufen, die schon so vielen Frauen beim Kinderkriegen geholfen hatte? Oder eher zu Wilbeth, die so gut wie jedes Kraut auf dieser Welt kannte, das Hilfe versprach?

Doch Lena waren die Hände gebunden. Katharina war keine einfache Frau, sondern die Herzogin des Landes, und da galten nun einmal, wie van Halen Lena beigebracht hatte, ganz andere Regeln.

❧

Jetzt, tief im Schlaf, hatte Katharinas Gesicht seine pralle Rundlichkeit gänzlich verloren und wirkte auf einmal fast durchsichtig. Die dünnen Lider zuckten unruhig, obwohl van Halen versichert hatte, dass sie nicht vor dem Morgengrauen erwachen würde. Der Herzog war nach seinem Jagdausflug sofort an ihr Bett geeilt, hatte sie unter Tränen umarmt und ihr versichert, dass alles gut werde und sie noch viele, viele Male schwanger werden könne. Katharina aber war durch nichts zu beruhigen gewesen und hatte so verzweifelt geschluchzt, dass der Medicus schließlich zu seinem stärksten Beruhigungsmittel greifen musste. Sogar Fee hatte er trotz aller Proteste Katharinas entfernen lassen, damit diese auch wirklich ganz zur Ruhe kommen konnte.

Als der Herzog endlich ihr Gemach verließ, schien er um Jahre gealtert. Er zog sein linkes Bein nach wie beim allerschlimmsten Podagraanfall und ging so gebückt, als zähle er nicht siebenundfünfzig, sondern mehr als siebzig Jahre.

Cornelius van Halen hatte Nachtwachen für die unruhig Schlummernde eingeteilt mit der strikten Vorgabe, ihn auch beim allerkleinsten Zwischenfall unverzüglich aus dem Bett zu holen. Die erste hatte Hofdame Babette freiwillig übernommen, sie sollte später von Lise abgelöst werden.

Die Gelegenheit, auf die Alma von Spiess nur gewartet hatte. Sehr leise betrat sie das Gemach und umfasste mit einem raschen Blick die leise röchelnde Herzogin sowie das junge

Mädchen, das neben dem Bett erschöpft in seinem Stuhl zusammengesunken war. Dann glitten ihre Augen zu dem Tischchen mit den gedrechselten Beinen, auf dem der Brief der Herzogin an ihren Vater im fernen Sachsen lag, signiert und bereits mit dem großen erzherzoglichen Siegel versehen, nun freilich von den Ereignissen überholt.

Doch das war es nicht, wonach die Hofmeisterin Ausschau hielt. Schon als der Herzog früher in heißer Brunft ihre Kitzchen gekost hatte, war es seine Angewohnheit gewesen, überall kleine Fläschchen mit seiner Medizin aus dem starken Gift der Herbstzeitlosen zu deponieren, falls ihn unerwartet eine Gichtattacke heimsuchen sollte. Männer wie er behielten ihre Marotten bei, auch wenn sie die Geliebte wechselten, das wusste Alma von Spiess. Also musste auch hier im Gemach irgendwo ein Fläschchen zu entdecken sein. Sie bewegte sich auf Zehenspitzen, spähte in alle Ecken, konnte aber nirgendwo ein solches Gefäß entdecken. Schließlich kroch sie halb unter das Bett – und wurde ausgerechnet dort fündig. Sie hoffte nur, jetzt nicht niesen zu müssen, und bewegte sich vorsichtig wie eine Katze rückwärts, bis sie sich endlich schweißgebadet wieder aufrichten konnte. Sie hielt das Fläschchen ins Licht einer Kerze, um ganz sicherzugehen, und nickte schließlich zufrieden. Beinahe voll. Glück gehabt. Das müsste reichen.

Als sie es gerade zwischen ihren Brüsten verschwinden lassen wollte, stieß die Herzogin einen klagenden Laut aus, und das Mädchen in dem Sessel fuhr hoch.

»Verzeiht – ich muss aus Versehen eingeschlafen sein«, begann Lise zu stammeln, als sie die Spiessin erkannte, die rasch ihre Hand zur Faust geballt hatte, um den kostbaren Fund zu verbergen. »Bitte sagt van Halen nichts davon! Und Ihrer Hoheit erst recht nicht!«

»Geht ruhig zu Bett!«, sagte Alma von Spiess so mütterlich, wie sie nur konnte. »Ich bin nicht müde und kann die Wache für Euch übernehmen.«

»Aber van Halen …«

»… wird sehr zufrieden sein, wenn er jemanden halbwegs Ausgeruhten bei der Kranken vorfindet. Nun macht schon, aber seid gefälligst leise!«

Alma von Spiess atmete auf, als die Tür sich geschlossen hatte, brachte das Fläschchen endlich an die vorgesehene Stelle und beugte sich anschließend tiefer über Katharina.

Die junge Frau lag auf dem Rücken, der Mund war halb geöffnet und gab den Blick auf ihre spitzen, kleinen Zähne preis. Sie keuchte, schien schwer zu atmen. Ab und zu stieß sie dumpf gurgelnde Töne aus.

»Hat sich schließlich doch gelohnt, mein Besuch bei der alten Hexe am Innufer«, flüsterte Alma mit dünnem Lächeln. »Hat es dir auch gut gemundet? Schade, dass die dreiste blonde Hure nicht auch davon genossen hat! Aber sei ganz unbesorgt, kleine Herzogin! Mit euch beiden bin ich ohnehin noch lange nicht fertig!«

Nachdem er das Studierzimmer betreten hatte, erschrak Johannes Merwais, als der Herzog von seinen Papieren aufschaute. Der Rock aus braunem Brokat schien um Sigmunds Körper zu schlottern, die Augen lagen so tief in den Höhlen, als sei sein kantiger Schädel über Nacht abgemagert, die Lippen waren rissig.

»So habt Ihr Euch in unserer heiklen Angelegenheit tapfer geschlagen, wie de Caballis mir versichert hat«, sagte er mit matter Stimme. »Und das gegen einen Gegner, der nicht zu unterschätzen ist.«

»Die Herzogin war so freundlich ...«, begann Merwais und hielt erschrocken inne. »Verzeiht, Euer Hoheit, ich wollte Euren Kummer nicht noch ...« Er verstummte.

»Noch ist sie nicht tot«, sagte der Herzog. »Und ich hoffe bei der unendlichen Güte Gottes, dass er mich für meine Sünden nicht auf so grausame Weise bestrafen wird. Van Halen hat mir versichert, er werde sie wieder gesund machen, wenngleich es nicht leicht fällt, ihm das zu glauben, wenn man mitansehen muss, wie schwach und mutlos meine Katharina ist.« Er fuhr sich mit der Hand über das Gesicht. »Sprecht also weiter und sagt aufrichtig, was Ihr mir zu sagen habt!«

»Es lag wohl eher an Gaudenz Stein und seinen kühnen Konstruktionen als an meinen bescheidenen Fähigkeiten«, sagte Merwais wahrheitsgemäß. »Ohne den kenntnisreichen Sachsen, den Ihre Hoheit gerade zur rechten Zeit aus Annaberg anreisen ließ, wäre die Inspektion sicherlich anders ausgefallen. Aber bevor wir jetzt verfrüht in Jubel ausbrechen, sollten wir unbedingt noch die Korrespondenz aus Augsburg abwarten.«

Herzog Sigmund musterte ihn prüfend. »Ihr macht keine unnötigen Worte«, sagte er, »und schmückt Euch nicht mit fremden Federn. Beides gefällt mir. Habt Ihr schon Vorstellungen über Eure weitere Zukunft?«

Lena, dachte Johannes augenblicklich. Lena und ich ... Plötzlich waren seine Lippen wie versiegelt.

»Vielleicht macht Euch das gesprächiger«, fuhr der Herzog fort. »Die beiden Schalen, die dort am Fenster stehen, geht zu ihnen hinüber!«

Die Gefäße waren aus dickem opakem Glas und bis zum Rand mit blanken, nagelneu geprägten Silbermünzen gefüllt.

»Und jetzt taucht Eure Hände hinein!«, befahl der Herzog. »Beide auf einmal!«

Merwais zögerte, schaute noch einmal zum Herzog, und erst, als der aufmunternd nickte, gehorchte er.

»Nun, wie fühlt sich das an?«

»Kühl«, sagte er. »Und schwer.«

»Kühl und schwer?« Der Herzog war aufgestanden und zu ihm gegangen. »Das ist alles, was Euch dazu einfällt? Dann seid Ihr wohl doch nicht der richtige Mann für meine Hofkanzlei.«

Er drängte den Juristen ungeduldig beiseite und vergrub nun selbst die Hände in den Münzen.

»Das ist Glück, Merwais, Reichtum und Sicherheit. Nur wer sie besitzt, kann auf die rechte Art und Weise herrschen und regieren. Ohne Silber ist jeder Fürst lediglich ein Bettler.« Herzog Sigmund kehrte zu seinem Sessel zurück und stöhnte dabei leise.

»Ihr seid krank, Euer Hoheit?«

»Wie könnte ich gesund sein, da mein junges Weib so schwer daniederliegt? Wir hätten ein Kindlein haben sollen, versteht Ihr, schon in wenigen Monaten. Endlich der eheliche Sohn, den das Schicksal mir bislang so hartnäckig verweigert – und nun beginnt die ganze Schinderei aufs Neue.«

Er sackte wieder in sich zusammen, als sei er drauf und dran, seinen Besucher zu vergessen, dann aber straffte er sich plötzlich.

»Ihr sollt für Eure Bemühungen belohnt werden«, sagte er. »So hab ich es stets gehalten und so werde ich es auch weiterhin tun. Geht hinüber in die Kanzlei und lasst Euch den Beutel geben, der dort für Euch bereitliegt. Und denkt noch einmal über Eure Zukunft nach – gründlich und in aller Ruhe!« Erneut sanken seine schmalen Schultern nach unten.

Merwais blieb stehen und musterte ihn besorgt.

»Es zieht Euch nicht wie magisch zum Silber?«, fragte der

Herzog. »Genau das wollte ich wissen. Dann geht jetzt zu den Schalen und füllt gleich an Ort und Stelle Eure Taschen! Rechts sind die Sechser, links die Pfundner. Auf meine schönen dicken Halbguldiner müssen wir beide leider noch ein Weilchen warten, wie es aussieht.«

»Hier, Euer Hoheit – vor Euren Augen? Das kann ich nicht!«

Der Blick des Herzogs wurde warm. »Noch eine Probe, die Ihr bestanden habt«, sagte er, griff hinter sich und warf Johannes einen ordentlich gefüllten Beutel zu, den dieser instinktiv auffing. »Das ist für Euch – und jetzt lasst mich bitte allein!«

Johannes fühlte sich wie betäubt, nachdem er den Herzog verlassen hatte, und in seinem Kopf purzelte alles wild durcheinander. Was war das gerade eigentlich gewesen? Eine Prüfung oder doch eher eine Auszeichnung? Eine Mahnung, rechtzeitig an später zu denken?

Bevor er zu einer schlüssigen Antwort gelangt war, fand er sich schon im Hof wieder, und als er sich instinktiv in Richtung Küche wandte, kam ihm plötzlich Niklas entgegen.

»Sieh an, der Herr Jurist mit einem prallen Beutelchen und auch noch bestens aufgelegt«, begann der Spielmann zu sticheln. »Schleicht sich wohl wieder zur heimlich Angebeteten? Dabei sollte er doch längst wissen, dass Lena und ich ...«

Eine heiße Welle von Wut schoss in Johannes empor.

»Ihr pocht auf die Privilegien, die Eure Herkunft Euch gewährt«, zischte er. »Und missbraucht sie dazu, einem einfachen Mädchen den Kopf zu verdrehen – ich nenne das billig!«

»Was wisst Ihr schon über meine Herkunft?« Niklas' Mund war plötzlich hassverzerrt.

»Genug, um Euch hier und jetzt zur Rede zu stellen. Warum lasst Ihr das Mädchen nicht einfach in Ruhe? Eine Köchin und der Bastard des Herzogs, das kann doch niemals ...«

Niklas' Rechte traf Merwais unvorbereitet. Seine Oberlippe platzte, und er schmeckte Blut. Er ließ das Geldsäckchen fallen und stürzte sich auf den Spielmann, der größer war und um einiges muskulöser als er, doch darüber nachzudenken, war jetzt keine Zeit mehr. Johannes umklammerte Niklas' Rumpf und stieß mit seinem Kopf hart gegen dessen Brust. Niklas jaulte auf, packte ihn am Arm und versuchte ihn wegzuschleudern, aber Merwais gab nicht auf, und es dauerte eine ganze Zeit, bis Niklas freikam.

Heftig schnaufend standen sie sich gegenüber.

»Wenn du wüsstest, was dein Liebchen heimlich so treibt«, schrie er. »Dann würdest du deine fromme, brave Lena mit ganz anderen Augen sehen, das schwör ich dir!«

»Du bist es ja nicht einmal wert, ihren Namen in den Mund zu nehmen!«, brüllte Johannes.

»Ich kenne alles an ihr, weißt du das eigentlich? Ich kann dir sogar sagen, was sie anstellt, sobald die Hügelfeuer erloschen sind ...«

»Halt sofort dein Schandmaul!«

»Halt du lieber deines, sonst schlag ich dir noch den Schädel ein!«, schrie Niklas. »Genau das kannst du haben!«

»Dafür musst du mich aber erst einmal bezwingen«, brüllte Johannes nicht minder laut zurück. »Komm schon her, wenn du dich traust!«

Inzwischen hatten sie eine Menge Zuschauer bekommen. Viele standen an den Fenstern zum Innenhof der Burg und verfolgten gespannt den lautstarken Streit. Ein paar der Bediensteten waren sogar nach draußen gelaufen, um ja nichts zu verpassen.

Und der Zweikampf ging weiter. Der Spielmann rannte auf Merwais zu, der aber, leichter und um einiges wendiger, wich den Hieben geschickt aus, was Niklas zunehmend ermüdete.

Seine Schläge wurden weniger treffsicher, und er begann nach Luft zu japsen, während sein Gegner sich noch immer scheinbar mühelos bewegte.

»Das wirst du bereuen!«, keuchte Niklas. »Der Tag wird kommen, wo du ...«

»Habt ihr beide den Verstand verloren? Hört sofort auf!« Das war Lenas entrüstete Stimme.

Niklas wandte den Kopf und schaute in ihre Richtung. Für einen Moment passte er nicht richtig auf. Da erwischte Johannes' Faust seitlich seinen ungeschützten Kopf. Es wurde rot vor seinen Augen, er begann zu schwanken, suchte vergeblich nach einem Halt.

Dann stürzte er wie ein gefällter Baum zu Boden.

»Sich schlimmer als zwei unreife Buben aufzuführen! Ausgerechnet jetzt, wo die Herzogin so krank ist und dringend Ruhe braucht!« Lenas Protest drang wie aus weiter Entfernung zu Niklas. Er schluckte und versuchte die Augen zu öffnen, was zunächst misslang. Am Geruch jedoch erkannte er, wo man ihm ein Lager bereitet hatte: in der Speisekammer des Frauenzimmers. Dicht über ihm mussten jene geräucherten Würste aus Schweinefleisch und Speck baumeln, von denen er für gewöhnlich kaum genug bekommen konnte. Jetzt aber verursachte ihr intensiver Geruch ihm lediglich Übelkeit. »Ist er denn schwer verletzt?«, hörte er Lena fragen.

»Mit dem Kopf ist das immer so eine Sache«, erwiderte van Halen. »Das weißt du ja aus eigener Erfahrung, Lena. Aber ich hab ihn zur Sicherheit auf den Knoten in einem frischen Grashalm beißen lassen – und das hat er zustande gebracht. Sieht also nicht ganz so wild aus. Eine Weile halbwegs ruhig halten sollte er sich trotzdem. So schwer das diesem Heißsporn auch fallen mag.«

Niklas spürte etwas Kühles an der Schläfe, das augenblicklich Linderung brachte.

»Mehr!«, flüsterte er. »Lena, ich …«

»Ach, reden kann er auch schon wieder!«, sagte der Medicus mit leisem Spott. »Die Wirkung meines Schlafschwamms scheint also langsam zu versiegen. Den musste ich ihm nämlich verabreichen, um ein Haarseil zu legen, damit zunächst Schmutz und Blut abflossen und ich die Wunde anschließend mit einem Katzendarm nähen konnte. Darauf kam dann meine Spezialtinktur aus Eiklar, Weihrauch und Harz, um alles schön zusammenzuziehen, sowie ein fest gewickelter Verband.«

Niklas grummelte Unverständliches.

»Keinerlei Widerrede! Sonst verwende ich das nächste Mal auch noch Drachenblut und Hammelfett, wie alte Rezepte es vorschlagen. Ihr werdet also auch künftig in der Lage sein, Herr Spielmann, Eure dunklen Brauen vielsagend hochzuziehen und reihenweise Frauenherzen zu brechen.«

»Und Merwais?«, fragte Lena. »Was ist mit ihm?«

Wieso klang Lenas Stimme ausgerechnet bei diesem Namen so bang?

»Eine Schramme an der Lippe. Mehr hat er wohl nicht abbekommen. Die stört später nicht einmal beim Küssen.« Ächzend erhob sich van Halen. »Lass den Spielmann ein wenig schlafen. Das bekommt ihm jetzt sicherlich am allerbesten.«

»Nein!« Niklas versuchte sich aufzurichten, sank aber sehr schnell wieder taumelig auf das Lager zurück. Trotzdem war es ihm gelungen, dabei nach Lenas Arm zu greifen und ihn zu umklammern. »Geh noch nicht!«

»Was willst du?«, sagte Lena, als van Halen gegangen war. »Du sollst dich doch ausruhen!«

»Mit dir reden«, stieß er hervor. »Bitte!«

»Jetzt? Dazu war lang genug Zeit.«

»Ich konnte nicht ... Du hast alles ganz falsch verstanden ... Ich wollte doch nur ...«

Sie machte sich ungeduldig los.

»*Du* hast alles falsch verstanden«, sagte sie. »Ich bin keine, die sich bei der erstbesten Gelegenheit besteigen lässt, das solltest du dir künftig merken, Niklas! Als deine kleine Hure bin ich mir zu schade.«

Trotz des wilden Dröhnens in seinem Schädel geriet er in Wut. »Davon hab ich aber nicht gerade viel gemerkt«, sagte er bitter. »Wie fest du dich an mich gepresst und wie du mich überall berührt hast ...«

»Weil ich geglaubt habe, dich gern zu haben. Sehr gern sogar!«

»Und das glaubst du jetzt nicht mehr?« Sein Kopf brummte, als wolle er im nächsten Augenblick zerspringen. »Hat dir das etwa dieser verdammte Jurist eingetrichtert? Du solltest besser nicht auf solche Idioten wie ihn hören, Lena!«

»Lass Merwais aus dem Spiel!« Lenas Augen blitzten, das fiel Niklas auf, auch wenn er sich anstrengen musste, nicht alles doppelt zu sehen. »Ich brauche niemanden, der mir Dinge einsagt. Ich kann selbst denken. Und deshalb weiß ich jetzt auch, dass aus uns beiden niemals etwas werden kann.«

Ihre Worte hallten noch in ihm nach, als er wieder allein war, ein lautes, widerwärtiges Echo, als würde mit einem dicken Eisenstück unbarmherzig auf Erz geschlagen. Was bildete sich diese Lena ein, derart hochfahrend mit ihm umzuspringen! Wenn er erst einmal anfing zu reden, konnte es sehr schwierig für sie werden.

Aber sollte er wirklich so weit gehen? Gab es nicht andere, weitaus wirkungsvollere Methoden, um sie zur Umkehr und zum Einlenken zu bewegen?

Und während Niklas noch versuchte, eine halbwegs erträgliche Position auf dem bretthartenLager zu finden, damit dieser Ton in seinem Inneren endlich zum Schweigen kam, stieg ein Gedanke in ihm auf, so dreist und unverschämt, und dass er trotz seiner Schmerzen den Mund unwillkürlich zu einem schiefen Grinsen verziehen musste.

❧

Eine Kutsche blockierte den Eingang zur Kramergasse, als Els und Ennli die Einkäufe vom Wochenmarkt heimschleppten, ein stattliches Gefährt, versehen mit einem aufgemalten Wappen, das Els noch nie gesehen hatte. Selten genug, dass solche Transporte nicht über ihre Poststation abgewickelt wurden, ein Grund mehr, um neugierig zu werden.

»Geh voraus!«, befahl sie dem Mädchen. »Ich komme gleich hinterher.«

Die Laubengänge boten einen guten Schutz, um unentdeckt stehen zu bleiben, und tatsächlich dauerte es nicht lange, bis Dietz Geyer mit einem breitschultrigen Mann aus dem »Schwarzen Adler« kam und mit dem Ausladen begann. Die beiden hatten mächtig zu zerren, denn es schien schwer zu sein, was sie schließlich nach drinnen schleppten: Reisekisten, stabil, aber mit bereits deutlichen Gebrauchsspuren.

Els bekam eine Gänsehaut, weil sie die Gepäckstücke augenblicklich wiedererkannte, noch bevor sie die Stimme jenes Mannes hörte, den nie mehr zu sehen sie alle sich so sehr gewünscht hatten.

»Vorsicht – darin sind meine kostbarsten Schätze verwahrt!«, hörte sie Kramer sagen. »Studien und Schriften, die mich viele Nächte meines Lebens gekostet haben.« Dann trat Pater Institoris in blendend weißem Habit auf die Gasse.

Unwillkürlich drückte Els sich tiefer in den Schatten der Mauer.

Der Pater sah kränklich aus, die Haut fahl, ohne jegliche Farbe, als habe er die vergangenen Monate in einem Verließ verbracht. Sein Schädel war frisch rasiert, sein Blick so schneidend wie eh und je.

Er war nach Innsbruck zurückgekommen, um zu vollenden, was er vor Wochen begonnen hatte. Sie alle hatten sich getäuscht, sich einlullen lassen von ihren Hoffnungen und Wünschen, die nun mit einem Mal wie Seifenblasen zerplatzt waren. Zum Glück bemerkte Kramer Els nicht, er schien vielmehr ganz auf den Transport des Gepäcks konzentriert, und als er hinter seinen Kisten schließlich wieder im Gasthaus verschwunden war, eilte Els so schnell sie nur konnte nach Hause.

»Er ist wieder da!«, rief sie, kaum hatte sie den »Goldenen Engel« erreicht. »Drüben abgestiegen, bei Purgl und Dietz. Die haben ihm sicherlich gleich so einiges über uns zu erzählen.«

»Wer ist da?«, kam es von Bibiana aus der Küche.

»Institoris. Der Pater mit dem kaltem Blick.«

Von Sebi, der seelenruhig seine Kirschen genascht hatte, kam ein lauter, entsetzter Schrei, und auch Pippo, soeben noch friedlich zu seinen Füßen auf dem kühlen Steinboden eingekringelt, jagte plötzlich wie entfesselt durch die Gaststube.

»Der Teufel in Person!« Bleich geworden, trocknete Bibiana sich die Hände. »Wir hätten ihn niemals unter unserem Dach aufnehmen sollen, Els.«

»Hinterher ist man immer schlauer.« Els klang grimmig. »Aber du hast natürlich recht. Ich werde auf der Stelle zu den anderen laufen und sie warnen. Wenn wir schlau sind und zusammenhalten, wird er uns nichts anhaben können.«

»Meinst du?«, murmelte Bibiana in ihren Rücken, doch da war Els schon wieder draußen.

Jetzt, während die Mittagshitze wie eine Glocke über der Stadt lag, waren nur wenig Menschen unterwegs. Wer konnte, blieb hinter den dicken Mauern der Steinhäuser und wartete bis zum Nachmittag. Auch Els hätte sich jetzt viel lieber stillgehalten, bis die Schatten länger wurden, aber sie wollte keine Zeit verlieren. Schon nach wenigen Schritten waren ihre Achseln unter dem dünnen Stoff nass, und sie spürte, wie Schweißbäche ihren Rücken hinunterrannen. Der Zufall wollte es, dass sie bei Wilbeth auch gleich die Hebamme vorfand, beide über diverse Kräuterbüschel gebeugt, die sie vor sich auf dem Tisch ausgebreitet hatten.

»Institoris!«, stieß Els statt einer Begrüßung hervor. »Stellt euch vor – er ist wieder in Innsbruck!«

»Und du täuschst dich sicher nicht?«, fragte Barbara. »Da, trink erst einmal einen Schluck! Du bist ja ganz atemlos.«

»Mit meinen eigenen Augen hab ich ihn gesehen. Er ist es. Zweifelsfrei.« Els stürzte den Becher hinunter. »Was wird er jetzt tun?«

»Das kann ich dir sagen. Er will Frauen brennen sehen, das weiß ich von meiner Base, die seine fanatische Predigt gehört hat. Mögen die Ewigen Drei durch ihre Kraft bewirken, dass ihm das hier bei uns in Innsbruck misslingt!« Schützend breitete Wilbeth die Arme über ihre geliebten Kräuter.

»Aber was sollen wir jetzt tun?«, fragte Barbara.

»Gar nichts, wenn du mich schon so fragst. Weiterleben wie bisher – mit einigen Vorsichtsmaßnahmen.« Das Gesicht unter dem silbernen Haarkranz war sehr ernst. »Dazu gehört, dass Els am besten sofort zu Rosin geht, damit auch sie Bescheid weiß. Ich meinerseits werde Hella benachrichtigen, die Leichtsinnigste von uns allen. Kann schon sein, dass ich ein wenig streng mit ihr werden muss.«

»Und Lena, mein Mädchen?«, fragte Els. »Ich kann die Hofburg nicht betreten.«

»Das übernehme ich«, sagte die Hebamme. »Lena hatte mich ohnehin gebeten, einen Tee für die Herzogin zusammenzustellen. Wilbeth und ich waren gerade dabei – Hirtentäschel, Silberweide und Frauenmantel. Lauter wirksame Mutterkräuter. Die müssten ihr helfen.«

»In solche Hofbelange sollten wir uns besser nicht einmischen, Barbara«, widersprach Els. »Sie haben dort einen schlauen Medicus, das weiß ich von Lena. Soll der doch die Herzogin wieder gesund machen!«

»Ein Mann?« Wilbeth zog die dichten Brauen hoch. »Was versteht schon ein Mann davon, wie eine Frau sich fühlt, die gerade ihr Kind verloren hat und trotzdem so schnell wie möglich wieder schwanger werden soll, weil ein ganzes Land darauf wartet? Die kleine Herzogin soll selbst entscheiden. Ich halte es für richtig, wenn Barbara Lena unsere Kräuter bringt.«

❧

Seit Wilbeth bei ihr gewesen war, fand Hella keine Ruhe mehr. Wie ein Kind, das von der Mutter ausgeschimpft worden war, so kam sie sich vor, dabei hatte sie ihre Eltern doch schon vor vielen Jahren verloren.

»Bislang haben wir dir niemals dreingeredet, Hella. Aber nun hat die Lage sich verändert. Der Pater ist zurück in der Stadt.

Du bekommst ein Kind. Und du verkehrst am Hof. Daran solltest du denken, bevor du dich in neue Abenteuer stürzt.«

Jeder nahm sich das Recht heraus, ihr den Kopf zu waschen! Auch Andres wollte nicht aufhören mit seinen endlosen Vorhaltungen, was sie zu tun oder zu lassen habe, und Hella war sich beinahe sicher, dass dies nicht nur aus der Angst um sie oder das Ungeborene herrührte. Es schien ihn regelrecht zu stören, dass es jetzt plötzlich etwas gab, das an seiner Wichtigkeit rührte, ein Wesen, so winzig und doch gleichzeitig so mächtig, dass es ihn im Nu auf einen hinteren Rang verwiesen hatte.

Vielleicht hatte er deshalb so unwirsch auf ihren Wunsch nach neuen Kleidern reagiert, den sie mit dem süßesten Lächeln vorgebracht hatte.

»Eine Mutter muss nicht schön sein«, hatte seine barsche Antwort gelautet. »Und Putzsucht oder Eitelkeit stehen ihr erst recht nicht zu Gesicht. Trenn einfach ein paar Nähte auf, dann wird es schon noch eine Weile gehen.«

Wut schnürte Hella den Hals noch jetzt zu, wenn sie an seine Worte dachte. Natürlich hatte sie sich auf ihre Weise an Andres gerächt, als er sich später liebestrunken auf sie stürzen wollte, weil ihm ihre schwerer gewordenen Brüste das Blut noch schneller in die Lenden trieben als bisher.

»Wir sollten besser eine Weile enthaltsam leben.« Sehr sanft und gleichzeitig unmissverständlich hatte sie ihn weggeschoben. »Um dem Kind nicht zu schaden.«

»Aber das soll doch erst zum Christfest geboren werden.« Der jäh aufflackernde Argwohn in seinen Augen hatte Hella nur noch mehr in ihrer Haltung bestärkt.

»Die frühen Monate sind am wichtigsten. Wenn du mir nicht glaubst, kannst du ja Barbara fragen. Die hilft seit vielen Jahren Kindern ins Leben.«

Andres hatte sich schließlich murrend gefügt und war ohne den üblichen Liebeszoll zurück zur Münze geritten, was Hella als Sieg für sich verbuchte. Lange würde er es so nicht aushalten, das wusste sie. Damit war er über kurz oder lang Wachs in ihren Händen.

Als es klopfte, dachte sie, es sei Wilbeth, die noch etwas vergessen hatte. Zu ihrer Überraschung stand Leopold von Spiess vor ihr.

»Ich musste zu dir!« Er drängte sich an ihr vorbei. »Warum hast du mich nicht längst rufen lassen?«

»Am helllichten Tag? Damit möglichst viele Leute dich kommen und gehen sehen?« Ihr Tonfall war kühl.

»Ein Kind, Hella – das kannst du mir nicht antun! Oder ist es von deinem Mann? Weiß er etwas von uns?«

»Die Bethen fragen nicht, ob sie Leben schenken oder nehmen«, erwiderte sie geheimnisvoll, denn sie verspürte allergrößte Lust, ihn bis aufs Blut zu reizen. »Hat die arme Herzogin das nicht gerade erst schmerzvoll am eigenen Leib erleben müssen?«

»Welche Bethen? Wovon redest du? Ich verstehe dich nicht.« Leopolds Blick war unstet. »Und mit der Herzogin solltest du dich besser erst gar nicht vergleichen. Denn falls du dir etwa vormachst, ich könne dich in diesem Zustand als meine Buhlschaft an den Hof bringen, vorbei an meiner Gemahlin, so hast du dich leider gründlich getäuscht. Alma ist nun mal die Hofmeisterin Ihrer Hoheit ...«

»Das war sie allerdings auch schon, als ich nackt vor dir tanzen und meine Scham berühren sollte, oder nicht? Zum Beischlaf hab ich dir stets getaugt. Für die Folgen aber willst du nicht aufkommen. Die überlässt du dann lieber dem Münzschreiber.«

»Was hast du denn von mir erwartet?« Er nestelte an seiner

Tasche und zog sein Medizinfläschchen heraus. »Schließlich bist du ja verheiratet. Und ich bin es auch. Siehst du nicht, wie mitgenommen ich ohnehin schon bin? Meine Dosis an Theriak hab ich bereits verdoppeln müssen, so sehr regt mich das alles auf.«

»Ein wenig Unterstützung vielleicht. Mitgefühl, wenn du so willst. Oder sogar Freude?« Hella kam ihm so nah, dass er den betörenden Duft riechen konnte, der aus ihrem Mieder aufstieg. Wegen der Hitze hatte sie es aufgeschnürt, und der Anblick ihrer vollen, rosigen Brüste ließ ihn schwerer atmen. »Gepaart mit einer gewissen Großzügigkeit, auch wenn ich dabei nicht einmal an Samt oder kostbares Geschmeide gedacht habe. Sicherlich aber mehr als ein einziges Seidenhemd, das noch dazu eher zu deiner Lust als zu meiner Ergötzung getaugt hat. Wieso dieser hässliche Geiz deiner Geliebten gegenüber? Woher auf einmal diese plötzliche Feigheit, Leopold?«

Er setzte das Fläschchen an und trank. Die Medizin schien so bitter zu sein, dass er sich schütteln musste.

»Dass ich nicht ganz gesund bin, war dir bekannt«, sagte er. »Und dass mein hohes Amt gewisse Einschränkungen mit sich bringt, nicht minder.«

»Dein Herzog hat Dutzende von Kegeln gezeugt«, rief Hella. »Hocherhobenen Hauptes laufen sie überall in der Stadt herum oder singen sogar an seinem Hof – vor den Augen seiner blutjungen Gemahlin. Sollte er da seinen engsten und wichtigsten Vertrauten wegen eines einzigen Kindes verdammen? Das vermag ich nicht recht zu glauben.«

»Du willst damit zum Herzog laufen?« Seine Augen waren übergroß. »Aber das darfst du nicht tun!«

»Weil er mich nur allzu gern in seiner Nähe weiß, Leopold? Würde dich das eifersüchtig machen? Sieh dich vor, mein Lieber, es soll ja Männer geben, die liebend gern mit Schwangeren verkehren wollen und gar nicht genug von üppigen Brüsten und dicken Bäuchen bekommen können ...«

Er hatte seine Hand drohend erhoben, als wolle er im nächsten Augenblick zuschlagen. Hella rührte sich nicht. Ihre Augen waren schmal und gleißend hell.

»Besser, wenn du jetzt gehst«, sagte sie mit fester Stimme. »Und an ein Wiederkommen solltest du auch nicht mehr denken!«

»Hella, ich ...« Er ließ die Schultern sinken und klang plötzlich kläglich. »Du warst es doch, die mich eben so weit gebracht hat. Ich hätte dich doch niemals ...«

»Lebwohl, Leopold. Der Weg zur Tür ist dir ja bestens bekannt.«

❧

»Stell den Topf hin und dreh dich zu mir um! Was in aller Welt pantscht du da zusammen? Antworte gefälligst!« Die Hofmeisterin hielt Lenas Arm so fest gepackt, dass diese aufschrie.

»Lasst mich los! Ihr tut mir weh! Ich bereite doch nur den Tee für die Herzogin zu!«

»Ich weiß von keinem Tee.« Die hellen Augen der Spiessin blickten argwöhnisch. »Aber ich werde nicht zulassen, dass in der Küche des Frauenzimmers Hexenkräuter aufgebrüht werden, jedenfalls nicht, solange ich als Hofmeisterin hier die Verantwortung trage.«

»Ich wollte ...«

»Schweig! Du wirst erst reden, wenn ich den passenden Zeugen neben mir habe.« Blitzschnell drehte sie sich um. Ihr Blick fiel auf Vily. »Lauf und hol den Medicus her!«, befahl sie. »Beeil dich!«

Lena hatte sich inzwischen losmachen können und rieb ihr Handgelenk.

»Und nun zu dir«, sagte die Spiessin. »Unangenehm aufgefallen bist du mir schon eine ganze Weile. Du steckst hier nicht in deinem Wirtshaus, wo Trunkenheit, Lügen und Raufereien vermutlich zur Tagesordnung gehören. Wenn es dir nicht gelingen will, dich höfischen Sitten anzupassen, hast du hier ohnehin nichts verloren. Sollte sich jetzt auch noch der Verdacht auf widernatürliche Zauberkräfte erhärten, so ...«

Schnaubend betrat van Halen die Küche.

»Was ist geschehen?«, fragte er. »Doch nicht etwa wieder Ihre Hoheit ...«

»Das konnte ich womöglich gerade noch verhindern, der gütigen Madonna sei Dank!« Die Spiessin hielt ihm den Topf unter die Nase, in dem die Kräuter zogen. »Das wollte sie Ihrer Hoheit hinter meinem Rücken einflößen, stellt Euch das nur vor! Und das nach dem schlimmen Verlust, den die Herzogin gerade erst erleiden musste!«

Er roch daran, fischte mit einem Löffel eine kleine Probe heraus und nickte anerkennend.

»Genau wie besprochen«, sagte er. »Hirtentäschel, das blutstillend wirkt. Silberweide, um das Fieber zu senken. Frauenmantel mit der Kraft des Zusammenziehens.« Er lächelte Lena freundlich an. »Hast du jeweils zwei kleine Löffelchen genommen, wie ich dir gesagt habe?«

»Aber ja«, sagte sie. »Ich halte mich doch immer und in allem an Eure Anordnungen.«

»Kluges Mädchen! Denn die richtige Dosierung ist entscheidend.« Er wandte sich zur Spiessin. »Ich kann die ganze Aufregung nicht verstehen. Lena hat lediglich sorgfältig ausgeführt, was ich ihr aufgetragen hatte. Wir alle wollen doch, dass die Herzogin so schnell wie möglich wieder gesund wird!«

»Aber woher sollte ich denn wissen …«, stammelte die Spiessin. »Dieser Geruch … und dann das widerwärtige Gebräu …«

»Ihr hättet mich einfach zu Wort kommen lassen sollen«, sagte Lena. »Oder wissen müssen, dass ich Ihrer Hoheit, die mir nichts als Freundlichkeit und Güte erwiesen hat, niemals im Leben etwas Böses antun könnte. Die Kräuter sind das Geschenk einer klugen Hebamme, die mit ihnen schon vielen Frauen geholfen hat. Natürlich hab ich sie sofort dem Herrn Medicus gezeigt. Und der hat dann entschieden, ob und wie sie verwendet werden sollen.«

»Hab ich, hab ich!«, rief van Halen und äugte zu dem Beistelltisch, wo zwei schwere Töpfe zum Auskühlen standen. Lena hatte die Deckel abgenommen und saubere Leinentücher darübergebreitet. Ein köstlicher Geruch nach gesottenem Geflügel erfüllte die Luft. »Jetzt zieht es mich mit aller Macht zurück zu meinen Studien. Es sei denn, man würde mir zuvor unbedingt einen winzig kleinen Bissen zum Probieren aufdrängen wollen …«

»Gib dem Herrn Medicus einen ordentlichen Teller, Vily!«, sagte Lena. »Ambrosia vom Huhn mit Pflaumen, Datteln und einer Prise Muskat – das könnte genau nach seinem Geschmack sein.«

❧

»Was ist das?« Voller Misstrauen starrte der Hofmeister seine Frau an, die ihn zum ersten Mal seit langer Zeit in ihr Gemach gebeten hatte. »Was hast du da in deiner Hand?«

»Deine Medizin, Leopold.« Alma hielt ihm das blaue, mit feinen goldenen Linien durchzogene Fläschchen freundlich lächelnd entgegen. »Wenngleich sozusagen in neuem Gewand.

Ich komme gerade von van Halen. Der Medicus hat das Mittel eigens frisch für dich abgefüllt.«

»Seit wann kümmerst du dich darum? Und wieso dieses ungewöhnliche Gefäß?«

»Gefällt es dir nicht? Ein Geschenk, das ich vor langer Zeit einmal erhalten habe und das ich nun mit ebenso guten Wünschen an dich weiterreiche. Es soll von der Insel Murano stammen, wenn ich mich recht erinnere, wo die Glasbläserkunst am weitesten gediehen ist.«

»Behalt es! Ich brauch es nicht.«

Ihr Lächeln war wie festgefroren. »Ich dachte nur, wo du doch erst gestern aus Versehen dein altes Fläschchen zerbrochen hast.« Almas Miene war nach wie vor freundlich. »Nimm es ruhig. Denn damit hätte ich schon eine große Sorge weniger.«

»Du sorgst dich um mich, Alma? Seit wann?« Er klang erstaunt.

»Meinst du vielleicht, ich sei blind? Ich sehe doch, wie mitgenommen du aussiehst, wie schwer du atmest. Das Wasser in deinen Beinen, deine ständige Müdigkeit, wie lange du brauchst, um ein paar Stufen zu nehmen – vielleicht hast du dir doch ein wenig zu viel zugemutet.« Spielerisch drohte sie ihm mit dem Zeigefinger. »Du bist kein junger Mann mehr, Leopold. Auch, wenn du dich in den letzten Monaten vielleicht manchmal so gefühlt hast.«

Sie wusste von Hella! Offenbar wusste sie sogar alles. Aber weshalb blieb sie dann so freundlich und ruhig?

»Es war in der Tat eine aufreibende Zeit«, räumte er ein, innerlich noch immer auf der Hut. »Vielleicht ein wenig zu turbulent, da könntest du sogar …«

Sie stand plötzlich ganz nah vor ihm, roch nach Moschus, nach Weib. Nach Lust.

»Was sie dir gegeben hat, kannst du jederzeit auch von mir haben.« Alma leckte sich den Mund wie ein Kätzchen. »Du musst es nur wollen.«

Dann waren ihre Hände bereits an seinem Hosenlatz, und ihre heißen Lippen streiften die empfindliche Stelle an seinem Hals, die keine außer ihr kannte. Sie biss zu, nicht zu fest, nicht zu unentschlossen. Genau so, wie er es am allerliebsten hatte.

Er stöhnte laut auf. Kalte und heiße Schauer durchrannen ihn nacheinander.

»Ich verzeihe dir«, flüsterte sie, während sie sein Glied so kundig rieb, dass es schnell in ihren Händen wuchs. »Was du getan hast, soll dir für immer vergeben sein. Wir alle machen unsere Fehler. Wer will da schon kleinlich sein? Aber damit ist es jetzt vorbei. Du gehörst mir, Leopold, mir allein. Ich will wieder dein Weib sein. Jetzt und hier!«

In seiner Brust wurde es auf einmal so eng, dass er nach Luft ringen musste. Ausgerechnet jetzt!

»Warte!« Er schob sie beiseite. »Nicht ganz so ungestüm! Du hast doch eben selbst gesagt, dass ich mich schonen sollte. Und daher brauche ich jetzt auch dringend …«

Er griff er nach dem blauen Fläschchen und wollte es schon an den Mund setzen, als er plötzlich innehielt.

»Und wenn jetzt Gift darin ist? Und du alles lediglich inszeniert hast, um mich heimtückisch aus dem Weg zu räumen?«

»Gift?« Alma lachte girrend. »Auf welch verrückte Ideen du kommst! Dann sterben wir beide eben jetzt gemeinsam – gib schon her!«

Sie setzte das Fläschchen an, trank einen Schluck.

Er ließ sie nicht aus den Augen, sah zu, wie sie das Fläschchen verschloss, es hinstellte und dabei unentwegt weiterlächelte. Seelenruhig begann sie ihr Mieder aufzuschnüren.

»Wie lange willst du eigentlich noch warten?« Sie blinzelte anzüglich nach seinem offenen Latz. »So lange, bis die ganze herrliche Pracht in sich zusammengefallen ist und wir wieder ganz von vorn beginnen müssen? Ich lebe, mein Lieber – und will dich endlich wieder in mir spüren.«

Sie ließ sich rücklings auf das Bett fallen, streifte die Röcke hoch und spreizte lasziv die Beine.

»Bereit für dich!«, sagte sie, berührte ihre Scham und begann, sich selbst zu streicheln. »Mehr als bereit. Und was ist mit dir, mein innigst geliebter Gemahl?«

❧

Später, als sein Schnarchen durch das stille Gemach dröhnte, stieg Alma leise aus dem Bett. Ihre Lippen waren geschwollen von seinen Küssen, der Schoss brannte, ihre Kitzchen schmerzten. Schlimmer als eine Schar ausgehungerter Hunnen war er über sie hergefallen, hatte sie wund gestoßen und schier ausgelaugt, bis ihr beinahe das Grausen gekommen war. Sie aber hatte sich und ihm nichts geschenkt, um ihn bis zum Letzten zu erschöpfen und todmüde zu machen.

Wie sehr sie danach lechzte, seinen widerlichen Geruch von sich abzuwaschen, doch das musste noch etwas warten. Ihre Hände waren ruhig, als sie das Fläschchen zuunterst aus der Kleidertruhe holte, das sie in jener Nacht aus Katharinas Gemach entwendet hatte. Sie goss etwas von dem Theriak aus dem neuen blauen Gefäß in den Nachttopf und träufelte anschließend Extrakt der Herbstzeitlosen darauf.

Die richtige Dosierung ist entscheidend, wiederholte sie van Halens Worte für sich, während ihr Herz vor Aufregung hart gegen die Rippen pochte. Diesem unverschämten Küchenweib werd ich auch noch demonstrieren, wer hier am Hof künftig das Sagen hat! Doch jetzt erst einmal zu dir. Deine neue Medizin wird dir sicherlich bestens bekommen, mein über alles geliebter Gemahl!

Ein gutes Drittel des Herbstzeitlosenextrakts war übrig geblieben, genügend, um anderweitig gezielt Einsatz zu finden. Das Mittel kam zurück in sein bisheriges Versteck, so tief unter Stoffschichten vergraben, dass gewiss niemand darauf stoßen würde. Behutsam platzierte Alma anschließend das blaue Fläschchen mit der Mischung aus dem Nachttopf an derselben Stelle, an der sie es zuvor zurückgelassen hatte. Danach kroch sie wieder ins Bett, drehte sich möglichst weit von Leopold entfernt zur Seite und schloss erschöpft die Augen. Jeder hässliche Schnarchton, der donnergleich aus des Hofmeisters Mund drang, entführte sie ein Stück weiter in eine Zukunft voller Macht und herrlicher Sinnenfreuden, die sich ihr alsbald eröffnen würde.

❧

Hella hatte geschlafen, als so fest mit dem Klopfer gegen die Tür geschlagen wurde, dass sie aus wirren, fast fiebrigen Träumen hochfuhr. Ihre Kleider waren zerdrückt, die Flechten halb aufgelöst. Sie zupfte ein wenig an sich herum, dann lief sie zur Tür. Andres konnte es nicht sein, obwohl er solche Überraschungen liebte, aber er war erst heute Morgen wieder nach Hall geritten, nachdem es vor Anbruch der Dämmerung zu einem hässlichen Streit gekommen war, weil er so vehement die Ausübung seiner ehelichen Rechte eingefordert hatte, dass sie in Tränen ausgebrochen war.

»Ihr?« Sie starrte Niklas an, der mit breitem Lächeln vor ihr stand. »Was wollt Ihr denn hier?«

»Die Herzogin hat mich geschickt, um Euch das zu bringen.« Mit einer kleinen Verneigung überreichte er ihr ein seidenes Säckchen. »Darf ich eintreten?«

»Natürlich. Verzeiht!« Sie führte ihn in die Stube und wünschte plötzlich, sie hätte dort lieber ein wenig Ordnung gemacht, als sich einfach schlafen zu legen. Fahrig räumte sie Becher und einen Krug beiseite. »Was habt Ihr da an der Stirn?«, wollte sie wissen. »Ein Unfall?«

»Liebeshändel. Bereits vergessen. Macht Euch wegen mir bitte keinerlei Umstände!« Niklas schaute sie unverwandt an mit diesen unverschämt blauen Augen. »Wollt Ihr nicht endlich nachsehen?«

»Aber ja. Natürlich.« Hella öffnete den Beutel und zog ein zartes goldenes Gespinst heraus, an dem runde weiße Tropfen schimmerten. »Aber das ist ja …«

»Ein Haarnetz«, vervollständigte Niklas an ihrer Stelle den Satz. »Gewirkt aus Goldfäden, mit echten Perlen besetzt. Falls Euch einmal der Sinn nach einer anderen Frisur steht, hat sie gesagt.«

»Wie geht es Ihrer Hoheit?«, stieß sie hervor. »Ich hab so oft an sie gedacht!«

»Ein wenig besser. Sie ist über den Berg, würde ich sagen. Allerdings noch immer sehr schwach. Aber Medicus van Halen und die gute Küche des Frauenzimmers werden sie wieder ganz gesund machen.« Sein Blick wurde noch neugieriger. »Wollt Ihr es nicht einmal anlegen?«

»Jetzt? Ganz ohne Spiegel?« Hella spürte, wie die Röte in ihr Gesicht schoss. »Ich fürchte, das wird sehr schwierig werden.«

»Das glaubt Ihr bloß, aber Ihr irrt Euch. Lasst mich Euer Spiegel sein!«

Mit plötzlich alles andere als sicheren Händen streifte sie sich das Netz über. Es war großzügig bemessen, und doch gelang es ihr nicht auf Anhieb, all ihre widerspenstigen Haare darin einzufangen.

»Ich darf Euch ein wenig helfen?« Niklas stand hinter ihr. Sie spürte seinen warmen Atem im Nacken, der plötzlich schutzlos war. »Und jetzt dreht Euch langsam zu mir um!«

Mit geschlossenen Lidern gehorchte sie. Warum nur war ihr auf einmal so schwindelig, dass sie Angst bekam, den Boden unter den Füßen zu verlieren?

»Macht die Augen auf!«

Sie blickte in sein lächelndes Gesicht.

»Ja«, sagte Niklas, »das ist es! Jedenfalls beinahe. Eine einzige Kleinigkeit fehlt noch ...«

Er beugte sich über sie und küsste sie.

»Diese Lippen sind hungrig«, sagte er und küsste sie erneut, nun um einiges leidenschaftlicher. »Und diese Brüste sind es auch, das hab ich gleich erkannt.«

»Ich bin doch schwanger! Lass mich los!«, rief sie, hatte aber die Arme bereits fest um ihn geschlungen.

»Das will ich gern tun, meine Schöne«, murmelte er. »Aber erst, wenn wir beide miteinander fertig sind. Du bist schwanger? Und wenn schon – niemals warst du begehrenswerter. Ich hab dich tanzen sehen, in der Rotnacht, seitdem geisterst du ständig durch meine Träume. Und sind nicht all unsere Träume dazu da, um in Erfüllung zu gehen?«

Er schaute sich um, dann hob er Hella hoch und setzte sie auf den großen Tisch.

»Du brauchst endlich jemanden, mit dem du es richtig gut haben kannst – und nicht immer diese alten Säcke, die ständig irgendein Zipperlein haben und in der Liebe nichts Anständiges mehr zustande bringen«, sagte er. »Ich bin ein Mann, Hella, kein Greis, und genau das werde ich dir jetzt beweisen.«

»Aber du liebst doch Lena!«

»Lena?« Seine Stimme klang plötzlich rau. »Wir waren lediglich Freunde, nicht mehr. Und selbst das könnte ich nicht mit einem Eid beschwören.«

»Wir können doch nicht einfach hier …«

»Warum denn nicht? Wunderbar wird es sein«, widersprach Niklas mit einem frechen Lachen, während er sich blitzschnell von Hemd und Hose befreite, ihr Mieder aufschnürte und an ihrem Rock zerrte, bis sie nur noch das goldene Haarnetz trug. Sie ließ alles mit sich geschehen, ohne Widerstand, zitternd vor Verlangen. Als sie ihn schließlich in sich aufnahm, erschien ihr plötzlich wie ein dunkles Traumbild Lenas ernstes Gesicht, und eine heiße Welle von Scham überflutete sie. Dann aber wurden Niklas' Stöße schneller und fester, und sie überließ sich ganz einer niemals zuvor gekannten Lust, die sie höher und immer höher trieb, bis ihr eigener Schrei ihr so laut in den Ohren klang, dass sie erschrak.

❧

»Es ist mehr als gerecht, dass die Hexen brennen, denn sie richten großen Schaden an, vernichten die Fluren durch Hagel und Blitz, verderben Butter und Milch. Und sie töten ungeborenes Leben …«

Das gilt dir, Herzogin von Tirol, weil du meinen reinigenden Beichtstuhl gemieden und dich lieber weiterhin ausschweifender Wollust hingegeben hast, dachte Heinrich Kramer, während die Worte seiner Predigt mühelos und leicht über seine Lippen kamen, die nur noch kundtun mussten, was sein Geist bereits zurechtgelegt hatte.

»Auch können sie geheimnisvolle Krankheiten im menschlichen Körper erzeugen, auf dass er von innen verzehrt werde …«

Das für dich, Herzog Sigmund, dachte er, weil du den Anschlag meiner Hexenbulle, die aber endlich in aller Ausführlichkeit die Pforten von St. Jakob schmückt, mutwillig verzögert hast. Dafür bist du jetzt als Strafe für deine Sünden des Fleisches mit Angst und Gift geschlagen.

»Sie verabreichen Tränke und kennen Beschwörungen, um Hass hervorzurufen ebenso wie verbotene Gier nach abartigen Liebkosungen …«

Damit bist du gemeint, dachte er, widerwärtige Natter der Nacht, die mich durch ihre Säfte besudelt und beschmutzt hat, nicht nur mein allzu nachgiebiges Fleisch, sondern auch meine unsterbliche Seele – tausendmal büßen sollst du dafür!

»Diese Zauberinnen müssen alle im Feuer sterben, denn Diebinnen sind sie, Ehebrecherinnen, Mörderinnen …«

Täuschte er sich, oder wuchs die Unruhe in den Bankreihen von Satz zu Satz? Bislang war er in seine eigenen Worte zu vertieft gewesen, um die andächtig Lauschenden überhaupt richtig wahrzunehmen, nun aber richtete er seinen schneidenden Blick auf die Menschen. Und was er in ihren Gesichtern sah gefiel ihm.

Ja, da flackerte Angst, da brannten Hass und Neid, da übernahmen Gier und Unzufriedenheit das Regiment! Das war der richtige Boden für seine Worte. Wie satte Samen würden sie alsbald aufgehen und reiche Früchte tragen.

»Wenn ihr also etwas davon beobachtet oder auch nur argwöhnt, wenn ihr seht, dass euer Nachbar oder Freund derart verworfen handelt, dann seid ihr im Namen von Jesu Blut und der Reinheit der himmlischen Jungfrau verpflichtet, unverzüglich zu mir zu kommen, um mir das anzuzeigen. Wer dennoch weiterhin schweigt und für sich behält, was er ahnt oder gar weiß, der reiht sich ein in die auf ewig verdammte Schar jener Unholden. Und auch für ihn wird der Tag des Zorns des Herrn anbrechen, schrecklicher, als er jemals geglaubt hat ...«

Jetzt hieß es, rasch zum Ende zu gelangen, damit der spezielle Geist dieser Stunde nicht allzu schnell wieder verflog. Ein Anfang war gemacht, ein herrlicher, vielversprechender Anfang, das wusste Kramer, als er die Kanzel verließ und mit festen Schritten zurück zum Altar ging. Es schien ihm, als würde der hölzerne Apostel am Seitenaltar sanft den Kopf neigen, und tiefer, innerer Frieden erfüllte ihn. Der heilige Jakobus hatte sein Leben für den Heiland hingegeben, in dessen Namen tapfere Ritterscharen die Ungläubigen immer weiter zurückgedrängt hatten. Nicht anders sein unablässiger Kampf gegen jenes verderbte Hexenvolk, das sich im Geheimen zusammengerottet hatte, um die rechtschaffenen Gläubigen durch Zauberei zu bekriegen.

Den Rest der Messe verblieb Kramer in heiterer, gelöster Stimmung. Seine Reise nach Ravensburg hatte ihn trotz aller Rückschläge und Strapazen manch Neues gelehrt. Das Schwören der Urfehde jedenfalls, das einige Frauen dort im letzten Augenblick vor dem Scheiterhaufen bewahrt hatte, würde er hier in Innsbruck mit allen Mitteln zu verhindern wissen. Denn diese Stadt war vom Teufel geradezu geschwängert, das spürte er mit allen Sinnen.

Doch nun war er ja zurückgekehrt, um sie für alle Zeiten davon zu befreien. Die Ausgangslage hätte idealer nicht sein können. Herzog und Herzogin, schwer angeschlagen durch die Fehlgeburt, würden seinem erbitterten Vorgehen gewiss keinen ernsthaften Widerstand entgegensetzen. Bischof Golser weilte im entfernten Brixen und konnte ihm dieses Mal nicht in die Quere kommen. Der »Schwarze Adler« war sein Hort, wo er wohnen und weiterhin an seiner großen Abhandlung schreiben konnte. Dort brauchte er lediglich abzuwarten, bis die ersten Denunziationen eintrafen. Mit dem Geschwisterpaar Geyer hatte er vereinbart, dass der Hintereingang für diesen Zweck offen gehalten würde. Keiner musste Angst haben, von den Hexenweibern gesehen und weiter verzaubert zu werden, wenn er seiner Christenpflicht nachkam. Außerdem gab es ja bereits seine heimliche Liste, die von Tag zu Tag länger wurde und nur noch weiterer schlagender Beweise harrte. Das schwüle Sommerwetter, das Mensch und Vieh gleichermaßen zusetzte, tat ein Übriges. Niemals wurde eifriger denunziert, als wenn Blitz und Donner die Menschen schreckten, das hatte Erfahrung ihn gelehrt.

Kramer hob die Hand und zeichnete das Kreuz. Und während seine Lippen die Worte des Schlusssegens sprachen, schien es ihm, als erfülle mit einem Mal der feurige Atem des Heiligen Geistes seinen Körper vom Scheitel bis hinab zu den Sohlen.

Drittes Buch
Engelssturz

Acht

Der Boden war gefegt, die Tische geschrubbt. Alle Reinen, Töpfe und Kessel blitzten, so gründlich waren sie abgewaschen und anschließend mit Pottasche poliert worden. Els ging langsam von der Küche zurück in die Wirtsstube und sah dabei hinüber zur der Ofenbank, wo Sebi sich eingekringelt hatte. Pippo lag neben ihm und hatte eine pechschwarze Pfote auf den dünnen Kinderarm gelegt, als wolle er seinen kleinen Menschenfreund selbst im Schlaf beschützen.

»*Piccolo folletto*!« Bibianas Blick, die Els gefolgt war, wurde weich, als sie die beiden Unzertrennlichen entdeckte. »Er muss doch todmüde sein. Ich werde ihn gleich ins Bett bringen.«

»Lass ihn ruhig noch eine Weile hier!«, sagte Els. »In den letzten Tagen ist er zweimal freiwillig ins Bett gegangen. Vielleicht kannst du ja ausnahmsweise deinen alten Rücken schonen.«

Der Münzintendant saß als letzter Gast vor seinem Roten und lächelte ihnen zu.

»Und du gehst jetzt auch endlich nach Hause«, wandte Els

sich an Ennli. »Sonst wird deine Mutter noch böse auf mich. Morgen ...«

»Morgen geht es nicht.« Die Wangen des Mädchens waren plötzlich purpurn übergossen.

»Sollst du ihr bei der großen Wäsche helfen?«

Ennli nickte vage.

»Dann eben übermorgen. Es reicht, wenn du bis zum Abendläuten da bist. Zurzeit ist ja nicht gerade viel bei uns los.«

»Übermorgen geht es auch nicht.« Ennlis runde braune Augen füllten sich mit Tränen. »Ich darf gar nicht mehr zu euch kommen. Die Mutter hat es verboten. Ich wollte es euch schon den ganzen Abend sagen, aber ich wusste nicht, wie.«

»Weshalb?«, fuhr Bibiana auf. »Wir sind ein anständiges Wirtshaus – und das beste in der ganzen Stadt dazu.«

»Da fragst du noch?«, sagte Els leise. »Die Antwort findest du schräg gegenüber im ›Schwarzen Adler‹.« Sie zog ein Beutelchen aus ihrer Rocktasche, fischte ein paar Münzen heraus und drückte sie Ennli in die Hand. »Geh nach Hause und grüß die Mutter von uns! Und sag ihr unseren lieben Dank dafür, dass sie dich zu uns geschickt hat!«

»Aber das ist zu viel!«, stammelte Ennli. »Es liegt gewiss nicht an mir, das müsst ihr mir glauben ...«

»Das tun wir«, versicherte Els. »Und du kannst jederzeit wiederkommen, denn deine Arbeit hast du immer gut gemacht. Du wirst uns fehlen – und unseren Gästen auch.«

Sie wartete, bis Ennli draußen war, dann ging sie zu Antonio und setzte sich ihm gegenüber.

»Solange wir überhaupt noch Gäste haben«, schickte sie bitter Ennli hinterher. »Von Tag zu Tag werden es weniger. Einen derart schlechten Sommer haben wir im ›Goldenen Engel‹ noch nie erlebt, seit ich mich erinnern kann.«

Ihr Tonfall ließ ihn aufhorchen. »Du hast Sorgen, *bella mora?*«, fragte er.

»Sorgen?«, wiederholte sie. »Ich wünschte, es wären lediglich Sorgen. Ich kann kaum noch schlafen.«

»Eure Gäste werden schon wieder mehr«, sagte er. »Vielleicht liegt es ja auch an diesem schwülen Wetter, das auf uns allen lastet. Und selbst, wenn nicht – du weißt doch, du kannst dich immer auf mich verlassen, Elisabetta!«

Sie erhob sich, stützte sich mit beiden Händen auf den Tisch. »Merkst du denn nicht, was hier in Innsbruck vor sich geht? Ein Dämon hat die Stadt vergiftet. Ein Dämon, der seine gierigen Krallen nach uns allen ausstreckt. Ich habe Angst, Antonio.«

»Falls du Pater Institoris und seine Predigten meinst ...«

»Was weißt du schon davon? Du steckst doch die meiste Zeit in Hall bei deinen Münzen. Wir anderen hier bekommen aber seinen fauligen Atem von Tag zu Tag deutlicher zu spüren.«

»Wenn man sich nichts vorzuwerfen hat, so wie ihr, kann man doch recht unbesorgt sein.«

Jetzt funkelte Els ihn an. »Nichts vorzuwerfen reicht noch lange nicht. Denn Institoris will etwas finden, um jeden Preis. Von der Kanzel herab hat er alle zur Denunziation aufgerufen – und genau dem kommen jetzt viele voller Inbrunst nach, gleich gegenüber, im Gasthaus von Purgl und Dietz, unter deren Dach er sich einquartiert hat.«

»Du hast die Leute zu ihm gehen sehen?«

»Hier.« Sie deutete auf ihre Brust. »Das sagt mir mein Herz. Auch wenn die meisten feige den Schutz der Nacht abwarten, so weiß ich trotzdem, dass sie zu ihm schleichen und ihm alles sagen, was er hören möchte.«

Antonio de Caballis griff über den Tisch und nahm ihre Hand.

»Dann bist du jetzt vielleicht so weit, ihn endlich ernsthaft in Erwägung zu ziehen?«, sagte er sanft. »Meinen Antrag, den ich dir schon so oft gemacht habe? Heirate mich, *bella mora*! Lass uns endlich offiziell als Mann und Frau zusammenleben. Du könntest mit mir nach Venedig kommen und Innsbruck für immer verlassen.«

Er folgte ihrem Blick, der, während er das gesagt hatte, instinktiv zu dem schlafenden Kind geglitten war und gleich danach zur Küchentür, hinter die Bibiana sich rücksichtsvoll zurückgezogen hatte.

»Du – und natürlich alle, die du liebst!«, fügte er hinzu.

»Wie sollte das gehen?« Els zog ihre Hand zurück. »Der Herzog würde seinen hoch geschätzten Münzintendanten doch niemals freiwillig gehen lassen!«

»Vielleicht doch.« Antonio hatte einen Lederbeutel auf den Tisch gelegt, aus dem er nun ein Silberstück herauszog, so blank und dick, dass Els unwillkürlich den Atem anhielt. »So könnte er aussehen, Herzog Sigmunds heiß ersehnter Guldiner«, sagte er. »Die Münze, von der er sich Unsterblichkeit im großen Buch der Geschichte erhofft. Seit Langem die erste Probe, die nicht gänzlich danebengegangen ist, obwohl es natürlich noch jede Menge zu verbessern gilt. Wenn es uns jetzt auch noch gelingt, seinen kleinen Bruder, den Halbguldiner, zur Zufriedenheit Seiner Hoheit zu prägen, könnte meine Aufgabe in Hall sehr wohl in absehbarer Zeit beendet sein.«

»Als junger, kühner Ritter hat er sich abbilden lassen«, sagte Els in verächtlichem Ton und wog die schwere Münze in ihrer Hand. »Hoch zu Ross, obwohl er doch so alt geworden ist und die Gicht ihn malträtiert. Das passt zu ihm!«

»Du wirst mir sicherlich auch heute nicht verraten wollen, weshalb du den Herzog so inbrünstig hasst?« Seine Stimme war ruhig.

Els bewegte leicht den Kopf. Ihr Mund verzog sich, doch sie blieb stumm.

»Offenbar aber hasst du ihn noch immer nicht genug, um ihn und sein Tirol für alle Zeit hinter dir zu lassen.«

Ein Laut, der von der Ofenbank kam, ließ beide zusammenfahren. Sebi hatte im Schlaf einen Schrei ausgestoßen. Für ein paar Augenblicke verzog sich sein Gesicht wie im Schmerz, dann wurde es wieder ruhig und glatt. Pippo machte einen Katzenbuckel, streckte sich ausgiebig und sprang auf die Fensterbank. Mit einem geschmeidigen Satz war er in der mondlosen Nacht verschwunden.

»Den Grund kennst du doch ganz genau«, sagte Els. »Dort drüben auf der Ofenbank liegt er und hat gerade schlechte Träume. Wie sollte Sebi jemals lernen, sich in einer fremden Stadt zwischen all den Brücken, Booten und Kanälen zurechtzufinden, von denen du mir schon so viel erzählt hast? Er hält es ja kaum aus, wenn nur ein einziger Tag einmal ein wenig anders verläuft als gewöhnlich. Außerdem sind wir beide Laurin das Bleiben schuldig. Ihm verdanken wir den ›Goldenen Engel‹ und die Poststation. Dafür musste er sein Leben lassen – ohne den Kleinen auch nur ein einziges Mal gesehen zu haben!«

»Du hast deinen toten Mann sehr geliebt?«

»Laurin war gütig zu mir«, sagte Els, »und das zu einer Zeit, als ich dringend Rat und Zuspruch brauchte, um am Leben nicht zu verzweifeln. Gütig und nobel. Das, Antonio, werde ich ihm niemals vergessen.«

»Sollst du auch nicht, aber du darfst dabei nicht zu leben vergessen.« Er wandte den Blick ab, damit sie den jähen Schmerz in seinen Augen nicht sah.

Els zuckte die Achseln. »Kann sein, dass du mich nicht verstehst«, sagte sie. »Daran bin ich gewohnt. Für mich ist es trotzdem gut, so wie es ist.«

»Auch wenn deine einzige Nichte jetzt das Liebchen eines herzoglichen Bastards geworden ist?«

»Lena? Was redest du da für einen Unsinn!«, rief Els. Doch sein Schuss hatte exakt ins Ziel getroffen, und der vergiftete Pfeil saß sehr tief.

»Niklas, der Spielmann. Kennst du ihn nicht sogar persönlich?«

»Niklas, sagst du? Ja, er war einmal hier. Damals hat er Sebi auf seiner Laute spielen lassen, und ich dachte noch, dass die beiden ... Aber wie hätte ich ahnen können, dass er ein Sohn des Herzogs ist!« Sie schüttelte den Kopf und schien gar nicht mehr damit aufzuhören wollen. »Das darf nicht sein ...« Els presste die Hand vor den Mund, als sei jedes weitere Wort zu viel.

»Was hast du eigentlich dagegen? Die beiden sind ein schönes Paar, und die schlechteste Partie wäre dieser Niklas gewiss auch nicht. Es heißt doch, Seine Hoheit erweise sich stets sehr großzügig, wenn einer seiner Kegel heiraten möchte ...«

»Aber nicht meine Lena – niemals!« Els' Gesicht war kalkweiß, die Augen brannten wie Kohle.

»Lena ist nicht dein Eigentum, Elisabetta. Und längst alt genug, um sich zu verehelichen.«

»Bitte geh, Antonio!« Sie wich seinem Blick aus, strich sich über die Stirn. »Ich muss mich um mein Kind kümmern. Der Kleine soll endlich in sein Bett. Bibiana!«

Die alte Frau hatte offenbar nur darauf gewartet, gerufen zu werden, und kam sofort in den Gastraum gelaufen.

»Ich bring ihn nach oben«, sagte sie. »So wie jede Nacht. Und anschließend bin ich dann gleich bei dir, mein armes Mädchen.«

❦

Es lag viele Jahre zurück, dass Wilbeth das Baderhaus betreten hatte, damals, am Hochzeitstag von Berta, der Mutter von Ambros Säcklin. Von der grazilen Braut mit dem schimmernden Blondhaar konnte sie allerdings nicht mehr viel sehen. Stattdessen empfing sie eine aufgeschwemmte Matrone mit dunkler Haube und scharfem Blick, die ein stattlicher Witwenbuckel beugte.

»Gut, dass du gekommen bist«, sagte sie. »Wir wissen nicht mehr ein noch aus.«

»Um der alten Zeiten willen«, sagte Wilbeth. »Damals, als wir gemeinsam die Bethen verehrt haben, zwei junge Weiber, die das Leben noch vor sich ...«

»Das ist lange vorbei!«, fiel die alte Baderin ihr hart ins Wort. »Ich bring dich am besten gleich zu Gundis – und ihrem Balg.«

Wilbeth hielt die Luft an, als sie die kleine Kammer betrat. Auf der zerwühlten Bettstatt hockte Gundis, trotz lähmender Schwüle eine dünne Decke bis zur Brust hochgezogen. Ihre rötlichen Locken klebten am Kopf; es stank unerträglich nach Sekreten, halb vergorenen Essensresten und Schweiß. Sie leckte sich die rissigen Lippen, dann drehte sie sich abrupt zur Seite.

Wilbeth fühlte sich so unbehaglich, dass sie nach den richtigen Worten suchen musste.

»Wie lange geht das schon so?«, sagte sie schließlich, an Berta gewandt. »Sie ist ja in einem jämmerlichen Zustand!«

»Gleich nach der Geburt. Die Bleidlerin meinte ...«

»Ihr habt die Alte das Kind entbinden lassen? Weshalb in aller Welt habt ihr nicht lieber Barbara gerufen?«

Gundis presste die Hände auf die Ohren und begann zu wimmern. »Sie hat mich vergiftet ... und mein unschuldiges Kind mit dazu ...«

»Was ist mit dem Kind?« Ein schrecklicher Verdacht stieg in Wilbeth auf.

»Hier.« Berta deutete auf die Wiege. »Da kannst du den kleinen Krüppel sehen, mit dem der Herrgott uns geschlagen hat. Und sag jetzt nicht, dass du ihn nicht gesund machen kannst!« Sie zog das Leinentuch vom Kopf des Kindes.

Es war zart und feingliedrig mit strahlend blauen Augen und einem geschwungenen Näschen, Lippen wie Rosenblätter, wohlgeformten Ohren, einem kleinen, energischen Kinn. Ein wunderschönes Geschöpf – wäre da nicht der viel zu große, eiförmige Schädel gewesen, den rötlicher Flaum bedeckte.

Wilbeth betastete ihn behutsam. Das Kleine hielt ganz ruhig, schien keinerlei Schmerzen dabei zu verspüren.

»Ein Mädchen?«, fragte Wilbeth.

»Ja. Auch das noch.«

»Sie ist schon so geboren worden?«, fragte Wilbeth weiter.

»Allerdings!«, schnaufte Berta. »Nach Wehen, die einen Tag und eine Nacht gedauert haben. Ich hab noch nie zuvor erlebt, dass ein so kräftiges, immer hungriges Weib« – Gundis traf ein angeekelter Blick – »sich derart ungeschickt angestellt hätte. Die Bleidlerin meinte ...«

»Sie hat die Kleine abgenabelt und versorgt?«

»Das hat sie. Und gleich danach ein Ave Maria gebetet, denn was mit dem Neugeborenen nicht stimmte, konnten wir ja alle sofort sehen.« Berta nestelte an den Bändern ihrer Haube. »Mein armer Sohn! Seitdem ist er wie von Sinnen. Gundis darf ihm nicht mehr unter die Augen kommen. Verstoßen hat Ambros sie ob ihrer schweren Sünden. Und nichts anderes hat sie ja auch verdient.«

»Was soll das heißen?« Wilbeth fuhr zu ihr herum.

»Hier, in diese Kammer, hat er sie eingesperrt, zusammen

mit dem Teufelsbalg. Und wenn du den beiden nicht helfen kannst, kann es auch sonst niemand.«

»Du solltest nicht so herzlos daherreden! Die Kleine ist schließlich dein Enkelkind.«

»Mein letzter Enkel heißt Anselm und schläft ein paar Türen weiter.« Das klang abschließend. »Wir hätten diese Gundis niemals ins Haus lassen sollen, das weiß ich heute.«

»Ich brauche heißes Wasser, ein paar Tücher – und Ruhe!«, befahl Wilbeth.

»Du kannst sie heilen?« Ein lauernder Blick aus Bertas blanken Vogelaugen.

»Ich kann Gundis säubern und dafür sorgen, dass es ihr ein wenig besser geht. Aber ich bin, wie du weißt, keine Hebamme, sondern kenne lediglich ein paar heilende Kräuter, die manchmal helfen. Und was das Kind betrifft ...«

»Komm schon, Wilbeth, zier dich nicht so! Einen deiner Zaubersprüche – um der alten Zeiten willen. Du sollst dein Silber ja bekommen. Nur wirksam sein muss er.«

»Eure Kleine ist sehr krank. Gut möglich, dass der Allmächtige sie schon bald wieder zu sich nimmt. Ihr solltet ihr die kurze Zeit auf Erden so schön und leicht wie möglich machen.« Wilbeth schaute zu Gundis. »Hat sie genügend Milch, um sie zu stillen?«

»Woher soll ich das wissen? Sie lallt ja nur noch sinnloses Zeug vor sich hin!«

»Dann müsst ihr euch schleunigst um eine gute Amme kümmern. Und wenn ihr auf die Schnelle keine findet, der Kleinen einstweilen verdünnte Ziegenmilch geben, damit sie nicht verhungert.«

»Du willst uns also nicht helfen.« Berta wich ein Stück zurück.

»Was du da von mir verlangst, geht weit über meine Fähigkeiten hinaus. Dieses Kind hier ist dem Tod geweiht. Dagegen gibt es keinen Zauber, Berta.«

»Ambros hat es gleich gesagt. Und ich hab dich noch vor ihm verteidigt!«

»Ist sie denn schon getauft?«

»Was geht dich das an?«, schrie Berta. »Du hast doch ohnehin niemals an den dreifaltigen Gott geglaubt, sondern schleichst bis heute heimlich zu deinen heidnischen Götzenfiguren, um ihnen zu opfern, zu Ambeth, Wilbeth und Borbeth ...«

»Barbara!«, brüllte Gundis und bäumte sich im Bett auf. »Sie hat mich verflucht – und die Frucht meines Leibes ... Brennen soll sie ... diese Hexe!«

»Ja, das ist sie wirklich – eine unselige Hexe«, fiel nun auch Berta ein. »Diese verfluchte Hebamme, die schon unsere liebe Margarete auf das Totenbett gebracht und meinen Ambros mit dummen Anschuldigungen beleidigt hat. Und die geschwätzige Totenwäscherin, von mir aus gleich mit auf den Scheiterhaufen! Beides deine Busenfreundinnen, oder etwa nicht? Wie hab ich nur so dumm sein können, Hilfe von dir zu erwarten? Wo du doch dein ganzes Leben lang immer nur an dich gedacht hast!«

Wilbeth ging schweigend zur Tür. Sie hätte niemals hierherkommen sollen. Doch für diese Einsicht war es jetzt zu spät.

❧

»Da draußen ist eine alte Walsche, die dich unbedingt sprechen will. Aber mach es gefälligst kurz!«, zischte Chunrat Lena im Vorübergehen zu, bevor er sich wieder an seine Hühnerschenkel machten, die in Rotwein sotten. »Du weißt genau, wie viel Arbeit noch auf uns wartet!«

Lena wischte sich die klebrigen Hände an der Schürze sauber und wollte gerade zur Tür, als Bibiana schon vor ihr stand. Die Alte drehte den Kopf mit den grau melierten Flechten und schnalzte leise mit der Zunge, wie sie es immer tat, wenn sie sich nicht ganz sicher fühlte.

»Ist etwas passiert?«, stieß Lena hervor. »Mit Sebi? Oder mit Els?«

»Wo denkst du hin!«, erwiderte Bibiana. »Ich hab nur mal mit eigenen Augen sehen wollen, wo du jetzt steckst. Was wird denn da gerade gar?« Sie beugte sich über Lenas Topf und schnüffelte. »Ah, Quittenmus!« Sie griff nach einem Löffel, tauchte ihn ein und kostete. »Gar nicht so übel. Aber zu süß. Da fehlt noch ein ordentlicher Schuss Zitrone.«

»So weit war ich noch gar nicht«, verteidigte sich Lena. »Glaubst du wirklich, ich würde dein schönes Rezept verpfuschen?«

»Und was ist das daneben?«

»Creme aus gestoßenen Mandeln und Reismehl, behutsam geköchelt, mit Honig vermengt …« Lena stieß einen Schrei aus. »Pass auf, du verbrennst dir noch den Mund!«

Bibiana probierte ungerührt. »Aber das Bittermandelaroma?«, sagte sie. »Diese Creme muss doch genauso sein wie das Leben: süß und bitter zugleich.«

»Steht ebenfalls schon bereit. Vily hat die bitteren Mandeln extra im Mörser zerstoßen, genau so, wie du es mir gezeigt hast.«

»Mir scheint, da komm ich ja gerade richtig.« Bibiana griff in ihren Korb und nahm diverse Tontöpfchen heraus. »Ziemlich leer dieser Tage im ›Goldenen Engel‹. Hatte genügend Zeit zum Kandieren.« Der runzelige Zeigefinger deutete nacheinander auf die einzelnen Gefäße: »Grüne Walnüsse. Mandeln. Rosenblätter. Und Veilchen, meine kleinen Lieblinge. Vielleicht kannst du ja gelegentlich etwas davon verwenden.« Ihr weicher ladinischer Dialekt verlieh den Worten eine zusätzliche Bedeutung.

Lena strahlte sie an, auch wenn es ihr gleichzeitig das Herz zusammenzog, denn außerhalb der schützenden Mauern des »Goldenen Engels« erschien ihr Bibiana in ihren dunklen, altmodischen Gewändern gebrechlicher als sonst.

»Lena!«, rief Chunrat ungeduldig. »Habt ihr es endlich? Diese alte Walsche soll gefälligst wieder aus meiner Küche verschwinden!«

Zorn schoss in Lena hoch, eine heiße, hohe Welle. »Diese alte Walsche heißt Bibiana und ist meine Großmutter«, rief sie zurück. »Und ganz zufällig stammen all jene Rezepte von ihr, von denen Ihre Hoheit gar nicht genug bekommen konnte, als sie noch Spaß am Essen hatte.«

»Gefällt mir, dass du dir nichts gefallen lässt!«, sagte Bibiana lächelnd. »Aber wegen mir sollst du keinen Ärger haben. Komm einen Augenblick mit nach draußen! Es wird nicht lange dauern.«

»Weshalb bist du wirklich hier?«, fragte Lena, als sie mit Bibiana allein war. »Und, bitte, die ganze Wahrheit!«

»Es ist dieser Spielmann«, sagte Bibiana seufzend. »Els kann wegen ihm nicht mehr schlafen.«

»Niklas? Hat er sie etwa auch belästigt ...« Es war heraus, noch bevor Lena richtig nachgedacht hatte.

»Dann hat Els also recht.« Bibianas dunkle Augen ruhten auf Lenas Gesicht. »Muss ich jetzt auch noch anfangen, mir Sorgen zu machen?«

»Musst du nicht. Els hat nicht recht und wissen tut sie auch nichts – gar nichts!« Lenas Zopf flog über die Schulter nach vorn. »Aber Misstrauen haben, ja, das kann sie! Niklas ist ganz allein *meine* Angelegenheit. Das kannst du ihr ausrichten, deiner Els!«

»Zwischen euch beiden ist also nichts geschehen?« Bibianas Stimme war ebenso sanft wie beharrlich. »Und auch ich will die ganze Wahrheit hören.«

»Jedenfalls so gut wie nichts«, sagte Lena errötend. »Er, ein Sohn des Herzogs, und ich, eine Köchin ... wir passen nun mal nicht zusammen. Das weiß ich jetzt.«

»Du schwörst es bei den Bethen?«

»Ich ...«

Es krachte, als sei von innen ein schwerer Gegenstand gegen die Tür geflogen, dann streckte Vily seinen strubbeligen Kopf aus der Tür.

»Wenn du jetzt nicht wirklich schnell machst, Lena«, sagte er, die Stirn in drollige Sorgenfalten gelegt, »werden wir alle es büßen müssen.«

»Ich komme!« Lena drückte Bibiana einen Kuss auf die runzlige Wange und ging hinein.

Ihre Gedanken aber blieben weiterhin bei Bibiana und Els, auch als sie das Quittenmus und die Mandelcreme fertig abgeschmeckt und in zwei ziselierte Silberschalen für die Herzogin gefüllt hatte. Woher hatten sie überhaupt ihre Hinweise? Irgendjemand musste erst jüngst über sie getratscht haben, jemand, der sich gut auskannte. Doch wer konnte das sein? Tief in Gedanken füllte sie weitere Schalen, denn wie so oft hatte sie zu viel gekocht.

Doch wer die beiden größten bekommen würde, stand bereits fest.

»Lena – Ihre Hoheit wartet! Wenn du weiterhin im Stehen träumst, muss ich mich wohl oder übel nach einer neuen Köchin umschauen«, raunzte Chunrat, doch der Tadel klang für seine Verhältnisse beinahe freundlich.

Hunde, die bellen, beißen nicht, dachte Lena, griff in das letzte von Bibianas mitgebrachten Töpfchen und garnierte ihr zart duftendes Mus mit winzigen kandierten Veilchen. Sie überlegte kurz, dann öffnete sie ein zweites Töpfchen. Jetzt kamen ein paar Rosenblätter auf die Mandelcreme.

»Du kannst van Halen holen«, sagte sie zu Vily. »Zumindest ihm wird es garantiert munden.«

❧

»Aber Ihr müsst essen, Euer Hoheit!« Der Medicus sah die Herzogin besorgt an. »Wenn Ihr so weitermacht, werdet Ihr schon bald knochig sein wie ein Vögelchen!«

»Ihr übertreibt maßlos.« Katharina schob die Schale beiseite. »Außerdem bin ich schon wieder müde.«

»Weil Ihr im Essen nur noch herumpickt. Wo soll denn da die Kraft zum Gesundwerden herkommen? Dabei schmeckt es so köstlich. Eure junge Köchin hat sich solche Mühe gegeben.«

»Ich weiß«, sagte Katharina mit einem Seufzen. »Aber was soll ich machen, wenn der Appetit mich gänzlich verlassen hat?«

»Nur ein paar Bissen, Euer Hoheit, Lena zuliebe!«

»Lasst die Herzogin endlich in Ruhe, van Halen!«, mischte sich die Spiessin ungefragt ein. »Ihr quält sie ja geradezu mit diesen dummen Süßspeisen!«

»Noch bin ich nicht tot«, Katharinas schmäler gewordenes Gesicht fuhr zu ihr herum, »und kann noch immer selbst für mich sprechen.« Sie wandte sich wieder dem Medicus zu. »Also, meinetwegen, weil Ihr es seid!« Sie nahm ein paar Löffelchen Quittenmus, danach probierte sie die Mandelcreme. »Beides ausgezeichnet. Ich könnte kaum sagen, was besser mundet. Und erst diese hübschen Blüten aus Zucker ...«

Vergeblich versuchte sie die kleine Hündin abzuwehren, die

auf das Ruhebett gesprungen war und neugierig zu schnüffeln begonnen hatte. Doch Fee ließ sich nicht aus der Ruhe bringen, drängte sich weiter vor und begann hingebungsvoll zu schlecken, bis beide Schüsseln blank waren. Danach brachte sie sich mit einem kühnen Satz in Sicherheit.

Die Herzogin und der Medicus brachen zur gleichen Zeit in Gelächter aus. Nur die Hofmeisterin zog ein verdrießliches Gesicht.

»Das darf Lena nie erfahren!«, sagte Katharina.

»Da kennt Ihr sie aber schlecht, Hoheit«, widersprach van Halen. »Lena hätte gewiss mit uns gelacht. Wie schön, Euch endlich einmal wieder mit fröhlicher Miene zu sehen!«

»Lasst uns jetzt allein, Alma! Ich habe mit dem Medicus zu reden.«

Die Spiessin fügte sich und verschwand.

»Ich werde doch wieder ganz gesund?«, fragte Katharina. »Ihr wisst, wie wichtig das für uns ist – und für unser Land.«

»Ihr könnt wieder Kinder bekommen«, versicherte van Halen. »Es traf sich günstig, dass die Schwangerschaft noch nicht allzu weit fortgeschritten war. Körperlich erscheint Ihr mir sogar bereits genesen – und könntet in noch besserer Verfassung sein, wenn Ihr endlich wieder anständig essen würdet. Was freilich Eure Seele betrifft, so mache ich mir darüber eher Sorgen.«

Katharinas hellen Augen füllten sich mit Tränen.

»Es hat sich so gut angefühlt«, flüsterte sie. »Als ob ich endlich ganz geworden sei. Und jetzt ist da ein so schreckliches Loch in meiner Mitte. Meint Ihr, das kann sich jemals wieder schließen?«

»Es *wird* sich schließen. Aber nur, wenn Ihr dafür auch etwas tut. Ihr müsst Euch ablenken, Hoheit! Euch bewegen, schöne Dinge unternehmen, nicht nur den ganzen Tag in der

Hofburg herumsitzen und grübeln. Vor allem dürft Ihr Euch keine Vorwürfe machen. Und Eurem Gemahl ebenso wenig. Es war ein Unglück, das Euch zugestoßen ist – nicht mehr und nicht weniger.«

»Dann ist es also nicht so, wie jener Pater behauptet?« Ihr Blick hing an seinem Gesicht. »Dass jemand uns verhext hat? Jemand, der unser Ungeborenes durch Zauberkraft getötet hat? Jemand, der es auch auf mein Leben abgesehen hatte?«

»Das hat Institoris gesagt?« Van Halen wandte sich ab, um sein Erschrecken zu verbergen.

Sie nickte. »Das und vieles andere mehr. Wie von Sinnen schien er mir, durchdrungen davon, dem Bösen mit allen Mitteln den Garaus zu machen. Der Herzog musste ihm zusagen, ihn dabei nach Kräften zu unterstützen. Zuerst hat mein Gemahl sich noch dagegen gewehrt, schließlich aber wirkte er gänzlich davon überzeugt, dass das seine heiligste Pflicht sei. Ihr wisst ja, er fürchtet sich vor allem Übernatürlichen, viel mehr als ich, das weiß ich inzwischen.« Ein scheues Lächeln. »So vieles ist geschehen, seit ich meine Heimat verlassen habe! Ich habe einen Ehemann gewonnen und ein Kind verloren – scheint, als sei ich in diesen paar Monaten erwachsen geworden. Heute würde ich gewiss nicht mehr zu zittern und zu kreischen beginnen, nur weil ein paar hohle Stimmen aus dem Kamin kommen.« Ihr Ton hatte sich verändert, klang auf einmal fast bittend. »Aber sagt mir aufrichtig, van Halen, ist unser schönes Innsbruck denn wirklich von Grund auf durch Hexen und Zauberinnen verseucht, die uns alle verderben wollen? Das vermag ich nicht recht zu glauben.«

»Ich auch nicht, Euer Hoheit«, rief der Medicus. »Pater Institoris ist in meinen Augen ein Mann mit ... nun sagen wir ... ungewöhnlich starker Einbildungskraft. Allerdings besitzt er die Fähigkeit, andere äußerst nachhaltig von seinen Vorstellungen zu überzeugen. Das heißt aber noch lange nicht, dass er mit allem recht hat, was er behauptet.«

»Er macht mir Angst«, sagte Katharina. »In seiner Nähe beginne ich zu frieren. Wenn wir ihn doch damals bloß nicht zur Geisteraustreibung in die Hofburg gerufen hätten!«

»Das, Euer Hoheit«, sagte der Medicus mit einer für seinen gewaltigen Leibesumfang erstaunlich anmutigen Verneigung, »wäre in der Tat sicherlich um einiges günstiger gewesen – für uns alle.«

»Aber was soll ich jetzt tun? Der Herzog weigert sich strikt, mit mir darüber zu reden, angeblich, weil er mich schonen will! Doch mein Kopf ist ganz klar, und mein Herz sagt mir, dass ich nicht nur dasitzen und abwarten darf.«

»Warum schreibt Ihr nicht einen Brief an unseren Bischof?«, schlug der Medicus vor. »Und lasst ihn Eure Bedenken in aller Offenheit wissen? Georg Golser ist ein vernünftiger Mann. Vielleicht kann er uns allen helfen.«

»Welch wunderbare Idee!«, rief die Herzogin. »Noch heute soll mein Schreiben auf den Weg nach Brixen gehen!«

❦

Jetzt, während Lena mit den beiden gut gefüllten Schüsselchen vor dem Kontor stand, verließ sie beinahe der Mut. Dann aber drückte sie die Schulterblätter nach hinten, hob die Brust leicht an und schlug mit ihrem rechten Holzschuh fest gegen die Tür.

»Lena!« Ein Strahlen ging über Merwais' Gesicht, als er vor ihr stand. »Welch schöne Überraschung! Komm doch bitte näher!«

Was einfacher gesagt war, als getan. Denn der Tisch und die beiden einzigen Stühle waren über und über mit Pergamenten und Papieren bedeckt. Auch auf dem Boden lagen sie stapelweise gehäuft.

»Ich hab Angst, etwas durcheinanderzubringen«, sagte sie und blieb vorsichtshalber ruhig stehen.

»Nun, da hast du ganz recht, dabei herrscht an diesem Hof schon mehr Durcheinander als genug.« Johannes machte einen Stuhl frei, dann fegte sein Arm über den Tisch und schuf Platz.

»Aber das müsst Ihr doch hinterher wieder alles in Ordnung bringen!«, sagte Lena verdutzt.

»Und wenn schon! Dazu bin ich ja schließlich da.« Sein Grinsen war breit und jungenhaft. Er schien die Schüsselchen in ihren Händen gar nicht zu bemerken, sondern sah ihr tief in die Augen.

»Quittenmus und Mandelcreme. Beides frisch zubereitet.« Ganz vorsichtig bahnte Lena sich einen Weg und stellte die Köstlichkeiten vor ihm ab. »Ich dachte ...«

»Und *ich* dachte schon, du bist mir böse.« Sein Gesicht war auf einmal ganz nah. Seine Haut hatte offenbar ein paar Sonnenstrahlen abbekommen und war leicht gebräunt. Auf der Nase entdeckte Lena vorwitzige Sommersprossen. »Du weißt schon, wegen Johanni.«

»Weshalb? Ihr habt doch nichts getan.«

»Außer Niklas und dir den Spaß verdorben. Und genau das hatte ich auch vor.« Jetzt klang er auf einmal grimmig. »Außerdem hab ich ihm später noch ordentlich was auf die Nase gegeben. Und weißt du was? Es tut mir nicht einmal leid.«

»Wollt Ihr nicht endlich probieren?« Sein Verhalten machte sie unsicher. Bislang hatte Johannes sich stets auf ihre Speisen gestürzt, heute aber schien er für sie gar kein rechtes Interesse aufzubringen.

»Später.« Lena sah, wie er schluckte. »Hab ich dir eigentlich schon gesagt, wie schön deine Augen sind? So dunkel und geheimnisvoll – geradezu versinken könnte ich in ihnen! Weißt du, dass sie mir lauter Rätsel aufgeben? Rätsel, für die nur du allein die Lösung kennst.«

Sie schüttelte den Kopf, konnte gar nicht genug von diesen wunderbaren Worten bekommen.

»Und es wird immer stärker, Lena. Manchmal denke ich, mir würde schier die Brust zerspringen. Wenn dir mein Herz nicht schon längst gehören würde, dann spätestens jetzt.«

»Darüber spottet man nicht.«

»Ich war niemals ernster«, sagte Johannes Merwais. »Das kannst du mir glauben.«

»Niklas wird Eure Prügel überleben«, sagte Lena, der auf einmal sehr heiß geworden war, viel heißer, als vor ihren brodelnden Töpfen. »Mir scheint, er besitzt in solchen Dingen eine gewisse Erfahrung.«

Ihre Blicke trafen sich.

»Ich muss jetzt wieder zurück in die Küche«, sagte sie. »Chunrat wird jedes Mal wütend, wenn ...«

Johannes beugte sich vor und zog sie an sich.

Jetzt, dachte sie. Tu es – bitte!

Seine Lippen waren fest und warm. Süß schmeckte er und gleichzeitig auch ein wenig bitter, und es fühlte sich aufregend an, ihn zu küssen, ein Gefühl, das ihr gleichzeitig erstaunlich vertraut war. Lena glaubte, zarte Schmetterlingsflügel zu spüren, die ihre Haut kitzelten, sie glaubte, den Duft einer Juniwiese zu riechen, über die gerade ein frischer Schauer gegangen war, und die Gesichter der drei Bethen zu sehen, die auf einmal gar nicht mehr ernst dreinschauten, sondern ihr liebevoll zulächelten. Ihr ganzer Körper begann zu kribbeln, auf herrliche, unbeschreibliche Weise. Sie küssten sich immer inniger, eine ganze Weile, weil es beiden unmöglich schien, sich voneinander zu lösen.

»Ständig muss ich an dich denken«, sagte Johannes schließlich, als sie heftig atmend voreinander standen, und streichelte sanft ihr Gesicht. »Egal, wo ich bin, egal, was ich tue, ob ich nun will oder nicht. So weit ist es schon mit mir gekommen, Lena!«

»Und wird es auch noch weitergehen?«, fragte sie.

»Viel weiter, wenn du nur willst.« Er nahm ihre Hand und wollte Lena erneut an sich ziehen, sie aber entwand sich ihm.

»Wir haben doch Zeit«, sagte sie. »Haben wir das nicht, Johannes? Ich mag es, wenn alles der Reihe nach geht und ich in Muße nachdenken kann, bis ich mich ganz sicher fühle.«

»Das kann ich gut verstehen.« Seine Augen strahlten. »Du kommst doch wieder, Lena – und hoffentlich schon sehr bald?«

»Oder du.« Lena strahlte zurück. »Oder solltest du inzwischen vergessen haben, wo die Küche des Frauenzimmers ist?«

Leichtfüßig nahm sie die Treppe nach unten, immer zwei Stufen auf einmal. Singen hätte sie können oder pfeifen, doch das schickte sich in der Hofburg nicht, so beschränkte sie sich auf ein leises, fröhliches Summen. Es gab eine Abkürzung quer durch die herzoglichen Gemächer, die sie sonst mied, weil Chunrat ihnen die Benutzung ausdrücklich untersagt hatte. Heute aber fühlt Lena sich so glücklich und übermütig, dass sie sich um das Verbot nicht scherte. Allerdings hätte sie wohl doch besser aufpassen sollen. Der lange Gang mit den vielen Türen, in dem sie sich auf einmal wiederfand, verwirrte sie und sie war sich nicht mehr sicher, wohin sie nun gehen sollte.

Während sie noch überlegte, öffnete sich auf einmal eine der Türen, und der Herzog stand vor ihr.

»Lena«, sagte er überrascht. »Mein närrisches Mädchen!«
Verlegenheit färbte ihre Wangen rot.

»Verzeiht, Euer Hoheit«, sagte sie. »Ich wollte nur …«

»Und wie reizend sie aussieht! Strahlende Augen, rosige Lippen und dieses sommerliche Kleid, das die schlanke Figur betont – du solltest immer dieses helle Blau tragen!«

Hatte er getrunken? Wenn ja, dann musste es eine ganze Menge gewesen sein. Noch niemals zuvor hatte Lena ihn so reden hören.

»Ich muss gleich weiter«, sagte sie schnell. »Meister Chunrat mag es nicht, wenn man ihn warten lässt.«

»Dein Herzog auch nicht.« Sie konnte sich nicht dagegen wehren, dass er sie an der Hand nahm und in das nächste Zimmer zog.

Ein Ruhebett, ein Kamin, ein Tisch, darauf ein Zinnkrug, Becher, eine Platte mit Schinken und Käse. Ganz ähnlich hatte es in dem Gemach ausgesehen, in dem sie Hella damals mit dem Hofmeister ertappt hatte. Lenas Kehle wurde eng, während der Herzog sie ungeniert von oben bis unten musterte.

»Du bist ja richtig erwachsen geworden«, sagte er. »Gar kein närrisches Mädchen mehr, sondern eine strahlende junge Frau. Und weißt du, was das Seltsamste ist? Jedes Mal, wenn ich dich sehe, kommt es mir vor, als würden wir beide uns bereits von früher kennen. Ist das nicht merkwürdig, Lena?«

Wenn nicht jetzt, wann dann? Sie musste es wagen!

Lena nahm allen Mut zusammen: »Ein kleiner Junge namens Sebastian fällt mir dazu ein, Euer Hoheit«, sagte sie. »Acht Jahre alt. Mit blonden Haaren, genauso blond, wie Ihr wohl einmal wart. Ein pfiffiger kleiner Kerl, auch wenn er meistens nicht viel sagt. Ist vielleicht einer wie er unter Euren Kegeln?«

»Ein Sebastian?« Er runzelte die Stirn. »Nicht, dass ich wüsste. Aber darüber will ich gar nicht weiter nachdenken, jetzt, wo wir beide endlich allein sind. Komm näher, Lena! Du brauchst keine Angst zu haben. Mir kommen da weitaus aufregendere Dinge in den Sinn, die wir gemeinsam tun können.«

»Da täuscht Ihr Euch!«, rief sie. »Weil ich nämlich gar nichts tun kann. Meister Chunrat ...«

Er hatte ihren Arm an seine Lippen geführt und bedeckte ihn mit kleinen Küssen.

»So jung, so süß!«, flüsterte er. »Bestimmt noch Jungfrau, da möchte ich darauf wetten. Aber frisch und ein wenig vorwitzig, genauso, wie ich es mag. Und ich bin so allein. Hast du denn gar kein Mitleid mit deinem armen Herzog?«

»Ihr seid doch nicht allein! Eure junge Gemahlin ...«

»Meine Gemahlin ist krank und leidet, seit Wochen schon. Ich *bin* sehr allein! Aber jetzt bist ja du gekommen, um mich aus meiner Einsamkeit zu erlösen. Und ich weiß schon jetzt, das wird dir bestens gelingen.«

Sie roch seinen Atem, eine Mischung aus Wein und den kleinen Lavendelpastillen, die er ständig kaute, und wich zurück.

Er griff nach ihr, erwischte aber nur das Miederband und zog kräftig daran. Das feine Band, das sie wegen der Hitze weniger eng als sonst geschnürt hatte, begann sich zu lösen.

»Was macht Ihr da?«, rief Lena und lief weg.

»Ein Spiel?« Seine Augen begannen zu leuchten. »Ich liebe Spiele!«

»Aber ich nicht!« Lena war an der Wand angelangt und konnte nicht weiter. »Lasst mich bitte! Ihr täuscht Euch – in allem!«

In diesem Moment flog die Tür auf. Der giftige Blick der Hofmeisterin traf erst den Herzog, dann Lena mit ihrem halb gelösten Mieder, die vor Schreck beinahe zu atmen vergaß und sich plötzlich nur noch ganz weit weg wünschte.

»Die Herzogin«, sagte die Spiessin schließlich. »Sie bittet Euch in Ihre Gemächer. Es sei äußerst dringend, das lässt sie Euch ausrichten.«

❧

»Dann rede, meine Tochter!«

Die Frau mit den wirren Haaren und den schmutzigen Händen begann mit ihrer langatmigen Darstellung. Kramer ertappte sich dabei, wie seine Gedanken abschweiften. Die Hitze des Sommertages hatte sich unter den dunklen Dachbalken schier unerträglich angestaut, und er schwitzte heftig unter seiner Kutte. Außerdem war die Ausbeute heute bislang äußerst dürftig gewesen. Was scherten ihn Kühe, die keine Milch mehr geben wollten, und tote Hühner im Stall, die ebenso gut auch ein Marder gerissen haben konnte? Er war begierig nach den echten, den richtigen Hexenverbrechen.

»Schert euch zum Teufel!«, hörte er die Frau leiern. »Ja, genau das hat die Pflüglin zu uns gesagt, als sie uns aus ihrem Haus gewiesen hat, ohne dass wir ein neues Dach über dem Kopf gehabt hätten. Bitterkalt war es, und der Wind hat so gepfiffen, dass man keinen Hund rausgejagt hätte, aber das hat diese Hexe ja nicht gekümmert. Seitdem geht es uns sehr schlecht, sollt Ihr wissen. Mein armer Mann muss die ganze Zeit husten, und mein Bein will auch nicht mehr zuheilen. Das war sie – mit ihrer teuflischen Hexenkunst.«

Die Frau machte doch tatsächlich Anstalten, ihre dreckigen Röcke zu heben und sich vor ihm zu entblößen!

»Das ist nicht notwendig«, sagte der Inquisitor rasch, »aber der Name, wiederhole ihn noch einmal!«

»Barbara. Barbara Pflüglin. Die Hebamme.«

Sein Finger fuhr die Liste entlang. Genau – hier war sie. Eine gewisse Berta Säcklin war bereits gestern bei ihm gewesen und hatte die Hebamme beschuldigt, durch Hexerei für den Tod ihrer Schwiegertochter Margarete verantwortlich zu sein. Und jetzt diese Aussage. Sah ganz so aus, als würde da einiges an brauchbarem Material zusammenkommen. Er notierte den Namen der Zeugin und entließ sie.

Das Wasser im Krug, mit dem er seinen Durst stillen musste, schmeckte brackig und abgestanden. Auch die Verpflegung ließ im »Schwarzen Adler« einiges zu wünschen zu übrig, und dennoch war das Gasthaus jetzt Abend für Abend brechend voll. Purgl, die Wirtin, hatte ihn vom ersten Tag an mit schmieriger Unterwürfigkeit behandelt, von der er sich freilich nicht täuschen ließ. Auch sie war schließlich nur ein elendes Weib, durch das die Sünde in die Welt gekommen war.

Er seufzte, versuchte das lästige Pochen in der linken Schläfe zu ignorieren, das stärker geworden war, und ließ den nächsten Wartenden eintreten. Zum Glück endlich ein Mann, ein großer, bärenstarker Fassmacher namens Blasius Reindler, der nicht lange herumredete, sondern gleich zur Sache kam. Seine Aussage belastete die Totenwäscherin Rosin Hochwart schwer. Sie habe seine arme Genoveva verhext, auf dass diese auf den Tod erkrankt sei, und anschließend noch die Dreistigkeit besessen, ihr auf dem Totenbett einen Ring zu stehlen, den sie vor seinen Augen weggezaubert habe.

»Fragt meine Töchter!«, rief er und schlug sich an die Brust. »Diese beiden unschuldigen Mädchen sind meine Zeuginnen vor der heiligen Jungfrau Maria.«

Rosin Hochwart. Totenwäscherin. Ein Name, der ebenfalls nicht zum ersten Mal in Kramers Unterlagen auftauchte. Eine geifernde Alte hatte sie bereits vor Tagen beschuldigt, ihre kleine Enkelin verzaubert und so krank gemacht zu haben, dass das Kind gestorben war. »So kommt sie an ihre Kunden.« Das Kinn der Alten hatte vor Erregung gezittert. »Erst verhexen – und wenn sie tot sind, für gutes Geld waschen und zum Begraben herrichten.«

»Und das ist beileibe noch nicht alles.« Die mächtige Brust von Blasius Reindler hob und senkte sich schnell. »Diese Weiber verursachen nicht nur Schaden durch ihre Hexenkräfte, sie versammeln sich auch heimlich nachts in der Sillschlucht, tanzen gottlos um ein Feuer und beten zu ihren Götzen.«

»Wer?« Das Pochen war vergessen, Kramer stellte von Kopf bis Fuß gespannte Aufmerksamkeit dar. »Von wem sprichst du da im Einzelnen?«

»Die Hochwartin, die Pflüglerin, die schwarze Els aus dem ›Goldenen Engel‹ und ihre alte Walsche, die ebenfalls dort lebt. Man sagt sogar, es sollen noch viel mehr Hexen sein, die dort regelmäßig zusammenkommen.«

»Dann hast du sie mit eigenen Augen bei ihrem teuflischen Treiben beobachtet?«

Blasius schüttelte den Kopf. »Glaubt Ihr vielleicht, ich würde dort freiwillig nachts hingehen, in die Sillschlucht, wo diese alte Kapelle steht und in früheren Zeiten sogar Drachen und Riesen zu Hause gewesen sein sollen? Keine zehn Pferde würden mich jemals an diesen verfluchten Ort bringen! Aber die Leute reden davon. Die halbe Stadt weiß seit Langem, was diese Weiber dort treiben!«

Satte Genugtuung stieg in Kramer auf. Das war mehr, als er erwartet hatte, aber noch immer nicht genug für seinen Geschmack und um den Prozess zu führen, den er sich vorgenommen hatte. Wie ein Spürhund, der Witterung aufgenommen hat, würde er diese vielversprechende Fährte verfolgen, was eigentlich keine große Schwierigkeit mehr bedeuten konnte, jetzt, da er endlich eine heiße Spur hatte.

Rasch notierte er des Fassmachers Angaben, und als Reindler endlich draußen war, reckte und streckte er sich auf seinem harten Stuhl. Hungrig war er, geradezu heißhungrig. Und zu seinem allergrößten Ärger plagten ihn auch schon wieder diese hässlichen fleischlichen Gelüste, die ihm nun nahezu täglich zusetzten. Am liebsten hätte er sich die Kutte vom Leib gezerrt und wäre auf der Stelle kopfüber in einen eisigen Bach gesprungen, wie sie es als Jungen oftmals getan hatte, um Dreck und Verderbnis im klaren Wasser abzuwaschen.

»Pater Institoris?« Dietz Geyer streckte seinen dicken Kopf durch die Tür. »Komm ich jetzt endlich an die Reihe?«

»Wenn du wieder über jene vergrabene Hexenhaube lamentieren willst, mit der mir schon deine Schwester tagaus, tagein, in den Ohren liegt, kannst du dir die Mühe sparen.« Kramer klopfte auf seine Unterlagen. »Hier ist alles bereits fein säuberlich aufgeschrieben – und wird selbstredend gegen diese Elisabeth Hufeysen verwendet werden, sobald die Zeit dafür reif ist.«

»Darum geht es nicht.« Der Mann schwitzte ja noch mehr als er selbst! »Ich hab da noch etwas anderes gesehen. Ihr habt doch in Eurer letzten Predigt gesagt, eine Hexe erkennt man auch daran, dass sie öffentlich Unzucht treibt, so wie sie heimlich auch den Teufel fleischlich empfängt. Das habe ich doch richtig verstanden, Pater Institoris?«

»Hast du, mein Sohn.« Schreien hätte er können vor Ungeduld, weil der Mann vor ihm so umständlich herumdruckste. »Und weiter? Ich höre!«

Dietz' Lippen verzogen sich zu einem scheelen Lächeln. »Dann muss ich Euch hier und heute eine neue Hexe anzeigen: Lena. Lena Schätzlin, die Nichte der schwarzen Els. Sie kocht in der Hofburg und hat sich in der heiligen Johanninacht abseits vom Feuer besteigen lassen.« Er schluckte, schien für einen Moment zu zögern, dann aber redete er doch unverzagt weiter. »Von Niklas, dem Spielmann, einem der Bastarde unseres Herzogs.«

❦

Er hatte sie geschlagen, das erste Mal seit sie verheiratet waren, und anschließend so heftig in ihren Schoß geweint, dass das grüne Kleid ganz nass geworden war.

»Wozu treibst du mich noch, Hella?« Andres' Gesicht war schmerzverzerrt. »Ich erkenne mich ja selbst kaum wieder! Aber wenn du so kalt zu mir bist, so abweisend, dann weiß ich plötzlich nicht mehr, was ich tue.«

Sie presste ihre Hand gegen die Wange. Er hatte fest zugehauen, scheinbar ganz ohne Kontrolle für einige Augenblicke, das hatte ihr Angst gemacht.

»Tut es noch weh?« Jetzt beugte er sich besorgt zu ihr hinunter.

»Ein wenig.« Ihre Augen schimmerten feucht. »Am meisten aber tut es mir hier weh, im Herzen.«

»So kann es nicht weitergehen!« Andres begann, unruhig in der Stube hin und her zu laufen. »Wir müssen weg von hier – alle beide.«

»Du willst die Münze des Herzogs verlassen?«

»Wenn es sein muss, ja. Ich bin ein guter, erfahrener Schreiber. So jemanden wie mich können sie auch in anderen Städten gebrauchen. In Salzburg zum Beispiel, bei den großen Salinen, da ließe sich sicherlich eine geeignete Anstellung finden. Lass uns nach Salzburg gehen, Hella, bitte!«

Er wollte sie berühren, sie aber wich ihm aus.

»Hab ich nun alles verdorben?«, fragte er. »Und dich für immer verloren?«

»Du musst mir Zeit geben«, erwiderte sie, »um das alles erst einmal zu verdauen. Zuerst gehst du mit Fäusten auf mich los, nur weil ich dir aus Versehen eine falsche Antwort gegeben habe, dann willst du plötzlich die Stadt mit mir verlassen. Das geht mir alles ein wenig zu schnell.«

»Ich könnte dich zwingen.« Seine Züge waren hart geworden. »Das weißt du genau. Ich bin dein Mann und kann über unser Leben bestimmen.«

Hella streckte sich wie eine Katze. »Aber was hättest du schon davon?«, sagte sie und behielt damit wie so oft das letzte Wort.

Andres ritt nachdenklich zurück nach Hall, und nicht minder nachdenklich blieb Hella zurück. Bisher war ihr alles wie ein Spiel erschienen, ein köstliches, buntes Abenteuer, in das sie sich kopfüber und ohne langes Grübeln gestürzt hatte. Doch seit sie das neue Leben in sich spürte, hatten die Dinge sich verändert. Jetzt kam sie sich plötzlich vor wie schwankendes Schilf ohne Richtung, ohne Halt. Wie sollte sie in wenigen Monaten für ein Kind sorgen, nachdem sie sich doch selbst so hilflos wie ein Kind fühlte?

Als das Klopfen an der Tür ertönte, blieb sie zunächst sitzen und versuchte es zu ignorieren. Sie wollte jetzt niemanden sehen – keine Wilbeth mit ihren immer neuen Vorhaltungen und auch keinen Niklas mit seinen heißen Umarmungen. Doch wer immer auch es sein mochte, der da abends Einlass begehrte, er ließ sich nicht abweisen, klopfte und polterte, sodass Hella schon befürchtete, die Nachbarn könnten aufmerksam werden.

Seufzend stand sie auf und ging zur Tür.

»Wer …« Das Wort blieb ihr im Hals stecken, als Leopold von Spiess vor ihr stand.

»Lass mich hinein, nur einen kleinen Augenblick!«

»Hast du mich neulich nicht verstanden?«, entgegnete sie scharf. »Dann tut es mir leid.«

»Hella, bitte! Ich bin ganz krank vor Sehnsucht nach dir.«

In der Tat sah er mitleiderregend aus, die Haut fahl, die Augen übergroß. Er schien ihr dicker geworden zu sein seit dem letzten Mal; die Schecke spannte über dem geblähten Bauch. Dazu kam sein brodelndes Atmen, als ob er gerade zu schnell gerannt wäre.

»Einen kleinen Augenblick, nicht länger«, sagte sie und ließ ihn vorbei.

»Wo nur soll ich beginnen?« Seine Stimme zitterte. »Ich hab einen großen Fehler gemacht, neulich, als ich so hässlich zu dir war. Du bist die Sonne meines Lebens, Hella, ohne dich ist alles kalt und grau. Das weiß ich jetzt.«

»Und was meint die Hofmeisterin dazu?«, entgegnete sie kühl.

»Alma? Sie ist großzügiger, als ich dachte. Sie weiß von uns, sogar schon eine ganze Weile, aber sie hat mir nicht einmal richtig die Leviten gelesen. Doch lass mich lieber von uns reden: Ich kann ohne dich nicht leben, Hella. Bitte, komm zu mir zurück!«

»Wie sollte das gehen? Wir sind beide verheiratet, und ich bin noch dazu schwanger. Hast du mir nicht erst jüngst überzeugend aufgezeigt, dass es für uns niemals eine gemeinsame Zukunft geben kann?«

»Aber es müssen sich doch Mittel und Wege finden lassen«, stieß er hervor, bleich wie Weizenmehl. »Fürs Erste könnten wir vielleicht alles so belassen wie bisher, das war doch wunderschön, meine Hella …«

Er war so jämmerlich, dass ihre Abneigung jäh wuchs. »Ich fürchte, dazu ist es zu spät, mein Leopold«, sagte sie. »Denn leider bist du nicht mehr der einzige Höfling, der den nächtlichen Weg in dieses bescheidene Haus gefunden hat. Niklas, der Bastard des Herzogs, hat offenbar großen Gefallen an mir gefunden.«

»Niklas?« Leopolds Lippen hatten sich bläulich gefärbt. »Du scherzt, Hella!«

»Und wie ich seine Umarmungen genossen habe, so jung und stark und schön, wie Niklas ist. Und äußerst großzügig noch dazu – warte!« Er hörte sie im Nebenzimmer hantieren, dann kam sie in die Stube zurück. »Schau nur, das hat er mir geschenkt! Sieht es nicht aus, als könnte es einer Königin gehören? Soll ich es einmal für dich anlegen, Leopold?«

Wie benommen starrte er auf das goldene Gespinst mit den schimmernden Perlen, das sie sich nun geschickt übers Haar streifte.

»Gefalle ich dir?« Mit schwingenden Hüften tänzelte sie vor ihm hin und her. »Für Niklas allerdings hab ich es nackt getragen, musst du wissen.«

Leopold begann zu röcheln, griff in seine Schecke und zog ein blaues Fläschchen heraus. Er setzte es an und trank. Der Inhalt war offenbar so bitter, dass ihn Schauer überliefen und er für einen Moment irritiert schien.

»Du bringst mich um, Hella!«, flüsterte er und verschloss das Fläschchen wieder. »Ah, wie es in mir brennt! Das sind gewiss die ewigen Feuer der Hölle. Ich verdurste! Kann ich einen Becher Wasser bekommen?«

»Dein kleiner Augenblick ist längst vorüber«, sagte sie, brachte ihm aber dennoch das Wasser, weil er so elend wirkte. »Und nun solltest du gehen, Leopold. Für immer.«

»Aber ich kann nicht.« Er stierte sie waidwund an, fasste sich an die Brust. »Mir wird es so eng da drinnen, Hella.« Schweiß stand ihm auf Stirn und Oberlippe. Seine Bewegungen waren fahrig geworden. »Ein Eisenband, das alles zusammendrückt. Und schrecklich übel ist mir auch.« Er presste die Hand vor den Mund.

»Warte – ich will dir lieber einen Eimer holen!« Hella ging hinaus in die kleine Abstellkammer.

Ein lautes Plumpsen, das sie erstarren ließ.

Als sie zurücklief, fand sie ihn auf dem Boden liegend, die Augen verdreht, dass nur noch das Weiße zu sehen war.

»Leopold!« Sie kniete sich neben ihn, rüttelte ihn sanft. »Was hast du? Was machst du denn da? So rede doch!«

Er bewegte die Lippen, schob die Zunge heraus, versuchte vergeblich, etwas zu sagen. Dann verkrampfte sich sein Körper, und sein Gedärm entleerte sich in einem stinkenden Schwall.

Er rührte sich nicht mehr.

Hella blieb neben ihm knien wie gelähmt, trotz des unerträglichen Gestanks. Sie vermochte keinen klaren Gedanken zu fassen, bis langsam erst die ganze Tragweite des Geschehens in ihr Bewusstsein drang. Sie überwand ihren Ekel und beugte sich über den Reglosen. Nicht der Hauch eines Atemzugs. Leopold von Spiess hatte die Welt für immer verlassen.

Hella stieß einen Schrei aus.

Der Hofmeister des Herzogs tot in ihrem Haus – das konnte ihr eigenes Todesurteil bedeuten, sollte es ungünstig ausgehen. In wilder Panik schaute sie sich um, zerrte schließlich ein Laken aus einer der Truhen und warf es über ihn, damit sie den grässlichen Anblick nicht länger ertragen musste. Dann lief sie aus dem Haus, um Hilfe zu holen.

Erst unterwegs wurde ihr bewusst, dass sie noch immer das

kostbare Netz trug. Sie zerrte es vom Kopf und stopfte es in ihr Mieder. Schwer atmend erreichte sie schließlich Wilbeths Haus und schlug so fest mit der Faust gegen die Tür, wie sie nur konnte.

»Hella …« Das Begrüßungslächeln erstarb der alten Frau auf den Lippen. »Aber du siehst ja aus, als sei dir soeben der Geist eines Verstorbenen begegnet!«

»Viel schlimmer, Wilbeth.« Hella begann bitterlich zu weinen. »Denn ich war es ja, die Schuld daran hat, dass er gestorben ist.«

❧

»Gemach, gemach!«, flüsterte Barbara. »Sonst kippt der Karren um, und wir verlieren ihn noch auf halber Strecke.«

»Dann landen wir alle zusammen am Galgen«, sagte Rosin bitter. »Das hat sie uns eingebrockt mit ihren ständigen Männergeschichten!«

Gemeinsam versuchten sie, die Karre halbwegs im Gleichgewicht zu halten, was nicht einfach war, denn das Pflaster war holprig und die Ladung schwer. Sie hatten die Räder dick mit Sackleinen umschlagen, damit sie leiser waren, und den Toten mit einer Schicht weiterer alter Säcke zugedeckt. Es war alles andere als einfach gewesen, den Leichnam überhaupt in das Gefährt zu hieven, denn er schien plötzlich dreimal so schwer geworden zu sein. Ohne Rosins Kenntnisse, wie man die einsetzende Totenstarre brechen konnte, wären sie wohl gar nicht zurechtgekommen. Rosin war es auch, die immer wieder zur Eile ermahnt hatte, denn sie wusste aus Erfahrung, dass binnen Kurzem der Leichnam wieder für mindestens zwei Tage steif werden würde.

»Ich kann euch ablösen, wenn ihr wollt«, sagte Els. »Ihr

habt schon ein so langes Stück geschoben, und meine Kräfte sind noch ganz frisch.«

»Die werden wir gleich noch brauchen, also spar sie lieber!«, sagte Wilbeth, die hinter ihnen ging und sich ständig umschaute, ob ihnen auch ja niemand folgte. »Wenn ihr euch streitet, wird es nur noch schwieriger. Dass Hella so ist, wie sie ist, wissen wir schon lange. Vielleicht ist ihr dieser schreckliche Vorfall ja eine Lehre, und sie wird künftig vorsichtiger sein.«

»Den ›Vorfall‹ müssen wir erst einmal loswerden«, sagte Rosin. »Noch sind wir nicht am Inn.«

»Schon bemerkenswert, wie sie es immer wieder versteht, sich fein herauszuhalten und die hässliche Arbeit auf andere abzuwälzen«, kam es von Els. »Manchmal frage ich mich, ob es richtig war, sie in unsere Gemeinschaft aufzunehmen.«

»Sie ist jetzt schwanger und sie soll das Kind nicht verlieren«, sagte Barbara. »Außerdem sind wir stets füreinander eingestanden, wenn eine von uns Hilfe oder Unterstützung brauchte, so wie die Bethen es uns gelehrt haben.«

Eine Weile blieb es still. Alle Häuser, an denen sie vorbeikamen, waren längst dunkel, denn sie hatten lange gewartet, nachdem Wilbeth sie herbeigeholt hatte und sie zunächst gemeinsam alle Spuren in Hellas Haus sorgfältig beseitigt hatten. Die ganze Stadt schien fest zu schlafen, und sie konnten nur hoffen, dass es auch so blieb.

»Ich kann das Wasser schon rauschen hören«, sagte Els. »Jetzt sind wir gleich am Ziel.«

Am Ufer schoben sie die Karre noch ein Stück flussaufwärts, bis Wilbeth schließlich den Arm hob.

»Halt«, sagte sie. »Hier könnte es gehen. Niemand kann uns sehen, das Ufer ist flach genug, und die Strömung wird ihn schnell weitertreiben. Jetzt brauchen wir noch ein paar schwere Steine. Deine Aufgabe, Els!«

Ein tiefblauer, klarer Sternenhimmel prangte über ihnen. Es dauerte eine Weile, bis sie die richtigen Steine gefunden hatte.

»Vier sind genug«, entschied Wilbeth. »Jetzt laden wir ihn ab.«

Zu viert gelang es ihnen schließlich, den Toten aus der Karre auf die Erde zu hieven und so dicht wie möglich an das Wasser zu schleifen. Wilbeth überwachte, wie Rosin und Barbara ihm die Steine mit Seilen um Arme und Beine banden.

Jetzt kam das Schwerste, das die meiste Überwindung erforderte. Wenigstens konnte er sie nicht ansehen, dafür hatten sie gesorgt. Die Münzen, die sie ihm auf die geschlossenen Lider geklebt hatten, stammten aus Wilbeths geheimem Kästchen und glänzten, so neu und blank waren sie.

»Er darf nicht wiederkommen«, sagte sie und fügte, als die anderen schwiegen, hinzu: »Und wenn doch, dann hatte keine von uns etwas damit zu tun. Schwört – bei der Kraft und der Liebe der Ewigen Drei!«

Leise wiederholten die anderen die alten Worte. Danach bückten sie sich und stießen den Leichnam mit aller Kraft noch das letzte Stück in den Fluss. Er versank, und die kalten grünen Fluten des Inns schlossen sich über ihm.

Die Frauen richteten sich auf, atmeten schwer. Schließlich zeichnete Wilbeth im Namen der Bethen ein Kreuz in die Luft.

»Jetzt haben wir noch mehr, das uns verbindet«, sagte sie mit ernster Miene. »Ein tödliches Geheimnis, das uns für immer zusammenschmiedet, Schwestern!«

Sie hatten das Fläschchen übersehen!

Das blaue Gefäß mit den goldenen Streifen, dessen Inhalt Leopold offenbar den Tod gebracht hatte, war ihm beim Sturz wohl aus der Hand geglitten und hinter ein Tischbein gerollt, wo Hella es gerade zufällig entdeckte, weil sie den Tisch leicht verschoben hatte.

Was sollte sie nun damit anstellen? Sie spürte, wie ihre Haut abermals nass vor Schweiß wurde.

Den Inhalt ausgießen? Aber wohin? Oder das Fläschchen einfach wegwerfen?

Die Freundinnen konnte sie nicht fragen, denn die waren gerade dabei, den Leichnam verschwinden zu lassen, doch allein mit dem Teufelsding konnte und wollte sie nicht bleiben.

Sollte sie die anderen suchen gehen, obwohl sie es ihr ausdrücklich verboten hatten?

»Je weniger du weißt, desto besser. Sollte man dich wider Erwarten dennoch befragen, so musst du nicht einmal lügen.«

Sie hatten ja recht mit allem, was sie gesagt hatten, und erleichtert hatte sie ihnen zugestimmt – doch wer hatte da bereits gewusst, dass das Fläschchen sich immer noch hier befand?

Die Wände der Stube schienen sich enger um sie zu schließen, und obwohl sie alles mehrfach geschrubbt hatten, glaubte Hella plötzlich wieder jenen abscheulichen Gestank zu riechen, den sie niemals im Leben vergessen würde.

Das sollte aushalten, wer wollte – sie gewiss nicht!

Hella wickelte das Fläschchen in ein Tuch, um es nicht direkt anfassen zu müssen, und verließ das Haus. Bibiana hatte einen leichten Schlaf, das wusste Hella, und womöglich hatte sie in dieser Nacht des Schreckens überhaupt noch keine Ruhe gefunden.

Doch der »Goldene Engel« war dunkel, als sie atemlos ankam, und die Tür zur Gaststube verschlossen. Hella öffnete die kleine Pforte, die zum Kräutergarten führte. Einige der

Fenster im ersten Stock waren geöffnet, doch hinter welchem schlief die alte Ladinerin?

Sie musste es einfach riskieren.

Hella bückte sich nach einem Kieselstein und wollte schon ausholen, um ihn nach oben zu werfen, als sie plötzlich von hinten einen harten Schlag auf den Rücken erhielt. Mit einem Schrei fuhr sie herum – und stand Bibiana gegenüber, die eine Zaunlatte umklammert hielt.

»Hella! Was hast du mitten in der Nacht in meinem Garten zu suchen? Und ich dachte, das wäre ein Dieb.«

»Lass uns nach drinnen gehen!«, flüsterte Hella und rieb sich den schmerzenden Rücken, denn Bibiana hatte kräftig zugehauen. »Damit keiner uns hört.«

Drinnen legte sie das Fläschchen auf einen der frisch gescheuerten Tische.

»Hast du die schreckliche Geschichte schon gehört?« Hellas Gesicht war wachsbleich.

Bibiana nickte. »Barbara hat es uns erzählt. Ich hab Els zugeredet, mitzuhelfen. Wo bleiben sie eigentlich? Sie müssten doch längst wieder zurück sein!«

»Vielleicht ist es ganz gut, dass wir beide allein sind.« Hella überwand ihre Scheu, berührte das Glasgefäß und schob es hinüber zu Bibiana. »Der Hofmeister ist umgefallen und gestorben, nachdem er daraus getrunken hat. Wir haben es beim Saubermachen übersehen. Aber ich will es nicht mehr in meinem Haus haben. Beseitige du es für mich, bitte!«

»Wie stellt du dir das vor? Das ist gefährlich«, sagte Bibiana. »Was, wenn jemand es bei mir findet?« Sie hielt es gegen das Licht der Kerze, die sie eilig entzündet hatte. »Da ist noch etwas von der Flüssigkeit drin. Wenn sie den Hofmeister getötet hat, wie du sagst, dann kann der Rest auch einem anderen schaden.«

»Ich hab so sehr gehofft, es verschwindet zusammen mit dem Hofmeister für alle Zeiten.« Hellas Augen füllten sich mit Tränen. »Was sollen wir nun damit anfangen?«

»Dann überlass das eben mir,« gab Bibiana nach und zog Hella an ihre Brust. »Für heute ist es wohl genug für dich. Geh jetzt nach Hause und leg dich hin! Du musst an das Kind denken, Hella! Die Bethen sehen es nicht gern, wenn eine von uns fahrlässig mit ungeborenem Leben umgeht.«

Widerstrebend und doch gleichzeitig wie erlöst machte Hella sich auf den Heimweg. Bibiana blieb noch eine ganze Weile in der stillen Gaststube sitzen und wog das Fläschchen nachdenklich in ihrer Hand. Die leuchtend blaue Farbe, vor allem aber die feinen Goldlinien ließen es kostbar aussehen. Wer immer es einmal besessen hatte, er würde es sicherlich eines Tages vermissen. Schließlich öffnete sie den Verschluss. Der starke, fast stechende Geruch ließ eine vage Erinnerung in ihr wach werden, die sie aber nicht einordnen konnte. Sie gab ein paar Tropfen in eine Schale, worauf sich der Geruch verstärkte, doch so sehr sie sich auch bemühte, ihre Erinnerung blieb unklar. Von der Flüssigkeit zu kosten, wagte sie eingedenk der verheerenden Wirkung nicht. Mit einem Seufzer verschloss sie das Fläschchen wieder.

Plötzlich wusste sie, was sie tun würde. Zu Els kein Wort, damit diese nicht noch tiefer in diese unselige Angelegenheit hineingezogen wurde. Vergraben würde sie es, unter ihrem großen Wermutstrauch, der ihr schon so viele gute Dienste geleistet hatte, und dann würde sie versuchen, das Glasgefäß so schnell wie möglich zu vergessen.

❧

Mit einem Mal war es kühl an seiner Seite geworden. Sebi tastete nach Pippo, doch der Kater war verschwunden, seine Lieblingsstelle im Bett neben ihm leer. Langsam setzte Sebi sich auf, lauschte in die Nacht.

Etwas hatte ihn geweckt, ein leises, gleichmäßiges Geräusch, das er nicht gleich erkannte. Seine Züge verkrampften sich, schließlich aber begann er zu lächeln. Das klang beinahe, als würde jemand graben, eine Tätigkeit, die für Sebi die Farbe Rot besaß, obwohl die Erde ja eigentlich dunkel war. Aber war es dazu mitten in der Nacht nicht eigentlich zu finster?

Er stand auf und ging zum Fenster. Kein Mond am Himmel, doch der klare Sternenhimmel erlaubte ihm den Blick auf den Rücken von Bibiana, die sich gerade unter ihren Wermutstrauch bückte. In ihrer Rechten hielt sie die Schaufel, die sie gewöhnlich für ihre Gartenarbeiten benutzte.

Sein feines Gehör hatte ihn also nicht getäuscht. Das Rot stimmte!

Sie vergrub da etwas. Auch er hatte das früher gern getan, bevor diese bösen Leute von Gegenüber gekommen waren und zu Mama und ihm so hässliche Worte gesagt hatten. Wie hätte er da noch zugeben können, dass er es gewesen war, der ihre alte Haube mit der Borte, die unförmigen Wachsklumpen und einige Tierknöchelchen bei ihnen verbuddelt hatte – ein herrlicher Schatz, den er später wieder hatte heben wollen?

Ob Bibiana gerade dabei war, auch solch einen Schatz zu verstecken? Spätestens morgen war ja Gelegenheit, dies mit eigenen Augen und Händen nachzuprüfen.

Sebi setzte sich auf die Fensterbank, schaute ihr weiterhin zu, blieb aber ganz still. Noch ein bisschen länger im schönen, warmen Rot baden! Denn nur wenn einen niemand entdeckte und viel zu früh wieder zurück ins Bett schickte, konnte man die wirklich spannenden Dinge herausfinden.

❧

Drei Tage waren vergangen, seit Leopold von Spiess spurlos verschwunden war, und in ganz Innsbruck brodelte die Gerüchteküche. Manche wollten ihn spätabends hoch zu Ross gesehen haben, andere wieder behaupteten, er sei auf ein Floss gestiegen, um Inn abwärts zu reisen. Jedes Gasthaus hatte man abgeklappert, jeden Winkel der Hofburg durchsucht – ohne Ergebnis.

In den Morgenstunden des vierten Tages näherte sich hoch zu Ross ein Trupp bewaffneter Männer dem Haus des Münzschreibers, begleitet von Alma von Spiess. Sie saßen ab, schlugen hart gegen die Tür.

Als Hella schlaftrunken im Nachtgewand öffnete, drängten sie sie beiseite und stürmten an ihr vorbei ins Haus.

»Was macht Ihr da?«, rief sie erschrocken. »Wer seid Ihr überhaupt?«

»Stallmeister Fritz von Winkenthal und einige ausgezeichnete herzogliche Jäger«, erwiderte die Hofmeisterin kühl. »Sie begleiten mich auf Anweisung Seiner Hoheit, des Erzherzogs von Tirol. Gib meinen Mann heraus, Scheuberin!«

»Euren Mann? Wovon redet Ihr?«

»Das weißt du ganz genau.« Die Spiessin kam ihr so nah, dass Hella jede Sehne an ihrem mageren Hals überdeutlich sehen konnte. »Wozu noch weiter leugnen? Leopold hat doch ohnehin bereits alles gestanden. Also, wo ist er?«

»Das weiß ich nicht«, rief Hella.

Über ihnen das Getrampel fester Stiefel. Auch nebenan durchsuchten die Männer jedes Zimmer.

»Oben scheint das Haus sauber zu sein«, sagte von Winkenthal. »Aber den Keller sollten wir uns noch vornehmen.«

»Tut das!«, befahl die Spiessin. »Denn Leopold ist oder war hier – das spüre ich mit jeder Faser meines Körpers.«

»Aber Ihr irrt Euch!«, rief Hella, die sich in ihrem dünnen Hemd vor den Augen der Fremden unwohlfühlte. »Ich weiß nichts. Gar nichts!«

Die Männer kamen vom Keller wieder herauf.

»Da ist keiner«, sagte einer.

»Auf dem Dachboden haben wir auch nichts gefunden«, meldete ein anderer.

Die Spiessin schien zu überlegen.

»Der Stall«, sagte sie plötzlich. »Und dieses Mal bin ich mit dabei, um mich mit eigenen Augen zu überzeugen.« Sie warf der zitternden Hella einen schneidenden Blick zu. »Bewacht sie gut!«, befahl sie. »Nicht, dass unser kleines Goldkehlchen plötzlich noch Reißaus nimmt.«

Im Stall durchsuchten die Männer die Futtertröge und stachen in alle Strohballen. Allmählich schien ihr Elan zu erlahmen.

»Euer Gemahl war offenbar doch nicht hier«, sagte der Stallmeister. »Jedenfalls hat er keine Spur hinterlassen.«

»Abgerechnet wird immer erst am Ende.« Die Spiessin begann mit einem Mal zu husten und wandte sich schnell ab. Niemandem fiel auf, dass sie dabei ein Kreuz an einer dünnen goldenen Kette aus ihrem Mieder zog und es zu Boden fallen ließ. Ihr Husten ließ nach. Mit einem feinen Leinentuch tupfte sie sich die Lippen ab. Scheinbar unbeabsichtigt glitt es neben ihr zu Boden.

Einer der Jäger bückte sich galant, um ihr das Tuch zu reichen – und stutzte.

»Da liegt etwas«, sagte er, »etwas Goldenes.«

»Leopolds Kreuz!«, rief die Spiessin laut. »Ein Erbstück seiner verstorbenen Mutter. Er hat es oft getragen und immer in Ehren gehalten.«

»So habt Ihr also doch recht gehabt«, sagte der Stallmeister. »Holt sie her!«

Zwei Männer zerrten Hella in den Stall, wo Alma ihr das Schmuckstück triumphierend unter die Nase hielt.

»Das gehört meinem Gemahl«, zischte sie. »Er war also hier, hier in diesem Stall. Was hast du mit ihm gemacht, du verdammte Metze – rede!«

»Nichts. Gar nichts!«, rief Hella tränenüberströmt. Ihre Hände schützten den Bauch. »Dieses Kreuz hab ich noch nie gesehen. Ich hab ihm nichts getan. Wo ich doch sein Kind tragen könnte! Glaubt Ihr vielleicht, ich würde dem Vater meines Kindes ein Leid zufügen?«

Die Männer schauten betreten drein. Sogar der Stallmeister schien beeindruckt.

»Und wo sollte ich ihn denn auch hingeschafft haben – in meinem Zustand? Seht ihr ihn vielleicht hier irgendwo liegen?« Langsam begann Hella ein Fünkchen Hoffnung zu schöpfen. Nichts sagen, unter keinen Umständen!, das hatte Wilbeth ihr mehrmals eingeschärft. Und die kluge Alte hatte sicher recht.

»Leopold war hier«, beharrte die Spiessin. »Und das Kind wird er dir ja wohl kaum in der Hofburg gemacht haben. Seit wann habt ihr es denn zusammen getrieben? Und wo? Gleich hier wie Tiere im Stroh, während der ahnungslose Münzschreiber in Hall über seinen Büchern geschwitzt hat? Musste er deshalb verschwinden, mein Gemahl, damit Scheuber nichts von deiner gottlosen Unzucht erfährt?«

Sie spie Hella mitten ins Gesicht.

»Du warst es, die ihn verführt hat«, schrie sie. »Du warst

die Schlange, die ihm Schlimmes zugefügt hat. Büßen wirst du mir dafür, das schwöre ich dir!«

Hella wischte sich mit dem Handrücken ab, öffnete den Mund und schloss ihn wieder. Verzweiflung stieg in ihr auf. Sie war in die Falle geraten. Viel schneller, als sie es für möglich gehalten hätte.

»Wir nehmen sie mit in die Hofburg«, sagte die Spiessin. »Dort soll sie dem Herzog persönlich ihre frechen Lügen ins Gesicht sagen. Es ist Sache des Herzogs, zu entscheiden, was weiterhin mit ihr geschehen soll. Bindet sie!«

»Aber das dürft Ihr nicht!«, rief Hella, während die Männer ihr die Arme grob auf den Rücken zerrten. »Ich bin doch unschuldig! Das hier ist mein Haus, und Ihr müsst …«

»Dann schau dich lieber noch einmal genau um, Scheuberin!« Die Stimme der Hofmeisterin war schneidend. »Denn lebend wirst du hierher mit Sicherheit nicht mehr zurückkehren!«

❧

Das war die Stelle, wo sie ihren Hexensabbat feierten!

Sie hatten sich bemüht, alle Spuren zu verwischen, Kramer jedoch ließ sich keinen Augenblick täuschen. Das Gras wuchs niedriger, und das oftmals entzündete Feuer hatte einen regelrechten Ring in das Grün gebrannt. Er schloss die Augen, weil die Luft auf einmal zu flimmern schien, und hatte mit einem Mal den beißenden Geruch der Flammen in der Nase.

Er sah, wie sie sich an den Händen fassten und einen Kreis bildeten, wie sie lachten und schrien, wie sie Gott verhöhnten und all diejenigen, die seine gläubigen Kinder waren. Hier tanzten sie, dass die Brüste flogen. Hier rissen sie sich die Kleider vom Leib, um ihre unaussprechlichen Sünden zu begehen. Hier spreizten sie in Wollust die Beine und entblößten jenes Tor zur Hölle, das auch ihm nur Kummer und Verderbnis gebracht hatte. Hier reckten sie in verbotener Geilheit ihre Ärsche dem teuflischen Horn entgegen, um mit dem Fürsten der Finsternis jenen furchtbaren Pakt zu erneuern, der sie für immer ihrer unsterblichen Seelen beraubte.

Ein Feuerstoß schoss Kramer in die Lenden und bescherte ihm eine so gewaltige Erektion, dass seine Kutte sich wölbte. Er wandte sich ab, beschämt, erniedrigt.

Er musste sie brennen sehen – alle – je früher desto besser. Erst dann würde er endlich Ruhe finden und jenes Leben in Keuschheit und Kontemplation wieder aufnehmen können, das ihm Frieden und Sicherheit geschenkt hatte.

Langsam ging er zur Kapelle zurück, vor der Dietz Geyer mit seiner Schubkarre wartete. Der Gastwirt hielt den Kopf gesenkt und wagte nicht, Kramer anzusprechen, weil der Pater ihn zuvor wütend angeherrscht hatte, um seiner Klage über die schwere Last ein Ende zu bereiten: »Die paar Bretter bringen dich schon zum Winseln? Schämen solltest du dich, mein Sohn! Denk an Jesus Christ, unseren Herrn, der das schwere Kreuz für uns getragen hat!«

Nun betrachtete Kramer mit leisem Grauen die schieferfarbene Kapelle. »Hierher kommen sie, nachdem sie den Satan erkannt haben?«, fragte er.

Dietz nickte.

»Manchmal wohl auch zuvor. Es sollen viele sein, die sich noch immer hierherschleichen – so sagt man wenigstens.«

»Du selbst warst noch nie da drinnen?«

Energisches Kopfschütteln, obwohl es eine Lüge war. Die Mutter hatte Purgl und ihn einmal mit hergenommen, als sie beide noch Kinder gewesen waren. Und Dietz erinnerte sich genau an die vielen, hellen Lichter und an die feierliche Stille, die ihm wie ein warmes Tuch erschienen war, in das man sich kuscheln konnte.

»Dann warte hier, bis ich zurück bin!«

Kramer atmete tief aus und öffnete die Tür. Im Vorbeigehen sah er das Wandbild des Christopherus, dessen große Zehe inzwischen abgeschabt war. Verächtlich verzog er die Lippen. Von diesem widerlichen Aberglauben hatten ihm bereits einige Denunzianten berichtet. Am besten, man kalkt die ganze Wand frisch, um diesem Spuk ein für alle Mal ein Ende zu bereiten.

Jetzt erst fiel ihm auf, wie hell es im Inneren war, obwohl die schmalen Fenster kaum Licht einließen. Kerzen brannten zu Füßen der drei Holzfiguren, viel zu viele für seinen Geschmack. Er beugte sein Knie vor der Muttergottes mit dem Kind, die ernst auf ihn herabsah.

»Du bist die Einzige, der mein Herz gehört«, betete er leise. »In Deinem Namen werde ich gründlich mit allem aufräumen, was Deine Herrlichkeit beleidigt. In Ewigkeit, Amen.«

Jetzt fühlte er sich stark genug, um den Bildnissen zu begegnen. Wer auch immer sie geschaffen hatte, hatte sich angestrengt, sie wie Heiligenfiguren aussehen zu lassen, und ihnen sogar die entsprechenden Attribute beigegeben: ein Rad, eine Schlange, einen Turm. Institoris aber wusste, dass diese hölzernen Bildnisse niemals Katharina, Margarete und Barbara darstellten. Dafür waren sie zu alt, zu hochmütig – zu stark. Außerdem trugen sie goldene Kronen auf dem Kopf, als ob sie allesamt Königinnen wären, wem aber außer der himmlischen Königin gebührte diese Zierde?

Am liebsten hätte er sie auf der Stelle mit einer Axt niedergestreckt, doch es galt, klug zu sein und besonnen vorzugehen – zumindest vorerst.

Er ging zur Tür zurück, musste sich aber noch einmal umdrehen, weil er das seltsame Gefühl hatte, als beobachteten sie ihn.

Draußen angelangt, blendete ihn die niedrig stehende Sonne. »Du kannst jetzt anfangen«, sagte er zu Dietz, der ihm mit blödem Ausdruck entgegenstarrte. »Vernagle die Tür – mit dem Zeichen des Kreuzes. Und nimm dazu die längsten Eisennägel, die du finden kannst!«

Hella gefangen genommen – Lena konnte es kaum glauben, als Vily mit dieser Nachricht zu ihr gelaufen kam. Er hatte sie von einem der Jäger, und was der sagte, musste stimmen, denn er war dabei gewesen, als man Hellas Haus durchsucht und sie schließlich festgenommen hatte.

»Jetzt sitzt sie im Loch«, sagte Vily düster. »Hier. Irgendwo unter uns. Und niemand darf sie sehen oder sprechen.«

»Hella eine Mörderin – niemals!«, rief Lena entsetzt. »Wo sie doch keinem Huhn den Kopf umdrehen kann. Das muss ein Irrtum sein, ein schrecklicher Irrtum. Ich werde sofort zur Herzogin laufen und ihr alles erklären.«

Sie band ihre Schürze ab und wusch sich Hände und Gesicht, doch als sie zu Katharina kam und die ersten Worte heraussprudelte, hob diese abwehrend die Hand.

»Ich fürchte, da kann ich dir nicht helfen, Lena«, sagte sie. »Wir alle machen uns große Sorgen um den Hofmeister. Und sollte ihm etwas zugestoßen sein und deine Freundin etwas damit zu tun haben, dann wird sie für ihre Tat büßen müssen.«

Es klang so abschließend, dass Lena entmutigt verstummte.

»Darf ich heute ausnahmsweise nach Hause?«, bat sie. »Ich möchte gern mit meinen Leuten reden.«

»Von mir aus. Nach dem Abendläuten. Doch morgen früh bist du wieder zurück.«

Es dauerte viel länger, als sie gedacht hatte, bis die Arbeit in der Küche endlich getan war. Chunrat schalt und raunzte wie in den allerschlimmsten Zeiten. Die Küchenjungen waren frech und ungeschickt; Vily fiel eine große Schüssel mit Heidelbeeren aus der Hand, die klirrend zerbrach. Lena half ihm, die Spuren auf dem Boden zu beseitigen. Danach waren ihre Hände blau, aber sie gönnte sich nicht die Zeit, sie erneut zu waschen, sondern hängte die Schürze an den Haken und lief los.

Natürlich wusste sie längst, dass Institoris diesmal im »Schwarzen Adler« wohnte. Um ihm auf keinen Fall zu begegnen, wählte sie eine andere Strecke, die etwas länger war, weil sie in einiger Entfernung am Wirthaus der Geschwister Geyer vorbeiführte. Sie war beinahe am Ziel, als plötzlich eine Gestalt aus der nächsten Einfahrt trat und ihr den Weg versperrte: Kassian!

Ihr Herz begann wie wild zu pochen.

Ein hässliches Lächeln glitt über sein Gesicht. Dann hob er die Hand und machte das Zeichen des Gehörnten. Bevor sie reagieren konnte, hatte er sich bereits umgedreht und war wieder verschwunden. Lena wusste genau, wohin er jetzt gehen würde – zu Institoris.

Schweißnass kam sie im »Goldenen Engel« an und erstarrte. Alle Stühle und Bänke waren leer. Kein einziger Gast hatte sich zu ihnen verirrt.

»Wie lange geht das schon so?«, fragte sie, als Els ihr einen Teller Suppe und etwas Most hinstellte.

»Seit ein paar Tagen. Verhungern werden wir trotzdem nicht so schnell, falls du dir Sorgen machen solltest.«

»Und ob ich das tue! Hella ist in der Hofburg gefangen …«

Sie sah, wie Els bedrückt nickte. »Du weißt es also schon. Woher?«

»Die ganze Stadt spricht von nichts anderem. Andres ist sofort zum Herzog geeilt, doch der hat ihn nicht einmal empfangen.«

»Aber sie war es nicht. Das weiß ich!«

»Wir alle wissen es – und trotzdem scheint es im Moment unmöglich, etwas für sie tun. Hella hat sich da eine gefährliche Frau zur Feindin gemacht, gegen diese Hofmeisterin sind wir alle machtlos.«

Nie zuvor hatte Lena Els so mutlos gehört. »Aber wir können doch nicht dasitzen und nichts tun!«, rief sie. »Und Hella verrottet unschuldig im Loch!«

»Wir haben alles versucht«, sagte Els und sah so traurig und erschöpft dabei aus, dass Lena erschrak. »*Alles*. Dazu hätte es niemals kommen dürfen – und trotzdem ist es geschehen.«

Da war doch etwas, was sie geheim hielt! Lena spürte es genau.

»Was soll das heißen? Was verheimlichst du mir?«, fragte sie.

»Nicht mehr, als auch du für dich behältst«, sagte Els, legte ihr kurz die Hand auf den Kopf und erhob sich. »Ich werde versuchen, ein wenig zu schlafen. Obwohl ich jetzt schon weiß, dass es wieder nicht gelingen wird.«

Tief beunruhigt stieg Lena die Treppe hinauf. Die Tür zu Sebis Zimmer stand angelehnt. Neben seinem Bett brannte eine Öllampe, weil er sich manchmal in der Dunkelheit fürchtete. Lena ging hinein, und als sie sah, dass er wie gewöhnlich seine Decke zerwühlt hatte, glitt ein Lächeln über ihr Gesicht. Pippo lag neben ihm, was sie beruhigte. Mit einer Hand hielt er sein Kästchen fest umklammert, dessen Ecken sich in seine magere Brust bohrten. Sanft löste sie seine Finger und zog es vorsichtig weg. Sebi seufzte, streckte sich, als wolle er danach greifen, war aber wohl doch zu tief in seinen Träumen versunken.

Lena wollte das Holzkästchen schon auf der Truhe abstellen, die Sebis wenige Kleidungsstücke enthielt, als ein plötzlicher Impuls sie innehalten ließ. Noch zögerte sie, dann aber öffnete sie den Deckel.

Der übliche Inhalt: Steine, Vogelfedern, Tierknöchelchen. Aber was war das Längliche, Blaue mit den glänzenden Linien?

Nachdenklich wog sie das Glasgefäß in der Hand.

Er musste es irgendwo gefunden haben, denn gestohlen hatte der Kleine noch nie. Bestimmt sein kostbarster Schatz, und sie legte ihn schließlich wieder zurück.

❧

Die männliche Leiche wurde schließlich in Hall angeschwemmt. Steine, Fische, vor allem aber die Zeit hatten ihre grausliche Wandlung an dem Toten bereits vollbracht. Kinder entdeckten sie beim Spielen am Fluss und riefen verängstigt ihre Eltern.

Ein weiterer Tag verging, bis die Nachricht an den Hof von Innsbruck gedrungen war. Alma von Spiess bestand trotz aller Bedenken darauf, den Toten zu sehen. Sie band sich dicke Leinenstreifen vor Mund und Nase und nickte.

»Ich bin bereit«, sagte sie dumpf. »Das bin ich ihm schuldig.«

Für ein paar Augenblicke ließ man sie mit dem Toten allein, den man in einem verlassenen Salzstollen abgelegt hatte, um die weitere Verwesung ein wenig aufzuhalten. Nach dem Gegenstand, der ihr so viele schlaflose Nächte bereitet hatte, brauchte sie nicht erst zu suchen, denn es gab nichts mehr, worin er noch hätte stecken können.

Der Hofmeister war nackt bis auf ein paar Fetzen, die von seiner Kleidung übrig geblieben waren: zerschunden, aufgedunsen, aufs Grässlichste entstellt. Almas Augen blieben trocken, obwohl ein harter Kloß ihr die Kehle verschloss und der Gestank, der von dem Toten ausging, unerträglich war.

»Leb wohl, Leopold!«, flüsterte sie und wandte sich ab. »Jetzt wartet auf diese Metze und ihre Weiber der Turm. Und danach das Feuer!«

Neun

Du musst ihr helfen, Johannes, bitte!« Übergroß die dunklen Augen in Lenas blassem, schmalem Gesicht. Nie zuvor hatte er sie derart aufgelöst gesehen. »Hella leidet und sie bekommt doch ein Kind!«

»Wie stellst du dir das vor? Auf der Scheuberin lasten schwerste Beschuldigungen. Und falls sie tatsächlich etwas mit dem Tod des Hofmeisters zu tun haben sollte …«

War er inzwischen nicht wie ein Teil von ihr? Und dennoch verstand Lena ihn nicht. Was ging in ihm vor, hinter dieser hohen Stirn und dem ernsten grauen Blick?

»Hella – niemals! Ich kenne sie seit Kindestagen. Sie mag eitel sein und leichtsinnig dazu und allen Männern im Vorübergehen den Kopf verdrehen, aber eine Mörderin ist sie nicht. Das weiß ich! Du musst zu ihr gehen und ihr sagen, dass sie nicht allein ist. Und dann müssen wir so schnell wie möglich Beweise finden, Beweise für ihre Unschuld.«

»Die Hofmeisterin hat das Kreuz ihres Mannes im Stall des Münzschreibers gefunden. Jetzt wurde sein entstellter Leichnam bei Hall angeschwemmt. Es sieht nicht gut aus für deine Freundin, Lena.«

»So ein Schmuckstück lässt sich schnell irgendwo platzieren. Das ist keine große Kunst. Und kannst du mir verraten, wie Hella einen toten Mann allein quer durch Innsbruck geschleift haben soll – in ihrem Zustand?«

Sie hatte Johannes zum Nachdenken gebracht. Das erkannte Lena an seinem Blick, der plötzlich hellwach geworden war.

»Du magst die Spiessin nicht«, sagte er frei heraus.

»Nein. Du vielleicht?«

Sein Schulterzucken war ihr Antwort genug.

»Ich könnte es versuchen«, sagte er nach einigem Nachdenken. »Ein Siegel des Herzogs würde möglicherweise den Weg ebnen, auch wenn dies natürlich alles andere als korrekt ist. Doch die Freiheit schenken kann ich deiner Freundin nicht. Diese Illusion muss ich dir leider nehmen.«

»Aber sprechen kannst du mit ihr und sie fragen, was wirklich geschehen ist. Hella hat so gut über dich geredet, Johannes.« Zarte Röte färbte Lenas Wangen. »Ohne sie hätte ich vielleicht niemals gemerkt, wie sehr ich dich …« Ihr drängender Blick ließ ihn nicht mehr los.

»Deinetwegen, Lena«, sagte er. »Nur deinetwegen! Ich werde versuchen, sie zum Reden zu bringen, vorausgesetzt, man lässt mich zu ihr.«

»Dann bring ihr das hier mit.« Sie wies auf den Korb zu ihren Füßen. »Bestimmt lässt man sie im Loch darben, aber sie braucht doch anständiges Essen, gerade jetzt! Ich hab ihr Hühnerschenkel gebraten und einen Mandelkuchen gebacken. Und falls Geld nötig sein sollte, um die Wachen zu bestechen – hier!« Sie drückte ihm ein paar kleine Silbermünzen in die Hand. »Das ist alles, was ich gespart habe, Johannes. Mehr habe ich leider nicht.«

Rührung machte seine Gesichtszüge weich.

»Wenn ich dich nicht schon lieben würde«, sagte er und zog sie an sich, »dann spätestens jetzt.«

Ein langer, inniger Kuss, in dem beide versanken.

Langsam löste Lena sich von ihm. »Du wirst mir alles berichten?«, fragte sie leise.

»Das werde ich«, versprach er.

Doch kaum war Lena fort, kamen seine Bedenken aufs Neue und überfielen ihn wie ein Schwarm hungriger Heuschrecken. Wenn er sich unbefugt Zugang zum Loch verschaffte, mit welchen Konsequenzen musste er dann rechnen? Leopold von Spiess hatte dem Herzog so nah gestanden, dass dieser ihn sogar an seiner Stelle auf Brautschau nach Sachsen entsandt hatte. Wenn er sich jetzt an die Seite der vermeintlichen Mörderin stellte, bedeutete das nicht unweigerlich das Ende seiner Laufbahn bei Hof?

Solche und ähnliche Gedanken marterten ihn, bis der Jurist zu ersticken glaubte. Er riss die Tür auf, sprang wie ein Junge die Treppen hinunter, bis er endlich im Burghof angelangt war. Weiche, warme Sommerluft füllte seine Lunge, vom Küchentrakt her wehte der köstliche Duft nach gebratenem Fleisch, und er hörte den leisen Widerhall eines Lachens.

Langsam beruhigte er sich wieder. Sein Verstand nahm erneut die Arbeit auf, aber auch sein Herz begann zu ihm zu sprechen. Was hatte er schon zu verlieren? Womöglich das Wichtigste auf der ganzen Welt, wenn er jetzt nicht genügend Entschlossenheit und Mut aufbrachte.

Er liebte Lena mehr als sein Leben. Er glaubte ihr. Daher würde er auch alles daran setzen, um ihrer Freundin zu helfen.

Der Brief mit dem herzoglichen Siegel glitt dem Bischof aus der Hand und fiel zu Boden. Rasso Kugler bückte sich, um ihn aufzuheben, weil der Genesende dazu noch nicht in der Lage war.

»Er ist offenbar wieder so weit.« Aus dem abgezehrten Gesicht trat die kräftige Sattelnase, die die bäuerliche Herkunft verriet, deutlicher denn je hervor. »Genauso, wie ich insgeheim befürchtet hatte. Kramers Reise nach Ravensburg hat Tirol lediglich einen Aufschub beschert und nicht die erhoffte Rettung.« Wieder nahm er die Zeilen der Herzogin zur Hand, obwohl er sie mittlerweile so oft studiert hatte, dass er nahezu jedes Wort auswendig wusste. »Da, er predige Argwohn und Hass, und hier, jeder, der seiner Aufforderung zur Denunziation nicht folgt, mache sich schuldig und damit selbst verdächtig. So schüchtert er die Menschen in Innsbruck ein. Nicht einmal vor dem Hof macht er halt. Wenigstens zieht Sigmunds Gemahlin mich ins Vertrauen. Ich bin sehr froh, dass sie trotz ihrer Jugend so umsichtig gehandelt hat.«

»Von Seiner Hoheit ist ebenfalls ein Schreiben eingetroffen«, sagte der Notarius. »Gerade eben wurde es für Euch an der Pforte abgeliefert, Exzellenz.«

»Zeig her!«

Der Bischof erbrach das Siegel und begann zu lesen. Er schien noch müder und bleicher, nachdem er die Lektüre beendet hatte.

»Herzog Sigmund dagegen scheint Kramer bereits ganz und gar auf seine Seite gezogen zu haben. Seine Hoheit beruft sich auf die päpstliche Bulle, die ihn zur Unterstützung des Inquisitors auffordere, und bekräftigt, dass die Verfolgung der Unholdinnen auch für ihn oberste Priorität besitze. Wie geschraubt er sich ausdrückt! Beinahe, als habe ihm der Hexenjäger höchstpersönlich die Feder geführt.«

Sein Mund wurde bitter.

»Ein schlauer Fuchs, dieser Dominikaner! Denn natürlich weiß er genau, dass ich mich als Bischof ebenfalls an diese Bulle halten muss. Also kann er auch von mir Hilfe und Unterstützung einfordern, selbst wenn ich ganz und gar nicht mit seinen kruden Theorien und Phantasmen übereinstimme.«

»Ihr glaubt nicht an die Existenz von Hexen?«, fragte Kugler.

»Ich glaube, dass es Ketzer gibt, die von der Lehre der heiligen Kirche abfallen und ihr damit großen Schaden zufügen, ja, davon bin ich in der Tat überzeugt! Ob sich jedoch solch Abtrünnige ausgerechnet unter den frommen Männern und Frauen Tirols finden lassen, bezweifle ich stark. Die Kirche schwächt sich nur selbst, wenn sie derartige Hirngespinste verfolgt, anstatt sich um ihre wirklichen Widersacher zu kümmern.«

»Was also werdet Ihr jetzt tun, Exzellenz?«

»Lass die Kisten packen und die Pferde anspannen – wir fahren nach Innsbruck, Rasso!« Der Bischof machte tatsächlich Anstalten, sein Bett zu verlassen.

»Das werdet Ihr schön bleiben lassen!« Der junge Mann mit den klugen braunen Augen drückte ihn sanft, aber nachdrücklich zurück in die Kissen. »Habt Ihr schon vergessen, was der Medicus erst gestern zu Euch gesagt hat?«

»Natürlich nicht, aber ich bin allem so überdrüssig.« Für einen Augenblick kehrten Leben und Farbe in Golsers Gesicht zurück. »Aderlässe, die das letzte bisschen Blut aus mir herausgeholt haben. Bitterer Kräutersud, der mich erbrechen ließ. Himmelschlüsselwein, so unerträglich süß, dass ich die Englein singen höre. Und was hat das alles gebracht? Mein Fuß schmerzt ärger denn je, und nicht einmal meine Nieren hat die hinterlistige Podagra dieses Mal verschont.«

»Jede übertriebene Anstrengung könnte einen neuerlichen Anfall auslösen«, sagte Kugler. »Wenn Ihr noch länger leben wollt, solltet Ihr das sehr wohl bedenken. Und wir brauchen Euch doch so dringend, Exzellenz – sowohl für Brixen als auch für ganz Tirol.«

»Gott allein kennt unsere Stunde. Außerdem ist jeder ersetzbar. Das, mein junger Freund, sollten wir bei aller Betriebsamkeit niemals vergessen. Ich bin Nikolaus Cusanus nachgefolgt, den manche für ein Genie, andere wieder für einen Heiligen halten, und versehe das Amt nun so gut, wie ich es vermag. Genauso wird es über kurz oder lang auch für mich einen tüchtigen Nachfolger geben. Wir fahren!«

»Wäre es trotzdem nicht sinnvoller, dem Herzog zuvor ein entsprechendes Schreiben zu senden?« Der Notarius blieb beharrlich. »Noch ist ja ein Prozess nicht angesetzt, sondern es werden zunächst die Verhöre geführt, und das kann dauern, wie die Erfahrung gezeigt hat. Danach ist noch immer Zeit genug, um die beschwerliche Reise über den Brenner anzutreten, hoffentlich bereits in sehr viel besserer Verfassung. Außerdem reist es sich leichter, sobald die Sommerhitze verflogen ist.«

Golser nahm einen Schluck von dem erkalteten Gierschtee und schüttelte sich voller Abscheu.

»Wenn ich nur nicht so ein Feigling wäre!«, sagte er. »Aber vor dem Gift der Herbstzeitlosen, das als einzige Medizin eine gewisse Wirkung gegen Gicht haben soll, schrecke ich noch immer zurück. Du meinst also, wir sollten schreiben?«

Rasso Kugler nickte lächelnd.

»Und meinst weiterhin, du hättest mich mit deinen schlauen Argumenten bereits zum Bleiben überredet?«

Das Lächeln wurde breiter.

»Warum entsendet Ihr vorab nicht Euren Generalvikar Christian Turner als Beobachter nach Innsbruck? Turner ist ein erfahrener und besonnener Theologe, der ganz Eure Linie vertritt. Vielleicht kann der das Schlimmste verhindern.«

»Ein ausgezeichneter Rat, Rasso! Wie glücklich darf ich mich schätzen, dass ein so kluger Mann wie du seit Jahren in meinen Diensten steht.«

»Das Kompliment gebe ich mit dem allergrößten Vergnügen an Euch zurück. Ich bin nichts anderes als Euer gelehriger Schüler, Exzellenz.« Der Notarius zückte erwartungsvoll die Feder.

»Drei Briefe.« Der Bischof lehnte sich seufzend in die Kissen zurück. »*Primo* an die Herzogin, *secundo* an den Herzog und den letzten an den Inquisitor höchstpersönlich.«

❧

Wildes Geschrei vor der Tür riss Kramer aus seinen Gedanken. Er war gerade dabei gewesen, all seine Aufzeichnungen noch einmal durchzugehen, um die Anklagen zu komplettieren. Ein heikles Unterfangen, da es dabei genau abzuwägen galt, wie viel die einzelne Zeugenaussage wert war, denn einige Denunzianten benutzten, wie er sehr wohl wusste, solche Gelegenheiten, um unliebsame Nachbarn oder Verwandte auf einfache Weise loszuwerden.

»Ja?«, sagte er ungehalten, als Dietz seinen struppigen Kopf hereinsteckte.

»Die junge Säcklin«, sagte Dietz. »Sie will sich einfach nicht abweisen lassen, Pater.«

»Hab ich dir nicht gesagt ...«

Ein rothaariges Weib hatte sich auf dreiste Weise Einlass verschafft. Sie musste einmal regelrecht fett gewesen oder gezwungen sein, die Kleider einer anderen aufzutragen, denn das blaue, fleckige Gewand schlotterte um ihren Körper. Am Arm trug sie einen großen Korb, über den ein Tuch gebreitet war.

»Sie haben es getötet, noch bevor ich es taufen lassen konnte«, rief sie. »Zuerst verhext und dann auf hinterhältigste Weise gemeuchelt. Brennen müssen sie, diese Hexen – lichterloh brennen!«

»Wer bist du, meine Tochter? Und vom wem redest du da?« Etwas an ihrem Verhalten machte Kramer wachsam.

»Gundis Säcklin, das Weib des Baders, sein zweites.« Beim Reden entblößte sie eine breite, hässliche Zahnlücke. Außerdem schien sie sich eine ganze Weile nicht mehr gewaschen zu haben. Die Hitze in der niedrigen Dachkammer verstärkte die muffige Ausdünstung. »Ich bringe Euch mein totes Kind.«

Sie zog das Tuch zurück.

Kramer erstarrte, als er in den Korb blickte: das wächserne Antlitz eines Säuglings, den ein riesiger eiförmiger Schädel entstellte. Das Kind schien ein weißes Taufkleid zu tragen. Der zarte Hals war von blauen Malen entstellt.

»Wie ist es gestorben?«, fragte er.

»Diese Hexen waren es! Ich hab sie rufen hören, Tag und Nacht, im Wachen und im Schlafen, bis ich nicht mehr konnte, versteht Ihr, Pater? ›Du sollst keinen guten Tag mehr haben in deinem Leben‹ – mit diesen grausamen Worten haben sie mich verflucht, die Totenwäscherin und ihre Freundin, die Hebamme, und genauso ist es auch gekommen. Erst haben sie mir die Frucht im Leib verdorben, dann mich zwei Tage und eine endlose Nacht in unbeschreiblichen Schmerzen pressen lassen, als müsst ich einen Felsbrocken auf die Welt bringen und kein atmendes Wesen aus Fleisch und Blut, und dann …« Sie begann haltlos zu schluchzen.

»Beruhige dich, meine Tochter!« Kramer vermied geflissentlich, die kleine Missgeburt noch einmal anzusehen. Sie war befleckt mit dem Makel der Erbsünde, vor dem ihm graute. Wenn sie doch nur endlich wieder das schützende Tuch darüberbreiten würde! »Ich brauche die Namen dieser Frauen, die dir das angetan haben. Alle!«

»Rosin Hochwart. Barbara Pfüglin«, schniefte sie. »Aber es gibt noch andere, die ebenfalls dazugehören. Lena Schätzlin. Und die schwarze Els, ihre Tante, der das Gasthaus gehört. Wilbeth Selachin, die Wahrsagerin. Hella Scheuber. Sowie eine alte Walsche namens Bibiana. Sie alle sind Luzifers Töchter!«

Wohlige Genugtuung durchströmte ihn. Ein Kindsmord, begangen durch gemeinschaftliche Hexerei – damit würde er sie schnell auf den Scheiterhaufen bringen können.

»Sag mir jetzt, wie sie ihr abscheuliches Verbrechen an deinem Kind begangen haben!«

Mit rot geränderten Augen starrte Gundis ihn an. »Sie sind in mich gefahren, diese Unholdinnen«, flüsterte sie. »Haben nachts von innen her Besitz von mir ergriffen, mich ausgehöhlt und meine Seele aufgefressen, bis ich nur noch den einzigen, entsetzlichen Gedanken hatte, den sie mir eingebrannt haben. *Töte es. Töte es. Töte es*!«

Kramer begann zu begreifen. »Soll das etwa heißen, dass du …«

»Ja!«, jaulte sie auf. »Mit diesen meinen eigenen Händen – ich musste sie doch meinem Kleinen um den Hals legen und so lange zudrücken, bis es nicht mehr geatmet hat. Sie wollten es. Sie haben mich dazu gezwungen. Diese verdammten Hexen haben es auf dem Gewissen.«

Kramer erhob sich.

Die Frau vor ihm schien dem Wahnsinn sehr nah, und doch

klang in seinen Ohren durchaus glaubhaft, was sie soeben unter Weinen und Spucken herausgeschrien hatte. Die Indizienkette schien sich zu schließen. Immer wieder dieselben Namen – wie Lichter in der Nacht führten sie ihn letztendlich auf die richtige Spur.

»Dein totes Kind soll ein christliches Begräbnis erhalten«, sagte er. »Und anschließend werden wir diesen verfluchten Hexenweibern für alle Ewigkeit den Garaus machen!«

Johannes Merwais schloss geblendet die Augen, als er den Kräuterturm wieder verließ. Der schier unerträgliche Gegensatz zwischen dem gleißend hellen Tag und dem trüben Dämmerlicht des Lochs, in dem sie Hella in einer feuchten Zelle angekettet hielten, zwang ihn dazu. Sein Kopf schwirrte noch von dem, was er soeben gehört hatte. Wie erhofft hatte das herzogliche Siegel ihm tatsächlich Eintritt verschafft, was allerdings keine einfache Angelegenheit war, denn der oberste Büttel hatte es lange bedenklich in seinen schmutzigen Pratzen gedreht und gewendet und hätte wohl noch tausenderlei Einwände vorgebracht, hätten die blanken Sechser, die Merwais ihm schließlich in die Hand drückte, nicht doch sein Einverständnis erreicht.

»Ihr wart bei ihr?« Im ersten Moment erkannte der Jurist den Mann gar nicht, der ihn schüchtern von der Seite ansprach, so bleich, ja beinahe verfallen sah er aus. »Wie geht es meiner Hella? Sie haben ihr doch noch kein Leid zugefügt?«

»Scheuber!«, rief Johannes Merwais erstaunt, als ihm bewusst wurde, mit wem er da sprach. »Ja, ich komme gerade von ihr. Eure Frau ist erstaunlich gefasst und in halbwegs guter Verfassung.« Die Eisenkugel an ihrem Fuß und die Krätze, über die sie geklagt hatte, behielt er vorerst lieber für sich. »Ich hab ihr etwas zu essen gebracht. Von Lena.«

»So seid Ihr nicht einer ihrer Liebhaber? Oder habt Ihr meiner Hella auch beigelegen?«

»Was redet Ihr da! Ich kenne Eure Frau doch kaum.« Merwais packte den Münzschreiber am Ärmel und zog ihn ein Stück weiter zu einem abgelegenen Winkel, wo niemand ihnen zuhören konnte. »Einzig und allein Lena Schätzlin zuliebe war ich bei ihr. Weil Lena mir sehr viel bedeutet und sie mich so inständig darum gebeten hat.«

»Lena?«, wiederholte Andres Scheuber nachdenklich, als sei der Name neu für ihn. »Lena Schätzlin? Ja, ich kenne sie.«

»Und hütet Euch besser künftig vor dererlei Äußerungen!«, warnte Merwais. »Sollten sie den Falschen zu Ohren kommen, so könnten sie sofort gegen Euer Weib verwendet werden. Oder wollt Ihr es sein, der ihr Los noch schwerer macht?«

»Hella kann es nicht getan haben! Ich weiß es!«

»Und doch steht sie unter dem Verdacht, Ritter von Spiess heimtückisch getötet zu haben. Mir aber hat sie versichert, dass sie unschuldig an seinem Tod ist – und ich glaube ihr. Der Hofmeister ist gestorben, nachdem er eine Medizin geschluckt hat, die er bereits mehrfach in ihrem Beisein eingenommen hatte. Danach fiel er plötzlich wie ein gefällter Baum zu Boden und hat nicht mehr geatmet. Natürlich hätte sie jemanden rufen müssen, der dies bezeugt hätte, aber sie war außer sich vor Angst. In diesem Zustand verfiel sie bedauerlicherweise auf die Idee, die Leiche zu beseitigen. Das allerdings vermochte sie nicht allein.«

Johannes hielt inne. Was tat er da? Verriet, was Hella ihm soeben anvertraut hatte, diesem Ehemann, dem die blanke Eifersucht ins Gesicht geschrieben stand! Doch es ging um Leben und Tod, da galten andere Regeln. Außerdem gab es da noch etwas in Hellas Ausführungen, das ihn noch beim Hinausgehen beschäftigt hatte, ein entscheidendes Detail, das ihm durch die unerwartete Begegnung mit Scheuber allerdings entfallen war.

»Ich hätte da sein müssen, bei ihr«, flüsterte Scheuber. »Immer. Ich hätte Hella niemals allein lassen dürfen. Dann wäre das alles nicht geschehen.«

Merwais nickte. »Damit habt Ihr sicherlich recht. Denn jetzt befindet sich Eure Frau in einer äußerst prekären Lage. Ihren Häschern verraten, wer ihr beigestanden hat, kann und will sie nicht, was für sie und ihr Ehrgefühl spricht. Von außen gesehen aber und mit Böswilligkeit betrachtet, könnte man das möglicherweise auch so auslegen, dass sie über übernatürliche Kräfte verfügt. Ihr wisst, welche Folgen so etwas haben kann – besonders jetzt, da der Inquisitor es sich zum Ziel gesetzt hat, Zauberei und Hexenkünste in ganz Innsbruck lückenlos aufzudecken und alle Schuldigen ins Feuer zu schicken.«

»Ach was, Zauberkunst und Hexerei! Ihr haben sicherlich die Frauen geholfen«, rief Andres zu des Juristen Überraschung. »Die, mit denen sie immer zu den Bethen geht. So war es ganz gewiss.«

»Woher wisst Ihr …«

»Weil ich als kleiner Junge mit meiner Mutter mehrmals in der alten Kapelle war. Viele Frauen bringen ihre Kinder dorthin, um sie segnen zu lassen und damit vor Krankheit und Unheil zu schützen. Wer aber schützt meine Hella jetzt, wo sie dem Richter und seinen grausamen Bütteln ausgeliefert ist? Und wenn ich sie für alle Zeiten verloren habe? Dann will auch ich nicht weiter am Leben bleiben, nicht einen einzigen Tag!« Er schlug die Hände vor das Gesicht und begann bitterlich zu weinen.

»Beruhigt Euch wieder, Münzschreiber!«, sagte Merwais, den der Gefühlsausbruch dieses sonst so beherrschten Mannes befangen machte. »Euer Weib ist schwanger, das ist als Vorteil zu werten, denn es hilft erst einmal, Zeit zu gewinnen. Vor der hochnotpeinlichen Fragstatt müssen sie sie in diesem Zustand bis nach der Geburt verschonen, und von sich aus gestehen wird Eure Hella nicht, kein einziges Wort, das hab ich ihr nachhaltig eingeschärft. Ohne Geständnis aber kann sie nicht verurteilt werden.«

Andres Scheuber schaute auf, schien den Juristen plötzlich wieder richtig wahrzunehmen.

»Rettet sie!«, flüsterte er. »Sie – und das Kind, egal, von wem es auch stammen mag. Ich werde ihm ein guter Vater sein, das gelobe ich bei der Kraft der Ewigen Drei! Aber leben soll sie. Leben!«

»Dann helft mir dabei!«, entgegnete Merwais. »Ich brauche dringend Eure Unterstützung.«

»Alles, was Ihr nur wollt! Aber wie soll ich das anstellen?«

»Indem Ihr mir als Erstes alles erzählt, was Ihr über jene Frauen wisst. Danach bringt Ihr mich zu den Bethen, von denen Ihr eben gesprochen habt. Wollt Ihr das tun, Münzschreiber?«

Andres Scheuber begann zu nicken, und es sah so aus, als könne er gar nicht mehr damit aufhören.

❦

Vor dem kleinen Vorraum, der zu den Gemächern der Herzogin führte, blieb Lena stehen. Wie von der Spiessin angeordnet, brachte sie ein Tablett mit vier Schüsselchen hinauf zum Frauenzimmer, die sie zum wiederholten Mal mit Mandelcreme und Quittenmus gefüllt und mit Bibianas kandierten Veilchen und Rosenblättern verziert hatte. Wie oft hatte sie diesen vertrauten Weg bereits zurückgelegt, leichtfüßig und in fröhlicher Stimmung? Seit man aber Hella gefangen genommen hatte, war alles anders geworden. Auf einmal schien es Lena, als habe sich eine unsichtbare Wand zwischen der Herzogin und ihr aufgetürmt, eine Wand, die von Tag zu Tag undurchdringlicher wurde, obwohl sie mit Händen nicht zu greifen war.

Was wusste sie eigentlich noch über diese junge Frau an Sigmunds Seite, die ihr früher so vieles aus ihrem Leben anvertraut hatte, sogar einige sehr persönliche Dinge, die sie beinahe verlegen gemacht hatten? Plötzlich verstand Lena Katharina nicht mehr, ja nicht einmal mit ihren Vorlieben kannte sie sich offenbar noch aus.

»Mach die Speisen sehr, sehr süß!«, hatte die Spiessin über eine der Hofdamen ausrichten lassen. »Alle! Ihre Hoheit wünscht es so. Sonst wird sie wieder nichts davon essen.«

Sogar van Halen hatte den Mund beim Probieren verzogen, als er die Schüsselchen wie alles, was an Essbarem für das Frauenzimmer bestimmt war, einer kurzen Inspektion unterzog, bevor Meister Chunrat Lena mit dem Gewünschten losgeschickt hatte.

Lena wollte gerade mit einer Hand anklopfen, als die Tür von innen geöffnet wurde.

»Da bist du ja endlich!« Die blassgrünen Augen der Hofmeisterin musterten sie kalt. Seit jenem Zwischenfall mit dem halb gelösten Mieder gab Alma von Spiess sich keine Mühe mehr, ihre Abschätzigkeit zu verbergen. »Seine Hoheit beginnt bereits ungeduldig zu werden.«

Der Herzog war also auch anwesend!

Lena spürte, wie das Blut in ihre Wangen strömte. Wie sollte sie sich ihm gegenüber verhalten, wo er sie neulich erst so hässlich bedrängt hatte – jetzt, in Anwesenheit seiner jungen Gemahlin, an deren Wertschätzung ihr so viel lag?

Sie hatte unwillkürlich einen Schritt Richtung Schwelle gemacht, als die Spiessin sich ihr entgegenstellte.

»Dort drinnen hast du nichts mehr verloren«, sagte sie. »Und hättest es auch früher nicht gehabt, wäre es nach mir gegangen. Gib schon her! Und dann verzieh dich schleunigst wieder dorthin, wo du hingehörst – zu Ascheneimer und Küchendunst!«

Die innere Tür stand angelehnt. Lena bemerkte, wie Fees dunkles Schnäuzchen sich ihr neugierig entgegenstreckte, dann aber schien irgendetwas die kleine weiße Hündin abzulenken, denn sie war plötzlich verschwunden. Sie hörte Reden, ein kurzes Lachen, den vollen Bariton des Herzogs, gefolgt von Thomeles hysterischem Gekreisch. Dann ein paar melodische Takte, die nur von Niklas' Laute stammen konnten – das alles hatte sie offenbar für immer verloren. Eine Welle von Wehmut schlug über Lena zusammen. Sie hätte auf der Stelle losheulen können.

»Bist du auf einmal taub geworden?« Die fleischigen Hände der Spiessin, die so gar nicht zu ihrer knochigen Gestalt passen wollten, zerrten am Tablett, das Lena noch immer umklammert hielt, jetzt aber so unvermutet losließ, dass es in gefährliche Schieflage geriet. »Pass doch auf, du tollpatschige Torin!«

Die Spiessin verschwand hinter der inneren Tür, die vor Lenas Augen mit einem Knall zuschlug.

Wie im Traum stieg Lena die Stufen zur Küche hinunter, gab etwas in die Töpfe, rührte um und schmeckte sogar ab, ohne so richtig zu wissen, was sie da eigentlich tat. Besonders Niklas ging ihr nicht mehr aus dem Sinn, und sie schämte sich gleichzeitig dafür, weil sie auf einmal das Gefühl hatte, damit Johannes zu verraten, dem sie doch ihr Herz geschenkt hatte.

Aber durfte man nur einen lieben?

All die schönen, die aufregenden Momente mit dem Spielmann fielen ihr wieder ein, seine vielsagenden Blicke, die Lieder, die er für sie gedichtet, seine anziehendes männliches Gesicht, das sie bis in die süßesten Träume begleitet hatte. Wäre da nicht diese verfluchte Rotnacht gewesen, sie beide könnten vielleicht noch heute ...

»Ein Unglück!«, schrie Babette, die plötzlich mit hochroten Wangen in die Küche gerannt kam. »Van Halen – schnell! Wo steckt er nur wieder?«

»Doch nicht die Herzogin?« Noch während sie es sagte, machte Angst Lenas Kehle eng.

»Nein, aber ihr Hündchen. Die kleine Fee.«

Die junge Hofdame machte eine Geste, als würde man ihr die Kehle durchschneiden, und war schon wieder verschwunden.

Alle begannen zu rätseln, was genau wohl passiert war, und fingen an, die wildesten Spekulationen anzustellen, was allerdings jäh unterbrochen wurde, als Meister Chunrat höchstpersönlich ins Frauenzimmer zitiert wurde. Er blieb eine ganze Weile oben, so ungewöhnlich lange, dass die Stimmung in der Küche immer bedrückter wurde.

»Ob ihn die kleine Herzogin wohl zum Teufel jagen will«, mutmaßte Vily und legte den Kopf dabei ganz schief. »Erst ihn – und danach uns alle zusammen. Das tun sie manchmal, diese hohen Herrschaften!«

Irgendwann kehrte Chunrat zurück, blass und einsilbig, und er warf Lena einen so finsteren Blick zu, dass sie erstarrte.

»Du bist jetzt dran!«, sagte er. »Und merk dir eines: Die Wahrheit ist immer noch das Beste!«

Sie durfte nicht allein gehen. Zwei Jäger des Herzogs holten sie vor der Küche ab und brachten sie ins Frauenzimmer. Lenas Herz sank Stufe für Stufe ein Stück tiefer. Was auch immer hier vor sich gehen mochte, versprach pures Unheil, das spürte sie mit jeder Faser.

Eisiges Schweigen, nachdem sie das Gemach betreten hatte. Nur van Halen, der seitlich am Fenster stand, nickte ihr verstohlen zu. Unwillkürlich sah Lena sich nach Fee um und zuckte zusammen, als sie ihren leblosen kleinen Körper auf dem Ruhebett entdeckte. Wo war Niklas geblieben? Ihn jetzt zu sehen, hätte sie vielleicht eine Spur ruhiger gemacht.

»Du hast die Speisen meiner Gemahlin zubereitet?«, fragte der Herzog.

»Das habe ich, Euer Hoheit.«

»Auch diese – Süßspeisen dort?« Mit seinem Zeigefinger, an dem ein großer Rubinring prangte, wies er mit so verächtlicher Miene auf die Schälchen, als ob sie Kot enthielten. Eines davon war blitzblank geleckt, ein anderes halb geleert. Zwei erschienen Lena unberührt, abgesehen von den kandierten Blüten und Blättern, die sie nirgends mehr entdecken konnte.

»Auch diese, Euer Hoheit. Allerdings habe ich mich gewundert, dass ich sie heute wesentlich süßer als …«

»Du wirst gefälligst nur auf die Fragen antworten, die man dir stellt«, fiel die Spiessin ihr ins Wort. »Verzeiht, Euer Hoheit« – eine kleine Verneigung zum Herzog –, »aber ich vermochte mich gerade nicht mehr zu beherrschen.«

Sigmund nickte knapp. »Wann und auf welche Weise hast du das Gift zugefügt?«, fuhr der Herzog fort.

»Welches Gift?«, fragte Lena. Sie musste sich verhört haben.

»Das Gift, das die Hündin meiner Gemahlin getötet hat. Denn Fee hat dieses Zeug gefressen, das eigentlich für uns bestimmt war. Sogar unseren Hofzwerg hättest du um ein Haar auf dem Gewissen, aber Thomele war zum Glück so klug, nur so zu tun, als würde er die Schüsseln leeren!«

Die Augen des Zwerges sprühten giftige Blitze.

Lena öffnete den Mund und schloss ihn wieder. In ihren Ohren war ein Rauschen, das mit jedem Atemzug stärker wurde. Unwillkürlich streckte sie die Hand nach einem Halt aus, doch da war nichts und niemand, an den sie sich hätte klammern können.

»Ich weiß von keinem Gift«, sagte sie, erstaunt, wie fest ihre Stimme klang. »Als ich die Süßspeisen aus der Küche in das Frauenzimmer gebracht habe, waren sie frisch und unversehrt.« Ihr bittender Blick glitt zu van Halen. »Der Medicus ist mein Zeuge. Er hat von beiden probiert.«

»Das ist richtig, Euer Hoheit«, bekräftigte van Halen. »Wären sie vergiftet gewesen, ich stünde jetzt nicht vor Euch. Was ich gegessen habe, ist mir bestens bekommen. Außerdem kenne ich Lena, sie würde niemals ...«

»Dann muss sie das Gift eben zu einem späteren Zeitpunkt untergemengt haben.« Die Stimme des Herzogs war leise und kalt. »Im Treppenhaus. In einem der Vorräume. Irgendwo. Sonst würde ja das Hündchen, dem wir unser Leben zu verdanken haben, noch immer munter herumspringen. Trägst du es gar noch bei dir? Oder hast du es irgendwo versteckt? Rede!«

»Wie könnt Ihr das nur denken?«, rief Lena. »Weder das eine noch das andere. Ich hatte niemals irgendein Gift!«

Sigmund runzelte die Stirn.

»Hast du das Ganze vielleicht gar von Anfang an geplant? Als du dich vor meinen Schlitten fallen ließest und dir damit Zugang zum Hof verschafft hast? Dich als unschuldige kleine Närrin aufzuspielen, die uns alle gerührt hat – gehörte das alles bereits zu deinem teuflischen Vorhaben?«

»Nein, natürlich nicht! Ich wollte doch nur …«

Um ein Haar hätte sie auch noch von Els erzählt. Die hatte sie stets vor dem Herzog, seinen Launen und dem Hofleben gewarnt. Wenn sie doch nur auf sie gehört hätte!

»Du schweigst?«, sagte der Herzog. »Hat es dir jetzt endlich die Sprache verschlagen? Zu Recht! Denn ein feiger Mordanschlag auf seinen Fürsten und seine Fürstin– das ist das schrecklichste Verbrechen, das sich nur denken lässt.«

»Aber ich war es nicht!«, rief Lena, inzwischen so außer sich, dass sie mühsam um jedes Wort ringen musste. »Bitte glaubt mir, ich flehe Euch an! Niemals würde ich Euch oder Eurer Gemahlin schaden wollen, auch keinem anderen Menschen. Ich bin eine Köchin – und keine Mörderin!«

Vergeblich suchte sie den Blick der Herzogin, die schnell wegschaute. Wahrscheinlich war genau deshalb auch Niklas nicht mehr da; weil er mit einem Mädchen, das unter solch schrecklichem Verdacht stand, am liebsten niemals etwas zu tun gehabt hätte.

»Euer Hoheit«, stammelte sie weiter, voller Verzweiflung, »ich bin es doch, Lena, Euch stets und immer zugetan in Verehrung und immerwährender Treue. Ihr müsst doch besser wissen als jeder hier, dass ich niemals …« Wildes Schluchzen übermannte sie.

»Das hab ich von der anderen lange Zeit auch gedacht«, sagte Katharina mit belegter Stimme und rutschte dabei unbehaglich auf ihrem Sessel hin und her. »Von deiner Freundin, diesem schönen blonden Geschöpf, das mir so hell erschien, so fröhlich, so rein. Und trotzdem war offenbar sie es, die unseren armen Hofmeister …« Sie drückte sich ein Tuch auf die Augen. »Und jetzt auch noch meine Fee, meine liebe kleine Fee!«

»Sie hat meine Gemahlin zum Weinen gebracht«, rief der

Herzog. »Das muss sofort ein Ende haben! Und wer weiß – vielleicht steckt sie mit dieser Scheuberin ja sogar unter einer Decke.«

Auf seine herrische Geste hin setzten sich die beiden Jäger, die bislang schweigend die Tür verstellt hatten, in Bewegung. Während sie näher kamen, weiteten sich Lenas Augen vor Schreck.

»Greift sie! Bindet sie! Im Loch wird sie ausreichend Gelegenheit haben, über ihre Tat nachzudenken. Wir wollen ein Geständnis hören – und wenn wir dazu etwas nachhelfen müssen.«

Sie hatten Lena schon fast nach draußen geschleift, als ihm noch etwas einzufallen schien.

»Ach ja, und sperrt sie gefälligst in eine separate Zelle, keinesfalls zusammen mit der Scheuberin! Nicht, dass die beiden Unschuldslämmchen noch gemeinsam weitere hässliche Pläne schmieden!«

Die lähmende Schwüle hatte Kramer eine Weile über seinen Aufzeichnungen einnicken lassen, als ein ungewohntes Geräusch ihn plötzlich aus dem Schlaf riss. Er hatte geträumt, erneut und in aller Ausführlichkeit von jenen klebrigen, fleischlichen Exzessen, die er am liebsten bis zum Ende aller Tage aus seinem Dasein verbannt hätte, die ihn aber dennoch ständig malträtierten. Als die große dürre Frau, die plötzlich in seiner Dachstube stand, nun ihren Schleier zurückschlug und ihn fordernd ansah, war es ihm, als dauere der Albtraum noch immer an.

»Ich musste Euch sprechen, Pater«, sagte Alma von Spiess. »Ich habe Euch Wichtiges zu berichten.«

Er hatte vergessen, wie ihre Stimme klang, wie rau sie war, voll heimlicher Andeutungen. Seine Haut begann zu kribbeln, und sein Blick glitt zu ihren Brüsten, die das dünne gelbe Seidenkleid mehr enthüllte als verbarg. Obwohl er den Blick rasch niederschlug, meinte er ihr triumphierendes Lächeln wie eine Pfeilspitze zu spüren. Nein, dieses Geschöpf der Sünde würde ihn nicht noch einmal besiegen, das hatte er sich bei allen Heiligen geschworen!

»Dann redet, meine Tochter!«, sagte er und war zufrieden über den kühlen, geschäftsmäßigen Ton, der ihm trotz seiner inneren Zerrissenheit gelang. »Aber fasst Euch kurz, denn meine Zeit ist eng bemessen!«

»Ich bin hier, um drei gefährliche Hexen anzuzeigen.« Auch ohne seine Aufforderung setzte sie sich auf den harten Stuhl ihm gegenüber. Jetzt trennte sie beide nur noch der alte, wurmstichige Tisch, den er der Wirtin abgetrotzt hatte. »Die erste heißt Wilbeth Selachin und betreibt ein schmutziges Geschäft mit Wahrsagerei und Zauberei. Mir hat sie für teures Geld Liebeszauber und anderes mehr aufgehängt. Gleichermaßen ist sie auch mit anderen Personen verfahren. Höchste Zeit, ihr endlich das Handwerk zu legen.«

Immer noch ohne sie anzusehen, blätterte Kramer in seinen Unterlagen. »Wilbeth Selachin – hier! Gegen sie liegen bereits mehrere Beschuldigungen vor. Wo und wann hat sie Euch mit ihren Zauberkünsten belästigt?«

Die Spiessin hüstelte. »Nun, das war in ihrem Haus«, musste sie schließlich einräumen, »vor einigen Wochen.«

»So seid Ihr also aus freien Stücken zu ihr gegangen?«

»Aus freien Stücken – wo denkt Ihr hin!« Sie musste achtgeben, um nicht in eine seiner Fallen zu tappen. Doch diesen Triumph würde sie ihm nicht gönnen. »Sie hat mich dazu gezwungen, hat mir den Wunsch so lange durch übelste Hexerei eingegeben, bis ich ihn in meinem eigenen Kopf gespürt habe und schließlich nicht anders konnte, als ihm nachzugeben.«

Er nickte kurz, notierte eifrig weiter. »Der Name der zweiten Hexe?«, fragte er schließlich.

»Hella, verheiratet mit dem Münzschreiber Andres Scheuber. Durch Zauberei hat sie meinen armen Mann Leopold erst willfährig gemacht, schließlich verführt und zuletzt heimtückisch getötet. Man wird sie des Mordes anklagen, und ich weiß, dass es schwarze Magie war, derer sie sich bedient hat.«

Eine Weile blieb es still.

»Ehebruch ist eine schwere Sünde«, sagte der Pater schließlich gepresst. »Doch sie wird noch weitaus übertroffen von der Sünde gegen Leib und Leben. Hat man die Frau bereits gefasst?«

»Sie sitzt im Loch.« Almas Stimme troff geradezu vor Genugtuung. »Ob gegen sie bereits eine Anklage wegen Hexerei bereitet wird, entzieht sich meiner Kenntnis. Falls nicht, solltet Ihr damit keine Zeit verlieren.«

Sein eisiger Blick streifte ihr Gesicht.

Beinahe hätte sie gelächelt. Er begehrte sie noch immer, das erkannte sie an seiner Haltung, die auf einmal so steif geworden war, als habe er einen Stock verschluckt, und an seinen kräftigen Händen, die ruhelos über die Blätter vor ihm glitten. Er stand in Flammen. Sie brauchte nur noch abzuwarten. Dann würde er ihr abermals wie eine reife Frucht in den Schoß fallen.

»Die dritte und letzte Hexe?«, fragte er in so scharfem Ton, als habe er ihre Gedanken erraten.

»Lena Schätzlin. Hat sich als Köchin am Hof angedient und es binnen Kurzem fertiggebracht, sich durch Magie das Vertrauen des Herzog und der Herzogin zu erschleichen, um dann im passenden Moment ihre Hexenkünste einzusetzen.

Meine Aufmerksamkeit konnte das Schlimmste wohl mehr als einmal verhindern. Beim letzten Versuch jedoch ist es mir leider nicht gelungen. Das Hündchen der Herzogin starb, weil es die Speisen gefressen hat, die eigentlich für das hohe Paar bestimmt waren. Gift ließ sich freilich nirgendwo bei Lena Schätzlin auffinden. Bestimmt hat Luzifer ihr geholfen, es unsichtbar zu machen.« Almas Atem war heftiger geworden.

»Sie hat das Herrscherpaar verhexen wollen?« Kramer hielt es nicht länger auf seinem harten Stuhl aus, das Signal für die Spiessin, ebenfalls aufzuspringen. »Sie wird ihre gerechte Strafe erhalten.«

Jetzt waren sie sich so nah, dass einer den Atem des anderen spüren konnte. Alma brachte die magere Brust zur Geltung und wünschte plötzlich, sie hätte ein andersfarbiges Kleid gewählt, das ihre Haut weniger fahl machte.

»Sie haben sich so sehr nach Euch gesehnt«, stieß sie mit dem Mut der Verzweiflung hervor. »Meine Kitzchen – sie dürsten nach Eurer Berührung.« Sie streckte ihre Hände nach Kramer aus und begann ihn zu betasten. Sein Glied war steinhart, was sie beruhigte.

Der Pater hielt die Augen geschlossen, sog die Luft ein und stieß sie wieder aus wie ein Ertrinkender. Alle Dämonen der Nacht waren mit einem Schlag zurück und ritten ihn so unbarmherzig, dass sein Schädel zu zerspringen drohte. Jetzt der Wollust nachgeben und rasche Erlösung finden können! Alles, nur um dieses dumpfe Drängen, dieses Ziehen, dieses Pochen zu beenden und in ihren Händen oder zwischen ihren feuchten Lippen zu vergehen, diesem warmen, köstlichen, ganz und gar verbotenen Sündenpfuhl ...

Nein – er durfte es nicht. Heute nicht. Niemals mehr.

Grob stieß er sie zurück, erleichtert, sie taumeln zu sehen.

»Fass mich nicht an!«, knurrte er. »Nie wieder – sonst wirst du es bitter zu bereuen haben!«

Ein seltsames Zucken ging über Alma von Spiess' Gesicht, das er nicht zu erklären wusste, doch fasste sie sich schneller, als ihm lieb sein konnte.

»Ich dachte, Ihr mögt es«, sagte sie spitz. »Ich dachte, es hätte Euch gefallen, jedenfalls habt Ihr mich das glauben gemacht. Ihr denkt vielleicht, es genügt, sich einfach von mir abzuwenden, Pater Institoris? Da irrt Ihr leider. Denn was zwischen uns geschehen ist, lässt sich nicht mehr rückgängig machen. Und Ihr müsst wissen, mein Gedächtnis ist sehr, sehr gut.«

Er betrachtete sie so angewidert wie ein lästiges Insekt. »Du wirst es nicht wagen zu reden! Sonst …«

»*Do ut des.*« Ihr Lächeln entblößte überraschend kantige Zähne, die ihm noch nie als derart störend aufgefallen waren. »Man sollte sich immer entgegenkommen, nicht wahr? Es geht ja lediglich um einen kleinen Gefallen, mehr ist es gar nicht, was ich von Euch erbitte.«

»Was willst du, Weib?«

»Zuschauen«, sagte sie, »ohne dass sie mich sehen können, wie Ihr diese Hexen in der Fragstatt auf die Streckbank legen oder in den Eisernen Stiefel zwängen lasst, wie ihre Knochen in der Daumenschraube brechen, bis sie endlich ein Geständnis ablegen. Das, werter Pater Heinrich, ist alles, was ich für mein Schweigen von Euch erbitte.«

Hatte er genickt? Er würde tun, was sie verlangt hatte, Alma war sich plötzlich ganz sicher. Aufreizend langsam ging sie zur Tür. Er sollte getrost noch einmal in aller Ausführlichkeit vorgeführt bekommen, was er soeben leichtfertig verschmäht hatte.

Dort drehte sie sich noch einmal um. »*Do ut des*«, wiederholte sie. »Ich gebe, damit du gibst. Möglich, dass es sich sogar um vier Hexen handelt. Chunrat Wagner, der Küchenmeister des Frauenzimmers, hat da neulich etwas von einer alten Walschen erzählt, die Lena in der Küche besucht hat und ihr etwas zugesteckt haben soll. Vielleicht stammt das verschwundene Gift ja von ihr.«

»Etwa die Alte aus dem ›Goldenen Engel‹?«, fragte Kramer, der seine gierigen Blicke nicht von Alma nehmen konnte, was diese zufrieden registrierte.

»Genau die! Sieht ganz so aus, als könne es sich lohnen, Teufels Großmutter einmal eingehender zu befragen.«

❧

Die beiden Männer schwitzten und mussten sich gegen Scharen ausgehungerter Mücken erwehren, die sich auf dem Weg zur Sillschlucht auf sie stürzten. Unter Fluchen und wildem Umsichschlagen kamen sie endlich ihrem Ziel näher, dem schiefergrauen Gemäuer der alten Kapelle.

»Sie soll auf Drachenblut errichtet sein«, brach Andres Scheuber das Schweigen, »so erzählt man sich wenigstens. Später hat dann ein Heiliger diesen Ort geweiht. Gehören aber tut er den Ewigen Drei, die schon immer waren.«

»Das klingt in meinen Ohren beinahe nach Ketzerei«, sagte Johannes Merwais. »Als wolltet Ihr die heilige Dreifaltigkeit schmähen, den Vater, den Sohn und den Heiligen Geist.«

»Das eine hat doch mit dem anderen nichts zu tun!« Erschrocken war der Münzschreiber auf dem schmalen Weg stehen geblieben. »Die einen sind im Himmel, die Bethen aber sind überall – ach, überzeugt Euch am besten mit eigenen Augen und Ohren!«

Er ging schneller weiter, bis sie vor der Kapelle angelangt waren.

»Was hat das zu bedeuten?«, fragte Johannes. »Diese Bretter. Das sieht ja aus wie …«

»Zugenagelt!« Anklagend deutete Andres auf das raue Holz, das in Kreuzform das schmale Portal verschloss. »Das hat es noch nie gegeben, nicht, seitdem ich denken kann. Jeder konnte zu ihnen kommen. Mit jedem Anliegen.«

Johannes Merwais trat nah heran.

»Eine rohe Handschrift«, sagte er nach kurzer Inspektion. »Als hätte jemand auf die Schnelle ein Exempel statuieren wollen. Jemand, dem es schwer gegen den Strich geht, dass hier in diesem alten Heiligtum diese Bethen so inbrünstig verehrt werden.«

»Möglich. Aber das werden die Leute sich nicht gefallen lassen«, flüsterte Scheuber.

»Die Leute? Wen meint Ihr damit? Die Frauen?«

»Alle hier. Auch die Männer, selbst wenn es sicherlich keiner von ihnen jemals zugeben würde. Ohne die Kraft und die Liebe der Bethen will doch niemand leben!« Er schaute sich vorsichtig um. »Das riecht nach Aufruhr. Ich kenne meine Tiroler, die wissen sich zu wehren.«

»Aufruhr«, wiederholte Johannes leise und überlegte: Aufruhr – ja, das könnte man sich möglicherweise zunutze machen, wenn man es nur schlau genug anfängt.

❧

Ihn hierher zu zitieren, bedeutete für Kramer eine ganz besondere Genugtuung, und er hatte sich für diesen Augenblick bestens präpariert. Seine frisch angelegte Kutte war blütenweiß, das Haar gestriegelt, Hände und Nägel hatte er geschrubbt, bis sie vor Sauberkeit brannten.

Der Bastard des Herzogs schien nichts Gutes zu ahnen,

denn er betrat die Dachkammer bereits wie ein armer Sünder, den Rumpf gebeugt, die breiten Schultern eingefallen, als fehle ihm die Kraft, sie wie sonst stolz zu straffen.

»Ihr habt mich rufen lassen, Pater?«, sagte er mit leiser Stimme.

»Das ist richtig. Wenngleich ich eigentlich gehofft hatte, Ihr würdet aus eigenen Stücken zu mir kommen, um Euer Gewissen zu erleichtern.« Er wies auf den Schemel, der seit gestern an die Stelle des harten Stuhls getreten war und der ihm mit all seiner Unbequemlichkeit weitaus bessere Dienste erwies. »Setzt Euch! Euren Namen!«

»Niklas Pfundler, Trompeter.«

»Ihr seid Spielmann am Hof Seiner Hoheit?« Kramer ließ die Feder über das Papier tanzen.

Ein Nicken.

»Und ein Bastard des Herzogs dazu?«

Niklas nickte abermals, wenngleich deutlich zögernd.

»So hat Eure Mutter Euch bereits in Sünde empfangen, und in verwerflicher Sünde führt auch Ihr Euren liederlichen Lebenswandel.« Kramer hatte mahnend seine Stimme erhoben.

»Meine Mutter ist tot, schon seit vielen Jahren. Eine brave, fromme Frau, die ihren Herrgott sehr geliebt hat«, erwiderte Niklas mit leisem Trotz. »Sie hat kein einfaches Leben gehabt. Lasst sie in Frieden ruhen, ich bitte Euch!«

Er schien sich allmählich wieder zu fassen, ein Umstand, der Kramer ganz und gar nicht gefiel.

»Wie könnte ich das? Denn was würde sie wohl dazu sagen, dass ihr Sohn öffentlich eine Hexe bestiegen und mit ihr die allerschlimmste Unzucht begangen hat?«, donnerte der Institoris. »Und versucht erst gar nicht zu leugnen, denn die Aussagen ehrlicher Zeugen stehen dagegen!«

»Ich kenne keine Hexe ...«

»Hässliche Kröten springen aus deinem Mund, wenn du die Wahrheit derart befleckst«, schrie Kramer. »Hast du die Hexe Lena Schätzlin in der Nacht des heiligen Johanni fleischlich erkannt – oder hast du es nicht?«

Niklas war verstummt. Jemand musste sie beobachtet haben, jemand, der ihm nicht einmal aufgefallen war, weil Lenas Abfuhr ihn so wütend gemacht hatte.

»Ich habe Lena geküsst«, sagte er. »Und später haben wir uns für eine Weile abseits des Feuers ins Gras gelegt. Doch mehr ist nicht geschehen, das schwöre ich.«

»Lügner!« Kramers Gesicht war dunkelrot. »Mit jedem weiteren Wort bringst du dich nur noch dichter an den Abgrund.« Er riss an dem engen Kragen seiner Kutte, als drohe er zu ersticken. »Oder bist auch du bereits ein Buhle Satans, der nachts über unschuldige Menschen kommt, um sie ihrer unsterblichen Seele zu berauben? Ist es deine Laute, die du benützt, um die Opfer willig zu machen, oder ist es eher die Flöte, mit der du sie verführst? Gib acht, Spielmann, dass du nicht schon bald Seite an Seite mit deiner Hexe auf brennenden Scheiten tanzt!«

Etwas Eisiges kroch in Niklas hoch, das trotz der Hitze seinen ganzen Körper klamm werden ließ.

»Ich hab doch nichts Böses getan«, flüsterte er. »Woher hätte ich denn ahnen sollen, dass Lena …«

»Gestehen musst du und bereuen«, dröhnte Kramers Stimme in seinen Ohren. »Allein das kann dich noch vor dem ewigen Verderben retten. Also rede endlich, wenn dein Leben dir lieb ist! Was weißt du noch – und ich verlange die ganze Wahrheit, Pfundler!«

»Ich hab sie gesehen«, sagte Niklas. War das wirklich seine eigene Stimme, so brüchig und klein? »Diese Weiber, alle zusammen. In der Sillschlucht, wie sie unweit der alten Kapelle miteinander um das Feuer getanzt sind. Gelacht haben sie und gejuchzt, als wären sie sich selbst genug und bräuchten nichts und niemanden sonst auf der Welt. Später haben sie dann ihre Röcke gerafft und sind über die glühenden Scheite gesprungen, so hoch und behände, als hätte ein heißer Wind sie ergriffen und über die Glut getragen ...«

Er hielt inne. Ihm ekelte vor sich selbst. Wie weit war es schon mit ihm gekommen, dass er Lena und die Frauen so gemein verriet?

Das Gesicht Kramers schien auf einmal wie geschmolzen. »Das ist gut, mein Sohn«, sagte er und streckte sich. »Du hast mich nicht enttäuscht. Und auch dein herzoglicher Vater kann stolz auf dich sein. Damit brichst du ihnen allen den Hals.«

❦

Die Frau war jung und furchtsam, und es war ihr erstes Kind, das sie zur Welt bringen sollte. Die Wehen hatten bereits in den frühen Morgenstunden eingesetzt, doch ihr Mann und ihre Schwägerin hatten es Mittag werden lassen, bis sie endlich Barbara riefen.

Als Erstes hatte die Hebamme angeordnet, feuchte Tücher vor die Fenster zu hängen, um die stickige Hitze zu mildern. Danach rieb sie den Damm der Gebärenden mit Lilienöl ein, damit er geschmeidiger wurde. Schließlich band sie ihr ein Leinensäckchen auf die rechte Hüfte.

»Was ist da drin?«, flüsterte die junge Frau. »Es riecht so streng.«

»Heilende Kräuter«, sagte Barbara knapp. In Zeiten wie diesen erschien es ihr klüger, das Bilsenkraut, das stets den Löwenanteil ausmachte, nicht zu erwähnen. Ebenso wenig hatte sie vor, ihre stummen Bitten an die Bethen zu verraten, die sie immer anrief, wenn sie bei einer schwierigen Geburt half. »Du darfst dich nicht so verkrampfen, wenn die Wehen kommen! Stell dir einfach vor, es ist eine große Welle – und geh mit ihr! Dann wird es leichter für dich.«

»Kann es sein, dass ich so leiden muss, weil wir uns schwer versündigt haben, Bertram und ich?«

»Was habt ihr denn Böses getan?«

»Die Fastenzeiten missachtet.« Die junge Frau war kaum noch zu verstehen, so sehr schien Scham ihr den Mund zu verschließen. »Es heißt doch, man darf weder mittwochs noch freitags fleischlich verkehren und an den meisten Samstagen ebenfalls nicht. Aber Bertram hat sich so sehr einen Sohn gewünscht, und da haben wir trotzdem ...«

»Gott liebt jedes Kind, das geboren wird«, sagte Barbara und streichelte kurz den Arm der Frau. »In all seiner unendlichen Güte wird er daher gewiss auch euer Kleines auf dieser Welt willkommen heißen. Doch bevor es so weit ist, hast du noch eine ganze Menge Arbeit zu erledigen, vergiss das nicht! So und nicht anders hat die Natur es nun einmal für uns Frauen eingerichtet.«

Dann ging sie nach draußen in die Küche, wo die Angehörigen warteten.

»Wie geht es ihr?« Die Nase der Schwägerin war spitz und neugierig. »Kann man den Kopf schon sehen?«

»Ist es ein Junge?«, stieß Bertram hervor. »Es wird doch bestimmt ein Junge!«

»Wird wohl noch seine Zeit dauern.« Barbara fühlte sich plötzlich müde. Wie oft schon hatte sie die immergleichen Worte gesagt? »Und das kann bei Erstgebärenden eine ganze Weile sein.« Den werdenden Vater traf ein kühler Blick. »Einen Jungen wünschst du dir? Geduld, Geduld!«

Sie schaute sich in der Küche um. »Ich brauche Met, um ihr

die Lippen zu betupfen«, sagte sie. »Sonst werden sie zu trocken und reißen ein. Und auch die Hebamme könnte durchaus eine kleine Stärkung vertragen.«

»Wir haben frisch gepökelt.« Das war der durchdringende Geruch, der Barbara vom ersten Augenblick an entgegengeschlagen war, als sie das Haus betreten hatte. »Wenn du einen Teller davon haben willst?«

»Brot und Käse sind mehr als genug. Bei meiner Arbeit ist es günstiger, bis zuletzt einen klaren Kopf zu haben statt einen vollen Bauch. Bring mir etwas mit dem Met einfach in die Kammer!«

Drinnen atmete die Gebärende heftiger. Inzwischen schien sich die Abfolge der Wehen nahezu verdoppelt zu haben.

»Du willst es hinter dir haben«, sagte Barbara lächelnd. »Das kann ich gut verstehen. Also streng dich tüchtig an! Damals, als ich meine kleine Maris ...«

Poltern und Männerstimmen. Dann wurde die Tür grob aufgerissen. Zwei Büttel standen plötzlich mitten in der Gebärstube.

»Hinaus!«, rief Barbara aufgebracht. »Und zwar sofort. Was fällt euch ein, hier einzudringen?«

»Barbara Pflüglin?«, fragte der Größere von beiden. »Die Hebamme?«

»Sieht es so aus, als würde ich Schornsteine fegen?«

»Dann bist du hiermit festgenommen. Wegen Verdachts auf Hexerei.«

»Wer hat das befohlen?«, fragte Barbara, obwohl sie die Antwort bereits kannte. Maris!, dachte sie voller Entsetzen. Jetzt muss dein Vater Jockel sich um dich kümmern.

»Der Inquisitor. Die Hände auf den Rücken!«

Vom Bett kam ein hoher, schriller Ton.

»Ihr könnt sie doch nicht einfach mitnehmen! Nicht ausgerechnet jetzt«, schrie die Gebärende, »wo gerade mein erstes Kind kommen soll!«

Der zweite Büttel beugte sich über das Bett. »Wirst es gewiss auch ohne sie schaffen, Weib«, sagte er verächtlich. »Bist ja schließlich nicht die Erste auf der Welt, die das zu bewerkstelligen hat.«

❧

Er hatte lange und tapfer gekämpft. Monate lagen hinter ihm, in denen seine Lebenskraft immer schwächer geworden war, die Hände zittriger, die Beine müder, bis er schließlich die Bettstatt gar nicht mehr hatte verlassen können. Obwohl der Tod zu früh gekommen war, erschien er Rosin schließlich wie ein gnädiger Freund: Valentin, einst Braugeselle ihres Vaters, war nun bereit, seine letzte Reise anzutreten.

Aus alter Verbundenheit mit dem Verstorbenen, der sein Leben lang wenig besessen hatte, hatte Rosin sich mit der Witwe und ihren drei kleinen Töchtern auf den halben Satz für ihre Dienste geeinigt, und selbst den würden die Hinterbliebenen erst nach und nach in winzigen Raten abstottern. Rosin wusste aber, sie konnte sich darauf verlassen, auch wenn zwischen den einzelnen Zahlungen Monate lagen. Auf Hesa, die Valentin stets ein braves Weib gewesen war, konnte sie vertrauen.

Hesa hatte sie inständig gebeten, dabei sein zu dürfen, während sie den Toten auszog, wusch und salbte und für den Sarg wieder ankleidete. Zwar bevorzugte sie es, all diese Arbeiten allein zu verrichten, heute aber hatte sie Hesa die Bitte ausnahmsweise erfüllt. Obwohl es der eigene Mann war, der da im Totenzimmer lag, gelang es der Witwe, in die Rolle einer aufmerksamen, liebevollen Helferin zu schlüpfen, die dem Wissen und der Erfahrung der Totenwäscherin vertraute.

»Siehst du das?«, sagte Rosin, nachdem Valentin in seinem besten Gewand dalag und sie ihm die Hände auf der Brust falten wollte. »Da innen – in der Handfläche. Alles glatt.«

»Da sind ja gar keine Linien mehr zu erkennen! Und mein Valentin hat doch von Kindesbeinen an so hart gearbeitet.« Hesa wirkte erschrocken. »Was hat das zu bedeuten, Rosin?«

»Wenn wir die Erde verlassen, bilden sich als Erstes die kleinen Furchen zurück, und schließlich lösen sich alle Handlinien auf. Als ob unsere Spuren ausgelöscht würden.« Sie sah, wie Hesas Mund zu zucken begann. »Aber wir leben ja weiter, und das weißt du«, fügte sie hinzu. »In den Herzen derer, die uns lieben. Ist das nicht das Allerwichtigste?«

Erleichtertes Nicken.

Hesa war eine von ihnen, die früher oft die alte Kapelle aufgesucht hatte, deshalb zögerte Rosin nicht, nach getaner Arbeit die Kraft der Ewigen Drei anzurufen.

»Nimm ihn auf, in deinen unendlichen Schoß!«, betete sie laut, während Hesa abermals Tränen über die Wangen rannen. »Dunkle Borbeth, Königin allen Vergehens …«

Die Tür ging auf. Die älteste Tochter stand auf der Schwelle, ängstlich und verweint.

»Da sind zwei fremde Männer, Mama«, sagte sie. »Sie machen ein böses Gesicht und wollen Rosin holen. Weil sie eine Hexe ist.«

Die beiden Frauen sahen sich an.

»Du könntest es über das Fenster versuchen«, sagte Hesa aufgeregt. »Es ist ja nur ein Stockwerk. Wenn du einigermaßen gut aufkommst, kann die Flucht vielleicht gelingen.«

»Was würde das schon bringen?«, fragte Rosin. »Wenn sie dich holen wollen, finden sie dich überall. Ich kann mir schon denken, wer mich da hingehängt hat. Aber mein Sohn, Paul, du musst ihn zu seinem Großvater bringen! Sofort, versprichst du mir das?«

»Alles, was du nur willst«, flüsterte Hesa. »Alles!«

»Du bist die verwitwete Hochwartin?« Zwei Büttel hatten sich Eintritt verschafft.

»Rosin Hochwarth, meines Zeichens Totenwäscherin.« Sie streckte das Kinn vor und versuchte, die jäh aufkeimende Angst, die sie zu lähmen drohte, vor den Männern nicht zu zeigen.

»Du bist der Hexerei angeklagt«, sagte einer der beiden. »Für solche wie dich gibt es nur zwei passende Orte.« Er lachte keckernd. »Erst das Loch. Und danach den Scheiterhaufen.«

❧

Wilbeth hatte schwer lastende Träume gehabt und war schon mit einem unguten Gefühl aufgewacht. Als der Tag länger wurde, steigerte sich ihre innere Unruhe bis hin zu lähmender Rastlosigkeit. Wären die Tage endlich kühler gewesen, hätte sie sich zur alten Kapelle aufgemacht, um zu den Füßen der Bethen die gewohnte Gelassenheit zurückzugewinnen, doch der lange Marsch durch die Hitze schreckte sie davon ab.

Sie ging im Haus umher, zupfte hier etwas zurecht, begann dort etwas zu ordnen, was sie allerdings bald wieder sein ließ. Vielleicht rührte ihre seltsame Verfassung ja auch daher, dass seit Tagen Kundschaft gänzlich ausgeblieben war, nachdem bereits in den vergangenen Wochen immer seltener jemand den Weg zu ihr gefunden hatte.

Natürlich wusste Wilbeth, wem sie diese Flaute zu verdanken hatte, und sie hätte eigentlich froh darüber sein müssen, denn jeder, der in diesen Zeiten sein Geld zu ihr trug, bedeutete eine Gefahr. Seit Hella im Loch saß, erschien ihr die Bedrohung von Tag zu Tag größer. Sie fühlte sich wie kurz vor einem Gewitter, wenn der Himmel sich verdunkelt hat und man in der Ferne bereits erste grelle Blitze zucken sieht.

Schließlich bereitete sie sich einen Tee aus Johanniskraut zu, ein unfehlbares Mittel, um die innere Ruhe zurückzuerhalten, das sie Unzähligen mit großem Erfolg empfohlen hatte. Sie brachte ihn nicht hinunter, nicht einen einzigen Schluck. Unfähig zu weiteren Tätigkeiten, ging sie schließlich in ihre Kammer und legte sich auf das Bett.

Wilbeth schloss die Augen, ging ganz in ihre Mitte. Plötzlich schoss sie hoch. Angst jagte ihr durch die Gedärme, dass sie aufspringen und zur Latrine rennen musste.

Und während sie sich noch unter Krämpfen stöhnend entleerte, als müsste sie ihr Innerstes nach außen stülpen, hörte sie bereits das Poltern der Häscher, die gewaltsam ihre Tür aufbrachen.

Vielleicht würde heute Lena endlich mal wieder in den »Goldenen Engel« kommen, sie hatte sie schon eine ganze Weile nicht mehr gesehen. Manchmal kam es Els vor, als würde auch Sebi Lena vermissen, obwohl er sich bei ihren raren Besuchen eher abweisend gab, als würde er sich gar nicht um sie bekümmern. Els aber wusste, dass es im Inneren ihres Sohnes ganz anders aussah, als einen sein äußeres Verhalten glauben machte.

Ob Antonio vielleicht doch recht hatte, wenn er behauptete, eine richtige Familie würde Sebi stärken und schützen? Es gab Tage wie diesen, da sehnte sie sich selbst nach einer solchen Familie.

Sie zog den kleinen Beutel aus ihrem Mieder und betrachtete nachdenklich die schwere Silbermünze. Der erste Guldiner des Herzogs, den der Münzintendant ihr geschenkt hatte. Zwei Männer, die ihr Leben nachhaltig geprägt hatten, wenngleich auch auf unterschiedlichste Weise. Mit dem ersten verband sie tiefer, alter Hass, mit dem zweiten ein verwirrendes Gefühl, das Liebe gefährlich nah kam. Die Münze wanderte zurück in ihr Versteck.

Mit einem Seufzer erhob Els sich von der Ofenbank. Sie würde Bibiana in der Küche helfen, obwohl auch heute mit Gästen kaum zu rechnen war. Sie steckten jetzt alle drüben im »Schwarzen Adler«, wo Purgl und Dietz Geyer das Geschäft ihres Lebens machten.

Als die Tür aufging, drehte sie sich erfreut um, in der Hoffnung, es habe sich doch jemand zu ihnen verirrt. Die beiden Büttel, die ihr finster entgegenstarrten, belehrten sie rasch eines Besseren.

»Bist du die Witwe Elisabeth Hufeysen?«

»Und die Wirtin des ›Goldenen Engel‹«, sagte sie mit enger Kehle. »Was wollt ihr von mir?«

»Das wirst du noch früh genug erfahren.« Sie sprangen auf sie zu, packten ihre Arme. Els trat um sich und kratzte, sodass sie sie kurz wieder loslassen mussten. Als sie abermals nach ihr greifen wollten, senkte sie blitzschnell den Kopf und biss einen der Männer in die Hand, so fest sie nur konnte. Er jaulte auf, holte aus und versetzte ihr eine schallende Ohrfeige.

»Verdammtes Hexenweib!«, schrie er, während Els nach einem Halt suchte, weil ihr Kopf brummte und dröhnte, als habe sich ein Schwarm wilder Bienen darin verirrt. »Dir werden wir schon zeigen, wer hier das Sagen hat.«

Wie ein Blitz kam Bibiana aus der Küche geschossen.

»Was tut ihr da?«, rief sie. »Habt ihr den Verstand verloren? Lasst sofort mein Mädchen los!«

»Dein Mädchen kommt jetzt erst einmal ins Loch«, zischte der zweite Büttel, während der erste mit seiner verletzten Hand beschäftigt war. »Denn auf ihr lastet der Verdacht von Hexerei und schwarzer Magie. Später kannst du sie dann am Galgenbühel besuchen gehen und dich daran weiden, wie die Flammen lustig an ihr lecken.«

Für einen Moment sah es aus, als wolle sich die alte Frau auf ihn stürzen, doch Els' energischer Tonfall hinderte sie daran.

»Du musst jetzt ganz ruhig bleiben, Bibiana!«, sagte sie. »Um Sebis willen, versprichst du mir das? Unser Elfenkind braucht wenigstens seine *nonna*.«

Ein widerwilliges Nicken. »Aber …«

»Kein Aber. Ich vertraue dir mein Kind an und den Gasthof mit dazu. Warte, bis es Abend wird! Dann bringst du den Kleinen zu Wilbeth und läufst danach zu Lena in die Hofburg, damit sie weiß, was mit mir …«

Die Büttel ließen sie nicht ausreden. Sie packten ihre Arme, zwangen sie grob nach hinten, banden sie und schleiften Els hinaus.

»Wir sehen uns wieder!«, rief Bibiana ihr verzweifelt hinterher. »Ich weiß es.«

Dann ging sie in die Küche zurück, lehnte sich an den großen Tisch, an dem sie immer Gemüse putzte, schälte und schnitt, und begann wie ein Kind verzweifelt zu weinen.

Müde war der Inquisitor, müde. Nur noch müde.

Sein Appetit war versiegt, sogar die Lust am Bier hatte er verloren, seit er immer das trübe Gebäu trinken musste, das hier im »Schwarzen Adler« serviert wurde. Mit seinen Augen, die brannten, als hätte man Säure in sie geträufelt, stand es auch nicht zum Besten. Manchmal erschien es ihm, als sei ihm all die Schlechtigkeit der Menschen unter die Haut gekrochen und werfe sich dort auf zu großen eiternden Blasen. Aber er durfte trotzdem nicht in seinem unermüdlichen Eifer, seiner gestrengen Wachsamkeit nachlassen! Die Schmerzen im Schädel waren inzwischen zu einem ständigen Begleiter geworden, der ihn mal mehr, mal weniger quälte. Nicht einmal der Schlaf brachte ihm Erlösung, denn Kramer verbrachte die halbe Nacht damit, sich unruhig im Bett hin und her zu werfen in dem Bestreben, den lästigen Dämonen wenigstens ein kleines Schnippchen schlagen zu können und für ein paar gnädige Augenblicke wegzudämmern.

Missmutig starrte er auf seine Aufzeichnungen. Annähernd fünfzig Beschuldigungen hatte es in Innsbruck gegeben, von denen er die meisten jedoch bereits als großen Haufen auf der linken Tischhälfte aussortiert hatte, weil sie einem Prozess kaum standgehalten hätten. Was er dagegen auf die rechte Hälfte geschafft hatte, besaß alles, was man für ein gelungenes Hexenverfahren brauchte. Sechs Weiber waren es bislang, und das, was man jeder Einzelnen vorwarf, reichte aus, um ihr vielfach den Tod zu garantieren.

Doch war nicht die Sieben die heilige Zahl? Sieben Tage hatte die Woche, die im Sonntag, dem Feiertag des Herrn, gipfelte, an dem die Messe gelesen wurde. Es gab die sieben mageren und die sieben fetten Jahre, von denen das Alte Testament berichtete; vor allem aber waren es sieben heilige Sakramente, die der Priester den Gläubigen spenden konnte.

Er nahm das letzte Blatt noch einmal hoch. Hatte langjährige Erfahrung ihm nicht gezeigt, dass es vor allem die Alten waren, die unter der Folter am leichtesten zu brechen waren, weil sie nicht mehr die Kraft und den Mut der Jungen besaßen? Doch reichte der Besitz zauberischer Kräuter und Substanzen als Anklagepunkt auch aus, um die Delinquentin mit Sicherheit den Flammen zu übergeben? Sollte sie allerdings gestehen, in Verbindung mit dem Giftanschlag auf das Herzogspaar zu stehen, wären alle Zweifel für immer verflogen.

Ein letztes kurzes Zögern, dann landete das Blatt, auf dem der Name Bibiana Brocia geschrieben stand, auf dem kleineren Haufen.

Des Teufels Großmutter, dachte Kramer und hatte plötzlich die raue Stimme der Spiessin wieder im Ohr, als stünde sie direkt neben ihm. Jetzt bist du fällig, alte Walsche! Vielleicht lässt sich ja auch das verfluchte Teufelsbalg festnehmen, das mich so elend werden ließ, dass ich schutz- und wehrlos der hässlichen Sünde des Fleisches ausgeliefert war.

»Sie haben Lena – Lena!«

Nur langsam drang in Johannes' Bewusstsein, was Vily soeben verzweifelt hervorgestoßen hatte.

»Aber wie kann das sein?«, fragte er. »Das kann doch gar nicht sein!«

»Genauso ist es aber.« Der Küchenjunge nickte bestätigend. »Ihr wisst es nur noch nicht, weil Ihr nicht da wart. Ich wollte schon gestern zu Euch, aber das Kontor war leer.«

Johannes hatte die Nacht im Haus des Münzschreibers verbracht mit endlosen, quälenden Gesprächen, die immer um das gleiche Thema kreisten: Auf welche Weise kann man Hella retten? Doch so viel sie auch gemeinschaftlich gegrübelt hatten, der zündende Einfall war ihnen nicht gekommen. Im Morgengrauen hatte Andres Scheuber dann sein Pferd gesattelt, um zurück nach Hall zu reiten, aus Angst, beim Herzog in Ungnade zu fallen und seine Anstellung und damit das Einkommen der Familie zu verlieren, das nun wichtiger geworden war als je zuvor. Denn er hatte als engster Angehöriger für die Gefängniskosten aufzukommen, und für jedes Stück Brot und jeden Schluck Wasser, den die Angeklagten im Loch erhielten, wurde ein stattlicher Obolus erhoben. Wie lange Herzog Sigmund den Ehemann einer als Hexe Verdächtigten überhaupt entlohnen würde, war ohnehin ungewiss. Von einem Tag auf den nächsten konnte alles schon anders sein.

Merwais war sterbensmüde nach Hause geschlichen und in einen kurzen, totengleichen Schlaf gesunken, der ihn mehr erschöpft als erquickt hatte.

Jetzt allerdings war er mit einem Schlag wach.

»Sie soll nicht nur Gift in das Essen des Herzogs und der Herzogin geträufelt, sondern alle auch noch verzaubert haben«, sagte Vily. »Jedenfalls hat man sie als Hexe angeklagt.«

»Lena – welch ein Unsinn!«, rief der Jurist. »Das ist das Dümmste, was ich jemals gehört habe.«

»Ich glaub es ja auch nicht«, sagte Vily. »Keiner von uns in der Küche hält Lena dazu für fähig, außer vielleicht Meister Chunrat, der immer mit dem Schlimmsten rechnet.« Er zog die Stirn kraus. »Was werdet Ihr jetzt tun? Ihr werdet sie doch retten, oder? Das tut Ihr doch!«

»Und wenn ich mein Leben dafür geben müsste!« Johannes spürte plötzlich eine ungeahnte Welle von Kraft, die ihn durchdrang. »Wissen ihre Leute schon davon? Ihre Tante, die Großmutter, der kleine Vetter?«

»Keine Ahnung.« Vily schüttelte den Kopf. »Chunrat lässt keinen von uns aus der Hofburg, um das böse Gerede in der ganzen Stadt möglichst klein zu halten. Sonst wäre ich schon längst zu ihnen gelaufen.«

»Dann werde ich das jetzt tun.«

Merwais ließ das Kontor zurück, ohne das geringste Bedenken. Und wenn der Herzog ausgerechnet jetzt nach ihm schickte? Es gab nichts auf der Welt, was ihm gerade wichtiger gewesen wäre als Lena und ihre Familie!

Anfangs ging er sehr schnell, von Angst und Ungeduld getrieben, doch je näher er dem »Goldenen Engel« kam, desto langsamer wurden seine Schritte. Was sollte er diesen Leuten sagen, die er lediglich aus Lenas Erzählungen kannte? Dass er Lena liebe, ihnen aber leider schon bei der ersten Begegnung mitteilen müsse, man habe sie als Hexe angeklagt? Immer mutloser fühlte er sich, und als er schließlich das Gasthaus erreicht hatte, kostete es ihn große Überwindung, einzutreten.

Es war sehr still, das merkte er sofort. Auf der Ofenbank schlief ein Kind mit blondem, zerzaustem Schopf, neben dem sich eine schwarze Katze eingekringelt hatte. Beide schreckten auf, saßen aufrecht, starrten ihn an.

Aus der Tür, die offenbar in die Küche führte, kam eine alte Frau mit einem bräunlichen Gesicht gelaufen, das eher zum Lachen getaugt hätte, jetzt aber sorgenvoll gefurcht war.

»Wer seid Ihr? Was wollt Ihr? Wir haben geschlossen.«

»Ich bin Johannes Merwais, Jurist in Diensten des Herzogs ...« Er verstummte. Was spielte das jetzt noch für eine Rolle? Er hätte es nicht ungeschickter anfangen können!

»Der Herzog hat Euch geschickt?« Das Misstrauen der Alten hatte sich verstärkt. »Dann richtet ihm aus, dass er in dieser Familie schon für genügend Unheil gesorgt hat!«

»Nein, nein«, sagte Johannes. »Ihr irrt Euch. Der Herzog hat gar nichts mit meinem Kommen zu tun. Ich bin hier wegen Lena. Ich muss Euch sagen …«

»Lena?« Er sah die jäh erwachende Furcht in den Augen der Frau. »Was ist mit ihr?«

»Man hat sie festgenommen und verdächtigt sie lauter schrecklicher Dinge, die sie aber gar nicht begangen haben kann. Das weiß man, wenn man sie nur ein bisschen kennt. Ich liebe Lena!«, stieß er hervor. »Schon vom allerersten Augenblick an. Ich möchte ihr Mann werden und mein Leben mit ihr teilen.«

»Erst meine Els und nun auch noch unsere kleine Lena …« Die Alte sank auf einen Stuhl, presste die Hand auf ihr Herz. »Das ist zu viel. Wer soll das nur aushalten?«

»Was sagt Ihr da?« Merwais kam langsam näher. »Man hat ihre Tante ebenfalls …«

Die Frau nickte. »Jetzt bin nur noch ich da«, sagte sie. »*E il mio piccolo folletto*!«

Sebi sprang auf und versteckte sich unter der Bank. Der Kater machte einen Satz auf den Kachelofen. Aus sicherer Höhe schauten seine grünen Augen unverwandt auf die Frau und den Mann.

Die Alte saß gebeugt, als sei die Last zu schwer, die sie drückte, plötzlich aber richtete sie sich wieder auf. »Ich weiß genau, wem wir das alles zu verdanken haben«, rief sie. »Diesem neidischen Pack von gegenüber, das nicht gerastet und geruht hat, bis es uns endlich etwas anhängen konnte. Wenn Ihr die Schuldigen sucht, dann findet Ihr sie im ›Schwarzen Adler‹, schräg gegenüber.«

Johannes sah sie fragend an.

»Purgl Geyer und ihr Bruder Dietz. Erst haben sie uns der Zauberei bezichtigt, weil sie etwas Seltsames ausgegraben haben wollen, mit dem keiner von uns hier etwas zu tun hatte. Und jetzt beherbergen sie diesen Institoris, der einem das Blut in den Adern gefrieren lässt. Ihretwegen ist es hier so leer. Ihretwegen müssen meine beiden Mädchen jetzt Todesängste ausstehen.«

»Das Wirtshaus gegenüber, sagt Ihr? Dann werde ich auf der Stelle hinübergehen.«

»Nein, wartet!«, rief Bibiana. »Els hat zur Besonnenheit gemahnt. Wir müssen aufpassen, dass ...«

Johannes griff nach ihrer Hand.

»Sollen wir etwa dasitzen und feige abwarten, bis sie im Feuer ersticken?«, fragte er. »Das kann nicht Euer Ernst sein! Jede Hoffnung zählt, auch die allergeringste.«

»Ihr liebt sie wirklich, das kann ich spüren.« In die dunklen Augen Bibianas kehrte ein kurzes Leuchten zurück. »Rettet sie, Johannes – sie und auch meine Els! Niemand hätte es mehr verdient.«

Merwais wollte gerade aufstehen, als ein Mann hereingerannt kam und rief: »Verschwindet! Schnell – sie wollen Euch holen!«

Er erstarrte, als er den Juristen erkannte, der seinerseits nicht minder verblüfft auf den Spielmann schaute.

Niklas war der Erste, der sich wieder fasste: »Ich hab es drüben gehört im ›Schwarzen Adler‹. Ein Büttel hat damit geprahlt, dass die Alte vom ›Goldenen Engel‹ die Nächste sei, der es nun an den Kragen geht, nachdem bereits die Totenwäscherin, die Hebamme, die alte Selachin und die schwarze Els eingelocht seien.«

Bibiana griff sich an die Brust.

»Sie haben alle anderen?«, flüsterte sie. »Rosin, Barbara, Wilbeth?«

»Und werden dich auch gleich festnehmen, wenn du dich

nicht beeilst. Komm schon, *nonna*, nimm den Kleinen und folge mir!«

»Damit du sie vor deinen Vater, den Herzog, schleifen kannst, der meine unschuldige Lena der Hexerei angeklagt hat?« Merwais, fast einen Kopf kleiner, baute sich furchtlos vor Niklas auf. »Du hast hier nichts zu suchen, Spielmann! Um die Familie meiner Braut kümmere ich ...«

Sie kamen in das Gasthaus gestürmt, drei Büttel, gefolgt von einer Schar Neugieriger, die sie allerdings grob wieder nach draußen drängten.

»Bibiana Brocia?«, rief der Älteste von ihnen und schien mit seiner Zunge über den fremdländischen Namen zu stolpern. »Du bist der Hexerei verdächtig und hiermit festgenommen.«

Bibiana leistete keinen Widerstand, trotzdem stießen sie sie und zerrten an ihr, während sie ihr die Hände fesselten.

»Passt doch auf!«, rief Johannes. »Seht ihr denn nicht, wie alt und gebrechlich sie ist?«

»Halt dein Maul!«, versetzte ihm ein anderer Büttel. »Wir wissen schon, wie man mit diesen Hexenweibern umgehen muss.« Sein Blick flog durch den Raum, und er entdeckte schließlich Sebi in seinem Versteck. »Und wen haben wir da? Ein Hexenbalg? Holt es hervor – das nehmen wir auch gleich mit!« Er deutete auf den Kamin. »Und seht doch nur, ein schwarzes Katzenvieh! Daran erkennt man, dass dies ein Haus des Teufels ist. Wer packt als Erster das Hexenbalg?«

»Nein!«, schrie Bibiana in höchster Not. »Nicht auch noch ihn – *il mio piccolo folletto*!«

Einer der Büttel bückte sich nach Sebi, der aber verkroch sich so tief unter die Bank, dass die Arme des Mannes zu kurz waren, um ihn hervorzerren zu können. Pippo benutzte die Gelegenheit, um auf das Fensterbrett zu springen und durch die angelehnten Flügel in die Freiheit zu entfliehen.

»Lass den Kleinen in Ruhe!«, schrie Niklas. »Im Namen des Herzogs – Hände weg von dem Kind!«

»Wer bist du denn, um derart große Reden zu führen?« Grinsend wandte der Büttel sich dem Spielmann zu. »Aus dem Weg!«

»Seine Hoheit ist zufällig mein Vater.« Es gelang Niklas, viel Kraft und Autorität in diese Worte zu legen. »Und er wird mehr als ungehalten sein, wenn ich ihm berichte, wie ihr euch hier aufgeführt habt. Der Kleine steht unter meiner persönlichen Obhut. Jeder, der ihn anrührt, wird es zu büßen haben!«

Sie wurden unsicher, schauten sich an, schienen plötzlich nicht zu wissen, was sie tun sollten.

»Er hat recht«, pflichtete Johannes dem Spielmann bei, »mit jedem Wort, das er sagt. Ich bin Doktor Merwais, Jurist Seiner Hoheit, und kann alles bestätigen.«

»Dann kommt, Leute!« Dem ältesten Büttel erschien die Angelegenheit inzwischen zu heiß. »Wir haben ja, was wir wollten. Wir gehen!«

»Passt gut auf ihn auf!«, flüsterte Bibiana, als sie sie mit sich zerrten. »Alle beide. Das müsst Ihr mir schwören!«

Es war sehr still, nachdem der lärmende Tross das Gasthaus verlassen hatte.

»Ich hab noch immer keine Ahnung, was Euch wirklich hierher geführt hat«, sagte Johannes. »Aber wenigstens habt Ihr einmal Eure Abstammung eingesetzt, um etwas Sinnvolles zu tun. Was soll nun mit dem Kleinen geschehen? Allein hierlassen können wir ihn ja wohl kaum.«

»Ich nehme ihn mit«, sagte Niklas. Niemals sollte sein Konkurrent von ihm erfahren, welch ein Sturm der Gefühle ihn quälte. Aus Schwäche und Angst hatte er Lena verraten – und würde nun alles versuchen, um dieses Unrecht wieder einigermaßen gutzumachen. »Bei mir ist er am sichersten aufgehoben.«

»Der Sohn und Vetter zweier Hexen?«

»Sebi sagt kaum etwas. Er wird sich also nicht verraten. Ich weiß keine bessere Lösung. Ihr vielleicht?«

Niklas kniete sich vor die Bank. »Du kannst jetzt rauskommen, Sebi«, sagte er sanft. »Sie sind weg. Keiner wird dir etwas tun.«

Keinerlei Reaktion.

»Ich bin es, Niklas«, versuchte er erneut sein Glück. »Du kennst mich doch. Ich bin der Mann mit der Laute. Meine Königin – du hast doch selbst auf ihr gespielt, weißt du noch?«

Nicht ein Laut.

»So kriegen wir ihn niemals raus«, sagte Johannes. »Vielleicht müsste man die Bank abbauen ...«

»Wartet!« Niklas zog einen Kamm aus der Tasche und begann auf ihm zu blasen. Es waren keine besonders wohlklingenden Töne, aber im Ganzen gesehen, entstand doch eine schiefe, kleine Melodie.

Erst geschah noch immer nichts. Dann aber tauchte auf einmal ein dünner Fuß unter der Bank auf, danach der zweite. Ein Arm war zu sehen, dann unter wirren blonden Haaren das schmutzige, verängstigte Gesicht.

Schließlich kroch Sebi heraus, sein unvermeidliches Kästchen fest gegen die magere Brust gepresst.

❧

Der Basilisk kommt auf sie zu, größer und greller als damals im Winter, keine hölzerne Schlittenfigur, sondern ein Wesen aus Fleisch und Blut. Lena duckt sich, um seinem scharfen Schnabel auszuweichen, der wütend nach ihr hackt. Sie darf ihn nicht ansehen, das weiß sie, nicht ein einzi-

ges Mal. Sonst wäre sie blind und verloren. Doch er ist so groß, so wild, so mächtig, dass sie ... Mit einem Schrei fuhr sie hoch.

»Du hast schlecht geträumt«, sagte Wilbeth und strich ihr das verschwitzte Haar aus der Stirn. »Kein Wunder, Lena. Uns alle plagen hier die hässlichsten Albträume.«

»Ich wünschte, es wäre nur ein Traum.« Lena griff nach dem Krug und zwang sich, nur einen kleinen Schluck zu nehmen, weil er beinahe leer war und erst am Abend wieder neu gefüllt wurde.

»Ich höre etwas.« Barbara setzte sich auf der harten Pritsche so aufrecht hin, wie es die Eisenkugel an ihrem Knöchel erlaubte. »Sie kommen. Hoffentlich nicht schon wieder mit einer neuen Gefangenen!«

Schritte, Stimmen, dann stießen sie Bibiana ins Loch. Die alte Frau taumelte, versuchte sich an das fahle Dämmerlicht zu gewöhnen.

»Els!«, rief sie. »Wo bist du, mein Mädchen? Ich wollte doch auf alles achtgeben, auf dein Kind und deinen Gasthof, aber ...«

»Halt das Maul, alte Vettel!«, rief einer der Büttel. »Sonst werden wir Mittel und Wege finden, es dir zu stopfen.«

»Sie hat keinen Platz mehr«, war ein anderer zu vernehmen. »Es sind schon zu viele. Eine von ihnen muss nach drüben.« Die Erste, die er zu packen bekam, war Lena. »Komm schon!«, sagte er und sperrte das Trenngitter auf. »Oder willst du, dass die Großmutter schweben muss?«

Die Männer lachten.

Lena wehrte sich nicht, ließ es zu, dass sie sie in die Nachbarzelle zerrten, obwohl sie so unsanft vorgingen, dass die offene Stelle an ihrem Knöchel erneut zu bluten begann.

Drüben wartete sie ab, bis die Peiniger fort waren, dann kroch sie langsam zur Pritsche.

»Els geht es nicht gut«, hörte sie Hella sagen. »Sie hat gespuckt. Den ganzen Morgen schon. Man könnte beinahe denken, *sie* sei die Schwangere und nicht ich. Jetzt scheint sie vor Schwäche eingeschlafen zu sein. Vielleicht gelingt es ihr, sich wieder zu erholen.«

Die Freundinnen umarmten sich, wobei Lena spürte, dass Hella sich zurückzog.

»Ich wollte dich retten!«, sagte Lena. »Und bin doch selbst hier gelandet. Wer hat uns das nur angetan?«

»Der Pater mit den eisigen Augen«, sagte Hella. »Und eine ganze Stadt hilft ihm dabei.« Sie schüttelte den Kopf. »Ich war es doch, die all die Fehler gemacht hat! Und jetzt seid ihr alle hier, ihr, die ihr mir nur geholfen habt – das ist nicht gerecht!«

Lena kniete sich neben das armselige Lager, auf dem Els lag. »Ich bin es«, sagte sie. »Lena.«

Els schlug die Augen auf, schien sie zuerst gar nicht zu erkennen. »Mein Mädchen!«, sagte sie dann. »Mein liebes, liebes Mädchen!«

Wieder waren Schritte zu hören, dann eine klare, feste Männerstimme.

»Ich muss zu den Gefangenen Lena Schätzlin und Els Hufeysen. Hier – das Siegel des Herzogs. Oder seid ihr alle taub und blind?« Das war Johannes Merwais.

Sie ließen ihn ein, doch eine Spur von Misstrauen konnte er offenbar nicht ausräumen. Die Zelle blieb verschlossen. Das Gitter zu öffnen, wie sie es soeben getan hatten, weigerten sie sich.

Es ging auch so, sie konnten miteinander reden, wenngleich er Lena am liebsten als Erstes fest in seine Arme geschlossen hätte.

»Liebste!« Seine Stimme versagte beinahe. »Ich hole dich

heraus – versprochen! Und wenn ich das ganze verdammte Loch in Brand stecken muss.«

»Dann werden wir alle jämmerlich ersticken«, sagte Lena, der Tränen über die Wangen rannen, so erleichtert war sie, ihn hier zu sehen. »Johannes, du musst …«

»Warte, Lena!« Els hatte sich mühsam erhoben, humpelte zum Eisengitter. »Jetzt bin erst einmal ich an der Reihe!« Sie griff durch die Stäbe, bekam Merwais' Arm zu fassen. »Holt mir de Caballis her!«, sagte sie. »So schnell wie möglich!«

»Den Münzintendanten?«, fragte er verblüfft. »Weshalb ausgerechnet ihn?«

»Fragt nicht! Tut es einfach!« Sie zerrte das Beutelchen aus ihrem Mieder. »Hier! Vielleicht kann das gute Dienste leisten.«

»Wollt Ihr mich beleidigen?« Er reichte es ihr zurück. »Aber wozu …«

»Damit Lena nicht auf dem Scheiterhaufen landet. Ist Euch das Antwort genug?«

❧

Es wurde später Abend, bis de Caballis in dem Verließ eintraf. Auf welche Weise er es geschafft hatte, die Kette der Bewacher zu durchdringen, blieb sein Geheimnis. Doch jetzt stand er wirklich und wahrhaftig vor dem Gitter und schaute erschüttert auf das zitternde, geschwächte Geschöpf, das noch vor Kurzem seine schöne, strahlende Geliebte gewesen war.

»*Bella mora* – was haben sie nur mit dir gemacht?«, sagte er.

Eine wegwerfende Geste. »Komm näher!«, flüsterte sie. »Ganz nah, damit ich durch das Gitter meinen Mund an dein Ohr legen kann.«

Er gehorchte.

Sie drehte sich noch einmal um zu der Pritsche, auf der wohl Lena lag, doch dort hinten in dem feuchten Verließ war es zu dunkel, um auch nur ihre Umrisse erkennen zu können.

Els atmete tief aus, wandte sich erneut Antonio zu. Er hatte die Wahrheit verdient. Seit Langem schon. Auch wenn sie sie selbst jetzt kaum über die Lippen brachte.

Aber sie musste ihr Kind retten.

Und deshalb begann Els zu reden.

Zehn

Das Schreiben aus Augsburg trug die Unterschrift von Jakob Fugger und hätte in all seiner Freundlichkeit hinterhältiger kaum sein können. In blumigen Worten bedankte der Handelsherr sich zunächst bei Herzog Sigmund für die unvergesslichen Gespräche mit Magister Gaudenz Stein, die ihn gleichermaßen erfreut wie bereichert hätten, da sie für ihn die einmalige Möglichkeit boten, in die Zukunft einer Silberverhüttung zu blicken, die mit vielerlei Missständen der Gegenwart nicht länger zu kämpfen habe.

Im nächsten Absatz kam er jedoch zur Sache – klar und kompromisslos, wie es seine Art war. Da die Silberlieferungen in den vergangenen Monaten um einiges hinter den vereinbarten Chargen zurückgeblieben seien, sehe er sich zu seinem Leidwesen gezwungen, die Laufzeit des bestehenden Vertrags so lange zu perpetuieren, bis dieses Defizit vollständig ausgeglichen sei. Anderenfalls bleibe ihm leider nur die Möglichkeit, die ausstehende Summe auf einen Schlag zurückzufordern.

Johannes Merwais ließ das Pergament sinken.

Der Briefschreiber wusste ebenso gut wie sein fürstlicher Adressat, dass dies schlichtweg unmöglich war. Es wurde also eng – für Herzog Sigmund und seinen heiß geliebten Guldiner.

Normalerweise hätten Zeilen wie diese Merwais zutiefst beunruhigt, zeugten sie doch davon, dass all seine listigen Pläne letztlich ins Leere gelaufen waren. Die unweigerlichen Folgen lagen klar auf der Hand. Würde der Herzog geneigt sein, einen Juristen in seinen Diensten zu behalten, dem es nicht gelungen war, ihn aus der drohenden Schlinge zu befreien?

Johannes Merwais kannte seinen fürstlichen Herren gut genug, um sich die Antwort darauf selbst zu geben. Früher oder später würde er sein Bündel also schnüren und Innsbruck verlassen müssen, so viel stand fest. Hoffentlich blieb noch Zeit genug, um sich mit allen Kräften um Lenas Rettung zu kümmern. Denn die Rastlosigkeit, die heute in ihm wütete, entsprang genau dieser Ursache – der tiefen Sorge um ihr Leben und das ihrer kleinen Familie, vor der alles andere nebensächlich geworden war.

Wo aber steckte Antonio de Caballis, den Els so dringend ins Loch bestellt hatte? Wieso war er nicht längst, wie vereinbart, bei ihm erschienen, um ihm mitzuteilen, was sie zu sagen gehabt hatte? Jedes Detail, auch die allerwinzigste Kleinigkeit, konnte wichtig sein, das hatte er ihm eingeschärft. Natürlich lief in einem Inquisitionsverfahren alles auf ein Geständnis und damit unweigerlich auf die Höchststrafe hinaus. Und doch hatte es durchaus schon Fälle gegeben, in denen die Beschuldigten freigesprochen werden mussten – sofern sie die Folter überlebt hatten.

Der Gedanke, dass dieser Leidensweg mit allergrößter Wahrscheinlichkeit nun auch seiner Liebsten bevorstand, ließ

Johannes innerlich rasen. Lena war tapfer und willensstark, das wusste er, aber würde das ausreichen, um den gezielten Grausamkeiten einer peinlichen Fragstatt zu widerstehen? Von aller Welt abgeschottet in diesem feuchten, muffigen Verlies, umgeben von lauter verzweifelten Frauen, die ein nicht minder düsteres Schicksal erwartete – wer würde da nicht schwach und mutlos werden?

Er schrak zusammen, als die Tür zum Kontor aufging. Der Münzintendant stand vor ihm, in Haltung und Aussehen derart verändert, dass Johannes zunächst glaubte, einen fremden Mann vor sich zu haben.

»Ich werde ihn töten!«, rief de Caballis. Sein Haar war zerzaust, das Wams aus grünem Leinen fleckig. Eine steile Falte stand wie eingekerbt zwischen seinen schwarzen Brauen, die ihn düster und gefährlich wirken ließ. »An die Gurgel geh ich ihm für das, was er meiner Liebsten angetan hat!«

Klamme Angst kroch in Johannes empor. Bedeutete das, dass sie mit den Folterungen vorschnell begonnen hatten und es dabei Els Hufeysen schon getroffen hatte?

»Beruhigt Euch!«, sagte er. »Setzt Euch erst einmal und dann berichtet!«

»Den Teufel werd ich tun!« Antonio de Caballis blieb vibrierend vor Zorn stehen. »Und seine verdammten Guldiner schmeiß ich ihm auch vor die Füße. Soll er seine Münze zu Hall ab jetzt gefälligst ohne mich betreiben! Keinen einzigen Tag verschwende ich meine Kraft weiterhin an ein Ungeheuer in Menschengestalt, das zu so etwas fähig ist.«

Er sprach vom Herzog. Doch was genau meinte er damit?

»So kann ich Euch nicht helfen«, sagte Merwais entschlossen. »Ich brauche Fakten, wenn ich agieren soll. Das ist nun mal mein Beruf.«

»Fakten?« De Caballis' Augen waren rot gerändert, und er

hatte eine ordentliche Fahne, das roch Johannes, als der andere die Hände auf den Tisch stützte und sich ihm aggressiv entgegenbeugte. »Die sollt Ihr haben! Lena ist die Tochter des Herzogs, ja, da staunt Ihr, Doktor Merwais, nicht wahr? Denn damit reiht sie sich ein in die Riesenschar seiner Kegel, wenngleich es in ihrem Fall äußerst hässliche Umstände waren, die dazu geführt haben. Denn er hat meine Els gewaltsam gezwungen, damals, als sie kaum ...« Unfähig, weiterzureden, wandte er sich rasch ab und bedeckte seine Augen mit der Hand.

Im ersten Augenblick war Johannes Merwais sicher, ihn falsch verstanden zu haben. Dann jedoch gruben sich die unglaublichen Worte tief und immer tiefer in seinen Kopf.

»Aber das hieße ja, dass Els Hufeysen gar nicht Lenas Tante ist«, brachte er schließlich hervor. »Und der kleine Sebi ...«

»Ihr Bruder – jetzt habt auch Ihr es kapiert.« Der Münzintendant, noch immer wutentbrannt, hatte sich wieder ihm zugewandt. »Die ganze Nacht hab ich versucht, es zu begreifen, und doch ist es mir nicht gelungen. Er, der alle haben kann, musste sich ausgerechnet an ihr vergreifen! Meine *bella mora* aber hat es über all die Jahre für sich behalten, aus Scham und wohl auch aus Anständigkeit – was ihr nun zum Verhängnis geworden ist. Auf der Stelle geh ich zum Herzog und werde ...«

»Nichts werdet Ihr!« Der junge Jurist klang plötzlich streng. »In Eurer aufgelösten Verfassung würdet Ihr alles nur noch schlimmer machen. Er ist der Souverän, kann tun und lassen, was ihm beliebt – vergesst das nicht!«

»Das mögt vielleicht Ihr so sehen, die Ihr Euch unter seiner Knute fühlt!«, bellte de Caballis. »Ich aber bin ein freier Mann, der gehen kann, wohin immer er will!«

»Wollt Ihr, dass die Frauen freikommen – oder nicht?«

Ein zaghaftes Nicken.

»Dann zügelt Euren Zorn, so berechtigt er auch sein mag, und lasst lieber mich mit Seiner Hoheit reden. Im Gegensatz zu Euch werde ich ruhig bleiben und ich würde versuchen, den Herzog zur Einsicht zu bringen, was durchaus günstige Auswirkungen auf den anstehenden Prozess haben könnte.«

»Würde! Könnte!«, jaulte Antonio de Caballis auf. »Er *muss* sie freilassen, auf der Stelle. Das ist das Mindeste, was er ihnen schuldig ist!«

»Genau das aber kann er nicht«, erwiderte Johannes ruhig. »Denn nicht der Herzog führt den Prozess, sondern Kramer als vom Papst bestellter Inquisitor. Wie glaubt Ihr, würde dieser Mann aus Eis und Eisen reagieren, wenn Sigmund sich unbefugt in seine Belange einzumischen versucht – selbst wenn er der Herzog ist?«

»Es den Angeklagten nur noch schwerer machen?« Langsam schien der Münzintendant wieder zur Besinnung zu kommen.

»Ich hätte es besser nicht ausdrücken können«, sagte Johannes. »Daher müssen wir besonnen vorgehen, listig wie die Füchse, klug wie die Schlangen, wenn wir am Ende gewinnen wollen.«

»Aber wie wollt Ihr …« Der Münzintendant sackte zusammen. »Meine Elisabetta – sie darf nicht sterben! Und Lena und Bibiana ebenso wenig.«

»Ich werde den Herzog ersuchen, mich als offiziellen Verteidiger für den Prozess zu bestellen«, sagte Merwais. »Und dann rücken wir ihm auf den Pelz – dem Herrn Inquisitor und seinen haltlosen Beschuldigungen!«

»Ich muss dir etwas sagen, Lena.«

Hella schob sich im Halbdunkel so nah an die Freundin heran, wie die Eisenkugeln der beiden es erlaubten. Durch eine winzige Luke fiel schwaches Licht in das Verließ. Jetzt sah man, dass in die Wände alles Mögliche eingeritzt war, als hätten die Verzweifelten ihre letzten Stunden benutzt, um sich hier zu verewigen. Obszöne Zeichnungen waren ebenso vorhanden wie winzige Kreuze, die durchgestrichen waren, als hätte jemand rückwärts gezählt. Wenn man sich sehr streckte, konnte man weiter oben ertasten, dass sogar einige Steine gelockert waren. Der Versuch, eine Verbindung zur Nachbarzelle herzustellen, der vorzeitig entdeckt und daher wieder aufgegeben worden war?

»Etwas, was mich schon länger bedrückt«, fuhr Hella mit belegter Stimme fort. »Du sollst es wissen, auch wenn du mich deswegen hassen wirst. Aber ich kann und will nicht mit dieser Lüge sterben.«

»Was redest du da?«, entgegnete Lena leise und erleichtert, dass Els endlich in einen erschöpften Schlaf gefallen war. Els schien die Unbilden der Haft sehr viel schlechter zu verkraften als die anderen, die stundenlangen Verhöre, das schimmelige Brot, das brackige Wasser, das fehlende Licht. Nach dem überraschenden Besuch Antonios war es, als habe sie mit einem Mal all ihre Kraft verloren. Zu einem kranken, schwachen Bündel war sie geworden und konnte kaum noch etwas bei sich behalten. »Niemand stirbt. Johannes hat geschworen, uns alle hier herauszuholen. Und ich vertraue ihm.«

»Aber wie will er das anstellen? Ich, eine Mörderin? Und du, eine Giftmischerin?«, fragte Hella. »Und erst all das Widerliche, was man den anderen angehängt hat! Frauen sind schon wegen sehr viel weniger ins Feuer geschickt worden, das weiß ich. Frauen wie ich, die ihrem Mann nicht die Treue gehalten haben.«

»Dass du ihn mit diesem Hofschranzen betrogen hast, hab ich ohnehin niemals verstanden. Doch jetzt, wo der Hofmeister tot ist, hab ich sogar begonnen, ihn ein wenig zu mögen.«

»Ich rede nicht vom toten Leopold. Da war noch ein anderer, einer, den du sehr gut kennst.«

Ein seltsam wundes Gefühl machte sich bei diesen Worten in Lena breit. »Doch nicht etwa Johannes?« Ihre Stimme war nur noch ein Wispern. »Ich dachte immer, ihr beide kennt euch kaum.«

»Nein, nicht Johannes.« Hella musste schlucken. »Niklas. Der fesche Spielmann.«

Es war wie ein Stich in Lenas Herz, trotz allem, was inzwischen geschehen war.

»Ich hab es getan, um Leopold eins auszuwischen.« Jetzt redete Hella auf einmal so schnell, als könne sie es kaum erwarten, endlich alles loszuwerden. »Und Andres. Und vielleicht sogar dir. Ich bin nicht so gut wie du, Lena. Vielleicht bin ich sogar schlecht, wie Institoris behauptet, denn manchmal höre ich auf zu denken und mache einfach nur noch, was ich gerade tun möchte.«

Niklas – und Hella! Für ein paar entsetzliche Augenblicke verschlug es Lena die Sprache. War die, die da so heiser neben ihr flüsterte, jemals ihre Freundin gewesen?

»Das hättest du besser bleiben lassen sollen«, brachte sie schließlich mühsam hervor und rückte unwillkürlich ein Stück von Hella ab. »Wie konntest du nur? Wo du doch ganz genau wusstest, wie sehr ich von ihm ...«

»Weil ich so bin, wie ich eben bin«, fiel Hella ihr ins Wort. »Wir haben es getan, und dafür gibt es keine Entschuldigung.

Er hat mich nicht geliebt. Und ich ihn ebenso wenig. Niklas wollte mich haben, und genau das wollte ich damals auch. Es war lediglich eine Art Rausch, schnell wieder verflogen. Aber was spielt das noch für eine Rolle? Jetzt liebst du Johannes. Und wir werden ohnehin sterben, Lena. Wir alle.«

Lena stürzte sich auf sie und umklammerte ihren Arm so fest, dass Hella aufschrie.

»Wenn ich das noch ein einziges Mal aus deinem Mund höre, dann dreh ich dir den Hals um!«, sagte sie grimmig. »Denn Grund dazu hätte ich jetzt ja mehr als reichlich. Also halt gefälligst deinen Schnabel und fang lieber an zu denken!«

»Denken? Das kann ich schon lange nicht mehr. In mir ist alles nur noch leer.«

»Dann erinnere dich an das Kleine, das in dir wächst, und streng dich gefälligst an – seinetwegen! Hör zu, Hella, ich weiß genau, dass meine Süßspeisen einwandfrei waren, als ich sie von der Küche in das Frauenzimmer hinaufgetragen habe. Van Halen hat zuvor ausgiebig von ihnen genascht, so verfressen, wie er nun mal ist. Wären sie vergiftet gewesen, er wäre jetzt mausetot. Danach hat die Hofmeisterin sie mir abgenommen – und dann nahm das schreckliche Unglück seinen Lauf.«

Hella schien in sich zusammengesackt. War sie eingeschlafen? Lena rüttelte sie unsanft. Jetzt machte sie die großen hellen Augen wieder auf.

»Hörst du mir auch zu?«, fragte Lena.

»Das versuche ich ja«, murmelte Hella. »Aber es fällt mir so schwer.«

»Dann streng dich an und lass uns gemeinsam weiterdenken! Ist der Hofmeister wirklich zufällig in deinem Haus gestorben? Und wem könnte an seinem Tod gelegen gewesen sein?«

»Wenn du so fragst, kommt nur eine Einzige infrage«, sagte Hella nach einer langen Pause. »Dieses dürre, hässliche Weib, das mich immer so giftig angestarrt hat, als würde es mich fressen wollen.«

»Es läuft also auf die Spiessin hinaus«, sagte Lena. »Jedenfalls, was die schweren Beschuldigungen betrifft, die gegen uns beide erhoben werden. Warum haben wir nicht schon eher an sie gedacht?«

»Was, wenn du recht hättest?«, flüsterte Hella. »Wenn wirklich sie hinter allem stecken würde ...« Sie streckte sich seufzend. Die schwere Kugel an ihrem wunden Fußgelenk ließ nur sehr beschränkt Bewegungen zu. »Aber wie in aller Welt könnten ausgerechnet wir beide das jemals beweisen – von hier aus?«

❧

Es lief nicht so mit den Verhören, wie Kramer sich das vorgestellt hatte, obwohl er Schlaf und Gesundheit aufs Spiel gesetzt und damit billigend in Kauf genommen hatte, dass die Dämonen der Nacht seinen Schädel wie eine feindliche Armee besetzt hielten. Der jähe Schmerz, ihm bislang nur allzu gut aus seinen wechselvollen Attacken bekannt, hatte sich in ein lästiges, qualvolles Dauerdröhnen verwandelt, das ihn stärker schwächte, als er jemals zugegeben hätte. Diese verfluchten Innsbrucker Weiber waren aber auch die härtesten Nüsse, die er jemals zu knacken gehabt hatte – starrsinniger und verschlagener als alles zusammen, was ihm an Unholdinnen in den vergangenen Jahren untergekommen war.

Missmutig starrte er auf die Protokolle, die der Schreiber Josef Wankl in seiner winzigen, akkuraten Schrift angefertigt hatte. Selbst der zeigte erste Ermüdungserscheinungen, verschrieb sich und war im flackernden Kerzenschein schon mehr als einmal vor Erschöpfung eingeschlafen. Sein Ersatz, Ludwig Fels, konnte ihm zwar nicht das Wasser reichen, und doch sah Kramer sich gezwungen, immer häufiger auf dessen Dienste zurückzugreifen.

Aber was waren das für nichtige Probleme angesichts des Hauptübels, gegen das er wie ein Drachentöter zu kämpfen hatte? Die hiesigen Hexenweiber wollten nicht gestehen, kniffen die Lippen zusammen, sobald es brenzlig wurde, oder starrten blicklos vor sich hin, wenn er sie mit bewährten Methoden unter Druck zu setzen versuchte. Nicht einmal durch das Vorführen der Folterinstrumente hatten sie sich bislang dazu bewegen lassen, den Mund aufzumachen und ihre Seelen von den begangenen Todsünden zu reinigen.

Wer hatte ihnen diese unerwartete Standfestigkeit eingegeben? Satan höchstpersönlich, davon war Kramer überzeugt, auch wenn sie es leugneten.

Eine nicht unwesentliche Rolle mochte dabei allerdings auch spielen, wie provisorisch, je geradezu mangelhaft die Innsbrucker Fragstatt eingerichtet war. Weder gab es eine Halsgeige, dazu erdacht, sich in den Nacken des Sünders zu bohren und ihn gefügig zu machen, noch eine Judaswiege, mit der man den Delinquenten steil hochzog und dann mit dem Hinterteil auf die Spitze einer hölzernen Pyramide setzte, was bisher noch jeden zum Reden gebracht hatte. Nicht einmal eine ordentliche Ketzergabel hatte er vorgefunden, deren eiserne Spitzen unter Kiefer, Kinn oder Brustbein gerammt wurden, von der hochwirksamen Birne, deren grausame Wirksamkeit alles übertraf, ganz zu schweigen. Stattdessen musste er mit halb verrotteten Daumenschrauben, mit einer quietschenden Seilwinde und einer altertümlichen Streckleiter vorliebnehmen, so ziemlich das Minderwertigste an Folterwerkzeugen, das ihm bislang untergekommen war.

Dazu kam, dass dieser Christian Turner, den Bischof Golser ihm auf den Hals gehetzt hatte, in allem und jedem hinderlich war. War es Kramer gerade noch gelungen, im letzten Moment eine Hinzuziehung weltlicher Räte bei den Verhören, wozu ihn Golsers Schreiben aufgefordert hatte, abzuwenden, so genügte dieser eine Theologe, um ihm das Leben zu vergällen. Misstrauisch und kleinkrämerisch berief der Generalvikar sich auf eine Fülle von Vorschriften und Statuten, um die der Inquisitor sich bisher kaum gekümmert hatte, überwachte jedes einzelne Verhör so peinlich genau, als hinge sein persönliches Seelenheil davon ab, und besaß sogar die Frechheit, ihm zwischendrin ins Wort zu fallen.

Abermals flog Kramers Blick über diese nichtssagenden Protokolle, die er nach nächtelanger Quälerei am liebsten auf der Stelle zerfetzt und in den Boden gestampft hätte. Was nützen dreißig und mehr Zeugenaussagen, wenn die Hexenweiber bestenfalls Kleinigkeiten einräumten und sonst beharrlich schwiegen?

Wilbeth Selachin – für ihn nichts anderes als eine schäbige, alte Zauberin: *Von Liebeszauber wisse sie nichts und habe auch niemals einen derartigen verkauft. Bisweilen gebe sie aus Barmherzigkeit ihre Kräuter an Bedürftige weiter und wehre sich nicht immer dagegen, dafür mit ein paar Münzen entlohnt zu werden, da sie eine alte Frau sei, die für ihr Leben allein aufkommen müsse ...*

Rosin Hochwart – für ihn war sie eine Diebin und Hexe: *Niemals im Leben habe sie jemanden verflucht. Das weise sie hiermit in aller Entschiedenheit von sich. Sie friste ihr Leben als Totenwäscherin, habe alle dafür notwendigen Tätigkeiten von ihrer verstorbenen Tante Gertrud erlernt und übernommen. Selbstredend habe sie nirgendwo und zu keiner Zeit Geld oder Schmuck von Verstorbenen an sich genommen. Was mit jenem überraschend verschwundenen Ring geschehen sei, vermöge sie leider nicht zu sagen ...*

Barbara Pflüglin – für ihn Engelmacherin und Hexenweib in einer Person: *Stets habe sie werdendes Leben geschützt und geachtet. Deshalb habe sie sich auch dagegen verwehrt, als die junge Baderin sie um gewisse Abtreibungsmittel angegangen sei. Später habe sie auch deren Wunsch ablehnen müssen, das Kind länger im Leib zu behalten, da dies wider die Gesetze der Natur sei. Letztlich wisse sie nicht, wie diese Schwangerschaft verlaufen sei, da die Baderin eine andere Wehmutter zu Rate gezogen habe, allerdings eine mit üblem Ruf …*

Els Hufeysen – für Kramer eines der verderbtesten Hexenweiber, das vor nichts zurückschreckte: *Wie die Geschwister Geyer zu der vergrabenen Haube gekommen seien, sei ihr gänzlich unbekannt. Sie habe das betreffende gewisse Stoffstück vor langer Zeit verloren, möglicherweise sei es ihr auch im Waschhaus entwendet worden. Knöchelchen, Wachs und andere Widerlichkeiten habe sie niemals berührt, geschweige denn in diese spezielle Haube eingewickelt …*

Hella Scheuber – für ihn Hure, Hexe und Mörderin in einem: *Sie habe den Hofmeister Leopold von Spiess niemals verzaubert, sich aber zu ihrem Leidwesen nicht immer erfolgreich seiner liebestrunkenen Anwandlungen erwehren können. Dass er nicht gesund war, sei ihr bekannt gewesen; allerdings habe er eine Medizin besessen, die er in ihrer Gegenwart mehrmals zu sich genommen habe und wonach er sich stets deutlich besser gefühlt habe. Wieso dies bei seinem letzten Besuch anders verlaufen sei, vermöge sie nicht zu sagen, da sie keine gelehrte Person sei, sondern nur die einfache Ehefrau des Münzschreibers. Sie selbst jedoch habe mit dem Tod des Hofmeisters nicht das Geringste zu tun …*

Lena Schätzlin – für ihn die Buhlschaft des Teufels und versuchte Meuchlerin des Fürstenpaares: *Alle Anschuldigungen eines gewissen Kassian seien haltlos, denn in Wirklichkeit sei jener Zeuge ein Dieb, der sich lediglich an ihr rächen wolle, weil sie ihn auf frischer Tat ertappt habe. Keineswegs habe sie sich dem Herrscherpaar durch Zauber oder Magie angedient, sondern es einzig und allein durch ihre Kochkunst geschafft, eine entsprechende Stelle bei Hof zu bekommen. Alle Speisen, die man von ihr verlangte, habe sie stets mit Geschick und Hingabe bereitet. Von einem Gift wisse sie nichts und habe auch niemals im Leben die Absicht gehabt, etwas Derartiges gegen die Herzogin und den Herzog anzuwenden …*

Das Argument ihrer geilen Vereinigung mit dem Spielmann in der Rotnacht hatte er sich für den Prozess aufgehoben. Konnte nicht schaden, einen kräftigen Trumpf in der Hinterhand zu behalten.

Bibiana Brocia – für ihn des Teufels Großmutter in Person: *Sie sei vor langen Jahren aus Ladinien gekommen, habe gewisse Überlieferungen aus ihrer alten Heimat mitgebracht und einige Frauen auf deren Wunsch hin in der Kunde von den Pflanzen unterrichtet, um bestimmte Rezepte schmackhafter zu machen. Ab und an hätten sie und ihre Freundinnen gewisse Mixturen bis über die Berge verkauft, weil die Nachfrage und der Kundenkreis ohne ihr Zutun ständig gewachsen seien. Mit Hexenkunst freilich habe weder das eine noch das andere im Geringsten zu tun. Ebenso wenig habe sie Lena, für sie wie eine Enkelin, bei ihrem Besuch Gift oder eine andere schädliche Substanz mitgebracht, sondern lediglich einige kandierte Blüten und Blätter …*

Kramer schlug mit der Hand auf den Tisch, so wütend machten ihn die Protokolle dieses dreisten Geschwafels. Sie mussten sich abgesprochen haben, alle miteinander, denn gerade bei der heikelsten Frage, die die ketzerische Verehrung jener Holzgestalten betraf, die er mit eigenen Augen gesehen hatte, bevor er in heiligem Zorn den Zugang zu ihnen vernagelte, hatten alle ausgesagt, ihnen wären in der alten, jedermann frei zugänglichen Kapelle lediglich drei Figuren bekannt, die die heiligen Märtyrerinnen Katharina, Margarete und Barbara darstellten.

Nein, so ging es nicht weiter! Er musste andere, härtere Saiten aufziehen, wollte er endlich zum Ziel gelangen. Als Erstes entschloss er sich zu einer drastischen Kürzung von Brot und

Wasser für alle Gefangenen. Hunger, vor allem aber quälender Durst, das hatte jüngst erst wieder der Ravensburger Prozess bewiesen, brachten die meisten zum Reden. Zudem würde er sie tagelang ohne jeglichen Kontakt mit der Außenwelt in dieser elenden Verfassung schmoren lassen. Und sich schließlich zuerst die alte Walsche vornehmen, um sie innigliche Bekanntschaft mit der Streckbank schließen zu lassen.

Spätestens dann würden auch die anderen reden.

Denn, und das war zumindest ein Vorteil bei all diesen Innsbrucker Malaisen, die ihm die Arbeit erschwerten, die Fragstatt lag unmittelbar über dem Loch. Die Schreie der Gefolterten waren daher in den beiden Verliesen überdeutlich zu hören.

❧

Der Herzog wurde fahl, als Johannes zu reden begann, dabei hatte er ihn selbst dazu aufgefordert, obwohl der Jurist mehrmals die höfliche Bitte geäußert hatte, ihn allein zu sprechen. Jetzt aber war nicht nur die Herzogin sein Zeuge, sondern auch Christian Turner, der sich dem Fürstenpaar nach der Frühmesse angeschlossen hatte, sowie der unvermeidliche Thomele, der wieder einmal seine Faxen schlug, wenngleich niemand geneigt schien, ihm zuzusehen. Die Hofdamen hatte man fortgeschickt, wie so oft in letzter Zeit, weil Katharina der unentwegten Mitleidsbekundungen überdrüssig war. Auch die Spiessin fehlte, die schon am frühen Morgen über Kopfschmerzen und Übelkeit geklagt und sich leidend in ihre Gemächer zurückgezogen hatte.

Sigmunds Arm schoss nach vorn, als Merwais weitersprach, als wolle er dessen Worte zerschmettern. Doch der Jurist ließ sich nicht beirren.

»Lena Schätzlin – meine Tochter?« Ein missglücktes Schnauben. »Manche Weiber in Innsbruck machen es sich da in der Tat sehr einfach! Ich kann beim besten Willen nicht für jedes ledige Balg weit und breit einstehen, wenn der Vater sich aus dem Staub gemacht hat. Von einer gewissen Els Hufeysen jedenfalls hab ich im Leben noch nie etwas gehört.«

»Vielleicht wird Eure Erinnerung frischer, Hoheit«, sagte der Jurist mit einer angedeuteten Verneigung, »wenn Ihr den Mädchennamen erfahrt: Elisabeth Prenner. Damals nannten sie alle Betti.«

Ein Schatten flog über Sigmunds Gesicht. »Ein kleines, dunkles Ding?«, entfuhr es ihm. »Sie war in der Küche beschäftigt …«

»Und sehr, sehr jung«, fiel Johannes Merwais ein. »Sie hat geschworen, dass kein anderer als Ihr Lenas leiblicher Vater sei. Und ich sehe keinerlei Veranlassung, ihr nicht zu glauben.«

Die Herzogin und Turner tauschten einen raschen Blick. Plötzlich tat sie Merwais leid. Es war eine Sache, am Hof auf anerkannte Kegel des Gemahls zu stoßen, eine andere, überraschend mit neuen illegitimen Abkömmlingen konfrontiert zu werden.

»Wieso dann aber Schätzlin – und nicht Hufeysen?«, stieß Sigmund hervor. »Was sollen all diese verwirrenden Namen?«

»Schätzlin hieß Elisabeths Schwester Johanna nach ihrer Heirat. Sie hatte die Kleine an Kindes statt angenommen. Sie kann dazu nicht mehr befragt werden, denn sie liegt seit vielen Jahren auf dem Friedhof von Wilten.«

Betretenes Schweigen.

»Verlasst uns jetzt, Herr Thomele!«, sagte Katharina. »Seid bitte so freundlich! Es geht um viel zu ernste Belange.«

Schmollend trollte sich der Hofzwerg.

»Dann wäre Lena also Eure Tochter«, fuhr Katharina zögernd mit einem Seitenblick auf Sigmund fort, »und ich damit gewissermaßen ihre Stiefmutter. Welch seltsamer Gedanke, da sie doch sogar ein wenig älter ist als ich. Und ausgerechnet diese Tochter soll versucht haben, uns beide zu vergiften ...« Sie schüttelte den Kopf. »Alles hat in jenem entsetzlichen Moment gegen sie gesprochen, doch wenn ich jetzt darüber nachdenke, erscheint mir der Vorwurf reichlich absurd.«

Der Herzog schwieg. Tausend Gedanken schienen hinter seiner gefurchten Stirn zu kreisen.

»Lena ist unschuldig«, sagte jetzt Merwais. »Sie kann es gar nicht getan haben, denn eine Hexe ist sie nicht, und hässliche Gefühle wie Neid und Hass sind ihr gänzlich fremd. Nun aber liegen die schwersten Beschuldigungen auf ihr. Sie schwebt in Todesgefahr, Euer Hoheit. Wir müssen handeln, wenn wir sie retten wollen – rasch und gezielt!«

»Was also schlagt Ihr vor?« Der Herzog schien endlich seine Sprache wiedergefunden zu haben, wenngleich er den Blick seiner jungen Gemahlin noch immer mied.

»Ich bin davon überzeugt, dass nicht nur Lena unschuldig ist, sondern dass es auch die anderen angeklagten Frauen sind«, erwiderte Merwais mutig. »Pater Institoris scheint mir mit allem weit über das Ziel hinauszuschießen. In Innsbruck gab und gibt es keine Hexen – es handelt sich lediglich um ein paar unbescholtene Frauen, auf die jetzt der Tod wartet.«

»Aber unser armer Hofmeister ... und diese Hella ...« Die Herzogin hielt inne.

»Auch da erscheint mir das letzte Wort durchaus noch nicht gesprochen«, sagte Merwais. »Es gibt zu viele Ungereimtheiten in diesem Fall, als dass man eindeutig ihr die Schuld zuweisen könnte. Die junge Frau mag leichtsinnig und sogar reichlich frivol sein – eine Mörderin ist sie deswegen in meinen Augen noch lange nicht. Welchen Grund sollte sie gehabt haben, den Hofmeister umzubringen? Mir persönlich kommt kein einziger in den Sinn.«

»Und das kostbare Kreuz, das man im Stall der Scheuberin gefunden hat …?« Die Herzogin verstummte, weil sie wohl selbst spürte, wie wenig überzeugend dieser Beweis war.

»Ein solches Schmuckstück lässt sich leicht irgendwo platzieren.« Es machte Johannes stolz, in diesem erlauchten Kreis auf Lenas Worte zurückzugreifen. Für einen Moment war es beinahe, als stünde sie direkt neben ihm. »Die Schuld der Angeklagten beweist so ein Fund noch lange nicht.«

»Wer aber sollte es dann getan haben?«, fragte der Herzog. »Denn das Zeug *war* vergiftet, sonst würde das Hündchen, das davon gefressen hat, ja noch leben.«

»Genau das gilt es aufzudecken«, sagte der Jurist. »Und zwar ebenso unvoreingenommen wie gründlich. Wenn Ihr wollt, biete ich Euch dazu gern meine Hilfe an.«

Es wurde still im Raum.

»Sollte es richtig sein, was Ihr behauptet«, begann die Herzogin nach einer Weile, »dann müsste auch Hella gerettet werden. Als Schwangere unschuldig im Loch auszuharren– das muss ein Albtraum sein. Also sagt uns auf der Stelle, was wir unternehmen können!«

»Zum Beispiel mich für den anstehenden Prozess als offiziellen Verteidiger der sieben Angeklagten bestellen.« Merwais atmete tief aus. Jetzt war es endlich heraus!

»Wozu?« Der Herzog schien skeptisch. »Läuft in einem solchen Prozess nicht ohnehin alles auf ein Bekenntnis hinaus?«

»Nicht unbedingt, Euer Hoheit«, schaltetet sich nun Christian Turner ein, der bislang schweigend zugehört hatte. »Ein offizieller Verteidiger ist zwar in einem Inquisitionsprozess nicht zwingend vorgesehen, aber ebenso wenig untersagt. In Basel wie auch in Trier habe ich erlebt, wie so ein Mann durchaus Freisprüche erreicht hat.«

»Außerdem kann ich als Verteidiger die Sichtung der Protokolle verlangen«, sagte Johannes Merwais. »Auf diese Weise sehe ich, welche Fragen der Inquisitor stellt, und kann dann sowohl seine Argumentation ergründen als auch gleichzeitig eine geschickte Gegenstrategie aufbauen. Sogar im Kirchenrecht schlummern mehr Möglichkeiten, als man gemeinhin glauben möchte.«

Herzog Sigmund musterte ihn aufmunternd. Alles schien ihm recht, um von dem vorherigen Thema abzulenken.

»Ich nehme an, Golser teilt Eure Meinung«, sagte er zu Turner.

Der Theologe nickte. »Genau aus diesem Grund hat er mich ja geschickt«, sagte er. »Er wird sehr froh über diese Entwicklung sein.«

»Ich fürchte, das allein reicht nicht aus.« Der Herzog klang plötzlich grimmig. »Nicht bei einem solchen Kaliber wie Institoris. Nicht bei dem Sturm, den er in meinem geliebten Innsbruck bereits entfacht hat.«

Jetzt waren die Augen aller auf ihn gerichtet.

»Was soll das heißen, Sigmund?«, ergriff Katharina als Erste das Wort.

»Dass er sich gefälligst *in persona* herzubemühen hat, der Herr Bischof«, raunzte der Herzog.

»Aber er ist doch leidend, Euer Hoheit«, wandte Turner ein. »Erst jüngst ein schwerer Anfall ...«

»Ach was!«, schnitt Sigmund ihm das Wort ab. »Ich muss auch Tag für Tag mit meinem Leiden zurechtkommen und unbeirrt weiterregieren!« Er wandte sich an Merwais. »Schickt ihm den schnellsten Boten und lasst ihm ausrichten, er müsse schleunigst anspannen lassen und sein geliebtes Brixen für eine Weile vergessen. Vielleicht gelingt es uns, mit seiner Unterstützung das Blatt noch zu wenden.«

Johannes beeilte sich, den Befehl so schnell wie möglich auszuführen. Während er dem Boten das eilig aufgesetzte Schreiben übergab, der sich damit sogleich zum Aufbruch rüstete, wurde ihm plötzlich bewusst, wie sehr dem Herzog Els' überraschende Enthüllung zugesetzt haben musste, auch wenn er es nach außen zu verbergen gewusst hatte.

Den ganzen Morgen hatte Herzog Sigmund kein einziges Wort über jenen fatalen Brief aus Augsburg verloren.

❧

Es fühlte sich seltsam an, so ganz allein in dem Gasthof, der noch vor Kurzem von vielen Menschen bevölkert gewesen war. Mit einer Lampe in der Hand ging Johannes langsam von Raum zu Raum, betrat als Erstes die ordentlich geschrubbte Küche mit dem riesigen, nun erkalteten Herd und den vielen großen Töpfen, Sieben und Reinen, die nur auf Bibianas geschickte Hände zu warten schienen. Danach leuchtete er den leeren Wirtsraum aus, in dem der Kachelofen stand, Sebis Lieblingsplatz.

Die Stiege nach oben führte zu den Schlafräumen. Tür für Tür öffnete er, bis er endlich in dem Zimmer angelangt war, das einmal Lena gehört haben musste. Ein schmales Bett, zwei Truhen für Kleider und Wäsche, ein wurmstichiger Tisch unter dem Fenster – hier also hatte sie früher geschlafen. Über dem Stuhl hing eines ihrer wollenen Umschlagtücher, mit dem sie bei schlechtem Wetter der Kälte getrotzt hatte, ein kratziges, unscheinbares Ding aus grauer Wolle, das er plötzlich an sich pressen musste und gar nicht mehr wieder loslassen wollte.

Ein zarter, unwechselbarer Geruch nach Rosen und etwas Frischem, das er nicht näher benennen konnte, stieg in seine Nase und trieb ihm das Wasser in die Augen. Lena – wann würde er sie endlich wieder in seinen Armen halten können, ohne Angst und unversehrt?

Plötzlich wusste Johannes, was er tun musste, obwohl Furcht ihm den Magen zusammenkrampfte. Er stieg wieder hinunter, schloss von außen den Gasthof so sorgfältig ab, wie er es Els und Bibiana versprochen hatte, und ging hinüber. Ein kurzer Weg, nur quer über die Gasse, für ihn jedoch eine fast nicht zu bewältigende Überwindung. Vielleicht war es das Schwierigste, was Johannes Merwais bisher in seinem Leben auf sich genommen hatte, denn jetzt galt es, all das hinter sich zu lassen, was ihn bisher durchaus erfolgreich geleitet hatte: Vorsicht. Besonnenheit. Sich immer und überall im Hintergrund zu halten, um schnell und erfolgreich weiterzukommen.

Der »Schwarze Adler« war gut besucht, das hörte man schon von draußen. Aus den geöffneten Fenstern drangen Grölen und Lachen. Am liebsten hätte Merwais noch auf der Schwelle kehrtgemacht, doch der Gedanke an Lena, die nun die feuchten Mauern des Verlieses umschlossen, trieb ihn weiter.

Er öffnete die Tür, trat ein. Niemand schien ihn zu bemerken, so laut und bierselig ging es zu. Er machte ein paar unentschlossene Schritte, da trat plötzlich eine stämmige Frau auf ihn zu.

»Nur nicht so schüchtern, junger Herr!«, sagte sie nach einem raschen Blick auf sein gutes Wams, das er sich eher zufällig übergestreift hatte. »Dort drüben wäre noch ein hübsches Plätzchen für Euch frei.« Ihr Lächeln wurde breiter, als er sich nicht rührte. Sie schien seine Verlegenheit zu spüren. »Soll ich Euch einen Krug von meinem besten Roten kommen lassen? Oder gelüstet es Euch eher nach schlichteren Genüssen?«

Weder der Anblick ihres drall gefüllten Mieders noch der der voll besetzten Bank, auf die ihr schmuddeliger Finger wies, erschienen ihm sonderlich einladend.

»Ihr seid hier die Wirtin?«

»Allerdings.« Er sah eine Spur von Argwohn in Purgls Geyers Blick aufflackern. »Wozu wollt Ihr das wissen?«

»Weil ich etwas Wichtiges zu sagen habe«, erwiderte Johannes. »Euch. Und allen anderen hier.«

Sie formte Daumen und Zeigefinger ihrer Rechten zu einem Ring und blies. Ein gellender Pfiff ertönte, der alle zusammenschrecken ließ. Lachen und Grölen erstarben auf einen Schlag. Eine fast schon unheimliche Stille breitete sich aus.

»Redet!«, sagte sie. »Mal sehen, ob sie Euch zuhören.«

Die Zunge schien Merwais am Gaumen wie angeklebt, und für einen Moment musste er regelrecht nach Luft schnappen, so aufgeregt war er. Nicht anders war es ihm schon in der Lateinschule ergangen, wenn einer der Patres ihn aufgerufen und nach vorn an die Tafel zitiert hatte. Zum Glück war ihm damals meist im letzten Moment noch das Richtige eingefallen. Mehr unsicher als siegesgewiss klammerte er sich auch jetzt an diese vage Hoffnung.

»Ihr zecht hier ausgelassen«, begann er – und erschrak. War das wirklich seine Stimme, so zittrig und hoch? Warum war er allein hergekommen? Etwas Unterstützung an seiner Seite hätte jetzt so gut getan! »Doch während ihr es euch gut gehen lasst, darben andere aus eurer Mitte im Loch ...«

»Gottlob! Denn nichts anderes haben sie verdient«, unterbrach ihn ein Mann, bärenstark und derb in Aussehen und Sprache. »Wir alle hier sind ehrliche Leute, die sich ihr abendliches Bier redlich verdient haben – und kein verdammtes Hexenvolk, das der Satan Nacht für Nacht reitet!«

Gebrüll und Klatschen ertönten. Die Leute schnitten Grimassen, einige vollführen obszöne Gesten, die an Eindeutigkeit nichts zu wünschen übrig ließen.

Es kostete den Juristen Mühe, die Meute mit energischen Blicken wieder halbwegs ruhig zu bekommen, schließlich aber gelang es ihm. Sie waren neugierig geworden, wollten offenbar mehr von ihm hören.

»Es sind eure Nachbarinnen, die gestern noch friedlich neben und mit euch gelebt haben«, nahm er seinen Faden wieder auf. »Großmütter, Tanten, Nichten, Ehefrauen, Töchter, nicht anders als ihr auch. Sie haben euch mit Heilmittel versorgt, wenn ihr euch den Medicus nicht leisten konntet. Sie haben geholfen, eure Kinder gesund auf die Welt zu bringen, und haben eure Toten liebevoll zur letzten Reise hergerichtet ...«

Jetzt schauten ihn alle an.

Er schien einen Nerv getroffen zu haben, etwas, was einige sich vielleicht bereits insgeheim gedacht, angesichts der öffentlichen Stimmung jedoch nicht mehr laut zu äußern gewagt hatten. Es war keine große, starke Welle von Zustimmung, die er da spürte, allenfalls eine zaghafte Bestätigung, die ihm jedoch genug Mut machte, um weiterzufahren.

»Sie haben euch mit Speis und Trank versorgt, euch bekocht und zu eurem Vergnügen beigetragen, wenn ihr eure Feste bei ihnen gefeiert habt – und ihr seid gern zu ihnen gegangen, seit vielen Jahren schon. Das soll plötzlich alles nicht mehr wahr sein? Und diese eure Nachbarinnen, Freundinnen und Wohltäterinnen sollen auf einmal als verderbte Geschöpfe Luzifers bestraft werden?«

Er sprach nun lauter und um einiges deutlicher und wurde dabei innerlich immer ruhiger.

»Man muss tapfer sein, um gegen den Strom zu schwimmen, aber ist gerade das nicht manchmal notwendig, wenn die Gerechtigkeit siegen soll? Geht in euch, das bitte ich euch alle hier von ganzem Herzen, und bemüht eure Erinnerung! Denkt an jene eingekerkerten Frauen, die man solch schwerer Vergehen beschuldigt. Seid ihr alle da womöglich nicht viel zu weit gegangen, verführt von Neid und Habsucht, von jenen hässlichen, kleinlichen Gefühlen, die manchmal in jedem von uns keimen und die stark, ja sogar übermächtig werden können, wenn wir nicht aufpassen ...«

Einige Köpfe waren bereits schamhaft gesenkt. Purgl Geyer drückte sich an die Wand, als bräuchte sie dringend Halt; ihr beschränkter Bruder öffnete und schloss den Mund wie ein Karpfen an der Angel.

Es schien zu funktionieren! Für einen Moment war Johannes so erleichtert, dass er beinahe geweint hätte. Wenn er jetzt noch die richtigen Schlussworte fand, er, der niemals zuvor zum Redner getaugt hatte, dann ...

»Was soll diese gottlose Narretei?«, ertönte eine eisige Stimme.

Alle Köpfe schossen zu Kramer herum, der plötzlich wie eine Erscheinung in der Tür stand. Sein Antlitz war so weiß wie seine Kutte; an der Schläfe pochte eine dicke blaue Ader.

Johannes spürte, wie seine Knie weich wurden. Wie viel hatte der Inquisitor von seiner Rede mitbekommen? Genug, um ihn als offiziellen Verteidiger zu verwerfen oder, schlimmer noch, auf der Stelle wegen Aufsässigkeit und Gotteslästerung selbst ins Loch werfen zu lassen?

Da ergriff Purgl das Wort: »Wollt Ihr, dass Dietz diesem Laffen das Maul stopft, Pater?«, fragte sie. »Ein Wort von Euch genügt, denn von unseren Gästen will ohnehin keiner noch länger dieses stinkende Zeug hören, das sich daraus ergießt.«

Kramer musterte Johannes noch einmal streng, dann fasste er sich mit der Hand an die Stirn. »Ich brauche frisches Wasser und etwas zu essen«, sagte er und schien auf einmal leicht zu taumeln. »Und Ruhe. Vor allem Ruhe. Seid Ihr in der Lage, dafür zu sorgen, Wirtin?«

Die atemlose Spannung von eben war zerrissen; alle hatten wieder zu reden begonnen. Zwar lugten noch immer einige verstohlen zu Johannes, schüttelten den Kopf oder fingen an, mit ihren Nachbarn zu argumentieren, doch so richtig scherte sich inzwischen keiner mehr um den Juristen.

Dieser konnte nur hoffen, dass die Beine ihn tragen würden, weil ihm die Knie noch immer weich wie Mus erschienen. Er ging langsam zum Ausgang, zog die Tür auf und machte, dass er davonkam.

Seine Hand zitterte, als er schräg gegenüber wieder den »Goldenen Engel« aufschloss. Er musste den Schlüssel gleich mehrmals ansetzen, bis der Bart endlich steckte und sich im Schloss drehen ließ.

Drinnen angekommen, verriegelte er sorgfältig die Wirtshaustür. Die Furcht verließ ihn nicht, als er sich im Dunkeln langsam auf der Treppe nach oben tastete, ohne ein Licht anzuzünden. Was, wenn der Pöbel ihm nun nachstellte, um sich an ihm schadlos zu halten?

Er öffnete die erstbeste Tür und ließ sich ins nächste Bett fallen. Es war ein Stück zu kurz, wie er feststellte, nachdem er sich wieder halbwegs beruhigt hatte und die Beine ausstrecken wollte. Wahrscheinlich das Lager des kleinen Sebi. Aber er war zu müde und ausgelaugt, um sich nach einer passenderen Ruhestatt umzusehen.

Das Fenster zum Garten hin stand angelehnt, und nachdem Merwais zunächst noch in die Nacht gelauscht hatte, ob er mit Verfolgern rechnen musste, fiel er in einen erschöpften, traumlosen Schlaf.

Irgendwann erwachte er. Etwas Pelziges lag auf seiner Brust, das ihm das Atmen schwer machte. Es schien zu vibrieren und gab tiefe, warme Töne von sich. Als Merwais sich bewegte, spürte er, wie plötzlich etwas sehr Scharfes seine Haut ritzte.

Mit einem erschrockenen Schrei schoss er hoch – um schon im nächsten Augenblick in lautes, erleichtertes Gelächter auszubrechen. Es tat so unendlich gut, sich selbst auszulachen. Denn bei dem nächtlichen Eindringling handelte es sich um niemand anderen als einen stattlichen schwarzen Kater, der soeben mit einem leisen Plopp auf dem Fußboden gelandet war: Pippo, der den Juristen in Sebis Bett vorgefunden und sich friedlich zu ihm gelegt hatte, damit er nicht länger allein war.

❦

Das Bündel Leben in seiner großen Hand hatte ein schwarzes Fell, glänzende Augen und stieß ein hohes Fiepen aus.

»Was bringt Ihr mir da, van Halen?« Die Herzogin wagte kaum noch zu atmen.

»Einen kleinen Teckel, Euer Hoheit, vermutlich keine acht Wochen alt. Sieht aus, als wäre seine Mutter im Fuchsbau geblieben. Er braucht also jemanden, der sich seiner annimmt, damit er groß und stark wird.« Der Medicus lugte auf ihr cremefarbenes, spitzenbesetztes Kleid und schien plötzlich zu zögern. »Ich darf doch?«, fügte er hinzu und setzte das Tier auf Katharinas Schoß, ohne eine Antwort abzuwarten.

Ihre Hände begannen sofort, den Welpen zu kosen; sein Fiepen verstummte, dafür streckte er seine winzige rote Zunge heraus und begann die Herzogin abzulecken.

»Er ist ja rabenschwarz!«, rief sie entzückt. »Und seht doch nur, diese kleinen weichen Schlappohren! Ich wollte nie wieder im Leben einen Hund, weil meine Fee doch ...« Ihre Stimme klang plötzlich erstickt. »Sie war doch alles, was mich noch mit zu Hause verbunden hat«, fuhr sie fort. »Wo meine Angehörigen endlose Wochen vergehen lassen, bevor sie meine Briefe beantworten, beinahe, als hätten sie mich bereits halb vergessen.«

»Warum nehmt Ihr den kleinen Dachshund nicht als Zeichen für einen glücklichen Neubeginn in Eurer wahren Heimat Tirol, Hoheit?«, schlug von Halen vor. »Mit ihm kann alles noch einmal ganz von vorn beginnen: Fee war weiß, er ist schwarz, sie war eine Hündin, er ist ein kleiner Rüde – aber lieben wird er Euch mindestens so, das lässt sich ja schon jetzt deutlich sehen.«

Der Welpe hatte sich auf der Seide zu einer winzigen Brezel eingekringelt und schien eingeschlafen zu sein.

Katharina beäugte ihn liebevoll. »Dann braucht er auch einen Namen«, sagte sie, »damit er lernt, mir zu gehorchen, auch wenn ich gehört habe, dass Teckel das nicht besonders gern tun.« Ihre Hände umschlossen das Tierchen behutsam. »Ich denke, ich werde ihn Leo nennen«, sagte sie. »Ja, du sollst Leo heißen!«

»Ein Löwe?« Das Lachen des Medicus war dröhnend und ansteckend. »Etwas Passenderes hätte Euch wahrlich nicht einfallen können!«

Er wurde wieder ernst, während sich die Herzogin noch immer beglückt mit dem Welpen beschäftigte.

»Leo ist nicht der einzige Grund, weshalb ich Euch aufgesucht habe, Euer Hoheit. Es gibt da etwas Wichtiges, das wir besprechen müssen.«

»Falls Ihr mich wieder nach meinen Blutungen ausfragen wollt«, sagte Katharina verlegen, »so muss ich Euch mitteilen, dass leider noch immer keine Stockung eingetreten ist. Ich trinke brav und regelmäßig die bitteren Tinkturen, die Ihr mir empfohlen habt, ich halte mich häufig an der frischen

Luft auf, ich verlasse die Kutsche und gehe ein gutes Stück zu Fuß, ich verbleibe im Bett, nachdem der Herzog mir beigelegen …« Sie hielt inne. »Ihr wisst schon, was ich damit sagen will.«

»Das, Euer Hoheit, ist alles sehr, sehr wichtig, doch heute ausnahmsweise nicht mein Anliegen. Ich weiß, dass es Euch schmerzen wird, und dennoch muss ich noch einmal auf die näheren Umstände von Fees traurigem Ableben zurückkommen.«

Ihr Mund verzog sich leicht, doch sie schien sehr beherrscht. »Was ist es, das Euch im Kopf herumgeht?«, fragte sie.

»Die kleine Hündin ist ja nicht sofort gestorben, nachdem sie die Schälchen ausgeleckt hat. Zuerst schien alles wie immer, plötzlich aber fing sie an zu jaulen und zu zittern, und dann ist ihr jenes zweifache Malheur passiert.«

»Sie musste kotzen, das hatte ich schon öfters bei ihr erlebt, doch nie zuvor so schlimm. Und kurz darauf dieser schreckliche blutige Durchfall«, sagte Katharina. »Was niemals zuvor geschehen ist. Fee war absolut stubenrein seit dem Tag, an dem ich sie bekommen habe. Kein einziges Mal hat sie ein Zimmer beschmutzt.«

»In diesem Fall war sie offenbar schon zu schwach, um zu bellen und anzuzeigen, dass sie rausmusste«, sagte van Halen. »Ihre Krämpfe, dieser blutige Durchfall – beides hat mich auf eine Idee gebracht. Mittlerweile bin ich fast überzeugt, dass das Gift, an dem sie gestorben ist, Colchizin war.«

Hätte er die kleine Hündin obduziert, seine Analyse wäre gewiss noch eindeutiger ausgefallen. Doch schon eine entsprechende Anfrage wäre damals angesichts Katharinas Verlusts undenkbar gewesen.

Die Herzogin sah ihn fragend an.

»Das Gift der Herbstzeitlosen«, sagte er. »Extrem wirksam. In winzigen Mengen kann es segensreich gegen Podagra eingesetzt werden, doch wenn man zu viel davon erwischt, führt es unweigerlich zum Exitus. Colchizin ist in der Medizin enthalten, die ich Eurem Gemahl gegen sein Leiden verordnet habe.«

Jetzt starrte sie ihn erschrocken an.

»Nein, nein, macht Euch deswegen keine Sorgen, Hoheit!«, rief er schnell. »Der Herzog ist mit diesem Medikament seit langem bestens vertraut. Er weiß genau, wie viel er davon nehmen darf.« Jetzt kam das Schwierigste, doch van Halen hatte sich gut auf diesen Moment vorbereitet. »Wenngleich seine Vorräte in letzter Zeit ungewöhnlich schnell zur Neige gegangen sind. Schneller, als jemals zuvor. Das ist mir aufgefallen.«

»Das mag daher kommen, dass er so unordentlich ist«, sagte Katharina mit einem kleinen Lächeln. »Überall lässt er seine Medizinfläschchen herumliegen. Und zudem deponiert er manche an gewissen Stellen, falls er sie überraschend brauchen sollte.« Ihre Hände machten sich wieder an dem Teckelwelpen zu schaffen. »In meinem Schlafgemach zum Beispiel, falls Ihr versteht, was ich damit andeuten will.« Sie lachte kurz auf. »Und selbst da findet er manchmal seine eigenen Verstecke nicht mehr. Und dann wird er fürchterlich wütend. Ich glaube, am meisten über sich selbst.«

»Wer hat alles Zutritt zu Eurem Schlafgemach?« Van Halens Stimme war sehr ruhig.

»Was für eine Frage! Ich natürlich, dann mein Gemahl, die Zofen, ab und an auch eine der Hofdamen, doch das kommt eher selten vor. Die Hofmeisterin …«

Sie hielt inne. Ihrer beider Blicke trafen sich.

»Ihr wollt damit doch nicht andeuten, dass womöglich

Alma von Spiess …« Katharina schüttelte den Kopf. »So kaltblütig ist nicht einmal sie!«

»Und wenn doch? Irgendwann könnte sie unbemerkt etwas von dieser Medizin an sich gebracht und verwahrt haben, ohne dass es jemandem aufgefallen wäre. Sie hat Lena das Tablett mit den Speisen abgenommen, die ich noch kurz zuvor in der Küche gekostet hatte. Und sie war sichtlich verstimmt, als Ihr, anstatt das Dessert selbst zu essen, das Hündchen die Schalen auslecken ließt, worüber alle anderen sich köstlich amüsierten. Sie könnte sehr wohl die Süßspeisen vergiftet haben, meint Ihr nicht auch, Euer Hoheit?«

Katharina blieb lange stumm.

»Vom ersten Augenblick an hab ich sie gehasst«, sagte sie dann. »Ihr knochiges Aussehen, ihr falsches Lachen, ihr unstetes Wesen. Und mich mit ihrer Berufung zu meiner Hofmeisterin lediglich schweren Herzens dreingefunden, weil ich den Anfang mit Sigmund nicht noch schwieriger machen wollte, als er ohnehin schon war. Jeder Tag, an dem ich die Spiessin nicht mehr um mich haben müsste, wäre ein glücklicher Tag. Doch für die Ungeheuerlichkeit, die Ihr da soeben in den Raum gestellt habt, braucht Ihr sehr, sehr gute Beweise, van Halen, und das wisst Ihr.«

»Ich werde daran arbeiten, Euer Hoheit«, sagte er. »Um Lenas willen.« Er klang grimmig. »Wo ist die Hofmeisterin übrigens gerade?«, setzte er hinzu. »Es macht mich irgendwie ruhiger, wenn ich weiß, wo sie sich momentan aufhält.«

»Sie wollte unbedingt etwas auf dem Markt besorgen«, sagte die Herzogin. »Eine kleine Überraschung, wenn ich sie recht verstanden habe.«

❧

Sie musste die Stirn ganz fest gegen das Holz pressen, um überhaupt etwas erkennen zu können, denn der Schlitz, durch den man lugen konnte, war winzig, und das Licht der Fackeln, die die niedrige Fragstatt erhellten, diffus. Was hätte sie darum gegeben, mit im Raum sein zu können und doch unsichtbar zu bleiben, aber es musste eben auch so gehen. Lange hatte Alma von Spiess damit gerechnet, dass ihr Institoris den versprochenen Gefallen im letzten Moment verweigern würde, doch als die hingeworfenen Zeilen für sie in der Hofburg abgegeben wurden und sie die Handschrift Kramers erkannte, war alles in ihr ganz ruhig geworden.

Wo war dieses verfluchte blaue Fläschchen abgeblieben? War es wirklich in abertausend Scherben zerbrochen und vom schnell fließenden Wasser des Inns zermalmt worden? Oder verhielt es sich so, wie schlechte Träume ihr seit vielen Nächten vorgaukelten, und eines dieser Hexenweiber hatte das Beweisstück heimlich an sich gebracht?

Die Alte in der Fragstatt stieß ein hohles Jammern aus, als ihr vom Henker erneut der Trichter in den Mund gepresst und sie abermals mit Wasser abgefüllt wurde. Den Inhalt dreier riesiger Krüge hatte er auf diese Weise schon in diese knochige, schmächtige Frau geschüttet, doch sie hatte sich bislang tapfer gehalten. Daran änderte sich auch nichts, dass man sie gezwungen hatte, sich splitternackt auszuziehen, und dass man ihr mit einer rostigen Schere die Haare abgeschnitten hatte.

Dünne, tief herabhängende Brüste. Ein faltiger Bauch. Magere Schenkel und knochige Beine, von dicken Adern durchzogen – um all diese Schrecklichkeiten erkennen zu können, reichte das diffuse Licht durchaus. Die Spiessin schüttelte sich. Nicht mehr lange, und das unerbittliche Rad der Zeit würde auch mit ihrem Körper gleichermaßen verfahren. Es waren meist die Mageren, das wusste sie, die vorzeitig welk und unansehnlich wurden, bis sie hässlichen alten Ziegen glichen, die nur noch das Gnadenbrot verdienten.

Die Peiniger hatten von der alten Walschen abgelassen. Bibiana spie einen Schwall Wasser aus und riss an ihren Fesseln. »Wenn Ihr mich umbringt, werdet ihr gar nichts erfahren«, rief sie mit erstaunlich kräftiger Stimme. »Bindet mich los, dann will ich …«

»Auf die Streckbank mit ihr!« Institoris schien mehr als ungehalten, das hörte man an seinem scharfen Ton.

»Vielleicht will sie gestehen, Pater«, wagte der Schreiber Fels einen Einwand. »Sollte man da nicht …«

»Wollen jetzt schon die Tintenschmierer das Sagen haben?«, brachte der Inquisitor ihn zum Schweigen. »Los, auf die Bank mit ihr, aber schnell!«

Ein par Augenblicke blieb Bibiana still, weil sie nicht gleich zu verstehen schien, was man mit ihr vorhatte, als sie aber vom Henker und seinem Helfer gepackt und zu dem hölzernen Ungetüm gezerrt wurde, kam wieder Leben in sie. »Nicht auf die Bank!«, schrie sie. »Bitte nicht meine Arme und Beine, die brauche ich doch noch! Wie soll ich jemals wieder kochen, wenn mir die Gelenke krachen?«

»Für die Teufel in der tiefsten Hölle kannst du künftig immer noch den Kochlöffel schwingen!«, rief Kramer. »Ich frage dich noch einmal, Bibiana Brocia: Mithilfe welcher Zauberei hast du das Gift in die Hofburg gebracht?«

»Ich weiß von keinem Gift. Bitte, glaubt mir doch, ich flehe Euch an bei allen Heiligen!«

»Nimm diese Worte gefälligst nicht in dein sündiges Maul!«, bellte der Inquisitor. »Schnallt sie an!«

Er beugte sich tiefer über Bibiana. »Es liegt ganz allein an dir, wie schrecklich der Schmerz sein wird. Er kann schnell und heftig sein – oder eine Ewigkeit dauern. Redest du endlich?«

Sie schüttelte den Kopf. »Das kann ich nicht. Weil ich doch nichts weiß.«

»Zieht das Handhebelrad an!«, befahl Kramer. »Zum zweiten Grad!«

Aus Bibianas Kehle kam ein gellender Schrei, der nichts Menschliches mehr an sich hatte. »Ich rede!«, schrie sie. »Ich will ja gestehen – alles!«

»Zurück!«, befahl der Pater. »Lockert die Winde! Sie scheint endlich so weit zu sein.«

»Das blaue Fläschchen mit den Goldfäden«, krächzte Bibiana. »Hella hat es mir gegeben in jener Nacht, aber sie hat ihn nicht getötet. Ich wusste doch nicht, wohin damit. Da hab ich es vergraben.«

»Wo hast du es vergaben?«

»In meinem Garten. Unter dem Wermutstrauch.« Ihr Kopf fiel zur Seite. »Dort werdet Ihr es finden.«

Die Spiessin hinter der dicken Wand wagte kaum noch zu atmen. Das war ja besser als alles, was sie jemals zu hoffen gewagt hatte!

Kramer stupste Bibiana grob an. Sie rührte sich nicht mehr.

»Zurück ins Loch mit ihr!«, sagte er. »Für heute hat sie wohl mehr als genug.«

❧

Els konnte nicht mehr aufhören zu weinen, als sie Bibianas reglosen Körper auf das faulige Stroh geworfen hatten. Ihr zerrissenes Gewand schmissen sie hinterher.

»Sie dort oben wie am Spieß schreien zu hören, hat mich beinahe umgebracht.« Els schlug mit den Fäusten gegen das

Eisengitter. »Sollen sie doch mich töten – und dafür Bibiana leben lassen! Immer war sie für uns da und muss jetzt so dafür leiden.«

Lena untersuchte die Bewusstlose behutsam und bereitete dann das Kleid über sie. »Ihre Schultern scheinen ausgerenkt zu sein«, sagte sie, »was höllische Schmerzen bereiten muss. Könnte Bibiana nun drüben bei den anderen sein! Rosin wüsste, wie ihr zu helfen ist. Die kennt sich damit aus.«

»Dann fragen wir sie doch.« Hella stand auf und streckte sich, bis ihre Fingerspitzen den obersten lockeren Stein erreichten. Sie wippte ihn einige Male hin und her, bis er sich löste und polternd zu Boden fiel.

Die Frauen lauschten, ob die Wachen etwas gehört hatten, aber die saßen bestimmt wieder über ihren Metkrügen und würfelten.

»Hörst du mich?«, rief Hella leise. »Rosin, ich bin's, Hella. Wir brauchen dringend deinen Rat!«

»Bist du das, Hella?«, kam es von nebenan. »Wieso kann ich dich auf einmal hören?«

»Wir haben ein Loch in der Wand entdeckt. Habt ihr Bibiana schreien hören?«

»Und ob wir das haben«, meldete sich nun Wilbeth von drüben. »Das Herz hat es mir schier zerrissen, das mitanhören zu müssen. Diese gottlosen Ungeheuer – einer hilflosen alten Frau dermaßen zuzusetzen!«

»Ihre Arme sind ausgerenkt. Sie scheint furchtbare Schmerzen zu haben und ist ohnmächtig geworden. Was können wir tun – ohne Kräuter oder Verbände ...«

»Ihr müsst sie ihr wieder einrenken. Und Bibiana dann aus der Ohnmacht zurückholen. Es ist nicht gut, wenn sie zu lange bewusstlos bleibt.«

»Aber wie machen wir das?«, fragte Hella.

»Hol Lena! Der werd ich alles genau erklären. Sie hat die kräftigsten Arme von euch.«

Lena streckte sich, so gut sie konnte, aber sie war ein ganzes Stück kleiner als Hella und musste mehrmals nachfragen, bis sie Rosins Anleitung vollkommen verstanden hatte.

»Ich will es versuchen«, sagte sie schließlich. »Heilige Mutter Gottes und ihr Ewigen Bethen, steht mir bei!«

Gemeinsam hoben sie die Bewusstlose auf die schmale Pritsche. Dann fasste Lena Bibianas Rechte mit der einen und ihren gebeugten linken Ellenbogen mit der anderen Hand. Zuerst versuchte sie, den Arm unter leichtem Druck vom Körper wegzubewegen. Gleichzeitig hob sie den Arm leicht an und drehte ihn nach außen. Am Höhepunkt der Bewegung ertönte ein dumpfes Geräusch: Der Oberarmkopf war in die Pfanne zurückgeglitten.

Schweiß rann über Lenas Gesicht und vermischte sich mit ihren Tränen.

»Ich muss dir leider gleich noch einmal sehr wehtun, *nonna*«, flüsterte sie. »Aber ich schwöre dir, das wird das letzte Mal sein, solange ich lebe!«

Beim linken Arm verlief die Prozedur weniger glatt. Obwohl Lena alles genauso machte wie mit dem rechten, wollte und wollte der Oberarmkopf nicht zurück in die Pfanne. Erst beim sechsten Versuch gelang es.

Bibiana schlug die Augen auf und stöhnte. »Wo bin ich?«, flüsterte sie. »Tot sein kann ich noch nicht, sonst würde es nicht so schrecklich wehtun.«

»Du bist bei uns«, sagte Lena, und Els beugte sich über die alte Frau und küsste sie.

Sie gaben ihr die einzige Decke, die sie hatten, und boten ihr das letzte Stückchen Brot an. Doch Bibiana wollte nichts anrühren.

»Nur noch schlafen«, murmelte sie. »Schlafen – und alles vergessen!«

»*Pere nost, che t'ies en ciel, al sie santifiché ti inom*«, begann Els leise zu beten, und der leidende Ausdruck in Bibianas Gesicht begann sich zu entspannen.

»Was ist das?«, fragte Hella.

»Was redest du da?«, wollte auch Lena wissen.

»Das Vaterunser – auf Ladinisch, ihrer Muttersprache. Und jetzt lasst die *nonna* und mich in Ruhe zu Ende beten!«

Els humpelte mit der Eisenkugel am Bein erst wieder zu den beiden jungen Frauen zurück, als von der Pritsche gleichmäßige Atemzüge zu hören waren.

»Jetzt bist du an der Reihe, Lena«, sagte Els. »Und was ich dir zu sagen habe, hättest du längst schon wissen müssen.« Sie sah so elend dabei aus, dass Lena unwillkürlich die Hand ausstreckte, um sie zum Schweigen zu bringen. Doch Els ließ sich nicht abhalten.

»Selbst, wenn ich dabei verrecke, ich will und werde dir jetzt die Wahrheit sagen!« Sie schloss die Augen und begann zu reden.

»Johanna war die Erste aus unserer Familie, die gelegentlich am Hof gearbeitet hat. Sie brauchten sie in der Küche, wenn ein Fest veranstaltet wurde. Irgendwann hat sie auch mich dorthin mitgenommen, weil ich nicht aufhören wollte, darum zu betteln. Ein paarmal war das schon so gegangen, als eines Tages der Herzog auf mich aufmerksam wurde. Er machte ein paar Späße, zog mich auf – ich schien ihm irgendwie zu gefallen. Als er mich ein paar Wochen später fragte, wie alt ich sei, hab ich gelogen und gesagt: ›Vierzehn, bald fünfzehn!‹ In Wirklichkeit aber lag mein zwölfter Geburtstag noch nicht lange zurück.«

Sie schluckte, musste sich mehrmals räuspern. Dann fuhr sie mit ihrer Beichte fort.

»Eines Tages wurde aus dem Spiel bitterer Ernst. Es war mitten in der Nacht, ich schlief mit anderen Mägden neben der Küche, weil es zu spät geworden war, um noch nach Hause zu gehen. Ich wachte auf und wollte mich gerade zum Ballsaal schleichen, weil ich glaubte, von dort noch leise Musik zu hören, da traf ich auf ihn. Er packte mich, schob mich in eine Kammer, küsste und streichelte mich, ging mir an die Röcke. ›Kleine Jungfrau‹, hat er dabei gekeucht. ›Oh gütiger Gott, vergib mir, wie sehr ich diese kleinen Jungfrauen liebe!‹ Zuerst war ich noch halbwegs geschmeichelt, er, der mächtige Herzog, und ich, die kleine unscheinbare Magd. Dann aber bekam ich immer mehr Angst, weil er nicht von mir ablassen wollte, und begann zu schreien. Er hat mir den Mund zugehalten und zielstrebig vollendet, was er begonnen hatte. Danach ließ er mich einfach liegen.«

Els begann zu zittern. Es schien sie unendlich anzustrengen, weiterzureden.

»Ich hab es keinem Menschen erzählt, nicht unserer strengen Mutter, die schon damals nicht mehr ganz gesund war, und auch nicht dem Vater, der knapp zwei Monate später mit einem Floß im Inn ertrunken ist. Johanna hat es mir schließlich angesehen, ich hatte zugenommen, und sie hat mir auf den Kopf zugesagt, dass ich schwanger sein muss. Da war sie bereits Georg Schätzlin versprochen.«

Tränen liefen über Els' Gesicht, und auch Lena und Hella weinten.

»Gemeinsam machten sie einen Plan, der meinen Ruf retten sollte. Bestellten das Aufgebot, heirateten in aller Stille und ließen überall in der Stadt durchsickern, dass es schon ein wenig eilig gewesen sei. Johanna ging mit mir auf eine Alm, den ganzen Sommer lang, wo niemand uns kannte. Im Heustadel, kurz vor dem Abtrieb im Herbst, hab ich dich dann mit Johannas Hilfe zur Welt gebracht, Lena, genau zwei Tage vor meinem dreizehnten Geburtstag. Die ganze Nacht hab ich dich im Arm gehalten, dich gestreichelt und gestillt und dir dabei die Sterne vom Himmel versprochen. Am anderen Morgen musste ich mir die Brust abbinden, damit die Milch versiegt, und Johanna hat dich übernommen. Von nun an warst du ihr Kind – und ich nur noch deine blutjunge Tante.«

»Du ... meine Mutter? Und der Herzog ... mein Vater?«, flüsterte Lena ungläubig. »Und dabei dachte ich immer, dass Sebi ...« Sie lachte bitter. »Weißt du, dass ich nur an den Hof gegangen bin, um genau das herauszufinden? Ich hab immer gespürt, dass da ein Geheimnis war. Dabei hättest du es mir ganz einfach sagen können!«

»Sebi?«, rief Els. »Nein, mein Mädchen, den hat der liebe, tapfere Laurin gezeugt, der Einzige, der außer Johanna, Georg und Bibiana die Wahrheit kannte. Ich hab ihm dieses Elfenkind geschenkt, weil er mich trotz allem lieben konnte, auch wenn er sterben musste, bevor er seinen Sohn sehen konnte. Selbst an seinem Tod fühle ich mich nicht ganz unschuldig. Hätte Laurin nicht ständig das Gefühl gehabt, dass an mir etwas wiedergutgemacht werden muss, er hätte vielleicht nicht mit Zähnen und Klauen um die Poststation gekämpft, hätte von seinem Konkurrenten kein Messer in den Bauch gerammt bekommen und könnte heute noch leben.«

Lena schien ganz in Gedanken versunken. »Dann ist Sebi mein kleiner Bruder«, rief sie, »und Niklas mein Halbbruder!« Sie schlug sich die Hände vor das Gesicht. »Aber wie hätte ich das ahnen sollen? Ich hab Niklas umarmt und geküsst und ...«

»Und?«, fragte Els bang.

»... beinahe wäre mehr gewesen.« Sie schüttelte den Kopf. »Es ist vorbei. Schon eine ganze Weile.«

»Stell dir vor: als Zwölfjährige vom Herzog geschwängert!«, sagte Els. »Vor Scham und Angst bin ich fast gestorben. Wie hätte ich dir das sagen können, Lena! Ich wollte doch, dass du erhobenen Hauptes ins Leben gehst und frei dazu, ohne diese allzu schwere Last. Deshalb hab ich geschwiegen.«

»Weiß er davon?«, fragte Lena. »Weiß der Herzog, dass er mein Vater ist – und hat uns trotzdem hier einkerkern lassen, dich und mich – und die anderen Frauen? Das werde ich ihm niemals vergeben.«

»Bisher weiß er es nicht, Lena. Und eigentlich wollte ich es niemals verraten. Doch nun hab ich Antonio eingeweiht. Der wird mit ihm reden. Wir müssen leben, müssen raus hier – wir alle!« Sie faltete die Hände und begann zu murmeln.

Lena lauschte, dann erkannte sie, was es war. Das ladinische Vaterunser, das ihre Mutter vorhin mit Bibiana gebetet hatte.

❧

Johannes griff zum Becher und stürzte den Inhalt in einem Zug hinunter.

Seit Stunden brütete er nun schon über den Protokollen der Hexenverhöre, und was er da zu lesen bekam, verursachte ihm eine Gänsehaut. Der Inquisitor schien geradezu besessen von der Vorstellung der Teufelsbuhlschaft. Dass Satan all diese Frauen fleischlich erkannt habe und dies ständig wiederhole, um den Pakt zu festigen und zu erneuern, schien für Kramer eine Tatsache. Wieder und wieder kam er bei seiner Befragung darauf zurück. Je jünger und schöner eine Frau war, desto mehr insistierte Institoris. Besonders bei Hella und Lena ließ er nicht locker, wiederholte seine Anschuldigungen unentwegt, damit sie endlich gestehen sollten. Es war lediglich eine Frage der Zeit, wann er sie unter Folter dazu zwingen würde. Hella war vorerst durch ihre Schwangerschaft geschützt, wenngleich es äußerlich nicht sichtbare und dennoch kaum minder grausame Verhörmethoden gab, um sie zum Reden zu bringen.

Aber was war mit Lena?

Lena! Johannes fieberte der Ankunft Georg Golsers entgegen. War der Bischof erst einmal in der Stadt, würde auch der Prozess rasch beginnen. Unter seinen wachsamen Augen würde es schwieriger für Institoris werden, die Fragstatt zu bemühen. Golser würde sich einmischen, alles sehen wollen, selbst Fragen stellen. Und dann könnte endlich Johannes Merwais als Verteidiger der Frauen tätig werden ...

Seufzend wandte er sich wieder der unerfreulichen Lektüre zu. Zum Glück war die großzügigere Schrift von Ludwig Fels einfacher zu lesen als Wankels gestochene Miniaturen, was das nächtliche Studium erleichterte. Denn tagsüber verrichtete Merwais nach wie vor seinen gewohnten Dienst im Kontor der Hofburg. Erst wenn es dunkel wurde, konnte er zum »Goldenen Engel« laufen und sich hier für die Nacht einrichten.

Bibiana Brocia erschien dem Herrn Inquisitor wohl zu alt für regelmäßige Teufelsbesuche, jedenfalls hatte er bei ihrem Verhör weniger auf diesem Punkt beharrt. Trotzdem hatte er sie der Streckbank ausgesetzt, und Johannes begann zu schwitzen, als er an dieser Stelle des Protokolls angelangt war.

Das blaue Fläschchen mit den Goldfäden. Hella hat es mir gegeben in jener Nacht, aber sie hat ihn nicht getötet. Ich wusste doch nicht, wohin damit. Da hab ich es vergraben ...

Es hielt ihn nicht länger auf seinem Stuhl, so aufgeregt war er auf einmal. Natürlich – das war es, wonach er die ganze

Zeit über vergeblich in seinem Gedächtnis gekramt hatte! Hella hatte ihm von dem Fläschchen erzählt, beim ersten Mal, als er sie im Loch aufgesucht hatte.

Mit klopfendem Herzen beugte er sich wieder über das Protokoll und las da weiter, wo er eben stehen geblieben war:

»In meinem Garten. Unter dem Wermutstrauch. Dort werdet Ihr es finden ...«

Wenn stimmte, was Bibiana unter der Folter ausgesagt hatte, dann konnte das eine Entlastung für Hella bedeuten – und für ihn einen wichtigen ersten Schritt in seiner Verteidigung. Sollte er auf der Stelle nach dem Fläschchen suchen? Oder doch lieber erst morgen im hellen Tageslicht?

Während Merwais noch überlegte, hörte er plötzlich von unten Geräusche. Er begann zu lächeln. Wahrscheinlich der Kater, der unter den Sträuchern scharrte. Sein Lächeln erstarb, als er genauer hinhörte. Kein Kater wäre in der Lage, derartige Töne zu verursachen. Es war auch kein Scharren, es hörte sich eher an, als würde jemand graben.

Der Jurist packte seine Laterne und sah sich nach einer geeigneten Waffe um. Unten in der Küche packte er die schwerste Pfanne und nahm sie mit nach draußen. Im letzten Moment löschte er das Licht und schlich sich in den kleinen Garten.

Unter dem Wertmutstrauch kauerte eine dunkel vermummte Gestalt, die mit einer kleinen Schaufel eifrig in der Erde grub. Er hörte halblautes Fluchen. Offenbar lief es nicht so, wie gedacht.

Merwais ließ die Pfanne fallen, machte einen großen Satz, packte die Gestalt am Arm und riss sie hoch.

»Was fällt dir ein! Lass mich sofort los!«, begann sie zu kreischen.

Er kannte diese Stimme und wusste sofort, wer die Person

war, noch bevor er ihre Kapuze nach hinten geschoben hatte, und das Mondlicht ihr Gesicht verriet.

»Wie überaus freundlich von Euch, dass Ihr mir die Arbeit abnehmt, verehrte Hofmeisterin!«, sagte Johannes Merwais. »Ich denke, wir beide werden uns jetzt in aller Ruhe unterhalten.«

Elf

Heute trat er den schwierigen Gang quer über die Gasse nicht allein an – und er war um einiges besser vorbereitet als beim ersten Mal. Links von Merwais schritt Jockel Pflüglin, der Mann der Hebamme Barbara, rechts der Brauer Krispin Falk, Vater der Totenwäscherin Rosin, der seinen kleinen Enkel Paul in Obhut genommen hatte, seinerseits flankiert von Andres Scheuber, dem Münzschreiber. Allen voran aber stürmte Antonio de Caballis, der es kaum noch erwarten konnte, endlich den »Schwarzen Adler« zu erreichen.

Es wurde sehr still, als die fünf Männer plötzlich mitten in der voll besetzten Gaststube standen. Vier von ihnen kannte jeder hier – den Brauer, den Zimmerer, den Schreiber und natürlich erst recht den Vertrauten des Herzogs, bei dem viele Männer aus Innsbruck Lohn und Brot in der Münze zu Hall gefunden hatten. Aber auch der Jurist war seit seinem letzten Auftritt hier den meisten kein Unbekannter mehr.

»Morgen beginnt das Gericht zu tagen«, erhob Johannes Merwais seine Stimme, und er war glücklich, wie klar und voll sie im Gegensatz zum letzten Mal klang. »Dann wird das Urteil gefällt werden über eure Nachbarinnen und Wohltäterinnen, die man der Hexerei anklagt und gegen die viele von euch Zeugnis abgelegt haben. Ob es nun richtig oder falsch ist, was ihr über sie vor dem Inquisitor ausgesagt habt, wisst nur ihr allein – außer dem gnädigen Gott im Himmel, der tief in eure Seele zu sehen vermag. Ich aber spreche für Lena Schätzlin, für Bibiana Brocia und für Wilbeth Selachin, und ich sage euch: Sie alle sind unschuldig!«

Jockel, der Zimmermann, trat einen Schritt vor. »Ihr alle kennt mein Weib. Die meisten eurer Kinder hat sie ins Leben geholt, hat eure Frauen gepflegt, wenn sie gesegneten Leibes waren oder im Wochenbett lagen. Ich spreche für Barbara Pflüglin, die mir meine Tochter Maris geschenkt hat, und ich sage euch: Sie ist unschuldig!«

Einige der Zuhörer begannen unruhig hin und her zu rutschen. Andere hatten betreten die Augen gesenkt. Die Stimmung unterschied sich vollkommen von der an dem Abend, als Johannes seine erste Ansprache gewagt hatte: Jetzt lauerte kein lärmender, angetrunkener Pöbel mehr, in dem der Einzelne sich feige verstecken konnte, sondern es war den ersten beiden Rednern gelungen, jeden direkt anzusprechen.

Wem das allerdings schwer zu missfallen schien, war Purgl Geyer. Zuerst hatte sie sich noch vorsichtig im Hintergrund gehalten, wohl um abzuwarten, was als Nächstes geschehen würde, inzwischen aber schien ihr Mut groß genug, um einzugreifen.

»Der ›Schwarze Adler‹ ist kein Narrenhaus, sondern ein Gasthof«, schrie sie. »Hier wird Bier ausgeschenkt, und es werden Speisen serviert – aber keine gottlosen Reden geschwungen!«

Ohne sich um ihr Gekeife zu kümmern, schob sich nun Andres Scheuber nach vorn. »Die schöne Hella ist meine

Frau«, sagte er. »Und jeder hier, der Hosen trägt, hat ihr gewiss im Leben schon einmal nachgeschaut. Sie ist das Licht in meinem Leben, die Sonne, die mein Dasein wärmt. Ein unschuldiges Kind wächst in ihrem Leib, das leben will und glücklich sein. Ich spreche für Hella Scheuber, und ich sage euch: Sie ist unschuldig!«

Das allgemeine Raunen nahm zu. Viele hatten längst aufgeregt zu tuscheln begonnen, nickten beifällig oder gaben halblaut Kommentare gegenüber ihren Nachbarn ab.

Dem Münzintendanten gelang es mit einer Handbewegung, sich Gehör zu verschaffen. »Ich liebe die schwarze Els«, sagte er, »und werde sie zu meinem Weib machen, sobald sie die Kerkerwände hinter sich gelassen hat. Ich spreche für Elisabeth Hufeysen vom ›Goldenen Engel‹ und ich sage euch: Sie ist unschuldig!«

Purgls Augen suchten Dietz, doch der Bruder hatte sich hinter einem Streben versteckt und versuchte offenbar, sich unsichtbar zu machen.

»Das alles werde ich Pater Institoris berichten«, schrie sie. »Wort für Wort eurer hinterlistigen, aufrührerischen Reden. Dann wird er euch auf der Stelle ergreifen und zu euren Hexenweibern sperren lassen …«

Glühend heiß wie eine Feuersäule schoss die Wut in Merwais hoch. Nicht einen sicheren Beweis hielt er dafür in der Hand, doch was zählte das schon in solch einem Moment?

»Meinst du vielleicht den Pater Institoris, der die alte Kapelle hat zunageln lassen? Der euch allen damit den Weg zu den Bethen versperrt …«

Er kam nicht weiter. Die Leute waren aufgesprungen, begannen loszuschreien und die Fäuste zu ballen. Möglicherweise wäre alles binnen Kurzem in unkontrollierbarem Tumult gemündet, wenn nicht de Caballis den Überblick behalten hätte. Geschmeidig wie ein Jüngling sprang er auf die nächste freie Bank und begann laut in seine Hände zu klatschen.

»Ihr sollt euch ja aufregen!«, rief er, als es wieder etwas leiser geworden war. »Und zwar nicht nur innerhalb dieser Mauern, sondern viel besser noch öffentlich, vor denen, die Schuld an diesen grundlosen Verhaftungen tragen. Wir sollten sehr rasch beratschlagen, wie das am besten zu bewerkstelligen ist. Doch dazu, Freunde, lasst uns diesen unschönen Ort so schnell wie möglich verlassen!« Er schnitt eine Grimasse und zog dabei seine Hand quer über den Hals, als würde ihm jemand an die Gurgel gehen wollen. »Mir ist, als müsste ich hier auf der Stelle ersticken.«

»Wohin aber sollen wir gehen?«, rief einer der Männer. »Weißt du das auch?«

»Wohin wohl?« Johannes' jubelnde Stimme drang bis in den letzten Winkel. »Natürlich in den ›Goldenen Engel‹!«

❧

Vor der anstehenden Verhandlung hatte man ihnen ein paar Eimer Wasser ins Loch gebracht und fadenscheinige, aber zumindest halbwegs saubere Gewänder zugeteilt. Obwohl es eine Wohltat war, sich endlich den gröbsten Dreck vom Körper zu waschen und die verlausten Lumpen loszuwerden, war die Stimmung unter den Frauen äußerst bedrückt.

»Ich bin als Erste dran«, murmelte Hella, die das schäbige Kleid über ihrem Bauch, der trotz der kargen Kost beachtlich an Umfang zugenommen hatte, kaum zubekam. »Jetzt wird dieser Pater wieder auf meinem Lebenswandel herumreiten, damit auch jeder in allen Einzelheiten zu hören bekommt, was für eine Hur ich doch bin – mein armes Kleines, eine feine Mutter hast du dir da ausgesucht!« Sie seufzte. »Und dazu all diese widerlichen Läuse, Flöhe und Wanzen, die einen halb auffressen! Vielleicht wäre ja alles schneller vorbei, wenn ich doch sagen würde, dass ich …«

»Nichts wirst du zugeben, gar nichts, verstanden!«, fiel Lena ihr ins Wort. »Johannes hat gesagt, so und nicht anders sollen wir es halten. Sonst kann er uns nicht helfen.«

»Ich wünschte, ich wäre auch so stark gewesen«, kam es von der Pritsche, auf der Bibiana lag. »Das Wasser hab ich ja noch halbwegs überstanden, aber als sie mir dann auch noch die Arme ausgerenkt haben, bin ich doch schwach geworden und hab das mit dem Fläschchen preisgegeben.«

»Mit welchem Fläschchen?«, fragte Lena.

»Dem Fläschchen, aus dem der Hofmeister seine Medizin getrunken hat, bevor er starb«, mischte Els sich ein. »Wir hatten es in all der Aufregung im Haus des Münzschreibers übersehen, als wir Hella geholfen haben, den Toten loszuwerden.«

»Und weshalb weiß ich nichts davon?«, begehrte Lena auf. »Fängst du schon wieder mit lauter Geheimnissen an, die ich nicht erfahren soll?«

Els packte Lenas Kopf und hielt ihn mit beiden Händen fest.

»Damit du nicht lügen musst, wenn man dich unter die Fragstatt zwingt«, sagte sie. »Aus Liebe, mein Mädchen – verstanden?«

»Außerdem ist es ja offenbar leider verschwunden«, sagte Hella. »In jener Nacht hab ich es Bibiana gegeben, weil ich in meiner Not nicht wusste, wohin damit. Und die hat es später in eurem Garten vergraben. Aber da ist es nicht mehr. Vielleicht hat sie sich ja auch getäuscht …«

»Hab ich nicht«, kam es von der Pritsche. »Wenn man mich nicht gerade martert, hab ich meine Sinne noch gut beisammen. Es *war* unter dem Wermutstrauch. Dort und nirgendwo sonst hab ich es eigenhändig vergraben. Das weiß ich noch so genau, als sei es erst gestern gewesen.«

Zwei Wachen erschienen vor dem Gitter. Der schwere Schlüssel drehte sich im Schloss.

»Hella Scheuber?« Johannes klang sehr beherrscht. »Ich werde Euch jetzt zum Saal des Rathauses begleiten, wo der Gerichtshof Euch noch einmal in einem offiziellen Verfahren vernehmen wird. Seid Ihr bereit?«

Hella nickte. »Das bin ich«, sagte sie bedrückt.

Lena und Johannes tauschten einen langen, sehnsuchtsvollen Blick.

»Alles wird gut«, hörte sie ihn flüstern. »Du musst nur an mich glauben, mein Herz! Bald schon ist alles vorbei.«

Dann schloss sich die Tür wieder.

»Ich bin noch lange keine vergessliche alte Vettel«, war nach einer Weile Bibiana wieder zu vernehmen. »Was ich gesehen habe, weiß ich. Wie sollte man auch dieses blaue Glas jemals vergessen, mit jenen leuchtenden goldenen Fäden ...«

»Was sagst du da?« Alarmiert drehte Lena sich zu ihr um.

»Ein Fläschchen aus leuchtend blauem Glas mit feinen Goldfäden«, wiederholte die Alte verdutzt. »Ich glaube, es muss sehr wertvoll sein.«

»Aber das hat doch Sebi!«, rief Lena. »Bei Sebi hab ich so ein Fläschchen gesehen, wie du es gerade beschrieben hast. In seinem Schätzkästchen – diese kleine Elster!«

Sie lief zum Gitter und begann zu schreien.

»Johannes, komm zurück! Ich muss dir etwas sagen, etwas sehr, sehr Wichtiges!«

»Halt's Maul, Weib!«, wurde sie von draußen angeraunzt. »Wenn du nicht gleich eins drüberkriegen willst. Dein feiner Herr Jurist ist mit der blonden Hexe bestimmt schon auf dem halben Weg zum Ratshaus.«

»Dann müsst ihr ihn eben zurückholen. Es geht um Leben und Tod!«

»Das will ich meinen!« Die Männer lachten dreckig. »Von uns aus könnte man euch alle schon längst fröhlich auf dem Galgenbühel brennen sehen.«

Verzweifelt wandte Lena sich ab. »Was sollen wir nur tun?«, sagte sie. »Das Fläschchen ist bei Sebi – und Johannes kommt nicht mehr zurück.«

»Vielleicht doch.«

Els humpelte nach vorn und schob sie energisch zur Seite.

»Ich hab hier etwas Feines«, sagte sie und zog die schwere Silbermünze aus ihrem Ausschnitt. »Die gehört demjenigen von euch, der dem Herrn Juristen nachläuft und ihn so schnell wie möglich zu uns zurückgebracht hat.«

Übereifrig wollte sich eine schmutzige Pranke durch die Gitter schieben, doch Els war schneller. Wie von Zauberhand schien die Münze wieder verschwunden.

»Gebracht *hat*«, wiederholte Els. »Also, worauf wartet ihr noch?«

❧

Wo war der Kleine geblieben?

Mehrfach schon waren Niklas und Johannes die endlosen Gänge der Hofburg abgelaufen und hatten abwechselnd hinter alle Türen gespäht, doch Sebi war und blieb verschwunden.

»Er kann sich doch nicht unsichtbar machen!«, murmelte der Spielmann. »Vorhin hab ich ihn im Hof noch auf der alten Gambe klimpern hören, die ich ihm geschenkt habe, damit er hier vor Langeweile nicht umkommt. Aber jetzt ist alles mucksmäuschenstill, als ob der Boden sich plötzlich aufgetan und ihn mit Haut und Haar verschluckt hätte.«

»Da bellt irgendwo ein Hündchen.« Johannes war blass und schweißüberströmt. »Das ist alles, was ich hören kann. Wenn wir ihn nicht bald finden, müsst Ihr allein weitersuchen. Ich sollte schon längst im Rathaus sein – beim Prozess von Hella Scheuber, die meine Hilfe so dringend braucht.«

»Der Welpe der kleinen Herzogin.« Niklas klang abschätzig. »Sie führt sich ja beinahe auf, als habe sie ein Kind bekommen, so sehr verhätschelt sie ihn. Noch ein paar Wochen, und das Vieh wird uns allen auf dem Kopf herumtanzen ...«

Die Tür, an der sie soeben fast vorbeigelaufen wären, stand nur einen winzigen Spalt offen. Johannes stieß sie weiter auf.

Auf dem Holzboden saß ein blonder Junge mit zerzaustem Blondschopf, auf dessen mageren, zerschrammten Knien ein schwarzer Teckelwelpe balancierte. Sein hölzernes Kästchen, das neben ihm stand, hatte Sebi offenbar für ein paar Augenblicke vergessen, genauso wie die alte Gambe unter dem Fenster, die als Spielzeug vorübergehend ausgedient hatte. Kind und Hund schienen in ihr Spiel vertieft; beide schauten erst auf, als die Männer schon im Zimmer standen.

»Sebi!«, sagte Niklas lächelnd. »Da steckst du! Wir haben dich schon überall gesucht.«

Das Leuchten in Sebis Augen erlosch. Er streckte seinen Arm aus und zog das Kästchen mit ängstlicher Miene näher heran.

»Wir brauchen deine Hilfe!«, sagte Johannes so sanft er nur konnte. »Vor allem aber braucht Lena sie, deine große Schwester.«

Niklas starrte ihn verblüfft an, schaffte es aber, nichts zu sagen.

»Du hast da etwas in deinem Kästchen«, fuhr Johannes fort, »das ganz, ganz wichtig für Lena ist. Sie bittet dich von ganzem Herzen, es mir für sie zu geben.«

Sebi schien nachzudenken. Dann schüttelte er den Kopf und presste die Holzkiste nur noch fester an sich.

»Bitte, Sebi«, mischte sich nun auch Niklas ein. »Lass uns hineinschauen – nur ein einziges Mal!«

Sebi sprang auf, als wären Häscher hinter ihm her, lief zum Fenster und drückte sich gegen die Wand. Der Welpe umsprang ihn kläffend.

»So kommen wir nicht weiter«, sagte Johannes leise. »Und wenn ich ihn festhalte – und Ihr seht schnell nach?«

»Das könnte er nicht ertragen«, flüsterte Niklas zurück. »Der Kleine hält es ja nicht einmal aus, wenn man ihn aus Versehen berührt!«

»Aber die Frauen im Loch …«

»Seid still!«, zischte Niklas, »und geht langsam nach draußen, als sei die Angelegenheit für Euch beendet. Ich will es noch einmal mit Musik versuchen, meiner alten und Sebis neuer Freundin.«

Johannes tat, was der Spielmann verlangt hatte.

Drinnen blieb zunächst alles still, dann ertönte eine leise, schwermütige Weise, die irgendwann von Moll auf Dur wechselte und schließlich richtig fröhlich klang.

»Du hast dein Kästchen ja aufgemacht, Sebi«, hörte Johannes Niklas nach einer längeren Pause sagen. »Vielen Dank für dein Vertrauen!«

Wieder nichts als lastende Stille.

»Und hineinschauen lässt du mich auch noch? Ja, Sebi, da drin liegt, wonach wir so sehr gesucht haben: dieses blaue Fläschchen mit den goldenen Linien. Würdest du es mir wohl eine Weile ausleihen, solange, bis …«

Schritte, Rascheln, Keuchen, dann stand die Herzogin auf einmal neben Merwais.

»Mein Leo«, rief sie mit hochroten Wangen, »mein ungezogener Welpe – immer läuft er mir davon! Einmal in die Küche, dann in die Kleiderkammer. Und jetzt konnte ich ihn auch schon wieder nirgendwo finden.«

Der Herzog folgte ihr dicht auf den Fersen. Als er Merwais erblickte, zog er ein unbehagliches Gesicht.

»Seit der hässlichen Sache mit Fee gerät sie immer so schnell außer sich«, sagte er entschuldigend und stieß dabei die Tür weiter auf.

»Leo«, rief Katharina, die plötzlich nur noch Augen für den kleinen Teckel hatte, der ihr wedelnd entgegenlief. »Hab ich dich endlich wieder, mein kleiner Schatz!«

Herzog Sigmund dagegen hatte beim überraschenden Anblick des Mannes und des Kindes und des Hundes schmale Lippen bekommen.

»Was hat denn der Flakon aus Murano in deiner Hand zu suchen, Niklas? Er gehört doch der Hofmeisterin Alma von Spiess.« Er räusperte sich. »Für treue Dienste hab ich ihn ihr einstmals geschenkt.«

»Dann lasst sie jetzt am besten auf der Stelle einsperren, Euer Hoheit«, sagte Johannes Merwais. »Mir liegen bereits jede Menge schwerer Verdachtsmomente gegen sie vor. Mit diesem Beweisstück jedoch können wir der Dame endgültig den Strick drehen.«

Herzog Sigmund schien auf einmal nach Luft zu schnappen.

»Und noch etwas, Euer Hoheit«, fügte Johannes hinzu. »Lasst doch bitte, wenn irgend möglich, van Halen holen, Euren Medicus. Ich hätte da ein paar äußerst dringliche Fragen an ihn.«

Obwohl der Herbst seit einigen Tagen machtvoll Einzug in Innsbruck gehalten und die Blätter bunt gefärbt hatte, war es in dem großen Rathaussaal, wo das Gericht tagte, stickig wie im Hochsommer. Links von Kramer saßen an einer langen Eichentafel Christian Turner, der Theologe Paul Wann, den Herzog Sigmund noch eiligst bestellt hatte, sowie Sigmund Samer, Pfarrer zu Axams, der als Einziger über einige Erfahrung in Ketzerprozessen verfügte. Rechts hatten die Notare Johann Kanter und Bartholomäus Hagen Platz genommen, die dafür sorgen sollten, dass alles seinen ordentlichen Gang nahm. An einem kleinen Extratisch hockten die Schreiber Fels und Wankl, die abwechselnd alles protokollieren sollten.

Als Johannes Merwais erhitzt und um einiges verspätet den Saal betrat, fühlte er im ersten Moment seinen ganzen Mut sinken. Da vorn auf einem Bänkchen kauerte Hella Scheuber wie eine arme Sünderin – wo aber war der Bischof, auf dessen Kommen er so große Hoffungen gesetzt hatte?

Sein Atem wurde erst wieder ruhiger, als er auch die Seitenwand des Saales in Augenschein genommen hatte, und für einen Augenblick erhellte beinahe so etwas wie ein Lächeln sein ernstes Gesicht. Bischof Golser thronte auf einem gepolsterten Sessel, das linke Bein auf einem Schemel bequem hochgelagert. Neben dem Bischof sein Notarius Rasso Kugler.

Obwohl Merwais' ganzer Körper vor Aufregung kribbelte, als hätte er sich aus Versehen in einen Ameisenhaufen gesetzt, gelang es ihm, halbwegs gemessen und würdevoll seinen Platz am anderen Ende des großen Tisches einzunehmen.

Kramer war mitten in der Befragung, und Merwais' Anblick brachte ihn dazu, die Brauen hochzuziehen und noch schärfer fortzufahren: »Hast du mit dem Hofmeister Ritter von Spiess widernatürliche Unzucht getrieben?«, fragte er. »Indem du dich aufreizend vor ihn niedergekniet und seine

Männlichkeit in deinen sündigen Mund aufgenommen hast? Antworte!«

Es war so still, dass man das Kratzen der Gänsefeder hören konnte.

»Das hab ich nicht«, sagte Hella. »Niemals! Leopold wollte, dass ich für ihn tanze.«

»Dann hast du dich sicherlich dabei entblößt und in Kauf genommen, dass er Teile deines nackten Körpers sehen konnte? Deine Brüste, die Lenden, deine Scham ...«

»Einspruch!«, rief Merwais. »Diese Frage hat mit der Anklage nichts zu tun und muss daher augenblicklich aus dem Protokoll gestrichen werden.«

»Was fällt Euch ein?«, bellte Kramer. »Es liegt bei mir, wie ich den Prozess führe!«

»Ich fürchte, da irrt Ihr leider, Pater Institoris«, entgegnete Johannes ruhig. »Denn dieses Gericht ist auch deshalb zusammengetreten, um ein objektives Gegengewicht zu Eurer Art der Befragung zu bilden. Von mir, dem offiziell bestellten Verteidiger der Angeklagten, werdet Ihr Euch daher solche und andere Einwände sehr wohl gefallen lassen müssen.«

Über die Lippen Golsers flog ein feines Lächeln. Er räkelte sich auf seinem Sessel, als fühle er sich plötzlich wohler. Der Inquisitor dagegen wirkte wie vor den Kopf geschlagen. Er starrte auf die Schriftstücke, die vor ihm lagen, begann unruhig in ihnen zu blättern, als suche er vergeblich nach etwas, schien sich aber schließlich wieder zu fassen.

»Wir gehen noch einmal zurück zum Tag des Todes des Ritters von Spiess. Die Scheuberin hat bereits gestanden, dass er sich zu unziemlicher Zeit im Haus ihres Ehemanns aufgehalten hat.« Er nahm Hella scharf ins Visier. »Hast du ihn auch an jenem Tag mit Händen und Lippen auf sündige Weise gereizt, bis er schließlich die Kontrolle verlor und...«

»Einspruch!«, rief Johannes abermals. »Bitte haltet Euch an das, was ich Euch vorhin gesagt habe! Diese Art von Fragen steht in keinerlei Zusammenhang mit den bisher vorliegenden Anklagepunkten.«

»Das allerdings sehe ich vollkommen anders!«, donnerte Kramer. »Die Scheuberin ist ein Hexenweib, das sich teuflischer Mittel bedient hat, um den Tod dieses armen Mannes herbeizuführen und ihn ...«

»Einspruch!«

Jetzt wurde es so still im Saal, als hätten alle den Atem angehalten.

»Das ist eine Behauptung, Pater Institoris, und kein Beweis. Ich dagegen habe hier etwas sehr Konkretes mitgebracht, das Licht in diese düstere Angelegenheit bringen könnte.«

Er griff in seine Schecke und zog das blaue Fläschchen mit den goldenen Linien heraus.

»Erkennt Ihr das wieder, Hella Scheuber?«, fragte er. »Nehmt Euch genügend Zeit, um nachzudenken.«

Hella starrte auf den Gegenstand in seiner Hand.

»Und ob!«, rief sie. »Das ist das Fläschchen, aus dem Leopold an jenem Abend bei mir seine Medizin getrunken hat. Er hat es beinahe bis zur Neige geleert, sich dann aber so unwohl gefühlt, dass er zu Boden stürzte und ...«

»Weiter!«, forderte Merwais sie auf. »Frank und frei heraus mit der ganzen Wahrheit!«

»Er hat sich beschmutzt«, flüsterte Hella. »Hat alles unter sich gelassen – es hat so widerlich gestunken ...«

»Müsst Ihr in Eurer absurden Verteidigung jetzt schon so weit gehen, dass Ihr das Andenken eines Toten besudelt?«, rief Kramer.

Auch die anderen Theologen am Tisch runzelten bedenklich die Stirn.

»Muss ich. Leider.« Eine kurze Verneigung in Richtung Bischof. »Euer Exzellenz – ich bitte die Anhörung eines neuen Zeugen zu eben diesem Punkt.«

»Die Zeugenvernehmung ist längst abgeschlossen«, entrüstete sich Kramer. »Wo kämen wir hin, wenn der Herr Jurist jetzt lauter neue Regeln in einem Kirchenprozess einführte?«

»Bitte, Euer Exzellenz«, wiederholte Johannes, dessen Wangenknochen vor innerer Anspannung schärfer als sonst hervortraten, »gewisse Umstände haben dazu geführt, dass dieser Zeuge erst jetzt zur Verfügung steht. Ein Mann von großem Wissen und hoher Gelehrsamkeit, wie ich Euch versichere. Cornelius van Halen, Medicus Seiner Hoheit. Er wartet bereits draußen.«

»Ich denke, wir sollten dieser ungewöhnlichen Bitte ausnahmsweise entsprechen, Bruder Heinrich«, sagte der Bischof nach einer kleinen Weile. »Das Gut der Wahrheit ist zu kostbar, um es nicht von allen Seiten ausgiebig zu beleuchten. Lasst also den Mann eintreten, Merwais! Ich bin gespannt, was er uns zu sagen hat.«

Der Jurist ging selbst zur Tür und führte van Halen herein. Dessen gewaltiger Leibesumfang schien den großen Saal mit einem Mal noch voller zu machen. Das kluge Gesicht unter dem schütteren rehbraunen Haar war ruhig und gelassen.

»Ihr seid Cornelius van Halen, Leibmedicus Seiner Hoheit, des Erzherzogs von Tirol?«, fragte Johannes.

»Der bin ich.«

»Und behandelt den Herzog bereits seit einiger Zeit wegen schmerzhafter Podagraanfälle mit einer gewissen Medizin?«

Van Halen nickte. »Eine spezielle Mischung, die ich selbst zusammenstelle. Unter anderem enthält sie auch Colchizin, das Gift der Herbstzeitlosen.« Vom Sessel des Bischofs kam ein erstickter Ton. »Ein äußerst gefährliches Gift, das nur in winziger Dosis verabreicht werden darf, wenn es heilen soll. Dann ist es allerdings sehr wirksam im Kampf gegen die lästigen Auswirkungen der Gicht. Erwischt man jedoch zu viel davon, führt es zu Herzrasen, Halluzinationen, Schwindel, Erbrechen und blutigen, äußerst schmerzhaften Durchfällen. Schließlich erfolgt der Exitus. Einmal in derart hoher Dosis verabreicht, gibt es kein Gegenmittel und damit auch keine Rettung.«

»Was hat das alles mit der Angeklagten zu tun?«, rief Kramer erbost. »Ihr verliert Euch in Nebensächlichkeiten, Merwais!«

»Wohl kaum«, gab Johannes eisig zurück. »Nur noch ein wenig Geduld, dann werdet Ihr schon verstehen, Pater Institoris!« Er wandte sich abermals an den Medicus: »Habt Ihr den verstorbenen Hofmeister Leopold Ritter von Spiess auch als Patienten behandelt, Doktor van Halen?«

»Das habe ich. Allerdings litt dieser an einer angeborenen Herzschwäche, die unaufhaltsam weiter fortschritt. Ich habe ihm dagegen Theriak verschrieben, das Digitalis enthält.«

Johannes Merwais hielt ihm das blaue Fläschchen entgegen. »Habt Ihr dieses Gefäß schon einmal gesehen? Und wenn ja, bei wem?«, fragte er.

»Alma von Spiess, die Hofmeisterin Ihrer Hoheit, kam damit zu mir«, sagte van Halen. »Sie bat mich, es mit dem Medikament ihres Mannes zu füllen, weil er sein Medizinfläschchen aus Unachtsamkeit zerbrochen habe. Ich habe ihrer Bitte gern entsprochen.«

Johannes verließ seinen Platz, was die anderen an dem riesigen Tisch zum Raunen veranlasste, und kam mit dem Fläschchen in der Hand auf den Medicus zu.

»Ihr habt den restlichen Inhalt dieses Gefäßes vorhin in der Hofburg in meinem Beisein überprüft«, sagte er. »Befand sich noch Theriak darin, den Ihr für den verstorbenen Hofmeister auf die Bitte seiner Gemahlin hin abgefüllt hattet?«

»Nein.« Die tiefe Stimme van Halens dröhnte durch den Saal. »Vorhin habe ich darin nur Colchizin vorgefunden, am Geruch unschwer zu identifizieren. Jemand muss den Inhalt wissentlich ausgetauscht haben, um den Tod des Hofmeisters herbeizuführen.«

Das Raunen stieg an.

»All das und noch viel mehr kann sehr wohl dieses Hexenweib bewerkstelligt haben«, rief Kramer, der ungeduldig am engen Kragen seiner Kutte zerrte. »Die Macht Satans befähigt sie und ihre verderbten Gespielinnen, noch weitaus üblere Verbrechen an unschuldigen Menschen zu begehen ...«

»Einspruch!«, rief Johannes. Sein Körper war schweißnass, sein Kopf glühte, doch er hatte die erste Etappe beinahe erreicht. Aber wo blieben sie nur all jene, auf die er ebenfalls fest gebaut hatte? »In diesem Zusammenhang bitte ich das Gericht, einen zweiten Zeugen zuzulassen.«

»Mir scheint, Ihr beginnt ein wenig zu übertreiben, junger Freund«, ergriff nun der Pfarrer von Axams das Wort. »Euer Bestreben, die Angeklagte zu verteidigen, in allen Ehren, und in der Tat scheint es Euch ja durchaus gelungen, durch die erste Zeugenaussage einige der schlimmsten Verdachtsmomente zu entkräften ...«

»Verzeiht, Hochwürden!«, schnitt Merwais ihm kühn das Wort ab. »Vielleicht werdet Ihr gleich anders denken, wenn Ihr erfahrt, wer dieser Zeuge ist: Seine Hoheit, Erzherzog Sigmund von Tirol!«

Aufgeregtes Palaver am langen Tisch. Jeder schien zu diesem Punkt etwas zu sagen zu haben.

»Worauf wartet Ihr noch, Merwais?«, rief der Bischof schließlich. »Seine Hoheit sollte man nicht unnötig warten lassen!«

Wieder eilte Merwais zur Tür. Alle erhoben und verneigten sich, als der Herzog den Saal betrat. Er verweigerte den Stuhl, den der Verteidiger ihm höflich anbot, stand leicht gebückt vor ihm wie innerlich auf dem Sprung.

»Ich habe nur eine einzige Frage an Euch, Euer Hoheit«, sagte Johannes in seinem höflichsten Ton. »Und bedanke mich schon jetzt, dass Ihr den Aufwand auf Euch genommen habt, heute hier zu erscheinen. Erkennt Ihr dieses Fläschchen wieder?« Er hielt ihm das Glasgefäß hin.

»Allerdings«, erwiderte der Herzog. »Es gehört der Hofmeisterin Alma von Spiess. Es handelt sich um ein persönliches Geschenk, das ich ihr vor einigen Jahren gemacht habe.«

»Das war schon alles, Euer Hoheit.« Merwais verbeugte sich. »Ich habe keine weiteren Fragen mehr an Euch.«

Der Herzog verließ umgehend den Saal, nicht ohne zuvor Kramer einen finsteren Blick zugeworfen zu haben.

»Damit scheint festzustehen«, sagte der Jurist, »wer die Schuld am Tod des Ritters Leopold von Spiess trägt. Der Angeklagten Hella Scheuber jedenfalls ist dieses Verbrechen nicht länger anzulasten. Somit kann auch der Vorwurf des Hexenwerks in diesem Zusammenhang nicht aufrechterhalten werden. Die Scheuberin ist unschuldig und daher umgehend in Freiheit zu entlassen!«

»Ich ersuche das Gericht um eine Vertagung«, rief Bischof Golser. »Mein Gliederreißen, das unerträglich lange Sitzen – morgen werden wir alle wieder frischer zusammenkommen …« Er hielt inne, drehte seinen Kopf zum Fenster, lauschte. »Was soll dieser ungebührliche Lärm da draußen?«, rief er. »Das klingt ja beinahe, als sei eine ganze Hundertschaft auf den Gassen unterwegs.«

Bitte, lass es ganz genauso sein, gütiger Gott im Himmel!, betete Johannes Merwais inbrünstig.

Sie kommen. Endlich kommen sie!

❧

Es waren sehr viel mehr als hundert, die sich vor dem Rathaus versammelt hatten. Es sah aus, als sei auf einmal die halbe Stadt auf den Beinen, so dicht drängten sich die Menschen – Männer, Frauen, Alte und Junge. Sogar ein paar vorlaute Kinder waren darunter, die alles für einen köstlichen Spaß zu halten schienen und zwischen den Erwachsenen lautstark Fangermandl spielten.

»Gebt die Frauen frei!«, skandierten die Menge. »Innsbruck hat keine Hexen. Barbara, Rosin, Wilbeth – wenn sie euch nicht gehen lassen, stürmen wir den Turm! Lena und Hella, Els und Bibiana, wir kommen, wir kommen!«

»Was soll dieser Aufruhr?« Der Bischof wagte kaum, die Nasenspitze vors Fenster hinauszustrecken. »Ich erkenne meine braven Tiroler ja gar nicht wieder.«

»Die Leute verlangen Gerechtigkeit«, sagte Johannes Merwais. »Sie sind es leid, mit scharfen Predigten gegen ihre Freunde und Nachbarn aufgehetzt zu werden.«

»Und was ist mit diesen Zeugenaussagen?« Auf Kramers hohlen Wangen brannten rote Flecken. Er schlug mit der Hand auf seine Dokumente. »Jeder Einzelne, der hier aufgeführt ist, war bei mir und hat seine Aussage gemacht. Das sind doch alles keine Hirngespinste!«

»Die Frauen!«, schrien die Menschen draußen. »Gebt die Frauen frei – sonst kommen wir sie holen!«

Zwei der Büttel kamen angstvoll in den Saal gerannt. »Manche haben sogar scharfe Sensen und Mistgabeln dabei«, rief der eine. »Ich hab es ganz genau gesehen.«

»Und ich, dass sie sich bereits nach einem geeigneten Rammbock umschauen. Sie wollen das Rathaus stürmen – und anschließend das Loch. Das ist offener Aufruhr!«

»Keiner von uns wird wanken oder weichen«, presste Kramer hervor, doch es klang alles andere als entschlossen.

»Zum Glück hat Seine Hoheit bereits das Ratshaus verlassen«, sagte der Generalvikar Christian Turner. »Nicht auszudenken, was passieren könnte, bekäme der Pöbel ihn in die Finger!«

»Das ist kein Pöbel«, wies Merwais ihn scharf zurecht. »Das sind lauter anständige Leute, die ihre Nichten, Tanten und Großmütter, ihre Hebammen, Wirtinnen und Totenfrauen zurückhaben wollen. Sie stehen ein für jene, die ihnen seit Jahren in Freud und Leid geholfen und beigestanden haben. Und was mich persönlich betrifft, auch wenn ich nicht aus dieser Stadt stamme: Ich kann sie und ihre Beweggründe sehr gut verstehen.«

Ein schwerer Gegenstand wurde gegen die Tür gerammt. Alle im Saal schraken zusammen.

»Sie kommen!«, rief Kramer entsetzt. »Mit Gewalt werden sie gegen uns vorgehen. Was sollen wir nur tun?«

»Es gibt da einen schmalen Geheimgang zum Nebenhaus«, sagte Notar Kanter, die erste und einzige Bemerkung, die er an diesem Tag von sich gegeben hatte. »Aus alten Zeiten. Ich kenne ihn. Kommt, folgt mir!«

Blitzschnell hatte sich hinter ihm eine Reihe von Männern gebildet, die alle eifrig dem schützenden Ausgang entgegenstrebten. Die Angeklagte Hella Scheuber schienen sie dabei um ein Haar vergessen zu haben. Erst im letzten Moment ergriffen zwei Wächter Hella, banden sie und zogen sie mit sich.

»Was wird nun aus mir?«, sagte sie leise zu Johannes, der im Getümmel hinter sie getreten war.

»Du kommst natürlich frei«, sagte er leise. »Wenngleich auch nicht sofort. Für ein paar Nächte musst du noch einmal zurück ins Loch, aber das lässt sich doch aushalten, wenn danach die Freiheit winkt, oder?«

Hella nickte rasch. »Danke, dass du …«

»Es ist noch nicht vorbei«, fiel er ihr ins Wort. »Das Schlimmste steht uns morgen bevor – und der Allmächtige möge uns helfen! Sag meiner Lena, wie sehr ich sie liebe. Hätte sie sich an das blaue Fläschchen nicht erinnert, alles sähe sehr viel düsterer aus. Und morgen kommt es auf ihr Vertrauen in mich besonders an. Wirst du ihr das sagen, Hella?«

»Versprochen«, murmelte die Scheuberin. »Versprochen.«

❧

Sie hatte ihn als Beichtvater rufen lassen, um ihre Sünden zu bekennen, bevor man ihr den Prozess machte. Eigentlich hätte der Herzog Alma von Spiess am liebsten in die »Fischerin« werfen lassen, wie man den Kerker im Stadtturm nannte, doch um den unweigerlichen Klatsch möglichst gering zu halten, hatte er sich schließlich für das uralte, seit Jahrzehnten nicht mehr verwendete Gefängnis im Keller der Hofburg entschieden.

Auf Fußfesseln war verzichtet worden. Die dicken alten Mauern machten jeden Ausbruchversuch unmöglich, so viel war gewiss. Man hatte ihr allen Schmuck abgenommen, sie jedoch ihre eigenen Kleider tragen lassen. Der Gegensatz zwischen dem ramponierten Seiden- und Spitzenzeug und der Schauerlichkeit des Ortes hätte größer nicht sein können.

Jetzt stand Kramer vor ihr, innerlich bebend vor Ungeduld. Mit diesem verworfenen Geschöpf hatte sein Unglück begonnen, das heute darin gegipfelt hatte, dass er wie ein Verbrecher durch einen staubigen alten Gang schleichen musste, um sich vor den Sensen und Heugabeln aufgebrachter Tiroler in Sicherheit zu bringen.

»Meine Zeit ist eng bemessen, meine Tochter«, sagte er förmlich. »Wenn du also beichten willst – gestehe!«

Sie stand vor ihm mit blitzendem Blick.

»Ich könnte dich noch immer mit in den Abgrund reißen«, sagte sie heiser. »Das weißt du sehr genau. Ein Wort nur …«

»Wer aber würde einer Gattenmörderin Glauben schenken?«, unterbrach er sie roh. »Einem Weib, das Gift in die Medizin des Gemahls geträufelt hat, um ihn aus dem Weg zu räumen? Niemand!«

»Du sprichst vom guten alten Leopold?« Alma stieß ein kurzes Lachen aus. »Um ein Haar wäre er ja nicht allein auf die letzte Reise gegangen, die kleine Herzogin wäre ihm bald schon nachgefolgt. Wie hätte ich auch ahnen können, dass sie das klebrige Süßzeug dieser aufsässigen Köchin an ihren Kläffer verfüttert, anstatt es selbst aufzuessen? Dabei war mein Plan so klug und fein eingefädelt: eine tote Herzogin und eine Köchin als Giftmörderin.«

»*Du* also hast den Anschlag geplant …«

»Kein Wort von dem, was ich dir jetzt verrate, wird jemals die Mauern dieses Kerkers verlassen – das ist ja gerade das Schöne daran!« In ihren Mundwinkeln klebten Speichelfetzen. Kramer wich zurück, als sie langsam immer näher kam. »Denn was uns beide verbindet, währt länger als der Tod.«

War sie dem Wahnsinn nah? Dieser Tag, der für ihn ein einziger Albtraum war, schien kein Ende nehmen zu wollen.

»Sie sollte kein Kind haben, die kleine Herzogin, auch dafür habe ich rechtzeitig gesorgt«, flüsterte die Spiessin. »Eine alte Hexe am Innufer war so freundlich, mir gegen gutes Silber ein Beutelchen Petersiliensamen zu überlassen. Die hab ich ihr ins Süppchen gerührt – und aus der Traum!« Almas blassgrüne Augen schienen den Pater verschlingen zu wollen. »Mir hat der liebe Gott kein Kind gewährt. Warum sollte er dann zu ihr so viel freundlicher sein? Wo sie mir doch schon meinen Sigmund gestohlen hatte, diese dumme sächsische Kuh!«

Sie riss an ihrem Kleid, als könne sie die Hitze nicht länger ertragen, dabei war es so kalt und feucht in dem Gefängnis, dass Kramer längst fröstelte.

»Mit ihm, dem Herzog, hätte ich ein Leben ganz nach meinem Gusto führen können. Meinethalben nicht einmal als sein rechtmäßiges Weib. Und wenn schon! Auch als seine Buhlschaft hatte ich noch zu Lebzeiten der frommen Eleonora sehr viel Spaß mit Sigmund. Doch dann kam sie angerauscht– dieses Kalb aus Dresden. Und alles war mit einem Mal zu Ende. Musste ich mich dagegen nicht mit allen gebotenen Mitteln zur Wehr setzen?«

Er hörte, wie die Seide brach, dann stand die Spiessin plötzlich barbusig vor ihm.

»Sigmund hat sie früher sehr geliebt«, flüsterte sie, »›meine Kitzchen‹. So hat er sie zärtlich genannt, sie gekost und gebissen, bis ich vor Wonne schier vergangen bin. Und auch dir haben sie doch gut gefallen, Heinrich. Willst du sie nicht ein allerletztes Mal berühren?«

Er stand bereits mit dem Rücken zur Wand, konnte keinen einzigen Schritt weiter zurückweichen.

»Bedecke dich!«, rief er. »Bereust du endlich all deine Todsünden, Alma von Spiess?«

»Bereuen?« Sie lachte schrill. »Was redest du da, mein Heinrich! Ich würde es wieder so machen, wenn ich noch einmal könnte, wieder und immer wieder!«

»Was willst du dann von mir? Weshalb hast du mich überhaupt rufen lassen?«

»Das werde ich dir sagen.« Sie war plötzlich sehr ernst geworden. »Ich möchte weder durch das Beil des Scharfrichters sterben noch jemals am Seil des Henkers baumeln. Ihnen allen diesen Anblick gönnen? Niemals! Nein, das wäre kein würdiges Ende einer Alma von Spiess. Du, mein Heinrich, wirst mich hier befreien.«

»Wie stellst du dir das vor? Das will und das kann ich nicht.«

Ihr Mund wurde schmal. »Doch, du kannst! Ich wusste zwar, dass du ein Feigling bist, Heinrich, ein Feigling wie die meisten Männer, denen ich bislang begegnet bin. Deshalb hab ich auch vorgesorgt. Die Wächter werden uns gehen lassen. Das Silber, das ich ihnen zukommen ließ, reicht aus, um noch ihre Enkel zu versorgen.«

Kramers Augen brannten. »Mit dir fliehen? Niemals!«

»Wer redet denn von Fliehen?«, sagte sie müde. »Du begleitest mich lediglich zum Inn. Das ist alles, was ich verlange. In seinen grünen Fluten werde ich versuchen, meinen Leopold wiederzufinden.«

»Und weshalb sollte ich das tun?«

»Sehr einfach«, sagte Alma. »Um mich für immer loszusein – und zugleich alle fleischlichen Sünden, die du mit mir begangen hast. Und mehr als das: Sobald die kalten Wasser des Inns sich über mir für immer geschlossen haben, gibt es keine Verdächtige mehr. Dann kannst du deine Hexenweiber bezichtigen, so viel und so lange du nur willst.« Sie hob den Arm, als wolle sie sein Gesicht streicheln. »Oder soll ich vor dem Herzog aussagen, wie wir beide damals ...«

»Schweig!«, schrie er und hielt sich mit schmerzverzerrter Miene die Ohren zu. »Kein einziges Wort will ich jemals wieder hören aus diesem sündigen Mund!«

❧

Als ein trüber Herbstmorgen in das Loch kroch, umarmten und küssten die Frauen Lena, und Bibiana zeichnete ihr das dreifache Kreuz auf Stirn, Mund und Brust.

»Sie werden bei dir sein«, sagte sie, »die Ewigen Drei, die uns stets geschützt und gehalten haben. Bleib tapfer, mein Mädchen! Wir wissen alle, dass dir jetzt Schweres bevorsteht.«

Auch aus der Nachbarzelle kamen aufmunternde Worte von Rosin und Barbara, während Wilbeth mit bewegter Stimme ein altes Gebet sprach.

Lena hätte sich so gern mutig und standfest gefühlt, doch da war diese schreckliche Unruhe in ihr, die ihre Hände zittern ließ und dazu führte, dass sie nicht mehr ganz klar sehen konnte. Deshalb glaubte sie auch im ersten Moment, sich getäuscht zu haben, als die Wächter erschienen und die Zelle aufschlossen, sie aber nirgendwo Johannes' schmale Gestalt erblickte.

»Aber wo ist Doktor Merwais?«, stammelte sie, als man sie nach draußen zerrte. »Er muss mich doch begleiten!«

»Der feine Herr Jurist wird wohl Besseres zu tun haben«, bekam sie als Antwort. »Und jetzt halt dein Maul, sonst werden wir uns überlegen, womit wir es am besten stopfen können!«

Ein frischer Wind fuhr ihr unter das alte, viel zu weite Gewand, das sie hatte anlegen müssen, und die harten Holzschuhe scheuerten an ihren Füßen. Wie eine arme Sünderin, die zum Richtplatz geführt wird, kam Lena sich vor, und Tränen der Wut und Scham schossen in ihre Augen. Der Herzog, ihr Vater, ließ also zu, dass auf diese Art mit ihr verfahren wurde! Ihre Mutter hatte er mit Gewalt genommen, als sie noch ein halbes Kind gewesen war; wahrscheinlich würde er ebenso gefühllos zusehen, wie die Tochter gerichtet wurde.

Als Lena merkte, dass der Weg nicht zum Rathaus führte, sondern dass sie in eine schmale Gasse einbogen, wuchs ihre Angst. Und wenn sie gar nicht zur Verhandlung gebracht wurde, sondern irgendwohin verschleppt, wo man ihr ohne großes Federlesen den Garaus machen würde?

Sie blieb stehen, stemmte sich fest gegen den Boden. »Nicht einen Schritt gehe ich weiter, bevor ihr mir sagt, wohin der Weg führt!«, rief sie. »Und wenn ich keine vernünftige Antwort bekommen, dann schreie ich die ganze Stadt zusammen.«

Ihr Gesichtsausdruck, vor allem aber ihr wilder Blick beeindruckten wohl die Männer.

»Es hat gestern Unruhen gegeben«, sagte einer der Männer. »Wegen dir und deinen Hexenschwestern. Das Rathaus stürmen wollten sie sogar. Deshalb findet die Verhandlung heute in einem Privathaus statt. Gehst du jetzt endlich weiter?«

Das klang nach Wahrheit, konnte aber ebenso gut eine Lüge sein. Lena ließ sich weiterzerren. Notfalls konnte sie immer noch laut schreien.

Als sie vor einem Bürgerhaus mit schönen Laubengängen angekommen waren, wurde sie ein wenig ruhiger. Hier wohnte Conrad Günther, ein wohlhabender Fuhrunternehmer, der oftmals Gast im »Goldenen Engel« gewesen war.

Lena entschloss sich, das als gutes Zeichen zu nehmen.

Das Gericht schien bereits vollständig versammelt, als sie hineingeführt wurde. Um einen langen Tisch waren viele

Männer versammelt, von denen sie nur wenige kannte; in ihrer Mitte aufrecht der Inquisitor, der sie kalt musterte.

An einem kleineren Tisch hatte der Bischof Platz genommen, dessen gütiges Gesicht mit der markanten Nase ihr noch von der herzoglichen Hochzeit her in guter Erinnerung geblieben war. Neben Golser – der Herzog!

Lenas Herz schien für einen Moment stillzustehen, um dann umso härter gegen die Rippen zu schlagen. Sigmund schaute sie so freundlich an, als wolle er ihr Mut einflößen. Aber konnte sie darauf rechnen, nach allem, was geschehen war?

Wo war Johannes – ihre Stütze, der Mann ihres Vertrauens, ihre Liebe?

Der stürmte in den Raum, als sie die Hoffnung schon beinahe aufgegeben hatte, lief direkt zu Herzog Sigmund und flüsterte ihm etwas zu, was diesen fahl werden und ungläubig den Kopf schütteln ließ.

»Wir beginnen mit der Vernehmung von Lena Schätzlin.« Kramer schien entschlossen, sich nicht länger aufhalten zu lassen. »Gegen die die allerschwersten Anklagepunkte wegen Hexerei und Zauberkunst vorliegen. Im Besonderen möchte ich auf die letzte Johanninacht zurückkommen ...«

Da war auf einmal ein Rauschen in Lenas Ohren, das anschwoll, bis die eisige Stimme des Paters nur noch wie ein leises Flüstern klang. Jetzt würde zur Sprache kommen, wovor sie sich so sehr gefürchtet hatte: dass sie beinahe Niklas beigelegen hätte, ihrem eigenen Bruder.

»Hast du mich verstanden?«, riss Kramers Stimme sie aus ihren Erinnerungen.

Es blieb Lena nichts anderes übrig, als den Kopf zu schütteln.

»Dann frage ich dich noch einmal, Lena Schätzlin, Tochter des verstorbenen Hauers Georg Schätzlin und seiner Frau Johanna ...«

»Das bin ich nicht.« Hatte sie das wirklich gerade gesagt? Keiner im Raum, der sie nicht angestarrt hätte.

»Was soll diese unverschämte Lüge?«, erregte sich Kramer. »Damit machst du alles nur noch schlimmer.«

»Ich lüge nicht. Georg und Johanna Schätzlin haben mich lediglich an Kindes statt angenommen. Meine wahre Mutter ist Els Hufeysen, die Wirtin vom ›Goldenen Engel‹. Und mein Vater« – ihr Blick flog zum Tisch, an dem der Herzog Platz genommen hatte – »ist Seine Hoheit, Erzherzog Sigmund von Tirol.«

Es war kein Raunen, das sich jetzt erhob, sondern lautstarkes Durcheinander, das der Herzog mit einer raschen Handbewegung zum Verstummen brachte.

»Sie sagt die Wahrheit«, rief er. »Lena ist mein Kind. Ich erkenne sie hiermit offiziell an. Und sie hat auch niemals versucht, mich und meine Gemahlin zu vergiften, das weiß ich heute. Wir alle sind hinters Licht geführt worden von einer rachsüchtigen, hinterhältigen Person, die ihre Schandtaten heimlich eingefädelt und es dann trefflich verstanden hat, die Schuld auf Lena abzuwälzen. Aber Lena ist unschuldig; sie hat niemals einen Anschlag auf uns geplant, geschweige denn durchgeführt.«

»Wieso erfahre ich erst jetzt davon?« Kramer schien nach Worten zu ringen.

»Weil ich selbst es erst seit Kurzem weiß«, erwiderte der Herzog. »Diese gewisse Person kann übrigens, wie ich soeben erfahren habe, von keinem irdischen Gericht mehr belangt werden. Sie scheint es vorgezogen haben, sich einer gerechten Strafe durch feigen Selbstmord zu entziehen. Man hat ihre Sachen am Flussufer gefunden. Irgendwann wird der Inn ihre Leiche sicherlich wieder freigeben.«

»Ihr konfrontiert uns hier mit ungeheuerlichen Wendungen, Euer Hoheit«, fuhr Kramer nach einer Weile sichtlich angegriffen fort, »und doch sind selbst diese nicht dazu angetan, die Angeklagte reinzuwaschen, mag sie nun Euer eigen Fleisch und Blut sein oder nicht. Lena ...« Er zögerte plötzlich, wusste offenbar nicht mehr, wie er weiterfahren sollte. »Die junge Frau, uns bislang als Lena Schätzlin bekannt ...«

»Ich denke, wir haben genug gehört«, fiel Johannes Merwais dem Pater ins Wort. »Es ist allerhöchste Zeit, diesem unwürdigen Verfahren ein Ende zu bereiten.«

»Unwürdig? Was nehmt Ihr Euch heraus! Seid Ihr wahnsinnig geworden, Merwais?«, herrschte Kramer den Juristen an. »Ich führe als Inquisitor diesen Prozess.«

»Ihr *habt* ihn bislang geführt, Pater Institoris«, korrigierte ihn Johannes Merwais. »Mit vielerlei Verstößen gegen das geltende Recht, wie Ihr gleich erkennen werdet.« Eine knappe Verbeugung zu Herzog und Bischof, dann nahm er seine Liste zur Hand und begann aufzuzählen: »Leider habt Ihr versäumt, bei den Zeugenverhören einen öffentlichen Notar hinzuziehen, wie die päpstliche Bulle es vorsieht. Zudem habt Ihr Fragen über Vergehen gestellt, die nicht in Euren Wirkungskreis gehören und über die auch die Bulle nichts aussagt, ein Verstoß, den jeder der hier Anwesenden bezeugen wird. Außerdem habt Ihr Euch nicht der notwendigen Mühe unterzogen, die Zeugenaussagen nachzuprüfen, sondern alles als wahr und so geschehen genommen, was man Euch zugetragen hat, auch wenn es ganz offensichtlich niedrigen Beweggründen wie Hass oder Rachsucht entsprang.«

Kramer starrte den Juristen an wie eine Erscheinung.

»Ferner spricht weiterhin gegen Euch, dass Ihr die Angeklagten habt einkerkern lassen, bevor noch in rechtlicher Weise das Prozessverfahren gegen sie eingeleitet worden war. Auch das eine grobe Kompetenzüberschreitung, die Euch hier und heute zur Last gelegt werden muss. Und Ihr habt es als fünftes und letztes Vergehen nicht für nötig befunden, die Niederschrift der Verhöre von einem öffentlichen Notar beglaubigen zu lassen.« Merwais' Blick wurde zwingend. »Aus diesem Grund erkläre ich Euch als Richter in diesem Verfahren für parteiisch und beantrage, dass mit sofortiger Wirkung statt Euch ein neuer, unparteiischer Richter eingesetzt wird. Seine Exzellenz Bischof Golser wird so freundlich sein, uns noch heute einen dementsprechenden Vorschlag zu unterbreiten.«

»Das ist doch vollkommen absurd!«, schrie Kramer. »So ein billiger Winkeladvokat wie Ihr dürfte niemals ...«

»Ich fürchte, da irrt Ihr Euch«, ergriff Bischof Golser das Wort. »Doktor Merwais ist ein Meister seines Fachs – und er hat recht mit jedem Wort, das er gesagt hat.«

Der Jurist schaute kurz zu Lena, in deren Augen sich Liebe und tiefe Erleichterung spiegelte, dann erhob er unbeirrt die Stimme: »Hiermit beantrage ich, die Angeklagten auf der Stelle in Freiheit zu setzen.«

»Einspruch!«, bellte Kramer. »Noch ist das letzte Wort in dieser Angelegenheit nicht gesprochen. Ich werde mich an den Papst wenden, an den Kaiser ...«

»Die Frauen sollen augenblicklich aus dem Kerker entlassen werden«, beschied Bischof Golser. »Und vorerst unter menschlicheren Bedingungen in leichter Haft verwahrt bleiben, bis eine neue Kommission ein endgültiges Urteil gefällt hat. Ich verbürge mich persönlich dafür, dass dies zügig geschehen wird.« Er wandte sich zu Kramer und sah plötzlich sehr streng aus. »Ein Urteil, mit dem Ihr zu leben lernen müsst, Pater Heinrich, ob es Euch nun zusagt oder nicht.«

❧

Windböen fegten durch die Stadt, als die Frauen die Freiheit wiedererlangten. Die letzten Tage hatten sie im Haus von Conrad Günther zugebracht, der es für diesen Zweck gern zur Verfügung stellte, eine Wohltat für sie nach der Schreckenszeit im Loch.

Johannes Merwais überbrachte ihnen die freudige Botschaft, sehnlichst erwartet von Lena, die ihm sofort um den Hals flog.

»Christian Turner hat das endgültige Urteil verkündet«, sagte er, als alle ihn umstanden und neugierig an seinen Lippen hingen. »Der Prozess gegen euch ist nicht nach den Rechtsnormen geführt worden und musste daher für null und nichtig erklärt werden.«

»Wir sind frei?«, rief Els, der Freudentränen über die Wangen liefen. »Alle – frei?«

»Ihr hattet zudem viele wohlmeinende Fürsprecher«, sagte Johannes. »Wichtige Männer dieser Stadt haben sich bereit erklärt, als eure Bürgen aufzutreten. Eure Standhaftigkeit, vor allem aber auch der Aufstand eurer Mitbürger hat vieles bewirkt. Keiner hier in Innsbruck will auf einmal mehr so recht an die Existenz von Hexen glauben.« Er senkte seine Stimme. »Und die alte Kapelle ist längst wieder allen zugänglich. Zu Füßen der Bethen leuchtet ein Meer von frischen Kerzen, wärmer und heller als je zuvor.« Jetzt galt sein Blick nur noch Lena. »Der Herzog hat sich bereit erklärt, alle Prozesskosten zu übernehmen«, fuhr er fort, »und mich in die Hofkanzlei versetzt. Sieht ganz so aus, als sei er zufrieden mit meiner Arbeit.« Er zog etwas aus seiner Tasche. »Das schickt dir die Herzogin, mein Herz. Sie meinte, wir beide könnten es gut gebrauchen.«

Er streifte ihr einen Ring über. Der schmale goldene Reif mit dem roten Stein passte genau an ihren Mittelfinger. Lenas Augen strahlten vor Glück.

»Was ist mit Kramer?«, wollte Wilbeth wissen. »Hat der Bischof ihn aus der Stadt gejagt?«

»Bischof Golser wird dies tun«, sagte Johannes. »Doch der Pater besitzt große Hartnäckigkeit. Er ist und bleibt ein gefährlicher Mann – und deshalb muss ich euch alle noch um einen Gefallen bitten.«

»Es ist also doch noch nicht vorbei«, sagte Rosin. »Ich wusste es.«

»Es *ist* vorbei«, widersprach Johannes. »Doch Kramers Angst vor euch scheint so übermächtig, dass er dem Bischof ein Versprechen abgerungen hat.«

»Kramer – dem Bischof?« Barbara schüttelte den Kopf. »Was kann er noch wollen nach dem, was er uns angetan hat?« Sie deutete auf Hella, die ihren dicken Bauch wie eine Kugel vor sich her schob. »Soll sie ihr Kleines vielleicht doch noch im Gefängnis zur Welt bringen müssen?«

»Ganz gleich, was geschieht, wir wollen ohnehin nicht hierbleiben«, rief Hella. »Andres hat im Salzburgischen eine gute Stelle als Salzschreiber gefunden. Wir verlassen diese enge Stadt zwischen den Bergen und fangen ein ganz neues Leben an.«

»Du gehst weg, Hella?«, rief Lena.

»Ja, das tue ich. Du aber bleibst hier und wirst mit deinem Johannes ein langes, glückliches Leben führen.«

Die beiden umarmten sich.

»Hella, das freut mich für dich und Andres«, sagte Johannes Merwais, griff nach Lenas Hand und ließ sie nicht mehr los. »Ich wünsche mir, dass ihr dort so glücklich werdet wie Lena und ich. Doch das wird alles erst möglich sein, wenn ihr Frauen der Bitte des Bischofs entsprochen habt. Er ist bei Kramer im Wort.«

»Was verlangt der Pater von uns?«, fragte Bibiana. »Dieses

Ungeheuer in Menschengestalt! Will er mich wieder halb ersäufen? Oder sich daran weiden, wie meine alten Knochen brechen?«

»Schwören sollt ihr, dass ihr ihn aus Rache nicht mit Zauberkräften verfolgt – weder jetzt noch in aller Ewigkeit.«

Die Freundinnen schauten sich an, dann brachen sie in lautes Gelächter aus.

»Das kann er haben«, sagte Wilbeth, und ihre dunklen Augen blitzten. »Wenn er sich so sehr vor uns fürchtet. Diesen Wunsch erfüllen wir ihm gern. Können wir jetzt gehen?«

»Einen Moment noch.« Johannes ging zur Tür und öffnete sie. Antonio de Caballis trat ein, gefolgt von Sebi, der sein Kästchen an sich presste.

»Mein Elfenkind!« Els stürzte auf den Kleinen zu, gefolgt von Lena und Bibiana, die sich alle an ihn drückten. Es war zu sehen, wie sein Gesicht sich bei so viel ungewohnter Nähe schmerzlich verzog, doch zur Überraschung aller schien er diese ausnahmsweise halbwegs auszuhalten.

»Wir sind gerade dabei, uns anzufreunden«, sagte Antonio. »Ich hab dem Spielmann eine kleine Laute abgekauft, die hilft uns sehr dabei. Wir müssen uns allerdings beeilen, denn ich werde nach Venedig gehen und für uns dort ein schönes Haus einrichten.«

»Du willst Innsbruck verlassen?« Els starrte ihn erschrocken an. »Ausgerechnet jetzt …«

»Nicht sofort, *bella mora.* Nach den Ereignissen der letzten Tage muss ich doch noch dafür sorgen, dass der Herzog anständige Guldiner bekommt. Aber irgendwann, wenn du endlich mein Weib geworden bist …«

Ihr Lächeln war tief und glücklich.

Ai – sie waren zurück, die Dämonen der Nacht.

Zwickten ihn mit glühenden Gabeln, ließen Gesicht, Zunge und Lippen unerträglich anschwellen, jagten durch seine armen Augen leuchtende Sterne, Funken und Blitze. Plötzlich war auf der linken Seite nichts mehr da, nur eine leere Stelle, ein Loch, der Tod.

In wilder Panik drehte Kramer sich um die eigene Achse, fing an, sich selbst in die Hand zu kneifen, erleichtert, dass er Schmerz spüren konnte.

Doch die Höllenfahrt hatte gerade erst begonnen.

Wie im Fieberwahn sah er ihre höhnischen Mienen, während sie die Hand zum Schwur erhoben und abfällig die Worte nachsprachen, die er ihnen abgetrotzt hatte.

»Ich gelobe bei meiner unsterblichen Seele, keinerlei Zauber gegen Pater Heinrich Kramer auszusprechen, weder zum jetzigen Zeitpunkt noch irgendwann ...«

Sie logen – sie alle hatten gelogen!

In ihren Augen hatte er es gelesen, in ihren Gesten, in der Art, wie sie sich von ihm abgewandt hatten, als umgebe ihn der Odem der Finsternis. Dabei waren sie es doch, die mit Satan gebuhlt hatten, die Jungen und die Alten, die ihm ihre Brüste angeboten und ihre Hintern in widernatürlicher Wollust entgegengestreckt hatten ...

Ai – noch niemals zuvor waren die Dämonen der Nacht so grausam gegen ihn gewesen.

Er kroch mehr zu dem kleinen Tisch unter dem Fenster, als dass er aufrecht ging, griff mit zittriger Hand nach der Feder und versuchte, in seinem lärmenden, schaukelnden Schädel einen einzigen klaren Gedanken zu fassen.

Was ihm in Innsbruck widerfahren war, durfte niemals wieder geschehen, dafür musste er sorgen. Einmal waren diese Zauberinnen als Sieger hervorgegangen, dafür würde er all ihren Schwestern auf kluge Weise das Genick zu brechen wissen. Er musste Richtlinien schaffen, Grundsätze, auf denen ein Prozess aufbauen konnte, der sie sicher und schnell dorthin schicken würde, wohin sie gehörten: ins Feuer.

Und morgen sollst du brennen …

Ja, seine mächtigste Waffe war das Wort, das die neuen Druckerpressen überallhin verbreiten würden.

Ai – sollten sie nur tanzen, die Dämonen der Nacht! Einen Heinrich Kramer würden selbst sie niemals zum Schweigen bringen.

Maleus maleficarum – Der Hexenhammer, so und nicht anders sollte sein Werk heißen, das ihn für alle Zeiten bekannt und berühmt machen würde. Langsam, unter Qualen, begann er zu schreiben.

Wenn nur das, was in der einen Stadt Innsbruck jener Diözese Brixen gefunden wurde, vorzubringen wäre, würde man ein ganzes Buch schreiben müssen. Es sind aber ganz erstaunliche und unerhörte Geschichten aufgeschrieben und bei dem Bischof von Brixen hinterlegt worden …

Kramer ließ die Feder sinken. Tausende würden seinen *Hexenhammer* lesen. Tausende von Hexen in seinem Namen brennen.

Sein Kampf hatte gerade erst begonnen.

Historisches Nachwort

Als Herzog Friedrich von Tirol (Spitzname: Friedl mit der leeren Tasche) 1439 starb, war sein einziger Sohn Sigmund erst zwölf Jahre alt. Für die kommenden vier Jahre übernahm Friedrich von Steiermark-Innerösterreich, Oberhaupt des Hauses Habsburg und künftiger Römischer König und Kaiser, die Vormundschaft über seinen jungen Vetter. Im Gegensatz zu dem Versprechen gegenüber den Tiroler Ständen, sein Mündel im Land zu lassen, brachte er den Jungen in die Steiermark, wo sich unter anderem auch der spätere Papst Pius II. um dessen – sehr strenge und für den Stand ungewohnt knappe – Erziehung kümmerte. 1446 musste sich Friedrich schließlich den nachhaltigen Forderungen der Tiroler Landstände beugen, und Sigmund wurde in seine Herrschaftsrechte eingesetzt.

Nachdem Herzog Sigmund sein Erbe nach langwierigen Kämpfen in Gänze übernehmen konnte, errichtete er die neue Hofburg in Innsbruck, seine Hauptresidenz, in der er im Gegensatz zu seinem sparsamen Vater ein verschwenderisches Hofleben führte. Vielleicht kann man seinen ausgeprägten

Hang zu Genusssucht und Eitelkeit, den ihm schon Zeitgenossen nachsagten, als Reaktion auf die kargen Jugendjahre verstehen. Sigmunds Bedürfnis nach allem, was das Leben erleichtern und verschönern konnte, war jedenfalls nahezu unstillbar. Er entfaltete eine glänzende, prunkvolle Hofhaltung, die teilweise bis zu fünfhundert Personen umfasste. Diese gab auch wichtige Impulse für die Stadt Innsbruck, die im 15. Jahrhundert zwar nicht mehr als fünftausend Einwohner zählte, aber durch ihre bevorzugte Lage in der Nähe des wichtigsten Alpenpasses eine einmalige Vorrangstellung in Europa inne hatte.

Man könnte Sigmunds Hof als einen der ersten Renaissancehöfe in Europa bezeichnen, obwohl er epochenmäßig eher in das späte Mittelalter fällt. Gelehrte und Künstler waren willkommen, Ärzte und Wissenschaftler lebten dort zeitweise als gern gesehene Gäste. Zahlreiche Feste mit üppiger Tafel wurden abgehalten; eine besondere Vorliebe besaß der Herzog für Tanz, Masken- und Mummenspiel, wenngleich er sich am liebsten in den ausgedehnten Wäldern bei der Jagd vergnügte. Er konnte essen wie kaum ein anderer und brüstete sich in jungen Jahren, mit nur ein paar Stunden Schlaf auszukommen – keine schlechten Voraussetzungen für eine andere ausgeprägte Neigung, die er ebenso leidenschaftlich betrieb: Frauen.

Wenn Sigmund als »liederlicher Fürst« bezeichnet wurde, so galt dies nämlich nicht nur für seinen verschwenderischen Umgang mit Geld, sondern vor allem für sein ausschweifendes Sexualleben. Sigmund, der Münzreiche, wie man ihn auch nannte, hatte keine ehelichen Nachkommen, dafür aber zwischen fünfzig bis siebzig Kegel, wie die unehelichen Kinder genannt wurden (und dabei zählte man offiziell wohl nur die Jungen!). Auch wenn man davon ausgehen kann, dass ihm der eine oder andere Nachkomme untergeschoben worden war, so stellt dies doch eine beachtliche Zahl dar, meines Wissens einzigartig unter den europäischen Fürstenhöfen der damaligen Zeit. Und er behandelte seine Abkömmlinge gut: Töchter wurden oft an Adelige oder reiche Bürger verheiratet, die Söhne, im Volksmund Hurenbuben genannt, traten später häufig in den geistlichen Dienst, manchmal nach jahrelangem Hofleben.

Es liegt ein gewisser Zynismus in der Tatsache, dass Sigmunds Ehefrauen ihm offenbar keine Kinder schenken konnten. Eleonora von Schottland hatte er bereits 1448 geheiratet und er scheint sich – bei allen Eskapaden seinerseits – bis zu ihrem Lebensende gut mit ihr verstanden zu haben. Eleonora galt als klug, war literarisch gebildet und hat ihrem »Sigi« seine zahllosen Amouren quer durch alle Stände wohl großzügig oder gleichgültig nachgesehen. Gleichzeitig mühten sich beide Eheleute redlich, den ersehnten Nachfolger zu zeugen; zahlreiche medizinische Behandlungen, Bäderkuren und horrende Arztrechnungen legen davon Zeugnis ab. Als Eleonora die vierzig bereits überschritten hatte, schien noch einmal die Hoffnung aufzukeimen, es könne endlich klappen, aber dann erlosch diese für immer.

Eleonora beschränkte sich als religiös und kirchlich gesinnte Fürstin von da an ganz auf soziale Anliegen und schaffte es, als Landesmutter Beliebtheit zu erlangen. Sie starb 1480 nach kurzer schwerer Krankheit (wohl an Krebs) und wurde in der neu errichteten Fürstengruft zu Stams begraben.

Jetzt musste und wollte Sigmund (seit 1477 im Rang eines Erzherzogs) sich wieder auf Freiersfüße begeben, denn noch immer stand der heiß ersehnte Erbe aus. Nach mehreren anderen Kandidatinnen entschied er sich für Katharina, Tochter des Herzogs Albrecht von Sachsen, ein junges Mädchen von gerade einmal sechzehn Jahren. Unter größtem Pomp und in

Anwesenheit zahlreicher fürstlicher Prominenz wurde die Hochzeit nach mehreren, fast schon peinlichen Anläufen im Februar 1484 in Innsbruck gefeiert. (In meinem Roman habe ich dieses Ereignis aus dramaturgischen Gründen ins Jahr 1485 verlegt.) Keine ganz einfache Situation für die blutjunge Fürstentochter, die einen Ehemann vorfand, der vier Jahrzehnte älter und in Wahrheit wesentlich weniger wohlhabend war, als es die eifrigen Hochzeitswerber ihrem Vater versichert hatten. Zwar besaß der Erzherzog die schier unerschöpflichen Silberminen von Schwaz, wegen derer er auch die Münze von Meran nach Hall verlegt hatte, doch die Nutzungsrechte waren wegen seiner ständigen Schulden und finanziellen Engpässe längst an andere abgetreten. Es gab viele Gläubiger, nahezu überall prangte die schwarzgoldene Haspel, das Wappen der reichen Kaufmannsfamilie Fugger. Nutznießer war vor allem Jakob Fugger, der später in ähnlichen Angelegenheiten auch Kaiser Maximilian »aushelfen« sollte.

Bald schon fand Katharinas Vater heraus, wie die Dinge in Innsbruck wirklich standen, und er setzte sich dafür ein, dass die Haushaltung der jungen Erzherzogin standesgemäß war und vor allem die Arrangements bei einer möglichen Witwenschaft einigermaßen günstig ausfielen. Das trug nicht gerade dazu bei, um die Beziehung zwischen den beiden so unterschiedlichen Ehegatten besonders zu fördern. Katharina wurde beileibe nicht sofort schwanger, wie erhofft; dieser Wunsch blieb Sigmund auch in seiner zweiten Ehe versagt. Sie hatte zudem kein allzu großes Interesse an Politik, Wissenschaft oder Kunst, wenngleich ihr eine gewisse Findigkeit nachgesagt wird, was finanzielle Angelegenheiten betraf. Jagd und Reiterei scheinen sie interessiert zu haben – diesen Vorlieben aber frönte der Erzherzog lieber wie bisher in der Gesellschaft seiner Vertrauten. Das Zerwürfnis schritt weiter fort, als Katharina auch noch in Verdacht geriet, an einem hinterhältigen Giftanschlag gegen den Herzog beteiligt zu sein. Irgendwann vertrugen die beiden sich wieder, aber nach Sigmunds Tod im Jahr 1496 hat die Witwe noch im gleichen Jahr in zweiter Ehe den Herzog von Braunschweig geheiratet, was damals wie heute nicht auf allzu tiefe Trauer schließen lässt. Allerdings blieb auch diese Ehe kinderlos.

1484 ist auch das Jahr, in dem die päpstliche Bulle gegen die Hexerei veröffentlicht wurde (*summis desiderantes affectibus*), die der Dominikanermönch Heinrich Kramer – latinisiert *Institoris* – beim Papst erwirkte. Zum Inquisitor für Oberdeutschland ernannt, hatte er schon zuvor im Bodenseeraum zügig achtundvierzig Hexen auf den Scheiterhaufen gebracht. 1485 schickte er sich an, in Innsbruck mit seinen menschenverachtenden Schauprozessen fortzufahren. In zündenden Predigten forderte er die Bevölkerung auf, »verdächtige« Nachbarinnen auf der Stelle zu denunzieren, denn sein perverser Hexenglaube konzentrierte sich ausschließlich auf das weibliche Geschlecht, in dem er die *ianua diaboli*, das Höllentor per se, sah. Bald schon gab es mehr als fünfzig Verdächtige, allein die Verdachtsmomente reichten letztendlich »nur« aus, um sieben Frauen als Hexen anzuklagen. Bei Hof verfolgte man das Verfahren mit Angst und größtem Interesse, da einige Personen des Hofstaates direkt und indirekt involviert waren; der Erzherzog selbst galt als besonders abergläubisch.

Eigentlich hätte nun ein weiteres der nur allzu bekannten grauenhaften Verfahren seinen Lauf nehmen können; allein in Innsbruck kam es ganz anders: Zum einen erwachte in der Bevölkerung Widerstand gegen den bornierten Hexenjäger, erfolgreicher Widerstand von unten, ein äußerst seltenes Phänomen in der deutschsprachigen Geschichte, was allein das Erzählen der Geschichte schon wert macht. Einfache Leute standen gegen den Hexenjäger auf, beschwerten sich und forderten ihre weiblichen Familienangehörigen zurück.

Und sie hatten Erfolg damit, denn Georg Golser, Bischof von Brixen und damit auch für Innsbruck zuständig, hatte bereits einen mehr als kritischen Blick auf das wüste Treiben des Dominikaners geworfen. Mit seiner Unterstützung gelang es dem tüchtigen Juristen Johann von Merwais, der die persönliche psychische Befangenheit des sexbesessenen Hexenjägers offenlegte, den Prozess wegen juristischer Formfehler zu stoppen: alle Frauen wurden freigesprochen, mussten allerdings schwören, Kramer nichts anzuhängen – er scheint sich ehrlich vor ihnen gefürchtet zu haben. Er selbst, der zunächst, auch nicht nach mehrfacher Aufforderung, keinerlei Anstalten machte, Innsbruck zu verlassen, wurde später aus der Stadt gejagt. Bischof Golser wurde in mehreren Briefen richtig massiv.

Kramer zog sich verbittert zurück (wohl in ein Augsburger Kloster, wie der heutige Stand der Forschung mutmaßt) und verfasste dort den sogenannten *Hexenhammer* (*Maleus maleficarum*), ein Werk, das neben Hitlers *Mein Kampf* zu den unheilvollsten Büchern der Weltliteratur zählt. Beide Autoren weisen übrigens unverkennbare Parallelen auf, was Psyche und Weltbild betrifft.

Interessant und mehr als aufschlussreich für die Person Kramers erscheint in diesem Zusammenhang, dass er sich als Mitautor auf Jakob Sprenger, ebenfalls einen Dominikaner und Inquisitor, berief, der an dem Werk jedoch keinen Anteil hatte und sich bis zu seinem Tod vergeblich immer wieder mit allen Mitteln gegen diese »erfundene« Autorenschaft zur Wehr setzte. Außerdem ließ Kramer die päpstliche Bulle mit abdrucken, die sein Werk »glaubwürdiger« und »echter« machen sollte.

1487 zum ersten Mal erschienen, wurde dieses scheußliche Machwerk, das die Grundlage für das Aufspüren, die Verfolgung, Aburteilung und schließlich grausame Ermordung von circa sechzigtausend Menschen, vor allem Frauen, in Europa bilden sollte, zu einem »Bestseller« und erlebte bis ins 18. Jahrhundert circa dreißig Auflagen. Viel Freude jedoch konnte der Autor an seinem Werk nicht haben; er starb um 1505 vollkommen von der Welt vergessen in Brünn (oder Olmütz).

Dichtung und Wahrheit

Der Herzog und seine Taler

Wie oben bereits erwähnt, habe ich historische Ereignisse aus den Jahren 1484 und 1486 aus dramaturgischen Gründen in das Jahr 1485 rück- beziehungsweise vorverlegt. Ersteres gilt für die Hochzeit von Sigmund und Katharina, die 1484 stattfand; Letztes für den Guldiner, die große, wertvolle Silbermünze, die ab 1486 in Umlauf kam. Die Grafen von Joachimsthal waren an dieser großen und wertvollen Münze sehr interessiert und haben nur wenig später den sogenannten Joachimsthaler in Sachsen prägen lassen, der später als Taler einen bis weit ins 18. Jahrhundert währenden Siegeszug durch Europa antrat. Sein Enkel, der Dollar, folgte ihm später nach.

Die Personen

Wirklich gelebt haben Herzog Sigmund, seine Frau Katharina sowie der Hofzwerg Thomele, wenngleich letzterer etwas später als erzählt. In den Gehaltslisten der Hofangestellten findet sich ein *Niklas, Trumpeter.* Ob auch er ein Sohn Sigmunds war, der viele seiner Bastarde als Musikanten beschäftigt hat, sei dahingestellt.

Auch der Hofmeister Leopold von Spiess ist eine historische Person, wenngleich sein Tod zwei Jahre früher als in meiner Geschichte erfolgte. Damit in Verbindung gebracht wurde Hella (Helena) Scheuber, die man deswegen als Hexe anklagte.

Ebenfalls historisch ist Alma von Spiess (eigentlich Anna, musste wegen meines Lieblingspatenkindes unbenannt werden), von Zeitgenossen als *groz unt hager weip, nit angenehm an koerper* und *geist* allerdings alles andere als schmeichelhaft beschrieben. Sie war tatsächlich Sigmunds Geliebte, war intrigant, hinterhältig, also das, was man als echtes Miststück bezeichnen könnte. Auch hatte sie ihre Hände bei mehreren Giftaffären im Spiel, sie inszenierte das Spektakel mit den Gespenstern im Kamin, wie ich es beschrieben habe, und hatte wohl noch einiges mehr auf dem Kerbholz. Real wurde sie irgendwann nach dem Tod ihres Mannes vom Hof verwiesen, damit sie kein weiteres Unheil mehr anrichten konnte. Mir hat es Spaß gemacht, ihr eine Liebschaft mit dem Inquisitor anzudichten und als »verdientes Ende« den Tod im kalten grünen Inn angedeihen zu lassen.

Wie bereits dargestellt, ist auch Heinrich Kramer eine historische Person. Die Migräne habe ich ihm nach der erfrischenden Lektüre des Bestsellers von Oliver Sacks (siehe Literaturempfehlungen) zugeschrieben, weil sie prima zu den Verwerfungen seiner kranken Psyche passt, die in Frauen nur das »Einfallstor der Sünde« und »Werkzeug des Teufels« sah.

Ebenfalls die Rede war von Bischof Golser, der in Brixen dem berühmten Nikolaus Cusanus nachfolgte. Er soll ein Waldbauernbub aus Werfen gewesen sein und stets einen klaren, kühlen Kopf behalten haben: Schon beim allerersten Treffen war ihm offenbar aufgefallen, dass Kramer, wie man so sagt, neben der Spur lief. Seinem beherzten Eingreifen – obwohl er persönlich wohl nicht beim Prozess in Innsbruck anwesend war – ist es zu verdanken, dass die sieben verhafteten Frauen damals nicht ins Feuer mussten.

Und morgen sollst du brennen ...

Sieben Frauen sollte in Innsbruck der Prozess gemacht werden. Nicht ganz einfach zu erzählen, weil allein fünf von ihnen den Vornamen Barbara trugen.

Ich habe mir die Freiheit genommen, ihre Biografien und Beziehungen untereinander teils zu erfinden, teils auszuschmücken. Dabei bin ich bei Hella Scheuber und Babara Pflüglin am engsten am historischen Kontext geblieben; die anderen Figuren entspringen mehr oder weniger meiner Fantasie.

Lena Schätzlin hat also niemals real gelebt und war daher auch keine Tochter des Herzogs – oder vielleicht gerade doch? Gleiches gilt für die schwarze Els und Bibiana, die Frau aus Ladinien. Auch Rosin und Wilbeth sind, wie ich sie beschrieben habe, Gestalten, die meinem Kopf entsprungen sind.

Dagegen ist Johannes Merwais, Jurist und, wie manche Quellen behaupten, auch Arzt, durchaus historisch. Über ihn als Person lässt sich jedoch, abgesehen von seinem mutigen und klugen Beenden des Hexenprozesses, überraschend wenig in den Quellen finden; Gelegenheit für mich, ihn in eine schöne Liebesgeschichte mit Lena zu verwickeln, die auch noch ein Happy End hat.

Ebenfalls erfunden sind zwei meiner Lieblingsgestalten in diesem Roman, wobei es bei der ersten durchaus historische Bezüge gibt: In Diensten Sigmunds stand üblicherweise ein Medicus (oftmals waren es auch mehrere gleichzeitig), der aus dem Ausland kam, was der Herzog offenbar bevorzugte. In vorliegendem Fall ist es Cornelius van Halen, Lenas Freund und Förderer, von dem ich besonders gern erzählt habe.

Meine andere Lieblingsgestalt ist Sebi, das Elfenkind – nicht gerade einfach, wenn man als kleiner Autist im Innsbruck des 15. Jahrhundert aufwachsen muss, daher ist er aber vielleicht umso liebenswerter.

Die Bethen

C + B + M: So wird noch heute am 6. Januar des neuen Jahres in vielen katholischen Häusern mit Kreide über den Türstock geschrieben. Viele glauben, das bedeute Caspar, Melchior, Balthasar und beziehe sich auf die Heiligen Drei Könige, deren Fest an diesem Tag gefeiert wird. Andere sagen, es heiße *Christus mansionem benedicat* – Christus segne das Haus.

Interessant wird es, wenn man hinter diesen Abkürzungen noch etwas anderes vermutet: C (K) – für Katharina, B für Barbara, M für Margarete, drei weibliche Heilige aus der Gruppe der vierzehn Nothelfer. In Bayern werden sie angerufen mit dem Vers:

Barbara mit dem Turm
Margarete mit dem Wurm
Katharina mit dem Radl
Das sind die drei heiligen Madel.

Was aber, wenn sich hinter diesen Märtyrinnen, die in gewohnt christlicher Tradition jeweils mit dem betreffenden Martergerät dargestellt werden (Barbara mit dem Turm, in den ihr erzürnter Vater sie sperrte, um sie vom Christentum abzubringen; Margarete mit dem Wurm/Drachen, in dessen Gestalt der Teufel sie verführen wollte; Katharina mit dem Rad, auf das man sie geflochten hatte, um sie zu foltern), ältere weibliche Gottheiten verbergen, die an vielen Orten im Alpengebiet bis weit in die frühe Neuzeit verehrt wurden?

Ich spreche von den drei Bethen, die auch die Ewigen Drei genannt werden. Tirol scheint eines der Zentren ihrer Verehrung gewesen zu sein; andere sind in Vorarlberg, der Schweiz, aber auch im Rheinland zu finden. Es würde den Rahmen dieses Nachworts sprengen, auf alle im Detail einzugehen; ich möchte dazu auf das sehr erhellende Buch von Ernie Kutter verweisen, das in den Literaturempfehlungen aufgeführt wird.

Vieles ist von diesen nicht bis in unsere Zeit erhalten geblieben, aber als eindrucksvolle Orte doch immerhin die Kapelle von Meransen in Südtirol sowie südlich von Schönwies im Weiler Obsaurs eine Kirche, in deren Nähe ein alter Kultplatz vermutet wird. Drei weibliche Gottheiten wurden dort verehrt:

Wilbeth, die Weise, der die Farbe Weiß und das Spinnrad (Rad) zugeordnet werden = Katharina.

Ambeth, die junge Frau und Göttermutter, der die Farbe Rot und die Lebensschlange (Wurm) als Symbol zugeordnet werden = Margarete.

Borbeth, der die Farbe Schwarz und der Turm als Symbol der Geborgenheit zugeordnet werden = Barbara, die zudem die Schutzheilige der Bergleute ist.

Diese göttliche weibliche Dreieinigkeit wurde sehr lange verehrt und womöglich, wie ja immer wieder in der Geschichte des Christentums geschehen, mit christlicher Symbolik gewissermaßen übertüncht. Mir erschien diese anhaltende und nachhaltige Verehrung der Weiblichkeit, für die im männlich geformten Christentum mit Ausnahme der Gottesgebärerin Maria so wenig Platz ist, ein wunderbares Gegengewicht zum Aufkommen des Hexenwahns und der systematischen Verfolgung von Frauen, auch wenn in Innsbruck oder Wilten keines dieser Denkmäler bekannt ist.

Heißt das aber zwangsläufig, es habe auch keines gegeben?

Die Vorstellung, dass Wilbeth, Rosin, Barbara, Hella, Els, Bibiana und Lena nach ihrer Rettung zu Füßen dieser drei Frauen beten (auch das Verb »beten« soll mit den »Bethen« etymologisch in Verbindung stehen) und anschließend ausgelassen zu ihren Ehren um ein großes Feuer tanzen, erfreut jedenfalls mein Herz ...

Ausgewählte Literaturempfehlungen

Gerd Ammann (Hg.): *Der Herzog und sein Taler*, Ausstellungskatalog 1986

Andreas Blauert: *Frühe Hexenverfolgungen*. Ketzer-, Zauberei- und Hexenprozesse des 15. Jahrhunderts, Hamburg 1989

Heide Dienst: *Lebendbewältigung durch Magie*. Alltägliche Zauberei in Innsbruck gegen Ende des 15. Jahrhunderts. In: Wiener Beiträge zur Geschichte der Neuzeit, Wien 1987

Elinor Forster u. a.: *Frauenleben in Innsbruck*, Salzburg 2003

Monika Frenzel: *Innsbruck. Der Stadtführer*, Innsbruck 2008

Margarete Köfler/Silvia Caramelle: *Die beiden Frauen des Erzherzogs Sigmund von Tirol*, Innsbruck 1992

Heinrich Kramer (Institoris): *Der Hexenhammer*. Kommentierte Neuübersetzung, München 2003

Ernie Kutter: *Der Kult der drei Jungfrauen*, München 1997

Karl Moser/Fritz Dworschak: *Erzherzog Sigmund von Tirol – Die große Münzreform*, Wien 1936

Margarete Ortwein: *Der Innsbrucker Hof zur Zeit Erzherzog Sigmunds des Münzreichen*. Ein Beitrag zur Geschichte der materiellen Kultur. Masch. Dissertation, Innsbruck 1936

Hansjörg Rabanser: *Hexenwahn*. Schicksale und Hintergründe, Innsbruck/Wien 2006

Oliver Sacks: *Migräne*, Hamburg 1984

Andreas Schmauder (Hg.): *Frühe Hexenverfolgungen in Ravensburg und am Bodensee*, Konstanz 2001

Danksagung

Mein herzlicher Dank gilt Dr. Monika Frenzel, Chefin des wunderbaren Führungsnetzes perpedes in Innsbruck und Wien, die mich auf den Spuren Herzog Sigmunds persönlich durch die Stadt Innsbruck begleitet hat und die in der Folgezeit ebenso kundig wie auch charmant all meine drängenden Fragen beantwortete. Siehe auch unter www.perpedes-tirol.at

Ein großes Dankeschön an Prof. Dr. Wolfgang Eckart, Universität Tübingen, der so tolle Details zur Wundheilung im Mittelalter beizutragen wusste – danke, lieber Wolf!

Wer könnte schon einen historischen Roman ohne die Hilfe kompetenter Gerichtsmediziner schreiben? Ich jedenfalls nicht. Alles zum Thema Colchizin wussten Dr. Fabio Monticelli, Gerichtsmedizin in Salzburg, sowie Dr. Oliver Peschel, Institut für Gerichtsmedizin der Universität München.

Danke auch an den »Lateiner« Hannes Auffahrt für die Übersetzung der schrecklichen Innsbrucker Hexenprotokolle.

Bei meiner jungen, stets geduldigen und zum Glück auch

kritischen Mitarbeiterin, der Historikerin Ina Schilling, möchte ich mich für Unterstützung, Änderungsanregungen und profunde Recherche herzlich bedanken.

Ebenfalls geht mein Dank an meine »Erstleser« Sabine, Moni, Michael und Pollo, vor allem aber an Angelika, mit der ich vor dreißig Jahren bereits die ersten Pfade der Hexenforschung betreten habe und die mir durch ihr Buchgeschenk den Anstoß für diese Idee gegeben hat.

Wem das Lust zum Nachlesen gemacht hat, dem sei der Islandkrimi *Das letzte Ritual* von Yrsa Sigurdardóttir als ebenso spannende wie gefährliche Lektüre wärmstens ans Herz gelegt.